CUANDO SE PARE EL TIEMPO

Cuando se pare el Tiempo

Raquel Virginia Albiol

Título original: Cuando se pare el tiempo

Portada editada por Raquel Virginia Albiol.

Primera edición: abril de 2026

ISBN: 978-84-09-83545-4
Depósito legal: DL BU 140-2026

A mi marido, mi alma gemela. Por su amor incondicional y su apoyo absoluto en cada paso del camino. Sin él, esta historia no tendría alma.

1. Augurio

—¡Oh, no! ¡Mierda! Otra vez llego tarde… —A las siete y media de la mañana sonó el despertador, como cada día desde hacía seis meses, pero me había quedado dormida a causa del insomnio de la noche anterior. Me levanté de un salto, justo cuando tendría que estar subiendo al metro.

No se podía decir que no me lo tuviera merecido. El sábado anterior había estado de fiesta con mis amigos hasta bien entrada la madrugada, por lo que estuve durmiendo hasta las tres y media de la tarde. Ese domingo iba a ser mi día de relax, no tenía prisa. Dedicaría la tarde completa a hacer la limpieza general del pisito o más bien zulo de soltera que me había agenciado dos meses antes. Así que, disfrutando de una magnífica noche con mis amigos, me relajé. Normalmente ya no hacía esos excesos, pero estaba eufórica, llevaba medio año en mi nuevo trabajo y aún no me habían despedido. Tampoco es que eso ocurriera con normalidad, pero últimamente, tal y como estaba el país, era un motivo de celebración, y lo hice a conciencia, pero sin medir las consecuencias. A media tarde, se presentó mi madre por sorpresa. Ya no nos veíamos con tanta regularidad desde que me había independizado. Entre semana era muy difícil que coincidiéramos. Yo trabajaba de camarera en una cafetería en el paseo de Gracia de Barcelona. Tenía un horario comercial, es decir, mis turnos eran de mañana y tarde de lunes a domingo, librando un día rotativo a la semana. Ella trabajaba a turnos en la limpieza de un hospital del centro de la ciudad y por esta razón solamente podíamos vernos cuando librábamos las dos a la vez, que era, con mucha suerte, un par de veces al mes. En ocasiones comíamos en algún restaurante, pero por lo general iba a su casa y era ella la que cocinaba. Eso era lo más normal. En esta ocasión, al ser domingo y por el hecho de que había salido de fiesta, vino a hacerme una visita. Tenía la extraña idea de que no me alimentaba bien o lo suficientemente bien desde que vivía sola (era un hecho que delante de ella jamás reconocería). Me trajo un táper con un delicioso guiso de cordero como solo ella sabía preparar.

Mi madre. La quiero tanto...es mi heroína particular. Jamás pienso en héroes como Superman o Spiderman. Creo que un héroe en nuestro mundo es una persona con un gran valor y fuerza de voluntad ante las adversidades, así como ser capaz de superarlas por sí misma con orgullo; como en este caso, hizo ella. Era soltera, me tuvo muy joven y pudo salir adelante sin el apoyo de un marido o de unos padres, pues tanto uno como otro la abandonaron a su suerte al saber de su embarazo. Sufrió muchísimo. Apenas conozco la historia y sabiendo que le duele recordar, no suelo preguntarle sobre el pasado. Supongo, que cuando llegue el momento adecuado y sea capaz, me lo explicará. Tampoco ha tenido ninguna relación, al menos que yo sepa, siempre me ha parecido extraño porque es muy guapa; con ojos verdes, de mirada limpia y transparente. A sus cuarenta y cinco años, el pelo que una vez fue dorado como los rayos del sol, se había vuelto más apagado y algo canoso. Tampoco se lo teñía, pensaba que hacerlo era una forma de ocultar la realidad y la naturaleza humana. Ese domingo, cuando vino a visitarme y vio el zafarrancho que había montado para limpiar, se puso nostálgica. Supongo, recordando la época no tan lejana de cuando vivíamos juntas y lo hacíamos entre las dos. Aunque la vi melancólica, no dije nada y sonreí comprendiéndola.

—¿Podrás dormir bien esta noche y madrugar sin quedarte dormida, cariño? —preguntó con tono de suficiencia.

—Sí, mamá, no te preocupes.

—No sería la primera vez que te quedas dormida y esta vez no estaré yo para despertarte —respondió sarcásticamente ladeando la cabeza.

En ese momento puse los ojos en blanco y no contesté, pero, si la hubiera escuchado, nada de lo que ocurrió después habría sucedido. Como era de esperar, cuando llegó el domingo por la noche, no tenía ni un resquicio de sueño. Me había levantado tan tarde que ahora, a las doce de la noche, tenía los ojos como platos. Decidí ver un capítulo de mi serie de zombis favorita. Bueno, en realidad fueron dos y la consecuencia final fue de esperar.

—¡Dios! ¡Voy a llegar tardísimo!

Me vestí a la velocidad de un rayo. Me puse unos pantalones negros y un suéter verde de punto de manga larga. Mientras que con una mano me ponía las medias de calcetín, con la otra me lavaba los dientes e iba dando saltitos por la habitación buscando los zapatos a la pata coja. En uno de esos saltitos me tropecé con algún objeto maldito que había en el suelo, que hizo que perdiera el equilibrio haciéndome caer de bruces y golpeándome la mejilla contra el canto de la cama. Un calcetín roto y un moflete amoratado e hinchado fueron el resultado de tan patética caída, por no hablar de un mayor retraso que eso me había generado. Solté un bufido largo y fastidioso. Con toda la calma que pude reunir intentando apaciguar inútilmente el dolor de mi mejilla con la mano, me senté en el suelo a relajarme un minuto, total...ya llegaba tarde. Me di cuenta entonces de que me había tropezado con el despertador, pues estaba tirado en el suelo. Seguramente, al pararlo, le di un manotazo tan fuerte que hizo que cayera al suelo. Comprobé que, al menos, seguía funcionando.

—No puedo volver a dormirme —dije mientras lo observaba entre mis manos.

Cuando menguó el dolor, me levanté del suelo, me puse un par de calcetines nuevos y terminé de lavarme los dientes. Me eché una mirada rápida al espejo, que, sin querer, se dirigió al moflete que comenzaba a oscurecerse. No tenía tiempo para disimularlo y mucho menos para maquillarme y peinarme. En ese instante agradecí tener el pelo tan lacio. Era una ventaja ya que, a poco que hiciera, parecía que estaba peinado. Salí disparada como alma que lleva el diablo andando como un pato por unos zapatos sin colocar, agarrando el bolso con una mano y las llaves con la otra. Di un portazo sin entretenerme a cerrar la puerta con llave; ya sería el colmo de la mala suerte si encima me entraran a robar. Terminé de colocarme los zapatos mientras apretaba el botón del ascensor. Vivía en un sexto piso y rezaba para que hoy no estuviera ni averiado (como muchas veces) ni ocupado. Si así fuese, tardaría otros diez minutos más para añadir a mi ya informal e irresponsable mañana, pero por casualidades de la vida, cuando llegué al ascensor y le di al botón, las puertas se abrieron como por arte de magia. No podía creérmelo. Era la primera vez desde que vivía en ese edificio que eso me ocurría, y sonreí. Quizá no iba a ser un día tan malo después de todo. Mientras bajaba en el ascensor, a la vez que daba golpecitos de impaciencia con el pie en el suelo y me alisaba el pelo con la mano, llamé a Sonia, mi jefa.

—Hola, Alexandra, ¿qué ocurre? —dijo pronunciando mi nombre completo. Hecho que no me pasó desapercibido.

—Hola, Sonia, eh...discúlpame, pero llegaré algo tarde —afirmé rápidamente como si el hecho de decirlo más deprisa tuviese menos importancia. Esperé su respuesta mientras deshacía la uña de mi dedo corazón entre los dientes.

—¿Otra vez? Perdona que te lo diga, Álex, ¿esto no se estará convirtiendo en una costumbre? es lunes y sabes que a primera hora hay faena con los desayunos.

—Sí, lo sé, pero...se me ha estropeado el despertador y el muy inoportuno ¡no me ha sonado! Lo siento, de verdad. Te lo compensaré. Lo prometo.

—¿Cuánto tardarás? —preguntó con una voz seca.

Estaba claro que no le hacía ninguna gracia esta situación. A mí tampoco.

—Unos veinticinco minutos, más o menos. Estoy saliendo ahora mismo de mi portal.

—Muy bien, pues corre, porque estoy sola y no sé si voy a poder atender a todos los clientes. Ya hablaremos después —colgó. Ya me veía recogiendo el finiquito.

Por suerte, vivía al lado de la boca del metro. Aunque tenía seis paradas por delante y un trasbordo de cinco minutos de una línea a otra, no me relajé. Tenía el corazón acelerado, sentía la sangre recorrer mis venas como una corriente eléctrica sobrecargando cada parte de mi cuerpo de un modo estresante. Además, comencé a percibir una sensación extraña en mi interior, un presentimiento, y no sabía si catalogarlo como bueno o malo. Lo entendí más tarde. Me senté en el primer banco que vi medio libre del andén, mientras esperaba a que llegara el tren. En esa línea de metro, una de las más concurridas de la ciudad, normalmente en hora punta, no había sitio para poder sentarse y mucho menos en el interior de los vagones, pero por alguna extraña razón del destino, encontré un hueco y me aproveché de él. A esas horas de la mañana, la estación estaba llena de trabajadores y estudiantes que iban a sus respectivos destinos. A mi lado, sentada en el banco, se encontraba una anciana con muchas arrugas en la cara. Llevaba varios collares colgados del cuello y muchas pulseras en el brazo derecho. Me pareció curioso que llevara tantas pulseras en un brazo y, sin embargo, ninguna en el otro. No eran joyas de calidad, tan solo bisutería de la barata, de las que venden en los mercadillos con piedras de colores y brillantitos de plástico. A ella le parecía que iba guapa por la manera en que me miró y me guiñó un ojo sonriendo al ver que me sentaba a su lado. Llevaba una peluca negra azulada que le llegaba por encima de los hombros. No le quedaba bien, parecía que tuviera poco cuello y su falso flequillo brillaba demasiado bajo las luces fluorescentes del andén. Su perfume era dulce y penetrante, completamente embriagador. Me arrepentí al instante de sentarme a su lado, ahora me parecía mal levantarme pues se notaría demasiado que lo hacía por ella. Así que, decidí quedarme y aguantar la respiración, aunque después no pudiera quitarme ese pesado olor de la ropa. La mujer volvió a mirarme y se quedó así, observándome durante unos segundos, unos segundos muy largos. Quizá fuera un minuto completo. Después giró la cabeza como si tal cosa y siguió en sus divagaciones. Era muy extraña, sonriendo como si alguien le hubiera dicho algo gracioso. Pensé que, seguramente, sería por mi moflete hinchado pues no me lo había maquillado. Estaba deseando levantarme…

Por fin entró el tren, por el túnel de la izquierda, saturando la parada con el sonido chirriante de sus frenos. Un aire espeso y caliente me embargó la cara con olor a metal, polvo y contaminación concentrados, despeinándome un poco más de lo que ya estaba. En cuanto se abrieron las puertas del vagón, un cúmulo de personas bajaron sin cesar. Tenía la sensación de que no me daría tiempo a subir, cerrándose de este modo las puertas en mis narices sin poder acceder al interior del vagón. Esa mañana ya estaba bastante alterada como para sumarle ese pequeño estrés. Cuando finalmente la gente terminó de bajar, otro tumulto se abalanzó al interior, al igual que yo. Era una hora horrible, había tanta gente que me costó hacerme paso para poder llegar a la barra del centro y sujetarme. Estaba lleno hasta los topes por personas ajenas que no hablaban entre ellas, pues no se conocían de nada. Los días festivos eran algo diferentes, quizás no habiendo esa aglomeración tan grande, pero, de todos modos, el metro era un transporte muy usado y Barcelona es una ciudad enorme e impersonal. El ritmo rápido y sonoro del entorno contagiaba ese estado ansioso, generando un estilo de vida apresurado. A pesar de eso, me encantaba, aunque no en ese preciso momento.

Debía recorrer cinco paradas en esa línea de metro. Después del trasbordo, tenía que tomar otra línea y viajar una parada más hasta llegar al centro del Paseo de Gracia. La cafetería no estaba justo ahí, pero sí en una de las calles paralelas a unos cinco minutos caminando. Cuando el tren había avanzado cuatro paradas, noté que alguien me daba unos toquecitos en el hombro. Al girarme contemplé a la mujer de los collares que me había sonreído en el andén anteriormente. Estaba detrás de mí, mirándome a los ojos seriamente, nada que ver con la sonrisa risueña que había mostrado hacía tan solo cinco minutos. Me hizo una pregunta de lo más extraña. No es que la pregunta fuese extraña en sí misma, pero teniendo en cuenta que no conocía de nada a la señora y la mirada que me regalaba en ese momento…

—¿Te gusta llevar reloj, muchacha? —preguntó muy seria.

Sonreí incrédula mirando hacia los lados, pensando en si me estaba preguntando eso realmente. Qué curiosidad más absurda, ¿qué le importaba eso a esa mujer? Sin embargo, parecía que fuese relevante para ella y, como estaba tan seria, me alteró. Una pregunta tan simple y tonta como esa y, a la vez, tan misteriosa. Iba a contestarle cuando, de repente, me agarró una mano, le dio la vuelta y observó el interior de la palma. Pasó sus dedos por encima inspirando fuertemente mientras cerraba los ojos. Un escalofrío recorrió mi espalda y me tensé de repente. Un sinfín de preguntas, así como sus respuestas, me vinieron a la cabeza y ninguna de ellas era buena. Con un tirón fuerte aparté mi mano de las suyas, y mirándola con el ceño fruncido le contesté de mala gana:

—¿Qué cree que está haciendo, señora? —dije la última palabra casi como un insulto, llamando la atención en medio del vagón.

La anciana me miró y parpadeó como si saliera de un trance o algo parecido.

—Disculpa, muchacha. No pretendía molestarte.

—¿Es que acaso quería leerme el futuro?

—No, es solo que…

—No me interesa saber lo que quería hacer, y mucho menos si era para leerme la mano ¡Vamos, lo que me faltaba! No creo en estas cosas y tampoco iba a pagarle ni un céntimo.

La gente de alrededor que nos observaba desde el momento en el que ella comenzó a hablar, nos miraba divertida. Unos me sonreían con complicidad, entendiéndome. Otros miraban a la señora con incredulidad y cejas arqueadas, como si no se creyesen lo que acababan de ver. Un hombre que había de pie junto a mí incluso llegó a decir que era una caradura. Pensé que tenía razón. Cuando miré por la ventanilla de enfrente, me di cuenta de que estábamos llegando a la parada en la que tenía que bajar. Sin pensármelos dos veces, me apreté el bolso e intenté alejarme de la anciana todo lo rápido que me permitieran las personas apelotonadas ante mí para dirigirme, lo más cerca posible, a la puerta de salida. Le eché una mirada rápida de soslayo comprobando incrédula que me seguía hasta que, de pronto, volvió a cogerme del brazo para que le hiciese caso. Giré impaciente hacia ella. Estaba harta. Me miró a los ojos de manera suplicante y, cuando ya iba a sacudirle el brazo de nuevo y contestarle una fresca, ella habló primero.

—No quiero tu dinero, muchacha, pero recuerda esto. El tiempo no es tu enemigo. Descubre quién eres y lo entenderás.

En ese momento, giró sobre sus pies para bajar por la puerta que se acababa de abrir perdiéndose entre la multitud, y yo, alucinando en colores, la seguí junto a otro montón de gente. Me quedé quieta, abstraída durante unos segundos. Por un instante dejé de ver la muchedumbre que me acompañaba y se movía a mi alrededor. ¿Qué quería decir con lo de que el tiempo no era mi enemigo? "Descubre quién eres" Pensé en esas palabras detenidamente hasta que el siguiente tren hizo entrada en la estación. Su sonido me despabiló repentinamente, haciendo que recobrara el sentido y el motivo por el que tenía prisa.

¿Qué significaba? Esas palabras me dejaron atónita. Probablemente estaba trastornada y de ahí su extraño comportamiento. Todo y así me dejó intranquila, con una sensación muy extraña, como si hubiera acertado de pleno y yo no me conociese en absoluto. Mientras hacía el trasbordo hasta la otra línea de metro iba pensando en quien era yo. Asimilando y convenciéndome de algo tan sencillo y absurdo pues lo sabía perfectamente.

<<Soy Alexandra Blanch, una joven soltera y sin compromiso, que con solo veintidós años vive independizada, hecho del que estoy muy orgullosa, aunque, si bien es cierto, es gracias a una compañera de trabajo de mi madre, que me ofreció su antiguo piso por un precio "amiga" bastante asequible. De cualquier otra manera me hubiera sido imposible permitirme el lujo de independizarme>> pensé arrugando la nariz <<Pero cocino, lavo mi ropa, limpio y gestiono la totalidad de los gastos yo sola, sin la ayuda de nadie; eso tiene que contar…>> sonreí optimista <<Hija de madre soltera, de padre desconocido y con abuelos anónimos a los que no poder visitar en navidad o cumpleaños. Licenciada en Bellas Artes y trabajadora a tiempo completo en una cafetería que nada tiene que ver con mis sueños de artista. Todo un éxito en mi desarrollo personal>> Puse los ojos en blanco y bufé ante ese triunfo <<Algún día abriré mi propia galería y tienda de arte. Lo juro>>

Al pensar en ese ínfimo resumen de mi vida, me di cuenta de que me componía a base de sueños. Soñaba con un padre, con una familia completa como habían tenido mis amigos; con un trabajo mejor, o al menos uno que estuviera relacionado con mis estudios. Soñaba con el amor verdadero, aunque no era mi prioridad en ese momento, y más teniendo en cuenta la desgraciada historia de mi madre. Pero, lo más importante de todo es que tenía los pies en la tierra y sabía lo que conllevaba trabajar duro para conseguir mis fines. Más tarde o más temprano, lo conseguiría. Sí, definitivamente, yo, Alexandra Blanch, sabía quién era.

Por su culpa, mientras hacía el trasbordo y cogía el segundo tren, olvidé completamente que llegaba tarde. Estaba tan ensimismada que por poco me pasé de parada, quedándome dentro del vagón. Salté del tren para dirigirme hacia la salida junto al río humano en el momento justo, cuando este pitaba avisando que sus puertas empezarían a cerrarse. Me colé entre el gentío corriendo, esquivando y empujando pues no todos llegaban tarde, claro. Lo más probable es que solo lo hiciera yo. De pronto volví a sentir ese estremecimiento incomprensible por todo mi cuerpo erizándome el vello de la nuca que me pareció de lo más extraño.

Atisbé, por fin, las escaleras mecánicas, percatándome de lo lentas que iban y tan rebosantes de personas que decidí avanzar por las normales. Estas tampoco se hallaban vacías, pero podía subirlas corriendo de dos en dos sin molestar a nadie y llegar antes a la salida. Y así fue. Me sentí orgullosa por esa pequeña decisión. La sangre hervía en mis venas y mi corazón latía desbocado como si quisiera huir de mi pecho y escapar por mi boca. La prisa por llegar hacía que tuviera la adrenalina a un nivel insoportable, brotando por cada poro de mi piel. Necesitaba salir corriendo e incluso saltar los escalones con tal de amortiguar esa sensación que tenía en el cuerpo. Mi mente proyectaba, una y otra vez, la imagen de Sonia diciéndome "estás despedida" y un sudor frío invadió mi cuerpo dejando una incertidumbre ante el probable despido. Al llegar al último tramo observé los escalones mojados, estaba lloviendo. Estábamos a finales de octubre y aún hacía buen tiempo, aunque ya refrescaba por las mañanas. Se me había olvidado coger la chaqueta de entretiempo y tampoco llevaba paraguas. Por suerte, la cafetería estaba cerca. Qué poco me gustaba este tipo de lluvia fina, la típica en la que la gente no sabía si abrir su paraguas o no. Eché un vistazo al reloj.

<<Estupendo, las 09:12. Sonia va a matarme>> pensé frustrada.

Decidida, aceleré el paso dejando atrás la boca de metro dirigiéndome al semáforo.

El Paseo de Gracia de Barcelona es una avenida de las más importantes y prestigiosas que se encuentran en el centro de la ciudad. Está dispuesta por cuatro carriles para el tráfico en el centro y, en algunos tramos, de carriles laterales. Mi parada de metro se encontraba en el centro del paseo, en una esquina del cruce que converge entre la avenida de Paseo de Gracia y la Gran vía de las Cortes Catalanas, junto a una gran fuente que hace a la vez de rotonda. Tenía que cruzar los cuatro carriles y después una pequeña vía lateral para dirigirme a la calle Pau Clarís, paralela al Paseo de Gracia y donde se encontraba la cafetería. Atravesé el primer tramo de vía apresuradamente mientras el monigote del semáforo parpadeaba para dar paso al rojo, prohibiendo así el paso para los peatones que, en ese momento, corríamos para terminar de cruzar. Tan solo me quedaba el carril lateral y ya podría avanzar a toda velocidad hacia la cafetería. Estaba tan cerca…

Tenía tanta premura que, aunque sabía que la luz seguía en rojo, no me importó. En ese tipo de calles tan concurridas es muy normal ver cruzar gente corriendo por los laterales sin tener en cuenta el color de los semáforos. Y es lo que hice. Simplemente vi que dos hombres trajeados pasaban aceleradamente, y les seguí sin mirar. A ellos les dio tiempo a cruzar por completo cuando coloqué mi pie en la calzada. Ellos ya estaban a salvo, yo no. Y no lo vi…Tan pronto como llegué a la mitad de la vía, un taxi se me echó encima sin darme tiempo a reaccionar. En ese instante, advertí que ese era el estremecimiento que sentía en mi interior desde hacía rato. Fueron milésimas de segundo, pero lo vi tan claro como el agua. El coche iba a atropellarme y no podía hacer nada por evitarlo. En un acto reflejo me tapé la cabeza con los brazos intentando protegerla ante el impacto. Aguardaba sin remedio aguantando la respiración, pues mi cuerpo y mi mente se preparaban para recibir el golpe que me tiraría por encima del capó rodando hasta caer por detrás, rompiéndome las piernas e impactándome la cabeza contra el suelo. O, quizás, me quedaría debajo enganchada siendo arrastrada hasta que me empotrase contra algo: otro coche, una farola o simplemente hasta que se detuviese. Seguía esperando, temiendo el dolor y la muerte con un nudo en el estómago que impedía que me moviese. Pasaron dos segundos, tres, cinco… ¡diez! y seguía ahí, en medio de la vía, inmóvil, con miedo a moverme y que justo en ese instante el coche me golpeara, pues estaba muy cerca. Sin embargo, ese coche ya debería haberme atropellado.

En ese inciso en el que mi mente no pensaba y todos mis sentidos, menos la vista, estaban en alerta máxima, me di cuenta; con los brazos aún alrededor de mi cabeza protegiéndola y los ojos muy cerrados, el ruido de mi entorno había desaparecido. El bullicio de una calle tan transitada se había esfumado. El incesante sonido de los vehículos circulando, las ambulancias, los cláxones…nada. Absolutamente nada. Todo estaba en el más total y absoluto silencio, como si estuviera sola, rodeada de "nada". Tan solo el eco del latido de mi corazón, resonando en mi interior a una velocidad desorbitante junto a mis rápidos y temblorosos jadeos. Poco a poco, fui bajando los brazos lentamente levantando la cara sin abrir los ojos. Me daba miedo mirar. Me daba miedo descubrir que había muerto y que estaba en el cielo, o en donde se supone que van las almas una vez que han dejado el cuerpo, fuera cual fuese ese lugar. Por otro lado, no había sentido el impacto y tampoco había sufrido daño alguno y eso era algo relativamente bueno pues había sido una muerte rápida y sin dolor.

Con gran esfuerzo por mi parte, decidí abrir los ojos y mirar dónde me encontraba. Lo que vi me dejó tan petrificada, que no supe distinguir si era real o una pesadilla de la que aún no había despertado. Me encontraba en el mismo lugar, en el centro del carril lateral del paseo de Gracia y frente a mí seguía ese taxi, a medio metro escasamente. Sin embargo, estaba quieto, estáticamente quieto, al igual que su conductor. El vehículo era un modelo de Citroën, muy parecido al que tenía el padre de mi amiga Blanca y con el que alguna vez que otra nos había llevado a la playa. Podía contemplar la cantidad de mosquitos mutilados que tenía pegados en el parachoques, y un pequeño rasguño en una esquina. Llevaba el cartel de "libre" encendido.

<<Es imposible…>>

Inspiré de manera brusca como si hubiese estado privada del aire a mi alrededor. Mis ojos se abrieron desorbitadamente y un escalofrío recorrió mi espalda hasta erizar todo el vello de mi cuerpo. Pestañeé un par de veces y me fijé en el interior del coche. El taxista, de unos cincuenta y tantos, parecía un muñeco de cera y tenía la mirada clavada en un punto fijo ante él, yo. Su expresión de terror me impactó de un modo estremecedor. Estaba erguido, con los brazos estirados hacia el volante sosteniéndolo con firmeza intentando frenar el coche con toda su voluntad para no atropellarme. Sin embargo, "algo" lo había detenido y su quietud era aterradora. Miré a mi alrededor totalmente aturdida, todo mi entorno estaba en un estado de inmovilidad real y espeluznante y no como si los coches hubieran apagado el motor y todo el mundo se hubiese callado de repente, si no, más bien porque "algo" los había detenido en pleno movimiento. La gente estaba estática en medio de posiciones claramente involuntarias, con gestos extraños, brazos a mitad de una explicación; bocas abiertas…

Las personas preparadas para cruzar detrás de mí que esperaban a que el semáforo les diese paso, se habían congelado con expresiones de terror, temiendo lo que iban a presenciar. Solté un grito ahogado cuando vi en la acera, a un chico haciendo running. Este se encontraba flotando en el aire sin apoyar ninguno de los dos pies, ¡"eso" lo había sorprendido en medio del salto! Mi corazón dio un vuelco y un gemido silencioso surgió de mi garganta seca. Dejé de respirar al comprobar que las gotas de la lluvia estaban detenidas en el aire, ¡No caían! Estaba rodeada de pequeñitas perlas transparentes y brillantes, todas a mi alrededor. Era lo más bello que había visto en la vida y a la vez lo más aterrador. Las gotas flotaban en el aire como si algo hubiese interrumpido su viaje; otras se encontraban en el instante exacto del choque contra el mundo: el suelo, los coches, mi mano… y yo era testigo de ello. Ese momento en que una gota estalla y se fragmenta, normalmente invisible para la mirada humana, se revelaba ahora detenido ante mí, extendiéndose en derredor. Un prodigio tan extraordinario como terriblemente perturbador. Levanté una de mis manos para tocar con mi dedo índice una de las gotitas suspendidas que tenía ante el rostro. Cuando el agua rozó mi piel, esta se derramó por mi mano como si el hecho de haberla tocado hubiese roto el encantamiento y fue ahí, en ese instante, dentro de esa pausa paranormal cuando mi mente comenzó a ser consciente de lo que estaba ocurriendo. Un temblor involuntario se apoderó de mí, de mi cuerpo y de mi mente incoherente.

Parecía la protagonista de un video viral del antiguo "Mannequin Challenge", solo que este era real, una realidad en la que participaba el mundo entero; las personas, el viento, los pájaros, la lluvia…todos, menos yo. Era como si el tiempo se hubiera detenido. Pero… eso no podía ser, ¡era imposible!

Levanté mi brazo izquierdo tembloroso, mientras se derramaban en él un surtido de gotitas que estaban suspendidas a mi alrededor, disponiéndome así a mirar la esfera de mi reloj. Mi temor se reflejó en ella. Las agujas del reloj estaban paralizadas en la posición de las nueve y trece minutos de la mañana. Tan solo había pasado un minuto escaso desde que miré el reloj por última vez en la boca de metro. Sin embargo, habría jurado que llevaba más de cinco minutos allí parada, contemplando mi entorno.

—¡Dios mío! ¿Qué pasa? —susurré con los ojos anegados en lágrimas a punto de desbordarse. Era la única persona en toda la calle a la que no le había afectado "eso" pero… ¿Por qué? Sin poder pensar con claridad decidí subir a la acera, no podía quedarme ahí parada. Estaba tan asustada… ¿Qué ocurriría si el mundo se quedaba quieto para siempre? ¿Y mi madre? ¿Y si no pudiera volver a hablar con ella? Los sollozos comenzaron a surgir ante el temor de que eso pudiera ocurrir realmente. Temblando como un flan y haciéndome un millar de preguntas, adelanté un paso hacia la acera. De pronto sentí mucho frío y el temblor que tenía hasta ese momento se convirtió en verdaderas convulsiones. No recordaba haber sentido jamás tanto miedo. Di otro paso más mirando a todas partes, mientras las gotitas de agua se derramaban por mi cara empapando mi ropa y enfriando mi cuerpo lentamente. A mí alrededor, todo seguía igual, con la misma quietud impersonal, ausente y vacía.

—Otro paso más, Álex…—me dije a mí misma.

Abrazaba mi cuerpo con un énfasis desproporcionado pues el pánico se había apoderado de mí. Con un último impulso, medio encogida, e intentando mantener el calor corporal que parecía haber desaparecido repentinamente, conseguí subir a la acera. En el instante en el que apoyé el segundo pie en lo alto del bordillo, todo, absolutamente todo a mi alrededor, volvió a la normalidad. Fue instantáneo. Los sonidos regresaron y el movimiento con ellos. Las personas siguieron caminando, el chico que practicaba running dejó de flotar y continuó su marcha como si nada hubiera ocurrido. Los coches, los pitidos, las conversaciones…. La ruidosa calle del Paseo de Gracia en plena mañana de un lunes de octubre era, ahora, completamente normal. Desconcertada, mientras observaba el flujo habitual y constante de la vida cotidiana de la ciudad, un fuerte estruendo metálico llegó a mis oídos. Giré la cabeza hacia el lugar del sonido todo lo rápido que me dejó mi cuerpo embotado. El inevitable choque del taxi que me embestía segundos antes acababa de ocurrir, pero sin mí delante, por supuesto. Ahora, se encontraba empotrado contra una farola antigua en la esquina. Tenía las luces de emergencia dadas y por suerte, las personas que se encontraban cerca estaban ilesas y les había dado tiempo a apartarse antes de que el coche se les echara encima. El semáforo que se encontraba tras de mí, cambió al color verde y una mujer que lo cruzaba se me acercó rápidamente con los brazos extendidos en un amago de abrazo. Me peguntó alarmada si me encontraba bien, si me había hecho daño. Sin embargo, en aquel momento, no pude contestar. Mis ojos estaban fijos en el taxi accidentado. Un hombre mayor que se encontraba a su lado observaba la escena, intentando averiguar sin éxito porqué el vehículo había perdido el control de esa manera. Enseguida se formó un grupo de personas morbosas a mi alrededor deseando ver los efectos del accidente. La sangre parecía haberse evaporado de mis venas, así como el calor corporal. Cada centímetro de mi cuerpo estaba frio y rígido. Con la mente en blanco, convulsionando incontrolablemente e incapaz de caminar, seguí encogida sujetándome los brazos, buscando consuelo en mí misma mientras me empapaba con la suave lluvia que caía sin cesar. Observaba con estupor y con los ojos muy abiertos el escenario ante mí que, aparte de aparatoso, quedó reducido a una gran abolladura en la chapa del taxi y con un taxista ileso.

Si se puede entrar en estado de shock, ese fue mi momento. El instante en el que comprendí que realmente el tiempo se había detenido, lo justo para que yo saliera de esa situación. Inaudita pero cierta. Nadie más lo sabía, nadie más lo había presenciado y mucho menos el conductor quien me buscó rápidamente con la mirada en el instante en el que bajó de su accidentado coche. Se dirigía hacia mí dando zancadas sobresaltado y con el ceño tan fruncido que impedía verle los ojos. Debió de suponer que salté a la acera y que por mi culpa se había quedado sin su herramienta de trabajo. Mi cuerpo y mi mente no pudieron más. El cúmulo de sucesos me había saturado de emociones en una situación que se escapaba a mi comprensión. Mi cerebro se defendió. Las náuseas repentinas se apoderaron de mí estómago y mi entorno comenzó a dar vueltas hasta que mi visión quedó completamente anulada. Sin poder evitarlo, caí desmayada al suelo.

2. Esperanza

La mañana de ese mes de octubre de la era actual era cálida, aunque algo húmeda. Había estado lloviendo en Barcelona de manera muy suave desde la madrugada. Aunque no necesitaba ningún tipo de protección para la temperatura, sentía frío. Pero no era un frío físico como tal, causado por las temperaturas, sino más bien una sensación de inquietud, de intranquilidad, pues tenía la impresión de que algo iba a ocurrir inminentemente y no solía errar en mis deducciones. Esa misma intuición, que conocía muy bien, me advertía de cambios importantes. Era como si saltaran las alarmas en mi interior y me alertaran de un suceso inevitable que afectaría, de ahora en adelante, a mi existencia; ya fuera algo bueno o malo. Reconocía el origen de esa fuerza invisible, pues no podía provenir de otro lugar. Todo y así salí en su búsqueda. El estado inmaterial de mi existencia permitía ver todo mi entorno, alcanzando su destino de un modo más veloz. Mientras avanzaba hacia ese punto, evoqué una época en la que había tenido esa misma sensación. Había ocurrido unos siglos atrás en un par de ocasiones, en las que, a pesar de mi naturaleza, fui sorprendido por el capricho del destino.

La primera vez que la sentí, fue una noche de diciembre cerca de la ciudad de Aberdeen, Escocia. Corría el año mil cuatrocientos cincuenta y cuatro.

Días antes, mi hijo Alistair cumplía dieciocho años. Estaba impaciente por tener su regalo pues sabía que sería especial y diferente al resto de los que había recibido anteriormente. Ya era un hombre hecho y derecho. Su carácter se había templado entre la lucha y el ejercicio constante para la batalla, pues los tiempos eran difíciles. Era un joven magnífico, y me sentía profundamente orgulloso de él. Poseía una gran fortaleza física, un porte apuesto y, más aún, un corazón extraordinario. Amaba la vida en todas sus formas, respetaba a las personas y, por encima de todo, a las mujeres. En esencia, era noble por naturaleza. Pensé que era el momento de mostrarle sus cualidades aún desconocidas para él y que las aceptaría con honra. Cuán equivocado estaba.

Manejaba la espada de manera diestra. Su agilidad y velocidad eran tales que incluso sus propios compañeros luchaban por no quedarse atrás. Su figura, sorprendentemente madura para su edad, parecía anticipar el destino de lucha que le aguardaba. Era, en definitiva, un auténtico *highlander*. Por suerte, no había llegado ese momento y aunque estaba deseoso por demostrar sus cualidades físicas, aún no se había percatado de la ventaja que tenía sobre los demás. Hasta entonces, su vida no había corrido peligro, pero aquel suceso acabaría revelando quién era en verdad y alterando para siempre su existencia.

—¡Padre! qué alegría verle… ¿qué sorpresa me tiene preparada para hoy? Por si no se acuerda, hoy cumplo dieciocho años. Ya soy todo un hombre —dijo sonriendo con soberbia.

Siempre le obsequié presentes especiales. Buscaba pequeñas cosas que sabía que le agradarían, aunque fueran de otro tiempo. En una ocasión, al cumplir los quince, le regalé algunos poemas del futuro, escritos por quien algún día sería el famoso William Shakespeare. Adelanté el tiempo hasta llegar a esa época (poco más de cien años) para comprarle al señor Shakespeare unos versos para mi hijo. Al entregárselos, su rostro se iluminó en una alegría sobrecogedora, aún sin imaginar el verdadero valor del tesoro materializado en papel que tenía entre las manos. A mis ojos no eran gran cosa, pero comprendía que para quienes tenían una sensibilidad afinada hacia la vida, aquellas palabras eran de un valor incalculable.

—Hijo mío, ha llegado el momento de revelarte tu auténtica identidad. Deberás mantener una mente abierta pues, lo que estoy a punto de mostrarte, cambiará la vida como la conoces actualmente.

Su mirada me traspasó. Con los ojos muy abiertos, mostrando una expresión entre asombro y nerviosismo, me preguntó:

—¿Mi auténtica identidad?, ¿de qué habla, padre?

—No temas. Eres muy fuerte y valiente, estoy seguro de que sabrás entenderlo. Empezaré desde el principio. ¿Quién crees que soy, Alistair, a parte de tu padre?

Se quedó perplejo. Me miró a los ojos como si esa pregunta fuese absurda. A pesar de ello, contestó.

—Un hombre fuerte que ha luchado alguna vez que otra saliendo victorioso. Un padre que, aunque no ha estado siempre a mi lado, lo ha estado en los momentos en que más he necesitado. Me ama a mí y a madre sobre todas las cosas. Respetáis la vida, desde la más insignificante hormiga hasta el más vil de los hombres, y aunque en ocasiones no comparto vuestra actitud, os admiro. Todo un ejemplo a seguir, y quiero ser como vos.

—Vaya, me alegra oír de tus propios labios esa opinión tan grata sobre mi persona. Espero que sigas opinando lo mismo después de lo que ocurrirá en unos momentos.

—¿A qué os referís? —preguntó dubitativo.

Le rodeé con mi brazo por encima de sus hombros y le animé a que me siguiera.

–Ven hijo, hay cosas que es mejor mostrar que explicar.

Aunque me había convertido temporalmente en un noble de la época, fingiendo un papel que no me correspondía, no me gustaban los lujos, no como a los simples humanos nobles que conocía. Con los que había tenido relación en contadas ocasiones, siempre viviendo en sus imponentes castillos de piedra. Mi pequeña fortaleza, era una casa–torre de cuatro pisos de altura con un par de pequeñas torretas a los extremos acabadas en punta. La había ganado, de manera sencilla, en una apuesta de taberna años atrás. Era tan fácil... Conocía la naturaleza de los hombres, capaces de perder una propiedad con tal de demostrar su hombría, la cual no hacían honor en el momento en que se jugaban sus tierras y caían ebrios semiinconscientes al suelo. No era una propiedad que se correspondiera a mi estatus social, como quizá debería ser. No me interesaba mostrar al mundo mi grandeza, ¿a quién le servía? La gloria de una persona no se halla en su dinero o en su defecto, en la muestra de su patrimonio, si no en la magnitud de su corazón y así es como quería educar a mi hijo.

Ya en el exterior, frente a nosotros se extendían grandes campos de tierra y hierba que, en estos momentos del mes de diciembre, mostraban una fina capa de hielo escarchado, pues la temperatura matutina y la niebla influían en ese paisaje. A menudo, la niebla era tan densa que impedía que saliera el sol en todo el día haciendo la jornada triste, gris y húmeda. Sin embargo, en primavera, acontecían días en los que, a pesar de que amanecía del mismo modo, la fuerza del sol era tal que evaporaba esa bruma matinal dejando paso a un cielo raso y limpio. Sus rayos, calentaban e iluminaban las tierras del valle, dando así paso a contrastes extraordinarios de colores vivos formados por la variedad de flores y los verdes prados. Sin duda, esa era la época más bonita del año. A un par de leguas de distancia, se encontraban impresionantes acantilados ofreciendo una vista magnífica al desafiante mar del norte. Temible por sus peligrosas tormentas y sus mareas irregulares, causadas por las chocantes corrientes del norte y del sur. La bruma y la lluvia eran muy habituales, por lo que los navegantes se sometían a la voluntad de las aguas. Era una tierra de naturaleza salvaje y feroz que me tenía fascinado.

Nuestro campesino y amigo Conrad, se hallaba cortando leña para las chimeneas de la torre. Era muy madrugador. Se levantaba al alba para cumplir con sus labores, y una de ellas consistía en preparar la leña del día. Levantó la vista al vernos pasar y, con una sonrisa serena, inclinó la cabeza en señal de saludo y respeto. Como es debido, le correspondimos del mismo modo sin pronunciar palabra. Nos detuvimos a unos diez metros de él. Era un lugar perfecto para mostrarle lo que quería que viera. No había nadie en los alrededores. A las siete de la mañana, el mundo parecía suspendido en una quietud absoluta, ni siquiera la brisa matutina. Tan solo rodeados de bruma.

—Alistair, contempla a Conrad por un instante. ¿Ves cómo eleva sus brazos y los vuelve a bajar para cortar la madera?

—Sí, lo veo. ¿Qué tiene eso de especial?, ¿es que ahora vais a enseñarme una nueva manera de partirla? Os aseguro que lo sé hacer y se me da muy bien.

Se me escapó una pequeña carcajada y él levantó una ceja mientras me miraba de soslayo.

—Ahora verás —dije.

Alcé mi mano derecha e hice un chasquido de dedos mientras le miraba a los ojos. En ese instante detuve el tiempo.

—Contempla tu entorno, Alistair. ¿Qué ves ahora?

Echó una ojeada a su alrededor y todo parecía normal hasta que detuvo su mirada en Conrad. Sus ojos se abrieron de tal manera que pensé que se le saldrían de las órbitas pues nuestro campesino estaba totalmente inmóvil. Sus brazos sujetaban el hacha clavada en el interior del tronco, casi partido por completo. Alrededor del leño, se esparcían innumerables astillas de madera que salían despedidas de su interior y que ahora se hallaban suspendidas en el aire y completamente inmóviles. Me miró sin comprender. Se acercó a Conrad sin vacilación para estudiarlo más de cerca con una mueca divertida. Creyó que actuaba y que era una chanza, hasta que llegó a su lado y comprobó que no era así. Su expresión pasó de la incredulidad al asombro y de este al horror. Se giró hacia mí, luego volvió la vista a Conrad, repitiendo el gesto varias veces hasta que comprendió que había sido yo quien había causado aquella situación. Le dejé hacerse a la idea antes de explicarle nada pues sabía que sería difícil de asimilar.

—¿Qué ha... habéis he...hecho, pa...padre? ¿So...sois brujo o...o algo así? ¿Y por qué está inmóvil?, ¿qué le ocurre?

Su voz comenzó con un suave murmullo, pero fue elevándose progresivamente demostrando su aprensión y espanto al mismo tiempo. No me gustó su reacción, aunque la comprendí.

—A Conrad no le ocurre nada malo, hijo. Tan solo he detenido el tiempo como tú lo entiendes, nada más.

Se quedó rígido mientras sus ojos observaban, detalladamente, la expresión detenida de esfuerzo de Conrad. Se acercó hacia mí, señalándole.

—Quiero que lo volváis a dejar como estaba. ¿Quién sois, y por qué me enseñáis esto? Es antinatural…

Inspiré profundamente. Fue un golpe bajo, como sentir un puñetazo en el estómago.

—Hijo, no te equivoques…Aunque no lo creas, no es antinatural. Esto que estás presenciando es el presente. El mismísimo presente. Soy capaz de mostrártelo porque soy el dueño y señor del Tiempo.

—¿Qué…qué decís?

—Soy capaz de parar el tiempo a mi conveniencia y antojo, hacerlo avanzar o retroceder según me plazca. Aparecer mil años en adelante y volver a este momento, cuando desee. Lo que acabo de hacer, tan solo es detenerlo, pero no influyo en él pues en cuanto lo retorne, Conrad seguirá cortando leña y no se habrá percatado de nada. Para él no habrá parado el tiempo en ningún momento.

—¿Y cómo es que puedo verlo? ¿Por qué para mí sí se ha detenido?

—Porque tú eres mi hijo. Cada vez que detenga el tiempo en algún momento, te darás cuenta de ello, aunque no te veas afectado como Conrad o el resto del mundo.

—Jamás había visto algo así… ¿Es que nunca lo habíais detenido anteriormente?

La curiosidad de su pregunta no lograba ocultar el miedo que se reflejaba en sus ojos y quebraba su voz.

—No, al menos desde que tú existes. No suelo hacerlo pues no tengo necesidad. Si me desplazo al futuro o al pasado, como ya te he dicho, a ti no te afecta, tan solo si detengo el tiempo. Además, el curso de la vida es continuo y perpetuo, nada debe interferirlo, ni siquiera yo.

—¿Y qué tiene eso que ver conmigo? Ya he visto lo que puede hacer.

—Como hijo mío, también posees esas cualidades solo que aún no han surgido. Yo soy el Tiempo; el Dios de la eternidad o como quieras llamarme. Tú desciendes de mí, y aunque también eres humano, llevas parte de mi naturaleza pues esta corre por tus venas. Soy inmortal. No nací ni fui creado. Soy originario como el cosmos y como tal doy flujo al rumbo de la existencia, siempre hacia delante. Tienes la opción de moverte en el tiempo, como yo, hacia donde quieras, con la única condición de no cambiar el curso de la vida. Aunque aún no te has percatado, posees parte de esa cualidad pues la has heredado de mí. Es innata, va en tu sangre. Cuando tu vida esté en peligro real, es decir, que en un momento determinado vayas a morir irremediablemente, el tiempo se detendrá por sí solo protegiéndote de la desgracia a la que estés expuesto. De este modo tendrás la ventaja de desasirte de esa situación y así que tu vida perdure.

—¿Me estáis diciendo que soy inmortal como vos?, ¿Qué nada puede matarme? —gritó con ojos vidriosos. Era evidente que lo que estaba escuchado no era de su agrado.

—Sí, más o menos.

Su semblante se relajó un poco, solo un poco.

—Hijo, como te he explicado, eres medio humano y por supuesto que puedes morir, aunque es muy difícil. Las enfermedades te esquivan. Tu sangre es demasiado primigenia, casi como la mía. No hay suceso del que no puedas desasirte pues como te he comentado, el tiempo te protege y…

—Padre, no quiero oír nada más. Por favor, reanude el tiempo y no me haga más revelaciones por hoy. Simplemente, no puedo seguir escuchándolo…

Cabizbajo y con los ojos cerrados, dio media vuelta y se encaminó hacia la casa. Acto seguido, chasqueé los dedos. En ese instante, el crujido de la madera quebró el silencio, mientras Conrad continuaba con su labor ajeno a lo que había ocurrido. Alistair se detuvo un instante y giró levemente la cabeza hacia el campesino, observando nuevamente el continuar de la vida sin cambio alguno. Reanudó su marcha y desapareció por el interior oscuro del gran portal. A raíz de ese día, todo cambió. Su relación conmigo se enfrió de manera drástica. Hacía todo lo posible por esquivarme. En repetidas ocasiones traté de hablarle, y él atendía mi explicación sin cuestionarla en lo más mínimo. Asentía hasta que se giraba sobre sus propios pies y se marchaba dejándome con la palabra en la boca.

Una mañana, la extraña sensación de vacío comenzó a recorrerme. No supe definirla pues jamás había experimentado algo semejante. Mi vida, mi corta vida humana, estaba unida a esas dos personas que ahora me rodeaban: mi esposa y mi hijo. Aunque pasaba grandes espacios de tiempo alejado de ellos, pues me debía a mis obligaciones, deseaba complacerles en todo lo posible, sobre todo a él. Mi hijo, mi único hijo. Jamás imaginé posible tal suceso, pero ocurrió, y desde entonces me mantuve más corpóreo que en toda mi existencia. Los ojos de Alistair denotaban cansancio, pues ni siquiera dormía bien. No podía comprenderlo. Había pasado de ser un muchacho jovial y risueño a ser una sombra oscura y vacía. Apenas hablaba ni comía. Pensé que sería un trance normal. Era tan fuerte, tan viril... Consideré que ya se le pasaría y que algún día lo aceptaría pidiéndome ayuda para descubrir su verdadera condición.

—Aión, por favor...habla con Alistair. Percibo que algo le aqueja, aunque rehúsa explicármelo. Está tan triste que me tiene alterada, y ni siquiera ha probado su guiso favorito...Por favor, intenta hacer algo. No es el mismo desde el día de su cumpleaños y en estas dos semanas cada vez lo he visto más y más afligido, se encuentra decaído —Virginia me cogió la camisa con las dos manos mientras me miraba con ojos vidriosos llenos de súplica.

—Tranquila, esposa mía. Se le pasará pronto y volverá a ser el de antes.

Después de esa leve conversación, mi vacío aumentó. Era tan extraño...

Esa tarde, Alistair vino a verme. Me percaté de que su semblante había cambiado levemente y ya no parecía estar tan triste y eso, me llenó de esperanza.

—Padre, ¿Puedo haceros una pregunta? —preguntó. Su mirada estaba cargada de ilusión. Llevaba días sin verle así.

—Por supuesto, hijo. Responderé a tu duda lo mejor posible. ¿Qué es lo que te aflige?

—Me explicasteis que podíais ayudarme a utilizar el tiempo. Una vez lo consiga, ¿podré remediar sucesos? Quiero decir...Imaginad que, un día, mientras deambulo por el campo, al levantar la vista descubro a un niño encaramado en lo alto de un árbol, inmóvil por el miedo a descender. De pronto, al intentar bajar, pierde el equilibrio y se precipita hacia la tierra, poniendo en peligro su frágil vida. ¿Podría detener el tiempo en ese instante y salvar a esa criatura? ¿Podría hacerlo? ¿Podría, padre?

Inspiré una gran cantidad de aire. Así que, ahí estaba lo que le reconcomía por dentro. Me lo mostró con tal entusiasmo que sufrí por él. ¿Cómo iba a encontrar las palabras adecuadas para no hacerle más daño? Armándome de valor, le contesté. No podía mentirle.

—Verás, hijo. Es cierto que posees esa cualidad, pero no puedes hacer uso de ella para interferir en el mundo de ningún modo. Cada cual tiene un destino que debe cumplirse, nos guste o no. Si me inmiscuyera en cada suceso que ha ocurrido hasta ahora, quién sabe qué problemas hubiera causado en un futuro. Yo existo como existe el universo, el sol, los astros...viajando hacia delante. La vida no para, avanza y evoluciona. Debemos dejar que siga ocurriendo porque no está en nuestras manos modificarlo, por muy pequeña e insignificante que te parezca esa vida. Y, por el contrario, si alguien de tu familia o amigos sufriera algún contratiempo o enfermedad que amenazara su vida, en ese caso hijo mío, tampoco estaría permitido

—¡¿Por qué?! Padre, no lo entiendo... ¿Qué daño podría causar a la humanidad el salvar la vida a un muchacho pequeño e indefenso? Así como a alguien de la familia... como a madre, por ejemplo.

—¡Está Prohibido! —grité sin pensar—. Va contra las leyes del universo y no hay nada que puedas hacer para remediarlo. Debes entenderlo—expliqué lentamente suavizando la voz. Con el grito me había excedido y deseaba que lo comprendiera.

Se llevó las manos a sus cabellos comenzando a caminar deprisa de un extremo al otro de la estancia mientras hablaba en susurros. Comprendí que tenía esperanza, ilusión por usar su habilidad para salvar vidas, como una vez hizo el mesías. Pero mi respuesta no le agradó, ni pizca.

—¡¿Estáis diciendo que, viviré muchos años irremediablemente, ni siquiera usted sabe cuántos, y que con la naturaleza tan grande que poseo, no podré remediar la muerte de madre, de mi esposa o mis hijos y tendré que mirar hacia otro lado mientras eso suceda?

—No lo veas así, Alistair. Cualquiera estaría dispuesto a estar en tu lugar. Te brindo la oportunidad de observar el curso de la vida, contribuir a que siga fluyendo de manera natural y…

—Está bien padre, no siga. Me ha quedado claro —con el rostro sombrío y cabizbajo, dio media vuelta y se marchó, dejándome de nuevo con la palabra en los labios. Se estaba convirtiendo en una costumbre.

Después de esa conversación, no volví a verle. Me quedé intranquilo. Quería decirle que, si no estaba preparado para ello, podíamos esperar, no había prisa alguna. Un año quizás, dos, o cinco, lo que él dispusiera. Pero no tuve ocasión. Esa misma noche, mi percepción de vacío se intensificó hasta tal punto que me vi desesperado por encontrarle…ahora lo sabía. Ese efecto en mi interior lo producía Alistair, de manera inconsciente. Pero ¿por qué? Su vida no podía correr peligro alguno y sin embargo…Reuní a un gran grupo de hombres y con la luz de las antorchas voceando su nombre en la oscuridad como una súplica, nos adentramos en el bosque, sin éxito. Al regresar, un alarido desgarrador llegó desde la torre norte. Era el grito roto de dolor de mi esposa. En cuanto la oí, me desvanecí para materializarme al instante en la habitación de Alistair, contemplando con horror e incredulidad la escena. Su estancia fue la primera que registré después de la conversación de esa tarde, era evidente que él sabía que le buscaría ahí en primer lugar. Debió planearlo muy bien pues no regresó a su alcoba hasta bien entrada la noche.

Virginia se hallaba arrodillada con las manos tapándose el rostro sollozando sin parar. Sobre ella, colgado de una soga, estaba mi hijo. Con su bello rostro ahora desencajado y amoratado por la falta de riego. Había muerto...se había suicidado. No me lo esperaba, jamás creí posible tal hecho. El tiempo le protegía, sí, eso era cierto, pero solamente si su vida peligraba por motivos ajenos a él. De ningún modo llegué a imaginar que podría atentar contra sí mismo, y lo que es peor, que su hazaña tendría éxito. Él lo averiguó antes que yo. De mi garganta surgió un bramido gutural y desgarrador. Rompí la mesa que se hallaba en la estancia con un golpe de puño. Una mesa en la que Alistair había estudiado sus lecciones tantas veces y la cual, ahora, alimentaría la garganta insaciable de alguna chimenea. De ella, cayó ante mis pies una carta escrita de su puño y letra.

Padre, he intentado entenderle. He intentado comprender la grandeza de lo que me ofrecía. Siento desilusionarle.

Toda mi vida he soñado con el amor de una dama, una doncella a la que desposar algún día. Contemplar a su lado los atardeceres y los amaneceres del cielo. Recibir la llegada de nuestros hijos y enseñarles a apreciar la vida, como usted hizo conmigo. Envejecer juntos, cuidarla en los momentos más difíciles de su vida. Rodearme, algún día, por nietos de los que sentirme orgulloso como así lo hace nuestro campesino Conrad.

No se culpe, pero al mostrarme mi verdadera existencia no hizo otra cosa que destruir mis sueños. No me odie por no haber cumplido su deseo. Cuando le pregunté si podía enmendar desgracias, me llenó de esperanza la idea de poder ayudar de algún modo. No fue así... No puedo vivir con la idea de ver morir a personas inocentes, a mis seres queridos. No ayudarlos cuando me necesiten y, sobre todo, mirar hacia otro lado. Me exige demasiado...

Dígale a madre cualquier cosa que se le ocurra. Entenderé que no quiera contarle la verdad pues solo Dios sabe lo que podría hacer.

Quiero que sepa que, a pesar de todo, ha sido el mejor padre que un hijo podría tener. Le quiero y siempre le querré.

Su siempre hijo,

Alistair.

Arrugué el pergamino y lo lancé con rabia al fuego que ardía en la chimenea. Mientras se fundía en llamas, una lágrima se deslizó repentinamente por mi mejilla. Sentí impotencia, rabia, ira…y culpa. Sobre todo, culpa.

Mi hijo, la mejor creación de mi existencia. Había puesto en él mis esperanzas e ilusiones…Juntos podríamos mantener la evolución de los tiempos, preservar el equilibrio del universo. Me esmeré en enseñarle la belleza de este planeta, sin embargo, me había equivocado en algo. Quizás lo tendría que haber preparado de otro modo. Esperé a que fuese mayor, a que su mente fuese madura para entender, pero fue un error, ahora lo veía. Aunque pudiera retroceder el tiempo y rectificar ciertos actos y evitar así su muerte, no debía hacerlo. Además, había otra cuestión, mi hijo, no lo aprobaría. Él adoraba la vida, sin trampas ni engaños. Natural y simple. Era tan fuerte y seguro de sí mismo, con un físico imponente, pero con una mentalidad extremadamente sensible y delicada, como una amapola. Era curiosa la comparación y no pude evitar reírme por dentro. La bella amapola silvestre, elige el lugar donde quiere florecer. Puedes observar un campo lleno de ellas, todas juntas viviendo al unísono por el mismo período de tiempo. Resalta ante cualquier otra flor con su intenso color rojo. Para ser una flor de primavera es resistente a los cambios del clima. En cambio, al seccionarle el tallo, sus pétalos caen de inmediato. Se niegan a seguir viviendo lejos de sus raíces. Igual que Alistair. Estoy seguro que en una guerra hubiera luchado con todo su corazón, dejándose el alma para vencer a sus enemigos protegiendo a sus guerreros, aunque su vida estuviese en juego. Eso sí, en igualdad de condiciones. No con la ventaja de que el tiempo le preservara de la muerte, eso jamás lo permitiría y así lo demostró. Su razón era demasiado honrada para consentirlo. Aunque no hubiera nada de malo en ello, pues era nuestra naturaleza, nuestro origen. Él no lo vio así y yo me lamenté por ello.

Días después, comprendí que la desgracia la había provocado yo, de forma involuntaria, claro está, pero cada vez me sentía más culpable. Mi esposa permanecía callada, pero en su silencio se leía el mismo sentimiento que habitaba en mí. Poco después planeé mi muerte. A diferencia de mi hijo, era completamente inmortal, pero no podía quedarme viendo la culpabilidad acechándome en los ojos de mi esposa cada vez que me mirase. Jamás supo la verdadera razón por la que nuestro hijo terminó con su vida, no la hubiera comprendido, a pesar de todo, me acusó de no haber remediado el trágico desenlace de Alistair. Así es que, con una suma cuantiosa, pagué a unos hombres para que hicieran creer a todos que, tras una borrachera en una taberna, caí al mar y desaparecí entre las aguas. Me marché dejando a mi esposa sola con el dolor. Aunque la quería, me recordaba demasiado a él y la culpa era demasiado pesada. Ella, retomaría su vida y podría volverse a casar, algún día.

Me prometí a mí mismo no volver a cometer el mismo error. Jamás tendría otro hijo y no me materializaría como humano en mucho tiempo. Aunque sabía que no podía mantener esa promesa eternamente. Necesitaba personificarme de vez en cuando para adaptarme a los tiempos que iban cambiando en la Tierra, pero lo que tenía muy claro es que no volvería a permanecer como mortal tantos años seguidos como lo hice. Si bien me encantaban los humanos, siempre sujetos a cambios constantes en su entorno, debía resistir y estar alejado de ellos todo el tiempo que pudiera. Me aislé en mi existencia, en mi naturaleza, concentrándome en mi deber, recorriendo el cosmos con sus galaxias infinitas como había hecho siempre. Así, pasaron los años, las décadas, los siglos…hasta que volví a materializarme y volvió a suceder.

Era el mes de agosto del año mil ochocientos tres en la ciudad de Londres, Inglaterra. Estaba siendo un mes muy caluroso, más de lo normal. Llevaba toda la tarde paseando por sus calles embelesado por la arquitectura que ahora veía ante mis ojos, asombrado a la vez, por los grandes cambios apreciables por alguien eterno como yo. Londres era una ciudad longeva. Había sufrido diversos incidentes a lo largo de los siglos, que amenazaban con la extinción de la vida londinense. A pesar de todo, siempre volvía a recomponerse una y otra vez y seguía adelante reinventándose continuamente. Era asombrosa.

Tenía calles que eran laberintos interminables sin ningún tipo de urbanismo. Algunas anchas y empedradas, otras de tierra y fango tan estrechas y oscuras que, hasta a mí, un hombre inmortal, me amedrentaba. Innumerables carruajes circulaban por el firme irregular de sus adoquines, el cual estaba repleto de heces de animales. Sus gentes arrojaban por la ventana sus propios excrementos y orines. Todo ello convertía a Londres en una ciudad pestilente. Algunas de las vías más importantes estaban ligeramente iluminadas por faroles de mecha, los cuales formaban luces y sombras misteriosas cuando la oscuridad de la noche inundaba la ciudad. Momento en el que criminales, rateros, ladrones, mendigos y adivinos impostores actuaban con mayor frecuencia. Su aumento había sido considerable en las últimas décadas, aprovechándose de la inocencia de otras personas por medio de engaños y embustes. Sobre todo, cerca del río Támesis, casualmente donde yo me encontraba en esos instantes. Me encantaba pasear por la ribera del rio de vez en cuando. Apreciar el Palacio de Westminster, en la parte noreste. Un palacio de gran envergadura donde habían residido reyes durante generaciones, pero que ahora, después de un incendio tres siglos atrás, pertenecía al parlamento. Más adelante, lo reconstruirían de nuevo, pues en el siglo XIX, quedaría reducido a cenizas. Lo había visto. En alguna visita que hice al futuro, con su enorme e imponente torre del reloj llamada Big–Ben, pero que aún no existía. El palacio del futuro sería mucho más grande que el actual, más imponente y excepcional, pero todo llegaría en su momento. Sí, definitivamente, Londres era como el ave Fénix, una ciudad que resurgía de sus propias cenizas.

Las noches de luna llena eran idílicas. Desde esta zona de la ciudad se proyectaba su luz en el caudaloso río, danzando sutilmente con las aguas otorgándole un brillo mágico a ese fluido líquido. Estaba absorto en mis pensamientos… Si mi hijo hubiera vivido para contemplar esta magnífica ciudad podría haberle acompañado a algún que otro teatro a presenciar las famosas obras del dramaturgo William Shakespeare que a él tanto le gustaban. De repente, un golpeteo llamó mi atención. Giré al escuchar el sonido producido por unos zapatos de tacón, que a paso rápido y enérgico se aproximaban. Observé a una mujer, de cabello largo y suelto, corriendo desesperada por el muelle a unos metros de distancia. Huía de algo o alguien. Efectivamente, tras ella, un par de corpulentos hombres, con trajes harapientos y rotos, la acechaban. La mujer se dio media vuelta para comprobar la distancia a la que estaban, en ese momento, tropezó perdiendo el equilibrio, y cayendo de bruces contra el suelo. Con un movimiento apresurado, logró ponerse en pie para continuar la carrera. Uno de ellos la alcanzó agarrándola de un brazo, la atrajo hacia él sujetándole los brazos a la espalda y colocándole una navaja bajo su mandíbula mientras babeaba.

—¡Estate quieta, puta! O te arrepentirás.

—¡Socorro! ¡Socorro! —gritó desesperadamente, mientras intentaba zafarse del atacante.

—¡Perra, no intentes escapar! Al fin te hemos encontrado y esta vez no huirás —amenazó el otro hombre que se encontraba frente a ella, sonriendo con malicia mientras se le acercaba lentamente.

—¿Qué queréis de mí? ¡No os debo nada! Siempre he hecho todo lo que me habéis pedido —volvió a gritar con exasperación.

—Vas a venir con nosotros. El señor Thomas te quiere para él, solo para él y nos lo vas a poner fácil —aclaró el hombre que estaba frente a ella. Su tono amenazador la dejó paralizada. El mismo hombre levantó su brazo izquierdo y le acercó los nudillos a la mejilla acariciándole el rostro. Bajó después la mano lentamente hasta posarse en uno de sus pechos, donde se entretuvo manoseándolo con sonrisa lujuriosa. La mujer le escupió a la cara.

—Aunque eres puta, he de reconocer que Thomas tiene buen gusto —dijo mientras se limpiaba el esputo con el dorso de su brazo.

Desde mi rincón contemplaba la escena con repulsión. Jamás me acostumbraría a la barbarie humana, pero si el destino de esa prostituta era morir, no debía interferir en él. Así había sido siempre y así seguiría siendo. Cuando creí que se daría por vencida y accedería a lo que le reclamaban, dio un cabezazo hacia atrás golpeando con tal magnitud la nariz de su captor que le produjo una hemorragia instantánea. Inmediatamente y como acto reflejo del dolor, el maleante la soltó llevándose las manos a la nariz jurando improperios. Ella no lo dudó, se abalanzó sobre el otro atacante que estaba atónito y le propinó un mordisco en su gruesa muñeca. Este lanzó al instante un grito desgarrador. A pesar de su ataque, no fue suficiente pues enseguida reaccionaron. El hombre que había sufrido el mordisco la abofeteó violentamente haciéndole perder el equilibrio y provocando que cayera al río. Un policía montado a caballo apareció en ese instante al escuchar el alboroto. Llevaba un bigote poblado que se unía a su cabello, dejando libre su labio inferior y su mandíbula. Con un elevado sombrero de copa y una levita abotonada hasta la cintura, empuñaba un sable en lo alto mientras les llamaba la atención. Pude deducir que el jinete no había presenciado toda la escena y no se percató de que la muchacha había caído al río. Al oírle, estos salieron corriendo. El policía se dispuso a perseguirles y los tres desaparecieron por un callejón contiguo.

Pasados unos instantes la mujer emergió del agua. Con grandes dificultades subía por las maderas del muelle y se tumbaba boca abajo en el húmedo suelo del atracadero, tosiendo sin parar empapada hasta los huesos.

<<Mujer valiente>>Pensé.

Me acerqué a ella y le tendí la mano para ayudarla a levantarse.

—¿Se encuentra bien, señorita? —pregunté.

Se quedó perpleja al verme mientras parpadeaba. Seguidamente, sonrió y aceptó mi mano para incorporarse.

—Los dos sabemos que no tengo nada de señorita. Mi nombre es Megan —dijo apartándose los mechones mojados que tenía pegados a la cara.

Llevaba un amplio escote en el que asomaban los montículos de sus pechos, ahora mojados. Subían y bajaban por los jadeos causados por el esfuerzo. Sus ropajes, de color carmesí, estaban raídos y sucios en la parte más baja de su faldón. Me ofrecí dispuesto a sacarla de la situación en la que se encontraba. Aquellos hombres la habían tomado por muerta al caer al río así que no había ninguna circunstancia por la cual no pudiera auxiliarla. Cuando aceptó, la llevé a un lugar donde pudiera secarse. Entramos en la primera posada decente que vi cerca de allí. No se trataba de una hospedería de postín, pero, al menos, estaba limpia. La posadera accedió a regañadientes a prestarle ropa seca a Megan. El dinero hace milagros y no iba a oponerse a recibir unas buenas monedas extra a cambio de unos harapos. No eran mejores que los que llevaba la muchacha, pero estaban secos. Una vez en la habitación, se tumbó en la cama y se quedó profundamente dormida.

A raíz de ese día, la visité esporádicamente. Había estado siglos sin relacionarme con nadie, después de lo sucedido con mi hijo. Ahora, añoraba ciertas costumbres humanas, como el hecho de mantener una simple conversación. Como persona percibía emociones y sentimientos que de otro modo no experimentaba. Aunque no quería romper la promesa que hice siglos atrás, me convencí a mí mismo de que, mi relación con ella tan solo sería una bonita amistad. Volví a equivocarme. A pesar de esa idea principal poco a poco me convertí en su confidente con el que desahogaba las historias de su funesta vida. Con el transcurso de los meses surgió un cariño, que como cabía esperar, sería inevitable. Una noche, ese cariño se convirtió en deseo carnal. Era una muchacha joven y bella, de cabellos morenos y ojos negros como la noche. Tenía una visión de la vida muy madura para la edad que tenía pues, al fin y al cabo, la prostitución era pura supervivencia para una mujer sola y desamparada en esa época. Me relataba historias y situaciones que harían reír incluso al más bárbaro y vil de los hombres. Y me dejé llevar. Arrepentido por mi acto, me alejé durante un largo espacio de tiempo, para no tener la tentación de volver a sucumbir al deseo. Sencillamente, no debía suceder. Al cabo de unos meses, comencé a percibir una sensación extraña. Otra vez, me encontraba en una tesitura conocida, aunque esta vez era algo distinta. Tenía la presión en mi ente, en el centro de mi esencia invisible. A pesar de las diferencias claramente reconocibles, llegué a la determinación de que en algo sí se asemejaba a la anterior: percibía un cambio. Mi presentimiento se había manifestado una vez, así que no había lugar a dudas. Algo se avecinaba y sería pronto. Pasaron unos días más y, poco a poco, esa sensación fue incrementándose. De pronto una mañana, la sentí detonar. Como un peso que aprisionaba mi mente y de pronto se liberaba. Supe que había ocurrido. Algo se había desencadenado y tenía que ver directamente conmigo. Le di mil vueltas a la cabeza. Estuve un tiempo recorriendo lugares, pero nada me hacía averiguar de dónde provendría. Hasta que, finalmente, llegué a la conclusión: Quizás aquella muchacha de Londres tendría algo que ver, pero... ¿El qué? Era la única posibilidad que quedaba. No había entablado relación con nadie más, desde entonces.

Antes de materializarme, recorrí Londres hasta el burdel donde ella trabajaba. Cuando lo encontré, me di cuenta de que no se hallaba en su interior y continué buscando. Tras un exhaustivo rastreo, la localicé. En uno de los suburbios de la ciudad, en el interior de una posada de lo más vieja y roñosa, se encontraba Megan. Estaba postrada en la cama de una habitación, inerte y llena de sangre por todas partes, sobre todo en el vientre. Paralizado por la sorpresa, eché un vistazo alrededor. Era la fonda más mugrienta y maloliente que había visto jamás. El único ventanuco que había tenía el cristal agrietado en forma de estrella y en su centro un pequeño agujero, probablemente de un disparo. Las cortinas, que un día fueron blancas, estaban ahora amarillentas y llenas de lamparones. En el mismo estado se encontraban las paredes y las "sábanas", por así llamarlas. Ya no sabía distinguir el color real de cada cosa, la roña lo cubría todo con su tinte inmundo.

A su lado había un carnicero con un delantal "blanco" ensangrentado y un cuchillo manchado del mismo modo. Una mujer (si a eso se le podía llamar mujer) con... ¿barba? gruesa y sudorosa le profería insultos. La situación era insoportable y no esperé más. En ese instante, aparecí ante ellos sin que me importase lo más mínimo su reacción. Callaron al verme aparecer de la nada, abriendo desorbitadamente los ojos.

—¡¿Qué ha ocurrido aquí?! ¿Qué demonios han hecho? —grité mirándolos a la cara.

—¿Q....qui...quien es usted? ¿Y cómo ha e...hecho eso? —balbuceó el carnicero.

La mujer se abanicaba el rostro con la mano mientras me miraba y negaba con la cabeza. En ese momento, mientras se santiguaba, me gritó "¡Satanás!" y salió corriendo por la puerta. El hombre, dispuesto a hacer lo mismo, dio un paso atrás y giró sobre sí mismo, pero me interpuse entre él y la puerta de salida prohibiéndole el paso. Le sujeté del brazo fuertemente, amenazándole a la vez que le clavaba mi mirada eterna en sus ojos.

—Me lo vas a contar o no respondo de mis actos —dije en tono intimidatorio. Evidentemente, no iba a hacer nada, pero las amenazas funcionan muy bien en los humanos, sobre todo cuando hay miedo de por medio.

El repulsivo hombre comenzó a tartamudear y no había forma de entenderle. Me armé de paciencia y le hablé lo más suave que pude.

—No voy a culparle de nada y no voy a hacerle daño. Solo quiero saber lo que ha sucedido, ¿comprende? —Aclaré mientras le soltaba el brazo lentamente hasta que se sintió más tranquilo.

El individuo seboso respiraba jadeante. De su frente caían goterones de sudor que junto con su piel roñosa y su pestilente olor corporal me provocó una gran repulsión. A pesar de eso, estaba decidido a averiguar lo que ocurría. La presión se había esfumado y mi intuición no me engañaba. Algo ocultaban.

—Se...se...señor, yo...solo hice lo que me pidieron.

—¿Y eso qué fue?

—¡Esa puta estaba preñada! Se presentó ayer noche pidiendo ayuda y no pudimos hacer otra cosa. Mi esposa entiende de esto ¿sabe? Ayudó a parir a la perra de una vecina. Esto no podía ser mucho más difícil.

—¿Me está diciendo que esta muchacha ha parido una criatura? —el asombro y la incredulidad se apoderaron de mí.

—Bueno, parir, lo que se dice parir... el crío venía mal colocado e iban a morir los dos así que tuvimos que intervenir. Soy carnicero ¿sabe? y de los buenos. Sé rajar y abrir muy bien cualquier animal.

—¡¿Qué barbaridad me está contando?! ¿Es que es un brutal sanguinario? ¡Está abierta en canal, estúpido! ¡La han matado!

—¡No señor! Por favor, no se confunda. Soy un carnicero, no un asesino. Ella ya estaba muerta ¡Lo juro! Llevaba muchas horas sufriendo y llorando mientras se desangraba, entonces nos pidió que salváramos al crío y eso intentamos. Dejó de respirar y fue cuando lo hice. La abrí y se lo arranqué del vientre. Creí que la criatura estaba muerta, pero no. De repente empezó a llorar con tal brío que por poco se me cayó al suelo. Me darán unas buenas monedas por él y…

Entonces comprendí. Mi intuición no me había fallado. Ese bebé era mi hijo, fruto de esa muchacha y mío. Lo que nunca quise que ocurriera, había vuelto a suceder y ahora ya no podía enmendarlo. Esa criatura existía y era mía. De algún modo me haría cargo de ella y cambiaría la manera de actuar para que, algún día, se sintiera orgulloso de permanecer a mi lado por el fin de la eternidad.

Le agarré del cuello estrechándoselo con rabia y estampándole contra la pared, le pregunté:

—¿Dónde está el crío? —susurré amenazante.

—E…está abajo, se…señor. P… pero es nuestro. Lo venderemos y nos salvará de las deudas que tenemos y…

—¡Cállate, asqueroso y repugnante gusano! Ese niño es mío y no harás nada que impida que me lo lleve. He venido a buscarlo y ni tú ni nadie va a poder evitarlo —lo empujé tan fuerte que cayó de espaldas al suelo.

Un humano normal, quizá lo hubiera matado. Un humano normal no hubiera sentido remordimientos después del asesinato. Pero yo no lo era, y aunque a veces me gustaría poder vengarme, mi existencia era más importante que mis sentimientos y me debía a ella.

Sin más vacilación, salí de la estancia y me quedé inmóvil escuchando el leve llanto.

<<Mi hijo…>>

Encaminándome hacia el lugar desde donde provenía ese gimoteo, bajé las escaleras de dos en dos hasta llegar al final. Una puerta destartalada, que se encontraba cerrada, me separaba de él y tras ella, el sonido del llanto era mayúsculo. Con un brutal golpe de mi pie, la derribé. La "mujer" anterior lo tenía envuelto en una especie de lona inmunda mientras lo acunaba para que se callara. En dos zancadas me posicioné frente a ella y se lo arranqué de los brazos. Fui tan rápido que no reaccionó hasta pasados unos segundos. En ese momento, gritó al verme de nuevo y volvió a salir corriendo. Mi actitud que, hasta ese instante, había sido tensa, se transformó en algo muy distinto alcanzando un estado de paz y tranquilidad que me agradaba increíblemente más. Aunque no me complacía la idea de que su madre estuviese muerta, ya no podía remediarlo. Ese niño, un varón espléndido que gemía entre mis brazos, me dio nuevamente esperanzas. Si bien mi instinto no me fallaba, tenía que comprobarlo. Esa mujer se ganaba la vida de manera miserable y no quería cargar con una consecuencia que no tuviera que ver conmigo. Hice un chasquido de dedos y volví a detener el tiempo. En efecto, era mi hijo. Lloraba intensamente mientras todo lo demás se detenía a nuestro alrededor.

—Te llamarás Aarón —le besé en la frente. Un segundo después, los dos, nos desvanecimos.

Esos recuerdos, ahora tan lejanos, eran la confirmación de mis percepciones. En ese momento, ante mí, tenía un escenario completamente distinto a los anteriores, pues había llegado al origen de mi corazonada. A pesar de mis intentos por permanecer al margen, de nuevo, el destino jugaba sus cartas y yo debía jugar las mías. La palabra esperanza resurgió en mí con más fuerza que nunca, aunque el temor a no estar a la altura de las circunstancias fuese mayor de lo imaginado pues temía su reacción ya que ella ni siquiera sabía de mi existencia.

3. Realidad

Cuando uno piensa en la muerte, la ve lejana, distante…Somos marionetas del destino y este, tiene un plan para cada uno de nosotros. Quizás nuestras acciones influyan en el azar o tal vez sea el propio destino el que nos haga tomar esas decisiones. Lo que tenía claro, es que tendría que haber muerto ese día. Era mi final, tan claro como el agua cristalina. No sé por qué motivo el tiempo se detuvo para mí, salvándome, interrumpiendo lo que en un principio sería el desenlace de mi vida. Preguntas sin respuestas, dudas sin resolver y mi mente bloqueada.

—¿Se encuentra bien? ¿Cómo se llama? —escuché una voz femenina, cerca de mí.

—No contesta, pero respira tranquila —dijo otra voz, más grave y de hombre.

—Sí, su saturación es buena. Vamos a llevarte al hospital Clínico ¿de acuerdo? Todo va a salir bien, no te preocupes —volvió a decir la primera voz femenina.

—Yo…d...d…dónde… ¿Qué? —Me encontraba aturdida. No sabía ni qué decir.

—¿Cómo te llamas? –me preguntó de nuevo.

—A…Alex, A…Alexandra…

—Bien, y ¿qué día es hoy, Alexandra?

—N…No sé…

<< ¡Qué más da qué día es hoy!>> pensé.

Estaba tan desconcertada y sentía un dolor tan grande en mi cabeza que no podía pensar, solo quería que desapareciera. Llevé inconscientemente mi mano a ese punto doloroso, pero a mitad del gesto, alguien me lo impidió.

—No te toques. Tienes una brecha en la parte baja de la coronilla. No te preocupes, enseguida te curarán y estarás bien, ya lo verás.

Me moví hacia esa nueva voz masculina y cercana que me hablaba ahora con tanto cariño. Era la voz más grave y dulce que había oído en mi vida.

—Estate tranquila, solo ha sido un pequeño golpe. Nada has de temer.

—Ajá…–fue lo único que fui capaz de responder.

Oírla me calmaba. Quería verle la cara, pero tenía un dolor tan grande en mi cabeza, que no sabía cómo moverme. Entreabrí los ojos por un segundo y todo era borroso, aunque pude distinguir una figura frente a mí que me miraba fijamente y sonreía. Era mayor, con el pelo blanco y unas ligeras arrugas en la frente y alrededor de sus ojos.

—Se ha parado, se ha parado el tiempo y ahora estoy viva. Él me ha salvado…

—Ssshhh…tranquila. Enseguida llegarás al hospital, ¿de acuerdo?

—Qué voz más bonita tienes… —dije sin vacilar. Oí una pequeña carcajada a mi lado.

—Gracias, relájate –dijo aquel hombre.

De repente, me di cuenta de que oía el sonido de la ambulancia mientras notaba el traqueteo de su movimiento. Intenté mirar, pero había mucha luz en su interior y me deslumbraba, mis ojos pesaban.

El trayecto fue rápido. Poco a poco fui más consciente de mi alrededor hasta que pude abrir los ojos por completo. Inesperadamente, se abrieron unas puertas bajo mis pies y algo tiró de mí hacia afuera. Me encontraba tumbada en una camilla. Llevaba puesta una mascarilla de oxígeno y en mi brazo derecho, me habían puesto una vía.

<< ¿Cuándo lo han hecho?>> pensé en ese momento. No me había enterado de nada.

—Te van a llevar a un box y allí te verá un médico que te curará, ¿de acuerdo? —dijo la mujer que me habló en un principio mientras se movía a mi alrededor junto con otro hombre.

—Si…vale…mi madre trabaja aquí —dije aún aturdida.

—Está bien, nos ocuparemos de ello, no te preocupes —el hombre a su lado me contestó, pero no era el de la voz bonita.

Como pude, miré a mi alrededor buscando al señor de esa voz, pero a parte de esas dos personas que empujaban la camilla hacia el interior del hospital, no vi a nadie más.

Después de hacerme un escáner y coserme la brecha con grapas, para la que tuvieron que raparme una pequeña zona del pelo, me encontraba en un box, en observación. Tenía una hinchazón como un huevo y en el centro cinco preciosas grapas. Genial. Por suerte, cuando la hinchazón bajase lo podría tapar con el pelo, disimulándolo. Me habían administrado un

Valium, pues mi estado de excitación era demasiado grande y, ahora, me encontraba mucho más relajada, pero sin parar de darle vueltas a todo…

<< ¿Qué ha sucedido? ¿De verdad se ha detenido el tiempo o ha sido imaginación mía? ha sido tan real…>>

—Te estás volviendo loca, Alexandra —dije en voz alta.

<<Fue una confusión. Eso tuvo que ser…En realidad el coche estaba más lejos de lo que creí y me dio tiempo a saltar. Seguro que fue eso. Después del salto, perdí el equilibrio y caí de espaldas. Obviamente, mi mente conmocionada inventó esa historia del tiempo. Eso pasa por dormir poco>> Pensé mientras borraba esas imágenes de mi cabeza.

—¡Cariño! ¡¿Qué te ha pasado, mi vida?! ¿Estás bien, te encuentras bien?

Corriendo la cortina de manera brusca, mamá entró sacándome de mis pensamientos. Llevaba puesto el traje de limpieza de hospital y su pelo estaba recogido en una coleta. Como supuse, debía de estar trabajando. Rápidamente se acercó y me agarró las manos. Su mirada era de impaciencia y tenía los ojos algo enrojecidos.

—Estoy bien, tranquila. Solo ha sido un susto —le contesté sonriéndole como pude.

Alzó su mano hasta mi mejilla amoratada y con su palma me tocó la cara con suavidad mientras me sonreía. Una pequeña lágrima le cayó por el rostro.

—Ay, hija mía, qué miedo he pasado. Temí lo peor. Cuando me llamaron por teléfono y me dijeron que estabas aquí y que tenías un pequeño traumatismo en la cabeza… —tras un suspiro con los ojos cerrados, volvió a preguntarme —. ¿Qué pasó, mi vida?

—Llegaba tarde al trabajo y crucé la calle sin mirar, en ese momento vino un coche y…y…

<<Se paró el tiempo y pude salvarme. De la impresión de ver todo quieto me desmayé golpeándome la cabeza contra el suelo. Si pudiera decirte esto realmente, pero ni yo sé lo que ha pasado>>

—Creo que salté antes de que me atropellase, pero no lo recuerdo bien, debí caer hacia atrás golpeándome en la cabeza. No lo sé, mamá, estoy muy cansada y me duele mucho la cabeza.

En ese momento sonó el teléfono móvil dentro de mi bolso. Sin mirarlo ya sabía quién era. Sonia. No sabía nada de mí y, probablemente, estaría dedicándome todos los insultos habidos y por haber del diccionario. Lo que me faltaba. Lo último que necesitaba era oír los gritos de mi jefa al otro lado del teléfono.

—Mamá, ¿puedes contestar a Sonia y explicarle lo sucedido? no tengo ánimos para enfrentarme a ella. Dile que en cuanto me reponga me incorporaré al trabajo.

—Sí, cariño. Ahora mismo. Le explicaré lo que te ha pasado. No te preocupes.

—Gracias, mamá.

Mientras salía hacia afuera con mi teléfono móvil me relajé cerrando los ojos.

Estaba exhausta. El golpe, los nervios experimentados, el casi accidente, Sonia… Tenía la esperanza de que me dejara conservar el trabajo…

En ese momento oí a alguien correr la cortina. Un hombre desconocido entraba en el box; llevaba un chaquetón azul oscuro con capucha y miraba hacia el suelo de tal manera que esta le tapaba la cara casi al completo. Cerró la cortina y se giró, después se acercó hacia mí. Me removí incómoda y mi corazón se aceleró momentáneamente hasta que comenzó a hablar, instante en el que mi inquietud, sin saber por qué, se esfumó de manera repentina.

—Hola, Alexandra. ¿Te encuentras mejor? —preguntó mientras con sus dos manos se bajaba la capucha y dejaba al descubierto su rostro.

¡Era el hombre de la voz! Pero… ¿Qué hacía aquí? su actitud era un tanto extraña.

—Hola. Sí, gracias —contesté.

Le observé fijamente. Se quedó a mi lado mirándome seriamente. Era un hombre impresionante y aunque su edad era avanzada, era muy guapo. Alto y con una musculatura trabajada. Bajo ese chaquetón azul era todo músculo, algo que chocaba con la expresión madura de su cara. Tenía el pelo blanco y sus ojos eran de un color azul oscuro con pintitas plateadas, como si pudieras ver el universo dentro de ellos. Me desconcertaron por un momento.

—Me alegro. Tan solo he venido para comprobarlo. En la ambulancia parecías confusa.

—Eh...sí, supongo que lo estaba.

—Y ahora ya no, por lo que veo.

—Sigo confusa, aunque estoy más tranquila. ¿Iba usted dentro de la ambulancia? cuando me bajaron de ella no le vi. Ahora se presenta aquí y... —el hombre me cortó antes de que terminara la frase.

—Sí, pero estabas tan desorientada que no debiste de fijarte bien. Alexandra ¿Qué ocurrió? Oí que casi fuiste atropellada, pero que finalmente lo esquivaste y te desmayaste. ¿Es así?

—Más o menos. Supongo que así fue.

—¿Supones? ¿Es que acaso no recuerdas lo que pasó? —me miró frunciendo el ceño y levantando una ceja a la vez.

—Oiga... ¿qué más le da a usted cómo me salvé? Lo hice y punto. No lo recuerdo muy bien, además, prefiero olvidarlo. ¿Y por qué razón me pregunta esto? ¿quién es usted? —empezaba a ponerme nerviosa, al fin y al cabo, no conocía de nada a ese señor y me inquietaba bastante con sus preguntas.

El hombre rio, y con una mirada risueña contestó.

—Tienes razón, disculpa. A menudo, en mi tiempo libre, vengo y pregunto cómo se encuentran las personas que han venido en ambulancia. Es como un *hobby* —me guiñó un ojo—. ¿Puedo hacerte una última pregunta? No te molestaré más, lo prometo.

—Está bien —no estaba muy de acuerdo, pero me gustaba oírle, su voz era muy grave y melodiosa. De esas voces relajantes que te inducían a un profundo sueño aun sabiendo, que tanto él como sus preguntas, eran extrañas.

—¿Crees en el destino? —ahora estaba completamente serio.

—Pues… no, sinceramente no —contesté. Estaba claro que hoy era el día de las personas raras y yo era el centro de su atención. Además, cómo iba a creer en él después de lo que había visto. Aunque me intentaba convencer de que lo había imaginado, en el fondo sabía que no y si hubiese tenido un destino, ése hubiera sido el final de mi vida pues habría muerto atropellada. Aún seguía sin entender lo que había ocurrido. Esa incertidumbre debió de reflejarse en mi cara porque el hombre frente a mí sonreía mientras me miraba intensamente como si leyera mi mente.

—Entonces, ¿cómo llamas a lo que te ha ocurrido? Es simple curiosidad

—Un milagro.

En ese momento, la cortina se abrió de golpe apareciendo mi madre tras ella. Se quedó paralizada al ver a ese hombre a mi lado, sobre todo, al comprobar que no llevaba ningún traje de médico ni nada por el estilo.

—¿Quién es usted? —preguntó con la voz muy aguda.

El hombre se giró hacia ella. Le cogió una mano y se la llevó a los labios para darle un delicado beso en los nudillos. Mamá alucinó y yo también. ¿De dónde había salido ese personaje?

—Discúlpeme, señora. Vi a su hija en la ambulancia y vine a preguntar por ella y su estado. Ya me iba.

—Ajá… —dijo sin apartarle la mirada, totalmente paralizada. Estaba deslumbrada.

El hombre se volvió hacia mí y me habló de nuevo.

—Alexandra, me ha encantado conocerte y ver que estás bien. De todos modos, quiero que sepas que los milagros no existen, es el destino el que juega con nosotros y nos pone a prueba, la cual hemos de superar con valentía. A veces la respuesta más sencilla es la verdadera, por increíble que esta parezca. Señoritas… —y con un gesto de cabeza se despidió de nosotras. En ese instante, el hombre giró sobre sus pies y se marchó cerrando la cortina tras él.

Mamá, que aún miraba hacia la cortina, soltó un pequeño suspiro. Después sonrió.

—Qué hombre más enigmático. Creí que era un conocido tuyo, pero al verle mejor…Y cuando me ha dado el beso en la mano… ¿Lo has visto? ¿De dónde habrá salido? ¡Por Dios! Hombres tan galantes ya no existen ¡y qué cuerpo! Madre mía, parecía todo un dios griego. ¡Uf, qué calor me ha entrado…!

—¡Mamá! —reí sin poder evitarlo al verla roja como un tomate. Era tan surrealista que no podía creérmelo. Nunca la había visto así.

—No me hagas caso, es que no estoy acostumbrada a estas cosas, ya me entiendes. Cariño, acabo de hablar con Sonia y le he contado lo que te ha pasado. No te preocupes, me ha dicho que te tomes el tiempo que necesites y que en cuanto estés recuperada, regreses al trabajo.

—Qué alivio, mamá, estaba preocupada. Sabía que lo entendería, pero ya sabes, camarera lo puede ser cualquiera y a mí realmente me hace falta el trabajo.

Me abrazó con cuidado y me habló al oído:

—Y si no, siempre puedes volver a casa conmigo, ya lo sabes.

En ese momento entró un doctor seguido de una enfermera. Se acercó a mí y me sonrió.

—¿Cómo te encuentras ahora, Alexandra? —preguntó. Miró a mi madre, y al reconocerla, la saludó—. Hola Elena, no sabía que era tu hija la que estaba aquí.

—Hola, Doctor Alonso. Claro, ¿cómo iba a saberlo? —contestó tímidamente.

—Bien, mejor, aunque el golpe me duele mucho.

—Eso es normal. Te tomarás lo que te hemos recetado durante un par de días, te ayudará a bajar la inflamación y a mitigar el dolor. Has sufrido un pequeño traumatismo, pero la resonancia está bien. Te mantendremos en observación hasta la tarde, si todo sigue así, te podrás ir a casa. Si en las primeras cuarenta y ocho horas notaras cualquier tipo de molestia, por ejemplo: mareos, dolor de cabeza intenso, náuseas, vómitos...vienes a urgencias y volveremos a mirarte ¿de acuerdo? Por el contrario, pasados diez días tendrás que ir a tu enfermera de referencia a que te quite las grapas. Mientras tanto, quiero que hagas reposo. Nada de ir a correr, ni hacer deporte. Queda prohibido temporalmente.

—Sí, doctor, no se preocupe. Seré buena.

—Muy bien, Alexandra, espero no volver a verte por aquí. Seguro que tu madre te ayudará en eso, ¿a que sí? —le guiñó un ojo mientras sonreía. Seguidamente, se marchó con la enfermera a su espalda.

—Cariño, he de seguir trabajando. En cuanto acabe vendré a buscarte para llevarte a casa, a la mía. No admito un no por respuesta, al menos mientras estés convaleciente.

—Está bien, mamá —respondí resignada. Me dio un beso en la frente y se marchó dejándome sola y a la espera.

Los primeros tres días fueron asfixiantes. Permanecí encerrada, en casa de mi madre, incapaz de salir. Por un lado, ansiaba caminar, sentir el aire en la cara, observar a la gente pasear y despejar la mente. Pero, por otro, bastaba con imaginarme cruzando una calzada o incluso un simple paso de peatones para que el corazón se me encogiera, desatando temblores y escalofríos que recorrían mi cuerpo, reviviendo aquel momento una y otra vez. Repasaba una y otra vez esos minutos, desde que pisé la calle después de salir del metro. Le di mil vueltas a los recuerdos, siempre llegando a la misma conclusión: no había sido mi imaginación, de eso estaba segura. No es como cuando sales una noche de fiesta y bebes un poco más de lo normal, en ese caso, los recuerdos pueden ser confusos. Pero no así. Me encontraba en perfectas condiciones y aunque estuviera algo estresada no era suficiente motivo para sufrir esa experiencia imaginaria tan real. Por otro lado, que se detuviera el tiempo era imposible, inviable. ¿Realmente me estaba volviendo loca? A ese paso iba a necesitar un psiquiatra. Pensar tanto en lo sucedido no ayudaba a mi recuperación, apenas comía y dormía. Además, la cabeza me dolía bastante. Decidí intentar olvidarlo pues finalmente estaba viva y tenía que regresar a la normalidad.

Mientras mamá trabajaba, me dediqué a leer, a ver la televisión e incluso a mirar recetas de comida por internet. Intentaba sorprenderla a la hora de comer y creo que lo conseguí. De este modo, aparte de hacer algo bueno y productivo para las dos, me distraía y aprendía. Mamá insistía en que saliera a la calle con ella, pero seguía aterrada. No podía explicarle la verdadera razón de mi miedo pues ni yo misma sabía explicarlo. Sonia me llamó por teléfono al día siguiente, entre ella y el resto de los camareros habían aumentado sus turnos de trabajo y lo tenían cubierto. No me agradaba esa situación, pero eso era lo normal cuando uno de nosotros estaba de vacaciones o como en mi caso, se encontraba de baja.

A la mañana del sexto día, sábado, mientras me desperezaba en la cama, oí voces en la cocina. Miré el reloj. Eran las nueve y veinticinco de la mañana. Incorporándome lentamente noté un picor en la parte trasera de la cabeza y acto reflejo llevé la mano hacia ahí y comencé a rascarme. Me detuve al instante en cuanto sentí el dolor. Grité como acto reflejo, pues lo que me picaba era la herida cicatrizante. El dolor había ido menguando por sí solo transformándose en un picor muy incómodo el cual, si no era consciente de lo que hacía, podía levantar la postilla seca. La puerta de mi habitación se abrió de repente, y tras ella, mamá entró preocupada con la velocidad de un torbellino.

—¿Qué ha pasado cariño? ¿Estás bien? —preguntó mientras se sentaba en la cama a mi lado y miraba alrededor. Aún llevaba el pijama y la bata puesta.

—Sí mamá…es que me pica la herida. Está empezando a secarse y me tiran las grapas. He visto las estrellas…

—No gano para sustos contigo —dijo mientras observaba mi cabeza y me acariciaba con delicadeza.

—Ten más cuidado ¿quieres? A este paso te las vas a arrancar y no te conviene. Por cierto, tu amigo Pol ha venido a buscarte, quiere que paséis el día fuera, así que ya puedes levantarte. Te vistes, te aseas y te vas de paseo con él, que buena falta te hace despejarte un poco. Además, ya sabes lo bien que me cae. Creo que está interesado en tí, ya me entiendes… —elevó sus cejas en un movimiento ridículo y repetitivo.

—¡Mamá! No empieces... Solo somos amigos, nada más. Además, no soy su tipo. Dile que ahora salgo, por favor.

—Está bien, no tardes. Hoy hace un día fantástico y tienes que aprovecharlo —me dio un beso en la frente y salió de la habitación.

<<Lo que me faltaba>> pensé mientras soltaba un bufido de fastidio.

Pol. Lo conocí en el instituto y nos hicimos muy amigos. Desde entonces nos lo contábamos todo, pero entre él y yo jamás podría haber nada, éramos como hermanos, nada más. Él sufrió mucho con la separación de sus padres y me tomaba como ejemplo sabiendo que yo no tenía padre. Gracias a mis ánimos y a mi manera de ver las cosas lo superó de un modo más soportable. Como suele decirse, "Mal de muchos, consuelo de tontos" Pero funciona. Levanté la persiana y abrí la ventana para ventilar la habitación. Era verdad, hacía un día de sol espectacular y corría una ligera brisa. Efectivamente prometía ser un día maravilloso, más típico de primavera que de otoño. Esta vez, me vestí con unos pantalones vaqueros cortos y una camiseta de manga corta. No tenía muchas ganas de salir, pero la mejor manera de pasar página era olvidando las malas experiencias y dentro de casa encerrada, sería imposible. En unos días me quitarían las grapas y tendría que volver a trabajar; volver a coger el metro, volver a cruzar esa calle…Empecé a hiperventilar. Tenía que controlarme o no lo superaría jamás. Cerré los ojos y respiré profundamente contando hasta diez. Cuando conseguí relajarme, salí de la habitación.

—¡Hola, Álex!, ¿cómo estás? —dijo Pol acercándose rápidamente para darme un abrazo y un beso en la mejilla—. Ya te vale, no me has dicho nada del accidente y he tenido que enterarme por mi madre gracias a que habló con la tuya. ¿Por qué no me llamaste? Hubiera venido a verte enseguida.

—No quería preocuparte. Además, estoy bien, solo necesito descansar. Ya estoy mejor, de verdad.

—Muy bien, pues hoy vas a recuperarte por completo porque vas a venir conmigo. Voy a llevarte a un lugar donde olvidarás todo, y cuando regreses lo harás con las pilas cargadas.

—No sé, Pol. No me apetece mucho.

—Me da igual, no me voy a ir de aquí sin ti. Así que prepara tu bolso, una gorra y protección solar. La vas a necesitar.

—Eso, cariño. Disfruta del día y de la compañía… —dijo mamá mientras sonreía como una boba y le guiñaba un ojo a Pol.

<<Dios, la que me espera>> pensé, y no por el hecho de salir con Pol sino más bien por las preguntas indiscretas que tendría al llegar a casa, pues sabía que por más que le insistiera, no habría modo alguno de hacerle entender que entre él y yo no había nada y menos después de esta "salida de amigos". Accedí finalmente, tuve claro que luchar contra ellos era una batalla perdida. Fuimos a Sitges, un pintoresco pueblo costero de la provincia de Barcelona, a unos cuarenta kilómetros hacia el sur; célebre por sus playas luminosas y por ser la localidad gay más emblemática de España; uno de mis lugares favoritos. Pol me conocía muy bien, sabía que llevándome allí me animaría de nuevo, y tenía razón. Me gusta pasear por sus calles estrechas llenas de tiendas pequeñas, en las que venden todo tipo de suvenires para el turismo. Su casco antiguo, sus pequeñas playas de agua templada, su precioso paseo marítimo con grandes palmeras y, sobre todo, su bonita iglesia barroca de color rosa. En el horizonte, podían distinguirse un sinfín de barcos de vela navegando bajo el sol. Los atardeceres eran muy románticos, ideales para parejas enamoradas. No era mi caso, por supuesto.

Otra de las cosas que me gustaban de Sitges era la cantidad de galerías de arte que tenía. Si adoras el arte como yo, tienes la distracción asegurada. Después de pasar toda la mañana paseando por sus calles y comer en un restaurante, nos tumbamos en una de sus pequeñas playas a tomar el sol. Estaba siendo un día perfecto, realmente regenerador. El día era cálido, con unos veintitrés grados al sol y una fresca brisa marítima que relajaba cada parte de mi cuerpo. Estaba casi adormilada cuando Pol me despertó de mi ensueño.

—¿A que ha sido buena idea venir? —habló sin mirarme.

—Has sido mi salvador —contesté sonriendo.

En ese momento ladeé la cabeza y le miré. Estaba tumbado boca arriba, como yo, con un sombrero de paja tapándole la mitad de la cara dejando al descubierto de nariz hacia abajo. Tenía un brazo bajo la cabeza a modo de almohada y la otra sobre su vientre, con una pierna cruzada sobre la otra. Ciertamente era un chico guapo, aunque bastante presumido, mucho más que yo. Siempre cuidaba su aspecto, sobre todo su tupé. Le quería mucho y era muy importante en mi vida. A pesar de todo, jamás podría enamorarme de él, algo me decía que no era para mí. Me tapé de nuevo los ojos con mi gorra e intenté relajarme hasta que Pol volvió a preguntar.

—¿Vas a contarme qué pasó exactamente? te conozco y no creo que estés así solo por el casi atropello. Tú eres más valiente, y ahora estás como...no sé, rara. Hay algo que no me cuentas, solo hay que ver cómo miras a todas partes medio asustada cada vez que vamos a cruzar una calle.

Mi corazón se aceleró, ¿qué le iba a decir? La supuesta verdad era tan surrealista que ni yo, seis días después, era capaz de creer. Pero era Pol, y me conocía casi mejor que mi madre. Sabía perfectamente cuando estaba inquieta por algo.

—Fue un susto, nada más. Lo que pienso es que otro coche terminará lo que aquel no hizo.

—¿Qué tonterías estás diciendo? Anda ven aquí.

Colocó su brazo izquierdo por debajo de mi cuello, con cuidado de no hacerme daño, y me acercó a él para después darme un pequeño beso en la sien como si fuéramos una pareja de enamorados a ojos de los demás, nada más lejos de la realidad.

—Tienes que olvidar ese día y aunque sigo pensando que algo no me cuentas lo dejaré pasar. De todos modos, puedes confiar en mí, ya lo sabes y si algún día te apetece hablar, estaré aquí para escucharte. Siempre.

—Gracias, pero no tengo nada más que contar, excepto que eres un pesado —dije a la vez que le tiraba el sombrero hacia atrás con un manotazo para que el sol le diera de pleno en los ojos.

<<Ni loca te cuento lo que pasó, ni a ti ni a nadie>> pensé.

Después de dar una larga caminata por el paseo marítimo, comernos un helado y visitar una exposición de cuadros abstractos que a Pol le horrorizó, decidimos volver a Barcelona. La noche fue renovadora y conseguí dormir profundamente. Me levanté más calmada que los días anteriores. A pesar de eso, la herida me picaba muchísimo, sin embargo, sabía que no podía rascarme. Para calmar el picor, y sin hacerme daño, daba pequeños golpecitos alrededor de ella con la palma de la mano. Aunque extraño, era efectivo. En la tarde del domingo salí a tomar algo con mi grupo de amigos, entre los que se encontraba Blanca; aparte de Pol, ella era mi mejor amiga y por supuesto, también me demostró su "enfado" por no haberle contado lo ocurrido. Nadie más lo sabía y les pedí que, por favor, no lo contaran. Nunca me gustó ser el centro de atención, además, ya estaba casi recuperada y no solucionarían nada si me atiborraban a preguntas incómodas que no quería, ni sabía responder.

—Lo siento, Blanca. He pasado unos días horribles y ahora quiero olvidar, nada más —le respondí mirando fijamente a mi vaso de cerveza mientras bordeaba el canto con el dedo índice.

—No me he quedado tranquila hasta que no te he visto y he comprobado que estabas enterita —me guiñó un ojo mientras sonreía.

—Eh, vosotras… ¿qué cuchicheáis? —dijo Sergio sentándose a mi lado mientras nos observaba a las dos.

—Seguro que cosas de mujeres… ¡Cotilla! —Pol dedujo lo que hablábamos y nos echó un cable.

Julia y Carlos también nos miraron, pero no dijeron nada. A Julia no la conocíamos mucho pues tan solo llevaban saliendo juntos tres meses, más o menos. No nos veíamos con la suficiente continuidad como para conocerla a fondo, a diferencia del resto que nos conocíamos desde el instituto. Con una sonrisa de oreja a oreja le miré dándole a entender que realmente no le importaba. Por suerte, en esta ocasión, nos dejó tranquilas. No me gustaba mentir a mis amigos, pero había cosas que solo se las contaba a Pol y a Blanca. De hecho, algunas tan solo se las contaba a Pol. En general éramos un buen grupo y juntos, nos lo pasábamos bien. Aunque no podíamos juntarnos muy a menudo, hacer coincidir turnos no era tarea fácil. En mi caso, podía tardar semanas en tener un sábado o domingo libre y el resto parecido, exceptuando a Pol que trabajaba de lunes a viernes en una oficina como programador informático. Blanca trabajaba en el negocio de sus padres, una tienda de deporte en un centro comercial y como empleada enchufada, libraba todos los sábados por la tarde e incluso alguno por la mañana; en temporada de navidad o rebajas, lo tenía más complicado. Sergio trabajaba en un supermercado, a turnos. Carlos estaba en paro desde hacía unos meses, así que en ese aspecto no tenía problema y su novia, Julia, era guardia urbana, también pendiente de turnos.

Los días pasaron más rápido de lo que pensé en un principio. La herida ya no me picaba tanto y estaba feliz por ello porque ir paseando por la calle mientras me daba golpecitos en la cabeza no parecía muy normal. Al octavo día mamá dejó que volviera a mi piso y aunque me cuidaba muy bien, empezaba a ser agobiante. Necesitaba mi soledad, mi tranquilidad y, sobre todo, poner en orden mis ideas para organizarme de nuevo. El día anterior a que me retirasen las grapas, pedí a Pol que me acompañara a hacer el recorrido desde mi casa hasta el trabajo. Se me encogía el estómago cada vez que pensaba en recorrerlo sola. Me habló durante todo el camino sobre su familia, sobre el divorcio de sus padres, distrayéndome constantemente. Al llegar a la calle, la misma del accidente, mi corazón empezó a acelerarse de manera involuntaria, igual que mi respiración. Pol sujetó mi mano con fuerza y me animó a seguir adelante.

—Estoy contigo, ¿recuerdas? esta vez vamos a hacer caso al semáforo y todo irá bien.

—Ajá… —contesté observando todo a mi alrededor.

Lentamente cruzamos el primer tramo. Nos detuvimos a esperar a que el semáforo del carril lateral cambiase al verde. Pol me pasó su brazo sobre los hombros, gesto que agradecí con una sonrisa pues me temblaban las piernas. ¿Cómo explicarle a alguien, que el miedo que sientes no es a que puedan atropellarte, si no a que vuelva a pararse el tiempo? Simple. No lo haces.

—¿Ves? ¿A que no ha pasado nada? Alex, escúchame. Aunque llegues tarde, jamás vuelvas a cruzar en rojo y no volverás a estar en peligro, ¿de acuerdo? —me habló muy despacio, como si fuese un niño pequeño, mientras me sujetaba el mentón con su mano y me obligaba a mirarle a los ojos.

—Sí, lo sé. No te preocupes, por la cuenta que me trae, no volveré a hacerlo. Gracias.

Gracias a él y a sus palabras de apoyo superé el trayecto mejor de lo que pensaba. Antes de salir de casa, esa tarde, tuve que tomarme dos valerianas y respirar profundamente varias veces para tranquilizarme. Ahora, ya lo había hecho y estaba preparada para enfrentarme cara a cara a la rutina de ir a trabajar. Y a Sonia que, aunque me dijo que no me preocupase, sabía que estaría deseando volver a verme por allí. Realmente era cierto, si yo cumplía con el orden de las cosas como, por ejemplo: "cruzar en verde", no tenía por qué sucederme de nuevo. Ahora que me encontraba en esa calle, con todo el ajetreo de la vida cotidiana y la rapidez de movimiento a mi alrededor, la perspectiva de lo sucedido era muy distinta. Tenía que estar verdaderamente loca por creer que el tiempo se había detenido. Sonreí y por primera vez en una larga semana, mi miedo se esfumó por completo. Ahora me veía con fuerzas suficientes para volver a la rutina y cruzar de nuevo esas calles sin temor alguno.

4. Imprevistos

Abrí los ojos de repente temiendo haberme dormido pues no había oído el sonido incómodo y estridente de mi despertador. Por increíble que pareciera, me había despertado antes de que sonara. Miré la hora. En efecto, aún no había tocado. Eran las siete y diez de la mañana. Una mañana que prometía ser como las demás, con una rutina aburrida, pero que me hacía sentir viva. Me levanté despejada, de esas pocas veces en que abres los ojos sin una pizca de sueño, fruto de un descanso profundo y regenerador. Agarré la bata y me la puse alrededor, atándomela con fuerza. Hacía frío, mi pisito no tenía calefacción. Tan solo una estufa eléctrica que había conectado un rato por la noche del día anterior, pero que ahora, se encontraba fría pues no la dejaba conectada por el miedo a un sobrecalentamiento. Mamá me repetía, una y otra vez, que comprara un termostato para programarla y así cuando me levantase por las mañanas el ambiente ya estaría caldeado. Tenía que hacerle caso, estaba siendo un invierno bastante frío y húmedo, más de lo normal para ser Barcelona, o eso me parecía. Levanté la persiana y miré hacia la calle. Estaba nublado, aunque no llovía. A estas alturas del mes de enero abrir la ventana antes de vestirse era una auténtica locura, y lo primero de todo, antes que nada, era una ducha caliente. Disfruté de ella escuchando mis canciones favoritas. Tenía tiempo de sobra así que me deleité con el chorro casi hirviendo que caía por mi espalda, haciendo que el resto de la piel donde no mojaba el agua se pusiera con el vello de punta por el contraste de temperatura. Cuando salí de la ducha tenía el pecho y la parte alta de la espalda roja como un tomate, era maravilloso. Lo que no era tan maravilloso era vestirse en el baño a toda prisa tiritando de frío.

—Esta semana compro un calefactor —dije en voz alta.

A mi piso no le daba el sol y teniendo en cuenta que me pasaba prácticamente todo el día fuera de casa, era comprensible que hiciera esa temperatura tan baja con tanta humedad. Me vestí rápidamente. Iba repasando la conversación del día anterior que había tenido con Pol mientras me peinaba una coleta alta y me maquillaba ligeramente. Como tantas veces, se quedó a cenar y aprovechamos a ponernos al día pues llevábamos quince días sin vernos y, aunque a menudo hablábamos por teléfono, no era lo mismo.

—Lo he estado pensando y creo que sería buena idea que vinieras a vivir conmigo. Quiero decir...compartiendo piso. Sé lo que pagas por este y es una barbaridad, aunque sea precio "amiga". Piénsalo bien antes de contestar. Ganaríamos los dos, el precio de mi alquiler lo pagaríamos a medias y, además, vivo más cerca de tu trabajo. ¿A que es buena idea?

No esperaba esa proposición. Pol llevaba casi dos años independizado como yo, en un piso de alquiler. En cuanto tuvo trabajo, salió de su casa inmediatamente pues no soportaba las continuas peleas que tenía con su madre, la cual, se había vuelto bastante amarga después de la separación.

—No me mires así, ya sabes que me he quedado solo. Estoy buscando a alguien que lo comparta conmigo pues son muchos gastos para mí solo. Sería estupendo que fueras tú, podríamos charlar de nuestras cosas más a menudo —me guiñó un ojo.

—No sé qué decir... De todos modos, hasta febrero tengo el alquiler pagado así que hasta entonces no podría mudarme.

—Puedo esperar...mi compañero se fue la semana pasada y me pagó su parte que correspondía al mes de enero. Así que, si tú me ayudas con el mes de febrero en adelante, sería ideal. Piénsalo, Álex, tú y yo nos llevamos genial y sabes que no soy un guarro ni un dejado. Podemos sobrellevarlo perfectamente.

—No sé, deja que lo piense, ¿vale? Necesito pensar en cómo organizarme.

—Está bien. Si no aceptas, tendré que buscar a alguien y eso me puede llevar semanas. Sinceramente, preferiría que fueses tú. La única pega es que en mi casa solo hay un baño y tendríamos que turnarnos...

—Me estás animando, ¿eh? —contesté sonriente.

—Soy sincero. Quiero que valores todos los puntos, y el baño es uno muy importante —me miró seriamente con sus ojos castaños y no pude evitar soltar una carcajada. Estaba claro que para él era realmente importante. Era un presumido de los pies a la cabeza y seguro que, como yo, se duchaba todas las mañanas, aparte de afeitarse y engominarse el pelo hasta la saciedad.

—Bueno, ya veré...no sé si me convence compartir piso con alguien más presumido que yo —declaré.

—¿Qué hago? —dije a mi reflejo en el espejo del cuarto de baño como si él, de manera independiente, fuese capaz de contestarme. Por un lado, me hacía ilusión. Nos llevábamos tan bien que incluso a mí me sorprendía. Pagaría algo menos de alquiler, lo cual, suponía un ahorro. Sin embargo, algo me decía que Pol lo veía de otro modo. No es que hubiese pasado nada entre nosotros, pero él llevaba unos meses sin salir con nadie y me llamaba muy a menudo, más que antes. Desde el "casi accidente" en octubre, se había comportado de manera sobreprotectora. Me venía a buscar al trabajo cuando podía y me acompañaba a casa, cosa que anteriormente no hacía. Por otro lado, quería que quedáramos más a menudo, solos. Tal vez fueran suposiciones, pero un presentimiento en mi interior me decía que su idea sobre nosotros iba encaminada hacia algo más profundo. Aunque, como en tantas cosas, tal vez estuviera equivocada. Decidí aplazar mis elucubraciones para más tarde. Salí del baño y ahora sí, abrí la ventana para que se ventilara la habitación. Esta vez tenía tiempo, incluso, de hacer la cama antes de marcharme.

Eran las ocho y diez de la mañana cuando salía de casa. Ni Sonia creería mi puntualidad, quizás incluso llegaría antes que ella. Busqué las llaves de casa y salí por la puerta cerrando con llave. Al día siguiente, viernes, era mi día festivo y aunque me tocaba trabajar el fin de semana, mi mente se encontraba en la felicidad que producía el saber que dormiría plácidamente esa noche sin tener que madrugar. Pasar todo el día preparando todo tipo de cafés y capuchinos, oliendo constantemente ese aroma concentrado del café recién molido en el aire, era abrumador y lo tenía casi aborrecido. Las navidades pasadas, Sonia contrató a un chico, Juan, que se dedicaba a hacer dibujitos en la espuma del café. Eran increíbles. Podía hacer un corazón, un árbol, una espiga, estrellas, etc. con una facilidad y rapidez increíbles. Los días se convirtieron en un flujo constante de arte bebible y al igual que aumentó ese tipo de cafés, también aumentó la clientela. Estábamos saturados. Éramos tres camareros, además de mi jefa, quien se encontraba siempre detrás de la caja registradora cobrando los pedidos. También ofrecíamos chocolate con churros y bollería. Era un local fantástico para pasar una tarde fría de invierno y entrar en calor.

Debía reconocer que la cafetería "Vieux Café" tenía bastante éxito. Estaba localizada en un punto clave y bastante transitado de la ciudad. Por otra parte, su decoración bohemia te hacía sentir en un lugar de otro mundo mezclando magia, arte y un toque antiguo muy acogedor. Sonia tenía muy buen gusto y se gastó hasta el último de sus ahorros en apostar de esta manera en un negocio prometedor. No se equivocó. Era bastante amplia, con una docena de mesas redondas en su interior y un par de sillas metálicas negras cada una. Cada mesa disponía de un jarroncito pequeño con flores silvestres, que, aunque eran de plástico parecían reales y le daban un toque romántico. Todas las paredes estaban revestidas en madera, en un verde envejecido hasta la mitad de su altura. La parte superior estaba decorada con papel de rayas en diferentes tonos entre beis y granate. Una mezcla que podía parecer incompatible, pero que con el conjunto de fotografías en blanco y negro de personas tomando café, e imágenes antiguas de carteles publicitarios, la hacían idílica. Farolillos de hierro forjado colgaban del techo con una luz amarilla cálida dando un aspecto romántico al local. El suelo era de madera oscura envejecida, parecía sacada de un barco antiguo con sus grietas y separaciones entre tablón y tablón. Estaba desgastada en algunas zonas como la entrada o a los pies del mostrador. Al pasar por esa calle, la cafetería te invitaba a entrar. El conjunto de sus toldos franceses en la fachada con faroles que colgaban en la puerta y su olor característico a café y chocolate, la hacía irresistible.

—¿Qué opinas, Alex? ¿Crees que podría funcionar? He pensado que si juntamos un poco esas tres mesas de aquella esquina y quitamos esa planta de palmera podría caber…

Sonia pensaba en voz alta como si realmente le importase mi opinión. Llevaba días pensando en poner un pequeño mostrador de helados para cuando llegara el verano y así poder tener más clientela. Hacía tanto calor en esa época que lo último que apetecía era un café caliente y no a todo el mundo le gustaba el café con hielo. Había momentos para todo, como en los desayunos pues el café era el alma del local, pero si ampliaba el abanico de productos, también aumentaría los ingresos y no perdería a los clientes de la tarde.

—Supongo que sí, pero entonces no se verá el pasillo que va hacia los servicios. No sé —dije arrugando la nariz. La cafetería estaba perfecta, otro mostrador, y además de helados, no quedaría bien. Al menos bajo mi punto de vista.

—Álex, eso a la gente le da igual, el que conoce el local ya sabe dónde están y el que no, pregunta y punto. Creo que está decidido.

—¿No quedará mal? Quiero decir…teniendo en cuenta el estilo de la cafetería no sé si quedará bien un congelador de helados.

Sonia me miró con aire de superioridad y una ceja arqueada que me hizo callar de repente.

—¿Es que no me conoces? ¿Crees que voy a poner el típico congelador de helados de bar? No soy tan cutre. Tengo una idea en mente que va a quedar fantástica…

Me llamó tonta a la cara sin decirlo directamente. Cómo odiaba que me tratara así. Era la típica persona que no te contaba sus ideas por completo, casi tenías que adivinarlas y si no lo hacías es que eras tonta o lo parecías.

—Anda, atiende la caja por mí, tengo que medirlo bien antes de hacer unas llamadas.

Asqueada, me dirigí al mostrador. Al menos, mientras estuviese ocupada no me molestaría con sus ideas de reforma. A mi mente volvió a llegar la idea de Pol. Esa noche tendría que contestarle y aún no lo tenía claro. Ya eran las siete de la tarde y me quedaba una hora para salir y verle pues sabía que vendría a buscarme con la excusa de hablar sobre el traslado. Recogí las tazas sucias y las coloqué dentro del pequeño lavavajillas que teníamos bajo el mostrador. De repente, oí la puerta de la entrada con su característico tintineo de campanillas que colgaban del techo y chocaban con la puerta al abrirse. No me sorprendió pues era un sonido que nos acompañaba constantemente, pero en ese momento, algo llamó mi atención y no esperé a que la o las personas que entraban llegaran al mostrador. Instintivamente miré hacia la puerta y me quedé pasmada. Bajo el dintel de la puerta se encontraba un hombre. Bueno, no era un hombre exactamente, más bien parecía salido de alguna serie vikinga o algo por el estilo. Era muy alto. Su tremenda corpulencia llamaba la atención y no porque estuviera gordo, sino por los músculos que tenía bajo el chaquetón largo que llevaba. Un abrigo de cuero vuelto marrón oscuro que le llegaba casi hasta los tobillos, con una capucha muy grande que le tapaba parte de los ojos. Algunos mechones de su pelo largo y negro como el tizón asomaban por los costados de la capucha. Sus ojos medio ocultos rastrearon toda la cafetería buscando algo o más bien a alguien. De pronto, su mirada se posó en mí y se detuvo ahí varios segundos. Fueron los segundos más largos de mi vida, pues un estremecimiento irracional erizó todo el vello de mi cuerpo. Entró cerrando la puerta tras de sí con sumo cuidado, mientras miraba a su alrededor como si desconfiara de todo el mundo. Se acercó al mostrador y se detuvo ante mí clavando su penetrante mirada en mis ojos. No pude reaccionar. Dejé de pestañear mientras le repasaba de arriba abajo deteniéndome en cada parte de su cuerpo. Sus labios, carnosos y rodeados de una fina barba, eran muy sensuales. Su porte era imponente, rodeado de un misterio místico. Sentí una repentina curiosidad por saber sobre él, sobre quién era, de dónde venía con esa ropa que parecía sacada de un armario del siglo XVIII. Sus ojos, de un tono miel con manchas verde esmeralda, eran capaces de derretir un iceberg en pleno mar ártico, pues eran totalmente hipnóticos. Daba la sensación de que podía ver su alma directamente. Jamás había visto unos ojos de ese color. Estaba tan absorta en ellos que cuando habló, no le oí. Levantó su mano derecha y la movió lentamente en modo de saludo por delante de mi cara para ver si reaccionaba. Funcionó.

<<Qué vergüenza>>, bajé la mirada a mis manos y respiré hondo.

—Hola, quiero… un café.

<<Wauuu…qué voz>> pensé. Era muy grave y pausada, con un acento inconfundible. El inglés.

—Si…sí, por supuesto. ¿Qué tipo de café? Tenemos café solo, cortado, capuchino, expreso, vienés, bombón… pero hay más. Si quiere puedo dejarle la carta para que elija. En ella se especifica cómo son; de qué están hechos, los ingredientes que llevan… y mi compañero Juan puede hacerle un dibujito si lo desea—solté toda la parrafada del tirón sin pestañear, emocionada por mostrarle de lo que éramos capaces.

—¿La carta?

—Sí, la carta de cafés…—respondí vacilante. La recogí del mostrador y se la entregué en las manos.

Se quedó mirándola como si fuese la primera vez que veía algo así. Empezó a darle vueltas de arriba abajo y al revés con el ceño fruncido como si no entendiera nada. Me acerqué a él colocándome a su lado para explicarle cómo funcionaba. Estaba claro que ese tío no tenía ni idea de lo que tenía entre las manos, ¿de dónde había salido? Cuando llegué a su lado, percibí un olor a cuero y a… no supe qué, quizás alguna colonia o jabón. Me resultaba familiar. Se mezclaba con el aroma a café del ambiente como para no poder reconocerlo. Sin embargo, ese olor se quedaría grabado en mi memoria de por vida. Fue un error acercarme tanto, mi corazón comenzó a palpitar de manera incontrolada, sin motivo alguno. Qué absurda situación. No lo conocía y actuaba como una niñita que ve por primera vez a su ídolo en persona. Me quedé mirando su rostro otra vez, directamente sus ojos. Era como un palmo y medio más alto que yo y llevaba una barba, de por lo menos un mes, bien arreglada. Tenía una pequeña marca por encima del pómulo derecho, parecía una cicatriz. Él advirtió mi mirada e hizo lo mismo, estudiarme de arriba abajo, pero en su caso, arqueando una ceja. En ese momento, me sentí ridícula. Me aclaré la garganta y le expliqué cómo funcionaba la carta de cafés. Decidí hacerlo en inglés pues los idiomas se me daban de lujo y a él parecía costarle un poco entenderme. Después de un rato que pareció eterno, me pidió un capuchino y se sentó en la mesa de la esquina más alejada del local.

—Qué tío más raro. Desde luego, cada día me sorprendo más de lo que existe por ahí. Si no fuera porque estamos en el siglo XXI, te diría que Conan el Bárbaro ha venido para hacernos una visitilla —dijo Juan mientras le hacía el dibujo de una espiga al capuchino.

No pude hacer otra cosa que reírme pues tenía razón, pero tuve la minúscula impresión de que ese pequeño comentario de Juan me había molestado, como si en lugar de reírse de él lo hubiera hecho de mí. Tan solo me quedaba media hora para irme. El día estaba resultando muy largo y no me apetecía hablar con Pol, aún no había tomado mi decisión ¿Qué podía decirle? No pude evitar echar una mirada de vez en cuando hacia la mesa de la esquina. Esa presencia me hacía sentir incómoda, sobre todo porque no me quitaba el ojo de encima desde que se había sentado. Aunque el color de sus ojos fuese cálido, su mirada no lo era. Más bien era fría como el hielo. Parecía estar concentrado en mí queriendo desvelar algún secreto oculto bajo mi fachada de camarera. Era absurdo pensar así y a pesar de estar de espaldas a él podía sentir el peso de sus ojos clavados en mi nuca.

—Wau, Álex…si las miradas matasen, estarías muerta y rematada hace rato.

—¿A que sí? Ya me he dado cuenta, se me ponen los pelos de punta.

—Oye, si quieres te acompaño al metro. A Sonia no le importará que pierda cinco minutos si así te sientes más tranquila.

—No, gracias. Hoy vienen a buscarme.

—Ah…ya veo —se giró guiñándome un ojo.

—¡Eh! No es lo que piensas, solo somos amigos.

—Yo no pienso nada, a mí me da igual. Aunque si eso es cierto, es una pena…perderse algo tan bueno con semejante monumento. Lo dicho, una lástima.

No pude evitar reírme. Juan era homosexual y le encantaba mirar a Pol, decía que tenía morbo.

—Si tú lo dices…

Los minutos pasaron muy lentamente. Era el tipo de momentos que no me gustaban nada porque era consciente de lo lento que transcurría el tiempo, concentrándome en cada minuto, cada segundo… sin avanzar. Cada vez que iba a limpiar una mesa y recogerla, me temblaba la bandeja y a punto estuve de tirársela por encima a un cliente que estaba sentado. No podía más. Esa mirada me estaba matando sin saber por qué. Ni siquiera se molestaba en disimular y cuando nuestros ojos se enfrentaban, no cambiaba el gesto, seguía igual de serio y concentrado con el ceño muy fruncido. Mi corazón iba a estallar de un momento a otro y mi cuerpo se convirtió en un manojo de nervios. Cuando finalmente quedaban cinco minutos para irme a casa, salí disparada al almacén. Me quité el delantal rápidamente y agarré mi bolso. Jamás tuve tantas ganas de ver a Pol como en ese instante. Respiré profundamente un par de veces logrando calmar mi acelerado corazón.

<< ¿Por qué me afecta tanto? Es increíblemente atractivo, sí, pero también parece un loco salido de una película medieval. Vamos, cálmate>>

Esa mezcla de misterio perverso, el enigma que le envolvía como un aura oscura a su alrededor y su intimidante mirada, me impactaba. La situación había sido lo bastante incómoda como para que Juan se diera cuenta, ofreciéndose a acompañarme por si a ese hombre se le ocurría seguirme y hacerme alguna barbaridad. Ese tipo de personas eran dignas de desconfianza. Su mirada me hacía sentir desnuda e incapaz de ocultarme en ningún lugar, incluso tras la puerta del almacén, pues podía sentirla a través de ella como si fuesen rayos X. Elevé el mentón con dignidad, decidida a enfrentarlo si hacía falta y salí del cuarto cerrando la puerta a mi espalda. Mis ojos se posaron en esa silueta oscura situada al fondo y como esperaba, seguía observándome. De pronto se levantó colocando suavemente la silla en su lugar, volvió a mirarme y bajó el gesto haciendo algo con la cabeza, como… ¿un saludo?, ¿un adiós? Parecía un tipo de reverencia, de esas que se hacían en las películas. Parpadeé varias veces alucinando de nuevo ante esa extraña imagen. Giré mi vista y la encaminé hacia la puerta del exterior donde la posé en otra silueta que entraba en ese momento con una sonrisa de oreja a oreja. Pol.

—¿Estás lista? —dijo mientras me ponía un mechón de pelo suelto por detrás de la oreja. No pude evitar sentirme incómoda y aunque era un gesto que hacía infinidad de veces, en ese instante no me gustó y miré hacia la esquina de manera instintiva. La mesa estaba vacía, el hombre misterioso se había marchado. Sentí una pequeña decepción al echar en falta su presencia. Algo incomprensible e irracional y aunque fui consciente de lo disparatado que era ese sentimiento, no pude evitarlo. Miré a Pol y me centré en él y en el ahora.

—Sí, lo estoy.

Salimos de la cafetería sin hablar. Mi mirada osciló por toda la calle intentando hallar su figura, pero fue inútil, había desaparecido. Pol esperaba una respuesta concreta sobre el traslado, pero no me encontraba con ánimos para la conversación. Durante el trayecto hacia casa, trató asuntos triviales evitando la pregunta mientras yo, solo era capaz de contestarle con monosílabos. Ese hombre me había afectado más de lo que creí en un principio. No dejaba de pensar en él y mis ojos se quedaban embobados mirando a la nada, con la mente concentrada en esos instantes tan intensos que había vivido momentos anteriores.

—¿Vas a decirme qué te pasa? Estás muy seria y apenas hablas. ¿Acaso te ha ocurrido algo en la cafetería? —preguntó hastiado. Me detuvo en seco frente a un quiosco ya cerrado que había en la esquina de mi calle.

—No...Bueno, sí. Es que... A última hora entró un hombre muy siniestro que no paraba de mirarme. Era muy extraño, parecía salido de una película medieval. Se fue cuando tú llegaste. No sé, me ha dejado el cuerpo algo revuelto—expliqué con voz cansada. Esa respuesta pareció tranquilizarle. Después frunció su ceño y me miró preocupado.

—¿Acaso te hizo o dijo algo?

—No, que va. Simplemente me observaba como si fuese un mosquito al que aplastar. Ha sido inquietante...

—Sería un loco. Ya sabes que de esos hay en todas partes. Si quieres, este fin de semana vengo a buscarte, para que te quedes tranquila. Solo por si acaso.

—Me parece bien. Gracias.

Continuamos caminando en silencio hasta llegar a mi portal. En ese instante y como surgido por un hechizo, se levantó un viento húmedo, de esos que calan hasta los huesos y hace que te duelan los oídos. Entramos en el portal para resguardarnos y poder despedirnos.

—Oye, Álex, sobre lo del piso...no sé si ya has tomado una decisión, pero... necesito saberlo cuanto antes.

No parecía mi amigo Pol. Daba la sensación de que estaba a punto de salir a escena en una obra de teatro con un estado de nervios apreciable. El peso de su cuerpo oscilaba entre un pie y otro constantemente. Sus manos se encontraban en el interior de los bolsillos de su chaqueta de pana, en los que claramente llevaba las llaves pues no paraba de menearlas en su interior.

—Ah...sí, es verdad. Perdona. Apenas he tenido un momento para pensarlo. ¿Te importa si te contesto mañana? Es mi día de fiesta y tendré tiempo para pensar en ello más tranquilamente. Hoy ha sido un día horrible y estoy muy cansada.

La tranquilidad volvió a su mirada acompañada de un suspiro largo y lento.

—¡Claro! lo entiendo. Cualquiera diría que te estoy pidiendo una cita, ¿eh? —dijo esas palabras con un tono de burla un tanto extraña.

Sonreí ante la imagen figurada de esa situación. Él pidiéndome una cita. Y por alguna extraña razón mi sonrisa se detuvo en seco pues me di cuenta de que esa imagen no distaba mucho de la que tenía frente a mí en esos momentos, sobre todo, viéndole tan nervioso. Aunque quizá, mi imaginación me jugaba una mala pasada. No sería la primera vez que veía cosas donde no las había.

—Por la tarde acompañaré a Blanca a comprarse unos pantalones y terminaremos pronto. ¿Qué te parece si cenamos juntos y lo hablamos?

—¡Genial! Eso sí, mañana quiero una respuesta porque si no, tendré que buscar a alguien que ocupe esa habitación.

Como siempre, me dio un beso en la frente y se marchó por la puerta. Un suspiro de alivio salió de mi interior. Realmente estaba cansada y tenía unas inmensas ganas de cenar e introducirme en la cama. El piso estaba helado y lo primero que hice fue encender la estufa eléctrica antes de quitarme el abrigo. Me cambié deprisa. Con la bata bien atada preparé la cena. Ni siquiera encendí el televisor. Comí un poco de pasta con tomate y una pieza de fruta. Después fui hacia la habitación con el radiador arrastras, cogí una novela romántica y me metí en la cama con la bata puesta. Cuando entrara en calor ya me la quitaría, al igual que apagaría la estufa, pero… sin darme cuenta me quedé dormida con el libro pegado en la cara, sin haberme quitado la bata y sin haber apagado el radiador. Desperté sobresaltada, sudando como un pollo asado y completamente desorientada. Por unos momentos me vi rodeada de paredes de piedra fría y húmeda. Una estancia lúgubre y oscura con apenas una antorcha encendida. Me encontraba maniatada a la espalda con algo que parecía ser una cuerda. Mi ropa… ¡¿Dónde estaba mi ropa?! Era una especie de vestido largo, viejo, sucio y roto. De pronto, la puerta de la estancia se abrió chirriando lentamente. Estaba hecha con listones de madera muy gruesos con clavos de hierro a su alrededor. Era como estar en el interior de la mazmorra de un castillo o algo por el estilo. Tras la puerta aparecieron tres siluetas: La anciana con peluca brillante del metro, el señor mayor de pelo canoso con ojos de universo y el atractivo, pero misterioso hombre de la cafetería. Se detuvieron frente a mí, uno al lado del otro, mientras me observaban fijamente. En ese instante, sus ojos se transformaron en seis puntos de luz fluorescentes en una oscuridad absoluta y sus voces resonaron al unísono entre las pareces provocando un eco ensordecedor.

"Alexandra…no nos tengas miedo. Hemos venido a ayudarte. Tan solo acepta quién eres…"

Me destapé jadeante y salté de la cama con el corazón en la garganta, mirando a todas partes.

—¿Qué cojones ha sido eso? —pregunté en voz alta.

Eran las cuatro de la madrugada cuando caí en la cuenta de que me había quedado dormida. Hacía un calor espantoso pues la habitación no era muy grande. ¿Qué clase de pesadilla había sido esa? En ella aparecían las tres personas más raras con las que me había cruzado en la vida. Tenía la extraña sensación de que me estuviesen dando poco a poco las piezas de un puzle. Los tres tenían algo en común, estaban rodeados de un mismo misterio, uno que parecía tener un mismo objetivo, yo. Apagué la estufa y me dirigí al baño. Después de lavarme la cara y quitarme la bata, volví a meterme en la cama recolocando la almohada y dejando a un lado mis malos pensamientos. Volví a dormirme, pero esta vez soñé con castillos y guerreros medievales, bueno, con uno en particular.

Desayunar sentada y sin prisa era un verdadero privilegio que no siempre podía permitirme. Un café con leche acompañado de tostadas con mermelada y zumo recién exprimido era para mí el verdadero significado de descanso. Me faltaba la compañía de mi madre, claro. Siempre que coincidíamos en un día festivo compartíamos el desayuno sin prisa, hablando de cualquier tema hasta bien entrada la mañana. A pesar de no haber dormido muy bien, me encontraba con suficiente energía como para salir a correr. Esa noche, había tenido sueños extraños con personas que, aunque existían en la vida real, en mi mente parecían ser de otro mundo. Sacudí la cabeza borrando esas imágenes y me vestí rápidamente. Eran las diez y media y esa mañana estaba decidida a solucionar uno de los problemas importantes en mi vida, la calefacción. Después tendría tiempo de ir a correr.

Regresé a casa con una sensación de triunfo muy gratificante. Había comprado un fantástico calefactor de aire que calentaba el baño en un santiamén y un termostato para mi estufa de aceite. Tenía una ruleta horaria giratoria en la que marcaba la hora a la que quería que se encendiera. Era un aparato tan simple que parecía imposible que funcionara, sobre todo porque no era digital. Así era la tecnología. Por supuesto que había termostatos más sofisticados y digitales, pero el dependiente me dijo que para el precio que tenía funcionaba muy bien y mi bolsillo no daba para mucho más.

Seguidamente, me preparé para ir a correr. Era algo que hacía a menudo sobre todo cuando tenía cosas en las que pensar. Me despejaba la mente, como una terapia relajante y renovadora. Hice el mismo recorrido de siempre. Vivía en Badal, un barrio del distrito de Sants que hacía frontera entre Hospitalet y Barcelona. Era muy antiguo, con edificios de más de cien años de antigüedad. Una zona muy densa en población y tráfico; con calles estrechas y mucha polución, pero al mismo tiempo, muy bien conectada a toda la ciudad por metro, tren y autobuses. Dado que no tenía espacios verdes, mi ruta (de unos siete kilómetros más o menos) subía por la rambla de Badal hasta llegar a la avenida Diagonal. Una avenida que como su buen nombre indica, cruza prácticamente toda la ciudad de Barcelona en diagonal y aunque tiene mucho tráfico, es muy ancha y abierta. Por ella subía hacia la zona universitaria donde finalmente me adentraba en el precioso y enorme Parque de Cervantes perteneciente a una de las zonas más ricas de la ciudad, Pedralbes. El Parque de Cervantes era idílico y muy grande, además de una fantástica ruta botánica compuesta por rosales de todos los continentes, formas y colores existentes. El aire resultaba cautivador y aunque era invierno, su variedad era tan amplia que incluso en la época más fría del año tenía rosas. En una urbe tan grande era un lujo disfrutar de un oasis de tranquilidad como ése en el que desconectar del caos que suponía la ciudad.

Había quedado con Blanca a las seis de la tarde en el mismo centro comercial donde ella trabajaba. Su madre la dejaba ausentarse por unos momentos para poder comprarse los pantalones. En realidad, era una excusa para distraerse un poco y vernos, aunque fuera un rato. Entré en la tienda esperando encontrármela detrás del mostrador, como siempre, pero no fue así. No había nadie. Miré el reloj y…

—¡Buh! —Blanca apareció por detrás agarrándome los hombros.

Grité de tal modo que las personas que pasaban por el exterior de la tienda se quedaron mirando hacia el interior.

—Señorita Alexandra. Llega diez minutos tarde. ¿Es que no tienes reloj o qué?

—¡Casi me matas del susto! —grité. Tenía el corazón acelerado. Solté un suspiro largo mientras la miraba con ojos de asesina despiadada.

—Es mi venganza por tener que esperarte. Solo por ver la cara que has puesto ha merecido la pena. ¿Nos vamos?

Me agarró del brazo y me empujó hacia la salida.

—¿Y la tienda?

—Tranquila, está mi madre. Lo que pasa es que le dije que se ocultara en el almacén mientras yo me escondía en el probador para esperarte. ¡Mamá, ya puedes salir, nos vamos! —gritó a las paredes. Su madre apareció por la puerta que había detrás del mostrador reteniendo una sonrisa o más bien una carcajada. Una hora después ya se había comprado un par de pantalones vaqueros, después de probarse veinte y que yo le diera el visto bueno. Nos encaminábamos de nuevo hacia su negocio cuando volvió a hablar.

—Bueno, ¿me lo vas a contar o no?

—¿A qué te refieres? —pregunté sorprendida. No tenía idea de qué estaba hablando.

—Ven, sentémonos.

Nos dirigimos hacia un banco libre que había en el *hall* del centro comercial.

—Verás, el otro día me encontré a Pol y a Sergio por casualidad. Pol insinuó que estaba buscando a alguien para compartir su piso y…No sé, por cómo lo dijo me dio la impresión de que tenía algo que ver contigo, ¿me equivoco? Pero, no me cuentas nada, así que parece que tengo que arrancarte las palabras.

—Joder, pareces adivina. Pues sí, me dijo que sería fantástico si pudiéramos compartirlo y pagarlo a medias. Como nos llevamos tan bien… lo que pasa es que aún no lo he decidido.

—Si tienes dudas, dile que no y ya está.

—Ya, pero resulta que pagaría menos de lo que estoy pagando ahora mismo y además está más cerca de mi trabajo.

—Entonces, ¿cuál es el problema? —me miró como si fuera tonta.

—Tengo la sensación de que Pol está más pendiente de mí desde el accidente. Más que antes, no sé si me entiendes. Si me voy a vivir a su casa, pues…

—A ver, a ver, a ver. ¿Crees que le gustas? Pff… No seas ridícula. Ya sabes cómo es Pol, además no eres su tipo. A él le gustan rubias y despampanantes y que conste que no te estoy diciendo que seas fea ni nada por el estilo. Simplemente digo que no eres de esa clase de mujeres.

—Y tú sí ¿no? —se me escapó sin pensar. Se creía una Top Model y el resto quedábamos reducidos a un nivel mucho más inferior.

Ciertamente era muy guapa y sí, también despampanante con el pelo largo y rubio por debajo del pecho. No solo era su carita de muñeca si no su cuerpo de Barbie y su ropa ceñida. Casi lo contrario a mí pues no me gustaba marcar tipo, ni llamar la atención del mismo modo que ella.

—No me refería a mí, Álex. Tranquila, no voy a quitártelo.

—¿Qué estás diciendo? no es mi novio, sabes que no me gusta de ese modo. Es mi amigo igual que el tuyo, ya lo sabes.

—Perdona, Álex. No sé qué me ha pasado. No me hagas caso, es que estoy cansada. Oye, si es por el dinero, no lo pienses más. No creo que sea tan malo compartir piso con él. Además, pensándolo mejor, hasta me harías un favor, de este modo cuando fuese a verte, también lo vería a él y podríamos charlar los tres juntos más a menudo.

—Ya, claro.

No me di cuenta hasta ese momento. Blanca estaba celosa de mí o más bien de la relación que tenía con Pol. No porque a ella le gustase pues estaba loca perdida por un chico que había conocido en el gimnasio. Así era ella, queriendo ser siempre el centro de atención para todo el mundo y no la culpo, al fin y al cabo, era hija única y sus padres se habían desvivido por complacerla en todo. Me pasé el camino de regreso dándole vueltas a todo. Finalmente llegué a una conclusión y el haberlo "hablado" con Blanca hizo que me aclarara. Tenía que pensar en mi futuro, en lo mejor y más beneficioso para mí. Tenía ganas y me hacía ilusión compartir piso con Pol, además, no estaría sola. Sería un reto, y si no salía bien, siempre podría buscarme otro pisito de soltera. Cuando llegué a casa, Pol me esperaba en el portal con una bolsa de kebabs. Agradecí la idea pues al final me entretuve más de lo que quise y no tuve tiempo de preparar la cena.

—¿Has decidido qué vas a hacer, o todavía no?

—Sí —contesté.

—Sí, ¿qué? ¿Que sí lo sabes, o que sí te mudas conmigo?

—Sí a las dos cosas.

5. Reencuentros.

Lo bueno de vivir de alquiler es que no tienes muchos trastos para trasladar, o por lo menos ese era mi caso. El piso que alquilé estaba amueblado ligeramente con lo básico, suficiente para no comprar nada. A parte de mis libros, algún que otro cuadro pintado por mí, varios recuerdos decorativos pequeños de algún viaje y toda mi ropa de vestir (incluidas las sábanas y una colcha) no tuve que llevarme nada más. Con cuatro cajas y un par de maletas, llenamos el maletero rápidamente. Lo peor de toda la mudanza fue bajar con los bártulos los seis pisos por las escaleras pues el ascensor volvía a estar estropeado.

En pleno Eixample de Barcelona, muy cerca del Hospital Clínico donde trabajaba mi madre, las avenidas parecían todas iguales. Edificios antiguos, altos con manzanas cuadradas recortadas por sus esquinas para poder tener mejor visión a las calles colindantes. Una idea fantástica de urbanismo, pero su falta de plazas de estacionamiento libres hacía horrible la hora de buscar aparcamiento, algo a lo que Pol estaba acostumbrado, yo no. La plaza de garaje que tenía alquilada estaba situada a tres manzanas de su edificio. En esta ocasión y para bajar los trastos del coche, lo mejor era intentar aparcar cerca del portal, o por lo menos, lo más cerca posible. Después de treinta y cinco minutos dando vueltas, lo conseguimos. Una de las cosas que siempre me llamó la atención y con la que tampoco estaba acostumbrada, era vivir con portero. Un vigilante del portal sentado detrás de un mostrador mirándote al pasar, saludándote con sus buenos modales dispuesto a ayudar. Me parecía de película.

—Hola, señor Miguel, esta es mi nueva compañera de piso, se llama Álex. A partir de ahora la verá todos los días por aquí —El hombre de cara arrugada y cenicienta me miró. Tenía el pelo blanco como la nieve y una sonrisa muy dulce. Pol le explicó al portero mi situación y el señor Miguel, que supuse estaría al límite para su jubilación, asintió sonriente.

—Sí, creo haberla visto por aquí de visita. Encantado señorita Álex, conmigo aquí no tiene nada que temer y si tiene algún problema no dude en avisarme.

—Gracias —le sonreí. Parecía un hombre agradable, entrañable sería la palabra correcta para definirle.

Nos encaminamos hacia el ascensor mientras Pol me explicaba la trágica situación del portero. El hombre se había quedado viudo recientemente y no quería jubilarse, intentaba alargar su tiempo laboral todo lo posible para no hacer frente a la soledad de su vejez. Una situación muy triste para alguien que desprendía una sonrisa tan tierna. Al entrar en el piso me sentí extraña, como una intrusa. Reconocía su casa. Era la típica de chicos solteros con ese olor a hombre tan particular, pero esta vez no iba de visita y me sentí algo incómoda, como si a las paredes no les gustase mi compañía. Tenía buen tamaño. Tres habitaciones amplias y un salón comedor que daba a un balcón y aunque este no era muy grande, servía para asomarse y observar las vistas que, desde una quinta planta, eran bastante buenas. Era muy soleado, a diferencia de los pisos inferiores en los que prácticamente nunca entraba el sol pues la propia altura de los edificios de enfrente lo hacía imposible. Disponía de un solo baño y una cocina amplia que, al menos, ambos habían sido reformados. No podía decirse lo mismo del suelo de gres estampado en piedrecitas en tonos grises o las ventanas de madera repintadas una y otra vez en blanco. La decoración brillaba por su ausencia, apenas disponía de muebles; un viejo sofá en medio del salón con una pequeña mesa al frente sosteniendo el televisor. Si había algo realmente bueno y beneficioso para mí, aparte del reducido importe del alquiler, era su calefacción. Antigua, pero eficiente.

—Como ves, apenas lo hemos decorado. Haz los cambios que creas convenientes, no me importa, siempre que no te metas con mi habitación —dijo sonriendo como un niño pequeño. Su habitación era un poco peculiar, sobre todo por los posters y bufanda de su equipo de fútbol favorito. En algunas cosas parecía no haber evolucionado desde los quince años. Reí.

—Tranquilo, tu habitación es tu mundo.

—Verás, hay dos habitaciones libres. Una de ellas era de mi anterior compañero, él prefería la que da al interior porque decía que el sonido de los coches no le dejaba dormir. La que da a la calle está junto a la mía. Ahora mismo hay unos trastos y un escritorio, pero se pueden cambiar si lo prefieres. Elige la que más te guste.

—No me hace falta verlas, quiero la que da a la calle. Me gusta asomarme por las mañanas y ver el tiempo que hace. Del ruido, ya estoy acostumbrada.

Durante toda la mañana y parte de la tarde del domingo, estuvimos haciendo cambios. Lo peor de todo fue el armario ropero, era muy grande y moverlo entre dos fue un trabajo agotador, sobre todo para sacarlo de la habitación en la que estaba, empujarlo por el pasillo estrecho y meterlo en la mía. A última hora de la tarde, mamá nos hizo una visita. Estaba ilusionada. Fue imposible convencerla de que no había noviazgo entre nosotros y aunque ella me contestaba con el típico "está bien, lo que tú digas" tuve claro que su opinión era muy distinta. Solo el tiempo pondría las cosas en su lugar, al igual que sus retorcidas ideas.

—Vaya...qué piso más amplio y luminoso. No tiene nada que ver con el que tenías en Badal. Las ventanas son más grandes, entra mucha luz y eso que ya está oscureciendo. ¡Me encanta! ¿Y tu habitación cuál es? ¿o es la misma que la de Pol? —comentó mirándome de soslayo con una sonrisa pícara que decía mucho. Puse los ojos en blanco. Cómo odiaba esas insinuaciones. ¿Es que nunca se daría por vencida?

—No empieces, mamá. Ven, te la enseñaré.

—A todo esto ¿Dónde está Pol?

—Ha salido a comprar la cena. Ha ido a buscar unas pizzas, ¿por qué no te quedas? Pol te llevará en coche después. Así estaremos un rato juntas —dije mientras me abrazaba a su cuello y le daba un beso en la mejilla.

—¿Pizza? está bien. Hace siglos que no la como.

Esa noche, cada uno contó anécdotas que nos hicieron reír. Mamá disfrutó, la vi feliz. Por un momento comprendí su ilusión por vernos juntos. Desde su punto de vista parecíamos una pareja normal, compenetrada, que se entendía a la perfección. Además, estaba la cuestión de que ya no me encontraba sola, algo muy importante para ella. Tener a alguien que me cuidara y se preocupara por mí, seguramente por la falta de esa otra persona que tendría que haber contribuido en mi educación y en mis valores, mi padre. No la culpaba por pensar así, yo era su única hija y quería verme feliz con alguien que me quisiera de verdad, y esa persona era Pol. Realmente cumplía todos los requisitos que se podía pedir de un novio: Atento, cariñoso, trabajador, hacía labores en casa y además era guapo. Pero, había algo que mamá pasaba por alto, lo más importante de todo, no estaba enamorada de él. Para mí, era como el hermano que nunca tuve.

Ya estábamos en febrero y los días parecían pasar demasiado rápido. Hacía una semana que me había trasladado y ciertamente había sido una decisión acertada. Mi nueva residencia se encontraba a tan solo cuatro paradas de metro de mi trabajo. Era fantástico poder aprovechar veinte minutos más en la cama. Lo mejor de todo era no pasar frío al llegar a casa, además, el horario laboral de Pol comenzaba a las ocho de la mañana, así es que él madrugaba más que yo y eso me dejaba libre el cuarto de baño para utilizarlo a mis anchas. Mientras me preparaba para ir a trabajar, se me hacía un nudo en el estómago cada vez que pensaba en la cafetería. Desde el día en el que apareció aquel hombre misterioso algo se removió en mi interior. Sin duda, había dejado huella. Cada vez que oía las campanitas de la puerta de la cafetería al abrirse, me giraba instantáneamente hacia ella, esperando verlo de nuevo. Su recuerdo en mi mente se había magnificado. Aparecía en muchos de mis sueños con su imponente figura, la mayor parte de las veces en quimeras sin sentido. Aunque no era su físico lo que hacía que me sintiera así, sino algo más, algo que se escapaba a mi comprensión, como si nuestros destinos estuviesen ligados de algún modo y aunque fuese irracional pensar así, mi interior me decía lo contrario.

Naturalmente no le dije nada a Pol y mucho menos a Blanca. Seguramente era un hombre trastornado por algún motivo en la vida y coincidió que se cruzó con la mía. A pesar de todo, por más que intentaba convencerme, no podía olvidarlo o quizás, en el fondo no quería. Desde el día en que acompañé a Blanca a comprarse los pantalones tan solo había hablado con ella un par de veces por WhatsApp. Tampoco ella había hecho el esfuerzo interesándose por mi traslado y mi estado de ánimo. La relación con ella estaba resultando rara, no como antes. Se había formado un muro transparente entre las dos sin saber el motivo claro.

—Oye… ¿Qué te parece si me acompañas el jueves por la tarde al Fnac? Necesito mirarme un libro nuevo y quiero ver las últimas novedades. Es tu día de fiesta, ¿no?

Para variar, Pol había venido a buscarme al trabajo y nos dirigíamos a casa cuando me lo preguntó.

—Claro, me parece genial. Yo también echaré un vistazo.

Me gustaban esas tiendas en las que encontrabas todo tipo de música, libros, productos de imagen y sonido, etc. Tenía que actualizar mi estantería, estaba harta de releer los mismos libros una y otra vez. Cuando por fin llegó el jueves, observé por la ventana que el día era fantástico. Un día de sol de esos que te incitan a salir y pasear, ideal para ir a correr. Improvisé. Me bajé una app en el móvil que me marcaba posibles itinerarios. Esta vez entre edificios. Ya tendría tiempo de averiguar alguna ruta más que incluyera algún parque. Por suerte, mi avenida favorita para hacer ejercicio "La Diagonal" quedaba más cerca y mi ruta elegida la incluía, pero esta vez en la otra dirección, hacia el mar. Tan solo hice cinco kilómetros pues los seis grados, el viento helado y mi respiración jadeante no ayudaron. Sentía el frío como alfileres congelados clavándose en mi garganta. Se me había olvidado ponerme el cuello polar que me protegía la boca y la nariz aislándome del ambiente gélido del invierno. Aunque mi recorrido fue menor, no disfruté del trayecto. El próximo sería en un parque o quizá en la montaña, aunque tuviera que desplazarme en metro. Ese día y al igual que otros, comí sola. Pol salía a las cuatro de la tarde y su "banquete" lo hacía en la cafetería que tenía en la oficina donde tenía microondas y se llevaba unos tápers que allí recalentaba. Normalmente por la noche preparábamos la comida del día siguiente para los dos solo que él se la llevaba y yo la comía en casa. Mi horario laboral, al ser jornada partida, disponía de casi tres horas a medio día, tres horas en las que me daba tiempo para volver a casa, comer, y regresar al trabajo de nuevo hasta finalizar mi jornada. No era un horario muy cómodo, se pasaba el día completo sin darme cuenta y para cuando salía a última hora de la tarde, tan solo tenía ganas de volver a casa y descansar, pero... no podía dejarlo, el trabajo en la cafetería era lo único que tenía en estos momentos y ahora, mi mente se encontraba ocupada pensando en un misterioso hombre que tal vez, no volvería a ver jamás.

Después de recoger la cocina aproveché para colgar en la pared del salón un par de cuadros de los míos. Uno era un paisaje marítimo; un barco velero navegando en un día gris con un mar muy revuelto. El otro, totalmente distinto: una mísera parte del inmenso universo; la luna como principal astro visible rodeado de una misteriosa nebulosa y de fondo, nada más que infinidad. Eran mis dos cuadros favoritos y quería ponerlos en un lugar que fuese visible para todo aquel que viniera a casa. A Pol le gustó verlos colgados, daba un aire cálido y acogedor a las paredes del salón. Como él dijo, no se habían esmerado en la decoración y yo estaba remediándolo poco a poco. Ya había hecho algún pequeño cambio, una planta artificial por aquí, unas fotos por allá...lentamente iba dándole alma. Ahora comenzaba a verse "habitado" y ya no era simplemente un lugar para dormir.

—¿Nos vamos? —preguntó cuándo estuvimos preparados.

—¡Claro! Por cierto… ¿qué tipo de libro buscas?

—Zombis —Dijo en tono misterioso. Me guiñó un ojo mientras agarraba las llaves del coche.

—Zombis…no me imagino cómo debe de ser leer un libro de esos. Las series o películas son mejores, ¿no has visto *"The Walking Dead"*? está muy bien, te gustaría.

—He oído hablar de ella, pero no la he visto.

—Pues no sabes lo que te pierdes.

Estuvimos dando vueltas por la tienda hasta que se centró en las novedades. Decidí cambiar de sección. Comencé a mirar música, después pasé por la papelería y finalmente acabé en los libros de novela romántica. Mi favorita. Encontré uno que estaba de oferta de una escritora que ya conocía y lo cogí. Me di cuenta de que había perdido de vista a Pol hacía rato. No es que me preocupase demasiado, habíamos venido juntos y, sin embargo, al poco de entrar, cada uno había ido por su lado y ahora llevábamos más de media hora separados. Decidí ir en su búsqueda. Eché un vistazo a mi alrededor pensando qué dirección tomar. Seguramente estaría en la sección audiovisual. Salí de la zona de libros románticos hacia el pasillo central pues este une los diferentes departamentos de la tienda. Estuve más de cinco minutos dando vueltas tontamente sin resultado. Finalmente, decidí llamarle por teléfono y justo cuando lo sacaba del bolso, comenzó a sonar. Era Pol.

—¡Alex! ¿Dónde estás? Llevo rato buscándote…

Comencé a caminar mientras hablaba con él.

—A mí me ha pasado igual. Creo que estamos buscándonos a la vez… No te muevas. Dime dónde estás y voy hacia ahí.

—Vale, mira, estoy en la sección de…

De pronto, dejé de escucharle. Al girar hacia un pasillo me choqué con una especie de armario. Estaba tan distraída mirando hacia todas partes que no me percaté de lo que tenía delante. Me tambaleé hacia atrás, se me cayó el libro y el teléfono móvil al suelo. Como acto reflejo, me agaché a recogerlos rápidamente. Había dejado a Pol hablando solo en medio de la explicación de la sección donde se encontraba. Arrodillada en el suelo enmoquetado de color gris y con el pelo cayéndome alrededor de la cara agarré primero el teléfono que estaba boca abajo y le di la vuelta.

Estupendo. Tenía la pantalla partida y agrietada y por supuesto, la llamada se había cortado. Al menos seguía funcionando. Comencé a buscar de nuevo su número en mi agenda cuando noté un olor que llamó mi atención, era...lavanda. Me resultaba familiar. Instintivamente, mi corazón comenzó a acelerarse de manera involuntaria. Levanté la mirada lentamente sin querer girarme, sin querer mirar hacia atrás... ese olor que percibí la primera vez estaba mezclado con otro aroma aún más intenso que hizo que no pudiera identificarlo con claridad, el café. Sin embargo, esta vez, no había nada que me impidiese distinguir aquella fragancia a la perfección. No había duda, era la misma. En ese momento me di la vuelta lentamente con el estómago revuelto y el corazón a cien por hora. Lo primero que vi fueron dos enormes piernas rígidas como el mármol envueltas en unos vaqueros negros. Fui elevando la mirada poco a poco. Su envergadura era tan descomunal que, desde mi punto de vista, era como ver la magnitud del tronco de un árbol muy grande desde sus raíces. Su cara, agachada hacia abajo, quedaba ensombrecida por la capucha que llevaba puesta y unos mechones de su pelo largo se escapaban rebeldes por los huecos de sus costados.

No podía ver con claridad el rostro de ese inmenso hombre, pero no hacía falta, sabía quién era. No pude reaccionar como me hubiera gustado. En mi mente aparecía de nuevo en la cafetería con su abrigo de cuero, envuelto en misterio y yo, valiente y llena de curiosidad, le hacía un montón de preguntas que había preparado: Quién eres, de dónde vienes, por qué me miras así... Obviamente las tenía preparadas para una situación como la anterior, en mi terreno, pero en esta ocasión, no pude hablar. Me quedé atónita sin poder reaccionar. Aquel momento que tanto ansiaba había llegado y, sin embargo, no se parecía en nada al de mi imaginación. Permanecí sentada en el suelo sin poder moverme, mirándole a la cara y probablemente, con la boca abierta. Mi móvil comenzó a vibrar obsequiándonos con su melodía de llamada entrante. Parpadeé un par de veces despertando de mi asombro. Pol volvía a llamarme, aunque no quise contestar, tan solo quería un momento a solas con aquel hombre. En ese instante, una inmensa mano apareció ante mi cara, extendiendo su espectacular brazo con la palma hacia arriba.

—Discúlpeme, no la he visto —dijo en tono airado.

Su voz cortante y seca me dejó helada. Lentamente posé mi mano sobre la suya notando entre mis dedos el tacto áspero y caliente de su piel. Una pequeña corriente eléctrica recorrió mi cuerpo desde la punta de mis dedos hasta el último pelo de mi cabeza. Me levanté despacio sin dejar de mirarle y cuando la luz iluminó su rostro al completo, al fin pude confirmar lo que mi instinto ya sabía. Su mirada inolvidable era fría, con una expresión de pesadez. Quizás lo recordara de otro modo o mi imaginación cambió la realidad pues juraría que esa mirada no era tan amarga, como si verme fuese un absoluto fastidio.

—Gracias, yo… —no supe qué decir. Por un momento me sentí avergonzada y ridícula.

En mi recuerdo ese hombre tenía un aire salvaje, intenso. Sin embargo, la persona que tenía ante mí parecía otra. Había cambiado y no solo físicamente. Básicamente era el mismo, aunque vestía de un modo más actual. Se había recortado la barba, como si fuese de una semana nada más, la cual le marcaba perfectamente la forma cuadrada de su mandíbula mostrando una expresión más dura, si cabe. Llevaba puesto un abrigo negro de lana, lo tenía sin abrochar y en ese pequeño espacio entreabierto pude distinguir ligeramente los músculos de su torso que se entreveían bajo el jersey gris ajustado con capucha, la cual, también llevaba puesta. Ni siquiera se la quitó al entrar en el recinto. Parecía querer mantenerse oculto sin ser visto, algo imposible. Su figura llamaba la atención en cualquier lugar a donde fuera. En su mano llevaba un CD de música… ¡¿celta?! Durante un intenso minuto le estudié al milímetro, observando su evolución sin percatarme de que lo estaba haciendo. Sin embargo, él sí lo hizo y no pareció gustarle demasiado. Cuando alcé de nuevo la mirada y nuestros ojos se encontraron, sus dos cejas estaban tan unidas que parecían una sola como si estuviese terriblemente enfadado. Volvió a hacer ese gesto incomprensible con la cabeza, el mismo que la otra vez en modo de pequeña reverencia. Lo había visto en las películas antiguas…

—Alexandra…—pronunció mi nombre casi en un susurro. Dio media vuelta y se marchó.

¡Sabía mi nombre! ¿Cómo era posible? Me quedé allí plantada, inmóvil, mirando hacia el fondo mientras se alejaba por el pasillo principal y se dispersaba entre las personas hasta desaparecer de mi vista. Había dejado una estela de aroma a lavanda por donde se había marchado envolviendo mi entorno con ese olor tan característico, imposible de olvidar. Ese hombre seguía siendo un misterio para mí, pero me prometí que algún día lo descubriría.

—¡Eh! Álex… ¿Qué haces aquí parada? La llamada se ha cortado y no me has contestado. Estaba gritando tu nombre desde el fondo ¿es que no me oías?

Pol me agarró del hombro girándome hacia él. La realidad fue como un cubo de agua fría despertándome de mi ensoñación.

—Eh…no, es que…me ha parecido ver a alguien que conocía, creo que me he confundido.

No pude evitar mirar alrededor esperando volver a verlo. ¿Y si salía de otro pasillo? Quería hablar con él, buscarle, verlo de nuevo.

—Si tú lo dices… estás rara. ¿De verdad que estás bien?

Qué difícil era ocultarle cosas a alguien que te conocía a la perfección, pero no quise nombrar a ese hombre y mucho menos a Pol. Con gran pesar, abandoné la idea de ir en su búsqueda.

—Sí, sí, no es nada. No me hagas caso. ¿Tienes todo lo que necesitas?

—Sí. ¿Ese libro del suelo es tuyo? —señaló un punto del suelo con la cabeza mientras su mirada oscilaba entre el libro y yo.

—¡Sí! es mío, es que me tropecé y caí de bruces, por eso se cortó la llamada.

Me agaché para recogerlo ocultando bajo el pelo mis mejillas, pues el calor que sentía en ellas en ese instante me hacía deducir que estarían bien rojas. Pol comenzó a reírse de mí, cómo no. Por suerte, todo quedó en una anécdota más de la torpe Alexandra, una anécdota sin importancia. Me pasé los días siguientes levantándome ansiosa de la cama por comenzar la jornada laboral. En todo el tiempo que llevaba trabajando en la cafetería nunca antes había llegado tan pronto como en esos días. Incluso Sonia estaba sorprendida y, para ser sincera, yo también. Me despertaba antes de que sonara el despertador, pensando en él. Estaba claro que ese chico me conocía o por lo menos sabía mi nombre. Lo más probable era que lo hubiese escuchado. Sabía dónde se encontraba la cafetería, tal vez quisiera volver a tomar otro café y... ¿verme? Dios, eso era lo que yo quería y lo que me imaginaba cada vez al acostarme. Pero, según fueron pasando los días comprendí que todo era pura ilusión y que probablemente él no quisiera tener nada que ver conmigo. Lo más curioso de todo era que, las dos veces que lo vi, parecía enfadado conmigo, algo que no comprendería hasta más adelante.

Miércoles uno de marzo. En un momento de descanso de la atareada mañana en el "Vieux Café" me sonó el móvil en el bolsillo. Después de casi un mes sin vernos, el WhatsApp de Blanca era pura energía, desprendía vitalidad por todas partes y, sobre todo, denotaba ganas de verme, algo que me alegró de corazón porque yo también la echaba de menos.

Blanca_12:22

Qué te apetece hacer este primer domingo de marzo? Quieres que quedemos a comer o a tomar algo? no sé, llevamos tiempo sin vernos y me apetece un montón. Podemos quedar con Pol y ponernos al día…

Tengo que contarte tantas cosas… y tú, tienes que explicarme qué tal te va en tu nuevo piso 😁

Álex_12:28

Claro!! lo que quieras. Tenía intención de ir a correr por el campo. Pol conoce un sitio estupendo y quería llevarme. Si quieres, puedes venir con nosotros y después tú y yo podemos ir a comer, así terminamos de ponernos al día, como tú dices.

Será genial

Blanca_12:32

Perfecto!!! Así podré estrenar mi nuevo modelito deportivo

6. Sorpresa

—Mmm…Qué bien he dormido—dije en voz alta tapada hasta las orejas. Me estiré en la cama igual que un gato cuando se despereza. La semana había sido agotadora y no por el hecho en sí mismo de trabajar, sino porque el viernes trajeron el nuevo mostrador de helados y hubo que hacerle espacio. Ciertamente era precioso, del estilo romántico de la cafetería. Imitaba al típico carrito antiguo de los helados con dos ruedas, una a cada lado. Tenía un toldo de plástico duro en tonos beige y azul turquesa a rayas y en las esquinas colgaban dos farolillos pequeños iluminando sutilmente el pequeño tenderete. A simple vista no parecía grande, pero para encontrarle el lugar definitivo tuvimos que mover mesas y sillas hasta que Sonia quedó contenta. Entre tanto, también había que atender a los clientes. Carreras para hacer cafés y servirlos, carreras para mover mesas, que siendo de hierro, pesaban lo suyo; más carreras para cobrar…El día anterior, mi compañero Julián había cogido la baja laboral por una lumbalgia y, dado que Sonia solo dirigía, puede decirse que el trabajo recayó por completo entre Juan y yo. Una auténtica explotación laboral.

Abrí los ojos y me quedé mirando el techo de mi habitación, pensando en el día que tenía por delante. Los tres habíamos quedado para ir a correr por la montaña y hacer una ruta ideal para desconectar de la civilización, justo lo que yo necesitaba. Me incorporé en la cama y cuando iba a bajar para ponerme las zapatillas, me detuve en seco. Un estremecimiento desagradable me recorrió el cuerpo, muy parecido al que sentí el día en el que se paró el tiempo. Mi corazón dio un vuelco y el vello se me puso de punta.

—No…no seas boba, será otra cosa —me dije a mi misma en voz alta mientras respiraba lentamente para calmar el pulso acelerado repentino. Miré inquieta a mi alrededor abrazándome con mis propios brazos intentando entrar en calor ante ese extraño escalofrío. Salté de la cama y subí la persiana rápidamente para ver la luz del sol. Unos toques en la puerta me sobresaltaron.

—¿Estás despierta, o todavía no?

—No, aún estoy dormida. ¡Profundamente! —grité con los ojos en blanco.

—¿Y vas a tardar mucho en despertarte? Lo digo porque hemos quedado con Blanca a las once de la mañana y son las diez menos cinco. O te despiertas tú solita o te despierto yo con mi arte "despiertadamiselas".

No pude hacer otra cosa que sonreír. Así era Pol, incluso un mal día parecía divertido a su lado con su tono sarcástico y bromista. Opté por ignorar mi estado intuitivo. ¿Qué podría pasar en el campo? No había coches, ni motos. Animales quizás, pero ellos se asustaban más que nosotros. Era absurdo ponerse nerviosa por hacer deporte al aire libre en un camino rural muy transitado y, además, esta vez, no estaría sola.

—¡Blanca nos va a estrangular! ¿Cómo es posible que seas tan lenta para prepararte?

—Lo siento, Pol, no he dormido muy bien y me ha costado desperezarme. En mi defensa diré que Blanca está de muy buen humor, seguro que hoy me perdona todo.

Mentí sonriéndole de oreja a oreja. Puso los ojos en blanco y lo dejó pasar. Tenía razón, era un desastre para calcular el tiempo, a menudo llegaba tarde a los sitios, pero mis amigos ya me conocían y si era un fastidio para ellos, lo disimulaban muy bien. Dejamos el coche aparcado en el parquin de Collserola, la montaña a la que íbamos a hacer la ruta. Nuestra senda elegida era de unos doce kilómetros, más o menos, con un desnivel pequeño de unos cien metros. No era circular así que el recorrido sería el mismo tanto para ir, como para volver.

Primer domingo de marzo. Un domingo soleado y despejado con sol radiante, ideal para pasar el día fuera de casa, salvo por el aire. Un viento fuerte que iba y venía golpeándote la cara haciéndote perder el equilibrio o, por lo menos, a una chica menuda como yo, era lo que le ocurría. A pesar de esa circunstancia, el parquin estaba lleno y el camino se veía animado, pues los que no venían a correr, iban en bicicleta o subían al mirador para ver las preciosas vistas de la ciudad condal.

—No veo a Blanca por ninguna parte —comenté mientras entornaba los ojos.

Habíamos quedado con ella en la entrada del parquin. Eran las once y cuarto y no había ni rastro de ella.

—¿Cómo es posible? Qué raro, ella nunca llega tarde.

Protegiendo mis ojos del sol con la mano inspeccioné el terreno y por más que intenté buscar el coche de Blanca o a ella misma, no conseguí encontrarla. Una risita a mi espalda hizo que me girara al instante.

—No la busques, no la encontrarás.

Esa sonrisa pícara de Pol intentando contener algo más que una simple carcajada, hizo que me diera cuenta del engaño.

—Lo siento, hemos tenido que hacerlo. Si hubiésemos quedado a las once habríamos llegado tarde, como has podido comprobar. De este modo, hemos llegado pronto. Ahora somos nosotros los que esperaremos a Blanca que está a punto de llegar, algo totalmente desconocido para ti —rio.

Me sentí humillada, aunque debía reconocer que tenían razón y terminé riéndome con él.

—Está bien, os perdono. Pero si llega tarde, os lo haré pagar.

No cumpliría mi amenaza porque cuando faltaban seis minutos para las once y media, el coche de Blanca asomó por la entrada del aparcamiento reforzando su teoría de que yo, era impuntual.

—¿Ves? Puntual como tiene que ser—dijo mirándome de soslayo con media sonrisa airosa.

Resoplé. Me crucé de brazos y mi ceño se frunció sin querer.

—¡Holaaa! Vaya, vaya…por la cara de Álex, yo diría que no le ha sentado muy bien nuestra treta, ¿eh?

Blanca llegó a nosotros mostrando su amplia sonrisa. Llevaba el pelo suelto y estrenaba su nuevo atuendo deportivo en color negro y rosa fucsia. Volver a verla hizo que me diera cuenta de lo mucho que la había echado de menos y que se me quitara el mal humor. Le sonreí y avancé hacia ella para darle un abrazo como hacía tiempo que no nos dábamos.

—Os perdono, pero me vengaré —dije al oído mientras la abrazaba fuertemente.

—De eso, estoy segura —Blanca se separó y me guiñó un ojo.

De repente algo nos estrechó a las dos juntas en un tercer abrazo. Pol.

—Yo también os he echado de menos…

Nos imitó haciendo ruidos extraños de sollozos falsos. Los tres comenzamos a reír a la vez.

—Si ya habéis terminado el culebrón, deberíamos comenzar la marcha que, a vuestro ritmo, señoritas, con suerte, terminaremos para la hora de comer.

Salimos del parquin en dirección al camino de inicio. Blanca y Pol comenzaron a hablar de la temperatura y del fuerte viento que hacía. En ese instante, percibí una pequeña presión en mi nuca y volví a quedarme parada mientras ellos seguían avanzando. De pronto, la palabra "Cuidado" vino a mi mente. Esa sensación se intensificaba por momentos, no podía quitármela de la cabeza; era como una olla a presión a punto de soltar el gas. Miré a mi alrededor en busca de algún peligro. Sin embargo, todo se veía tranquilo, se respiraba paz. Los coches de mi alrededor se encontraban aparcados y tampoco subía ninguno por la calle para querer entrar en el estacionamiento. Las pocas personas que había, familias, sobre todo, se dirigían al camino como nosotros hablando despreocupadamente. No sabía qué, sin embargo, presentía que algo se avecinaba de nuevo y no podría hacer nada por evitarlo.

—¡Vamos, Alex, o no llegaremos para comer! —gritó Pol desde el inicio de la ruta, desconocedor de mi estado de ánimo en esos momentos.

<<Seguro que no es para tanto…>> Repetí esas palabras en mi mente. Así es que, como en otras ocasiones, cerré los ojos y respiré profundamente concentrándome en mis amigos hasta conseguir calmarme lo suficiente como para poder continuar.

Gracias al esfuerzo físico y al despliegue de endorfinas, al cabo de media hora me sentía mejor. Quizás también ayudó a que, como siempre, Pol no paró de bromear e hizo que Blanca y yo riéramos constantemente. El viento era cada vez más fuerte, golpeando y meciendo las copas de los árboles en sacudidas, levantando el polvo del camino en ráfagas y haciendo difícil la visión. Teníamos el viento en contra, provocándonos doble esfuerzo, el cual comenzaba a notarse en los músculos de los gemelos. Blanca no hacía otra cosa que quejarse, no estaba acostumbrada a correr y mucho menos al aire libre. El sudor provocaba que el polvo del camino se pegara al cuerpo, algo muy incómodo para ella. Llevábamos alrededor de cuatro kilómetros y medio, cuando decidió darse la vuelta.

—Chicos, lo siento, no puedo más. Este vendaval me supera. ¡Mirad qué pelos llevo! tenemos que volver. No ha sido buena idea venir aquí un día como hoy.

Estaba agachada con las manos apoyadas en las rodilladas y su respiración era jadeante. Había estado siguiendo nuestro ritmo con gran esfuerzo. Aunque iba al gimnasio para mantenerse en forma, no tenía mucha resistencia. Decidí darme la vuelta con ella, al fin y al cabo, yo también deseaba que terminara pronto la mañana. Mi interior se encontraba en alerta, en algún momento de la carrera llegué a casi olvidar el presentimiento que sentía, pero ahora, al detenerme, la sensación se había incrementado de nuevo.

—Pol, me voy con Blanca. Si quieres, haz la ruta completa como teníamos pensado en un principio, nosotras te esperaremos en el coche. Seguro que al ritmo que vamos nos alcanzarás enseguida.

—¿Estáis de broma? pero si ya queda poco…

—Lo siento, yo no voy más allá. Ya he tenido bastante. Siento aguaros la fiesta. Álex, tú puedes seguir con Pol, sé cuál es el camino, no te preocupes por mí.

—No, ni hablar. No voy a dejarte sola. Iré contigo.

—Bueno, pues nada…demos la vuelta. Blanca, esto equivale a una cena, no lo olvides —Pol la asesinó con la mirada.

—Está bien, os invitaré a una cena, ¿contentos?

Pol hacía más kilómetros que yo cuando salía a correr. Para él, esto había sido un paseo y quizás se sintió frustrado por no completarla, sin embargo, sabía que no nos dejaría solas. Era una quedada entre amigos y la idea era pasarlo bien.

—Recuérdame que no vuelva a quedar contigo para ir a correr —dijo a regañadientes mientras comenzaba a correr en la dirección por la que habíamos venido.

—¡Oye! Que no lo hago a propósito…

Blanca salió disparada tras él y seguidamente yo.

—¡Venga, chicas! Ahora correréis más deprisa, tenemos el viento a favor…

Al poco de iniciar el descenso, tropecé con algo que casi me hizo caer al suelo y dejé de correr deteniéndome en medio del camino. Tenía un cordón suelto. En circunstancias normales no habría pasado nada, simplemente lo habría atado y hubiera continuado la marcha junto a ellos, pero no eran circunstancias normales. El lugar, el viento, los árboles, la hora… escenario perfecto para un suceso inesperado, una sorpresa de tal magnitud para la que no estaba preparada, en un entorno cómplice e implacable. Me agaché para atármelo mientras ellos seguían hacia delante y en el instante en que comencé a hacer el primer nudo del cordón, lo sentí: un vértigo repentino, una caída fulminante hacia un abismo oscuro, insondable, sin remedio ni fin. Por encima de mi cabeza estalló un crujido seco y violento e instantáneamente alcé la mirada hacia su origen. Una enorme rama de pino se precipitaba hacia mí velozmente. Apenas pude bajar la mirada para buscar a Blanca que se volvió hacia mí mientras corría de espaldas. Vi el miedo reflejado en su rostro, abrió los ojos como platos parándose en seco y comenzando a chillar, pero no pude terminar de oír su grito.

De nuevo, todo quedó suspendido en el más absoluto silencio y en la quietud más aterradora. Mi pulso acelerado resonaba en mis oídos como un tambor incesante y mi respiración jadeante impedía que llenara los pulmones de oxígeno. El sudor, producido por el deporte, se había convertido en un frío húmedo que traspasaba la tela de mi camiseta provocando temblores en todo mi cuerpo. Fue en ese instante escalofriante en el que lo comprendí. Miré vacilante hacia arriba y comprobé que una gran rama de pino pendía a medio metro sobre mi cabeza. Estaba quieta, sin moverse, como si fuese un decorado flotante, solo que real. Todas sus hojas se encontraban estáticas hacia arriba, denotando la velocidad de la caída. Tan quietas e inmóviles…

—Otra vez no…—susurré.

Mis ojos comenzaron a nublarse y mi corazón palpitaba cada vez más y más deprisa, incontrolable. Las lágrimas caían desbordadas por mis mejillas ardientes mientras miraba a mi alrededor. Los sollozos comenzaron a apoderarse de mí cuando vi a Blanca y a Pol estáticos como estatuas. Ella, con la boca abierta en medio de un grito interrumpido y detenido por el tiempo. Su cuerpo paralizado en medio de un paso dirigido hacia mí con su mano derecha intentando alcanzarme. Pol se encontraba medio girado, flotando inmóvil en el aire a causa del salto detenido. Su mirada de pánico anunciaba el terrible destino que me aguardaba, o el que habría ocurrido si no fuera porque, como la otra vez, todo se detuvo incomprensiblemente. No había aire, ni viento… los árboles de alrededor se encontraban quietos en medio de su baile. Al igual que la otra vez, yo era la única que podía moverse y darse cuenta de todo. Pasaron dos segundos, tres, cuatro… y seguí agachada en la misma posición sin saber qué hacer. Levanté mi brazo izquierdo tembloroso para mirar mi reloj y como en la otra ocasión, las agujas estaban estáticas, inmóviles y detenidas. El tiempo no avanzaba.

—¡¿Por qué ocurre esto?! —grité desesperada con los ojos llenos de lágrimas. Sentía la garganta seca y mientras el frío recorría mi cuerpo tembloroso, mis manos sudaban de un modo exagerado. Debía moverme… la otra vez terminó todo cuando salí del lugar de peligro. Cerré los ojos para tranquilizarme intentando controlar mi respiración. Inhalaciones y exhalaciones largas contando hasta diez. No funcionó. Mi pulso seguía acelerado y me estaba cansando de esa posición. Los músculos comenzaban a quejarse, necesitaba salir de ahí. Decidí ponerme de rodillas y gatear, era la mejor opción pues si me levantaba y tocaba la rama, probablemente caería sobre mí como la gota de lluvia que rocé la otra vez derramándose en mi mano. No podía arriesgarme. Así es que comencé a cambiar mi postura sin perder de vista el suelo que por momentos se tornaba borroso. Al cerrar los ojos y volver a abrirlos mi visión se aclaraba, dando paso a una pequeña lluvia de lágrimas que se precipitaban hacia la tierra mojándola y oscureciéndola levemente. No podía ver a mis amigos en ese estado, era demasiado espeluznante. Avancé un brazo hacia delante, mis temblores me impedían hacerlo deprisa así que me tomé mi tiempo. Después avancé la rodilla derecha lentamente. Las pequeñas piedrecitas del camino se clavaban en mis manos y en mis rodillas, pero no me importó, quería que todo volviese a la normalidad.

<<Un poco más, Álex…>>

De pronto, escuché un pequeño crujido. Instintivamente me tapé la cabeza con los brazos. Esperé unos segundos que me parecieron una eternidad, hasta que finalmente no ocurrió nada. El tronco no cayó, permaneció quieto en el mismo lugar. Fui separando los brazos de la cabeza muy despacio hasta poder avanzar en mi postura. Sin darme cuenta, me había hecho un ovillo en el suelo bajo la enorme rama.

<<Venga, Álex, puedes hacerlo…>> Me animé a mí misma. Tenía que seguir. A diferencia de la otra ocasión, ahora sabía a lo que me enfrentaba, más o menos. Escuché otro crujido y mi corazón dio un vuelco. Levanté la cabeza bruscamente dirigiendo la mirada hacia un lado del camino, lugar donde provenía el sonido. Pero, no podía ser, yo era la única que se movía… ¿o no? Comencé a hiperventilar fijando los ojos en los árboles y arbustos que rodeaban la senda. Entorné los ojos y mi mirada se hizo más profunda recorriendo mi alrededor, atenta a cualquier mínimo movimiento y sonido extraño que hubiera próximo a mí. El esfuerzo fue en vano, no vi absolutamente nada en movimiento ni oí ningún tipo de ruido o crujido de hojas.

—Tengo que continuar…

Volví a mirar hacia el suelo, dándome ánimos y poco a poco fui saliendo de la trayectoria de la rama, pero antes de terminar de salir del todo, me senté mirando hacia el cielo con las manos extendidas por detrás de mí y las piernas estiradas. Lo único que quedaba bajo la línea de caída de la rama eran mis pies y sabía que en el momento en el que los retirara, caería a toda velocidad golpeando el suelo con gran fuerza aplastando todo lo que hubiera debajo que, por suerte, ya no sería yo. Antes de apartar los pies tenía que asegurarme de que lo que estaba viviendo era real. La otra vez opté por omitir aquella situación, queriendo olvidarlo y dando por sentado que fue producido por mi imaginación. Giré la cabeza para volver a ver a mis amigos y seguían ahí, en el mismo estado inmóvil, como si no tuvieran vida. Grité sus nombres esperando una reacción por su parte, fue inútil. Me di cuenta de que por mucho que gritara, jamás me oirían y tampoco serían capaces de ver la rama suspendida en el aire mientras yo salía del peligro. No podía hacer nada más… ¿Cómo iba a explicarles lo sucedido? No me creerían, jamás lo harían. Estaba sola.

Me enjuagué las lágrimas que caían sin cesar. Inhalé profunda y entrecortadamente varias veces antes de retirar los pies. Decidida, comencé con el primero. Los espasmos hacían que mis movimientos fuesen erráticos, pero conseguí acercar mi pie derecho lentamente hasta que quedar totalmente fuera del alcance de la rama.

<<Venga. Solo queda el otro y todo volverá a la normalidad>>

Tragué saliva y ese gesto me arañó la garganta como si en vez de saliva, tragase arena. Comencé a mover el otro pie muy despacio. En ese instante, algo captó mi atención. Me quedé inmóvil de nuevo, sin llegar a retirarlo, porque lo que estaba viendo en esos momentos resultaba imposible de creer…Por delante de mí, a un lado del sendero advertí una cara. Una cara familiar que me miraba fijamente, sonriendo. Medio oculto entre las sombras de los árboles y con una capucha por encima de su cabeza tapando ligeramente sus ojos, le vi. Era él, el mismo chico de la cafetería, el mismo chico que vi en el Fnac, el mismo chico que me había quitado el sueño en más de una ocasión y al que deseaba ver de nuevo, pero… no estaba quieto, ¿o sí? Solté un jadeo y mi corazón comenzó a desbocarse. Un estremecimiento recorrió mi cuerpo hasta encoger mi estómago y mis pulmones. Por un instante dejé de respirar. ¿Por qué estaba ahí? ¿Cómo había llegado? Parpadeé varias veces y él seguía ahí quieto, mirándome y sonri… ¡No! Mis ojos se abrieron desorbitadamente al ver que dejaba de sonreír mientras levantaba su cabeza para observarme con esa mirada intensa que relucía bajo la sombra de los árboles como dos pequeños haces de luz.

—Continúe, Alexandra. Retire el pie y todo seguirá su curso.

—¡Oh, Dios mío! —grité incrédula.

Me quedé petrificada, estática, inmóvil…sin poder respirar e incluso mi pulso se detuvo por un momento.

—¡Ahora! —gritó.

Todo ocurrió tan deprisa que a duras penas fui consciente. Ese grito me hizo despertar de mi estado de shock. Retiré el resto del pie tan deprisa que lo siguiente que noté fue una ráfaga de viento en mi cara seguida de un estruendoso choque de la madera impactando contra el suelo. Una nube de polvo me cubrió entera y una pequeña ramita que sobresalía del tronco me golpeó en el gemelo provocándome un buen moratón. Comencé a toser de manera involuntaria. Otro grito llegó a mis oídos, el de Blanca. Giré mi cabeza en dirección a mis amigos, ¡se movían! Corrían hacia mí con toda su energía. Sus caras desencajadas eran un poema. Comencé a llorar desconsoladamente. Estaban vivos, otra vez en movimiento, como si nada les hubiera ocurrido. Jamás olvidaría la sensación que tuve al verlos en ese estado congelado. Blanca se tiró encima de mí abrazándome. Sus manos recorrieron toda mi cabeza y parte de mi cuerpo.

—¡Ostia, Puta, Álex! ¿Estás bien? Juraría que el tronco iba a pillarte…

—¿Te encuentras bien? Pensé que te perdía, que te perdíamos, quiero decir. ¿Seguro que no te ha golpeado? ¿Y cómo es que estás así sentada? Estabas atándote la zapatilla y …

Pol se arrodilló en ese momento y muy sutilmente apartó a Blanca de mi lado para abrazarme con toda su fuerza meciéndome en sus brazos y acariciándome la cabeza empolvada. Me derrumbé en un llanto inconsolable perdiendo la noción del tiempo.

—Tranquila, todo está bien. Solo ha sido un susto, estamos aquí contigo.

Blanca me acariciaba la pierna, pero no era consciente por lo que había pasado. Jamás podría contárselo y eso, me destrozaba el corazón.

—Volvamos a casa, necesitas descansar.

Asentí intensamente con la cabeza, no quería permanecer ni un minuto más en ese lugar. Con su ayuda conseguí levantarme, pero antes de comenzar el descenso miré hacia el lugar donde le había visto. No había nadie. Su presencia se había desvanecido, aunque algo me decía que aún estaba cerca… observándome. Lo sentía en mi interior como algo certero. Inspeccioné alrededor buscándole sin resultado. Esta vez, tenía claro que no lo había imaginado. Todo, absolutamente todo, se había detenido y era real. Desconocía el por qué y el cómo, pero una cosa sí tenía clara, lo descubriría. Respiré profundamente sujetándome a Pol para no caerme. Tras de mí quedaba la muestra en medio del camino, la enorme rama de pino de más de veinte centímetros de grosor. Si me hubiera alcanzado, ahora mismo estaría muerta. Mi vida, estuvo en peligro de nuevo y el tiempo me salvó, incomprensiblemente se detuvo para salvarme. Todo el camino de regreso hasta el coche lo hice callada, temblando como un flan mientras las lágrimas resbalaban por mis mejillas en una afluencia constante. Sentía frío y necesitaba abrazarme a algo, en este caso fue Pol, mi punto de apoyo. Hablaron todo el camino de lo sucedido, de lo que podría haber pasado y de la enorme suerte que había tenido.

<<Si vosotros supierais…>> pensé.

Les ignoré. Mi mente retenía esa imagen, esa voz… había estado allí conmigo y se movía como yo. Lo más sorprendente de todo es que él no estaba asustado, como si supiera lo que ocurría con el tiempo o más bien, lo que me ocurría. ¿Cómo era posible?

"Todo seguirá su curso" me había dicho. Él lo sabía.

—Lo sabe… —pronuncié esas palabras en voz alta sin percatarme de la compañía. Blanca y Pol se miraron, pero no dijeron nada, simplemente continuaron la marcha. La cabeza comenzó a dolerme de un modo muy intenso, como si tuviera unos duendecillos dentro de mi frente haciendo la reforma del cuarto de baño, golpeándola con martillos incesantemente y obligándome a cerrar los ojos. No podía pensar con claridad, así que una vez en el coche me dejé vencer por el cansancio quedándome profundamente dormida.

7. Decisiones

Dunster. Inglaterra, 1614

El día amaneció envuelto en nubes y lluvia, con un cielo más negro que gris. El viento, húmedo y fresco, soplaba con una suavidad casi reconfortante. Era un clima muy típico de mi tierra en Dunster, una aldea situada en Somerset, Inglaterra. Ese día necesitaba huir de mi vida, ahora tormentosa; aislarme, aunque fuera por un instante. Las últimas horas habían sido las peores de mi vida y él requería una respuesta inmediata que debía meditar en soledad. En ese momento pensé en mi refugio.

Salté del lecho como un demonio enjaulado. Con mi capa y una manzana me dirigí hacia ese lugar por última vez. Debía pensar…estar solo para decidir qué hacer. Mi refugio, como así me gustaba llamarlo, no era más que una pequeña cueva oculta entre rocas, mi salvación en más de una ocasión. La descubrí por casualidad cuando era niño mientras huía de unos perros salvajes que me perseguían colina arriba. Sin respiración, casi ahogado por la carrera, conseguí llegar a lo alto del montículo que en un principio parecía no muy elevado. No me di cuenta de mi equivocación hasta que fue demasiado tarde. Giré sobre mis pies para ver la distancia que me distaba de los perros, cuán error. No más de cinco pies de distancia separaban sus afilados y babeantes colmillos amarillentos de mi tierna y sucia piel. Fui caminando de espaldas hacia atrás para no perderles de vista. No tenía nada para defenderme, ni un palo, ni una piedra, ni siquiera mi espada de madera, tan solo mis manos y no eran muy grandes, ciertamente. Sin percatarme, llegué al borde de la colina, la cual terminaba en un abrupto despeñadero. Un fallo de mis torpes pies hizo que resbalara y me precipitase por él arrastrándome y golpeándome con el vertical relieve rocoso. No sé cuánto tiempo perdí el conocimiento hasta que finalmente desperté, completamente desorientado. Tuve suerte, un pequeño saliente de piedra, invisible desde arriba, me salvó de seguir cayendo precipicio abajo y ahora, frente a mí, se mostraba la boca de una pequeña y oscura caverna. Fue una fortuna encontrarla. Hice de ella mi lugar secreto pues nadie, a excepción de mi persona, la conocía.

Con el paso del tiempo mejoré la entrada, aunque siempre siguió oculta para los demás. Principalmente la usé para jugar y esconder enseres valiosos como un caballito de madera tallado por padre, un pañuelo tejido por madre, etc. Más tarde fue mi lugar de soledad para planear y considerar decisiones. Finalmente, se convertiría en un rincón para recordar...Siempre fue mi espacio privado, oculto y tranquilo y en ese instante, más que nunca, necesitaba de su amparo. Por mi estúpido corazón había sido traicionado y precisaba reflexionar, sosegar mi espíritu, fuera como fuese, y en ese lugar nadie me encontraría, ni siquiera él o eso creí en un principio.

Ya en su interior, rememoré las últimas palabras que me dijo padre en su lecho de muerte:

"Algún día, hijo mío, ocuparás el lugar que hoy me pertenece y serás digno del cargo, del mismo modo en que antes lo fue mi padre, tu abuelo. Cuando ese momento llegue, recuerda quién eres y honra a tu familia"

Pero...jamás lo recibiría y ahora, era demasiado tarde; ni siquiera podría vengarme. La sangre hervía en cada parte de mi cuerpo. Cerré los puños hasta clavarme las uñas en su interior. Sentía la fuerza de un demonio enjaulado pues la ira y la rabia contenida dominaban mi pensamiento.

Lo peor de todo era la impotencia que sentía por no poder arreglar las cosas, demostrar mi inocencia ante el Duque y que todo volviera a la normalidad. Un grito desgarrador surgió desde lo más profundo de mi alma.

—¡¿Por qué?! ¡Yo no hice nada! —grité y el eco de mi voz retumbó en las paredes de la caverna.

Caí arrodillado, sollozando como un niño en el frío y húmedo suelo rocoso.

—Juro que me vengaré, Niall, aunque sea lo último que haga. Os lo haré pagar… ¡Lo juro! Maldito seas. ¡Os maldigo por la eternidad!

Niall, al que creía mi mejor amigo, resultó ser un auténtico traidor. Hijo bastardo de Sir William, un Caballero y compañero de armas de padre. Fiel amigo de la familia de madre en tiempos pasados. Nuestros padres formaban parte del grupo de guerreros del duque de Somerset que protegían sus tierras. Padre era el capitán de la Guardia, con gran esfuerzo y honor había llegado al frente de ese cargo, al igual que mi abuelo. El Duque, por mandato del rey, regía una escuela de guerreros donde los niños eran instruidos desde la más temprana edad, forjados con disciplina para ampliar las filas de un ejército. Ser de la Guardia era una obligación que tenían los niños desde que cumplían ocho años y eran capaces de sujetar una espada. Instruían a nivel físico y moral. A los catorce años, en caso de conflicto, asistían al campo de batalla, mientras tanto, se hacía vigilancia sobre el castillo y el territorio en un estado de alerta continuo. No solo había críos de Dunster, el duque admitía a todo aquel que quisiera formar parte, inclusive los que no eran obligados por el hecho de ser de lejanas tierras. A cambio, les ofrecía una choza y un jornal medianamente aceptable.

Niall llegó cuando tenía once años, presentándose una noche en casa de Sir William y jurando ser su hijo bastardo. Como única prueba de su relato, portaba un simple colgante de loza con el nombre grabado de su difunta madre. Sir William lo aceptó con la condición de ingresarle en la Guardia, desde aquel día fuimos compañeros y amigos o… eso creí. Era introvertido. Por la amistad de su padre con mi familia me vi obligado a acercarme a él e integrarle entre los demás. Compañeros de juegos y aprendices en el arte de la guerra, poco a poco, fuimos conociéndonos. Yo era un año mayor que él y su padre siempre le decía:

—Niall, ve con Darach. Es un buen mozo y te ayudará en todo, ¿verdad que sí muchacho? —lo decía de un modo que, aunque quisiera, no podía negarme.

Con los años se fue forjando una amistad bastante interesada por su parte. Era reservado, desconfiaba de los demás fácilmente. Si se le rompía la espada de madera con la que practicábamos, era porque alguien se la había rajado anteriormente con el fin de humillarle; si se tropezaba en una carrera y caía al suelo, era porque otro le había empujado, etc. No parecía feliz, la relación que tenía con la familia de su padre, es decir, su madrastra y hermanastros, no era buena pues nunca fue aceptado por ellos. Mi hogar, dulce y armonioso, rebosaba paz con el amor y el respeto de padres y las risas con las que nos obsequiaban mis pequeños hermanos. En el suyo, por el contrario, se apreciaba la hostilidad entre sus paredes, más aún cuando él se encontraba allí. Tuve ocasión de vivirlo en un par de ocasiones y no quise regresar.

Un buen día comenzó a encapricharse de la hija de la cocinera del duque, Alma. Para él era un juego, encandilar a la inocente muchacha, quien parecía estar verdaderamente prendada de él. Para hacerlo más divertido y real, lo llevaban en secreto. No me agradaba ese juego, ella no se lo merecía, pero… al fin y al cabo, solo era eso, un juego. Entre tanto, crecimos y nos forjamos. Éramos parte de la Guardia, todo un privilegio. La gente del pueblo nos respetaba sabiendo que nuestras espadas tenían el fin de protegerles. Cuando padre se puso enfermo, todo cambió. En poco tiempo su enfermedad se agravó hasta postrarlo en la cama. Fue el momento de dejar el cargo y ese fue su final. El día de su muerte la tristeza se percibió en todo el valle, los llantos y las palabras de consuelo fueron mi única compañía, así como el gimoteo incesante de madre. Mis hermanos eran aún pequeños para comprender pues de pronto, a mis veintidos años, me había convertido en el hombre y señor de nuestra humilde casa. Mi familia dependía de mí y no les defraudaría.

—Darach, tu padre ha sido capitán durante muchos años, ahora ese deber lo recibirá el mejor de mis hombres y ése, eres tú. Deseo de corazón que sigas el legado de tu familia y yo pueda seguir contando con guerreros tan valerosos y honorables como lo es el apellido Shalow.

Las palabras del Duque me llegaron al alma. Él confiaba en mí, en mi apellido. Era un hombre afable y cercano, algo extraño siendo de la nobleza y primo del rey Jacobo. Tenía en muy alta estima a padre, así como a mi abuelo, que sirvieron a los Duques con toda lealtad. Ahora padre estaba muerto, yo iba a heredar ese cargo, no por ser su hijo sino porque era el mejor de todos. El más rápido y ágil, el mejor con la espada cuerpo a cuerpo, con el arco, etc. No tenía igual, ni siquiera Niall. Sin embargo, de nada sirvió ser el mejor. El día anterior a mi nombramiento, Niall vino a buscarme. Su actitud acelerada y desconfiada reveló su nerviosismo. Un muchacho de una envergadura casi tan grande como la mía y con sus ojos vidriosos llenos de lamento.

—¡Darach! Has de ayudarnos…—dijo en tono desesperado.

—¿Qué ocurre, Niall? ¿Le ha sucedido algo a tu familia, a tu padre?

—No, no es nada de eso. Necesito tu ayuda… Se llevan a Alma. Se la llevan de aquí para que no estemos juntos y has de ayudarme a impedirlo ¿lo harás?

—¿De qué estás hablando? Si su madre no quiere que sigas cortejándola, no veo por qué debo inmiscuirme. Déjala tranquila, Niall.

—No… ¡No! Por favor. Por favor, ayúdame. Solo tú puedes hacerlo. Tan solo has de cubrir mi ausencia durante la noche. Diles que estoy muy enfermo o lo que te venga en gana… por favor.

—No lo comprendo, ella no era más que un entretenimiento para ti, ¿es que ahora la amas?

Su postura decaída y su rostro afligido me lo confirmaron antes que sus propias palabras.

—Sí, no quería reconocerlo. La amo, con todo mi corazón. Huiremos de aquí, nos marcharemos lejos donde podamos emprender una nueva vida juntos. Será difícil, lo sé, pero lo conseguiremos, estoy seguro. Es por eso por lo que necesito tu ayuda, hermano.

Sus palabras fueron tan convincentes… Su mirada mostraba desesperación y una promesa oculta bajo sus prominentes ojos grises. Jamás me había pedido algo con tanta intensidad y si no mediaba por ellos ahora, jamás me lo perdonaría.

—Está bien, os echaré una mano. ¿Qué debo hacer?

Esa noche cubriría su mentira. Iba a ser nombrado capitán así es que, todo el mundo me creería. Mientras le comunicaba al resto de guerreros que Niall se encontraba indispuesto y que esa noche no haría su guardia, preparaba su huida con Alma. Con mi ayuda, saldrían de las tierras sin ser vistos. De madrugada esperarían mi llegada ocultos en el bosque, momento en el que les haría llegar las viandas que Alma habría dejado preparadas detrás de la gran cortina del salón. Un cortinaje tan grande y pesado que nadie solía tocar, solo cuando la servidumbre lo atizaba para retirar el polvo en la víspera de alguna ocasión especial, por lo que pasaría desapercibido. Buenamente, recogería el hatillo y se lo llevaría al amanecer sin levantar sospechas, después serían libres para rehacer su vida. Me despedí de ellos esa misma tarde. Todo parecía normal, excepto Alma. Su semblante estaba sombrío, no reflejaba la emoción de quien huye con su amado hacia un futuro feliz, aunque incierto, sino algo muy distinto. Había en su mirada una tristeza densa, como si caminara directamente hacia una condena.

—Gracias, Darach, sois un buen hombre. Jamás olvidaré lo que sois capaz de hacer por vuestros amigos. No merecéis mal alguno, lo siento.

Alma pronunció las últimas palabras casi en un susurro. Una lágrima le cayó por su mejilla mientras sostenía su palma pegada a mi rostro evitando mi mirada. Me desconcertó por un instante…

—No le hagas caso, Darach, está nerviosa y algo triste por abandonar a su madre, ya sabes… las muchachas y sus sentimentalismos.

—Claro, lo comprendo.

Pero no lo hice. Su reacción era extraña. Alma era una muchacha alegre y jovial. Ahora se la veía afligida. Como era de esperar, no hubo ningún contratiempo. Los soldados no hicieron preguntas y esa noche la pasé en vela recordando el plan establecido. Sería sencillo entrar en el castillo pues a la guardia se le estaba permitido rondar por ciertas estancias. Salir, sería aún más fácil, si cabe. Nadie sospecharía y todo iría bien, aún y así y sin saber por qué esa noche no pude pegar ojo. De madrugada, me encaminé hacia el gran salón del castillo sin ningún percance. Todo estaba en el más absoluto silencio, demasiado. Los pasillos, oscuros y fríos, parecían aguardar algo inesperado. Sentí un escalofrío recorrer mi espalda que me hizo desconfiar de todo a mi alrededor. Mi mirada se detuvo en las esquinas donde no llegaba la luz de mi antorcha. Sin embargo, al comprobar que todo seguía en calma, continué. Una vez en el salón, localicé el gran cortinaje del ventanal que daba a los jardines.

La poca luz del alba se adentraba en la estancia. El juego de sombras tornaba la atmosfera en un ambiente inicuo y fantasmagórico. Cuando llegué hasta él, no tuve que indagar demasiado para hallar el hatillo que había tras el grueso tejido. Lo agarré con la mano derecha sin hacer mucho esfuerzo para levantarlo, pues un poco de alimento y una manta no pesarían demasiado. Sin embargo, fue imposible elevarlo. Extrañado, decidí agarrarlo con las dos manos y esta vez sí conseguí alzarlo. Un ruido metálico y sospechoso salió del interior del saco. No me detuve a indagar en su interior, me estaban esperando y la felicidad de una pareja dependía de mí y de mi rapidez por llegar a su encuentro. Cuando me disponía a salir del oscuro salón alguien apareció ante mí, las sombras ocultaban su rostro, pero lo reconocí al instante.

—Niall… —susurré su nombre, incrédulo. Se encontraba frente a mí, ataviado y armado como si fuese a la guerra solo que, no había guerra ni batalla que librar.

—¿Qué hacéis aquí? ¿Y Alma, dónde está? ¿Qué ocurre? —di un paso vacilante hacia él, confundido y sin comprender. Durante ese pequeño movimiento el saco volvió a sonar con un ruido metálico en su interior.

—¡¿Qué lleváis ahí, Darach?! ¿Y qué hacéis a estas horas en el interior del castillo? —su elevado tono de voz impersonal, frío y altanero me erizó la piel.

—Sshhh…baja la voz… ¿De qué hablas? ¿Qué te pasa? No deberías estar aquí… os van a descubrir.

—A quién van a descubrir es a vos y creo que, robando, si no me equivoco ¡Guardias! ¡Guardias! —su voz en grito me sorprendió. Me quedé petrificado. En pocos segundos el salón se llenó de guerreros en calzones y somnolientos con espada en mano, rodeándome por completo como si de un verdadero ladrón se tratase.

—¡¿Qué está pasando aquí?! Darach… ¿qué…qué ocurre? ¿Y qué lleváis sobre vuestra espalda? —Lord Robert, el Duque de Somerset, hizo su aparición en ese momento ataviado con una bata de raso que le llegaba hasta los pies.

—Yo os lo mostraré, milord.

Niall se abalanzó sobre mí arrancándome el hatillo y tirándolo al suelo. Su estrepitoso golpe resonó en todo el salón. Obviamente, no estaba repleto de viandas.

—¡Abridlo! —gritó lord Robert.

Me agaché tembloroso frente al bulto. Comencé a deshacer el gran nudo que ataba el saco. Una exclamación de sorpresa sonó a mi alrededor cuando separé las cuatro puntas de la lona amarillenta. No podía creer lo que tenía ante mí, era incomprensible, era… una trampa. Parte de la cubertería de plata, una jarra y un par de copas de oro; un valioso broche también de oro con tres zafiros incrustados perteneciente al Ducado de Somerset, una bandeja de plata y no sé cuántas cosas más aparecieron en su interior.

—No… yo no…—Susurré. Mi mirada desorbitada estaba posada sobre el brillo metálico de esos objetos tan valiosos. Con una mano trémula sostuve el broche que brillaba bajo la escasa luz del amanecer. Levanté la mirada hacia los ojos, ahora enfurecidos y decepcionados, de lord Robert y supe, en ese momento, que mi destino cambiaría drásticamente. Por mucho que quisiera defenderme, no lo conseguiría.

—¡Es un ladrón y debe pagar por ello! Nos ha engañado a todos…— gritó Niall. Fueron las palabras más duras, dirigidas hacia mí, que había oído en mi vida.

—¡No! Ha sido una trampa, yo jamás osaría hacer algo así. Debéis creedme, lord Robert, no soy un ladrón y lo sabéis.

—¡Mentís! Confesad ahora mismo o lo pagaréis…

—Pero… ¿qué estás diciendo, Niall? ibas a fugarte con Alma, yo solo debía…

Un par de figuras al fondo, abrazadas entre sí, llamaron mi atención. En una esquina del salón se encontraban Alma y su madre con ropas de dormir. Despeinadas, como si las hubieran arrancado de sus camastros y al igual que ellas, la mitad de la servidumbre.

—No esperaba esto de vos, Darach, ¿por qué lo habéis hecho? Si me hubierais pedido ayuda, no os la hubiera negado. Robarme… no sois la persona que creí, no sois como vuestro padre y vuestro abuelo. Si levantaran la cabeza se avergonzarían de vos. Me habéis decepcionado. No volveré a confiar en vuestra palabra nunca más. ¡Arrestadle! Más tarde decidiré su fortuna, ahora… quiero descansar.

La última mirada desilusionada del Duque antes de marcharse se clavó en mi corazón y no la olvidaría jamás. Pasé tres días y dos noches encerrado en las frías y húmedas paredes oscuras del calabozo del castillo sin comprender nada. Niall y Alma me habían engañado y no sabía por qué. Me estaba volviendo loco.

¿Qué pensaría madre? El dolor de cabeza era agudo. Sin dormir y casi sin comer, me encontraba totalmente exhausto. Al atardecer del tercer día fui llevado ante el Duque en el gran salón. Con grilletes, sucio y maloliente, como un auténtico criminal, me colocaron frente a él. Me habían despojado de mi armadura y de mis ropajes, solamente llevaba puesta la túnica como único atuendo. No podía ser más humillante. El Duque decidió perdonarme la vida, por ser hijo de quien era, con la condición de salir de sus tierras para siempre. Desterrado y ultrajado. Intenté convencerle de que era inocente, pero él se remitió a las pruebas y ésas eran evidentes. Nadie hablaría en mi favor porque el único que podría hacerlo era Niall y fue precisamente él quien perpetró la trampa; la había llevado a cabo con el fin de… Ni si quiera comprendí el porqué de su tiranía, aunque no tardé en descubrirlo. Las puertas del salón se abrieron dando paso a un grupo de cuatro guerreros ataviados con sus respectivas espadas y armaduras. Mi sorpresa fue mayor cuando descubrí que iban encabezados por Niall.

—Darach, os presento al nuevo capitán de la Guardia, Niall Wadlow. Le doy gracias por haberme dado la oportunidad de descubriros antes de nombraros líder, hubiera sido un auténtico infortunio teneros al mando. Me contó que llevabais días muy extraño, os siguió esa noche dando como resultado el final tan inesperado que nos mostrasteis. Quién sabe qué bajezas hubierais sido capaz de cometer adiestrando a mis hombres para tales viles hazañas. Me engañasteis. Por suerte, mañana saldréis de mis tierras junto a vuestra familia. Vos y vuestra familia quedáis desterrados de Dunster, para siempre. Si algún día regresáis, seréis ejecutado, y ellos también.

El desprecio de lord Robert era notorio en cada una de las palabras que iba pronunciando y mi dolor fue incrementándose poco a poco al igual que mi rabia. No podía hacer nada, pues… ¿cómo iba a demostrarlo?

<<Si pudiera retroceder en el tiempo… algún día me vengaré Niall, lo juro>> pensé en mi interior.

Cabizbajo y con los ojos fuertemente cerrados, impedí que se derramara ni una sola lágrima, eso hubiera sido aún más indigno, si cabe. Con mis puños apretados frente a mi cuerpo y mis muñecas sangrantes unidas por grilletes de hierro que me habían puesto tres días atrás, intenté controlar los impulsos de cólera que me invadían en ese instante. Solo quería gritar, llorar, pelear; sobre todo eso, golpear al traidor hasta dejarlo inerte, sin vida... pero, no era el momento, tan solo demostraría lo que no soy y probablemente me colgarían por ello. ¿Qué sería de mi familia, entonces? Tenía que pensar en ellos, quizás algún día tendría la oportunidad de devolver a Niall todo el agravio causado a mí y a mi familia.

—Demostraré mi inocencia, milord, he sido víctima de un ultraje y mi familia no se merece tal desprecio.

El Duque no contestó, dirigió su mirada a Niall y este hizo un ademán con la cabeza. Seguidamente, Gordon, un guerrero y antiguo compañero, se aproximó y me soltó los grilletes. Me guiñó un ojo y junto con su media sonrisa me dio algo de esperanza. Un gesto, tan pequeño y grande al mismo tiempo. No todos creían las palabras de Niall, ahora estaba seguro, aunque de nada servía pues nadie movería un dedo por mí, sus familias podrían correr el mismo riesgo que la mía y no se arriesgarían. Cuando me dispuse a abandonar el salón me detuve junto a Niall y le miré a los ojos. No vi en ellos ni un atisbo de arrepentimiento, me mostró una mirada miserable con un porte airoso, como si fuese digno de llevar ese nombramiento y yo no fuese más que un vil delincuente al que había machacado.

—¿Porqué…? —pregunté en un susurro.

—Siempre fuiste una piedra molesta de mi zapato. Con la familia perfecta y la leyenda de un apellido impecable. Eras un hipócrita al creer que todo el mundo es igual que tú, ahora yo soy mejor.

—¿Y Alma?

—Tomé de ella lo que quise y después la amenacé con contarlo a todo el mundo. Es necia como tú, inocente y despreciable. Fue ella la que recogió y preparó el tesoro… y ahora ¡Márchate de una vez, no queremos a chusma como tú!

—No tienes honor de ninguna clase, esto no acabará así, Niall. Lo juro.

Giré sobre mis pies y me marché. La envidia y la codicia definían a Niall, un ser verdaderamente repugnante. Corrí sin detenerme hacia el refugio. Necesitaba estar solo. Hacer frente a las últimas horas vividas para poder decidir sobre el futuro tan incierto que me esperaba. Estaba a cargo de una familia, mi madre y mis tres hermanos menores; dos muchachas, de dieciséis y trece años, respectivamente y un pequeño de ocho, el cual, jamás optaría a ser parte de la Guardia como cualquier otro niño de la aldea. Desesperado, ultrajado, difamado, deprimido… no tenía palabras para hallar mi estado de ánimo. Pasé horas dentro de la cueva saboreando y planeando la venganza, cada vez más convencido de que debía matar a Niall. No sabía cómo y lo que era peor, cuándo, pero lo haría, de eso estaba seguro. Finalmente decidí volver a casa, madre estaría preocupada y debíamos marchar del poblado cuanto antes. Completamente a oscuras y bajo la tenue luz de la pequeña luna creciente inicié el camino de descenso. Hacía frio, el viento helado removía mi cabello suelto y enmarañado, mis brazos no eran suficiente abrigo para calmar mis temblores y mis pies descalzos estaban entumecidos. Por fin llegué a la line del bosque, sin embargo, antes de adentrarme en él escuché un ruido tras de mí. Giré instintivamente, la oscuridad impedía ver con claridad, aunque sabía que alguien me seguía oculto entre las sombras.

—¿Quién sois y qué queréis? Salid si tenéis arrestos. ¡Mostraos! —grité desafiante. Mi mirada oscilaba de izquierda a derecha observando en derredor. Un par de robles lo bastante grandes como para ocultar el cuerpo de una persona era lo único que me hacía compañía. Aguardé... inspeccioné el terreno instintivamente buscando un palo con el que defenderme y justamente a mis pies, hallé uno de gran tamaño. No serviría de mucho si me atacaban con una espada, pero mejor eso que nada.

—Niall, ¿eres tú? Sal si tienes valor.

De pronto, una figura apareció por detrás del primer roble, el más cercano a mí a unos quince pies de distancia. Se quedó apoyado en él con los brazos cruzados mirándome fijamente a los ojos. Era un hombre alto y de longeva edad, vestía con un ropaje muy extraño que jamás había visto, su cabello plateado resplandecía y destacaba en la oscuridad del valle que nos rodeaba.

—Darach, ¿verdad?, estaba deseando conoceros. No temáis, no soy enviado de nadie para haceros daño, tan solo he venido para hablar con vos. Creo que sois un muchacho valeroso y honrado.

—¿Quién sois y qué queréis de mí? —su voz era tranquila y sosegada e hizo que mi instinto confiara incomprensiblemente en él.

—Sé que estáis en un apuro, os han traicionado y ahora os veis obligado a huir. Puedo ayudaros, si lo deseáis. Puedo proteger a vuestra familia y que no pasen hambre...

—¿De qué habláis? No necesito ayuda de nadie, yo mismo me valgo para proteger a mi familia. No sé quién sois y tampoco quiero saberlo —contesté airado. Di media vuelta y comencé a caminar. El extraño habló de nuevo, de un modo más contundente.

—¡Deteneos! Ya os he dicho que he venido a ayudaros. Sois un caballero digno de admirar y lo que os han hecho no tiene nombre. Si me dejáis, le pondré remedio a tal vergonzoso camino que os aguarda. ¿Qué creéis que os espera, Darach? Vuestra pequeña hazaña, sea cierta o no, correrá como la espuma y cuando lleguéis a vuestro siguiente destino, nadie os dará empleo, ni cobijo. Nadie querrá saber del ladrón que engañó al Duque durante años y fue descubierto de la manera más ridícula que podía existir. Creedme si os digo que sufriréis, y vuestra familia también pues tenéis hermanos pequeños y no sabéis lo que el azar tiene preparado para ellos.

—¿Y vos sí? —contesté de mala gana.

Cuanto más hablaba, mi incertidumbre se convertía en pavor escuchando en esas palabras sobre el futuro de mi familia, ¿sería cierto? Bien sabía que las noticias volaban demasiado deprisa y la mía era una suculenta primicia que llegaría a todas partes del ducado y más aún, sabiendo que el Duque era primo del rey. Se asegurarían muy bien de difundirlo.

—Por increíble que os parezca, sí, lo sé de primera mano. Veréis, vengo de un lugar muy lejano, que ahora no voy a explicaros. Si aceptáis mi protección, prometo llevaros lejos de aquí. Daré un hogar a vuestra familia donde vivirán seguros y donde nadie los conocerá. Os daré un jornal más que decente para que podáis ayudarles y comencéis de nuevo.

—Solo quiero venganza y mantener a mi familia a salvo ¿Cómo sé que no me engañáis? ¿Cómo sé que es cierto lo que decís? —pregunté dubitativo. Estaba tan agotado que no podía ni quería pensar más.

—Porque en realidad soy yo el que precisa de vuestra ayuda y protección. Tomáoslo como un trueque de aptitudes, mantendré a vuestra familia a salvo si me ayudáis a proteger el tesoro más valioso que tengo en este mundo. No hay nada desleal en lo que os reclamo, al contrario, sería un honor para mí que accedierais a lo que os pido.

—Dejadme meditarlo, estoy demasiado fatigado como para razonar. Madre estará preocupada por mí y por todo lo que ha ocurrido.

—Está bien, Darach. Mañana espero vuestra respuesta, no esperaré más.

—E...está bien, mañana.

Seguidamente, rodeó el tronco del árbol a paso lento mirándome a los ojos y antes de esconderse tras él, sonrió. Me quedé perplejo, actuaba de manera extraña y no supe qué hacer ni qué decir. Tras un momento que pareció eterno esperando verle salir por el otro lado del tronco, decidí llamarle aun no sabiendo su nombre. Quizás se hallase tumbado en el suelo... ese no era lugar para pernoctar, cualquier alimaña podría atacarle mientras dormitara.

—¡Mi señor! Oiga… Ese no es lugar para reposar, quizás si… ¿Señor? —esperé sin respuesta alguna.

Decidí acercarme. Mi consternación aumentó cuando al girar alrededor del tronco comprobé que, tras él, no había nadie. Examiné mis inmediaciones. Ni un sonido, ni un movimiento…solo estaba yo y la inmensa soledad de cuánto me rodeaba. Era imposible. Ese hombre se había ocultado detrás del majestuoso árbol, un enorme roble cercado de prado donde no había animal alguno, ni tan si quiera un caballo con el que hubiera desaparecido tan rápidamente y, sobre todo, sin hacer ruido. Sin embargo, lo había hecho. Mi cabeza daba vueltas, necesitaba dormir o moriría de agotamiento. Estaba demasiado extenuado para encontrarle una explicación y mi familia me esperaba. Decidí no pensar en nada más y sobre mis torpes pies, volví hacia mi morada. Era tarde cuando conseguí llegar, mis hermanos dormían y madre me esperaba ansiosa con los ojos hinchados por el llanto. Un emisario del Duque les había comunicado nuestra situación dos días atrás y por la mañana debíamos abandonar el hogar. Al ver su rostro inocente y vulnerable me hundí profundamente en un estado de culpa que jamás me perdonaría ¿Cómo había sido tan estúpido? A pesar de todo, después de contarle lo ocurrido, no me juzgó, se limitó a agradecer a Dios que estuviera vivo y a darme coraje para lo que nos deparara el futuro. Ignoré la parte del brujo pues no me pareció la mejor opción en ese instante. Aceptó nuestra desdicha como una luchadora. Comenzaríamos otra vida en otra aldea lejos de aquí. Al fin y al cabo, no teníamos otra opción. Dormí unas horas profundamente, pero antes de rayar el alba desperté sobresaltado. Las sombras me acechaban, mi mente no cesaba de atormentarme con imágenes de mis inocentes hermanos asesinados y la risa de Niall resonando con eco a mí alrededor.

<< ¿Y si es cierto lo que me ha contado ese viejo? ¿Y si les ocurre algo por mi culpa? Debo hacer algo, ellos dependen de mí>>

Aún faltaban un par de horas para tener que abandonar aquella choza que había sido nuestro hogar desde antes que pudiera recordar. Debía despedirme de mi lugar secreto, tardaría en volver o tal vez jamás regresaría pues eran tierras del Duque y no podría arriesgarme a que alguien me viera, si así fuese…Y aquí me encontraba de nuevo, las familiares paredes frías y húmedas eran mis verdaderas amigas, jamás me delatarían. Después de mi arrebato de cólera terminé calmándome, debía tomar una decisión. Mis tesoros, las pocas pertenencias que fui llevando con el tiempo las oculté envueltas en una tosca lona vieja y resistente, bajo una piedra en el fondo de la cueva. Si algún día volvía, las recuperaría. Respiré hondo, esas paredes habían sido testigo de mis circunstancias, no siempre alegres claro, y ahora, una vez más, lo eran. Recordé a padre y le di un repaso completo a lo que había sido mi vida en los últimos años. La rabia y mi sed de venganza invadieron mi ser por completo.

—Si pudiera pedirle consejo… ¿qué haría usted, padre?

Pronuncié esas palabras en voz alta mirando al cielo desde la boca de la cueva. Las nubes se movían rápidamente y la luz del alba, cada vez más intensa bañaba el valle haciendo aparecer una misteriosa y húmeda niebla que hacía de la hondonada un lugar siniestro. Un escalofrío recorrió mi piel al completo… ¿realmente confiaría mi vida y la de los míos a un ser extraño? ¿A un personaje que había desaparecido ante mis ojos sin explicación alguna? ¿A un brujo? Porque eso es lo que era. Nadie que no tuviera el dominio y poder de las artes oscuras sería capaz de desaparecer de ese modo y yo en aquel momento, aunque débil, me encontraba en mi sano juicio cuando lo presencié. La luz entraba de lleno en la cueva dando a entender el avance de la mañana, debía de darme prisa. La humedad del ambiente se colaba entre mis ropajes, llovía y ni siquiera había encendido la hoguera, tan solo el amparo de mi capa y mi capucha me protegían del exterior. Él dijo que me encontraría, necesitaba una respuesta así es que debía marcharme y llegar a casa antes de que la guardia se nos echara encima. Huiríamos hacia las islas, hacia Irlanda. Sería un buen lugar para comenzar de nuevo. Cuando comencé a caminar hacia la salida una voz me detuvo bruscamente.

—Hola, Darach, os dije que os encontraría.

Me quedé petrificado. La voz ronca y pausada de ese extraño provenía del interior de la cueva. La caverna era pequeña, no muy profunda y por supuesto, tampoco tenía una gruta por la que pudiera haber accedido desde otro lugar. Si tenía dudas sobre quién o qué era, se acababan de aclarar. Giré al instante para verle la cara. El brujo se encontraba frente a mí, con la misma extraña ropa, con brazos cruzados y sonriente. Ahora la luz bañaba su rostro y sus ojos parecían tener brillo propio. Sus ojos azul oscuro con pequeñas señales plateadas manifestaban una mágica sabiduría.

—¿Co…co…cómo ha…habéis entrado? No os he visto. Ayer también desaparecisteis. Sois brujo, ¿verdad? ¡Contestadme! —grité mientras daba un paso hacia él levantando mi puño en un gesto amenazante.

—No, no lo soy. Mi nombre es Esteban y como bien os dije ayer, he venido a ayudaros. Escuchad, no es momento de discutir y prometo que os explicaré quién soy llegado el momento. Ahora decidme, ¿estáis dispuesto a aceptar mi pacto?

—Por confiar en personas que creía amigas he terminado de este modo ¿cómo queréis que confíe en vos sin conoceros? además practicáis la magia negra.

—No es magia y mucho menos negra. Os lo explicaré llegado el momento pues no es este. Sabéis de sobra que vuestra familia estará en grave peligro si no llegamos pronto a la aldea para que marchéis. Por otro lado, solo vos y lo que vuestro instinto os diga es lo que ha de determinar si confiáis en mí o no. El sexto sentido es un arma muy poderosa y siempre hay que hacerle caso. No puedo deciros más. Ahora os pregunto ¿Qué os dice vuestra intuición? ¿Debéis confiar en mí o no?

No podía negarlo, ese hombre me transmitía una seguridad incomprensible y aunque sus apariciones eran un completo misterio, no tenía tiempo para pensar más en ellas.

—Sí, confío—Dije lo más tranquilo que pude, después de todo incluso a mí me sorprendió la seguridad con la que pronuncié esas palabras.

—Muy bien, entonces debemos marchar lo antes posible. Llevaremos a vuestra familia muy lejos de aquí, después, vendréis conmigo. No los veréis en mucho tiempo, quiero que eso quede claro.

—No me importa mientras no corran peligro alguno, ¿lo prometéis? ¿Podéis prometer eso?

—Sí, os lo prometo y os lo aseguro. Podéis estar tranquilo —contestó seriamente mirándome a los ojos apoyando sus manos sobre mis hombros, al igual que lo hacía padre. Ese gesto me reconfortó como jamás hubiera creído posible.

—Y… ¿podré vengarme? Quiero la cabeza de Niall separada de su cuerpo, es un traidor que no merece vivir —dije. El brujo, Esteban, expiró ruidosamente contemplando mi rostro furibundo.

—Vuestra venganza tendrá que esperar. No temáis, Darach y no impacientéis, vayamos paso a paso y todo llegará a su debido momento.

—¿Y eso qué significa? ¡Quiero matarle!

—Reserva tu coraje para el oficio que os tengo preparado, os hará falta.

Me prometí a mí mismo que algún día me vengaría de Niall y lo haría con la ayuda del brujo o sin ella, pero cumpliría mi promesa. Ahora, lo primero de todo era salvar a mi familia y aceptar el cargo que ese hombre me ofrecía que, al parecer, era de vital importancia para él. No le defraudaría.

—Sir Esteban… ¿qué oficio es ese, si puedo saberlo?

—No me llaméis Sir, muchacho, no soy caballero. Lo primero que debéis aprender es español, será muy importante para vuestro próximo destino. Lo necesitareis.

—¿Español? ¿A caso voy a ir a España?

—Sí, pero ahora no. Más… adelante.

8. Verdad

—Álex, despierta, ya hemos llegado —la voz de Blanca hizo que regresara a la realidad y abriera los ojos.

No estaba dormida, aunque sí lo simulé ligeramente. Fue la mejor decisión pues evité toda clase de preguntas que no me apetecía contestar. Gracias a mi supuesto estado de inconsciencia conseguí que se mantuvieran callados todo el camino, respetando mi descanso. Las pocas frases que pronunciaban lo hacían en susurros, cosa que agradecí verdaderamente.

—¿De verdad te encuentras bien? —preguntó Blanca por enésima vez mientras nos acompañaba a casa.

—Estoy bien, no te preocupes —contesté encogiéndome de hombros—, estoy empezando a acostumbrarme a que el entorno quiera asesinarme.

Que en un año hubiera sufrido dos accidentes en los que por norma general hubiera muerto ¿Cómo se podía llamar a eso? ¿Mala suerte? Me sentía como una protagonista de la película de "Destino Final" en la que, la muerte no descansaba hasta conseguir su fin. ¿Sería así realmente? ¿El destino planeaba mi muerte y no cesaría en su empeño hasta conseguirlo o simplemente había sido casualidad? No me encontraba en condiciones para contestar a ese tipo de preguntas filosóficas…de pronto, me vino a la mente mi madre. No tenía recuerdos fatídicos de mi infancia. Tal vez, cuando era niña me ocurrió algo parecido y milagrosamente salvé la vida.

<<Tendré que hablar con ella. Necesito aclarar unas cuantas cosas>> pensé.

—Me marcho. Creo que estarás en buenas manos, ¿verdad? —lo dijo en voz alta mientras miraba a Pol de reojo, quien no paraba de moverse de aquí para allá recogiendo toda la casa. Se mostraba muy ocupado, demasiado. Algo extraño en él.

—Sí. Vete tranquila, estaré bien. Te lo prometo.

—Está bien —respondió resignada. Me dio un abrazo y un beso en la mejilla y se marchó diciendo a voz en grito "adiós" a Pol. Me quedé sentada hecha un ovillo en el sofá viéndole moverse por todas partes sin mirarme, hasta que desapareció por el pasillo y se ocultó en su habitación. Estaba claro que no se encontraba bien. Yo, incomprensiblemente, sí lo estaba. Era como si mi mente se hubiera tranquilizado, acostumbrada a la posibilidad de tener un don sobre el peligro, sobre el tiempo… algo descabellado, pero cierto.

—Pol… Pol…—le llamé un par de veces. Me ignoró.

—¡Pol! Puedes venir, ¿por favor? —grité. Su actitud me inquietaba y odiaba que me ignorasen.

Me levanté del sofá para dirigirme a su habitación. La puerta estaba entreabierta. La golpeé con el puño un par de veces antes de entrar, pero al no recibir respuesta me adentré sin permiso. Pol estaba sentado en su cama con los codos apoyados en las rodillas sosteniendo una foto entre sus manos, mirándola fijamente. Ni siquiera levantó la vista cuando me acerqué a su lado.

—Te he llamado varias veces, ¿estás bien?

—¿Te acuerdas de este día? Es uno de mis favoritos del año pasado, quizá porque entendí varias cosas de golpe. Además, el mar y el clima ayudaron bastante en eso —comentó sin retirar su mirada del selfi que nos hicimos en Sitges, en octubre del año anterior, poco después de mi *accidente* de coche. Una foto en la que aparecíamos riéndonos con el mar al fondo.

—Sí, me acuerdo ¿A qué viene eso ahora? estoy bien, Pol. No ha pasado nada —me senté a su lado evocando aquel día en mi memoria mientras mis ojos se posaban en la imagen. La apartó de mi vista y la dejó a su lado, sobre la cama.

—Ese día en la playa entendí parte de mis sentimientos hacia ti. Pero hoy, con todo lo sucedido… No puedo olvidar el pánico que he sentido por unos momentos. Me he dado cuenta de lo mucho que te quiero y el miedo que tengo a perderte.

Levanté mi mano apoyándola sobre la suya en un gesto de apoyo, de confianza.

—Eh, estoy bien. Solo ha sido un susto, nada más…

En ese momento, giró su cabeza y me miró fijamente. Sus ojos estaban enrojecidos con un matiz acuoso preocupante. Su mandíbula se tensaba sin cesar y la nuez de su garganta subía y bajaba en un movimiento repetitivo. Después de lo que pareció un eterno minuto mirándome fijamente, levantó su mano y me acarició el rostro suavemente. Mi pulso se aceleró sospechando lo que iba a hacer a continuación. No me equivoqué. Me agarró fuertemente por la nuca y me atrajo hacia él para besarme. No reaccioné, estaba tan confundida y sorprendida que me quedé quieta. Fue un beso lento y cálido y por un momento me dejé llevar, pero pronto me di cuenta del error pues me sentí incómoda. Besar a Pol era como besar a mi propio hermano. Su deseo se tornó más hambriento, más pasional y tuve que detenerlo. Le coloqué las manos en el pecho separándome de su arrebato. Pestañeó un par de veces mirándome desconcertado mientras recobraba el ritmo pausado de su respiración. Se levantó rápidamente de la cama como si en ese instante hubiese comprendido su error y comenzó a dar vueltas por la habitación, de un lado para otro, echándose el tupé hacia atrás reiteradamente.

—Lo...lo... lo siento, Álex. Es que...—balbuceó. Se detuvo en medio de la estancia contemplándome fijamente—. Debo irme, te dejaré sola para que descanses...Perdóname —como si un rayo le persiguiese, recogió su chaqueta, las llaves de su coche y se marchó sin darme tiempo a hablar con él.

Me quedé sentada en su cama un buen rato, rememorando ese beso. Ese inesperado beso hambriento de algo más. Era como si hubiera despertado de un largo sueño y ahora quedara más clara la situación entre nosotros. Instintivamente me llevé los dedos a los labios aún calientes del contacto y no pude evitar pensar en él, no en Pol, si no en el hombre misterioso. Mi mente jugó con su imagen, viéndole acercarse hacia mí, agarrándome con fuerza por la nuca para besarme desesperadamente como lo había hecho Pol segundos antes. Sacudí la cabeza para eliminar esa imagen surrealista. Tenía que hablar con él del tema. Debía dejarle claras ciertas cosas antes de que esto se complicase más. No echaría por la borda nuestra amistad por un beso que, probablemente, era el resultado del desasosiego y caos mental que había sufrido. A veces las situaciones nos juegan malas pasadas y nos hacen pensar cosas que no sentimos, nos desconciertan y actuamos impulsivamente según nuestro estado de ánimo. Eso era lo que le ocurría, estaba segura. Decidí darme una ducha para relajarme, estaba sudada y cada vez que pensaba en los últimos acontecimientos, se me encogía el estómago.

Una vez solucionada esa parte vital y renovadora de mi cuerpo y habiendo satisfecho el hambriento estado de mi estómago, me tumbé en la cama un rato para meditar. Me encontraba bien, sorprendentemente bien y a pesar del suceso tan sumamente extraño e incomprensible como el que había vivido esa mañana y el estrés que me había causado mentalmente, conseguí echar una cabezada. Al despertar, mi cabeza había reiniciado. Después de ese paréntesis mental pude ver las cosas desde otro punto de vista, uno que tenía que ver con mi madre. Necesitaba que me aclarara ciertas cuestiones de mi vida de vital importancia para mí y ella era la única que podía explicármelas. Sin pensármelo dos veces salí en su búsqueda. Eran las seis y media de la tarde y aún le quedaba un rato para salir de trabajar. A pesar de eso, no podía esperar ni un minuto más, las paredes se me echaban encima y mi impaciencia aumentaba por momentos. La situación había llegado a un punto de no retorno, si debía explicarle lo que me estaba sucediendo lo haría pues si no podía confiar en mi propia madre ¿en quién lo haría?

Mamá estaba tan sola que no me gustaba verla sufrir y sabía que ese tema le dolía. Había llegado a la conclusión de que por mi culpa no era feliz, si yo no hubiera llegado a este mundo quizá hubiera encontrado el amor y ahora tendría una familia. Sabía, por otra parte, que era absurdo pensar así pues era un hecho que no había dependido de mí, sin embargo, algo en mi interior me instaba a pensar así. A pesar de eso, quería ponerle cara a ese ser que me dio la vida, saber quién era, si tenía respuestas a lo que me estaba sucediendo, pues si mi madre no las tenía, tal vez él sí. Había decidido acercarme al hospital andando, me sobraba tiempo y era una buena forma de pensar. El viento huracanado de la mañana se había convertido en un aire molesto pero suave, moldeando mi cabello a su antojo y levantando las hojas que había arrancado de los árboles. De vez en cuando, se formaban pequeños remolinos en el suelo creando una bella danza circular de papeles y hojas flotantes. No era una brisa demasiado fría y aunque ya no daba el sol por algunas zonas, pues los altos edificios de la calle Roselló no lo permitían, era agradable. Tal vez solo lo disfrutase yo pues la gente a mi alrededor llevaba las chaquetas abrochadas hasta el cuello y pañuelos para protegerse. Iba vestida con una cazadora de cuero y un suéter escotado, sin embargo, ese frescor me reconfortaba relajando mis extremidades hasta un punto incomprensible. Era como estar flotando con el mismo viento, sentía su naturaleza salvaje dentro de mí como si pudiera volar con él por encima de las nubes atravesando las montañas, el mar, la ciudad, los campos…

Descubrí, de repente, que estaba ante el Hospital Clínico. Había llegado en un tiempo récord y eso caminando tranquila. Miré mi reloj y vi que eran las siete menos cuarto de la tarde. Con suerte, mamá saldría pronto así que llamé para avisarla. Después de varios tonos finalmente contestó.

—Hola, mamá, ¿qué tal estás? —dije con mi mejor voz.

—¡Hola, cariño, qué sorpresa! ¿Ocurre algo? Te noto muy contenta…

—Eh…no, nada de eso —respondí—. Tengo ganas de verte.

—Oh, yo también, mi niña ¿Quieres que cenemos juntas o tienes planes con tus amigos? —preguntó. Oí un pequeño amago de risa sorda por el otro lado del auricular y deduje que no estaba sola, algo la había hecho reír. Sonreí de manera inconsciente.

—Me parece estupendo, de hecho, te lo iba a proponer. Es más, ahora mismo estoy delante de la puerta del hospital haciendo tiempo hasta que salgas. Sé que es muy pronto todavía pero no me importa esperar un poco.

—¡Qué bien! Además, el otro día cubrí a una compañera e hice un par de horas de más, creo que podré escaparme. Lo pregunto y te aviso, ¿de acuerdo? Cariño… ¿está todo bien?

—Sí, mamá. Tan solo necesito hablar contigo.

No tuve que esperar demasiado. A los quince minutos caminábamos agarradas del brazo dirigiéndonos a un restaurante cercano en el que alguna vez habíamos comido. Mamá estaba deslumbrante. Sus ojos brillaban de entusiasmo y me contagió esa ilusión por unos instantes. Pocas veces la veía tan feliz y me pregunté a mí misma cuál sería el motivo, pero ese tema no era de lo que quería hablar con ella en ese momento pues ya habría ocasión. Precisaba hallar el sentido a todo, mi mundo se estaba volviendo del revés. No era solo lo que me estaba ocurriendo, sino que sabía que me ocultaba información que tal vez pudiera ayudar. Una vez sentadas en la mesa del pequeño restaurante y en cuanto el camarero se marchó con la comanda escrita en su libreta, comencé a hablar:

—Tengo que hablar contigo de algo y no sé cómo empezar. En realidad, sí lo sé, pero tal vez no te guste lo que voy a preguntarte. Necesito respuestas, ahora más que nunca —comencé a hablar mirando mis propias manos mientras estas retorcían la servilleta roja de tela. Cuando terminé de pronunciar esas palabras levanté ligeramente la mirada observándola a través de los mechones de mi escueto flequillo como si este me protegiera. Su rostro se oscureció de repente y ese regocijo que mostraba segundos antes desapareció transformándose en incertidumbre.

—¿Qué ocurre, cariño? Me ha parecido extraña tu llamada y esta visita inesperada… dime, mi vida, cuéntame qué es —dijo acercando sus manos a las mías por encima de la mesa envolviéndolas en un abrigo carnal. Noté rápidamente el calor que emanaba su piel reconfortándome y animándome a confiar en ella. Funcionó. Ese pequeño gesto hizo que la mirara de frente y afrontara lo que tenía que preguntarle. La miré a los ojos y ella sonrió débilmente. Pude ver en su mirada un deje de inseguridad y sospecha hacia lo que le iba a preguntar.

—¿Quién es mi padre? —pregunté sin rodeos. Soltó mis manos de manera instantánea dejándolas separadas unos centímetros, los suficientes para que volviera a notar una pequeña corriente fría alrededor de las mías provocando un profundo desamparo. Ya no había marcha atrás, había lanzado la piedra y ahora esperaba el efecto de su impacto. En su cara vi el dolor del recuerdo, sobre todo, la culpabilidad que me atribuía por evocar tan desdichado suceso en ese momento. Frunció el ceño y me miró severamente.

—¿A qué viene esa pregunta, Álex? Te lo he contado mil veces.

—No, mamá. No me has contado nada. Me dijiste que ese hombre te abandonó a tu suerte y tuviste que salir adelante sola. No me malinterpretes, estoy inmensamente orgullosa de ti por cómo me has criado, pero necesito respuestas y tú, más que nadie, deberías entenderme. Me están ocurriendo cosas que no comprendo y necesito saber más —expliqué. La miré suplicante y ella apartó la mirada enfocándola al suelo.

En ese momento se acercó una camarera trayéndonos el vino de la casa que habíamos solicitado junto con una bandejita de pan. Esperamos calladas hasta que se fuera para poder continuar la conversación. El ambiente había cambiado abruptamente, ya no había alegría, sino tristeza en unos ojos verdes que se me antojaron pantanosos y desconocidos en ese instante. Un escalofrío recorrió mi espalda, sentí en mi interior una enorme soledad y un vacío inmenso en mi alma que me hizo estremecer. Me di cuenta, entonces, de que esos sentimientos no eran míos, provenían de la persona que tenía frente a mí, mi madre. Fue extraño, estaba percibiendo sus sensaciones como mías propias dejándome momentáneamente desconcertada y, quizá, algo arrepentida. Sacudí la cabeza para expulsar ese malestar repentino, seguía necesitando mis respuestas y ella, por muy doloroso que le resultase, era la única que podía dármelas. Inspiró profundamente llenando sus pulmones para después exhalar lentamente mientras clavaba su mirada derrotada en mis ojos.

—Está bien, hija. ¿Qué quieres saber?

—Quiero saber quién es él. Su nombre. Ponerle cara. Conocerlo y tal vez…

—¡No! —abrió los ojos como platos. Se incorporó repentinamente en su asiento, como si de un resorte se tratase, golpeando la mesa con las palmas haciendo un ruido inesperado. Pegué un pequeño brinco en mi asiento y mi corazón se sobresaltó por un instante. Se dio cuenta de su extralimitado comportamiento mientras volvía a sentarse y se alisaba nerviosamente las inexistentes arrugas de sus pantalones mientras observaba a su alrededor. Su rostro era un poema. Intentaba ocultar su enojo, pero le resultaba imposible, sobre todo a mí, que la conocía a la perfección.

—Perdóname, no quería asustarte. Lo que me pides no puede ser. Olvídalo. No puedo decirte quién es él.

—¿Es que no lo entiendes? No se trata de ti, sino de mí. Es mi padre y quiero saber quién es. Tengo todo el derecho del mundo y no puedes prohibírmelo, mucho menos negármelo.

Giró la cabeza para no mantener la mirada atada a la mía. Pude observar el debate interior que mantenía pues la tensión en su postura y sus manos inquietas así lo demostraban. De pronto, levantó su mentón mirándome retadoramente. Había tomado una decisión y supe la respuesta antes de escuchársela de su boca.

—Sí puedo y lo haré. Me pides demasiado y no pienso remover nada del pasado. Pregúntame lo que quieras e intentaré contestarte lo mejor que pueda, pero deja a tu padre al margen de nosotras. No te quiso y a mí tampoco. Creo que he sido muy buena madre, así es que, no hay más que hablar.

En ese momento llegaron nuestros platos y comenzamos a comer sin ganas, sin hambre y en silencio. Tuve la tentación de levantarme y marcharme dejándola sola con sus malos recuerdos. Me había hecho sentir como si mis sentimientos no le importasen nada, tan solo los suyos. No sé si con el fin de protegerme ante un ser tan despreciable que volvería a rechazarme en caso de volver a verme, pero ya no era una niña. Era una mujer hecha y derecha y si mi error me llevaba al desengaño era problema mío, no suyo. Retomé la conversación como si su contestación no hubiera generado una herida en mi corazón. Debía insistir pues sabía que no tendría otra oportunidad, después de esto, no volveríamos a hablar del tema, estaba segura.

—Mamá, escúchame, por favor. Solo dime un nombre y ya está. Averiguaré quien es y donde vive, si tiene familia e hijos; cuál es su trabajo… y si cuando lo encuentre, es muy doloroso para mí, pues… me quedaré al margen, te lo prometo. Necesito respuestas a lo que me está ocurriendo, por favor…

Un sollozo salió de mi garganta y no pude remediar que dos lagrimones se derramaran por mis mejillas. Con el dorso de la mano me las retiré rápidamente y miré hacia abajo. Ahora era yo la que no podía mirarla a los ojos. Volvió a sujetarme las manos y esta vez más fuerte que la anterior. Sus manos ya no estaban calientes como antes, sino frías. Esta vez no me reconfortaron, más bien, todo lo contrario.

—¿Qué te está ocurriendo? Cuéntamelo y veremos si puedo ayudarte. Es la segunda vez que dices eso y me estás preocupando.

¿Por qué no? De todos modos, no tenía nada que perder. Me sorbí los mocos que en ese momento parecían querer derramarse por encima de mis labios como a una niña pequeña y respiré hondo un par de veces antes de hablar.

—Está bien… ¿Recuerdas si, cuando era niña, me ocurrió algún incidente en el que sobreviví milagrosamente? Cualquier cosa extraña que le atribuyas a un milagro. Es muy difícil de explicar y me temo que mucho más de entender —la miré con ojos cansados y suplicantes.

—Creo que entiendo lo que quieres decir. Siempre fuiste una niña muy buena y nada temeraria. ¿A qué viene esa pregunta y qué tiene eso que ver con tu padre?

—Por favor, mamá, intenta recordar. Es muy importante.

Su mirada perdida demostraba cómo su mente vagaba en recuerdos del pasado intentando hallar una respuesta a mi pregunta. Por fin, pestañeó un par de veces seguidas y sonrió.

—No recuerdo nada de eso. Sin embargo, nunca enfermaste, jamás has tenido fiebre. Tus amigos pasaron por varicela, gripe, resfriados, gastroenteritis…y tú nada. Todas tus analíticas eran perfectas. No es algo que me haya planteado continuamente, pero sí en ocasiones, le he dado vueltas a tu extrema fortaleza. Es única.

—¿Lo ves? Me estás dando la razón, por eso he de hablar con mi padre y preguntarle si a él le ocurre lo mismo.

Se alejó en su asiento y se recostó en el mullido respaldo de la silla de escay negra del restaurante. Cruzó los brazos sobre su pecho y me miró ceñuda.

—¿Y qué ganarías con eso? No veo en qué te beneficiaría hablar con él. Era un hombre normal y corriente y para tu información, cogió la gripe. Estuvo tan enfermo que tuvieron que ingresarle. Tu fortaleza es solo tuya, quizás obra de la genética. Una preciada mutación que te preserva de enfermedades y virus. Ahí acaba todo. Disfruta de tu vida y vívela intensamente. No remuevas el pasado, no te gustaría lo que hallarías en él, te lo aseguro. Es mejor dejarlo así.

—No es solo eso, en un año me han pasado cosas extrañas que no tienen explicación lógica. Creo que fue a raíz del día en que…

En ese momento llegó el camarero para retirar los platos. El muchacho debía de ser novato porque era muy lento y torpe. Tan solo tenía que llevar dos platos apilados con sus cubiertos encima y dos pequeñas copas de vino. Se armó tal batiburrillo de platos y copas que me entraron ganas de levantarme y ayudarle. En su intento de apilar el menaje sucio se le venció la bandeja hacia un lado y un cuchillo rebelde se resbaló de un plato precipitándose hacia el suelo. Su reacción fue detenerlo con el pie, como si de un balón se tratase, con tal mala suerte que la punta afilada se clavó en la parte delantera de su pie para después terminar en el suelo. El camarero, de unos dieciocho años, más o menos, hizo un movimiento involuntario en el que los platos y las copas terminaron estrelladas contra el suelo. Nos levantamos abruptamente para socorrerle. Los cuchillos eran realmente muy pesados, de un acero macizo con la punta muy afilada y él llevaba unas zapatillas de tela muy fina. Por su semblante lastimero y sus continuas quejas, el filo de la pequeña arma se le había clavado levemente en su pie. Con nuestra ayuda y la de otra camarera pudo levantarse y sentarse en una silla cercana. La imagen no podía ser más rocambolesca y absurda. Su jefa, deduje, le quitó la zapatilla con cuidado dejando a la vista el pie herido. No parecía gran cosa, pero el calcetín se encontraba manchado con un pequeño círculo granate oscuro, signo de la brecha que le había producido el cuchillo. Después de una charla breve con su jefa, el joven decidió acercarse al hospital que, por suerte, estaba muy cerca. Me di cuenta, en ese momento, de que el azar había evitado que le contase lo ocurrido. Tal vez fuese lo mejor. A pesar de que comprendía su dolor, me sorprendió que, veintitrés años después, aún fuese incapaz de explicármelo. Con el corazón hecho trizas, lo dejé pasar. Seguiría intentándolo más adelante. Ahora, solo quedaba una incógnita por descubrir, aquella que giraba en torno al hombre enigmático de ojos pardos. Una sensación fría me recorrió el abdomen, ascendiendo hasta mi pecho donde mi corazón dio un brusco latido al evocar su imagen, escondido entre los arbustos, acechándome en silencio, como un felino que observa a su presa antes de lanzarse sobre ella.

Después de pagar la cuenta, nos dirigimos a la salida sin hablar, mudas como dos estatuas. Al despedirnos apenas pronuncié dos palabras, es más, puede decirse que ni la miré a los ojos. En esos momentos me sentía sola e incomprendida. Una pequeña lágrima quiso aparecer por el rabillo del ojo, pero mi orgullo actuó rápido y la detuvo antes de que se derramara precipitadamente hacia abajo, evitando así un derroche de sentimientos que no quería mostrar en ese instante.

—Adiós, mamá —dije cabizbaja. Esas fueron mis últimas palabras. Giré sobre mis pies y me marché sin esperar su despedida cariñosa con la que solía deleitarse. La echaba de menos, ¿quién había sido mi madre esa noche? Se había comportado como una auténtica desconocida. Era fuerte, con ideas muy claras, pero esa noche la encontré inquebrantable, dura como una roca y eso era lo que más me dolía. Sentí que su orgullo era más importante que su amor hacia mí y eso rompió una pequeña parte de mi corazón. Esta vez sí me permití derramar alguna que otra lágrima mientras me dirigía con paso raudo a casa. Como era de esperar, una lágrima dio paso a otra, y esa a su vez a una más pesada, más amarga… hasta que, finalmente, me vi corriendo por la calle, envuelta en un berrinche tan intenso y devastador que no pude evitar atraer las miradas de todos los que me rodeaban. Llegué al portal antes de lo imaginado y ahí me derrumbé. No podía parar de llorar. Mis sollozos eran tan profundos que mi cuerpo entero temblaba, como si se fuera a deshacer en pedazos. Finalmente, caí de rodillas hecha un pequeño ovillo, desmoronada sobre el frío suelo de mármol y atrapada en una tormenta de tristeza que no podía detener.

—Eh… ¿Qué ocurre, muchacha, ¿qué te ha pasado?

<<Genial>> pensé sarcásticamente. Se me había olvidado por completo que ese portal tenía portero y cómo no, presenció mi entrada triunfal.

—Na…nada se…señor Miguel. Estoy bien, de verdad. Cosas de chicas, supongo —dije entre hipidos. Intenté calmarme como pude. El disgusto había sido más grande de lo esperado y aún me costaba controlar la respiración. Con su ayuda logré levantarme y me llevó a la silla que había detrás del mostrador.

—Muy amable, gracias. No es necesario…de…de verdad. Se me pasará enseguida. Le prometo que estoy bien…subiré a casa, me tomaré una tila y…

No pude terminar la frase, me estaba incorporando cuando él me sujetó por los hombros y me obligó a sentarme de nuevo en la mullida silla de cuero verde desgastado.

—Alexandra, soy viejo, pero no tonto, y aunque padezco de un principio de cataratas, te aseguro que mis ojos ven más allá de lo que parece. Ese llanto es demasiado profundo para que se pase con una tila. No sé qué te ha pasado y no me importa, pero no voy a dejarte sola en este momento. Sé lo que es la soledad y no hay nada peor que eso. Iba a tomarme un té caliente antes de acostarme…te haré uno a ti también y charlaremos un rato, después podrás marcharte a casa.

No me había dado cuenta de que el señor Miguel se encontraba en bata y lo que asomaba por debajo parecían pantalones de pijama. Miré mi reloj. Eran las nueve y media de la noche. Su casa estaba justo detrás del mostrador y era muy pequeña. No tenía recibidor, la entrada daba directamente a un pasillo distribuidor donde se distinguían cuatro puertas; dos habitaciones, cocina y salón comedor. Me llevó a este último y me indicó que me sentara en el sillón orejero más viejo que él, si cabe. La casa olía a rancio y a polvo, atestada de muebles y recuerdos; fotos aquí y allá, figuritas de viajes en los que había estado. Me llamó la atención una pequeña vitrina colgada en la pared repleta de dedales de cerámica con el nombre pintado de cada lugar donde había estado. No pude evitar acercarme a ella y contemplarla de cerca.

—Es la preciada colección de mi mujer, la conservo como un tesoro. La verdad es que a mí no me gustaba tener eso ahí colgado, pero a ella le encantaba y ahora que ya no está, no podría deshacerme de eso ni por todo el oro del mundo. Viajamos a todos esos lugares y a muchos más donde no pudimos conseguir un dedal. Ese es un pequeño ejemplo de nuestra vida. Me siento muy orgulloso de haber vivido tantos años con alguien que sé que me espera en ese otro lugar. Allí viajaré con ella por última vez y cuando ese momento llegue, quiero que me entierren con esos dedales. Se los llevaré, porque sé que, en algún rincón de su alma, le hará ilusión que los lleve conmigo, estoy seguro.

—Es muy bonito eso que dice. Debieron de quererse mucho —alargué un dedo para rozar levemente la vitrina llena de polvo. Él me sonrió y se formaron un sinfín de dulces arrugas en todo su rostro.

—Aún nos queremos…—puntualizó la palabra "aún" giñándome un ojo.

Perdí la noción del tiempo hablando con él. Me contó anécdotas sobre su vida y agradecí el trato y la compañía.

—Me hubiera gustado tener un abuelo como usted. Gracias por la conversación, ha sido muy reconfortante, se lo aseguro.

—Me alegro, muchacha. Este pobre viejo ya no recibe visitas, si algún día te apetece charlar ya sabes, aquí estoy. En horario de trabajo no puedo ofrecerte ningún té ni pastas, pero fuera de él, aquí me tienes y por favor, deja de llamarme señor y de tratarme de usted, soy mayor pero no soy tan antiguo.

Asentí con timidez. Le di un pequeño abrazo que sentí de corazón y me dirigí hacia el ascensor. Ese hombre tenía razón, ahora me encontraba mucho mejor y necesitaba irme a dormir. El día había sido demasiado largo.

Mientras subía en el ascensor, meditaba las palabras de Miguel con una ligera sonrisa en el rostro. Estaban tan llenas de dulzura que sentí envidia. A pesar de todo el sufrimiento por la pérdida de su mujer, seguía mirando hacia el futuro con la esperanza o, mejor dicho, con la certeza de que volverían a estarían juntos. Ese amor tan grande era el típico de las películas "Hasta que la muerte os separe" un tópico casi irreal en la vida que vivíamos hoy día, pero que realmente existía. Tal fue mi ensimismamiento que acabé con una lágrima cayendo por mi mejilla y esta vez no tenía nada que ver con mi madre, ni mi situación, sino más bien con algo llamado quimera y, por suerte o por desgracia, eso me hizo reaccionar viendo con claridad que la vida estaba llena de subidas y bajadas como una montaña rusa. Tan pronto eras feliz y todo te iba bien, como al día siguiente lo perdías todo por una jugada del destino y no por ello debías hundirte en tu pena y dejarte arrastrar hasta el abismo. Siempre había que luchar y levantarse, aunque los pies pesaran tanto que uno solo pudiese arrastrarlos. Me di cuenta de que mi situación en nada podía compararse con la de Miguel. Cierto era que mi estrés venía provocado por algo que ni yo misma comprendía, aparte de eso, mi angustia se había incrementado con la charla de mi madre y ahora lo veía desde otra perspectiva, una que me hizo sonreír. Al fin y al cabo, no había perdido a mi padre, simplemente, no lo conocía, así que seguiría buscando hasta encontrarlo.

9. Sobrepasada

Pasaron varios días hasta que pude hablar con Pol. Me evitaba y no sabía si era por vergüenza o porque se sentía culpable. El hecho de que no pasara tiempo en casa no ayudaba a solucionar las cosas. Me sentía ajena a mí misma, como si fuera un autómata que se levantaba cada día sin alma, para ir al trabajo, regresar a casa a comer "en soledad", y luego, una vez más, dirigirme hacia la rutina, hasta que la jornada terminaba y la cena, solitaria como la anterior, marcaba el final de un día vacío. Después, me acostaba en silencio, esperando que el amanecer me despertara para repetir lo mismo al día siguiente. Para una chica que ha vivido independientemente durante tanto tiempo debería ser fácil, pero lo cierto era que las paredes se me caían encima. Desprendían tristeza, melancolía y mis sentidos cada vez estaban más agudizados, sin saber por qué. Me estaba volviendo loca, me parecía sentir el estado de ánimo de todo aquel que me rodeaba, incluso al entrar en la cafetería era capaz de detectar el humor de Sonia antes de verla. Al igual que mi casa, desde el día del beso, estaba llena de sentimientos que no eran producidos por mí, si no por mi amigo Pol. Le echaba de menos. No sabía cómo acercarme a él, pero tenía claro que le dejaría espacio para aclararse pues era lo que necesitaba.

Hablé con Blanca por teléfono para explicarle todo lo sucedido, no quería más malentendidos con ella y probablemente se acabaría enterando. Finalmente, me dijo que intentaría hablar con él, con la esperanza de mediar en la situación. A pesar de sus intentos, la ignoró pues ni tan siquiera le devolvió las llamadas.

<<Si al menos supiera quién es el hombre misterioso…>> pensé derrotada. Él tenía respuestas, las que tenían que ver con el tiempo.

Con el ausentismo de Pol y la incomodidad que sentía en mi propia casa, era imposible pensar con claridad. Esa situación tenía que acabar, por su bien y por el mío y si lo mejor era marcharme de casa, lo haría. Después de casi una semana interminable de aburrida rutina decidí forzar un encuentro con Pol. Esa semana libraba el sábado, así es que escribí una nota el viernes a la mañana antes de irme a trabajar y la dejé encima de la mesa del comedor. Con suerte, la nota funcionaría:

Hola, Pol,

Sé que últimamente no hemos coincidido, pero por si tenías planes para los dos, no voy a estar en casa ni hoy ni mañana. He quedado con Blanca y dormiré en su casa.

Nos vemos.

Álex.

Dormiría en casa de Blanca, pero el sábado por la mañana volvería a casa para encontrarme a un Pol, probablemente con resaca, más relajado y tranquilo, sabiendo que yo no estaría allí. Estaba cansada de esperar a que las cosas se solucionasen por sí solas pues eso no iba a ocurrir. Le necesitaba, echaba de menos a mi mejor amigo, me había acostumbrado a nuestras cenas y charlas, a sus constantes bromas y ahora, la relación era, básicamente, inexistente. Después de una noche en la que Blanca y yo salimos a tomar un par de copas y dormimos muy poco, como en los viejos tiempos, regresé a casa a probar suerte con Pol. Si en ese estado no conseguía traerle de vuelta, me marcharía y buscaría de nuevo otro lugar para vivir. Ascendí por las escaleras del edificio de dos en dos, ni siquiera me planteé subir en ascensor. Una vez arriba, saqué las llaves de mi bolso y comencé a abrir la puerta lentamente. No quería hacer mucho ruido amortiguando el giro de la llave con las manos para evitar el sonido de la cerradura. Parecía una vulgar ladrona intentando abrir una puerta con un clip, agachada, a oscuras y en silencio. De pronto, sentí una mano en el hombro y una voz tras de mí.

—¡Eh, tú!

Me sobresalté por un instante, aunque reconocí esa voz y la colonia que le acompañaba, era Pol. Tenía una sonrisa de oreja a oreja. Iba vestido con un chándal casual de color gris (nuevo, por cierto) con la chaqueta abierta mostrando una camiseta negra ajustada que marcaba su fibroso torso. Llevaba un tupé repeinado y una barba de cinco días bien arreglada. Tenía las manos ocupadas, en una sostenía una bandeja de donuts de panadería recién horneados mientras que, en la otra, las llaves se balanceaban con un tintineo sordo, como si fueran lo único que realmente tenía importancia en ese instante. Bajo su axila sostenía un periódico deportivo doblado. Él parecía normal, como si nada hubiera pasado. Lo último que me esperaba era encontrármelo ahí de pie. Lo imaginaba con resaca y lleno de culpa, sin embargo, estaba feliz y encantado de verme.

—Eh, ¿no estabas en casa de Blanca? Eso escribiste en la nota, ¿has venido a buscar algo?

Me rodeó y terminó de abrir la puerta con sus propias llaves. Cruzó el umbral adentrándose en el piso y desapareciendo de mi vista. Durante unos segundos me quedé expectante en el rellano sin saber cómo comenzar a hablar. Desde el fondo oí su voz llamándome…

—¿Vas a entrar o desayunamos ahí fuera?

Parecía ser el de siempre. Eso era buena señal o eso creí. Entré sin vacilación y cerré la puerta tras de mí. Colgué el bolso y la chaqueta en el perchero y me dirigí a la cocina en silencio, observando el panorama.

—¿Has desayunado? apuesto a que no. No es que supiera que venías, pero sé que te gustan los donuts y he comprado un par para cada uno. Si no te apetecen no pasa nada. Son tuyos, puedes comerlos cuando quieras, aunque te recomiendo que no esperes demasiado, sabes que se secan.

—Eh…sí, he tomado un cortado en casa de Blanca, pero tengo hueco para un donut de esos. Tienen una pinta…

Mi cuerpo se movió de manera involuntaria. Alargué el brazo y agarré un donut recién hecho para darle un mordisco.

—Mmm…son adictivos —dije cerrando los ojos y saboreando el trozo de bizcocho dulzón mientras lo masticaba en mi boca.

—Como tú —respondió Pol.

Me atraganté y comencé a toser. El trozo de bizcochito masticado salió disparado hacia el suelo con tal mala suerte que acabó aplastándose en la reluciente zapatilla blanca de Pol. Cogí rápidamente la bayeta de cocina y me agaché a limpiar su calzado.

—Pe…perdona, Pol, lo siento.

No me atreví a mirarle a los ojos. ¿Qué había sido eso? ¿Una broma de las suyas? no, algo en mi interior me decía lo contrario. Había tomado una decisión. Lo notaba, lo sentía. La seguridad en sí mismo, la determinación y la firmeza con la que hablaba lo confirmaban. No me gustaba lo que mi mente presagiaba.

Pol se agachó y me cogió de las manos retirando la bayeta haciéndome levantar del suelo. Y ahí estábamos los dos, uno frente al otro con la mirada fija en nuestros ojos. Elevó una de sus manos hasta mi rostro y comenzó a acariciarlo con el dorso de sus dedos. Una corriente fría me recorrió la espalda y mi mirada se dirigió hacia la puerta de salida de la cocina. Su sonrisa se ensanchó, y su mirada se fijó en mis labios. Instintivamente, los humedecí con la lengua, no como un gesto provocador, sino por simple timidez. Sin embargo, él pareció interpretar lo contrario. Comenzó a acercarse esperando una respuesta por mi parte, respetando mi espacio sin terminar de invadirlo. Mi respuesta no llegó, sino que giré la cabeza lentamente y me zafé de su medio abrazo.

—Pol, ¿qué estás haciendo? Llevo toda la semana esperando poder hablar contigo. Has estado evitándome todo el tiempo y ahora apareces así…

Hice un gesto con la palma de la mano señalándolo de arriba abajo. Su semblante no cambió, seguía sonriendo y eso me tranquilizó en cierto modo.

—Lo sé y lo siento, Álex. Es cierto, he estado evitando estar a tu lado. Estaba tan confundido conmigo y con mis sentimientos que… no supe lo que sentía, hasta ayer.

Se dirigió al salón con el periódico en la mano que acababa de comprar y lo depositó en el sofá donde se sentó y comenzó a desabrocharse las zapatillas para descalzarse.

—¿Ayer? ¿Qué pasó ayer?

—La nota que me escribiste me pilló desprevenido. En ella decías que ibas a dormir en casa de Blanca y tuve miedo de que no quisieras volver. Qué tonto he sido, me di cuenta de que tenía que ser sincero conmigo mismo, pero sobre todo contigo.

Se levantó como un rayo y se posicionó frente a mí. Esta vez me sujetó de los hombros, seguidamente me levantó el mentón con su mano para obligarme a mirarle a los ojos.

—¿Te vas a ir de casa? —clavó su intensa mirada vacilante en la mía.

—No sé qué pensar, Pol —giré mi rostro y miré hacia el suelo. Me abrazó fuertemente y me habló junto al oído.

—No lo hagas, por favor. Estoy locamente enamorado de ti. Son tantas cosas las que nos unen...creí que jamás podría sentir esto por ti, pero lo cierto es que no puedo evitarlo.

Mis ojos se abrían cada vez más al escuchar sus palabras en un tono muy bajo, casi susurrante.

—Me he sentido muy mal estos días porque sé que haciendo lo que hago y diciéndote lo que siento por ti, quizás nuestra amistad no sea la misma, pero ya he roto esa barrera y no puedo arreglarla, ni quiero hacerlo.

Se separó de mí de nuevo y me dio la espalda ocultando su rostro cabizbajo. Me quedé quieta con los brazos inertes a mis costados simplemente mirándole, observando su espalda. Era mi amigo y no quería perderlo, sin embargo, tampoco podía dejar que se hiciera ilusiones conmigo, eso no sería bueno para él ni para mí. Instintivamente alargué mi brazo derecho y toqué su espalda, él reaccionó al instante y se envaró.

—Eh, Pol... tranquilo.

Giró de nuevo mostrando una tímida sonrisa. Me agarró las dos manos y se las llevó a la boca donde les plantó un beso, después las olió profundamente con los ojos cerrados. Sentí un rechazo automático ante su contacto.

—Pol, por favor... —no pude terminar la frase. Cuando abrió los ojos su mirada era felina, se abalanzó sobre mí y volvió a besarme intensamente devorando mi interior como si fuera la última vez. Realmente lo sería. Por alguna extraña razón no le detuve y continué su juego. Por alguna extraña razón me dejé llevar. La situación era algo incómoda sí, pero también me di cuenta de que me gustaba. Me encontré pensando en lo que me gustaría que sucediese a continuación y mi lujuria despertó de manera inconsciente. Su mano comenzó a bajar por mi espalda hasta el final de mi columna acariciando mi trasero. Su otra mano me sujetaba fuerte por la cintura ciñéndome a su cuerpo mientras me besaba por el cuello bajando hasta mi escote. Mis manos recorrieron su torso buscando unos músculos duros que no encontré. Subieron hasta su cabeza para tirar del cabello largo y negro como el tizón. Tampoco lo hallé. Por el contrario, era corto y excesivamente suave. Los jadeos que provenían del hombre que tenía frente a mí me envolvieron más en mi lujuria. Quise derrumbarme junto a él en el suelo, quise perderme en sus brazos y en sus besos. Esa barba me volvía loca y…

—Oh, Alex, te deseo tanto. Me he vuelto loco estos días deseado este momento.

Esa voz… fue como un bofetón. ¿Qué estaba haciendo? Desde el primer momento en el que Pol comenzó a besarme mi mente lo transformó en otra persona. Mis ojos estaban cerrados y mi cuerpo se había entregado a una lascivia oculta en mi interior dando paso a un deseo profundo, desconocido y desconcertante. Lo peor de todo, era que ese deseo no iba dirigido a Pol sino hacia otro hombre, un extraño para mí. Abrí los ojos y me separé bruscamente de él. Mi respiración entrecortada y mi camisa medio desabrochada hicieron que me diera cuenta de hasta dónde podría haber llegado con Pol y eso hubiera sido un tremendo error. Si mi propósito era dejarle claro que lo nuestro no podía ser, aquel acto terminó produciendo el efecto contrario. De manera instintiva me giré dándole la espalda para rápidamente abrocharme los botones de mi camisa azul celeste. Estaba avergonzada y me sentía muy culpable. El sofoco había llegado a mi rostro pues sentía las mejillas arder, no por el beso en sí mismo sino por descubrirme soñando despierta con otro hombre, plasmando mi más profundo deseo con mi mejor amigo. Jamás creí llegar a ese punto. Llevé mis manos al rostro para intentar calmar mi estado de excitación. Mis latidos poco a poco se fueron ralentizando al igual que mi respiración. Sentí de pronto la mano de Pol en mi hombro haciéndome girar para encararlo.

—Qué… ¿qué te pasa? ¿Te he hecho daño? —su pregunta fue más bien una afirmación y supuse, por su aplastante seguridad en sí mismo, que realmente pensaba que yo también le correspondía. Debía aclarárselo sin perder más tiempo.

—Esto ha sido un error, Pol. Yo no te quiero, a…al…al menos no de este modo. He venido a casa para hablar contigo sobre el beso del otro día, pero me has pillado desprevenida y no me esperaba esto. Lo siento.

Frunció su ceño. Pestañeó un par de veces seguidas mirando al suelo mientras su mente procesaba la información. Tardó menos de lo esperado.

—No te creo. He notado cómo te acelerabas igual que yo. He oído tus jadeos mientras te acariciaba y correspondías a mis besos. No puedes negarlo, al menos a mí no, que te conozco tan bien.

Se acercó hacia mí y me agarró de los hombros clavando su mirada penetrante en los míos, buscando una respuesta en ellos que no encontró. Por supuesto, no la esquivé. Levanté mi mentón y le miré fijamente sin pestañear. Debía ser sincera con él, se lo merecía.

—Es cierto, no lo niego. Cuando me has besado me has desconcertado y por un momento he querido más, por eso te correspondí, pero…

—¿Lo ves? Tú también lo sientes, Álex. Nos atraemos y no hay nada malo en ello. Al contrario, seguiremos siendo amigos como antes, ¡no! Mejor que antes, ya lo verás. De este modo…

—¡No! ¡No lo entiendes! ¡No puedes entenderlo! —grité.

Me zafé de su ya constrictor abrazo emocionado. Otra vez mis palabras no eran las acertadas. Le hice un gesto con la mano para que me diera unos segundos. Tenía que reorganizar las ideas ¿Qué podía decirle? ¿Que le había besado porque pensaba que era otro? Eso era hablar demasiado, aunque tal vez era lo que necesitaba. Siempre podía disfrazar un poco la verdad. Inspiré profundamente y le miré a los ojos. Su mirada estaba cargada de emoción, una emoción que le duraría muy poco.

—Tienes razón, te he besado y he querido más, pero no contigo. Por un instante he pensado en otra persona. Mi mente ha divagado hacia mis delirios y en ellos no apareces tú, sino…otro hombre. Lo siento, de verdad.

—Eso es imposible, sabías que era yo en todo momento ¿Por qué intentas negártelo a ti misma? ¡Es absurdo! No tiene sentido lo que dices. No te creo —pronunció las últimas palabras en un tono de voz bajo mientras apretaba los dientes. Achicó sus ojos y cerró sus puños a sus costados.

Me acerqué a él y le toqué el brazo para calmarle. Funcionó y aproveché ese pequeño momento para continuar mi relato.

—Verás, hace tiempo que viene un chico por la cafetería (mentí) He hablado alguna vez que otra con él y ha sido suficiente para dominar mi pensamiento. Me he dejado llevar. Él también tiene barba como tú, aunque su cabello es largo y sus brazos son fuertes como rocas; y su voz, su voz es… En ese momento circunstancial de mi vida, me di cuenta. Ese hombre misterioso me gustaba, y mucho. Mi descubrimiento no solo afectó a Pol sino a mí también pues me quedé boquiabierta, con la mirada perdida, viendo solamente un rostro desvanecerse en mi mente.

—¡Ya basta! ¿Quién es él? ¿Has salido con alguien y no me los has dicho?

—¡No! Ya te he dicho que lo he visto en la cafetería un par de veces, nada más.

—¿Me estás tomando el pelo? ¿Acaso sabes su nombre?

—No, pero…

—Vamos a ver, ¿me estás diciendo que te has enamorado de alguien que no conoces y con el que has hablado solamente un par de veces? —dijo con desprecio. Soltó un bufido mientras negaba con la cabeza—. Y dime… ¿Cuál ha sido vuestro tema de conversación? ¿Qué café quiere? O, ¿le apetece alguna pasta? O… ¿Un helado? ¡¿Es que crees que soy tonto?! Por favor, no intentes engañarme con algo tan ridículo. Sé sincera por una vez, Álex.

Su tono de voz fue incrementándose a medida que hablaba y pude ver su grado de irritabilidad mientras andaba de un lado hacia otro del salón completamente descalzo, gesticulando con las manos.

—No, no estoy enam…enamorada, simplemente me gusta. Lo siento. Sé que suena ridículo, pero es la verdad. Jamás te mentiría en algo así, Pol. He venido a hablar contigo para que olvidaras el beso del otro día, pero veo que ha sido un error pues no he hecho otra cosa que empeorarlo. Recogeré mis cosas y me marcharé. Seguir viviendo juntos, nos haría daño. Me dirigía hacia mi habitación cuando me agarró del brazo.

—No te vayas. Por favor… te prometo que no volveré a besarte. Creo tu historia, aunque suene descabellada. No me perdonaría que por mi estupidez volvieras a buscar piso, además, económicamente a los dos nos va mejor así ¿no?

—No lo sé, Pol. No sé si es bueno. Escucha, siempre serás mi mejor amigo. Nada más. Tienes que entenderlo.

—Lo sé y lo entiendo. Seré el de siempre, te lo prometo. Aunque jamás olvidaré el momento que hemos vivido hace unos instantes en el salón. Lo tengo grabado a fuego.

Soltó mi brazo, que aún tenía sujeto, y se marchó a su habitación cerrando la puerta tras de sí con un sigilo excesivo. Me quedé observando su puerta durante unos largos minutos. Cuando reaccioné, miré mi reloj. Todavía eran las diez y media de la mañana. El día se me antojaba muy largo. Me encaminé hacia mi habitación e hice lo mismo que Pol: cerrar la puerta con sumo cuidado sabiendo que él estaría escuchando todos mis movimientos. Era extraño, el piso estaba en un completo silencio y por primera vez en meses me sentí extraña en mi propia casa. Me tumbé sobre la cama durante un rato. Necesitaba descansar, al menos mis sentimientos requerían un respiro. Después de una pausa mental, llamé a Blanca.

—Hola. Adivina.

—¡Qué, dime! ¿Ya lo habéis arreglado o no ha querido hablar contigo?

—Nada de eso, es peor de lo que piensas. No puedo quedarme aquí, al menos hoy ¿Te importa que vuelva a tu casa y te lo cuento todo mientras comemos? Si me quedo un rato más…

—Claro, Álex. Quédate el tiempo que necesites.

—Gracias. De todos modos, voy a ir a correr un rato. Necesito despejarme. En cuanto termine y me dé una ducha voy hacia allí.

—Genial, yo también tengo que hacer un recado. Nos vemos después.

En cuanto terminé de hablar por teléfono me vestí con mi ropa deportiva moderna. Se trataba de un pantalón azul, más ancho que los de un pirata y una camiseta blanca amarillenta con el logotipo de la frutería a la que solía ir mi madre a comprar cuando era pequeña. Era de esos regalos promocionales que hacían los comercios en verano cuando pasabas de cierto nivel de compra y todas las mujeres hacían lo imposible para gastarse el dinero en fruta y verduras con tal de que les regalasen la camiseta, aunque eso conllevara tener cuatro kilos de naranjas en la despensa y acabaras tirando media docena porque se habían puesto verdes. La odiaba, normalmente era cuidadosa con mis cosas y muy pocas veces había tenido que echar mano de mi "plan B" de ropa deportiva, pero esta semana estaba algo despistada y la otra seguía en el fondo del cesto de la ropa sucia. Otro de mis deberes pendientes "Comprarme ropa de deporte". Salí a correr como tantas veces, recorriendo las mismas calles y parando en los mismos semáforos mientras daba saltitos esperando a que el muñequito decidiese cambiar de color. La mañana estaba encapotada por una manta uniforme y blanquecina. El poco aire que hacía se respiraba denso provocado por el humo de los coches. A pesar de eso, llenaba mis pulmones con energía. Tenía tanta adrenalina acumulada que me sentía capaz de recorrer a pie la ciudad entera.

Corría por una avenida grande y con aceras anchas, cuando comencé a notar algo extraño, como una presión en mi nuca. Tenía la extraña sensación de que alguien me observaba y era tan fuerte que, se podría decir, que casi podía palparla. Decidí detenerme para atar unos cordones de mi zapatilla que no estaban desatados. Eso me daría tiempo a echar un vistazo hacia atrás y observar la calle de manera disimulada. Si alguien me seguía, lo descubriría. Tal vez juzgué mal aquella sensación, pues al girarme no vi a nadie. A mi alrededor solo distinguí a una mujer empujando un carrito de la compra y a un hombre con traje y maletín que hablaba por teléfono. El resto de las personas permanecían distantes, ajenas a mí. Sin embargo, la percepción de estar siendo observada no desaparecía. Me puse de pie y esta vez, de manera intencionada, decidí mirar alrededor y buscar algo o alguien que me llamara la atención, fue en vano. Todo era normal a mi alrededor. Comencé a correr de nuevo solo que esta vez alerta ante cualquier ruido o movimiento extraño. Momentos después sentí que esa presencia invisible, esa presión en mi nuca, desaparecía. Solté un suspiro de alivio y continué corriendo sin mirar atrás. A pesar de eso, cambié de dirección hacia otra calle por la que no solía ir pues me pareció más seguro. A los pocos minutos volví a percibir lo mismo y esta vez más intensamente. Mi corazón latía a gran velocidad y la angustia de sentirme vigilada no hacía más que acelerar, aún más, mi respiración pues era incapaz de concentrarme en otra cosa. Sin pensarlo, detuve mis pies de manera repentina y giré instantáneamente. La sombra de alguien se ocultó velozmente en un portal tras de mí y un escalofrío hizo que mi vello, a pesar del sudor, se erizara.

¿Sería el hombre misterioso? Pensar en ese concepto hizo que una corriente eléctrica me recorriese desde el bajo vientre hasta mi pecho provocando que mi corazón se desbocara más de lo que ya estaba. En ese instante mis piernas comenzaron a temblar, aun así, decidí acercarme a ese portal. Caminé lentamente, sintiendo el sudor frío aferrándose a mi piel. Sin embargo, cuando llegué hasta él, no encontré a nadie. De pronto, esa opresión que había estado a punto de desbordarme se desvaneció, y me sentí libre, ligera, como si se hubiera evaporado en el aire. Pude comprobar que el porche estaba completamente vacío, a excepción de unas huellas de barro que se dirigían hacia la esquina derecha del mismo. Eran grandes, probablemente de hombre y por la forma lisa y sin dibujo parecían de zapato y no de calzado deportivo. Lo más inquietante fue la dirección de las huellas pues estas terminaban en la esquina, como si la persona en cuestión se hubiera evaporado en ese mismo lugar. Me estremecí.

Era imposible, las personas no se desvanecían en la nada. Habría una explicación lógica para eso, aunque no la encontrase en ese momento. Si bien era cierto, las huellas eran muy extrañas puesto que solo estaban dentro del portal, además estaban húmedas y las aceras estaban secas pues no llovía desde hacía tiempo. Otro escalofrío recorrió mi espalda y esta vez, por un temor irracional. Decidí olvidarlo y continuar mi marcha, así que giré sobre mis pies y me encaminé hacia casa. Esta vez no me detendría y aunque no quería darle vueltas no pude evitar pensar en que en ese portal quedaba el rastro de alguien que me había estado siguiendo sin ser descubierto. Mi mente divagó imaginando al chico misterioso, pero lo cierto era que mi instinto gritaba advirtiéndome de que no había sido él, si no alguien totalmente desconocido. Cuando llegué a casa entré con sumo sigilo amortiguando el giro de la llave con mis propias manos. Sabía que si Pol se encontraba en ella se daría cuenta de mi regreso y no me apetecía volver a hablar con él. Era una manera sutil de decirle que no me molestase. Me dirigí rápidamente a mi habitación, recogí la ropa que necesitaba y me fui a la ducha sin perder más tiempo. Como una tonta, asomé la cabeza por la puerta y me quedé en silencio intentando percibir algún sonido a mi alrededor. No escuché nada, a parte de mi respiración y el latido pausado de mi corazón; el piso estaba sumido en el más absoluto silencio. Terminé de salir al pasillo y me dirigí al baño echando una ojeada rápida al cuarto de

Pol para comprobar que su puerta estaba entreabierta. No me detuve a averiguar si se encontraba dentro.

Había estado tarareando todo el tiempo una canción pegadiza que, sin saber por qué, me había venido a la mente un rato antes. Quizás la escuché de fondo en la radio de algún bar o coche de la calle y de manera refleja comencé a cantarla para mi interior. Eso y junto a mis ganas de ver y hablar con Blanca hicieron que no me percatase de los sonidos de casa. Abrí la puerta para que el vaho saliera y comencé a peinarme el pelo aún mojado frente al espejo que seguía empañado. Froté mi mano sobre él para poder ver mi rostro con claridad. Ese acto tan simple era una de las cosas que me encantaba de vivir sola. Mamá odiaba que hiciera eso puesto que después se quedaba la marca seca de los dedos y el espejo se veía sucio. A mi modo de ver, era un pequeño regalo de la libertad. Reí con orgullo, ya lo limpiaría en otra ocasión.

Me agaché para recoger el secador que había en un cajón bajo el lavabo y cuando me incorporé, una figura quieta y extraña apareció detrás de mí reflejada en el espejo. En un acto reflejo, me di la vuelta rápidamente y mi corazón se detuvo al ver al extraño que tenía frente a mí. Sostenía el secador con tanta fuerza que los nudillos se me quedaron blancos de la presión; mis ojos, abiertos como platos, no pestañearon durante unos largos segundos y ni siquiera el grito salió de mi boca como lo hubiera hecho en un susto normal y corriente. Frente a mí, vestido con pantalones y jersey totalmente negros, con una chaqueta de cuero con el cuello levantado se encontraba un hombre totalmente desconocido, de unos treinta y cinco años, aproximadamente. Su pelo largo, rubio cenizo, lo llevaba atado con una coleta, un par de mechones cortos estaban sueltos en las sienes blanquecinas. Era muy alto, de un metro noventa, más o menos, y muy delgado. Aunque, bajo esa ropa oscura se apreciaba un cuerpo fibroso. Su media sonrisa denotaba diversión, pero su mirada era intensa y fría como el hielo. Al mirarle a los ojos sentí un reconocimiento lejano, como si le conociera de toda la vida. Al mismo tiempo un estremecimiento me recorrió el cuerpo de arriba abajo y mi subconsciente describió la palabra peligroso en mayúsculas. Tenía la cara alargada y unas cejas muy pronunciadas que hacían que sus ojos fueran dos jemas negras hundidas donde no se diferenciaba la pupila. Su piel era muy blanca, casi pálida o enfermiza, como si jamás le hubiese dado el sol.

¿Quién era y cómo había entrado? Mi corazón comenzó a bombear sangre hacia todo mi cuerpo y mi mente describió posibles respuestas a esas preguntas, desde asesino, ladrón, violador…Seguía quieto sin decir nada, mirándome fijamente y sonriendo. Con el secador en mi mano a modo de "arma mortal" amenazándole directamente a su cara, comencé a parlotear de manera no muy elocuente.

—¿Q…Quien e…eres tú y co…cómo has entrado? —temblorosa, logré decir esa frase de manera medianamente segura. O eso me pareció.

—Hola, Alexandra, al fin te conozco. Tenía muchas ganas de encontrarte —contestó con un deje despectivo que no me gustó en absoluto y la palabra "encontrarte" la enfatizó de una manera que me erizó el vello de mi cuerpo.

El ambiente se tornó frío a mi alrededor y una oscuridad ilimitada me envolvió por un instante. Percibía en esa persona un abismo inmenso como si de un pozo negro se tratase. Jamás había sentido nada igual y últimamente mis percepciones emocionales se estaban desarrollando sin saber el motivo, simplemente estaban ahí y me estaba acostumbrando a vivir con ellas. Dio un gran paso hacia mí y me cogió de las muñecas súbitamente. Levantó una de ellas frente a su rostro y comenzó a cerrar los ojos elevando su cara hacia el techo. Intenté zafarme de su apretada presión, pero no pude. Era más fuerte que yo. Quise gritar y zafarme de su sujeción. De pronto, mi alrededor comenzó a dar vueltas muy rápidas como si me encontrase subida a un tío vivo, girando a toda velocidad. Sentí vértigo y mi estómago se revolvió defendiéndose, así es que cerré los ojos intentando hallar el control en mi cuerpo mareado. Sin embargo, duró muy poco, al minuto siguiente se detuvo y todo volvió a la normalidad. Abrí los ojos y todo seguía igual, me encontraba en el baño frente a ese hombre extraño que ya no sonreía, aunque su mirada seguía fija en mí. Había soltado mis manos, pero aún sentía la presión que había ejercido en mis muñecas un instante antes. Su ceño estaba fruncido y parecía querer atravesar mi mente con su mirada. No me dio tiempo a darme cuenta de lo asustada que estaba cuando apareció Pol justo detrás de ese hombre. Al verle quise gritarle para que llamara a la policía, pero Pol habló primero.

—Ah...estáis aquí. Veo que ya os conocéis. Mejor, así no tengo que hacer las presentaciones. ¿Es como te la imaginabas? —Preguntó con total normalidad a ese extraño, como si fuesen amigos.

—Pol... ¿a...acaso lo conoces? —inquirí incrédula.

—Claro, es mi nuevo amigo. Nos conocimos hará un par de semanas. Le hablé de ti y tenía curiosidad por conocerte. Le llamé hace un rato al comprobar que habías llegado. Ha venido en cinco minutos, literalmente. Por cierto... ¿Cómo has llegado tan rápido? —interrogó. La cara inocente de Pol me hizo comprender que no sentía la misma inquietud por ese hombre que yo. Sus intenciones no eran buenas, al menos para conmigo. Pero, la cuestión no era qué intenciones eran esas, sino... ¿por qué?

—Estaba cerca —contestó sin apartarme la mirada y sin relajar ese ceño que comenzaba a inquietarme de verdad. Estaba plantado como un maniquí sobre el umbral de la puerta, quieto, con los brazos caídos a los costados sin dejarme salir y sin dejar entrar a Pol. Con la respiración más relajada y comprendiendo que no me haría daño, decidí alejarme de él.

—Bueno, como te llames, ¿vas a quedarte ahí plantado mirándome todo el rato o vas a dejar que me seque el pelo? —repliqué. El tono impertinente me salió del alma. No quería saber quién era él, no me interesaba lo más mínimo pues era como sentir en mis propias carnes el polo opuesto de un imán, me repelía y necesitaba alejarlo de mi vista.

—Aarón, me llamo Aarón —contestó sin moverse de su sitio.

—Vaale, Aarón. ¿Puedes hacerme el favor de salir del cuarto de baño? Graciaaas —de un empujón lo envié con Pol, cerrando la puerta con pestillo.

Terminé de secarme el pelo y recoger el baño. Justo cuando iba a salir de él algo en el suelo llamó mi atención. Eran unas manchas como de tierra algo húmeda... no, no era tierra era... ¡barro! Mi pulso volvió a acelerarse y fue ahí cuando comprendí que ese extraño hombre era el que me había seguido, pues esas manchas eran muy parecidas a las del portal. Todo era muy extraño y sin sentido. Me deslicé de manera sigilosa a mi habitación. Cogí una mochila antigua y la llené de enseres que necesitaría para el fin de semana. Antes de salir de la habitación me quedé escuchando tras la puerta. Oía el murmullo de las voces que provenían del salón y aunque no me gustase la idea, tenía que atravesarlo para poder salir por la puerta. Ya era la una de la tarde y si quería ir a comer con Blanca debía de darme prisa. Inspiré hondo y salí decidida. Mientras lo atravesaba, una voz conocida me habló a mi espalda.

—¿Te vas? Puedes quedarte a comer con nosotros. Aarón pensaba quedarse, así podríais conoceros mejor.

—No, Pol, me marcho. Quédate con tu nuevo amigo y no me esperes en casa esta noche —contesté a la vez que mi mirada viajaba de uno a otro. Pol se encontraba de pie, con una cerveza en la mano mientras que Aarón estaba sentado en el canto del sofá, más tieso que un palo con las manos apoyadas en las rodillas. Su mirada estaba perdida en algún punto de la pared de enfrente, tenía los ojos muy abiertos y su ceño seguía fruncido totalmente ensimismado. Decidí que ya había tenido suficiente y giré para marcharme cuando otra voz extraña detuvo mis pasos.

—¿Dónde vas?

Al volverme, me encontré con la mirada profunda de Aarón, estaba de pie con clara intención de dar un paso hacia mi dirección. En ese momento, Pol le sujetó del brazo y le dijo que me dejara marchar, que estarían mejor solos. Aarón no pareció muy convencido, pero cedió. Pol me miró de soslayo y bajó la mirada al suelo. Me pareció notar cierta culpabilidad en su postura, sin embargo, no quise detenerme a comprobarlo. Me volví hacia la puerta y le contesté mientras caminaba hacia la salida.

—No te importa.

—¿¡Qué me estás contando!? ¿En serio terminasteis así? Quiero decir, no pensé que Pol estuviese tan pillado por ti, me has dejado sin palabras. Y dime, ¿qué vas a hacer ahora? la situación se ha complicado un poco entre vosotros. No ha de ser muy cómodo para ti estar viviendo con una persona que creías tu mejor amigo y saber que solo piensa en acostarse contigo.

—Gracias, Blanca, por tu elocuente deducción. La verdad es que me ayudas mucho —expresé en tono sarcástico mientras masticaba sin hambre un bocado de la mitad de hamburguesa que me quedaba en el plato.

Entrar en casa de Blanca fue una liberación. El piso de sus padres era muy grande, la entrada daba directamente al salón donde unos enormes ventanales llenaban la pared frontal de izquierda a derecha iluminando la estancia con la luz del sol que traspasaba las cortinas blancas. La decoración era muy simple, con muebles de haya claro y paredes blancas que conformaban una calidez relajante. El único toque de color lo daban los cojines azul añil que había sobre el sofá beis, los cuales hacían juego con la espectacular alfombra de pelo que había en el suelo. Tenía un estilo totalmente marinero pues el par de marinas al óleo que había colgadas una junto a la otra terminaban de adornar el salón. La decoración era una cosa que siempre me había gustado, pero la falta de tiempo y, sobre todo, de dinero lo hacía imposible, aunque eso no quitaba el mérito de reconocer a una buena decoradora y la madre de Blanca lo era. En realidad, lo que me gustaba era la paz y armonía que se respiraba en esa casa. El matrimonio se llevaba muy bien y puesto que Blanca era hija única, hacían un trío de lo más amoroso. Era algo que envidiaba de mi amiga.

Había sido una mañana de lo más rara, de hecho, si lo pensaba bien, mi vida no era muy normal desde hacía un año. La palabra "extraña" se adecuaba más a mí. Decidí contarle a Blanca lo que había pasado con Pol sin entrar en detalles explicándole que mientras le besaba mi mente imaginaba a otro, pues eso me llevaría a otra conversación en la que tendría que revelarle lo sucedido con el hombre de la cafetería y, sinceramente, no me apetecía. Tampoco es que hubiera mucho que explicar, por no hablar de que me sentía ridícula, ciertamente. Bajamos al Burger que había justo debajo de su casa y compramos dos menús para llevar. A medida que iba explicándole lo sucedido, Blanca no hacía más que abrir los ojos de par en par y de vez en cuando emitía sonidos de asombro y risitas histéricas. Cuando no pudo contenerse más, pronunció la pregunta con la boca tan sumamente llena que hasta se le escapó un trocito de pan masticado al centro de la mesa. Fue asqueroso.

—¿Pero, lo hicisteis? —balbuceó. No sé ni cómo entendí esas tres palabras pues tenía el moflete hinchado por el bocado tan grande que le había dado a la hamburguesa. Blanca era muy guapa y sabía vestir muy bien, pero comiendo hamburguesas era un auténtico trol. Las devoraba. Antes de tragar ya estaba mordiendo el siguiente bocado. Todo un espectáculo.

—¡No! No me gusta Pol, no de ese modo, ya lo sabes —protesté indignada. Mi respuesta fue suficiente para que entendiera mi situación.

Por fin tragó el inmenso bocado y antes de morder otro se me quedó mirando fijamente pensativa.

—Quizás debas ir a casa de tu madre unos días hasta que pienses detenidamente lo que vas a hacer o si lo prefieres, puedes venir a la mía, sabes que tenemos sitio de sobra —Blanca me cogió de la mano y me la apretó.

—Gracias, si no te importa, me gustaría quedarme esta noche contigo. Mañana trabajo y después, cuando vaya a casa, me gustaría hablar con Pol para tomar una decisión.

Terminamos de comer la hamburguesa y decidimos pasar una tarde divertida. Fuimos de tiendas al centro comercial. Aunque no compramos nada, decidimos probarnos lo más feo que encontráramos en cada establecimiento haciéndonos selfis a la vez. Escogí una falda de charol rojo que me llegaba por debajo de la rodilla, estaba abotonada por delante con corchetes y tenía un solo bolsillo en el lado derecho. Decidí complementarlo con una blusa de cuadros marrones y naranjas, con un pequeño encaje en el borde del cuello, abrochada hasta el último botón. La metí por dentro de la falda y le añadí un cinturón amarillo plátano. El conjunto era terrorífico, no había palabras para describirlo. Cuando fui a ver a Blanca y corrió la cortina de su probador apareció con un peto de color verde chillón que le iba enorme y bajo él llevaba otra camisa como la mía, pero en tonos rosas y amarillos. Se había arremangado los pantalones con sus tacones negros y sus gafas de sol. Fue como volver a la adolescencia sin ser capaces de mantener quieto el móvil para hacernos la foto de rigor. Fue la mejor salida que tuve en mucho tiempo. A media tarde entramos en el cine para ver una película. Cuando comenzaban los tráileres le sonó el móvil a Blanca. Le di un codazo para que lo apagara, pero contestó hablando en susurros. Seguidamente colgó, lo puso en silencio y lo bloqueó.

—Ya no me molestarán más —resolvió mientras metía el móvil en el bolso.

—¿Quién era? —pregunté extrañada.

—Oh, nadie. Se habían confundido.

Después de esa llamada, su humor cambió. Se reía, pero no del mismo modo. Estaba distraída y diría que incluso algo nerviosa pues el movimiento repetitivo de su pie sobre el suelo no dejaba lugar a dudas. La conocía demasiado bien para saber que cuando hacía eso, era porque su mente estaba en otro lugar. Eran las ocho y cuarto cuando terminó la película y mi estómago comenzaba a tener hambre. Si por mí fuera, hubiéramos cenado en cualquier lugar del centro comercial, pero Blanca parecía tener prisa así que, nos dirigimos hacia la salida. Íbamos hablando del final de la película mientras nos encaminábamos a la boca de metro cuando, de pronto, alguien me tocó el hombro por detrás. Me giré de manera instantánea y vi a Pol. Estaba plantado frente a mí mostrando una tímida sonrisa. Se había duchado y apestaba a colonia, para variar. Estaba muy erguido y tenía las dos manos metidas dentro de los bolsillos de su cazadora vaquera aborregada.

—Hola, Álex —susurró.

Mi sonrisa se desvaneció. Era Pol quien había llamado a Blanca para averiguar dónde estábamos y sin ningún tipo de escrúpulo, se presentó de improviso. Desvié la mirada para observar a una Blanca con ojitos de cordero. Puse los ojos en blanco pues no me gustó esa jugarreta, además, no estaba preparada para hablar con él, no en ese momento.

—¿Qué haces aquí? —interrogué mirándole fijamente.

—Bueno, yo… quería disculparme contigo. Sé que no me he portado bien. Lo que ha pasado esta mañana… quiero arreglarlo, Álex. De verdad. Por favor, perdóname —justificó dando un paso hacia mí y sujetándome el brazo con suavidad—. Olvídalo todo, por favor. Prometo no volver a molestarte.

Suspiré profundamente mientras me hundía en el dolor de sus ojos. Estaba siendo sincero, pero no estaba preparada para tomar ninguna decisión en ese instante.

—Pol, no me atosigues, por favor. Al menos, no ahora —deshice el contacto del brazo que me tenía sujeta y me giré para continuar la marcha con Blanca. La agarré del codo izquierdo y la obligué a caminar conmigo mientras ella seguía con la cabeza girada hacia Pol y le decía un "lo siento" solo con los labios.

—¿Puedo acompañaros? —su pregunta me dejó atónita.

—Sí, claro, ¿por qué no?

—Blanca, ¿qué crees que estás haciendo? No me apetece que venga con nosotras. ¿Así es como quieres ayudarme? —susurré. Suspiró pesadamente y después sonrió.

—Sé lo que hago. Pol quiere normalizar la relación contigo, sabes que al final lo haréis. Cuanto antes comencéis, mejor. Haz un esfuerzo, Álex. Te aseguro que me lo agradecerás —dictaminó mientras me guiñaba un ojo.

Bufé con hastío poniendo los ojos en blanco, otra vez. Un gesto que no sentó muy bien a nuestro añadido compañero, pero no me importó lo más mínimo. Me habían engañado y mi buen humor se acababa de esfumar. Comenzamos a caminar de nuevo, Blanca y yo agarradas del brazo y Pol siguiéndonos como un perrito faldero. Era prácticamente de noche. La luz del sol se había escondido hacía, al menos, una hora. La calle comenzaba a verse en penumbra y las luces de las farolas aún no se habían encendido. Según íbamos avanzando por la calle, observé a lo lejos, a unos treinta metros de distancia, más o menos, la figura de un hombre junto a un árbol. Estaba inmóvil frente a nosotros, con los brazos paralelos a su cuerpo. Llevaba puesto un abrigo de lana negro con capucha la cual, llevaba puesta y esta le tapaba prácticamente la mitad de su rostro. Era completamente indiferente a la gente que pasaba a su alrededor, sin embargo, sí parecía mirarnos a nosotros. Un escalofrío recorrió mi espalda pues al verle mejor, supe quién era.

Intentaba prestar atención a la descripción gráfica que hacía Blanca sobre el estado de sus pies después de llevar todo el día los tacones de aguja. Sin embargo, esa presencia me inquietaba y mis ojos, obedientes a mi instinto, estaban fijos en esa figura. Enseguida pasamos por su lado y no se movió ni un ápice. Eso me relajó relativamente, soltando el aire que tenía retenido en mis pulmones de manera involuntaria. Pero… si el día había sido de lo más extraño, claro estaba que no podía terminar de un modo habitual. La voz que recordaba con tanto deleite pronunció mi nombre desde atrás y mi corazón dio un vuelco.

—Alexandra.

Y ahí estaba él, rodeado de un halo de misterio, como siempre. Me quedé petrificada al instante. No pude dar ni un paso más. Blanca frenó su paso a la vez que yo, giró su rostro hacia atrás y fue entonces cuando le vio. Su cara de sorpresa me hizo gracia, aunque, no pude sonreír pues era incapaz de mover ni un músculo.

—Waaauuu… ¿le conoces? Vas a presentármelo ¡Ya! —exigió mientras sus ojos le repasaban de arriba a abajo.

—¿Y tú quién eres? —inquirió Pol de manera despectiva.

Mi corazón galopaba a gran velocidad. Anhelaba volver a verlo… perderme otra vez en esos ojos que tantas noches habían visitado mis sueños, sin embargo, una sombra de duda me detenía temiendo el motivo de ese reencuentro.

—Alexandra —volví a oír mi nombre en su boca, deslizándose entre sus labios como una promesa prohibida. Me di la vuelta lentamente, consciente de cada latido inestable de mi corazón y, al mirarlo, sentí el impacto brutal e inevitable de la descarga eléctrica que me sacudió por dentro. Sus ojos atigrados se clavaron en los míos con una intensidad que me dejó sin aire. Sus labios carnosos formaron una media sonrisa peligrosa y devastadora. El abrigo negro abrochado hasta el cuello realzaba su porte imponente, haciéndolo más irresistible, si cabe. Se encontraba a unos dos metros de distancia, aun así, podía percibir su aroma a lavanda que invadió mis sentidos despojándome de toda cordura. Pol se encontraba entre ambos, con el ceño profundamente fruncido, temiendo descubrir quién era. El chico que me dejaba sin aliento. Y no se equivocaba.

—¡He preguntado que quién eres y de qué conoces a Álex! —gritó dando un paso hacia él, adoptando un papel de salvador de damas en apuros que no le correspondía.

—Disculpad mi descortesía. No me he presentado. Me llamo Darach y he venido a buscar a Alexandra —respondió sin quitarme el ojo de encima e ignorando completamente a Pol mientras se retiraba la capucha liberando su rostro al completo. Su cabello, recogido en una coleta, brillaba azabache bajo la luz de la farola que se acababa de encender—. Ha de venir conmigo. Ahora.

—¿Ha dicho descortesía? Pero… ¿esa palabra aún existe? —ignoré el comentario de Blanca, aunque ciertamente, a mí también me dejó atónita.

—¿Qué…qué dices…? —balbuceé.

—He venido a buscaros, pues he de llevaros con vuestro padre.

10. Autómata

La vida, a veces misteriosa y reservada, puede dar tantas vueltas como un tiovivo. En ocasiones, va tan deprisa que no da tiempo a asimilar las cosas buenas o malas que nos ocurren. Transcurren ante ti como una película y al pasar los años, te lamentas por lo que podrías o no haber hecho.

Hasta hacía unas horas soñaba con el misterioso hombre que había aparecido en mi vida de manera inexplicable, y ahora, me encontraba sentada en el asiento del copiloto de su monovolumen Peugeot negro con destino a… vete a saber dónde, para nada más y nada menos que "conocer a mi padre". La idea parecía tan irreal como inquietante, sin embargo, ahí estaba yo, plantada en su asiento sin poder quitarle el ojo de encima ¿Me llevaría junto a él realmente? Mi verdadero padre… quizás fuese una trampa. No, mi instinto me decía que podía confiar en él. Al contrario que mis amigos, que hicieron todo lo posible para que no subiera a su coche, sobre todo Pol.

—¡Ni se te ocurra pensarlo, Álex! No sabes quién es ni qué intenciones tiene —me había agarrado el brazo y mientras pronunciaba esas palabras, iba apretándolo cada vez más hasta un punto insoportable. Le di un tirón fuerte y me zafé de su mano constrictora.

—¡Suéltame, Pol, me haces daño!

—¿Has conocido a tu padre y no me lo has contado? —inquirió Blanca. No entendía nada. En realidad, nadie lo hacía.

—¡Claro que no! Te lo hubiera dicho...además, tampoco lo conozco a él —señalé su figura con la mano y elevé la vista hacia su rostro. Mis ojos se encontraron con los suyos y se quedaron enganchados. No podía separar mi mirada de la suya, era magnética y, a la vez, intimidante, como si fuese capaz de descubrir mi más íntimo secreto. Mi alma se sintió desnuda y expuesta. El calor se aposentó en mis mejillas y tuve que, finalmente, apartar la mirada hacia el suelo. Pol observó mi reacción y no le gustó en absoluto. En ese momento, me agarró de la mano y me dio la vuelta para mirarnos cara a cara. Parpadeé un par de veces para poder eliminar el embrujo de su mirada mientras Pol me sujetaba la cabeza con sus manos.

—Nos vamos a casa ahora mismo. No quiero que te vayas con desconocidos.

—No tengo tiempo para necedades. Alexandra vendrá conmigo, no es una pregunta y no tiene opción —su voz grave y gélida me atravesó como una flecha.

Miré a Pol a los ojos dejándole claro que me encontraba bien y que no pasaría nada. Mi corazón, misteriosamente, se había calmado un poco y me encontraba capaz de pensar con claridad ordenando las ideas, y más ahora que le daba la espalda a ese tal Darach, pues su imagen no me perturbaba. Inspiré hondo y exhalé pausadamente para después retirar sus manos de mi cara lentamente.

—No, Pol, estaré bien. Si es cierto que mi padre quiere verme, iré con él y no puedes impedírmelo —resolví. Encontrar a mi progenitor era para mí una quimera, sin embargo, ahora tenía la oportunidad de conocerlo, quería intentarlo, necesitaba preguntarle tantas cosas...

—Está bien, vete —dijo secamente. En ese momento levantó el gesto y se dirigió a Darach—. Pero iré con vosotros. No la dejaré sola —declaró orgulloso.

—No. Ha de venir sola, lo siento. Vamos, no tengo toda la noche, su padre la espera —después de esa última frase, dio media vuelta y comenzó a caminar calle abajo sin volverse de nuevo.

Le seguí sin pensarlo, con la mente completamente en blanco como si tiraran de mí con una cuerda invisible que estaba enganchada a ese chico. Lo hice sin mirar atrás y sin despedirme de mis amigos.

—¡Eh!, ¿te vas? —preguntó de nuevo Pol. Se estaba poniendo pesadito.

—No pasará nada, te lo prometo. Confía en mí.

—Es en él en quien no confío.

—Venga, Pol, déjala ir. No todos los días uno conoce a su verdadero padre. Además, lleva el móvil —resolvió Blanca, quien dirigió su mirada hacia mí —. ¿A que sí? Ya me contarás qué tal te ha ido con ese grandullón —me guiñó un ojo y me sentí ridícula por un momento pues Darach lo había escuchado, el carraspeo que oí lo delató.

Su coche estaba aparcado a unos metros más abajo, en zona azul. Sin mirarme me indicó que subiera a la parte del copiloto. Aunque mi corazón se encontraba misteriosamente en calma, el pulso me traicionaba. Me temblaba la mano y me costó abrir la puerta del monovolumen. El coche era nuevo, su olor lo hacía inconfundible. Tenía los asientos de cuero negro con una pantalla GPS impresionante. Antes de entrar, procedió a quitarse el abrigo y dejarlo bien doblado en el asiento trasero. Cuando por fin se sentó y cerró la puerta, mis pulmones se llenaron de esa fragancia inolvidable de lavanda, solo que esta vez estaba concentrada ya que el espacio era relativamente reducido. Me echó una breve mirada de soslayo y suspiró por la nariz. Pasaron un par de minutos antes de que decidiera moverse. Estaba inmóvil, mirando por la luna delantera del coche con las manos reposadas sobre sus piernas, ni siquiera arrancó el motor, parecía...esperar algo. En ese instante sonó un teléfono y le dio a un botón de la pantalla.

—¿Cómo ha ido todo? —dijo una voz por el micrófono.

—Bien, mi señor. Está aquí conmigo. Como dijisteis.

—De acuerdo, os estaré esperando —Se oyó un breve "clic" y ahí terminó la conversación.

—Ese...e...esa voz, era... —tartamudeé. No podía dejar de mirar la pantalla. Había visto la imagen de llamada entrante con un número desconocido para mí y después un teléfono descolgado. A través de ella se escuchó una voz masculina muy grave.

—Sí, era él. Nos espera y no me gusta llegar tarde —explicó sin mirarme. De hecho, hubiera jurado que evitó hacerlo. Sus palabras eran cortantes, sin llegar a la estupidez, pero acercándose bastante. Seguidamente, arrancó el coche y comenzó el viaje. Aunque no conocía a ese chico confiaba en él de una manera ilógica, sabía que no me haría daño. Condujo calle abajo y enseguida me desorienté pues yo no tenía carné, básicamente me movía en metro y en autobús por toda la ciudad, por no hablar que era de noche. De vez en cuando giraba en una esquina o se metía en alguna calle en la que reconocía un bar o una tienda en particular hasta que entró en la autovía que rodeaba toda la ciudad.

—¿A dónde vamos? Quiero decir, ¿a dónde me llevas?, ¿dónde es? —interrogué al darme cuenta de que nos alejábamos bastante del centro de la ciudad. Había bastante tráfico a esas horas. Al menos, conducía despacio, diría que demasiado y respetando completamente las señales de circulación. No es que estuviera acostumbrada a ir en coche, pues en el único en el que viajaba alguna vez que otra era el de Pol y a él le gustaba ir más deprisa. Ciertamente, agradecí que Darach no condujera igual, mis nervios no hubieran soportado el miedo a estrellarnos.

No contestó, ni siquiera me miró. Tal vez no me había oído. Sabía por experiencia que cuando uno estaba concentrado en sus propios pensamientos no se enteraba de su entorno, el resto del mundo pasaba a un segundo plano así que repetí las mismas preguntas, pero esta vez, en un tono más elevado. Me quedé mirando su perfecto perfil para asegurarme de que me había oído. Su mirada saltó de la carretera hacia mí, aunque no duró más que una décima de segundo. Fue fugaz y ni siquiera giró la cabeza, eso fue suficiente para darme cuenta de que sí me había escuchado, simplemente no quería contestar. Y mi nueva pregunta era… ¿Por qué?

—¡Eh! Oye… podrías contestarme al menos…

Resopló.

—Hace demasiadas preguntas. No soy yo el que debe explicarse —en ese momento, giró su cabeza y me miró a los ojos profundamente. Su expresión era seria y sus cejas se acercaban bastante la una a la otra—. ¿Queda claro?

Asentí automáticamente con la cabeza sin poder desenganchar mis ojos de los suyos… en cambio, él, no tuvo ningún problema en hacerlo. Supuse que el hecho de conducir un coche por la noche influía. No volví a comentar nada más. Estuve pendiente de la carretera teniendo claro que no iba a volver a dirigirle la palabra a ese hombre, pero claro, yo era Alexandra Blanch. Decididamente no abriría la boca para nada en absoluto, aunque no pude obligar a mi anatomía a hacer lo mismo. El coche estaba a oscuras iluminándose de vez en cuando con las luces de los automóviles que viajaban en dirección opuesta a la nuestra. La radio estaba apagada, el silencio nos rodeaba y la tensión se respiraba en el habitáculo. Para hacerlo más interesante, mis tripas decidieron darse a conocer en ese preciso momento, sonando como si nunca lo hubieran hecho. Fue la presentación más vergonzosa de toda mi vida y me convertí en la persona más ridícula del planeta. Deseé que me tragase la tierra. No caí, hasta ese momento, en que no había comido nada desde el mediodía y aunque no eran muchas horas, mi cuerpo estaba acostumbrado a consumir alimento a menudo y si no lo hacía, pues…reclamaba. Me miró de reojo y vi una leve sonrisa curvar la comisura de su boca, aunque la recompuso rápidamente para seguir concentrado en la carretera. Yo, por mi parte, no dije nada e intenté cambiar la posición de mi asiento (dentro de lo posible) porque sabía que una vez empezaba el concierto, tardaría en terminar.

Fueron los veinte minutos más largos, incómodos y vergonzantes de mi vida. Poco a poco y por suerte, el flujo de sonidos humillantes decidió extinguirse hasta que finalmente, pude relajarme. El problema de relajarme cuando estaba cansada, de noche y montada en un coche sin música con un acompañante poco comunicativo, es que corría el riesgo de dormirme, que es exactamente lo que ocurrió. No sé cuánto duró el viaje. De pronto, mi cuerpo percibió una corriente de aire frío que me hizo estremecer en mi asiento, aunque lo que verdaderamente me despertó, fue el portazo violento que dio mi piloto particular. Ni siquiera un "hemos llegado" o un simple "ya estamos". Sencillamente y como si estuviese solo, salió del coche dejando la puerta abierta mientras se ponía su precioso abrigo negro, cediendo el paso al gélido y húmedo aire de la noche para después dar un portazo. Como si de un resorte se tratase, di tal brinco en mi asiento que me comí literalmente la ventanilla lateral. Al menos, no me hice daño. Me espabilé como pude y después de recoger el bolso de entre mis pies, salí. Ante mí se mostraba una gran casa de estilo minimalista. Sosa para mi gusto. Prácticamente eran cuatro cubos blancos, unos encima de otros con enormes ventanales. Estaba situada al final de una calle bastante empinada que pertenecía a una urbanización a las afueras de la ciudad. Las farolas mostraban una luz fría y las más cercanas se encontraban a unos veinte metros por las dos bandas de la entrada de la casa, reflectando una luz muy pobre en el lugar en el que nos encontrábamos. Frente a mí estaba Darach, inmóvil como una estatua mirándome fijamente con las cejas elevadas.

—Sígame.

Tras esa escueta palabra, giró sobre sus pies y caminó hacia el jardín de la casa. Por unos momentos había olvidado el motivo por el que me encontraba allí, y entonces lo recordé de golpe... mi padre. Mi corazón comenzó a latir velozmente pues por fin lo conocería, vería ese rostro imaginario en el que tal vez reconocería parte de mí; la forma de la nariz, el color de pelo... Mis manos sudaban y mi respiración se había vuelto inestable y entrecortada. Sin embargo, en ese mismo instante, recordé sus años de sombra, su abandono, su falta, y esa espina clavada en mi corazón desde hacía tanto tiempo, esa herida cicatrizada, era ahora una brecha sangrante que me oprimía el pecho de un modo punzante. El nudo en la garganta impedía que me tranquilizase. Sentía un cúmulo de emociones muy difíciles de gestionar, todas al mismo tiempo, y un sinfín de preguntas se agolpaban en mi cabeza queriendo salir atropelladamente, como ¿Por qué nos abandonó?, ¿por qué aparecía después de tantos años? Y lo que era peor, ¿para qué? No sabía lo que iba a encontrar, ni si hallaría respuestas. Tal vez mi madre tuviera razón y ese hombre haría añicos mi corazón, pero llegados a este punto, no podía marcharme y no lo haría. Miré el reloj antes de avanzar. Eran las nueve y media y como si mi estómago quisiera confirmar la hora, volvió a protestar. A pesar de la tensión acumulada tenía hambre y estaba segura de que esa noche me quedaría sin cenar. Suspiré resignada, seguidamente, me adentré en la mansión.

La casa no podía ser más impersonal y desangelada. La entrada era más pequeña de lo que creí en un principio. Una especie de recibidor triangular con suelos de mármol negro y paredes blancas, sin cuadros ni decoración. Una gran cornisa compuesta de tres cuerpos unía la pared con el techo y como único mobiliario, un armario ropero blanco de tres puertas con un espejo de cuerpo entero en el centro era lo que daba la bienvenida. Darach abrió una de las puertas y mientras colocaba su gabán en una percha y lo colgaba en su interior, me incitó a que yo hiciera lo mismo. No quise. Quería estar allí el menor tiempo posible, por no mencionar que el abrigo que me proporcionaba mi chaqueta en ese instante, me hacía estar más segura. Darach se encogió de hombros y cerró el armario. Sin mirarme, se adentró en la casa repitiendo la misma palabra que momentos antes.

—Sígame —su tono de voz era de completa indiferencia y todo el tiempo me trataba de usted. Eso, aparte de hacerme sentir vieja, me parecía demasiado impersonal.

Sin pensarlo dos veces, hice lo que me pidió. Atravesamos un pasillo bastante amplio y sin decoración, del mismo modo que el recibidor, para después y finalmente, llegar a un vasto salón cuadrado con unas grandes puertas correderas francesas al fondo, las cuales, supuse, daban al jardín trasero. Al igual que el resto de las estancias que había visto hasta ahora, el salón seguía el mismo rol decorativo, suelos negros con un brillo espectacular y paredes blancas. Esta vez y para mi sorpresa sí que había más mobiliario. En el centro del salón se hallaba un espectacular sofá de piel blanca dirigido hacia la impresionante chimenea de gas alargada y moderna que había en la pared de enfrente. Todo era muy frío excepto la temperatura que, para mi sorpresa, estaba bastante alta. En la pared opuesta a la chimenea y detrás del sofá, como único adorno en un tabique de más de tres metros de altura, había colgado un espectacular reloj de agujas, de unos dos metros de diámetro, hecho de hierro y cristal por el que se podía ver el mecanismo de engranajes. Una auténtica obra maestra, aunque lo que no era tan maestro era su tic, tac ensordecedor. Parecía la casa de un psicópata, uno bastante rico y nada presuntuoso. Estaba preparada para el escalofrío que me iba a recorrer la espalda avisándome de que algo no iba bien, pero…curiosamente mi sexto sentido o como se llamara, estaba en calma. Mi pulso se había ralentizado hasta el punto de no sentirlo y mi cuerpo entero radiaba paz. Era como entrar en mi propia casa, calentita y segura y eso…no me gustó en absoluto.

Darach fue directo a la chimenea encendida y apoyó sus manos sobre la repisa para mirar ensimismado la zigzagueante llama ignorándome por completo. Se había soltado la coleta y su pelo le caía por los lados de la cara ocultándola de mi vista. Me crucé de brazos esperando algún tipo de explicación, pero mientras él se mantenía ahí quieto como si estuviese solo, mi impaciencia fue en aumento y empezó a notarse. El repiqueteo inconsciente de la punta de mi pie no le gustó y no tardó en demostrarlo. Cambió su postura relajada a una más erguida en la que giró levemente su cabeza y me fulminó con la mirada a través de un mechón de su pelo. Detuve el movimiento pues entendí la indirecta, sin embargo, cuando creía que me aclararía la situación, volvió a girarse y a concentrarse en el fuego y en sus pensamientos. Resoplé. Si no fuese por la situación en la que estaba y el respeto que me generaba su persona, le hubiera soltado una fresca. Por otra parte, ya no podía más. Nadie vino a recibirnos y la falta de información me estaba matando.

—Oye…Darach ¿verdad? ¿Podrías decirme qué tengo que hacer? ¿Cuándo va a venir mi supuesto padre? Estoy cansada ¿sabes?, quiero volver a mi casa lo antes posible, mañana trabajo y…—pero antes de que pudiera continuar con mi elocuente discurso, me interrumpió sin mover su postura ni un ápice.

—Darak.

—Pe…perdón, ¿Cómo dices?

—Se pronuncia *Darak*, no Darach.

—Vale…Darak —lo pronuncié lentamente enfatizando la inexistente k —. ¿Y bien?

Resopló y se volvió para enfrentarse a mí de frente. Estábamos a unos cuatro metros de distancia y aún podía percibir su olor a lavanda. La luz de la llama parpadeante se reflectaba en la mitad de toda su figura haciéndola parecer mística en toda su grandeza y hermosura. Su mirada penetrante brillaba intensa hacia mí y el efluvio de su alma me alertó como nunca. Mi desconcierto por ese instante duró muy poco.

—Hace demasiadas preguntas.

—No tantas como quisiera.

—En breve la atenderán y la llevarán a su habitación.

—¡¿Qué?! ¿A mi habitación? ¿Dónde está mi padre? ¿Qué está pasando? ¡¿Es que era mentira?! —grité avanzando un paso en su dirección.

—No. Yo no miento.

—No, claro… ¡solo estoy secuestrada! oye…si no te importa, voy a llamar a un taxi y me voy a ir a casa. Cuando llegue mi supuesto padre, le dices que la próxima vez que quiera verme, sea él el que se presente ante mí sin intermediarios. Gracias —protesté en tono airado. Estaba harta de tanto misterio y secretismo. Empecé a buscar el móvil en el interior de mi bolso cuando, de repente, una mano se posó sobre mi brazo, y con un brusco tirón, me arrebató el bolso. Sin decir palabra, comenzó a hurgar en él en busca de mi teléfono, para finalmente quedárselo. Después, me devolvió el bolso de manera grosera. En un par de zancadas, y sin mostrar la más mínima reacción, regresó a su lugar junto a la chimenea. Estaba atónita.

—Eh!! ¿Qué crees que estás haciendo? ¡Devuélvemelo! ¡Dame mi móvil! —grité. No podía creer lo que estaba pasando.

—Nada de móviles.

—¿Cómo dices? —dije apretando los puños a mis costados ¿Quién se creía que era? De pronto, sentí unas inmensas ganas de darle un puñetazo a su preciosa cara. Como alma que lleva el diablo me presenté ante él y tiré de la manga del jersey ajustado que llevaba para intentar alcanzar el teléfono que tenía en la otra mano. Resopló y se apartó en un gesto rápido para después guardarse el móvil en el bolsillo trasero de su pantalón.

—¡Dámelo! ¡No tienes derecho a quitármelo!

—¡Basta! —gritó y su voz retumbó entre las paredes del salón. Se colocó ante mí y me sujetó los brazos con sus inmensas manos clavando sus preciosos y desafiantes ojos en los míos.

—Vais a estaros quieta hasta que nos atiendan. Todas las respuestas a sus preguntas serán contestadas en el momento oportuno. Mientras tanto, ¡cállese y déjeme en paz!

Se había acercado tanto a mi cara que pude oler, por primera vez, su aliento. Sus ojos se posaron sobre mis labios durante un segundo o eso me pareció. Me desconcertó por un instante. Soltó mis brazos en una sacudida para después darme la espalda y observar la fulgurante llama solo que, esta vez, colocó sus manos en los bolsillos delanteros de su pantalón. No me esperaba esa reacción. Me quedé helada, petrificada, mejor dicho. Su manera *sutil* que utilizaba para hablarme era como si me escupiera a la cara. El disgusto y la impotencia que sentí estuvo a punto de hacerme llorar. A punto. Aún y así me controlé, no sin esfuerzo. Así que hice lo único que se me ocurrió en ese momento. Salir de allí. Giré sobre mis pies con toda la energía que pude reunir, teniendo en cuenta que no veía muy bien con los ojos nublados en lágrimas a punto de derramarse. Me dirigí a la salida sin decir palabra. Suerte que no había exceso de muebles porque en ese estado, me hubiera chocado con alguno. Cuando me encontraba en el umbral del salón, oí por encima del ensordecedor tic tac un "¡Deténgase!". Hice caso omiso y continué decidida. No quería estar ni un minuto más en ese lugar con ese hombre, ni siquiera me importó perder el teléfono. Tenía la salida frente a mí y la mano casi en la manija cuando, de repente, oí un chasquido y esta se abrió ante mí. Para mi sorpresa, una mujer morena entrada en años, bajita y regordeta; cargada de bolsas en una mano y con un manojo de llaves en la otra, apareció tras ella. Su aspecto indicaba que era extranjera, de algún país latinoamericano. Con una sonrisa de oreja a oreja, me saludó.

—¡Alexandra! Linda…cuánto tiempo deseando conocerla, ¡qué padre que esté aquí! Espero que Darki haya sido un buen anfitrión y le haya tratado bien, es muy atento cuando se lo propone. Ay, espere linda, voy a dejar estas cosas en la cocina y enseguida regreso con usted.

—Pero, ¿qué...? —estaba estupefacta. Ni siquiera pude terminar la pregunta. Darki atento…esas palabras me dejaron boquiabierta pues claramente no podían hablar de la misma persona. El simple hecho de llamarle Darki ya me parecía increíble.

—Ya, ya…enseguida regreso. Acomódese, linda. Ándele, ahí tiene un armario para colgar el abrigo. ¡Híjole! Qué tarde se me hizo…

Si creía que no podían pasar más cosas extrañas en un día, estaba equivocada. Cuando seguí con la mirada el saleroso movimiento de la mujer mientras entraba atropelladamente con las bolsas y cerraba la puerta con un pie, advertí con el rabillo del ojo a Darach, acercándose lentamente mientras esta hablaba enérgicamente conmigo. Este, le dio un beso en la mejilla a la vez que le retiraba las bolsas y ella le regañaba cariñosamente por hacerlo. A él se le escapó una risita. La imagen no se correspondía con la del hombre de hacía unos minutos. Mis pies, con voluntad propia, los siguieron hasta el salón para verlos desaparecer por un pasillo lateral. Aguardé a que volvieran. Al menos, esa mujer parecía conocerme y esperarme con alegría, tal vez pudiese explicarme dónde estaba mi supuesto padre. Al cabo de cinco minutos larguísimos, reapareció sola.

—Bueno, linda, ya estoy aquí ¡Híjole! ¿Qué hace aún con el abrigo puesto? Con el calor que hace aquí…

—Es que yo…

—Deme ese abrigo, yo se lo guardaré…

Colgó mi chaqueta junto al abrigo de Darach, dentro del armario. No pude evitar pensar que mi ropa olería a él, a su aroma. Pestañeé un par de veces seguidas y sacudí la cabeza ligeramente para olvidar esa idea de mi cabeza, ese estúpido no merecía ninguna de mis atenciones.

—Venga conmigo. La acompañaré a su recámara para que pueda descansar. Su papá no está aquí, pero mañana temprano regresa. Tiene muchas ganas de verla. Si tiene algún problema avíseme, mi recámara está en la planta de abajo, junto a la cocina.

—¿A mi recámara? ¿Se refiere a…a una habitación?

—Claro, mija, ¿a qué si no?

—Oiga...no puedo quedarme, mañana trabajo. He de marcharme esta misma noche, sin falta.

—Ay...cómo cree...eso no va a poder ser. Su papito no la verá hasta mañana temprano, después Darach podrá llevarla a su trabajo. Estoy segura.

—No...no puedo, de verdad. No lo entiende, si no llego a tiempo al trabajo, puedo perderlo.

—No se apure. Todo irá bien, linda. Hágame caso, los conozco rebién y sé que la ayudarán en todo lo que usted necesite.

No tenía muy claro que eso fuese cierto, pero dadas las circunstancias tampoco tenía muchas opciones, por no hablar de la curiosidad tan grande que me generaba el hecho de conocer a mi padre pues dominaba mi voluntad. Además, siempre podría pedir un taxi si las cosas se complicaban. Eso, si me devolvían el móvil, claro. La seguí por el pasillo, cuyas paredes a la derecha, tenían una fila de ventanas rectangulares que dejaban filtrar una abundante luz natural. Como era de esperar, el espacio se encontraba despojado de mobiliario, solo el eco de nuestros pasos quebraba el silencio del lugar. Al fondo se encontraban unas escaleras de obra, que obviamente, eran blancas con peldaños de mármol negro. Subimos a la primera planta que dio paso a otro pasillo exactamente igual al anterior excepto que en este, además de los ventanales, se encontraban las habitaciones. La tercera puerta a la izquierda era la mía.

—Ya verá qué rápido se hace a esta casa, le hace falta una mano femenina. A veces traigo flores para dar un poquito nomás de color. Su papá siempre está viajando por ahí... ¡Ay, linda! ¡Se me fue el avión! No me he presentado... Soy Marisa. Marisa-Azucena Rodríguez Santos, para servirla.

—Encantada, Marisa —sonreí, pero no me atreví a darle un beso. Era una mujer muy alegre y gesticulaba mucho con sus manos mientras hablaba. Me cayó bien desde el primer momento—. Todo esto es tan extraño para mí, tanto que...

—Ya sé, ya sé, linda ¡Es normal! Pero fíjese, esa de ahí es su recámara. Su papito la preparó relinda para usted. Aquella es la de Darki (señaló la siguiente) Para cualquier cosa, avíseme al celular. Le dejo mi tarjeta. No dude en llamarme. A cualquier hora, ¿ok?

—Oiga, Marisa, yo traía un móvil y el simpático de Darki me lo ha quitado. Por favor, ¿podría decirle que me lo devuelva? Lo necesito, de verdad. Es muy importante…

—Estoy segura de que será por algún motivo bueno. De todos modos, mañana hablaré con él. Hágame caso, ahorita entre ahí, aséese un poco y duerma.

Y sin decir más, me abrió la puerta y me empujó hacia el interior oscuro de la habitación. En ese momento, y como si mi cuerpo supiese lo que tenía que hacer, me sonaron las tripas de un modo escandaloso. Con el silencio que había a nuestro alrededor, el rugido retumbó como si hubiera un altavoz. Lo cierto era que tenía un hambre atroz pues la cena con Blanca se había suspendido.

—¡Ay, mija! ¿Qué fue eso? ¡No me diga que el naco de Darach no le dio de cenar! Cuando agarre a ese teto me va a escuchar, le voy a tirar de esa coleta que tiene.

—Supongo que no se dio cuenta.

<<Claro que se ha dado cuenta, pero le ha dado igual. Capullo>>pensé

—¡Ah no! a él no se le olvidó jalar, bien que me agarró las bolsas al llegar. Me va a escuchar. Bueno, ahorita lo primero es lo primero. Su cena. Vallamos a la cocina, le prepararé algo rapidito. Órale.

Después de cenar, me dirigí a la habitación. Si no recuperaba mi teléfono o me comunicaba con Sonia, las consecuencias podrían ser muy grabes, tanto como la pérdida de mi empleo, y no podía permitirlo. Al menos, Marisa parecía buena mujer. Había sido amable, estaba segura de que me echaría una mano. Cuando entré en el cuarto y encendí la luz me sorprendió ver que no estaba vacía como el resto de la vivienda. La estancia tenía forma cuadrada. A la izquierda y como si de un museo se tratara, se encontraba una enorme cama renacentista de madera tallada con un dosel blanco alrededor. Las alfombras, en tonos rosas y azules, eran gruesas y el olor que desprendían denotaba su reciente adquisición. Todo el ventanal frontal estaba recubierto por un volante malva en semicírculos de estilo clásico y sus cortinas blancas terminaban de rematar la imagen de museo que se estaba creando en mi mente. En la parte derecha había un precioso tocador y, al igual que la cama, estaba tallado con patas torneadas. Todo él era una obra de arte artesanal. El marco del espejo ovalado estaba trabajado en formas florales y en el centro de la mesa se hallaban tres pequeños cajoncitos y un sobre. En él se leía el nombre de "ALEXANDRA" escrito en letra caligráfica a mano. Mi mirada pasó de largo, aunque mi pensamiento se quedó en el sobre. El resto de la habitación no tenía mucho más. El baño era grande y moderno, con jabones y aceites corporales en un estante de madera que sobresalía de la pared blanca embaldosada. El armario de la habitación era empotrado, igual que el de la entada, pero las puertas, en este caso, eran del mismo tono oscuro que la cama y el tocador. Todo era muy recargado con aire principesco y aunque apreciaba su belleza, no me identificaba con el estilo. Abrí el armario comprobando que, para mi asombro, su interior no estaba vacío. Estaba lleno de ropa y por lo visto de mi talla. Un par de vaqueros, tres camisas, dos sudaderas y un par de pijamas. ¡Ah! Y otros dos pares de zapatos, unos de deporte y otros de vestir. Ropa interior, una bata...Estaba claro que mi supuesto padre se había tomado las molestias de hacer mi estancia más cómoda. Cerré de golpe las dos puertas y me acerqué con desgana al tocador. No podía ni quería demorarlo más. Necesitaba saber que ponía en la carta.

Querida Alexandra,

Sé que esto debe de ser muy extraño para ti y lo creas o no, te comprendo. Todos estos años, en los que me creías un fantasma, tienen una explicación y si me dejas, me gustaría dártela. Ha llegado el momento en que te lo cuente todo, mientras tanto, por favor, ponte cómoda. Mandé que te compraran ropa de este siglo por si llegaba a hacerte falta, espero sea de tu agrado.

Si tienes alguna duda, la buena de Marisa te ayudará. Para cualquier otro cometido está Darach, el muchacho que te ha traído a esta casa. Es de lo más leal y de mi plena confianza. Te secundará en todo lo que le pidas.

Mañana estaré ahí y podremos conversar tranquilamente. Disculpa mi retraso.

Un abrazo.

Esteban.

Doblé la carta con mano temblorosa y la coloqué de nuevo en el interior del sobre cavilando sobre lo que acababa de leer.

—Así que te llamas Esteban…bueno, después de tantos años podré con unas horas más.

Había llegado el momento de saber la verdad. Esa verdad que mi madre, con tanto recelo, había ocultado durante todo este tiempo ¿Sabría ella algo de esto? Quizás se pusiera en contacto con él y esa fuese la razón de toda esta situación. A mi modo de ver, no era justo. Debía ser mi madre quien me contara todo y no así, de este modo tan enigmático y peliculero. Tal vez fuese un mafioso y por eso jamás me lo contó, para mantenerme a salvo. Fuera como fuese, me encontraba en una casa extraña rodeada de desconocidos, en una tesitura con la que había soñado desde que era niña y, sin embargo, ahora que la tenía ante mí, solo quería marcharme y volver a mi rutina diaria. No sabía por qué, pero intuía que mi vida iba a dar un giro de ciento ochenta grados y que ya nada volvería a ser como antes.

11. Revelaciones

A la mañana siguiente me desperté con un dolor terrible de cabeza causado por los inquietantes sueños que había tenido. La noche anterior, me había acostado en la cama imperial estrenando uno de esos pijamas del armario. Mi padre, la situación, la casa, la almohada de látex, la escasa luz, el absoluto silencio, etc. Era todo tan perfecto que se me hacía extraño y aunque era una extrañez agradable tampoco podía obviar que Darach dormía en la estancia de al lado. Además, su turbadora imagen enojada me venía una y otra vez a la memoria.

—¡Pero qué ojeras tengo!

Eran las ocho y veinte de la mañana y dos bolsas azuladas bajo mis párpados inferiores mostraban mi clara y absoluta falta de descanso.

<<Si tuviera el maquillaje…>> pensé mientras estiraba la piel con los dedos; no funcionó. Todo volvía al mismo lugar hinchado. Me lavé la cara y ese frescor alivió el dolor palpitante de la frente por unos segundos.

Finalmente, decidí que quizás tampoco sería tan mala idea que me vieran así, al fin y al cabo, lo habían provocado ellos, sobre todo *papá*.

Me peiné con los dedos, pellizqué los mofletes e intenté darles un poco de color a las mejillas (como hacían en las películas de época). Una vez *arreglada* salí disparada de la habitación para buscar respuestas. Me había levantado con la energía arrolladora de una locomotora sin frenos. Aún y con la falta de sueño, tenía la adrenalina por las nubes y una necesidad terrible de descargarla. Hubiera sido un buen momento para salir a correr, pero dadas las circunstancias, priorizaba otras cosas como, por ejemplo, recuperar mi móvil.

<< ¡Sonia!>>

Me cuestionaba muchas cosas, excepto mi trabajo que era… ¿lo primero? Debía serlo. En todo caso, intentaría conservarlo en la medida en que me fuera posible. No es que fuese el mejor trabajo del mundo, pero gracias a él era independiente y libre. Tenía la esperanza de poder presentarme a tiempo pues aún era temprano. Debía avisar a Sonia por si me retrasaba unos minutos. De algún modo, mi mente inocente creyó que lo entendería y que además respetaría mi puesto.

<<El móvil, el móvil>>

Abrí la puerta de mi habitación y miré a ambos lados del pasillo. No vi ni escuché a nadie. Pensé en Darach de manera automática pues fue él quien se lo llevó. Por suerte, su habitación era contigua a la mía y no lo pensé. Golpeé suavemente su puerta con el puño. Mi corazón latía vigoroso y unas mariposas incoherentes comenzaron a revolotear de manera traviesa en mi estómago. Esperé unos segundos en silencio, pero no contestó. Como no estaba de humor para ser ignorada, abrí la puerta lentamente.

—¿Hola? Buenos días, no quiero molestar, sólo he venido a por mí móvil, por…el trabajo y eso…

Silencio.

Me quedé quieta bajo el dintel de la puerta con la mano aun sosteniendo la manilla. La habitación estaba en completa penumbra, me costaba distinguir alguna silueta humana en la oscuridad. Revisé, de manera superficial, los elementos que se intuían como la cama, el escritorio o la cómoda. La ingenua luz que se filtraba entre las rendijas de la persiana evitaba con total empeño mi absoluta perspicuidad. Decidida, entré y cerré la puerta tras de mí. Me arrepentí al instante. Su olor concentrado me dio la bienvenida abrumando mis fosas nasales. Las dichosas mariposas danzaron por mi estómago subiendo por mi espalda hasta la nuca.

<< ¿¡Qué crees que estás haciendo!?>>, decía mi conciencia.

Darach no estaba allí, aunque claramente había pasado la noche. Su fragancia, tan inconfundible, así me lo indicaba. Me sentí como una intrusa invadiendo su privacidad, fue como una bofetada. Aunque, me convencí de que en ese momento priorizaba más mi trabajo que mi buena conciencia. La habitación era muy sencilla con muebles tipo Ikea. Bonitos y simples, de líneas rectas, nada que ver a los míos. Mis ojos, ya habituados a la oscuridad, pudieron distinguir los detalles. Nada llamó mi atención excepto que la cama ya estaba hecha. Abrí un par de cajones por allí y otro par por allá, nada, mi móvil no estaba en el cuarto y supuse que lo llevaría encima. Resignada, salí del cuarto. Lo último que quería era que me pillara husmeando en su propia habitación.

Malhumorada, me dirigí a la cocina a comer algo pues mis entrañas se habían empezado a quejar hacía unos minutos. Necesitaba un café bien cargado para poder enfrentarme a ellos y exigir el respeto de mi vida personal. No sería muy serio por mi parte si a la vez de pedir explicaciones lo acompañaba con un concierto de tripitas hambrientas. Al entrar en la cocina fui directa a la nevera sin reparar en nada ni en nadie. Saqué el brik de leche del estante de la puerta y dediqué unos minutos a buscar un vaso donde derramarla. Mientras abría y cerraba puertas alguien carraspeó detrás de mí y me congelé.

—Arriba a la derecha, sobre el salpicadero. Si lo que buscas es una taza, temo se encuentren en la alacena. Aquel armario antiguo del final, el de color blanco decapado.

Giré despacio y contuve la respiración al descubrir que a quien tenía delante era el mismo hombre que me visitó en el hospital y por lo que pude deducir, también mi padre. Se encontraba desayunando sentado en la mesa redonda de la cocina con gesto sosegado mientras ojeaba un periódico a través de unas diminutas gafas rectangulares y sin montura, colocadas a media altura en la nariz. Me miraba por encima de ellas con ojos divertidos. El sol entraba por el ventanal de su izquierda y sus rayos infantiles incidían en su cabello plateado dándole un brillo deslumbrante. Parecía un día normal y corriente para él, y mi presencia, una visita más sin importancia.

Plegó el periódico como si hubiese decidido que ya había leído bastante para ese momento. Se retiró las gafas lentamente y me miró a los ojos.

—¿Cómo has dormido, Alexandra? Espero que bien. Disculpa mi descortesía pues no me he presentado; soy Esteban, tu padre. Siento ponerte en esta situación, pero como más adelante entenderás, es la única forma de protegerte.

No me tenía en pie, ni siquiera sentía mis latidos, por no hablar del hambre, el cual, se me había pasado completamente y ya no me parecía tan atractivo el café caliente. Sabía que ese momento iba a llegar, de hecho, no había pensado en otra cosa desde que había pisado el suelo de esa casa, aún y así, no estaba preparada para ese momento. Tantas preguntas, tantas dudas, tantos disgustos y emociones negativas a lo largo de mi vida...tantas desilusiones y lloros, ahora convertidos en nada. Todo se había esfumado y había pasado a un estado de letargo involuntario.

—Yo...bueno, yo... —y esa fue mi elocuente respuesta.

Con su mano derecha deslizó hacia delante algo en mi dirección, un aparatito negro. ¡Mi móvil!

—Lo siento —dijo —. Creo que esto te pertenece.

—Sí, gracias —lo cogí con ansia y comprobé que estaba apagado. Lo encendí de inmediato.

—Disculpa a Darach, solo obedecía órdenes. Le ordené que no te dejara marchar hasta poder hablar contigo. Quizás se extralimitó, pero ya le conocerás, es muy fiel a su palabra y tal vez pensó que pudieras escapar...

—Si me lo hubiera explicado quizás se lo hubiese entregado yo misma, en cambio me lo quitó de malas maneras.

Se levantó suavemente de la silla arrastrándola ligeramente y separándola de la mesa mientras dejaba sus diminutas gafas sobre el periódico perfectamente doblado. Un rayo de sol intenso rebotó en su cabello como si de un espejo se tratase deslumbrando mi vista por un instante y desconcertando mi mente aún más de lo que ya estaba. Llevaba una camisa azul cielo y unos pantalones chinos gris oscuro. Los zapatos negros hacían juego con su cinturón y su incipiente barba plateada hacía de él un rostro amable y familiar. Se acercó deteniéndose justo enfrente. Su alta envergadura hizo que tuviera que mirar hacia arriba para poder seguir su inquietante mirada. De repente, su semblante cambió convirtiéndose en un reflejo de preocupación y misterio. Apoyó sus manos sobre mis hombros y se dirigió hacia mí con voz dulce.

—Sé que no soy el padre que deseabas y que te abandoné, seguramente piensas que no te quise ni te he querido nunca. Nada me gustaría más que convencerte de que estás equivocada, pero sé que nada de lo que diga podrá redimir la imagen que tienes de mí. Al menos no ahora. Quiero que sepas que no soy tan inhumano, Alexandra, pero las circunstancias así lo han requerido. Ya lo entenderás…Anda, siéntate. Yo te prepararé el almuerzo.

Giró para, seguidamente prepararme un café con leche. Más concretamente, un cortado con más leche que café y media cucharadita de azúcar. No me atreví a especificarle cómo lo quería. No hizo falta. Era exactamente como me gustaba ¿Sería casualidad? No, de pronto comprendí que él lo sabía y estaba segura de que sabría más cosas de mí. Ninguno habló de nuevo hasta que se sentó a mi lado trayendo consigo una bandeja con el café, un bol de cereales y unos croissants recién hechos. Lo dispuso todo frente a mí y se quedó callado observándome. Mi corazón había resucitado y ya estaba dando guerra de nuevo volviéndose pertinaz e inestable. Me sentía tranquila, pero de algún modo había algo que me inquietaba y esa inquietud provenía de la persona que se encontraba a mi lado, mi padre.

—Escucha, desayuna tranquila, después hablaremos. Te contaré todo lo que necesites saber desde el principio. No me marcharé, te lo prometo. Me encontrarás en el jardín esperándote, cuando estés preparada.

Y sin más dilación, se marchó de la cocina dejándome con más dudas que antes y más intrigada, si cabe, de lo que ya estaba. Eran demasiadas preguntas por hacer como para pasarme algo por alto. Debía pensar muy bien lo que le iba a preguntar. De pronto, sentí el frío contacto de mi teléfono entre mis dedos y rápidamente lo desbloqueé.

—¡Dios mío! —grité. Tenía diez llamadas de Pol y unos treinta mensajes de WhatsApp suyos.

—Oh, vamos Pol…

Tres llamadas de Blanca y una de mi madre. Respiré hondo al ver su llamada pues hacía días que no hablábamos. Por otra parte, eran casi las nueve y cinco de la mañana y ya tendría que estar en mi puesto de trabajo como de costumbre, sin embargo, no lo estaba y mi jefa aún no me había llamado pidiéndome explicaciones. Eso solo podía significar dos cosas: uno, que estaba enferma y no había podido acudir a la cafetería ignorando mi ausencia, por lo que mantendría mi empleo; dos, ni se había molestado en llamarme pues ya estaba despedida.

Egoístamente esperaba que fuese la primera opción, pero eso era algo casi imposible pues, enferma o no, nunca faltaba al trabajo a no ser que fuera por fuerza mayor. Inspiré profundamente con los ojos cerrados para coger valor. Cuando los abrí marqué los números de la cafetería y dejé que el teléfono sonara. Un tono, dos, tres, cuatro, cinc...se oyó un chasquido.

—Hola, Sonia. Soy Álex…

—Hola, Álex. Dime que llegas tarde y que estás a punto de entrar por esa puerta.

—Sonia, no voy a poder entrar a mi hora. Lo siento. Me ha ocurrido algo y me es imposible ir ahora mismo, de verdad, lo siento.

¿Para qué iba a mentirle? Ciertamente, no podía acudir, y ahora que estaba tan cerca de la verdad sobre mi vida no podía ni quería estar en otro lugar, aunque tenía la esperanza ciega de no perder mi trabajo.

—Está bien, Álex, no te preocupes. Lo cierto es que no me sorprende. No te molestes en volver por aquí, estás despedida. Ya te informaré cuando tenga tu finiquito. Adiós y espero que para el próximo empleo que encuentres seas más responsable —colgó.

Suspiré. Me quedé mirando el teléfono un par de minutos apretando la mandíbula. Una lágrima se derramó por mi cara y esa fue la gota que colmó el vaso. Una cosa era imaginarlo y otra muy distinta, corroborarlo. Estuve a punto de perder mi empleo una vez y sabía que no me darían otra oportunidad, a pesar de eso, tenía la vaga ilusión de mantenerlo. Solté el móvil con mala leche y este cayó sobre la mesa rebotando hasta quedarse al límite del borde. Resoplé y me tapé la cara con las manos intentando controlar mi inesperado llanto. Si se hubiese presentado de manera normal, en vez de mandar "raptarme" nada de esto hubiera ocurrido y mantendría el trabajo. La rabia contenida pasó a un estado de enojo el cual hizo que dejara de llorar. Sentí, por consecuencia, un calor en mi rostro y supe que me había puesto roja como un tomate. Mi padre, era culpable de tantas cosas…y ahora, como si de una inspiración divina se tratase, lo veía claro como el agua. Me daría las explicaciones necesarias para después marcharme y no verle nunca más, quedándome igualmente sin padre y sin empleo.

Contemplé el desayuno que tenía frente a mí sin muchas ganas, pero no podía consentir que mi estómago caprichoso me traicionase como hacía de costumbre en los peores momentos. Bebí lo justo y necesario y le di un par de bocados a uno de los croissants. Cuando por fin iba a marcharme y retirar la taza, Darach apareció por el umbral de la puerta. Se detuvo en seco al verme. Pestañeó un par de veces y entró haciendo esa especie de reverencia que solía hacer cuando me veía, seguidamente, avanzó con su característico ceño fruncido hasta la nevera. Mientras se desplazaba por la cocina me quedé embobada observando su magnífica figura sin poder evitarlo. Iba vestido con ropa de deporte y claramente lo había practicado pues su camiseta técnica gris ajustada, además de marcar un torso y unos impresionantes bíceps, mostraba la típica forma de "T" mojada por el sudor. Con sus pantalones cortos pude advertir unos muslos bien formados y musculosos con un vello algo húmedo en las piernas que hizo que se me erizara el pelo de la piel y que mi corazón se volviera loco.

Abrió la nevera y extrajo un brik de leche y mientras se lo llevaba a la boca pude percibir una mirada de soslayo dirigida hacia mí. Comenzó a beber a morro y sin descanso, algo que no me agradó en absoluto. Me atreví, en ese momento, a estudiarle a fondo. Lo tenía a menos de tres metros de distancia y eso me permitía un análisis profundo sin ser descubierta. Contemplé su rostro de perfil. Tenía la nariz recta y la mandíbula cuadrada; la nuez de su cuello subía y bajaba sin cesar en respuesta al consecutivo fluido entrante. Su cabello estaba recogido en una coleta con algún que otro mechón travieso colgando por los lados. Con la luz clara y deslumbrante del día descubrí de nuevo la pequeña cicatriz que asomaba por encima de su pómulo derecho. No era muy grande, quizás de seis o siete puntos, pero concluí que la barba que siempre llevaba era, en parte, para tapar ese pequeño revés que tuvo en algún momento de su vida y en ese instante tuve la necesidad ingente de saber qué era lo que le había ocurrido y porqué. Era realmente guapo. Sus labios gruesos envolvían por completo la boquilla del brik y ante esa imagen, tragué saliva.

Las mariposas revoloteaban danzarinas alrededor de mi estómago hasta que terminó de beber. En ese instante y a la vez que me dirigía una mirada pícara abrió la boca surgiendo de su interior un sonoro eructo que me dejó atónita. Con su otra mano y en forma de puño, se golpeó levemente el pecho e hizo otro simultáneo, pero esta vez, más pequeño y con la boca cerrada. Sonrió al ver mi cara de asco. Eso le divirtió. Arrugó el brik formando un ovillo y lo lanzó como un balón de baloncesto al cubo de basura. Acertó. Se acercó a mí con paso decidido señalando mi plato.

—¿Vais a comeros eso? —dijo indicando con su mentón el croissant mordido que yo había dejado segundos antes.

Se había acercado tanto a mí que su olor corporal me traspasó. Teniendo en cuenta que yo seguía sentada y la perspectiva de sus ojos quedaba a más de un metro por encima de los míos y después del peculiar concierto con el que me había deleitado, no pude responder, solo moví la cabeza de un lado a otro en modo negativo. Su respuesta fue inmediata. Agarró el croissant mordido y se lo metió en la boca de un bocado, seguidamente cogió otro y se alejó lentamente hasta que desapareció por la puerta de la cocina. Me pareció oír un 'gracias' o quizás fue un balbuceo. Fuera como fuese flipé, literalmente. Era pura contradicción, una extraña mezcla de cortesía y distancia. En ciertos momentos, mostraba una educación refinada, como cuando, al verme, hacía una especie de reverencia casi ceremonial, o cuando se dirigía a mí con una formalidad que emanaba respeto, aunque su humor, por lo general, permaneciera ausente. Después de lo que acababa de presenciar, no entendí nada. Por otra parte, no era algo que me preocupara demasiado. Tenía otros problemas más graves que resolver en ese momento.

—Ver para creer —dije en voz alta. Sonreí incrédula y negué con la cabeza poniendo los ojos en blanco. Me levanté y recogí el menaje sucio depositándolo en el lavavajillas. Ahora sí, tenía algo importante que hacer y tenía que ver con mi padre. Salí por la puerta en dirección al jardín en busca de mis respuestas arrancándome las pieles de las uñas con los propios dedos con una idea clara en mi mente, se iba a enterar. Cuando llegué al salón descubrí que una de las puertas de acceso a este se encontraba totalmente corrida y la cortina adyacente oscilaba en un movimiento sinuoso invitándome a traspasar su umbral. Al salir, la blanca y brillante luz del sol me cegó y la brisa de la mañana me refrescó el rostro y la mente. Lo agradecí. Cuando pude enfocar con la mirada, advertí que el señor de la casa se encontraba sentado en un banco que había en el pequeño porche, observando el exterior con mirada ausente. El porche tenía forma cuadrada y estaba tapado por un techo gris con vigas visibles de madera, algo rústico para la línea moderna que tenía la casa. Le miré y él me correspondió sonriente. Una emoción innata y desconocida envolvió mi corazón impaciente deseando conocer hasta el último detalle de esa persona, "papá".

—Ven, siéntate a mi lado, la mañana es agradable y creo que esto nos llevará un rato —con su mano izquierda golpeó suavemente el banco invitándome a tomar asiento a su lado. Acepté.

Estuvimos callados mirando el jardín un par de minutos. No sabía cómo empezar y esperaba que él me ayudara un poco. Al parecer, era más importante mirar a la pareja de pajaritos que se paseaban dando saltitos por la hierba húmeda...Puse los ojos en blanco y decidí romper el hielo.

—Me han despedido. Gracias a ti ya no tengo trabajo. Has estado oculto toda mi vida. Ahora apareces sin motivo aparente y encima me despiden por tu culpa. No estoy muy contenta esta mañana y no creo que sea la forma más adecuada de aparecer en mi vida. Podrías haberme dicho algo el día del accidente o no sé, podrías haber venido a la cafetería, por ejemplo. Lo hubiera aceptado, pero esto…

—Lo sé, Alexandra y lo siento, lo siento de verdad. Como te dije antes, era necesario.

Bufé y me levanté de mala gana. No me lo podía creer. Iba a responder, pero se adelantó.

—Si por mí fuera, seguiría siendo anónimo para ti. Ojalá no hubiera tenido que hacer esto y ojalá no hubieras tenido que conocerme. Las cosas ocurren por un motivo y no seré yo quien lleve la contraria al destino, aunque no sean de mi agrado.

Le miré sobresaltada. No me esperaba esa respuesta pues claramente me estaba diciendo que no me quería en su vida, por no hablar del tono en el que lo había dicho, sin importarle mis sentimientos. Decidí, en ese instante que, si él podía hablar así, yo también. Enfurecida y con los puños apretados a mis costados, le miré a los ojos.

—Creo que no quiero oír nada más. No me importan los motivos que tienes para retenerme aquí. Si no querías conocerme, la solución era muy simple: Dejarme en paz —repliqué con un nudo en la garganta que casi impidió que las palabras salieran de mi boca. Me sorbí los infantiles mocos que asomaban tímidamente y giré para no mostrar mi estado de vulnerabilidad. Comencé a caminar con intención clara de marcharme de allí. Mamá me lo había advertido e hice caso omiso. Una lágrima resbaló por mi mejilla precipitadamente provocando que, con más ansia, acelerase el paso hasta la puerta del jardín la cual, quedó bloqueada en ese mismo instante por una figura enorme. Darach.

—Alexandra, siéntate, por favor. Permite que me explique y aunque respeto tu decisión de marcharte, sí rogaría que me concedieras ese privilegio. Después podrás hacerlo si así lo deseas, aunque no sea aconsejable.

Me di por vencida. Su tono de su voz era tan relajante y mi deseo por estar con él era tan grande que no pude hacer otra cosa. Inspiré profundamente para relajarme o al menos, intentarlo. No funcionó. Miré a Darach a los ojos y no encontré complicidad sino reproche, su mirada era severa e impaciente. Giré de nuevo sobre mis pies para dirigirme al banco mientras Esteban, ahora de pie, esperaba pacientemente con las manos detrás de su espalda en una postura relajada.

—Está bien, te escucharé, aunque no sé si servirá para algo.

Comenzó a pasearse de un lado a otro del porche con las manos cruzadas a la espalda concentrado en sus pensamientos. Parecía no encontrar las palabras, como si lo que tuviera que decir fuese realmente difícil. Eché un vistazo a Darach y me chocó verle tan inquieto. Eso sí, su ceño se había pronunciado hasta el punto de parecer una sola ceja. Ciertamente, me extrañaba que ese chico no terminara con dolor de cabeza al finalizar el día.

—Tu madre…—carraspeó—, ¿ha sido buena madre? No me malinterpretes, pero… ¿Te has sentido querida? Es decir, imagino que el hecho de tener un solo progenitor ha sido insuficiente para ti, ya me entiendes.

Me quedé atónita. No contesté. Desvié la mirada hacia el exterior intentando mantener la entereza que amenazaba por evaporarse.

—Está bien, no me hagas caso —se detuvo frente al jardín dándome la espalda.

—Verás, Alexandra, todo esto tiene que ver con tu hermano. Tu hermano Aarón.

Abrí los ojos como platos y me quedé petrificada.

—¿Co…co…cómo? ¿Qué dices? ¿Tengo un hermano? —miré a Darach y a Esteban consecutivamente y ninguno de ellos mostró signo alguno de equivocación.

—Sí, lo tienes y temo que es muy peligroso. Al menos para ti en este momento. Si no me equivoco, ya lo conoces.

—¿Qué lo conozco? no recuerdo…

Mi mirada ausente vagó por todo el suelo del porche mientras mi cerebro intentaba recordar las últimas personas a las que había visto o acababa de conocer. No tardé mucho. Caí en la cuenta casi al instante. Aquel chico alto y delgado, con una mirada oscura como la noche; con un aura tan siniestra que me erizaba la piel y, por si fuera poco, amigo de Pol.

—Dios mío… —susurré.

Esteban se acercó y se sentó a mi lado. Cogió mis manos dentro de las suyas y comenzó a acariciármelas con sus pulgares. Me sentí incómoda y algo se removió en mi interior.

—Escúchame bien, Alexandra. Es cierto lo que dije hace un momento, ojalá no me hubieras conocido, pero no porque no me importes sino por todo lo contrario. Me importas demasiado.

—Ya, claro. Eso que dices no tiene sentido.

—Sí lo tiene, porque si no nos hubiéramos conocido significaría que tú seguirías con tu vida normal y corriente, saliendo con tus amigos, yendo a trabajar, pintando esos cuadros tan maravillosos ¿comprendes? El hecho de que yo haya aparecido está vinculado a ese día, aquel en que estuviste muy cerca de ser atropellada, ¿recuerdas? ¿Recuerdas aquel día?

Le miré a los ojos sin entender. Solté sus manos pues las mías sudaban.

—Sí, claro que lo recuerdo. ¿Cómo olvidarlo?

—Y… ¿recuerdas exactamente lo que ocurrió?

Su mirada penetrante estaba cargada de esperanza. Podía distinguir las distintas miradas de la gente y esa era bien clara.

—No me atropelló, es obvio. Supongo que el coche paró en seco y ya — dije sin convicción. Lo cierto es que no sabía qué contestar a eso—. No sé… la vedad es que no sé muy bien lo que ocurrió —desvié la mirada pues no podía mantenerla por más de dos segundos seguidos.

—Sí lo sabes, aunque te da miedo admitirlo. No te culpo. Esa es la razón por la que me he mantenido alejado de ti. Aquel día, al igual que en otra ocasión en el monte, sufriste un episodio sensorial único e inexplicable sobre el espacio-tiempo ¿Me equivoco?

Abrí los ojos y la boca y le miré, ahora sí, fijamente a los ojos. El corazón me dio un vuelco y se aceleró involuntariamente.

—¿Cómo… cómo sabes eso?

—Porque yo también lo percibí. Al igual que tu hermano.

Me levanté incómoda. Necesitaba moverme y esta vez era yo la que miraba el jardín con ojos ausentes.

—Cuando naciste, prometí que no repetiría errores del pasado. Enmendaría mis fallos y la única manera que existía para ello era no involucrándome. No te equivoques, siempre he estado ahí, solo que tú no eras consciente. Te dejé con tu madre y sé que no has tenido el referente de un padre, pero ha sido mejor así, créeme.

—Si tú lo dices…—me crucé de brazos en un intento de mantener el calor corporal que parecía haberse evaporado.

—Lo digo porque lo sé. Has vivido ajena a mí y eso ya ha sido bueno. A pesar de todo, sabía que tarde o temprano esto ocurriría. Esperaba, mientras tanto, que tu hermano entrara en razón. Temo que no ha sido así y ahora debemos tomar medidas.

—¿Por qué dices que es peligroso para mí? no le he hecho nada, no le conozco de nada. No puede odiarme.

—Su naturaleza es ambiciosa y el simple hecho de que existas ya es motivo suficiente para odiarte. Todo esto tiene que ver con quién soy y lo que represento.

Le miré sin seguir entendiendo. La única parte que tenía más clara era que tenía un hermano que parecía no tenerme en mucha estima y eso me inquietaba bastante.

—¿Y quién eres? —pregunté vacilante. Parecía todo tan misterioso…

Sus ojos se posaron en los míos. Sonrió levemente y esa sonrisa se reflejó en su mirada haciendo que unas arrugas bien marcadas asomaran en el rabillo de sus ojos.

—Ven, acompáñame. Daremos un leve paseo por el jardín.

Me extrañó esa respuesta puesto que el jardín no tenía más de diez metros de largo por otros cinco de ancho. No servía para dar un buen paseo, a no ser que hiciéramos el recorrido de ir y volver varias veces seguidas. Darach nos siguió por detrás a una distancia relativa, lo suficiente para oírnos, pero lo justo para no molestar. Esteban posó el brazo sobre mi hombro derecho y lo apretó levemente.

—Voy a mostrarte lo que soy. No quiero que te asustes, no es nada malo. Mantén la mente abierta, ¿de acuerdo? Sé que podrás hacerlo. No hables, observa y comprenderás enseguida mi origen y por consiguiente el tuyo. Nos detuvimos en medio del jardín. Él se posicionó frente a mí y me cogió las manos. Me quedé mirando sus manos por un momento y después levanté la mirada para ver a Darach que estaba de pie con los brazos cruzados en su pecho a unos tres metros de distancia. Me hizo un gesto de asentimiento con su cabeza transmitiéndome… ¿ánimo?, ¿valor? La verdad es que estaba un poco flipada. No sabía de qué iba todo ese rollo, pero les dejé continuar.

—¡Atenta, Alexandra!

Miré a mi *padre* a los ojos. En ese instante, todo empezó a dar vueltas a nuestro alrededor. Comenzó suavemente, aunque enseguida adquirió una velocidad que parecía irreal. Las formas y la luz se desfiguraron de tal modo que nada tenía sentido, la oscuridad nos envolvió en un espacio centrífugo, sin embargo, mis pies estaban fijos en una superficie estable. Era como estar en el centro de un tornado, todo giraba a nuestro alrededor sin que afectara a nuestros cuerpos. La figura de Esteban era nítida e inalterable, al igual que la mía. No duró mucho. Poco a poco comenzó a haber claridad hasta que se hizo de día. Comencé a oír el canto de unos pájaros alrededor antes de que mi vista pudiera aclararse en esa especie de niebla densa. Creí estar de nuevo en el jardín hasta que oí el sonido de agua corriente deslizándose por algún tipo de superficie irregular, un rio. Súbitamente la imagen se tornó nítida. Observé que nuestro alrededor era totalmente diferente al de hacía un segundo atrás. Nos encontrábamos en campo abierto. El verde de la hierba era algo apagado y los árboles de alrededor mostraban un tono amarillento en sus hojas. Bajo sus copas, se extendía una alfombra húmeda de hojas caídas, más propias del otoño que de la primavera. El rio a nuestro lado fluía vigoroso y su potente caudal revelaba lluvias recientes. El viento en la cara, el sol...No entendía cómo habíamos aparecido ahí. Pestañeé un par de veces y contemplé mis pies hundidos entre la hierba. Como acto reflejo me agaché a tocarla. De pronto, una ráfaga de viento trajo a mis pies una hoja marrón completamente seca y la cogí. Me quedé mirándola, girándola entre mis dedos sin entender por qué parecía que estábamos en otoño. Eso no podía ser. Era completamente imposible ya que estábamos en plena primavera.

La estrujé sin mucha fuerza y crujió. Se rompió en pedazos y al abrir la mano el viento se la llevó delicadamente. Observé algunos restos de la hoja que se habían quedado pegados a mi mano y volví la mirada hacia *mi padre*.

—¿Cómo hemos llegado aquí? esta hoja está seca, al igual que los árboles —No podía creerlo, observé mi alrededor y no daba crédito.

Me miró altivamente formando una sonrisa segada. De pronto, el viento pareció soplar más rápido y en ráfagas mientras que el cielo se cubría de nubes y se disipaba tan rápidamente que me extrañó sobremanera. Comenzó a hacerse de noche y el sol se ocultó a una velocidad de vértigo. Volvió el día y seguidamente la noche. Y así sin cesar, algunas veces con luna, otras sin ella. El nivel del río subía y bajaba constantemente. Tan pronto llovía unos segundos como salía el sol. El rápido cambio había acelerado el caducifolio de los árboles hasta quedar completamente desnudos. No llegué a entenderlo hasta que vi mis pies cubiertos en una especie de manta blanca fría y húmeda. El ritmo, ahora más lento, parecía ser normal de nuevo pues dos jilgueros sobrevolaron nuestras cabezas felizmente. Todo nuestro alrededor estaba nevado. Hacía sol, pero la temperatura había descendido bastante, no haría más de uno o dos grados sobre cero. Cuando mi mente comprendió que era invierno, dejé de respirar. Solté un jadeo y mi cuerpo comenzó a temblar de manera instintiva. Me acerqué a él y me agarré fuertemente a sus brazos hiperventilando.

—Sshhhh, relájate, mi pequeña —susurró en mi oído mientras me abrazaba fuertemente.

—¿Por...por qué estamos en invierno? ¿Co...Cómo...?

—He sido yo. Yo he hecho avanzar el tiempo hasta llegar al invierno, al igual que antes estábamos en otoño, como bien has podido apreciar con esa hoja.

—Y… ¿cómo?

Mis manos comenzaron a estar entumecidas y los dedos gordos de mis pies se encontraban casi dormidos por la falta de riego. El frio comenzó a calar seriamente en mis huesos y él lo notó, probablemente por mi tiritera.

—Volvamos—dijo.

De nuevo, todo se oscureció a nuestro alrededor y el entorno comenzó a girar y a dar vueltas solo que nuestros pies, al igual que antes, seguían anclados en el suelo. El silencio era absoluto. Rayos de luz se colaban de vez en cuando por la distorsión de nuestro entorno, deslumbrándome y obligándome a cerrar los ojos. Súbitamente cesó y como la anterior vez, todo se volvió nítido y luminoso. Un sol radiante bañó mi rostro, calentando mi piel con una suavidad inesperada, como si su luz no solo tocara mi cuerpo, sino mi alma agitada de una manera que jamás imaginé posible. Cuando pude enfocar la mirada descubrí a Darach frente a nosotros en la misma postura en que lo habíamos dejado hacía un momento. Me separé de Esteban, pues aún seguía cogida a sus brazos, y me dirigí al porche, necesitaba sentarme. Trastabillé con mis propios pies, pero no caí. Menos mal. Una vez sentada comencé a recapitular, darle explicación a todo lo que había presenciado, pero…tan solo me vino a la mente la imagen de magos como *Gandalf*, en *"El señor de los anillos"* o a *"Dumbledore"*, en *"Harry Potter"*. En una palabra, magia.

—Eh… ¿estáis bien?

—Déjala, Darach. Lo está asimilando.

Y ahí estaba ese hombre que decía ser mi padre, andando hacia nosotros como si nada, con las manos metidas en los bolsillos hasta que llegó al banco y se sentó junto a mí.

Exhalé.

—¿Qué es lo que he visto? ¿Por qué dices que lo has hecho tú y cómo es eso posible? —interrogué sin mirarle a los ojos—. ¿Eres mago o algo así? —hizo una carcajada silenciosa.

—No, mi pequeña. No soy mago, pero sí soy alguien capaz de cambiar, avanzar, retroceder, *parar* —enfatizó esa última palabra—, el tiempo. Y el porqué es muy sencillo. Yo soy él y tú, mi niña, eres mi hija. Es decir, la hija del tiempo y, por lo tanto, su heredera.

12. AARÓN

Londres, 1812.

—¡Padre, padre! No se vaya. No me deje otra vez. Quiero ir con usted…por favor…

No quería que se marchara. Siempre hacía lo mismo y estaba harto. Venía, se quedaba conmigo unos días, y volvía a marcharse dejándome más solo que antes. Decía que tenía que viajar porque de él dependía todo. Para todo el mundo era un comerciante. Solo yo sabía la verdad. Eso me hacía sentir muy importante pues era el único que la conocía. Él viajaba, no para comerciar si no para observar y aguardar que todo fuese bien "hacia delante" como él me decía. Viajaba por el cielo, por el vacío; ese lugar al que yo llamaba así porque no había nada, solo oscuridad. Me llevó allí un par de veces y contemplé en la distancia una esfera azul y marrón muy bonita:

—Tu planeta —dijo—. Ahí vives tú y todas las personas que conoces. Como ese planeta hay miles, pero has de estar orgulloso, hijo mío, muy pocos en el universo son tan ricos como este. Nacer en él es todo un privilegio.

Quería volver a verla y quería ver de cerca esa otra bola tan bonita y deslumbrante.

—¡Padre, quiero ir! Quiero ver esa estrella que calienta tanto, por favor, por favor, por favor… —insistí pues sabía que no me llevaría con él. Esta vez tenía la mirada seria y cuando la ponía así era imposible convencerle. A pesar de eso, lo intenté.

—¡Basta, Aarón! no puedo llevarte. Eres muy pequeño y no sé hasta qué punto esos viajes pueden dañarte, recuerda que también eres humano. Habrá lugar para eso cuando seas mayor, tú mismo podrás moverte de aquí para allá. Ten paciencia, pequeño. Mira, haremos una cosa; el próximo mes te llevaré donde tú desees ¿de acuerdo? solo tendrás que esperar un mes, hasta entonces, habrás de comportarte como es debido.

—¡A las cascadas, padre! ¡Querré ir a ver las cascadas!

—Ja, ja, ja… ¿otra vez? está bien. Pero recuerda, lo prometido es deuda. Ya sabes que los señores Brown han accedido muy amablemente a ocuparse de ti mientras yo no estoy, no me gustaría averiguar que no has obedecido.

—Cuando no estáis, no son tan buenos conmigo, padre. Por favor, ¿no me pueden cuidar los Emerson? Ellos sí lo son y a veces me dan dulces.

—Hijo mío, los Emerson tienen diez hijos y no poseen un gran poder adquisitivo, por no hablar de que su hogar es pequeño. Trabajan muchas horas y hasta los hijos trabajan con ellos en su pequeño negocio. No querrás eso para ti, ¿verdad? Puedes ir a la escuela con los hijos de los Brown, están dispuestos a que aprendas y yo quiero que te conviertas en un muchacho de provecho. Nadie regala nada en este mundo.

Comencé a llorar y me abracé a su cintura. La gran mayoría de veces solía funcionar, aunque, últimamente no mucho.

—Eres mayor para gimotear, Aarón. Esta vez no puede ser. La próxima vez te llevaré conmigo, te lo prometo —dijo separándome de él—. ¡Señora Brown! Por favor, hágase cargo.

La señora Brown apareció por el fondo del sombrío pasillo. Era una mujer, según padre, respetable porque su marido era dueño de una compañía naviera de barcos pesqueros y habían ganado mucho dinero. La había visto hablar con las personas y sí parecía amable, con todos menos conmigo. Cuando padre no estaba yo era uno más de la servidumbre. Si sus hijos causaban algún tipo de algarabía, era culpa mía. Era yo el culpable de todo, aún y cuando ella sabía que no era cierto. Mi cuarto, era en realidad un espacio acomodado en la despensa contigua a la cocina. Los botes de conservas, las patatas y las escobas eran mi única compañía. Era húmeda y oscura. En ocasiones, cuando el frío calaba hasta entumecer los huesos, dejaba la puerta abierta para que entrara el calor de los fuegos de la cocina. Cuando venía padre, le hacían creer que mi cuarto era una gran habitación con una gran ventana por la que entraba mucha luz. En realidad, ese cuarto era de John, su hijo mayor recientemente casado y que tenía su propio hogar.

—Como le cuentes algo de esto a tu padre te juro que diré a todo el mundo que tu madre era una puta —tiempo atrás, la Sra. Brown, pronunció esas palabras con un desprecio sin igual enfatizando la última palabra con asco hasta el punto de escupirme en la cara.

—¡Puta, puta, tu madre es una Puta! —canturreó el hijo más pequeño de los Brown.

—¡Cállate, Connor! No te metas… —contesté sin pensar mientras soltaba resoplidos por la nariz entornando los ojos llenos de odio.

Los señores Brown tenían cinco hijos: Marta, John, Charles, Irina y Connor. Marta, la mayor, pertenecía a una orden religiosa y vivía en un convento. A John, ya casado, apenas le conocía pues aparte de no convivir con ellos tampoco venía mucho. Charles, Irina y Connor formaban un trío infernal confabulado contra mí e hiciera lo que hiciese, siempre salía perdiendo. Los odiaba.

—¡Plasss! —un fuerte manotazo se estampó en mi mejilla produciendo un fuerte dolor dejándome la cara enrojecida.

—Escúchame bien, sucio niño, que tu padre me pague diez chelines al mes por mantenerte no te da derecho a hablar así a tu señor.

—¡Connor no es mi señor! ¡Y le hablaré como me dé la gana!

De mi boca salieron palabras de las que después me arrepentiría, pero mi rabia era tal que no pude evitarlo. Mis ojos entrecerrados y mis labios apretados dieron una pista no muy discreta del odio que les profesaba.

<<Si tuviera el poder de papá…>>pensaba en eso constantemente.

—Algún día, cuando sea mayor, me vengaré de todos vosotros. Os arrepentiréis de haberme tratado así. ¡Lo juro!

—¿Qué has dicho? ¡Te vas a enterar!

Agarró con fuerza mi oreja derecha y tiró de ella obligándome a seguirla por el pasillo hasta que con un empujón me tiró al suelo de mi "cuarto" y me encerró allí dejándome solo, a oscuras y llorando.

—Hoy no cenarás. Si no te oigo, quizás mañana desayunes nuestras sobras. Solo quizás —lloré y llamé incesantemente a padre, pero no vino.

Ese tipo de recuerdos eran los que hacía que odiara a padre por marcharse y abandonarme. No tenía idea de lo que ocurría allí y yo no quería decírselo pues sabía que si lo hacía dejaría de llevarme a esos lugares tan mágicos. Me insistía en que yo lo haría cuando fuese mayor y tuviera el cuerpo y la mente completamente desarrollados. Por eso era importante que fuese un buen alumno en la escuela. Lo intentaba, pero los maestros me miraban con recelo y no me daban la oportunidad de demostrar mis conocimientos. Según padre, el día que pudiera moverme por el tiempo no debía usarlo en mi beneficio, debía ser honrado y aprender de lo que la vida me diera, como los simples humanos. De este modo, en un futuro, sería el portador del tiempo, como él. Era más fácil pensarlo que hacerlo pues deseaba con todas mis fuerzas tener el control y ejecutar mi venganza. Esas personas no se merecían mi compasión, mucho menos mi perdón.

—¡Señora Brown! —repitió a voz en grito. Seguidamente, se agachó para estar a mi altura y secó mis lágrimas con sus largos y gruesos dedos. Melody, que era el verdadero nombre de la señora Brown, venía por el pasillo cuando padre la vio. Volvió la mirada hacia mí, soltó un leve suspiro y sonrió.

—Está bien —en ese momento chasqueó los dedos produciendo el lapso. Esa parte era muy divertida porque las personas quedaban estáticas en posturas poco usuales y muy ridículas, como le ocurrió a la señora Melody en ese momento. Estaba inmóvil con los ojos entrecerrados y con un gesto extraño en la boca, probablemente porque masticaba algo. Comenzamos a reírnos y padre me abrazó.

—Te quiero, Aarón, pero debes comprender que mi naturaleza no es esta. No soy humano, por tanto, no puedo permanecer aquí mucho tiempo. Todo a tu alrededor depende de mí, es mucho más grande de lo que imaginas y he de estar ahí. Algún día tendrás el control necesario para continuar mi legado, será entonces cuando comprendas la grandeza de tu naturaleza. Sé que a tus nueve años te pido mucho, pero no puedo darte nada mejor. Eres casi un hombre, compórtate como tal y hazme estar orgulloso de ti.

—Está bien, padre. Haré que esté orgulloso, lo prometo.

Jamás cumpliría esa promesa. Mi afán por crecer y adquirir ese poder que padre me había prometido me obsesionó. Mi ira fue en aumento, alimentada por la frustración de sentirme abandonado una y otra vez y por el rechazo de quienes me rodeaban. A ello se sumaban, además, todos los intentos fallidos de provocar el lapso.

La primera familia que me cuidó fueron los Henderson. Tenía poca memoria de ellos pues tan solo conviví con ellos hasta los tres años. Después siguieron los Brown hasta mis once años; seguidamente, con el doctor Hawking y su esposa. No tenían hijos, pero su manera de tratarme rozaba una condescendencia innecesaria, casi ofensiva. Finalmente, acabé en la casa de una anciana solterona, la señora Clarks. Era buena mujer pues estaba completamente sorda y le daba igual lo que yo hiciera o dejara de hacer siempre que tuviera el cuarto recogido, mi cama hecha y cenara con ella. Su comida no era una exquisitez, más bien salada, pero qué podía esperar de una anciana. A pesar de eso, fueron los mejores años de mi vida. A mis diecisiete años padre me consiguió empleo en el banco más prestigioso de la ciudad pues era muy conocido en la alta sociedad y tenía buenas amistades. El empleo era decente y el jornal también. Comencé ocupándome del correo y, con el tiempo, fui ganando la confianza del director, el señor Hampton. A pesar de una existencia tranquila y aparentemente sosegada, la obsesión por dominar el lapso me devoraba por dentro, me corroía. Me desesperaba rozar una y otra vez la posibilidad de conseguirlo y, sin embargo, fracasar siempre en su perfección. En un comienzo lograba movilizar a la muchedumbre hacia un ralentí antinatural, como cuerpos suspendidos en un avance casi muerto, una visión tan inquietante como irónica. Pero esa burla efímera se tornaba en una rabia incontrolable. Mi torpeza, persistente y humillante, me recordaba que aún no lo dominaba, que el control seguía fuera de mi alcance.

Padre me animaba a imitarlo e inicialmente fue emocionante, pero llegó un día en el que no quiso avanzar más.

—Hijo, no sé qué más quieres, ya te he enseñado todos los pasos, solo has de practicar más. Encuentra la vía desde tu interior, después será como abrir y cerrar los ojos.

A raíz de aquella ocasión, su presencia fue desapareciendo hasta volverse casi un recuerdo. Si bien era cierto que, con treinta años, en esa época, se esperaba de un hombre hecho y derecho que ya estuviera felizmente casado y no precisara de la ayuda de sus progenitores. Nunca tuve amigos, las muchachas me veían como un chico raro; no las culpé pues tampoco me interesaron demasiado. Los años pasaron y nuestro distanciamiento, a la vez que mi resentimiento, aumentaron. Era como si, para él, yo hubiera dejado de existir ¿Tan importante era lo que tenía que hacer como para olvidarse de mí? ¿de su único hijo? La vez que conseguí, por fin, producir un lapso completo pensé que vendría a visitarme pues si yo paraba el tiempo, lo detenía en todo el universo, no solo a mi alrededor. Sin embargo, no vino. Cuando la señora Clarks murió tuve que buscarme la vida, aunque...no fue difícil. Dominando el lapso y trabajando en un banco la solución la tenía a mi alcance, tan fácil, tan exquisitamente simple. Obviamente, recurrir a padre estaba completamente fuera de lugar pues en los últimos cinco años le había visto solo un par de veces. Tenía el dinero de toda la provincia al alcance de mi mano y nadie, ni siquiera padre, se daría cuenta. Para él no sería más que otra práctica más. Lo que hiciese o dejase de hacer con el tiempo detenido no le incumbía en absoluto.

Comencé sustrayendo pequeñas cantidades. Poco a poco, el hecho de adquirir tanto dinero de ese modo tan fácil terminó siendo adictivo. Sabía que tarde o temprano me descubrirían y eso no lo podía permitir, así es que ingenié un plan para no dejar sospechas en mi persona. Fue muy fácil. Estuve unas semanas trabajando sin parar, haciendo horas de más, sobre todo, regalándole los oídos al señor Hampton. Una mañana muy ajetreada coincidiendo con el día de pago de impuestos locales, realicé el lapso. El banco estaba a rebosar y había cola en la calle para hacer los pagos puntualmente. Ese día retiré la suma de dinero más grande hasta la fecha: quinientas libras. Cincuenta de ellas fueron a parar al bolsillo trasero del pantalón de Frank, un trabajador del banco demasiado prepotente para mi gusto. Las otras, claro está, para mí.

¿Qué jefe podría sospechar de un trabajador educado, sin familia a la que alimentar ni hijos a quienes dar educación, siempre dispuesto a prolongar la jornada con tal de cumplir con su deber? No como Frank, cuya persona estaba acostumbrada a llevar una vida de lujo y la cual, el jornal le parecía un insulto siendo quien era o, mejor dicho, siendo hijo de quien era. Los gestos de hastío que hacía cada vez que le tocaba atender a alguien perteneciente a la "chusma" como él decía, no pasaban desapercibidos por nadie y menos por el señor Hampton. Era un auténtico cretino, pero por la estrecha relación con su padre, el Juez Johnson, Hampton tenía que aguantarlo. Era el día propicio con tanto dinero en la caja fuerte. Cuando el señor Hampton salió del despacho buscándome para solucionar un inesperado conflicto con un insecto muy pesado en su despacho, no pude hacer otra cosa que reírme ante lo irónico de la situación. Mientras yo mataba a la pobre avispa, él se paseaba por la oficina revisando y observando a sus trabajadores. Al instante pude observar, a través de las persianas de madera de su despacho, cómo la piel del rostro de Hampton mutaba del rosado a un granate oscuro al ver asomar la considerable suma de dinero del bolsillo trasero del pantalón de Frank. Ese fue su último día y su fama de ladrón corrió como la pólvora. Frank pertenecía a una de las mejores familias de la ciudad y ahora, el prestigio y el buen nombre de su familia había quedado reducido a la humillación y a la vergüenza de todos por mucho tiempo. No es que deseara aquello para su familia, simplemente, eran daños colaterales. Me habría complacido vengarme de ese modo de los Brawn. Tal vez más adelante, cuando fuese verdaderamente rico y pudiera restregarles mi dinero en la cara… y, ¿por qué no?, también en la de padre.

Más tarde comprendí que no hacía falta trabajar en ningún banco para hacerme con el dinero. Uno nace con cierta picardía, pero la vida y la experiencia te enseñan a ser espabilado y hay que aprovecharlo. Una cosa tenía clara, no volvería a trabajar en la vida. A mis treinta y cinco años, el lapso lo tenía más que perfeccionado y podía prolongarlo cuanto quisiera.

"Tan fácil como respirar" había dicho padre en una ocasión, y no se equivocaba. Viajar en el tiempo, en cambio, era otra cosa. Recordaba con precisión sus últimas enseñanzas y, una y otra vez, su voz regresaba a mi cabeza: "Encuentra la vía. Una vez la halles, te será muy fácil". Pero, pese a todo mi esfuerzo y concentración, seguía siendo completamente imposible. Terminaba exhausto y sin energía. Parecía que mi fuerza no fuese suficiente o tal vez necesitara más años de experiencia. Al fin y al cabo, padre tenía…tenía… ¿quién sabía los milenios que tenía? Una noche, después de acabar agotado y sudoroso, me di por vencido. Conseguí deformar mi entorno, como si se hubiera cernido sobre mí una inmensa oscuridad, las formas y figuras a mi alrededor fluctuaron con una alteración sinuosa, pero imposible de completar y, como si de una sacudida se tratase, todo volvió a la normalidad. Me sentí tan turbado, tan inútil…

Caí de rodillas al húmedo suelo del ático en el que vivía. Grité y grité con todas mis fuerzas y lloré como un niño. Me quedé encogido sobre mis pies durante horas. Finalmente, conseguí conciliar el sueño al comprender que odiaba a padre. A la mañana siguiente desperté sobre mi cama. No recordaba haberme introducido en ella. La luz del alba se colaba por las rendijas de la ventana de madera, y las gotas del rocío de la mañana se condensaban en los bajos de los cristales confiriendo a la madera un tono negruzco casi podrido por el moho. Una voz familiar me sacó de mi ensoñación y la coraza de mi corazón crujió por un momento.

—Buen día, hijo mío —padre, con su presencia impoluta, vestido en chaqué y sombrero de copa, se presentaba ante mí después de tanto tiempo. Mi estómago se removió y a pesar del leve indicio de mi corazón acelerándose, lo ignoré. Si era sincero conmigo mismo no sabía por qué lo seguía llamando padre, al fin y al cabo, contando todas las veces que habíamos estado juntos no llegaban a la veintena. Si eso era ser padre…

—¿Qué hacéis aquí? ¿A qué habéis venido? —el gesto de hastío que salió de mi rostro no le gustó. A mí tampoco verle.

—Vaya, siento venir en mal momento, pensé que te alegraría verme…

—Hace cinco años que no sé nada de usted —salté de la cama como si tuviera un resorte y pasé los dedos de las manos por mi maraña de pelo plateada.

—Sé lo que piensas y no te culpo, el tiempo no pasa igual para ti que para mí, cinco años no son nada en mi eterna vida. Algún día lo comprenderás. Por ahora…

Estaba tan perturbado, tan contrariado que no me percaté de lo que ocurría realmente a mi alrededor. Quería plantarle cara y solo fui capaz de darle la espalda.

—Domino el lapso a la perfección, padre —dije sin pensar.

—Lo sé, lo he notado. Me alegro por ti.

—En cambio, no consigo moverme en el tiempo ¡Es imposible! no lo entiendo padre, he hecho cuanto ha estado en mi mano. Es inútil, un deseo inalcanzable. Tengo la sensación de que soy débil para tal propósito, como si no tuviese suficiente energía, ¡no lo entiendo! —grité dando un puñetazo a la mesa. Me quedé de espaldas a él contando hasta diez, pues odiaba que me viera en ese estado de vulnerabilidad.

—Quizás no lo logres nunca. Tal vez se deba a que eres hijo de una…

—¡¿Una puta?! ¿Eso iba a decir? —pregunté incrédulo. No podía creer lo que estaba escuchando…

—¡No! ¡Claro que no! Me refería a una humana débil. Tu madre era fuerte en muchos aspectos de la vida, sin embargo, no lo fue en el físico. Murió en el parto, así que tal vez eso pueda influir. Escucha, me consta el esfuerzo que has realizado para lograrlo. Estoy orgulloso de ti, pero ya deberías poder desplazarte temporalmente. Es igual de fácil y…

No pude escuchar nada más. Giré sobre mis pies para plantarle cara y lo que vi me dejó clavado al suelo.

—¡¿Qué demonios…?! —mi pregunta quedó en suspenso pues no pude continuar hablando. Padre se encontraba frente a mí y sostenía algo entre los brazos oculto bajo su capa. Estaba desconcertado. Había algo extraño en su mirada que no logré identificar de inmediato, y no comprendí su verdadera naturaleza hasta que el bulto se movió. Con el movimiento, la capa descendió por un costado del bulto mostrando un pequeño rosado y rechoncho brazo de bebé que se estiraba mientras realizaba un sonido que reconocí al instante, un bostezo. El pequeño bebé hizo algún ruidito más y al momento, se quedó dormido de nuevo.

—¿Quién es y qué hacéis con un bebé? ¿por qué lo traéis ante mí? —interrogué intuyendo la respuesta.

Su mirada se enterneció mostrando una sonrisa al observar a ese bebé y sin que dijera nada, lo supe. El mundo se derrumbó a mis pies pues la existencia de esa criatura lo cambiaba todo. La rabia me invadió y un odio visceral e inhumano recorrió mi cuerpo al contemplar su deleite para con ese niño pues, claramente, ese niño era su hijo y, por consiguiente, mi hermano.

—Su nombre es Alexandra y es tu hermana.

13. Alexandra

El viento azotaba mi coleta en sacudidas violentas. La mañana había amanecido con un sol brillante y a medida que había avanzado el día, las nubes se amontonaron cargadas de oscuridad. El clima se había vuelto inestable, como yo. Las espesas nubes violáceas del horizonte amenazaban por deshacerse y no precisamente en una delicada lluvia sino en una descomunal tormenta. El aire fresco que sentía en mi cara; la canción de *"Believer"*, de *Imagin Dragons* en mis auriculares y mis grandes zancadas al compás de mis latidos de corazón estaban consiguiendo levantarme el ánimo por momentos. Tanta adrenalina contenida debía de salir por algún sitio y qué mejor manera de liberarla que saliendo a correr. Un ritual maravilloso que drenaba el caos generado en mi interior.

Después de la conversación que había mantenido con Esteban, mi supuesto padre, no estaba preparada para seguir escuchando. Lo vio en mis ojos y fue él quien dijo que ya había sido suficiente por ese día, que tendríamos más momentos para explicaciones. Sin embargo, llevaba tres días en esa casa y no habíamos vuelto a coincidir. No quería volver a casa de Pol, al menos no tan rápido y deseaba dejar el tema de mi padre zanjado. Mis preguntas eran tantas que se me acumulaban de manera irremediable, no sabía por dónde empezar. Asimilar que mi padre, hasta ahora inexistente, había aparecido de repente diciendo ser, literalmente, el tiempo, era del todo surrealista. Si no hubiera sido por lo que vi, lo que me mostró...Sentir el frio de la nieve, su humedad bajo los pies. Tocar las hojas secas rompiéndose en mis manos; el percibir el calor del sol, el sonido del río, los pájaros, el viento...la distorsión. Fue real.

Había presenciado el cambio de estación como en una película a cámara rápida. Era cierto, lo sabía. Además, eso explicaría muchas cosas y la primera de todas cuando el tiempo se detuvo para salvarme la vida. Aún no comprendía el funcionamiento, pero estaba claro que tenía que ver con mi linaje. Un escalofrío me recorrió el cuerpo en ese instante y el vértigo, por primera vez en mi vida, me hizo sentir pequeña, insignificante, como si todo el mundo se tambaleara bajo mis pies.

Otra de las cosas que tampoco comprendía era porqué mamá no lo reconoció en el hospital. Ella estaba allí ¿Su imagen era tan distinta veintitrés años después como para no reconocerlo? No, simplemente existía otra explicación más retorcida en la que no quise pensar demasiado en un primer momento, pero a medida que avanzaba el día y por la forma en que él preguntó si había sido una buena madre...Dejé de correr. Me sujeté la cintura con las manos mientras mi respiración acelerada se acompasaba un tanto. Ciertamente, tenía la respuesta ante mis narices. Era tan obvia y dolorosa al mismo tiempo que no podía o más bien, no quería creerla.

—No puede ser. Tú también no, mamá —dije en voz alta. Un sollozo apareció de repente seguido de una lágrima que se derramó por mi mejilla. Me la sequé con el dorso de la mano sudorosa. Mi madre, la dulce y cariñosa Elena Blanch, no era mi verdadera madre y darme cuenta de esto fue lo último que hubiese querido. Mi instinto me lo gritaba en silencio. Durante todos estos meses había aprendido a reconocer ese sexto sentido que había desarrollado desde el accidente de coche. Era algo extraño, y en el momento en el que pensé la verdad sobre mi madre fue como encajar la última pieza de un puzle. Era así, simple y cierto. Otro sollozo silencioso e involuntario surgió de mi garganta y la pregunta siguiente fue irremediable ¿Por qué? Si algo tenía claro es que la siguiente parte de la historia quería escucharla de ella. Necesitaba todos los detalles y sabía que, ahora sí, me lo contaría.

Con gran esfuerzo dejé de pensar en ello intentando recomponer mi corazón agrietado. No era tan grande el dolor por ser adoptada sino por su engaño. Respiré hondo cerrando los ojos concentrándome en la música, si continuaba con esos pensamientos, acabaría llorando desconsoladamente y sin fuerzas para regresar. Eran las doce del mediodía y la tarde se avecinaba tormentosa, en todos los sentidos.

Después de ducharme me sentí con las pilas cargadas. Salir a correr había sido buena idea, ahora me encontraba mejor, más centrada, capaz de organizar mi vida. Probé a colocarme los vaqueros nuevos del armario con la sudadera rosa. En uno de los cajones del baño había un secador de pelo, aún en su caja precintada. No quise usarlo, preferí dejar el cabello húmedo pues me refrescaría las ideas. Después de peinarme, salí de la habitación. Cuando entré en la cocina vi a Darach sentado en la mesa, literalmente encima de la mesa. Estaba de lo más relajado sonriéndole a alguien que había allí, Marisa, la cual se encontraba preparando la comida.

—Hola —dije sin mucho entusiasmo. Lo cierto es que hubiese preferido estar sola.

En el instante en que pronuncié esa palabra Darach se irguió y esa sonrisa tan sincera y bonita que le había visto hacía un instante desapareció. Bajó de la mesa dando un pequeño salto para después cuadrarse y mirarme de arriba abajo. No logré entender su semblante; una mezcla de sorpresa y hastío quizás...lo que sí me quedó claro es que no le agradó mi presencia. Se quedó quieto junto a la mesa mientras no me quitaba el ojo de encima. Su gesto, ahora más relajado, no dejó de incomodarme pues me observaba fijamente. Me desconcertaba, tenerlo tan cerca sin conocerlo realmente me hacía estar incómoda. Ese chico alteraba mi armonía. Me gustaba, eso me quedaba claro, pero había algo más, algo más profundo que no llegaba a comprender y él tampoco lo ponía fácil. Solo sabía su nombre y no era suficiente para mí. No parecía mucho mayor que yo, sin embargo, su manera de actuar, sobre todo al dirigirse hacia mí, le hacía parecer muy maduro, como si hubiera vivido mucho.

—Alexandra…—pronunció mi nombre como si estuviese prohibido, casi en un susurro, acariciándolo como si fuera terciopelo. Seguidamente agachó la cabeza levemente para después volverla a elevar clavando su mirada atigrada en mis ojos vacilantes. Una reverencia en toda regla, muy galante por su parte.

¿De dónde venía este chico? parpadeé un par de veces. Probablemente mi cara reflejó mi estupefacción y no era para menos. Siempre que me veía o se dirigía a mí, hacía eso y claramente me desconcertaba.

—Hola, Darach —contesté con el pulso acelerado. Como siempre, mi corazón actuaba de manera independiente.

—¡Hola, mijita! ¿Qué tal se encuentra hoy? Tengo entendido que salió a correr. Darki no ha parado de platicarme sobre usted ¿verdad mijo? Venga, siéntese que le prepararé algo para picar.

Me sorprendió escuchar eso y las mariposas de mi estómago revolotearon de repente. Le miré y sonreí al ver que puso los ojos como platos mirando a Marisa con claro reproche, después introdujo las manos en los bolsillos de su pantalón de deporte y carraspeó mientras parecía entretenerse con el respaldo de la silla que estaba a su lado. Decidí vengarme por el eructo de mal gusto y ponerle un poco más nervioso de lo que parecía en ese momento.

—¿Ah sí? —pregunté curiosa—. ¿Y qué decía? —le miré intrigada y sonriente. Una sonrisa que me duró menos de un segundo.

Darach volvió a mirarme, pero esta vez con el ceño fruncido.

—Le decía que no deseo perder mi tiempo vigilando a niñitas malcriadas como vos—dijo acercándose como un felino al acecho. Se detuvo a menos de un palmo de mí mientras sus ojos se deslizaron por mi rostro hasta quedarse detenidos en mi boca, la cual estaba abierta por la sorpresa hiriente de sus palabras. En ese instante, pareció que el tiempo se detenía pues fui capaz de observar los distintos matices de su iris y el reflejo del músculo de su mandíbula mientras se tensaba y se destensaba. Su aroma me envolvió en una nube invisible que me arrastró a la incoherencia de no saber qué hacer. De pronto, se irguió y salió de la cocina como alma que lleva el diablo. Me dejó atónita y solo pude soltar un jadeo ¿Qué le pasaba a ese chico? Era muy difícil de entender. Tan pronto hacía reverencias como me echaba a los perros. La indignación me subió desde los pies a la cabeza. Fruncí los labios y sin querer respiré rápidamente por mis fosas nasales inspirando inevitablemente la fragancia que había dejado al pasar a mi lado. Me sentí como si me hubiese abofeteado allí mismo.

—¡Darach Sallow! venga acá ahorita mismo y discúlpese ante la señorita, ¡Darach!

No lo hizo. A cambio, ya sabía algo más. Su apellido, Sallow. Avancé hasta la silla que había estado observando y me desplumé sobre ella mirando a la nada. Una lágrima cayó por mi mejilla y bajó rápidamente hasta caer y estamparse con la mesa blanca de la cocina.

—Ay, mija, ¡no se achicopale! No le haga caso… ¡Chale! No sé por qué carajo dijo esa mentira tan grande ¡Será socatón!

Marisa se acercó y comenzó a acariciarme el pelo. De pronto me sentí incómoda y me erguí.

—No pasa nada, Marisa. Sé que le caigo mal, parece que soy una piedra en su zapato. Está claro que me odia y no sé por qué.

Marisa se sentó a mi lado, encerró mis manos entre las suyas y mirándome a los ojos dijo:

—Si algo sé mijita, es que usted a ese chamaco no le es indiferente y no porque no le guste sino todo lo contrario, aunque él aún no lo sepa. Créame. Además, añora a su familia, están muy lejos y eso lo apena muchísimo. Pero basta ya de penas cuando hay tanto por hacer.

Después de ese episodio, regresé a mi habitación a esperar la hora de comer. Tendría que hablar con Esteban sobre ese chico, al menos, para que me aclarase el porqué de su comportamiento. De todos modos, no iba a quedarme aquí a vivir en ese lugar, eso lo tenía claro. Esta situación era solo un paréntesis, volvería a casa en cuanto pudiera retomar mi vida y buscar un nuevo empleo. En ese instante, mi madre era lo más urgente, quería saber su parte de la historia. No me apetecía escuchar que era adoptada, pero necesitaba saber mi verdadera historia y no quería demorarlo más, con suerte podríamos vernos esa misma tarde. Cogí el teléfono y marqué su número.

—¡Hola, cariño! ¿Qué tal estás? Hace días que no sé nada de ti, empezaba a estar preocupada…

—Hola, mamá. Lo sé, he estado muy liada.

—Te oigo triste, ¿va todo bien?

—No, mamá, nada va bien. Necesito verte. Tengo que contarte algo. No te asustes, estoy bien. Solo quiero verte y hablar contigo de algo importante. ¿Podríamos vernos esta tarde?

—¿Hoy?

—Si no puedes no pasa nad…

—Sí, sí, claro. Lo cierto es que iba salir con alguien, pero puedo aplazarlo. Prefiero que me cuentes lo que te preocupa.

—Estupendo. Te recojo a las seis. Adiós.

Después de cómo nos despedimos la última vez, creí que seguiría enfadada conmigo, me equivoqué. De hecho, parecía que incluso se le había olvidado.

Le envié un WhatsApp a Pol y otro a Blanca para decirles que estaba bien y que ya hablaría con ellos cuando tuviese más tiempo. Con Pol debía tener cuidado pues si era amigo de *mi hermano* y este no tenía buenas intenciones para conmigo no debía de darle muchas explicaciones. Tendría que inventar algo más simple. Al momento vibró el móvil entre mis manos y comenzó a sonar. Cómo no, Pol. Puse los ojos en blanco y suspiré. Sería mejor contestarle, así se quedaría tranquilo y me dejaría en paz.

—Hola, Pol.

—¡Álex! ¿Estás bien? ¡Te he llamado cientos de veces y no has contestado! He estado a punto de ir a la policía ¿Te han hecho algo? ¿Quieres que vaya a buscarte? Dime algo ¡Álex!

—¡Eh! Respira, ¿vale? Tranquilo estoy bien, de verdad. Todo ha ido bien, pero necesitaba asimilar ciertas cosas…

—¿Dónde estás? Puedo ir a buscarte cuando quieras.

—No. Necesito unos días más para entender algunos asuntos.

—De acuerdo, pero ¿dónde estás?

<<Qué pesado>> pensé. No sabía si decirle dónde me encontraba. Al fin y al cabo, imaginaba que Aarón conocía el paradero de nuestro padre. Finalmente, no quise arriesgar.

—Pues… no lo sé muy bien. Escucha, Pol. Puedo irme cuando quiera, ¿de acuerdo? Solo que ahora mismo no quiero. Prometo contaros todo—mentí—. Estoy bien, de verdad.

—¿Estás segura?

—Sí, lo estoy. Ya hablaremos. Tengo que colgar. Adiós —colgué sin esperar respuesta. Me estaba agobiando con tanto control. Entendía su preocupación, sobre todo porque había desaparecido con un desconocido y no había contestado sus llamadas en tres días, pero no me apetecía hablar con él y darle explicaciones. Unas explicaciones que iban a ser inventadas. Primero tenía que saber toda la verdad para así aclarar mis ideas y poder ejecutar una mentira piadosa que contar a todo el mundo. Blanca ni siquiera había leído el mensaje y conociéndola, tardaría.

Cuando bajé a comer me sorprendió encontrar la gran mesa del salón preparada, parecía navidad por el mantel de tela granate y la decoración con velas y flores que había en el centro. Marisa tenía muy buen gusto. La mesa era rectangular, dispuesta para seis comensales, tres a cada lado. Fui la última en llegar, Esteban y Darach ya estaban sentados. Cuando llegué a su altura, los dos se levantaron y Darach volteó la mesa para separarme la silla y así poder sentarme. Parecía mostrar algo de arrepentimiento en su rostro pues esquivó mi mirada. Esteban, por fin presente, no me quitó los ojos de encima y sonrió hinchando el pecho. Esa expresión le hacía parecer feliz y se notaba en el ambiente pues de algún modo lo transmitía y la paz interior que me recorrió por dentro me sobrecogió contagiándome parte de esa felicidad. Acepté la silla y me senté mientras Darach, rodeó la mesa para sentarse frente a mí. Esteban estaba a su lado y Marisa, después de servir a todos, se sentó al mío. En ese momento pensé que, visto desde fuera, parecíamos una familia normal, nada más lejos de la realidad.

Frente a nosotros, servido en una bandeja de plata reluciente, se hallaba un cordero cocinado al horno con patatas, verduras y especias. Tenía una pinta increíble y la boca se me hacía agua solo con el olor que desprendía. Vi a Darach sonreírle a Marisa cuando esta destapó la bandeja. Se mostraba de lo más tranquilo y calmado cuando estaba con ellos, pero al percatarse de mi mirada cambió su semblante a uno más serio. Carraspeó. Me incomodaba, como si fuese la culpable de algo. Decidí ignorarle, aunque mis ojos y mi corazón me traicionaban de vez en cuando. Sobre todo, cuando sonreía inocentemente ante alguna palabra amable de Esteban o Marisa, se le reflejaba en sus ojos. Decidí romper esa influencia magnética que me desconcentraba de todo y de todos. Respiré hondo y parpadeé un par de veces.

—Esta tarde voy a ver a mi madre. Quiero hablar con ella de ciertas cosas.

—Entiendo —dijo Esteban, mi padre.

—Hace unos días tuvimos una discusión y quiero arreglarlo. Más aún, ahora que sé la verdad.

—Ten cuidado, Alexandra. Tu madre es fuerte, pero puede no entender ciertas cosas.

—Lo sé. Obviaré ciertos asuntos que ni siquiera yo aun no entiendo. Quiero saber su parte en esta historia. Sé que podrías explicármelo tú, pero necesito que sea ella.

—Cierto es. Además, creo que es lo correcto.

—Mmm… —introduje un bocado de cordero asado con un trocito de pan en mi boca—. Este cordero está delicioso, Marisa. Por cierto, estaba pensando… ¿Hay autobuses por aquí cerca? Necesito ir al centro y…

—No. Darach te llevará y te traerá a casa cuando termines. Es más seguro.

Me atraganté con el agua y comencé a toser.

—¿Cómo dices? —no podía creer lo que me estaba diciendo. De manera involuntaria miré a Darach el cual, masticaba y comía como si tal cosa. Su rostro no expresaba nada en absoluto.

—No creo que le guste ser mi niñero particular, ¿me equivoco? —repliqué mirándole con cara de pocos amigos.

—Lo que le guste o deje de gustar es irrelevante. Está aquí para protegerte, nada más.

—¿De verdad necesito protección? ¿De ese hermano mío? No creo que sea para tanto, ya le conocí y no me hizo nada.

—No lo subestimes, Alexandra. Yo lo hice hace muchos años y he de decir que no estoy feliz viendo en qué se ha convertido. Hazme caso si te digo que sí necesitas protección, ha vivido mucho esperando que te hicieras mayor y fueses capaz de…—sus ojos vagaron entre mí y Marisa que masticaba muy alegremente una chuleta—. En fin, capaz de desarrollar tus facultades y así utilizarlas en su beneficio. No sé si comprendes.

—No estoy segura. De cualquier modo, aunque subiera a un autobús, ¿cómo sabría dónde estoy?

—Lo siento, debo ser intransigente en este tema. Al menos de momento, mientras no hable con él.

—Ya veo… —dejé de comer y me recliné sobre el respaldo cruzándome de brazos. Así que para eso estaba Darach. Era su empleado y estaba claro que no lo hacía por gusto. Lo que no acababa de comprender era que, si él no era hijo de Esteban y no llevaba mi sangre, cómo era posible que cuando se detenía el tiempo también pudiera moverse…

—Tengo una duda —dije dirigiéndome a mi padre—. Dices que Aarón es peligroso y que Darach —le miré y él me correspondió cuando pronuncié su nombre. Me distraje por un segundo—. Es, o sea, es mi protector. No entiendo cómo sería capaz de protegerme en ciertos momentos, eh…bueno, me refiero a que si Aarón… o sea… —no sabía cómo expresar el tema del tiempo con Marisa escuchando nuestra conversación. Esteban vio la duda en mi mirada e hizo un gesto con la mano para que me callara. Acto seguido le vi chasquear los dedos y me miró sonriendo. Darach siguió masticando y untando pan en la salsa de su plato mientras mi padre se reclinaba en su respaldo riendo casi a carcajadas. Me contagió la risa, aunque no supe por qué.

—¿Por qué te ríes? —mi cara de desconcierto iba de Esteban a Darach y así consecutivamente. Darach me observó, después desvió la mirada hacia Marisa y la volvió a posar sobre mí. Sonrió incrédulo negando con la cabeza volviendo a centrarse en su comida.

—¿Vais a contarme el chiste o qué?

—¿Qué sientes, Alexandra? Y antes de contestar piensa bien lo que vas a decir, por favor —dijo mientras sonreía levemente mirándome fijamente a los ojos.

—¿Que qué siento?

Pero justo cuando hice esa pregunta el vello de mi cuerpo se erizó y mi cuerpo entero se puso en alerta. Percibía algo extraño, como una losa sobre mi cabeza. Una presión indescriptible en mi alrededor y a medida que me concentraba iba dándome más cuenta y acercándome más a la verdad. Entonces me di cuenta. Me puse en pie bruscamente y comencé a hiperventilar. Miré hacia Marisa lentamente temiendo lo que iba a encontrarme y cómo no, no fallé en mi predicción. Ahí se encontraba la pobre, quieta como una estatua mordiendo una chuleta con la boca abierta y la mirada perdida. Sin respirar, sin moverse...se podría decir que sin vida solo que yo sabía que eso no era cierto. Simplemente el tiempo no avanzaba. Miré el reloj de mi muñeca y las agujas estaban quietas sin avanzar. Ahora sabía quién lo había provocado, pero eso no quería decir que fuese fácil de asimilar. Miré a mi padre y este sonreía. Darach seguía comiendo como si tal cosa, como si estuviese acostumbrado a ese estado.

—Tranquila, Alexandra...todo está bien. Así hablaremos tranquilamente. Para ella no habrá pasado nada y así no se percatará de nuestra conversación.

—¿Pero... no es malo para ella? Está comiendo... —pasé una mano vacilante por delante de sus ojos comprobando si la veía. Me dio pena verla en ese estado.

—No habrá pasado ni una milésima de segundo para ella. No te preocupes, todo está bien.

—¿Y cómo es que él sí puede estar como nosotros? ¿Cómo es posible? ¿Es mago o algo así? o tal vez… —Darach dejó de comer y me miró con el ceño fruncido cuando dije esas palabras. No le gustaron. Esteban sonrió y le miró, después, agarró el hombro de Darach y se lo apretó.

—Es un muchacho fuerte y noble, por eso lo elegí y no, no es mago. La magia es otra cosa. Es algo más simple y arcaico. Cuando sufriste aquel accidente con el coche y te desmayaste fui a verte a la ambulancia ¿lo recuerdas?

—Sí.

—Aproveché tu estado de desvanecimiento para extraerte algo de sangre. No te asustes, una simple muestra de la que perdías por la cabeza. Algo realmente insignificante en cuanto a cantidad, pero increíblemente poderosa para un humano normal. Tengo una buena amiga que realizó un brebaje con una gota de tu sangre y él… —carraspeó—. Lo bebió. Otra gota de tu sangre se encuentra en el interior de su reloj de muñeca que ha de llevar siempre puesto. Está ligado a ti por medio de la sangre, Alexandra y cada vez que el tiempo se detenga, también lo hará para él. De ese modo, cuando Aarón quiera aprovecharse de tu fortaleza y tengo claro que lo hará, Darach estará ahí para detenerlo. Con ese reloj puede moverse por el tiempo a la misma velocidad que yo y llegar a tu lado en cuestión de… nada. Si con esa porción tan ínfima de tu sangre es capaz de hacer que se mueva así…me pregunto, ¿qué podrás hacer tú?

—Comprendo… —lo cierto era que no. No podía entender lo que me estaba contando, como el hecho de que un chico como Darach fuese capaz de aceptar estar a mi cuidado, literalmente. Instintivamente mi mirada vaciló entre Darach y su reloj el cual tapó con su mano derecha en un gesto protector.

—Sé que es complicado, Alexandra. Veo incertidumbre en tus ojos.

—Me cuesta mucho entender todo esto, la verdad. Yo no pedí ningún guardaespaldas. Tengo claro que no voy a estar vigilada todo el día ¡Lo que me faltaba! Además, ¿Por qué él? está claro que estar a mi lado es un suplicio. Podrías contratar a cualquier otro que al menos fuese más amable conmigo.

Darach levantó la mirada y la enfocó directamente hacia la mía. No pudo esconder su sorpresa al oírme decir esas palabras. Como si hubiese comprendido algo de repente, bajó sus ojos vacilantes hasta dejar la mirada vacía fija en el plato. Me dolía su indiferencia, pero ¿mi protector? parecía una broma de mal gusto. Estaba segura de que encontraría trabajo en cualquier otro lugar y probablemente sería más feliz.

—Lo que él opine no tiene relevancia, como ya he dicho anteriormente. De todos modos, lo hace de mutuo acuerdo. Digamos que su labor está bien recompensada y él lo sabe bien, es consciente y lo acepta. No hay nada más que discutir. Dicho esto, creo que podemos dejar que Marisa termine su plato y de paso, nosotros también. Sería muy extraño si de pronto nuestros platos aparecieran vacíos ante ella ¿no creéis? —sonrió y volvió a chasquear los dedos. Tan pronto como dijo esto oí a Marisa masticar a mi lado como si tal cosa. Sonreí y mi padre me correspondió con su sonrisa.

En ese momento Darach se levantó bruscamente de la silla pidiendo disculpas marchándose como alma que lleva el diablo y rompiendo la magia del momento.

La tarde fue mejor de lo que pensé en un primer momento. Estuve paseando con mamá, hablando de muchas cosas. Empezó contándome que tonteaba con un cardiólogo de la clínica, estaba de lo más risueña y feliz. Me alegré por ella pues, desde que no vivíamos juntas estaba muy sola. Se merecía ser feliz. Pasé media tarde escuchándola, temiendo el momento de preguntarle sobre mi origen. En un momento de esos en el que las dos nos quedamos calladas, me lancé.

—Mamá, quería hablar contigo de algo. Déjame hablar primero, ¿vale?

—Tú dirás, ¿qué ocurre?

—¿Recuerdas la última conversación que tuvimos sobre quien era mi padre? —cambió el gesto y se puso tensa.

—¿Otra vez vas a sacar el tema? Creí que había quedado claro, Álex. No sé qué quieres que te cuente de él, de verdad…

—Nada. De él nada, mamá. De ti sí —suspiré y sujeté sus manos entre las mías—. Verás, hace unos días se presentó un hombre diciendo que era mi padre (le mentí) y tenía razón. Él es mi verdadero padre. Lo sé, sé que te suena extraño, mamá, pero es cierto y te aseguro que no cabe duda de que él es mi auténtico padre. Pero…

—¿Cómo dices?

—Lo que has oído —separó sus manos y comenzó a temblar desviando la mirada al suelo —mamá, ¿recuerdas aquel hombre que vino a verme al hospital cuando casi fui atropellada?

—Sí…—titubeó

—Es él y tú, ni siquiera le reconociste. Es un poco extraño, ¿no te parece?

Giró sobre sí mima dándome la espalda. Por primera vez, percibí el miedo manifestándose en su figura como algo físico. Se cubrió el rostro con las manos y su temblor aumentó considerablemente. Sin verla supe que sus ojos se le llenaron de lágrimas. Di un paso hacia ella y le coloqué una mano sobre su hombro.

—Mamá, no te estoy reprochando nada, solo quiero saber la verdad. Toda la verdad, aunque no me guste. Creo que ya tengo edad suficiente para que dejes de mentirme.

—Y ¿cómo sabes que él no te miente? quizás solo quiera aprovecharse de ti, cariño. Hay tanto maleante suelto…

—Mamá, el ADN coincide —mentí otra vez, solo esperaba que no se diese cuenta—. No te lo diría si no estuviese totalmente segura.

Se sentó en el primer banco que apareció a nuestro lado y se quedó mirando la nada durante unos segundos muy largos. De pronto comenzó a hablar.

—Está bien, te contaré todo…—inspiró profundamente para después exhalar muy despacio. Asintió para sí misma antes de hablar y cuando lo hizo, no me miró—. Estábamos a catorce de noviembre, la noche era fría y lluviosa. Había sido un día duro de trabajo y más para una a punto de parir. Trabajaba limpiando y fregando en el restaurante que había debajo del lugar donde me hospedaba. Me solía quedar hasta muy tarde limpiando, de ese modo, el dueño, además de mi paga, que era pequeña, dejaba que me llevara la comida sobrante. Llegando a casa, mientras subía las escaleras, rompí aguas. Estaba tan asustada…no podía contar con tus abuelos, ya sabes que me repudiaron al saber de mi embarazo. Así se lo hice saber a la casera y ella me ayudó muchísimo, siempre le estaré agradecida. El caso es que el parto iba muy rápido y la ambulancia no venía. Se puede decir que tuve suerte, la casera había sido partera en su juventud, pero ya era una anciana y aunque sus manos eran firmes y decididas, mi alumbramiento no tuvo el éxito esperado. El bebé quería salir muy pronto y yo estaba muy débil. No me había alimentado bien y había trabajado mucho para poder pagarme el hospedaje —hizo una pausa para respirar y su inhalación fue entrecortada, como si aguantara un sollozo—. Cuando el bebé asomó su cabecita, la cara de la mujer lo dijo todo. No lo comprendí hasta que nació. La partera lo limpió y me lo entregó envuelto en una sábana sangrienta. El bebé, mi precioso bebé estaba morado y sin vida. Nació muerto y no se pudo hacer nada. Según me contó, tenía el cordón envuelto en su cuellecito y con la rapidez del parto y sin material, no pudo evitar que el niño, porque había sido un niño, se estrangulara. Discúlpame, cariño… —se levantó del banco y comenzó a caminar volviendo sobre sus pasos una y otra vez llorando desconsolada.

—¡Oh, mamá! Lo siento… —hizo un gesto con la mano para que me callara.

—No, tienes razón, tendría que habértelo contado hace tiempo. También es tu historia —dijo limpiándose las lágrimas y los mocos con un pañuelo de papel. Tomó aire profundamente y volvió a sentarse a mi lado. Esta vez fue ella la que me agarró de las manos—. Fue un golpe muy duro para mí. Durante días no salí de casa. Teófila, la casera y partera que me atendió, me llevaba comida y me atendía todo lo que podía, pero yo estaba sumida en una tristeza tan profunda que no quería vivir más. Había perdido tanto…había luchado tanto…el padre del bebé hizo lo mismo que mis padres al enterarse de que estaba embarazada, abandonarme a mi suerte. Era tan joven y estaba tan sola... Mi única esperanza era ese niño. Lo criaría sola sí, pero sería fuerte y valiente, sin embargo, el destino me lo arrebató todo y deseé morir —volvió a limpiarse sus lágrimas, me miró y sonrió—. Entonces apareciste tú, un regalo del cielo. Llevaba días deambulando como un fantasma hasta que tuve la idea de quitarme la vida. Sé que lo que te cuento es duro, pero no sabes lo terrible que es perderlo todo, absolutamente todo. Un día, sin esperarlo, alguien llamó a mi puerta. No tenía intención de abrir, pero insistieron. Así es que me acerqué sin ganas y la abrí. En un primer momento no vi a nadie y justo cuando estaba a punto de cerrarla oí un gimoteo, me quedé helada pues en el suelo, en una cestita de mimbre, había un bebé. Un precioso y rollizo bebé de un mes de vida. Eras tú, mi pequeña, me miraste con esos ojitos tan bonitos que tienes e instintivamente te arrullé en mis brazos y supe que serías mía.

Más tarde me di cuenta de que dentro de la cestita había una carta con unos documentos. En la carta alguien me pedía que cuidara de ti, decía que eras especial; que las dos nos necesitábamos y era cierto. También hallé un certificado de nacimiento en el que me nombraba a mí como tu madre. En aquel momento pensé que eras un milagro. Sigo preguntándome cómo es que alguien me entregó a su hijo sin conocerme. Lo he hecho lo mejor que he podido y estoy muy orgullosa de ti, solo espero que tú lo estés de mí y no me culpes por habértelo ocultado. Eras un tesoro tan grande que me juré que no te perdería por nada del mundo y eso incluía no contarte nada pues siempre temí que tu verdadera familia se presentara algún día y quisieran apartarte de mi lado ¡Perdóname! perdóname por favor…—rompió a llorar y me abrazó—. Si te perdiera…no sé lo que haría…

Sentí su desesperación de un modo tan intenso como si fuese la mía. Su miedo era tan profundo que no pude hacer otra cosa que abrazarla y llorar con ella. Ciertamente, pensar que eres adoptada no es lo mismo que certificarlo, pero iba preparada y no me afectó tanto como creía. Al fin y al cabo, ella era mi madre y aunque no lleváramos la misma sangre, era igual de importante para mí. Eso no cambiaría jamás. Permanecimos así unos largos minutos hasta que poco a poco nos fuimos calmando.

—Está bien, mamá... No te preocupes, lo entiendo y estoy feliz de que me llevaran contigo. Eres la mejor madre del mundo y siempre te querré. Asintió entre hipidos y lágrimas. Cuando estuvo más relajada, habló:

—Dices que ha aparecido tu padre auténtico...y, ¿qué es lo que quiere? Nunca preguntaron por ti. Ni una carta, ni una llamada, ni un regalo sorpresa por tu cumpleaños...es como si alguien, deliberadamente, hubiera querido desaparecer de tu vida para siempre y lo que no entiendo, ni entenderé jamás, es por qué me concedieron a mí el derecho a criarte sabiendo que no tenía donde caerme muerta.

—No lo sé... Descubrir quién es él me ha trastocado un poco, si te soy sincera. Siempre pensé en mi padre como con un fantasma. Sabía que estaba en algún lugar ahí fuera, que yo no le importaba y ahora sé que no ha sido así. Se alejó de mí para protegerme y supongo que si te eligió a ti es porque tú también eres especial y sabía que me darías justamente lo que yo necesitaba.

—¿Y tú verdadera madre? No me has hablado de ella...—preguntó. Me miró a los ojos y me acarició la mejilla. Decir eso le dolió, percibí la pesadumbre en sus palabras.

—No sé nada de ella. No sé quién es y tampoco me la ha nombrado. Supongo que querrá ir contándome las cosas poco a poco. Estoy pasando unos días en su casa hasta que esté todo aclarado. Es un poco extraño, pero si he de serte sincera, me siento bien, como si hubiera sido mi sitio desde siempre. Encajo bien y eso me gusta.

—Entiendo...oye, esto es muy duro para mí. Oírte hablar de alguien que no se ha preocupado por ti jamás... —meneó la cabeza incrédula —. Lo siento, hija, si yo fuese tú, estaría muy enfadada con él.

—Lo estuve, aunque voy comprendiendo sus motivos poco a poco. Mamá, quiero que sepas que te quiero, siempre te querré y siempre serás mi madre. Mi única y auténtica madre.

Debatimos sobre mi infancia. Según me dijo, cuando aparecí en su puerta, tendría unas semanas de vida así que, para todo el mundo, yo era su hija. Exceptuando su casera, que fue la única que supo la verdad. La mujer murió siete meses después de un infarto. Mi madre tuvo ese tiempo para criarme y amamantarme como a su verdadera hija. Gracias a la ayuda de Teófila, mamá salió adelante. La mantuvo un tiempo hasta que pudo encontrar un trabajo que pudiera conciliar con mi crianza. Fue una madre para mi madre, mejor que la suya propia a la que nunca volvió a ver.

Eran las once de la noche cuando regresaba a casa de mi padre. Como él había dicho, Darach me había llevado y ahora me acompañaba de regreso. Su personalidad, al igual que su imagen, era fuerte y firme como un roble, y aunque noté su mirada vacilante hacia mí, no se atrevió a formular palabra. Por mi parte, estaba dolida. Su manera de dirigirse a mí era contradictoria y grotesca, tenía claro que no se lo iba a poner fácil. Si quería seguir siendo borde conmigo, le correspondería del mismo modo, aunque mi corazón me traicionase en ocasiones. Así que me limité a mirar por la ventana ignorándole por completo. Cuando llegamos a casa bajé del coche y sin decirle nada entré y me dirigí a mi habitación. Ya había cenado así que fue la excusa perfecta para desaparecer. Por hoy, ya había tenido suficiente.

14. VÖLVA

Ringebu, Noruega, 1821.

—¡Ermin! apúrate, hija mía, están a punto de llegar.

—No quiero hacerlo, madre. No me gusta.

—Es importante para nosotros, ya lo sabes.

—Pero es que…veo cosas raras y feas ¡No quiero!

—Has de hacerlo y no hay más que hablar, por el bien de tu familia. Aún eres una niña y no lo comprendes. Dios te ha dado un don maravilloso, le defraudaremos si no hacemos uso de él, ¿no te parece? Venga, venga, apúrate a vestirte y baja. Llegarán de un momento a otro y ni siquiera estás presentable.

Madre sacudía la almohada de lana por la ventana de mi dormitorio. El aire fresco de la mañana se colaba junto con unos vagos rayos de sol, los cuales, parecían mágicos con las motitas de polvo danzarinas que salían despedidas de la almohada hacia el interior de la habitación. Era primero de septiembre, las noches eran convenientemente más largas y la temperatura bastante baja. La casa comenzaba a estar fría y ya no se podían tener las ventanas y las puertas abiertas como en verano. A pesar de todo, me gustaba. Disfrutaba del vaho caliente que salía de mi boca al contraste con la temperatura de fuera, parecía el humo que salía de la pipa de padre cuando fumaba tabaco.

—¡Ermin! ¡Levántate de una vez! Date prisa que aún he de hacerte las trenzas.

A mis seis años descubrí que, a menudo, mis sueños se hacían realidad o más bien, momentos que veía a través de ellos se tornaban realidad. Al comienzo eran solo eso, sueños incoherentes y sin sentido. Poco a poco fui dándome cuenta de que lo que veía en ellos ocurría de verdad. La primera vez soñé con un perro sucio y viejo paseándose bajo un día lluvioso de tormenta, al día siguiente lo vi; era exactamente igual. La siguiente vez fue con un vaso de leche que caía y se derramaba en el suelo. También ocurrió. Eran cosas así y a medida que fui creciendo comenzaron a ser más significativas perjudicando o beneficiando a personas de mi entorno. Mis padres lo veían como una divinidad, un regalo que Dios nos había hecho y debíamos honrarle. Padre era el pastor de la iglesia evangélica luterana de nuestro pueblo y le hablaba de mí y mis "milagros" a sus gentes. Todos se maravillaban. A mí no me agradaba en demasía pues me sentía diferente y los niños así me lo mostraban.

Más tarde comencé a visualizarlas estando despierta, sobre todo tocando objetos o personas. Estas últimas influían sumamente en mi cabeza y me transportaban a una quimera de escenas de pequeños momentos de su vida; algunos pasados, otros no. La noticia comenzó a extenderse por el valle y a mis nueve años, a menudo, las gentes me traían objetos de un familiar enfermo como una prenda de ropa, un arma, una herramienta… solo para saber si había llegado su hora. Otras veces preguntaban si en esa temporada prosperaría la cosecha o si habría pesca en abundancia, etc. Era agotador. Estábamos esperando la visita de los Hansen, Ingrid y su esposo, cuyo nombre nunca lograba recordar. Él era agricultor, como casi todos, y ella vivía en un mar de dudas por saber a cuál de sus cinco hijas casaría primero. No es que tuvieran premura por casarlas, pero la mayor tenía ya veinticinco años y aunque ayudaba mucho en la granja les horrorizaba pensar que se quedaría para vestir santos.

Los señores Hansen llegaron una hora más tarde. El hogar estaba encendido y las sillas colocadas alrededor preparadas para estar reunidos junto al fuego. Ingrid era una mujer muy grande, de cabellos dorados y mejillas siempre arreboladas; tenía una sonrisa contenida sobre todo cuando estaba junto a su esposo Björn, que así se llamaba y que también era muy grande. A decir verdad, era enorme. Con su cabellera plateada que le llegaba hasta los hombros y su gran y poblado bigote le confería una apariencia muy pagana, aunque de todos era sabido que él y su familia, eran los primeros en asistir a misa pues era, además de buen cristiano, amigo de padre. Como en otras ocasiones, madre nos hizo sentar junto al fuego, pero esta vez me indicó que tomara una silla entre Ingrid y Björn. De este modo sentiría su energía de un modo más potente y era cierto, era tan intensa que me inquietaba. Ingrid había venido un par de veces sin su marido, pero esta vez y de este modo, me hacían presagiar algo distinto. Froté mis manos sudorosas sobre mi regazo, pues me intimidaban en demasía, más aún Björn con su mirada fría y cristalina y ese olor a cerveza que tanto me repelía. Shelby y Bera, mis hermanas mayores, entraron riendo en ese momento. Shelby, la mayor con dieciséis años, portaba una jarra de leche recién ordeñada y Bera, que tenía doce, simplemente la acompañaba. Cuando vieron la situación se detuvieron y callaron al instante abriendo los ojos como platos.

—Uy...—dijo Shelby—. Lo sentimos, madre. No sabíamos que ya habían llegado.

Dejaron la jarra de leche en la entrada y huyeron escaleras arriba hacia su habitación mientras reían a carcajadas. Imaginaba que tendría burla por su parte el resto de la jornada. Las envidiaba, ellas eran normales, yo no. No tenían que lidiar con las cuitas de las personas. No era justo, pero si Dios así lo había querido, debía de aceptarlo. Padre se acercó, les ofreció unas cervezas y madre unas galletas que habíamos hecho el día anterior.

—Bien, Björn, ¿por qué hija queréis preguntar primero? la mayor supongo, es la que está en edad casadera —dijo padre.

—Sí, sí, sobre todo por la mayor. No creo mucho en esto Christiansen, pero Ingrid ha insistido tanto que…

Björn se acomodó en la silla intentando encontrar una postura a su estado relativamente incómodo.

—No te preocupes. Ermin lo hará lo mejor que pueda, seguro que obtendrá una respuesta para vuestra incertidumbre —mientras decía esto se puso detrás de mí y me sujetó por los hombros proporcionándome confianza, un gesto muy típico de él—. Entonces, ¿habéis traído algún objeto de vuestra hija? Para que Ermin pueda tocarlo y concentrarse mejor.

—Pues verás, Christiansen, con los nervios se me ha olvidado, no he traído nada. No sé si podrá hacer algo, lo siento —Ingrid habló apenada observando el suelo tristemente.

—¡Mujeres! Son un puto desastre, ¡a ver cómo lo hace ahora la muchacha! No tendríamos que haber venido, no somos más que una molestia y ¡todo por tu culpa, mujer!

—Tranquilo, Björn. Los objetos son importantes porque Ermin se acerca más a esas personas, pero tratándose de vuestra hija supongo que será más o menos lo mismo si ella os toca a vosotros. Imagino que no habrá mucha diferencia, al fin y al cabo, es vuestra hija, sangre de vuestra sangre y en esta casa de Dios, él nos ayudará a todos. Estoy segura.

Lo que madre no sabía es que no solo no era lo mismo, sino que era completamente distinto. Muy distinto.

—Y… ¿Qué debemos hacer? ¿La tocamos y ya está? —a Björn cada vez le resultaba más embarazosa la situación.

—No, yo os sujetaré las manos. Quedaos quietos. Solo debéis estar tranquilos y callados —contesté.

—¡Qué emoción, Björn! ¿No te parece? En un instante sabremos el futuro de nuestras hijas…

Björn carraspeó y aunque me echó una mirada perturbadora, accedió. Como en otras ocasiones, respiré profundamente unas tres veces para relajarme. Con mi mano izquierda sujeté la mano de Ingrid pues ella se encontraba a ese extremo. Con la derecha agarré la de Björn, que se sentaba a ese otro lado. Noté rápidamente la mano de Ingrid fría como el hielo, al contrario que la de su esposo, pues esta ardía. Cerré mis ojos y fui concentrándome en ese olor, esa esencia que emanaban los dos. De igual modo que mi estado de ánimo, también sus manos comenzaron a desprender calor y a semejarse en temperatura, la de Björn bajó y la de Ingrid subió hasta estar completamente iguales. Era la primera vez que tocaba a dos personas al mismo tiempo. En esta ocasión y por creer que les ayudaría de mejor modo, lo hicimos así. Cuan error, pues al tocar a un individuo era como si me evadiera de mi persona y viera por encima de él, como en un sueño envuelto en niebla. Unas veces con más luz que otras, pero generalmente la visión era clara y totalmente cierta. Futuro o no, lo que yo veía había ocurrido o iba a ocurrir, sí o sí y no había modo de cambiar nada. Era inevitable. Simplemente y por unos instantes, me convertía en la narradora de un libro ya escrito. En este caso sería como ver un capítulo completo de la vida del matrimonio. Una visión doblemente intensa y clara. El calor corporal de sus manos comenzó a atravesar las mías junto con una pequeña corriente eléctrica erizándome el vello. Era algo muy común y a lo que ya estaba acostumbrada, solo que esta vez era verdaderamente intensa. En mi mente comenzó a aparecer una luz blanquecina y densa hasta mostrar una imagen tan nítida, tan increíble y completamente limpia que me sobrecogió. Solté las manos de los dos como acto reflejo a mi sorpresa e inspiré rápida y profundamente.

—Lo, lo siento…disculpad. Es que…veo con tanta claridad que me he asustado.

—¿Qué es lo que has visto, niña? —inquirió Ingrid asustada.

—No, aún nada, solo luz. Ha sido la intensidad, no suelo ver las cosas tan nítidas, solo es eso —me froté la cara con las manos y me recompuse.

—Venga, Ermin, no te entretengas y no les hagas esperar más. Está claro que con los dos ves mejor. Todo irá bien, hija.

Haciendo caso a madre volví a agarrarles las manos y cerré de nuevo los ojos. Respiré hondo y me concentré. Las imágenes eran sueltas e independientes, en diferentes situaciones y épocas del año. En una vi a las hijas de los Hansen correr descalzas pradera abajo riendo y jugando un día de sol de verano, en otra, a Ingrid tejiendo lana junto a la ventana de su salón un día lluvioso. Otra imagen clara como la luz del día, la de un chico entrando por la puerta y besando la mejilla de Erika, la segunda de sus hijas. No es que hubiera nada claro de boda, pero intuí que eso era lo que querían saber y el muchacho era, nada más y nada menos, que el hijo del panadero. De pronto la imagen cambió y se tornó oscura con una simple luz de vela encendida. Era el interior de la casa de los Hansen y olía a galletas o pan quemado. Se oía un sollozo ahogado. El ambiente estaba cargado con una especie de humo blanquecino y la imagen de Björn se incrustó en mi mente haciéndome temblar inconscientemente. En su rostro salpicado de sangre, había un odio visceral hacia algo que miraba, sus ojos se le salían de las órbitas mientras liberaba un grito desgarrador procedente de lo más profundo de su interior. Mi visión se amplió mostrando sus manos en las que portaba un hacha ensangrentada y a sus pies yacían Ingrid y Érika inertes completamente. Los ojos vacíos sin vida de las dos mujeres me traspasaron el alma rompiendo mi corazón en mil pedazos pues su imagen herida y sangrienta fue tan brutal para mí que no pude soportarlo. Solté sus manos instintivamente y grité. Grité y grité con toda mi alma hasta casi desfallecer. Mi cuerpo tiritaba pues esa imagen me había llevado hasta casi rozar el umbral del infierno o eso me pareció. Vi al demonio en los ojos de Björn y no quería permanecer más tiempo allí junto a él, junto a un asesino.

—¡Asesino! ¡Asesino! ¡Tú las matarás, tú las matarás, tú las matarás! ¡Y yo no puedo hacer nada!

Dije esas palabras llorando y gritando, señalando al hombre a mi derecha el cual estaba atónito. Se levantó tirando la silla al suelo agarrándome por los brazos con una fuerza descomunal mientras me zarandeaba. Oía su voz histérica en la lejanía reclamando explicaciones por unas supuestas visiones sin sentido para él.

—¡Niña! ¡¿Qué atrocidades estás diciendo?! ¡Respóndeme!¡¿Qué es lo que has visto?! ¡Exijo saber lo que has visto!

—¡Santo bendito! ¡Suéltela, Björn! Está aterrorizada, ¿no lo veis? la estáis asustando más, vamos dejadla; dejad que se calme —Íngrid asió a

Björn de un brazo para que me soltara, aunque no pudo esconder su gesto incrédulo y atemorizado ante lo que acababa de escuchar.

Padre, inmóvil, me observaba con la mirada perdida, como si estuviera en otro lugar. Seguido, comenzó a santiguarse y a rezar. Madre, por su parte, se acercó a mí y me agarró de los hombros.

—¿Qué es lo que has hecho? Solo tenías que decirles con quién se iban a casar sus hijas, en cambio… ¿Por qué has dicho eso? Has debido de confundirte. Vamos, retráctate ahora mismo, no has podido ver algo tan horrible ¡Es imposible!

—Cálmate, esposa mía… ¡Calmémonos todos, por favor! Seguro que se ha equivocado, ¿verdad Ermin?

Negué con la cabeza. Sentí frio en mi espalda y tuve que abrigarme con mis brazos. Mi mente vagó por las visiones recientes que acababa de contemplar y no, no tuve dudas. Lo que había visto era o iba a ser real y eso me hizo temblar de nuevo. Me sorbí los mocos que me caían y me limpié la nariz con el dorso de la mano. Las lágrimas que ahora resbalaban por mi rostro las notaba calientes y saladas al contraste de mi piel helada. Mi mirada acobardada viajó entre unos y otros hasta que pude hallar la fuerza de seguir relatando mi visión.

—No, no me equivoco… lo he visto. Le he visto a él —señalé a Björn con el dedo—. Estaba manchado de sangre portando un hacha con la que había matado a Ingrid y a Érika. Le he visto, mamá. Le he visto. Las matará… ¡No sé por qué, pero lo hará!

—¡Oh, Dios mío! —Ingrid se santiguó y salió corriendo de la casa.

—¡Es una bruja! ¡Esa hija vuestra está maldita! no tendríamos que haber venido. Esa niña, Christiansen, no posee un don divino, sino que está poseída por el demonio. Correré la voz, puedes estar seguro. Esto no va a quedar así. Esa niña es un peligro para todos nosotros, cualquier otra cosa podría aceptarlo, pero que voy a matar a mi familia… Es demasiado —y como alma que lleva el diablo salió de la casa sin mirar atrás.

En esa época ya no se perseguía ni se mataba a las "brujas" aún y así, el simple hecho de que te catalogaran como tal ya era algo absolutamente terrible. No tenía muy claro lo que se hacía con ellas, aunque, por la cara de mis padres, pude comprobar que no sería nada bueno.

—¿Has tenido visiones del demonio? ¡¡Respóndeme!! ¿Satán se ha comunicado contigo de algún modo? Vamos niña, contesta a tu padre...—exigió saber mientras me miraba fijamente con el ceño muy fruncido. Pocas veces le había visto ese gesto tan malhumorado pues era un hombre afable. Se había agachado ligeramente frente a mí con sus manos colocadas sobre mis hombros en un intento de acercamiento. Mi respiración seguía agitada y el miedo no había cesado. No pude responder a sus preguntas con palabras, pero sí logré mover la cabeza de un lado a otro. Madre no dejaba de caminar de un lado a otro por la casa, hablando en susurros y santiguándose de vez en cuando. Sus miradas, fugaces pero llenas de reproche, dejaban entrever una profunda decepción hacia mi persona.

—¿Qué ocurrirá ahora, Chris? ¿La juzgarán? Si la acusan de brujería... ¡Oh, Dios mío! ¡¿Qué es lo que le pasa a nuestra hija?!—se tapó la boca después de pronunciar esas palabras como si hubiese cometido pecado.

—Tranquila, Engla, quizás me escuchen. Soy el párroco al fin y al cabo y ella es mi hija. No creo que lleguen a juzgarla, pero no sé cuál puede ser su castigo. De todos modos, hasta entonces, permanecerá encerrada en su habitación, no podemos arriesgarnos a que mancille nuestra ejemplaridad. Y así fue. Encerrada en mi dormitorio, con la única compañía de algún ratón nocturno, los días pasaron muy lentamente. Sola, para lo bueno y para lo malo. Fue un descanso no tener que adivinar el futuro de nadie, eso me pareció lo mejor, pero en las noches, a la hora de dormir, solo veía, una y otra vez, la imagen sangrienta de Björn. Eran pesadillas y nadie acudió a calmar mis gritos de terror, mi llanto desesperado, mi soledad... Me preocupaba verdaderamente lo que podía pasarle a mi familia. Era mi culpa ¿Padre dejaría de ser párroco? ¿Le quitarían la iglesia? Si él llevaba la palabra de Dios a todo el mundo y daba ejemplo de fe, ¿cómo después de este altercado confiarían en él sí, según había oído, yo no era hija de Dios si no del Demonio? Lo más curioso de todo era que ni siquiera me habían preguntado cómo me encontraba o qué sentía. Era como si mis sentimientos no importasen. No entendía nada puesto que yo era la misma, tan solo revelé lo que el futuro mostró y no era culpa mía haber visto lo que vi. Quizás sí podría haber evitado todo esto si me lo hubiese callado. Tal vez si hubiese mentido…no, jamás podría haberlo hecho y lo sabía.

Estuve un total de cinco días encerrada en mi alcoba. Madre me traía la comida, pero no preguntó cómo me encontraba en ninguna ocasión. Sí se preocupaba, sin embargo, de que rezara mis oraciones. Según ella, las necesitaba y me ayudarían a eliminar cualquier pensamiento maligno que albergara en mi interior. Recé, recé y recé hasta desfallecer, pues si con eso podía evitar el castigo a mi familia, era lo menos que podía hacer. Por fin llegó el quinto día, domingo. Padre ordenó que bajase a la cocina para reunirme con ellos. Cuando llegué, el ambiente era gélido; madre y padre estaban de pie junto a la puerta, preparados para marchar. Mis hermanas me miraron con desconfianza y rápidamente su mirada se dirigió hacia otro lado. Ya no éramos una familia, al menos yo no formaba parte de ella, lo supe. Con voz temblorosa intenté hablar, pero mi voz sonó apagada como en un susurro.

—¿Qué ocurre, padre, a… a… a dónde vais? —tartamudeé mientras mis ojos vacilantes iban de uno a otro.

—Prepárate, marchamos a la iglesia. Daré mi sermón y debemos ir todos.

—¿E…Eso quiere decir que ya se ha terminado mi castigo? —reflexioné en voz alta. Después de tantos días sería suficiente castigo para mí. Al fin y al cabo, no había visto ni hablado con nadie en ese tiempo y aunque estaba en mi casa, había supuesto una tortura, además había rezado más que en toda mi vida. Eso tenía que contar.

—No, hija, tu encierro no ha sido el castigo. He intentado apaciguar los ánimos de Björn, pero ha llevado esta situación al juez de paz. Hemos ganado tiempo para intervenir en tu favor y eso quiere decir que haré la misa. Después, celebraré un juicio en el que recibirás tu castigo ante todos y muy a mi pesar, ha de ser ejemplar. Te extralimitaste. Hiciste algo terrible, Ermin. Has de ser consciente. En otra época te ahorcarían o quizás algo peor. Por ser quien soy, además de tu padre, han dejado que la elección esté a mi cargo. No ha sido fácil, pero es lo mejor para todos.

¿Había hablado de ahorcamientos? Eso no era un castigo si no una condena. La sangre se evaporó de mi cuerpo y mi corazón dio un salto a una oscuridad vacía y sin fin. A esa edad no sabes a qué tipo de condena puedes enfrentarte. Lo más común era...era...ciertamente no lo sabía pues jamás había visto un juico. Había oído cosas como que un vecino había robado una oveja a otro...o que alguien había quemado el carro de heno a otro vecino, pero nunca supe la represalia adjudicada a los culpables. Lo mío era otra cosa muy distinta, al fin y al cabo, era una niña. No podía ser para tanto, aunque algo en mi interior me gritaba que estuviese alerta. Ni mi cuerpo ni mi mente estaban preparados para lo que ocurrió.

Salimos de casa en dirección a la iglesia, como cada domingo, pero esa mañana no era igual que otras, el aire era más denso, más pesado, como si me advirtiera de un cambio drástico. Me envolvía una sensación casi tangible de algo inevitable, como una losa muy pesada sobre mi cuerpo. Madre se encontraba al costado de padre y se agarraba a él como si no pudiera sostenerse, como si al soltarle del brazo tuviera la sensación de salir volando con el viento que, en ese momento, arreciaba violentamente despeinando nuestros cabellos y levantando nuestras faldas con implacable determinación. Shelby y Bera caminaban delante de mí e iban cogidas de la mano, algo infinitamente inusual y muy desconcertante. Yo, por supuesto, era la última. Les observé por un instante y tuve la sensación de que se estaban transformando en seres inalcanzables. No había risas ni bromas, solo un silencio aterrador roto por los impetuosos latidos de mi corazón. Parecía que íbamos a un funeral, el de alguien muy cercano. La pena se palpaba, tuve claro que no me habían contado la verdad. Una verdad que me acompañaría hasta el fin de mis días. La mayor parte del pueblo ya estaba dentro cuando llegamos. Todos y cada uno de ellos me miró con recelo; algunos se santiguaron y otros apartaron la mirada, pero lo que más me sobrecogió fue escuchar sus cuchicheos y no precisamente en tono bajo sino alto para que yo pudiera oírlos.

—Mira, ahí llega la brujita. Deberían quemarla como hacían antes. Ojalá la ahorquen.

Madre, que iba delante de mí, no se giró ni una sola vez para mirarme. Abrazaba a mis dos hermanas para alejarlas de mi presencia, supuse, una medida protectora hacia ellas mismas. Mi vida, tal y como la conocía, iba a cambiar de manera drástica a partir de ese día. Padre entró detrás de mí cerrando la puerta de la parroquia. Me tocó el hombro e hizo un gesto para que no continuara adelante.

—Te quedarás aquí. Cuando pronuncie tu nombre, te acercarás a mi lado, ¿de acuerdo?

—¿No puedo sentarme al lado de madre?

—No, no puedes. Quédate aquí y espera a ser llamada —dicho esto, se alejó hasta el altar.

Dio la misa como cada domingo mientras yo seguía de pie junto a la puerta de entrada. Cuando terminó el servicio divino comenzó con mi persona.

—Acércate, Ermin. Ha llegado la hora —pronunció esas palabras con voz fría como el hielo, tanto que me erizó la piel. Me coloqué frente a él, puso sus manos en mis hombros y me giró de cara hacia los presentes. Seguido y sin decirme nada, comenzó a hablar a voz en grito.

—Como ya saben todos, se produjo un episodio en mi morada la otra semana. Nuestro buen hijo cristiano Björn y su familia fueron mancillados por mi hija aquí presente. Sé que en Ermin habita un buen corazón, pero también sé que ese don quizás fue malinterpretado por todos nosotros y ciertamente no fue enviado por Dios nuestro señor. Obramos con nuestra mejor voluntad para con nuestros vecinos, de no ser así, jamás hubiese permitido que mi hija usara esa *habilidad* en ninguna ocasión y mucho menos que utilizara esa *capacidad* para describir un supuesto episodio tan siniestro e increíble de nuestro amigo, el Sr. Hansen—hizo una pausa. En mi mente retumbaba la palabra *habilidad* en vez de don—. La pequeña ha sido acusada de brujería. No voy a negar que me duele en el alma pues Dios sabe, al igual que vosotros, que le he inculcado, como al resto de mi familia, la fe en Cristo, nuestro señor, pues él es nuestro verdadero Padre, y guía nuestros pensamientos, así como nuestras vidas hacia el correcto actuar en la vida. Dicho esto, el juez me ha otorgado la potestad de dictar sentencia hacia Ermin, mi hija y esta ha de ser ejemplar. No voy a negar que es duro para mí pronunciar las palabras que voy a decir, pero es como tiene que ser y lo aceptamos como buenos cristianos.

Pasaron unos segundos tortuosamente largos. Padre se quedó callado por un momento, tenía la cara y los ojos contritos. Mi mirada atemorizada se trasladaba de un lado a otro de la sala, todo el mundo me miraba, me observaban con ojos inquisidores llenos de odio, reproche e incluso asco. El silencio era sepulcral, a excepción de mi corazón que sonaba tan potente en mis oídos que parecía que estaba dentro de mi cabeza. El crepitar de las antorchas y la respiración agitada de papá eran lo único que me acompañaba, un consuelo insustancial y vacío. Mal presagio… cuando abrió los ojos y miró en derredor pude ver determinación en su mirada. Suspiró y continuó:

—Es obvio también, por la persona que represento, que no mandaré quemar, matar, ni torturar a mi hija. La condena que he decidido es desterrarla de estas tierras, ya no es bienvenida en este pueblo ni en sus cercanías. No sabemos el alcance de su habilidad y hasta dónde puede llegar, pero no esperaremos a comprobarlo. Quizás algunos no estéis de acuerdo con esta sentencia, pero deseo y espero de corazón que, en esta ocasión, por ser aún una niña y además mi hija, lo comprendáis. Así que, Ermin Friberg, yo te condeno a vivir lejos de las tierras de Ringebu y de cualquier otro pueblo cercano a este. Te condeno para el resto de tu vida a no volver jamás. Te condeno a pasar tus días oculta en las montañas sin más trato que los animales. Si alguien te diera cobijo en su casa obtendría el mismo castigo. Si en algún momento, a lo largo de tu vida, regresaras, se te ahorcará con las normas establecidas según la ley.

Me quedé clavada al suelo. No supe reaccionar, no entendía nada. No conocía a nadie a quien hubieran puesto una condena de ese calibre. Bueno, en realidad, con nueve años, no conocía a mucha gente, ahora ni siquiera a padre.

—Esta es tu condena, este es el castigo de Dios y el que te impone tu padre. Ahora oraremos un padre nuestro por tu salvación espiritual.

Después, todo pasó muy deprisa. A algunos vecinos les sorprendió, a otros no les pareció la mejor idea, claro, hubieran preferido verme muerta para su tranquilidad futura. Supuse que influía el temor a que hubiera, realmente, una bruja en su pueblo y pudiera hacerles daño en un futuro. Ya nadie se fiaba de mí así que no era de extrañar que no me quisieran con ellos, aunque de ahí a verme muerta…había un trecho demasiado largo o eso creía yo. La iglesia se quedó vacía en segundos. Madre y hermanas siguieron sentadas en su mismo lugar mirándome desde la distancia, incapaces de acercarse a mi lado. Parecía que estuvieran clavadas en sus asientos. Pude reconocer pena en los ojos vidriosos de madre. Echaba de menos sus abrazos y sus besos y ahora vi claro que jamás volvería a sentirlos. Comencé a marearme, por poco caí al suelo de no ser por el fuerte tirón que me dio padre. Me agarró del brazo y me sujetó. Fue entonces cuando me percaté de que no había estado respirando. Simplemente dejé de hacerlo.

—Pequeña, no sabes lo que me ha dolido hacer esto, pero no hemos tenido elección. Era esto o tu muerte. Lo siento, jamás pensé que llegaría a pasar esto. Ahora has de ser fuerte. Tú lo eres. Quizás tengas un futuro después de todo, aunque sea lejos de aquí, lejos de nosotros—dicho eso, me abrazó y lloré desconsolada. Lloré porque no entendía nada. Lloré porque me parecía mentira que pudieran echar de casa a una niña pequeña. Lloré porque el pueblo entero me veía como un ser demoníaco. Lloré porque creía que nadie me quería, sobre todo mi familia. Lloré y lloré y seguí llorando hasta quedarme seca. Abracé a padre con toda la fuerza que tenía, absorbiendo ese olor característico suyo, mezcla de sudor, piel curtida y cerveza. Mi cuerpo, ajeno a mi voluntad, tembló descontrolado y el pánico se apoderó de mí.

—Ermin, todo el mundo está esperando. Debemos irnos.

Me separó con sumo cuidado y me dio la mano instándome a acompañarlo hacia la salida. Según íbamos avanzando por el pasillo central observé a mi familia. Las tres seguían sentadas, calladas y con la mirada perdida llena de melancolía. Cuando llegamos a la puerta, escuché tras de mí unos pasos y una voz que pronunciaba mi nombre.

—¡Ermin, espera! —Bera corrió hacia mí y me dio un fuerte abrazo—. Te echaré de menos, hermanita.

No reaccioné o no supe hacerlo en ese momento. Lo que sí me quedó claro es que a madre no le importé lo más mínimo, si no...hubiera venido a despedirse, en cambio, no movió ni un dedo. Me hubiera conformado con una mirada tierna, una sonrisa. Nada. Y esa sensación de abandono fue peor que la angustia de tener que marcharme para no verlos más. A la salida de la iglesia se encontraban algunos vecinos, entre ellos los Hansen y el Juez de Paz, un señor bajito y barrigudo con profundo hastío hacia mi persona.

—Ermin, este señor nos acompañará a casa, recogerás algunos enseres que te hagan falta y te conducirá a la salida del pueblo. A partir de ahí serás dueña de tu vida. Recuerda bien que jamás podrás regresar ¿Lo has entendido?

Asentí en silencio. La marcha fue silenciosa. La mano de padre sostenía la mía fuertemente y de vez en cuando me acariciaba el dorso con su otra mano. Cuando llegamos a casa todo parecía normal, sin embargo, nunca volvería a verla. Miré a todos lados intentando memorizar cada parte, cada olor. Tocando aquí y allá con el corazón encogido. Madre desapareció dentro y volvió al cabo de unos minutos con un hatillo. Un resumen de lo que iba a ser mi vida a partir de ahora. Se postró frente a mí y me lo entregó.

—Ermin, no podemos hacer más por ti, aquí tienes comida y abrigo para unos días. Después… —se le quebró la voz. Hizo una pausa, tomó aire y continuó—. Después serás tú la que tengas que sobrevivir y si no…que Dios te bendiga—me dio un simple beso en la frente y desapareció por la escalera.

Padre se agachó frente a mí y volvió a abrazarme, cuando se separó me agarró fuerte de los brazos animándome a tener valor y coraje. No habló, no hizo falta pues en ese instante, en ese preciso momento tan fugaz, funcionó. No supe qué fue, de pronto sentí que sobreviviría, que todo iría bien. Algo dentro de mí despertó en ese efímero momento. Me sentí fuerte o al menos capaz de enfrentarme a mi destino. Cuando me dirigía hacia el Juez de paz noté que alguien me agarraba la mano y me giré. Shelby había venido corriendo pues su respiración agitada así lo demostraba.

—Toma, para que te acuerdes de mí. Nunca te olvidaremos —extendió su mano y me entregó una muñeca de trapo. Su muñeca. Como acto reflejo la abracé. Le prometí que siempre la cuidaría. Después, salió corriendo y se abrazó a padre que ya estaba con sus brazos alrededor de

Bera. Me marché con la imagen de ellos tres abrazados despidiéndose con mi casa al fondo.

Iba montada en el carro. Por supuesto, el juez de paz no me dejó sentarme a su lado mientras él dirigía los caballos, así que me conformé en acomodarme en la parte trasera donde se cargaba el heno. No me importó, no conocía a ese hombre y no quería ningún trato con él. Tampoco es que tuviera más alternativa, pero era mejor así. El trayecto fue breve. El pueblo no era muy grande por lo que enseguida llegamos a las afueras. Era un día fresco y mi capa era suficientemente gruesa para aislarme del viento que hacía, pero tenía dudas en si sería capaz de aislarme de las temperaturas bajas de la noche, por no hablar de si se ponía a llover o peor aún, nevar. Miré hacia las montañas y estas estaban repletas de nieve. No estaba preparada para vivir allí arriba, bueno, ciertamente no estaba preparada para vivir en ningún lugar sola, pero...debía hacerlo. El Juez de paz detuvo el carro bruscamente y por poco caí de él cuando frenó.

—Puedes bajarte, Brujita. Ya sabes, jamás regreses o yo mismo te colgaré de ese precioso cuello que tienes.

Salté del carro y observé cómo este giró y reanudó la marcha hacia el pueblo. Con gran determinación comencé a caminar no sin antes volver a mirar hacia ese pequeño pueblo en el que nací. Ringebu. Jamás lo olvidaría.

20 años después...

A menudo, al recordar, te sorprendes sonriendo ante imágenes difusas que en su día fueron momentos felices. Habían pasado veinte años desde que dejé a mi familia, sin embargo, aún recordaba las quejas de Shelby cuando la comida quemaba o cuando Bera se orinaba en la cama y mojaba a Shelby pues las dos dormían en el mismo lecho.

Miré hacia el rincón de la ventana rota, que tenía que arreglar y al instante me descubrí abrazando la vieja y andrajosa muñeca de Shelby. Ya no olía a ella, pero había sido suya y eso me reconfortaba. Sin pensarlo, me concentré profundamente y comencé a vislumbrar una luz cegadora ya muy familiar. Vi a Shelby. Se encontraba mirando a través de una ventana mientras sostenía un bebé en sus brazos meciéndolo para que se durmiera. Esa imagen me llenó de dicha. No podía saber si era presente, pasado o futuro pues, al no comunicarme con ellos era una incertidumbre, pero fue suficiente para mí. Podía ver trocitos de sus vidas gracias a sus enseres personales. Enseres que, a excepción de Shelby, madre tuvo el detalle de colocar en mi hatillo. Un pañuelo de padre, un manto de madre y unos zapatos de Bera. Jamás sabría si fue casual o si lo hizo para que pudiera saber de ellos. Con el pasar de los años comprendí que madre no pudo despedirse de mí, no porque no me quisiera, sino porque simplemente no pudo. Había sido muy duro salir de aquel pequeño pueblo, sobre todo porque eso significó olvidar todo mi pasado y comenzar, si no era devorada por las alimañas, una nueva vida en soledad. Los dos primeros días los pasé vagando por caminos sin rumbo. Hacía frío, a pesar de eso tuve suerte de que no lloviera, habría sido terrible en mi situación. La primera noche busqué refugio en el interior de un gran olmo viejo, cuyo tronco tenía un gran hueco en el que cabía perfectamente si me hacía un ovillo. El tronco me sirvió para aislarme de las bajas temperaturas nocturnas y esconderme de las fieras.

En mi hatillo encontré carne seca, queso y una hogaza de pan, además de un pequeño paquetito donde había galletas que días antes habíamos hecho entre madre y yo. Estaba exhausta, no tenía claro cuánto había caminado. Mis pies y mis piernas estaban doloridas, al igual que mi espalda. Echaba de menos el calor de mi hogar y mi cama. Pensar en eso me hizo entristecer y comencé a llorar. Allí, bajo el abrigo de los árboles del bosque, en un atardecer tenebroso, rodeada de sombras y sonidos extraños, me sentí sola y desamparada. Una soledad aplastante e implacable de la que ahora sí era consciente. Los murmullos que me rodeaban no fueron de gran ayuda. Alguna hoja caída quizás, unas patitas corriendo de algún roedor tal vez y algún otro sonido misterioso al cual no supe asignarle su procedencia. Todo eso unido al frío, la humedad y el olor a musgo y hierba mojada, hicieron que el terror se apoderara de mí llorando en silencio, llamando a mis padres, preguntándole a Dios por qué me había hecho eso, porqué me había abandonado. Me abracé las piernas y así, hecha un ovillo me quedé dormida hasta la mañana siguiente.

Al despertar me dolía todo el cuerpo, pero al menos estaba viva y eso era realmente bueno. Comí un poco de pan con queso y dejé bastante para que me durara lo máximo posible. Intuía que cuando se terminase la comida debía buscarla de algún modo y no tenía idea de cómo hacerlo pues no sabía cazar, así que debía conservarlo todo el tiempo que pudiera. Tampoco podía robar ya que no me estaba permitido acercarme a ningún pueblo y, seguramente, ya se habría corrido la voz de que la hija del pastor era una bruja. Seguí caminando. Quizás encontrase agua en algún rio cercano o comida, tal vez algunas bayas o frutos silvestres, esa era mi mejor opción. Ciertamente, después de horas caminando, hallé una especie de cueva. No era una cueva como tal sino más bien un pequeño agujero situado en una roca grande capaz de albergar a una personita como yo. Me sentí feliz en ese instante. Al anochecer, coloqué unas ramas caídas tapando la entrada para estar resguardada de todo lo ajeno a mi bienestar. Pasé allí un par de noches, hasta que se terminó la comida. Tenía mucha sed, necesitaba encontrar agua urgentemente. Había bebido algo, pero el rocío de la mañana no era suficiente para satisfacer la sed.

Mi capa estaba sucia. Mi vestido, además de sucio estaba rasgado y mi calzado roto. El fango y las piedras no eran buen aliado para los zapatos de piel y tampoco podía ponerme los de Bera pues, me iban grandes. Caminar por un bosque era agotador y el suelo alfombrado de hojas, musgo y raíces no dejaba ver la claridad de su superficie. Tenía los pies congelados y heridos, cada vez caminaba más despacio sujetándome a algún árbol deteniéndome de vez en cuando para masajeármelos. Por fin, hacia el mediodía lo oí. El sonido glorioso de agua corriente. Bajé más deprisa de lo que creí que podría, pues el deseo en ese momento era mayor a cualquier dolor que pudiera sentir. No lo dudé, me alegré tanto de verlo que sin pensar en las consecuencias me metí hasta la cintura. El agua estaba helada y un sonido ahogado salió de mi boca por la impresión. Bebí todo lo que pude y me lavé las manos, la cara y lo pies. Ah… los pies…

Pero, lo que una niña no sabe es lo terrible que es quedarse mojada una tarde a mediados de septiembre en Noruega. Seguramente en Noruega y en cualquier otro lugar. Las temperaturas eran bastante bajas y la ropa no se secaba a la intemperie. Como era de esperar tuve frío, mucho frío y a eso hubo que añadirle el hambre y la debilidad. Cuando quise volver a mi refugio no supe hallar el camino, estaba perdida. Esa tarde se había levantado viento y las nubes anunciaban un atardecer adelantado. Tenía que encontrar un lugar para protegerme. Si al menos supiera hacer un fuego... Obviamente, no sabía. Mi paso era cada vez más errático. El temblor por el frío y el agotamiento no dejaban que avanzara y mi cabeza daba vueltas.

Tenía hambre, mucha, a decir verdad. No había probado bocado desde el día anterior a medio día y no podía más. Moriría esa noche. Tropecé con una rama rota y caí de bruces al suelo. No sentí dolor pues tenía el cuerpo entumecido. Intenté levantarme, pero fue completamente inútil. Mi cuerpo no respondía a mis órdenes y su peso, de repente, se había multiplicado por cinco. Volví a intentarlo, pero fue en vano. Finalmente, caí desfallecida.

Desperté totalmente desorientada. Un olor nauseabundo recorrió mis fosas nasales provocándome arcadas. Comencé a sentir calor e instintivamente hice el gesto de destapar las mantas que me cubrían, cuando me di cuenta de que realmente estaba tapada. Comencé a abrir los ojos y todo era borroso a excepción de una silueta que se percibía reclinada sobre mí.

—Madre... ¿He vuelto a casa? —arrastré las palabras. Cerré los ojos y los abrí varias veces intentando aclarar mi visión, poco a poco todo se fue tornando más claro y nítido.

—Vaya, vaya, vaya...Por fin te despiertas, niña. Creí que dormirías eternamente. Menos mal porque hoy seré yo la que duerma en el camastro y tú en suelo. Por mis huesos que así será.

Una mujer entrada en años, con cabello grisáceo y ropa roída se encontraba frente a mí. Tenía una tez bastante morena y sus arrugas dejaban entrever su avanzada edad. Parecía una bruja de verdad y su espalda estaba algo encorvada. Me recordó a la abuela de Axel, un niño del pueblo. Siempre tejía y decían que tenía la espalda curvada por ese motivo, aunque su piel era más blanca.

—¿Quién es usted y...y...dónde estoy?

—Vaya, vaya...no sabes dónde estás, ¿eh? Pues bien, te lo voy a decir. Esta es mi casa y te encontré moribunda en el bosque. Tuviste suerte de que pasara por allí con la leña, un poco más y te hubieran devorado los lobos.

Mientras me explicaba la breve historia, la mujer se paseaba por la pequeña estancia. Recogió un leño de una cesta que había al lado de la puerta y lo acercó a una especie de cocina diminuta. Era de hierro y tenía una pequeña puertecita la cual abrió para meter el leño. No parecía una casa como tal sino más bien… un carromato. Jamás vi uno por dentro, pero la forma que tenía lo hacía inconfundible. Me encontraba recostada en un camastro bastante elevado del suelo, en lo que parecía la parte final del habitáculo. Al lado, había un pequeño ventanuco con una especie de lona que tapaba la vista hacia el exterior. El techo era curvado en color oscuro. Tenía una ventana a cada lado y al fondo la puerta que conducía al exterior. En un lado había un banco forrado de pieles. Varias cuerdas cruzaban de lado a lado el pequeño carromato con matojos y ramilletes de hierbas secándose colgados boca abajo. Había estantes llenos de conservas extrañas y una mesa repleta de cacharros. Una liebre y un ave despellejadas atadas a otra cuerda daban la bienvenida a las moscas. El suelo estaba increíblemente sucio de barro, hojas, palos, plumas y no sabía cuántas cosas más. Dibujos extraños pintados en negro a un costado de la puerta llamaron mi atención. Estos asomaban ligeramente tras una especie de cortina. Jamás los había visto y me quedé mirándolos hipnotizada.

—¿No sabes lo que son, cierto? —negué con la cabeza—. Bah, no les des importancia, solo son símbolos en los que me gusta creer. Nada importante para ti —se acercó a ellos y corrió la cortina tapándolos por completo—. Ahora te daré un caldo caliente que te hará bien. Mucho me temo que llevas demasiadas horas sin comer.

—¿He dormido mucho? —por la luz que entraba del exterior a través de las ventanas era por la mañana así que debí dormir toda la noche.

—Has estado dormida casi dos días enteros. Al menos dos noches completas en las que he tenido que acomodarme en el suelo de mala manera.

—¡¿Dos días?! —grité incrédula. No me lo podía creer.

—Has tenido fiebre y hablabas en sueños. Estuviste muy inquieta. Llamabas a tus padres y no sé a quién más. Si no fuera porque estabas dormida juraría que hasta lloraste ¿Qué te pasó, niña?

Me acercó un tazón de caldo que olía a podrido con un color poco apetecible, pero estaba caliente y tenía demasiada hambre.

—Oh, eh... cuando se lo cuente me tendré que marchar. Si saben que me ha ayudado la matarán —le di un sorbo al caldo y a pesar de su mal olor y color no estaba tan malo.

La cara de la mujer cambió drásticamente cuando le hice ese comentario. De pronto, su interés aumentó. Sin dilación, se sentó junto a mí y me tocó las piernas por encima de las mantas.

—Explícamelo, niña. Cuéntamelo todo.

No tenía nada que perder y esa mujer se veía tan sola como yo. Quizás me entendiera o quizás no, pero tenía tantas ganas de llorar que no pude evitar contar mi historia, de hecho, brotó como si tuviese vida propia.

—¡Por Odín y todos los dioses! ¿Es cierto todo lo que me has contado? ¿Tienes visiones? —su vetusta mirada se clavó en mí instándome a contestar.

—Sí, desde que tengo memoria.

—¿Y cómo lo haces?

—Tocando a las personas o a un objeto de su propiedad. Me concentro y veo cosas.

—¿Del futuro? ¿O también del pasado?

Me sorprendió esa pregunta pues parecía como si ella conociera mi habilidad.

—En realidad...todo. A veces del pasado y otras del futuro, aunque yo no lo elijo, simplemente lo veo.

Me terminé el caldo y pude notar que su calor hacía efecto en todo mi cuerpo. Terminé por destaparme, me incorporé y me senté sobre mis rodillas.

—Y si me tocaras... ¿verías mi futuro? —preguntó dudosa.

—Sí, aunque quizás no le guste lo que pueda ver.

—Nada me asusta ya, niña y quiero comprobar algo. Por favor… —adelantó una mano con clara invitación. Tenía unas manos muy arrugadas, llenas de manchas y sus uñas estaban negras. Madre siempre insistía en que debíamos lavarnos las manos y que unas uñas negras eran señal de poca pureza. Esa mujer, a su avanzada edad, debía de tener el alma muy sucia teniendo esas uñas tan negras. Me dio repulsión, aun así, le sujeté la mano con fuerza. A penas tuve que concentrarme. Surgió solo y no tuve que cerrar los ojos. Me sorprendió sobremanera el impulso de las imágenes. La vi de joven, era muy bella. De cabellos dorados y ondulados. Caminaba por un sendero junto a un hombre. Parecían felices.

Otra imagen: pariendo un niño. La rodeaban varias personas y entre ellas, ese hombre sujetándole la mano. La siguiente visión: ella con tres chicos jóvenes, les daba tazones de leche y huevos revueltos, pero su semblante era taciturno y sombrío. En otra la vi dibujar símbolos en el suelo de un bosque rodeada de velas encendidas. Era más mayor y el pelo comenzaba a blanquearle. La última imagen se encontraba viajando en el carromato por un camino desolado completamente sola. Cuando terminé de explicarle mis visiones la mujer se quedó quieta, reflexionando sobre algo. Durante unos minutos que parecieron una eternidad no dijo nada, solo pensaba. Sus ojos achinados iban de un lado a otro hasta que finalmente se posaron en la cortina junto a la puerta. Entonces me miró y volvió a mirar la puerta.

—Vaya, vaya… ¿Has oído hablar de los dioses nórdicos, niña? ¿Sabes quiénes eran y lo que hacían?

—Solo conozco a José, a su hijo Jesús y…

—No, no hablo del dios cristiano. Hablo de los dioses paganos. Para mí son los que realmente existen, los veo cada día cuando amanece, cuando llueve, cuando nieva. Los veo en las personas y los veo en ti.

—¿No cree en Dios Padre? —mi incredulidad iba en aumento ¿Dónde me había metido? Si me encontraban con esa mujer seguro me matarían y esta vez sí tendrían pruebas contra mí. Salté del camastro y me dirigí hacia la puerta, quería marcharme y tenía que hacerlo lo antes posible.

—No huyas, no tienes a donde ir. No te haré daño alguno, pequeña. En realidad…te he estado esperando.

—He de marcharme. Si me encuentran con alguien como usted me colgarán, ahora sí que sí.

—Nadie te encontrará aquí. Estoy muy lejos de cualquier población y nadie se adentra tanto en las montañas. Además, un día de estos nevará y, ¿qué harás entonces? Tan pequeña, sin abrigo ni comida, morirás seguro. En cambio, conmigo, podrás sobrevivir. Nos tendremos la una a la otra.

—Pero soy una bruja y usted…usted… ¿qué es? ¿También la acusaron de brujería?

—No, yo me marché por elección propia. Como bien has visto en tus visiones, tuve un marido y unos hijos. Todos fallecieron de enfermedad, menos yo. Hice lo imposible por ellos, rezaba a ese dios tuyo todos los días. Les aseaba, les colmaba de caldos y les enfriaba la frente cuando tenían fiebre, pero cada vez estaban más débiles hasta que finalmente murieron. Jamás entendí de qué servía nuestro Dios si, cuando realmente hacía falta, no ayudaba.

—Todo el mundo muere de algún modo ¿Qué tiene que ver eso con Dios? Él está muy ocupado con todos y quizás no tuvo tiempo de ayudarla a usted.

—Y dime, ¿qué opinión tienes de ese dios que te ha dejado sola en el mundo? Eso, querida niña, no tiene nombre. Mis dioses jamás lo habrían permitido, es más, si más personas creyeran en esos dioses, respetarían a alguien como tú. Te idolatrarían. Sí, quizás seas una bruja, pero no en el término que ellos creen. En realidad, posees el don de las antiguas *Völvas* vikingas. Mujeres hechiceras, capaces de ver el pasado y el futuro; podían influir en él y cambiarlo, pero también eran capaces de curar y sanar a las personas. Eso, querida niña, es un don maravilloso que tú posees. Yo era como tú, cristiana. Después de lo sucedido con mi familia comencé a entender que quizás nuestros ancestros tenían razón. He encontrado más similitudes en los antiguos dioses que en ese tal Jesús de Nazaret. No me malinterpretes, no es que diga que no exista, simplemente, no estoy de acuerdo con la iglesia luterana. En Odin, en Freya, en Loki, en Thor, etc. He encontrado la verdad, y ahora me queda confirmada en tí. Te me has aparecido. Creo ciertamente que ellos te han traído para que pueda salvarte, porque tu papel en esta vida será importante. Conmigo estarás a salvo y podrás alcanzar tu destino en este mundo. Yo ya encontré el mío.

No tenía elección y sentía una gran curiosidad por esas palabras, por esos dioses paganos de los que hablaba, así que me quedé.

Pasaron los años y lo que en un principio me pareció irreal y desconocido terminó por darle un sentido a mi vida como nunca lo había percibido. En alguna ocasión, cuando sentía melancolía, agarraba los enseres de mi familia para saber de ellos y me tranquilizaba. Ingrid, que así se llamaba la mujer, murió dieciséis años después. Me quedé sola a los veinticinco. Esa mujer había formado parte de mi vida durante más años de lo que estuve con mis verdaderos padres así que técnicamente se podía decir que fue mi madre en todos los sentidos y yo la quise como tal. Gracias a ella, supe seguir adelante y esperaría mi destino con los brazos abiertos. Tenía un caballo, un par de cabras y cuatro gallinas. Ahora sabía cazar y comprendía el significado de las plantas, así como su poder espiritual y sanador.

En ocasiones, Ingrid bajaba al pueblo más cercano el día de mercado e intentaba vender algunas mantas tejidas a mano y algunos manojos de hierbas aromáticas. No daba para mucho, pero era una ayuda. No me dejó ir con ella hasta que cumplí los dieciséis años, a esas alturas ya nadie me reconocería y, además, tampoco es que pudieran relacionarme con ella. Eligió ese tipo de vida y yo me acostumbré a vivir así, con el tiempo descubrí que me gustaba. Tras su muerte, tenía la posibilidad de irme a cualquier parte y empezar una nueva vida. Nadie se acordaría de mí y seguramente creerían que habría muerto, pero algo en mi interior me lo impedía, necesitaba seguir viviendo en soledad como Ingrid. Me enseñó muchas cosas, entre ellas, estar en armonía con el mundo que me rodeaba, sobre todo con la naturaleza. En todo ese tiempo aprendí a cazar, a cocinar, a hacer ungüentos y, sobre todo, aprendí a entrar en trance sin necesidad de tocar nada ni a nadie.

A menudo practicaba con algún hechizo. Había leído mucho sobre eso pues Ingrid poseía varios libros. Algunos eran para la lluvia, la nieve; casi todos encaminados a la naturaleza. Había uno en especial que contenía hechizos para personas y uno de ellos en concreto hablaba de cómo hallar tu yo interior. Era capaz de ver el futuro de los demás menos el mío pues era mucho más complicado. Ingrid insistía en que debía aprender a ver mi futuro, incluso me daba un brebaje especial que intensificaba mi habilidad, lo suficiente como para captar mi futuro. Finalmente, después de mucho esfuerzo, ocurrió. Lo vi. No sabía quién era, pero sabía que era él. Indudablemente él; mi futuro. En la visión aparecía un hombre alto, con el pelo canoso, pero joven de todos modos. De ojos azul oscuro, penetrantes y sabios. Observaba el horizonte en lo alto de un risco y su capa marrón oteaba al viento. Las montañas se encontraban nevadas, sin embargo, el frío no hacia efecto sobre su piel casi desnuda pues a parte de la capa solo llevaba unos calzones. Su torso musculoso y desnudo se mostraba desafiante al mundo. Sonreía ante algo, un recuerdo tal vez y de pronto, desaparecía. El risco se quedó vacío, se había esfumado como por arte de magia.

Durante años me persiguió esa visión. Siempre la misma. Al principio la buscaba, entraba en trance expresamente para verle y entender algo más. Poco a poco fui viéndola sin buscarla. En sueños, en una siesta...Como algo esporádico. Con el tiempo, la visión aparecía más seguida. Entendí, entonces, que se acercaba el momento. Llegó un instante en que la veía estando despierta, mientras cocinaba, mientras tejía...y esa visión anulaba mi entorno. Mi mente se centraba solo en él y supe, que se trataba de alguien poderoso, otro brujo tal vez, quién sabe. Tenía que ir en su búsqueda y encontrarlo. Lo que pasara después ya se revelaría...

Aún no había suficiente nieve en las montañas. Era agosto y, aunque persistían restos de inviernos pasados que nunca llegaban a derretirse del todo, mi visión pertenecía al invierno, a unas montañas cubiertas de blanco. Debía esperar. Todavía no era el momento. Pasaron los meses y el momento llegó. Nos encontrábamos en el mes de octubre con días relativamente más cortos. El temporal frío había blanqueado las montañas hasta casi llegar al prado. Al amanecer lo vi y esta vez fue tan esclarecedor que una exclamación ahogada salió de mi interior. En esta ocasión no desaparecía, sino que aparecía de repente en el mismo lugar, sonriendo mientras observaba con deleite al bebé que portaba en sus brazos. Era la criatura más hermosa que había visto en mi vida. Un bebé rosado con las mejillas arreboladas y un suave vello rojizo inundando su preciosa cabecita. Sus ojos azules me miraron y mi corazón estalló en una felicidad que no pude comprender. Y fue ahí cuando descubrí mi destino. Era ella y no él. Obviamente las niñas no nacían de la nada así que él tenía un papel muy importante en esa cuestión. Esa niña era o iba a ser mi hija y debía encontrarle para engendrarla, para que ella naciera. Me incorporé apresuradamente del camastro pues la visión me había despertado. Ese era el día. Había llegado la hora.

Recogí toda la comida y abrigo que pude, agarré mi caballo y sin más dilación me marché. El carromato se hallaba en una especie de planicie rodeada de árboles con un río relativamente cercano. Tuve que avanzar un trecho largo hasta encontrar el camino de subida hacia la montaña. Avancé durante horas. Conocía bastante bien el recorrido y con años de visión tuve tiempo de reconocer el lugar exacto en el que él aparecería. Había subido alguna vez que otra buscando el lugar y cuando llegué, supe que lo había encontrado. Ese era el lugar, ahora, solo cabía esperar. Cuando alcancé el risco el frio era glacial y aún faltaban unas horas para el atardecer. No sabía muy bien qué le diría, al fin y al cabo, él no sabría por qué estaría allí y explicárselo iba a ser un tanto difícil. Llevaba días alterada, pero el fin justificaba cualquier acto que tuviera que realizar y después de ver a ese hombre en tantas visiones, deseaba conocerlo. Seguí divagando unos minutos más y de repente…

—Hola… ¿Qué hace usted aquí? —una voz profunda y grave me habló desde algún rincón de mi espalda. Giré sobre mis pies de inmediato y ahí estaba él. En su más increíble aparición como un dios pagano, envuelto en una capa simple y mundana con el torso al aire, insensible al gélido clima. Tal y como vi en mi visión, aunque esta no le hacía justicia, la realidad era mil veces mejor.

—Sabía que os encontraría aquí.

—Comprendo…

En realidad, tuve claro que no lo comprendió. Su mirada se estrechó y me observó durante largo rato, supuse que intentando recordar a alguien con mi rostro, como si nos conociéramos de antaño.

—No os recuerdo ¿Cómo es posible que supierais que iba a venir aquí? Hace mucho que no vengo y no soy de los que se lo cuentan a la gente.

—Es complicado y difícil de creer.

—Entiendo de cosas complicadas y las que son difíciles de creer son mi especialidad. Vamos, explíquese.

—Os vi en un sueño. Bueno, en realidad, en una visión.

—Oh, ahora comprendo.

—Llevo años viéndoos aparecer aquí, en este risco y de algún modo incomprensible mi destino está ligado al suyo. No lo entendí hasta hoy al despertar pues tuve otra visión más esclarecedora.

—Así que sois vidente. Mmm… muy interesante. Y decidme, ¿qué es lo que visteis?

—A vos aquí, en este risco, asomado igual que lo estáis ahora —hice un gesto con la mano para mostrarle que estaba del mismo modo vestido.

—¿Me visteis y ya está? ¿Y con eso dedujisteis que vuestro destino estaba ligado al mío? —su sonrisa sesgada y la expresión elevada de sus cejas mostró su divertido asombro.

—Sí, bueno, no.

—¿Sí o no? —se estaba divirtiendo.

Me sentía de lo más ridícula ¿Qué podía decirle? ¿Que había ido a buscarlo para engendrar a nuestra futura hija porque el destino así lo quería? ¿Cómo iba a creerse tal majadería? Y lo que es peor ¿Cómo demostrarlo? De pronto, tuve una idea atrevida, pero quizás…

Me acerqué a él y levanté la mano para tocarle. Sonreía divertido hasta que finalmente alcancé su brazo y se lo agarré con fuerza. Intenté concentrarme, pero fue en vano. El viento aumentó su velocidad y me encontré vagando en un vacío infinito, rodeada de todo y nada al mismo tiempo. No pude ver nada, ni pasado ni futuro, tan solo sus ojos clavándose en los míos. Le solté y quedé absolutamente desconcertada.

—¿Qué habéis visto? —preguntó divertido.

—Nada, no he podido ver nada. No lo entiendo, jamás me ha ocurrido algo así—miré mis manos desnudas intentando comprender qué había pasado.

—No sois vos, sino yo. No podréis ver nada sobre mí, aunque lo intentéis.

—Eso no es cierto, os vi. Os he visto tantas veces…estabais ahí de pie, contemplabais el horizonte y después, después desaparecíais sin más.

—Mmm…sí es cierto, eso hago, pero tan cierto es eso como lo que os he contado. Si pretendéis ver mi futuro os será imposible, creedme, no sois la primera vidente que lo ha intentado. Sin embargo, me tenéis intrigado, ¿cómo es posible que me vierais siquiera venir aquí? Eso jamás lo hubiera imaginado a no ser que… —se quedó pensando unos minutos mientras caminaba de aquí a allá con una mano sujetándose la barbilla y la otra en la espalda—. A no ser que no estuvierais viendo mi futuro, sino el vuestro. Para que me vierais debía de ser algo realmente trascendente, algo como…. como… —dejó de caminar y me miró bruscamente.

—¿Qué más visteis? Habéis dicho que no lo entendisteis hasta esta mañana, así que algo importante debisteis ver, además de mi persona.

—Sí, es cierto. Lo que vi esta mañana me hizo comprender por qué debía venir a vuestro encuentro. No sé quién sois, no sé qué hacéis aquí arriba, pero mi destino está ligado al vuestro de una manera que jamás podría imaginar. Toda mi existencia no ha girado en torno a mí, sino al de ella. Ella es el fin y por ella voy a hacerlo.

—¿Ella? ¿Ella quién?

—Nuestra hija.

15. Corazón

Comprender los entresijos de la vida conlleva años de arduo esfuerzo y paciencia, mucha paciencia. Comprender el comportamiento de Darach era casi tan complicado como entender la vida misma. No es que estuviera enfadada con él, pero saber lo que pasaba por su cabeza era imposible. Tampoco es que lo conociera mucho, más bien nada, pero llevábamos una semana conviviendo bajo el mismo techo y debería haber entablado algún tipo de conversación con él, sin embargo, se mantenía callado y esquivo. Tenía la sensación de que lo hacía adrede precisamente para no tener ningún tipo de lazo conmigo. Me consideraba su trabajo, nada más, y eso, me enfurecía. Cuando llegué a mi habitación me desplomé sobre la cama. Estaba cansada. Repasé mentalmente la tarde que había pasado con mi madre y me descubrí sonriendo. Estaba feliz de haberlo aclarado. No me gustó, claro está, enterarme de que ni siquiera mi madre era mi verdadera madre, pero lo había encajado mejor de lo que me esperaba pues, aunque no llevara su sangre, ella era y sería siempre mi madre.

Decidí cambiarme y ponerme el pijama. Tendría que ir pensando qué iba a hacer con mi vida. Mi nuevo padre quería que me quedara aquí, en su casa, pero yo no lo tenía tan claro. Deseaba volver a mi rutina, aunque con un hermano desconocido acechándome por ahí y con Darach como guardaespaldas, sería imposible. A no ser que...una idea escandalosa comenzó a formarse en mi cabeza cuando de pronto, alguien picó a mi puerta. Me había quitado los pantalones y la sudadera y me encontraba en ropa interior.

—¿Quién es?

Silencio. Me acerqué a la puerta y volví a preguntar.

—¿Marisa, eres tú?

Nada. Silencio absoluto. Dudé en abrir la puerta pues estaba casi desnuda, al no recibir respuesta me di la vuelta para terminar de ponerme el pijama. No había dado dos pasos cuando volvieron a llamar. Puse los ojos en blanco suspirando de hastío. Sin pensarlo dos veces, la abrí.

—¿Qué quieres, Mari...? —no pude terminar la pregunta porque al otro lado de la puerta se encontraba Darach. No me pasó desapercibida, ni por un momento, su reacción. Pasó de la seriedad a la sorpresa en menos de una milésima de segundo y ni siquiera intentó evitar mirarme ¡qué va! Con todo descaro y la mandíbula desencajada me dio un repaso de arriba a abajo. Quise que me tragase la tierra. Acto seguido, y cuando pude reaccionar, cerré la puerta instantáneamente dejándole solo y sin hablar. Al menos llevaba mi bonito conjunto de encaje color violeta. Me llevé las manos a la cara instintivamente. Me reí por dentro, en realidad no sabía quién había pasado peor bochorno, si yo en mi situación o Darach, pues me dio la impresión de que nunca había visto a una mujer en ropa interior. Me quieté el sujetador y terminé de ponerme el pijama con el pulso aún acelerado. Aunque estaba cansada, ese instante había provocado que mi mente se despejase totalmente. Ahora, me parecía imposible ir a dormir, más aún, sabiendo que había venido a verme para vete a saber qué.

Me acerqué a la puerta de puntillas. La entreabrí muy despacio con sumo cuidado de no hacer ruido. Asomé ligeramente la cabeza y...ya no había nadie, Darach se había marchado. La volví a cerrar en silencio y me senté en la cama de nuevo. Comencé a morderme el labio interior pensando en qué hacer. Para que él viniera a mi habitación debía ser algo realmente importante de lo contrario, lo hubiera dejado para el día siguiente, estaba segura. Era un chico parco en palabras y venir aquí, a estas horas de la noche…

Odiaba la incertidumbre, así que me dirigí hacia su habitación. Aún tenía el corazón acelerado y mis mejillas me ardían, pero tal vez fuese importante, algo referente a mi padre. Además, la desnudez estaba a la orden del día. Me detuve ante su puerta intentando encontrar ese valor que había tenido un minuto antes justo al salir de mi habitación, pero por algún motivo, de pronto, se había desvanecido. Mi corazón repiqueteaba ensordecedor.

<<Oh, vamos, Alexandra, no es que te lo vayas a encontrar desnudo a él también…>> ese pensamiento me alteró más de lo que ya estaba. Sequé el sudor de mis manos sobre la tela de mis pantalones ¿Qué le iba a decir? *perdona por abrirte la puerta casi en pelotas, creía que eras Esteban.* Pestañeé un par de veces seguidas… ¿Desde cuándo las hijas le abrían la puerta a su padre estando en ropa interior? No es que lo supiera ciertamente, jamás había tenido padre y nunca tuve que lidiar con esa situación. Sin embargo, con mi madre sí, ella estaba acostumbrada a hacerlo delante de mí y yo también. Tal vez era algo normal entre padres e hijos. Suspiré. Darach no era mi padre y mucho menos mi madre. Me había dado la sensación de que verme en ese estado le había impactado sustancialmente. Aun así, había venido a comprobar qué quería y eso era lo que iba a hacer. Con la determinación suficiente golpeé la puerta de su habitación. Oí unos pasos y entreabrió la puerta sin comprobar quién había tras ella pues, claramente, supo que era yo. Me pareció de mal gusto que no me recibiese. Esperé dubitativa unos segundos hasta que, finalmente, terminé de abrirla comprobando que él no estaba junto a la puerta si no al fondo de la habitación. Entré. La estancia estaba poco iluminada, tan solo con la lámpara de la mesilla de noche. Olía a él, ese aroma que me volvía loca. Al instante comprendí que ir a verle no había sido buena idea y menos, a esas horas. Darach estaba descalzo, llevaba puesto el pantalón vaquero, nada más. Se encontraba de espaldas a mí mirando por una ventana hacia la oscura noche. Se había soltado la coleta y el cabello, algo ondulado, lo tenía suelto alrededor de su cuello. La luz cálida y tenue le iluminaba ligeramente un lateral de su imponente cuerpo dejando entrever la silueta de unos múscu-

los trabajados y fornidos. Se dio la vuelta ligeramente y me miró a través de un mechón de su pelo. Sonrió ladinamente y yo, me quedé sin aliento.

Cuando se giró al completo no tuve el valor ni la fuerza de voluntad por apartar los ojos de su extraordinario torso. Tenía algo de vello en la parte central del pecho y una fina línea bajaba hasta desaparecer dentro de sus pantalones. Tragué saliva. Esos músculos, con los que había soñado, los tenía ahora ante mí y mi mente voló sin control imaginando tocarlos. Me encontré respirando agitadamente en un espacio reducido con su aroma abrumador que me embriagaba y me anulaba completamente la razón. Su presencia, en ese estado, hacía imposible que pudiera aclarar mis pensamientos. Dio un par de pasos hacia mí esquivando mi mirada. Se pasó las dos manos por el pelo con clara finalidad de despejar su rostro. Cuando por fin alzó la mirada, me observó con cautela, pero sus ojos ardían con una intensidad que me descompuso. La electricidad que nos envolvía era tan potente, casi tangible y un deseo primitivo, desconocido y sobrenatural se adueñó de mi persona.

—¿Qué queréis? —preguntó como si tal cosa…

Intenté parecer normal, como si su imagen no me afectara en absoluto.

—Bu…bu…bueno, yo…yo…es que tú…en fin, tu…bueno, has sido tú.

Tierra trágame. De las frases menos elocuentes que podía decir, esa era, sin lugar a dudas, la peor de todas en la historia de la humanidad. Por si mi estado de nervios había sido poco evidente, un calor sofocante subió a mi rostro abrasando mi cara. Genial, ahora estaba roja como un tomate. Menos mal que no había mucha luz. A pesar de mi penosa actuación, no hizo nada. Siguió observándome o más bien, desnudándome con su mirada felina. Pude sentir, por primera vez desde que lo conocí, deseo en sus ojos. Su cuerpo emanaba anhelo como un aura a su alrededor, no podía verlo, en cambio lo percibía en cada fibra de mi piel traspasándome hasta ponerme el vello de punta. Era la primera vez que experimentaba un sentimiento de manera tan intensa, tan palpable y eso, me trastocó aún más. Volvió a girarse dándome la espalda resoplando mientras se volvía a pasar las manos por el cabello.

—Por favor, Alexandra, marchaos.

—Co… ¿cómo dices? —pregunté vacilante. Había hablado en un tono tan bajo que apenas le escuché.

—Marchaos.

—Pero… has venido a… a… a mí habitación y, en fin, quiero saber por qué.

—Ahora no, por favor.

Di un paso hacia él, estábamos a tan solo un metro de distancia. Un escalofrío recorrió mi columna vertebral hasta mi cuero cabelludo. Inspiré profundamente. Volvió a darse la vuelta, pero esta vez se quedó mirando el suelo evitando así el contacto visual conmigo. Su cabello caído le tapaba parte de su cara y aunque no pude ver la expresión de su rostro noté pesadumbre en su postura.

—Alexandra…no me lo pongáis más difícil. Por favor, idos…

Estaba abatido y confuso. Dijo eso en un tono muy bajo, casi susurrante, con un deje de voz suplicante como si estuviera sufriendo por algo. Los latidos de mi corazón sonaban tan fuertes en mis oídos que impedían que le escuchara con claridad, instintivamente me acerqué más elevando mi mano para tocarle el brazo, pero antes de que pudiera darme cuenta, me había agarrado la muñeca sosteniéndola a la altura de nuestras cabezas. Sentí su piel como una brasa incandescente. Me miró con gesto hosco, con el malhumor reflejado en cada rasgo.

—¿Qué creéis que estáis haciendo? —inquirió.

—Lo siento, solo quería decirte que…

Cuando nuestros ojos se encontraron vi fuego en su iris, un fuego que me abrasó por dentro fundiendo cada una de mis resistencias.

—¿Es que no lo entendéis? ¡Os he dicho que os vayáis!

Sacudió mi muñeca de manera brusca. Me dolió, pero no fue tanto el dolor físico como el moral. Me sentí insultada, humillada pues me trató como a un bicho molesto al que aplastar. Quizás mis percepciones habían sido erróneas y no hallé deseo en su persona sino, otra cosa. Había soñado despierta confundiendo mi anhelo con el suyo. No era justo que siempre fuese él quien me dejara sin palabras. Esta vez no iba a consentirlo. La rabia despertó en mi espíritu otro yo más valiente y descarado.

—No te entiendo, ¿sabes? No sé qué pasa por esa cabeza tuya tan cuadriculada. Me arrepiento de haber venido. No mereces que pierda el tiempo contigo—me di la vuelta con ojos vidriosos. Justo cuando pensaba alcanzar el pomo de la puerta para abrirla, se cerró de golpe. Di un sobresalto y fue entonces cuando vi una mano que no era la mía frente a mi cara. Había sido esa mano la que la había cerrado dejándome dentro de la estancia.

—Alexandra…—otro escalofrío recorrió mi cuerpo y esta vez mucho más intenso y profundo. Había susurrado mi nombre en mi oído. Fue la sensación más erótica que había experimentado en toda mi vida. No me había tocado, no me había besado, fue la manera en que lo había pronunciado, acariciándolo, haciendo que su aliento caliente se deslizara por mi piel activando cada parte de mi cuerpo. Me quedé inmóvil, prisionera de mi propio cuerpo, incapaz de mover un músculo mientras mi acelerada respiración delataba la excitación que me recorría por dentro. Se acercó más a mi espalda rozándome con su cuerpo. Su calor corporal invadió mi espacio, asfixiando cada fibra de mi piel. Su mano rodeó mi cintura atrayéndome hacia a él y me olvidé de respirar.

—Perdonadme, es que no sé cómo haceros comprender…

Quería verle el rostro, perderme en sus ojos; necesitaba tenerlo frente a mí. No sé si ese deseo escapó de mis labios o si fue un pensamiento compartido, porque al instante siguiente sentí cómo me giraba hacia él, dejándome por fin cara a cara. No había distancia entre nosotros, tan solo unos míseros milímetros. Con un brazo me sujetaba fervientemente la cintura y con otro, la puerta. Nuestras miradas se encontraron y deseé que ese momento fuera eterno, deseé con todo mi ser no separarme jamás de él, de sus brazos…

—Darach, yo…

Contemplé su rostro perfecto. Sus ojos se detuvieron en mis labios y su mano bajó de mi cintura hasta mi trasero. Cuando mi mano traviesa comenzó a rozarle la piel de su espalda desnuda se estremeció, cerró los ojos e inspiró intensamente. Una especie de rugido salió de su garganta volviéndome loca de excitación. Su cálido aliento invadió mi espacio e inspiré profundamente para saborearlo. Era mío. Me sorprendieron esos pensamientos posesivos pues eran más fuertes de lo que yo imaginaba. Me parecía increíble tenerle ante mí, entre mis brazos. Sin previo aviso, me besó. Más bien me devoró. Fue un beso hambriento lleno de anhelo que me hizo estremecer. Su cuerpo estaba pegado al mío y nuestras bocas comenzaron un juego erótico y desenfrenado lleno de pasión contenida. Sus labios carnosos y calientes eran suaves y resbaladizos, deliciosos al contraste de su incipiente barba que me raspaba y cosquilleaba alrededor de mi boca. Su lengua…ah, su lengua; vivaracha y seductora fondeando un mar desconocido. Me dejé llevar. Sentí que mi corazón estaba a punto de estallar.

Solté un jadeo ahogado cuando sus manos me agarraron el trasero elevándome del suelo y acercándome más a él. Como acto reflejo, le rodeé con mis piernas quedando así unidos a través de nuestras caderas sintiendo su deseo casi al completo. Comencé a mover mi cadera para percibirlo mejor y mis manos agarraron su melena atrayendo su cabeza a la mía. Una de sus manos se introdujo por debajo de mi camiseta y subió lentamente hasta encontrar uno de mis pechos. Solté otro jadeo involuntario cuando lo apretó y acarició fervientemente. No quería parar, quería fundirme con él y que ese momento no terminara nunca. Mi deseo fue en aumento queriendo desaparecer del mundo o, mejor dicho, que el mundo entero desapareciera excepto nosotros. De pronto, su ritmo desenfrenado comenzó a detenerse lentamente bajándome al suelo muy despacio y separando su perfecto cuerpo del mío. Una corriente fría me envolvió haciéndome despertar del ensueño que había vivido. Colocó, seguidamente, las manos en la puerta, una a cada costado de mí. Había dejado de besarme, pero seguía mirándome con ojos derretidos. Su respiración, igual que la mía, era acelerada y jadeante.

—No, Alexandra. Esto debe parar. No debo, lo siento…—cerró los ojos, supuse, intentando encontrar esa fuerza de voluntad que yo no tenía…

—¿Por qué no? Darach, mírame ¿Qué ocurre?

Se alejó de mi dándome la espalda evitando de nuevo el contacto con mis ojos. Se pasó de nuevo las manos por el pelo, pero esta vez me quedó claro que no lo hacía para despejarse el rostro, sino para liberar el estrés contenido. Sensación que noté en ese instante al reconocerla.

—Marchaos, por favor. No quiero haceros daño.

—Me lo estás haciendo ahora mismo, Darach. No me voy a ir hasta que me expliques qué te ocurre conmigo.

Me cuadré de brazos cruzados delante de la puerta. Si pensaba que después de lo que acababa de ocurrir iba a irme a la habitación, lo tenía claro. Volvió a girarse y suspiró apenado. Se acercó a mí y me levantó el mentón para que pudiera verle los ojos. Era tan espléndido... Comenzó a acariciarme los labios, después mi rostro; seguidamente, colocó un mechón detrás de mi oreja para quedarse así, contemplándome maravillado durante unos segundos.

—Sois un sueño para mí. Una quimera. Este momento ha sido mágico, pero os prometo, Alexandra, que no volverá a ocurrir.

—No lo entiendo... ¿por qué no puede ocurrir?

—He luchado contra este sentimiento. Dios sabe que lo he hecho, pero hoy mis fuerzas me han abandonado. Había ido a vuestra alcoba para pediros disculpas por mi comportamiento mordaz. Lo siento, nunca quise ser maleducado con vos.

<< ¿¡Con vos!? >> Flipé. Tutearme era una cosa, tratarme de vos con ese acento inglés tan aplastante era algo muy distinto ¿De dónde había salido ese chico? Hizo una pausa e inspiró profundamente.

—Cuando abristeis la puerta y os vi... —carraspeó—, me sorprendió de tal modo que no pude reaccionar. Después, en mi alcoba, solo pensaba en ir de nuevo a la vuestra y arrancaros esa escasa ropa pecaminosa que llevabais puesta. Jamás me había encontrado en una tesitura igual, doy fe de ello. Vinisteis aquí y mis fuerzas ya estaban diezmadas. No he podido evitarlo, Alexandra...creo que os deseo desde el primer día que os vi en aquella cafetería y me culpo por ello todos los días —se alejó de mí dejándome al amparo del vacío de su ausencia...

—Yo también te deseo, Darach. Creo que se ha notado...—susurré las últimas palabras creyendo que no lo escucharía. Sí lo hizo y sonrió, pero no contestó. Su mirada reflexiva se detuvo en mis ojos por un instante y vi las dudas surcar el océano insondable de su iris, dudas que no comprendí.

—Darach, no hay nada que nos impida estar juntos. Somos adultos y libres... ¿Qué problema hay?

—Aún no lo entendéis, ¿verdad? No soy nadie, no soy nada. Vos, sin embargo...

—Sin embargo, ¿qué? Soy completamente normal, Darach. Una mujer que...

—No sigáis. Por favor, Alexandra, no hagáis que me sienta peor de lo que ya me siento. He traicionado a vuestro padre y eso no puede volver a ocurrir. Soy un hombre de honor, le di mi palabra de que os protegería. Esto lo complica todo. Además, no soy como creéis. Por favor, marchaos —su aflicción era desmesurada. No entendía qué tenía que ver mi padre en todo esto. Obviamente lo había contratado como guardaespaldas, pero eso no impedía que pudiera relacionarme con él... ¿O sí?

—Está bien, me marcho. De todos modos, quiero que sepas que no tenía padre hasta hace unos días. No tiene derecho a dirigir mi vida, ni mis decisiones. Espero que lo tengas en cuenta.

Escuché un suspiro, pero permaneció inmóvil. Tuve la sensación de que, de girarse, sucumbiría a su propio deseo de estar junto a mí. Reconocí que tenía una gran fuerza de voluntad. Era admirable. Cundo entré en mi cuarto, este se me hizo ajeno y frio. En la habitación de Darach hacía calor y su aroma envolvente me hacía sentir a gusto. Le deseaba con locura. Me introduje en la cama sabiendo que no podría dormir tranquila. Solo quería soñar con él, con su piel, con sus besos... Comprendí, en ese instante, que no volvería a ser la misma. Darach se había sincerado conmigo y me había dejado claro que me deseaba. Por mi parte, no solo era deseo, era algo más auténtico, más profundo. Estaba enamorada. Unos golpes suaves en la puerta retumbaron en mi habitación haciendo que me incorporara instantáneamente de mi estado de reposo. De pronto, mis latidos comenzaron a desbocarse ¿Sería Darach? ¿Quién sino a esas horas? Bajé de la cama de un salto y me dirigí apresuradamente a la puerta. La abrí de un modo nada femenino y prudente. Al otro lado se encontraba Esteban, mi padre. Me quedé perpleja.

—Hola, Alexandra ¿Va todo bien?

—Eh…sí, ¿por qué lo preguntas?

—¿Has estado en tu habitación todo el tiempo? —preguntó sonriente.

¿A qué venia eso? No es que quisiera mentirle, no creí oportuno decirle que había estado con Darach en su habitación, él casi desnudo y yo…sobre él, besándonos…

—Alexandra, ¿te encuentras bien? Te veo un tanto excitada.

—Oh, no es nada —carraspeé —. ¿Qué ocurre?

—Creía que me lo aclararías tú ¿No has hecho nada diferente?

—A…a… ¿a qué te refieres con…diferente?

—¿Has intentado jugar con el tiempo?

—¿Qué? ¡No! —bostecé.

—Está bien, pequeña. Mañana hablaremos y tendremos una charla. Perdona que te haya molestado a estas horas. Descansa —se dio la vuelta y se marchó.

Sin darme cuenta me había hecho ilusiones creyendo que sería Darach. Ver a mi padre fue como tirarme un cubo de agua fría. En ese momento, me sentí muy cansada y la idea de dormir ahora sí se me hizo atractiva. A la mañana siguiente me desperté con idea de convencer a Darach. Aunque me había dejado claro que lo que ocurrió entre nosotros no podría volver a suceder, no me daría por vencida. Al fin y al cabo, le gustaba y eso jugaba en mi favor. Hablaría con mi padre y solucionaría esa absurda idea que se había hecho en su complicada y preciosa cabeza. Cada vez que pensaba en él, una corriente eléctrica me recorría por dentro y terminaba rememorando cada segundo, cada beso, cada caricia que nos habíamos dado. Me estiré en la cama igual que un gato. Unos tenues rayos de luz se filtraban por las rendijas de mi persiana avisándome de que ya era de día. Estaba feliz, realmente feliz y cuando...de pronto noté cómo un pequeño y caliente fluido salía de mi entrepierna. Salté de la cama como si tuviera un resorte y me dirigí directa al baño. Estupendo. Mi felicidad truncada por la visita menstrual. Se me había olvidado por completo qué día debía bajarme la menstruación y como tal, no estaba preparada para mantener a raya esa incómoda costumbre femenina. Gracias a Dios tenía un par de támpax en el bolso, pero eso era temporal así que mi primera actividad de ese día sería ir a un supermercado y suministrarme de productos de higiene femenina. Me vestí con la misma ropa del día anterior y una vez aseada, fui a desayunar. Mientras se calentaba mi vaso de leche en el microondas Marisa entró por la cocina. La mujer estaba en bata, con ojeras y totalmente despeinada. Eran las nueve de la mañana y parecía que esa noche se le habían pegado las sábanas a todo el mundo, a todos menos a mí.

—Buenos días, mija. Híjole, ¿qué está haciendo? Tenía café hecho de esta misma mañana. Ande, deje eso, le haré otra cosa mejor.

—No, Marisa, me gusta mi vaso de leche...

—Está bien, pero no me negará unas tortitas. Hice la masa ayer y solo he de cocinarlas al fuego. Usted sí desayunará en condiciones, no como los demás, me despiertan de madrugada y ¿para qué? Para nada. Si ya lo decía yo, son una panda de desagradecidos. Si mi mamá levantase la cabecita...—miró hacia arriba y se santiguó. Reí ante su carácter tan salado.

—¿Ya ha preparado café esta mañana? creí que se acababa de levantar.

—No, cómo cree. Su papito vino como a eso de las seis de la mañana pidiendo un café y diciéndome que no vendría a comer. Después volví a acostarme, pero claro, ya me habían roto el sueño —explicó mientras hacía las tortitas. Gesticulaba con las manos y de vez en cuando dejaba lo que estaba haciendo para enfatizar su enfado o la importancia de una frase con miradas y gestos —. Al rato oí sonidos en la cocina y vine a ver ¡¿Y qué cree?! ahí estaba Darki, intentando poner la cafetera. Ese naco no sabe hacer nada, se lo digo yo.

—¿Darach y mi padre no están en casa? creía que estaban durmiendo.

—No, Darki se levantó como a las siete y se tomó un café ¡Solo un café! Eso es muy raro en él, se lo digo yo que lo conozco bien, siempre ha tenido mucho apetito. Ese muchacho pasó mala noche, tenía mala cara y un humor de perros.

—¿Se marchó?

—Sí, agarró las llaves de su carro y se fue. No sé dónde pues no me lo dijo. Aquí tiene. Cómaselo todito que está muy flacucha.

Después de la conversación con Marisa me di cuenta de que la única que había dormido a pata suelta era yo. Cuando terminé de desayunar, me marché al supermercado más cercano. Era un alivio poder salir sin compañía. Me hubiera gustado ver a Darach esa mañana y tantear el campo, por otro lado, era un buen momento para aclarar mis ideas y pensar qué iba a hacer en un futuro cercano. Además, quería hablar con mi padre, él apreciaba a Darach, aunque desconocía el nivel de confianza que había entre ellos. Lo que tenía claro es que no iba a interponerse en mi felicidad, no lo había hecho nunca y ahora menos. Mi vida privada era decisión mía, le gustase o no y aunque ahora formaba parte de ella, no era quien para decidir sobre mi vida sentimental…Por Dios, ¡estábamos en el siglo XXI!

Según Marisa, el supermercado estaba relativamente cerca, como a unos quince minutos andando. El cielo estaba totalmente despejado sin una brizna de aire, aunque este no era azul como otras veces, sino más bien de un tono blanquecino y algo turbio. Probablemente por la polución de la ciudad. Al llegar al final de la calle y girar la esquina, un presentimiento me hizo detener el paso y mirar a mi alrededor con cautela. La acera estaba vacía de viandantes. Era una urbanización en un día de diario y en una ciudad como esta, a las nueve de la mañana, solía haber gente dirigiéndose a sus quehaceres. Si embargo, no había ni un alma.

Conocía esa extraña sensación. Algo iba a ocurrir, lo presentía. Ciertamente, que el tiempo se detuviera ya no me asustaba tanto, pero el hecho de no saber qué iba a pasar, me alteraba. Aceleré el paso mirando alrededor, alerta ante cualquier pequeño cambio. Para cuando quise darme cuenta ya había llegado a la tienda y respiré aliviada. El comercio era como otro cualquiera, lo suficientemente grande para encontrar de todo. Me dirigí directa a la sección que me interesaba y después de pagar salí a la misma calle por donde había venido. Sin saber por qué tenía una prisa considerable por llegar a casa. Alguien me seguía, podía notarlo, el cosquilleo incómodo en la nuca me lo advertía. Quizá fuese paranoia, aunque mi cuerpo no solía equivocarse. No pude evitar mirar de reojo los reflejos en las ventanillas de los coches aparcados, como si pudiesen mostrarme ese alguien que me acechaba. Mi corazón cada vez iba más rápido y dudé en cambiar de acera, entrar en algún portal vacío o detenerme a hablar con alguien para sentirme a salvo. Parecía no avanzar por esa calle que no recordaba tan larga. El sonido sordo de mis pisadas aceleradas era lo único que se escuchaba en esa calle, además de mis latidos ensordecedores. Todo a mi alrededor parecía estar confabulado contra mí, pues hasta los árboles parecían ocultar presencias y sombras, sumidos en un silencio extraño como si formaran parte de una trampa. Por fin llegué al final de la calle y giré en la esquina suspirando de alivio pues creí que estaba a salvo. Continué avanzando más despacio, atenta ante cualquier movimiento que hubiera a mi alrededor; mis ojos lo escudriñaban todo sin éxito. El cierre de la puerta de un coche tras de mí hizo que me sobresaltara. Me relajé al comprobar que se trataba de un hombre inmerso en su rutina diaria.

—Te estás volviendo paranoica. Relájate—dije en voz alta sin dejar de mirar a todos lados. Justo cuando iba a reanudar la marcha, Aarón apareció ante mí como un espectro oscuro. Mi corazón me golpeaba en el pecho con fuerza y supe que era él quien me espiaba. De pronto, la sangre se evaporó de mi cuerpo y me quedé helada. Iba vestido con un traje negro que hacía contraste con su tez blanca pálida. Parecía un vampiro sacado de alguna novela terrorífica. Su mirada oscura y desafiante lo hacía demasiado distante como para intentar tener una conversación *normal* con él.

—Mira a quien tenemos aquí, ¿te has perdido?

—No, ¿qué quieres? —dije con una voz más aguda de lo que quise mostrar.

—Uy, qué directa. Veo que papi ya te ha contado quien soy, ¿no es cierto? aunque…pensándolo bien, tal vez no te haya explicado nada, como se avergüenza de mí…—pronunció las últimas palabras como un gruñido.

No contesté. Decidí seguir caminando. Cuando pasé junto a él comenzó a reírse como un bufón.

—Vaya, la princesa se ha molestado ¿A dónde vas tan decidida? ¿Puedo acompañarte?

Detuve mis pasos para encararle.

—No.

Su mirada ya no parecía divertida, sino amenazadora. A pesar del temblor repentino de mis piernas, no me amilané.

—¿Cómo me has encontrado? ¿Me has estado siguiendo?

—Ingenua…me revelaste tu paradero. Solo he tenido que estar alerta. Ayer noche, me lo mostraste. Así que…aquí me tienes. He venido a hacerte una visita y, ¿por qué no? A conocerte un poco mejor.

—No te entiendo…

—Estás en casa de padre, hecho que no esperaba. He de decir que no me ha sentado muy bien pues nunca me ha invitado.

—Sigo sin entender cómo has logrado saber dónde estaba. No se lo dije a Pol y…

—¡No me tomes por necio! —observó mi rostro dubitativo—. ¿Acaso insinúas que no sabes cómo te encontré? ¿Cómo no ibas a saberlo? Si juegas con el tiempo, los demás lo percibimos, ¿es que no te lo ha enseñado padre?

—No he jugado con nada —respondí dudosa. En ese momento recordé la visita de mi padre a última hora de la noche preguntando lo mismo, pero no tenía sentido para mí, ninguno en absoluto. El rostro de Aarón se volvió sombrío y fue imposible descifrar su mente. Se acercó lentamente a mí hasta colocarse justo enfrente.

—Ayer, a eso de las doce menos cuarto de la noche hubo…cómo decirlo…un vaivén de parones en el tiempo. Ahora se detenía, ahora seguía, volvía a detenerse y continuaba otra vez. Pude reconocer la energía y me di cuenta de que no era nuestro querido padre. Así que solo podías ser tú y siguiendo la trayectoria, te encontré. Tremenda sorpresa me llevé cuando descubrí que estabas aquí. Pensé que nuestro padre era más listo. No quise ir a verte a tu habitación a esas horas, hubiera sido descortés por mi parte, pero ahora estás aquí.

Mientras Aarón hablaba no pude evitar pensar en la noche anterior. A las doce menos cuarto, más o menos, estaba en la habitación de Darach y estábamos…em…ocupados. En ningún momento pensé en parar el tiempo… ¿o sí? Es cierto que deseé con todas mis fuerzas permanecer con él en ese estado. Quise que ese momento no terminara nunca, pero de ahí a detener el tiempo…solté un jadeo ahogado.

—Bueno, ya me he cansado de esta charla. Vas a venir conmigo —dictaminó. Acto seguido y sin tener tiempo para huir, me agarró de los brazos y desaparecimos. Aterrizamos o como quiera que se llame a lo que hicimos, en el piso de Pol. Me encontraba mareada y algo desorientada. No había sido, por ejemplo, como la experiencia que viví con mi padre pues aquella había sido perfecta. En esta ocasión, todo giró a nuestro alrededor y nosotros también. No sabía si había una técnica para *teletransportarse* o como quiera que llamaran a eso, pero tuve claro que a Aarón le hacía falta practicar más, pues había sido peor que subir a una montaña rusa. Me tumbé en el sofá del salón para no vomitar. Agradecí en silencio que Aarón me permitiera restablecer el equilibrio para que las náuseas se disiparan, al menos tuvo esa delicadeza. Ignoraba cuales eran sus intenciones y por qué me había traído a casa de Pol, pero en cierto modo me alegré de que fuese allí y no cualquier otro lugar desconocido en el que no me sintiera segura o del que no pudiera escapar.

—¡Álex! Dios santo… ¿Qué te pasa? ¿Estás bien? ¿Qué te ha hecho ese? —dijo Pol precipitadamente al vernos llegar.

—¡Está bien, idiota! ¿Es que no la ves?

—Pol…estoy bien, no te preocupes. Me he mareado en el viaje, nada más.

—Si tú nunca te mareas en el coche, ¿qué te ha hecho ese malnacido? Cuando le pille, te juro que…

—¿Te refieres al que tienes detrás? No conozco a ningún otro malnacido.

—¡Eh! ¡Sin faltar! Yo no te he insultado.

—No. Solo me has raptado —recriminé.

—¿Aarón te ha raptado y te ha traído a tu casa? Es un poco raro, ¿No te parece? Yo creo que te ha liberado de los auténticos raptores.

Aarón se cruzó de brazos y sonrió ante la deducción de Pol.

—No, Pol. Ellos no me tenían secuestrada. Si no he venido antes, es porque no he querido. Aarón me ha encontrado y me ha obligado a venir con él.

—Ya, claro, como si fuera tan fácil obligarte.

—Está bien, Pol. Déjalo estar. No me apetece hablar. Además, ya me encuentro mejor. Creo que iré a mi habitación.

—No, hermanita, Si ya estás mejor, empezaremos —tanto Pol como yo lo miramos perplejos sin saber a qué se refería. Seguidamente, Pol me miró con gesto interrogante.

—¿Hermanita? —preguntó incrédulo. Suspiré y me llevé una mano a la frente.

—Sí, Pol. Te presento a mi hermano, Aarón. Por parte de padre, claro.

Me observó a mí primero, después a Aarón, a mí de nuevo y otra vez a Aarón y así estuvo unos segundos más. Parecía que estaba viendo un partido de tenis en directo.

—No os parecéis en nada, ni siquiera en el carácter.

Aarón estaba perdiendo la paciencia por momentos, podía sentirlo. Decidí intentar escabullirme a mi habitación incorporándome del sofá.

Pol, muy atento, intervino y me sujetó del brazo por si me caía. En ese efímero instante, me di cuenta de que ya no sentía lo mismo. Mi relación con Pol parecía haberse enfriado como si existiera un muro invisible entre los dos que me impidiese acercarme a él o quizás, la que había cambiado era yo. A pesar de eso, agradecí tenerlo a mi lado pues en el hipotético caso de tener que enfrentarnos a Aarón, Pol me defendería. De eso, sí estaba segura.

—Venga, no lo demores más. Empieza a mostrarme tu poder, Alexandra. Sé que lo tienes y quiero verlo.

—¿Poder? ¿Qué dices, Aarón? —preguntó Pol divertido para después dirigir su mirada incrédula hacia mí —. ¿Qué dice ahora este?

Puse los ojos en blanco disimulando. Ciertamente, no supe qué decir. Después de esto tendría que darle muchas explicaciones.

—No sé de qué hablas, Aarón.

—Venga, no te hagas la remolona que no tenemos todo el día. Espabila si no quieres que te obligue.

—No sé hacerlo. Como bien dices, si juego con eso los demás sabrán que estoy aquí y vendrán en mi búsqueda.

—¿Los demás? Supongo que te refieres a padre. No creo, está muy ocupado en otras cuitas. No regresará hasta dentro de unos días. Hay un problema grave en una de sus propiedades, así que, dudo mucho que venga a rescatarte.

Aarón ignoraba que Darach podía venir donde yo estuviera pues desconocía la existencia de *mi protector*. Ignoraba si Darach se había percatado de mi ausencia, de ser así, lo comprobaría enseguida.

—Eres un monstruo, Aarón.

—No te atrevas a insultarme, no me conoces y no sabes de mis problemas. Deja de perder el tiempo. Vamos.

—¿Por qué te estás tomando tantas molestias? no sé hacerlo, ya te lo he dicho mil veces…

—No me lo pareció ayer noche, querida hermanita…

—¡Tiempo muerto, tiempo muerto! —Pol se colocó entre los dos haciendo la forma de T con las manos como en un partido de baloncesto—. A ver, que yo me aclare… ¿Qué es lo que quieres de ella exactamente? no estoy pillando nada.

—¡Cállate, Pol! —expresé irritada. Lo último que me apetecía era explicarle la parte fantasiosa de mi vida en ese momento.

—Oh, perdona mi querido amigo…—se acercó a Pol y le puso una mano en el hombro mientras con la otra hacía gestos en mi dirección—. Básicamente, tu querida Alexandra, ahí donde la ves, tan mosquita muerta, posee algo que yo ansío. Un poder ilimitado ¿No te lo había contado? —chistó con la lengua mientras negaba con la cabeza, dedicándome una mirada cargada de reproche—. Alexandra…qué desconsiderado por tu parte.

—Estás loco.

—No vuelvas a llamarme loco. Tú, que no tienes donde caerte muerto, estúpido ignorante.

—¿Pero qué mosca te ha picado?

—¡Ya Basta! Déjale en paz, ¿vale? Tu problema es conmigo, no con él. Acabemos con esto y vete.

—Pues empieza ya o voy a tener que intervenir y créeme cuando te digo que no te gustará.

Intenté concentrarme como me había dicho Aarón, pero fue imposible. Mi mente solo se podía centrar en una cosa, Darach y no estaba aquí.

—No sé hacerlo, lo siento.

—¡Mentirosa! ¿Cómo lo hiciste ayer, entonces?

—¡No lo sé! lo hice sin darme cuenta, yo no…

—Eso es imposible, no puedes haberlo hecho sin querer ¡No te creo!

—Piensa lo que quieras, Aarón, me da igual.

—¿Padre no te ha enseñado a concentrarte? No es posible que con todo el poder que se supone que tienes no hayas querido usarlo todavía…

—No todos somos como tú.

—Entonces no me dejas más remedio…

Se acercó a mí y me agarró de los hombros, tal y como la otra vez. Intenté zafarme de su atadura, fue imposible. Pol estaba totalmente desconcertado sin saber qué hacer. Aarón me dio la vuelta colocándose detrás de mí, me abrazó por detrás obligándome a cruzar los brazos mientras él los aplastaba con los suyos. Estaba totalmente atada sin poder defenderme. Lo sentí tan cerca que su proximidad me incomodó. Tuve que admitir que llevaba un perfume exquisito, de esos que delatan un precio elevado. Aun así, algo en él me repelía. Una pequeña fracción de su ser me resultaba inquietantemente familiar pues su sangre era casi idéntica a la mía. En cambio, la otra parte, la que dominaba su cuerpo exhalaba hostilidad. Era fría y oscura, como una bruma viscosa adherida a su persona que se infiltraba en su espíritu. Rei en mi interior al imaginarme a un "Venom" como si fuese su parásito. Nada más lejos de la realidad. Comenzó, de nuevo, parando el tiempo.

—No queremos que Pol nos interrumpa, ¿verdad? —sonrió con malicia. Pol quedó inmóvil como si fuese un muñeco de cera.

—Vamos *tata*, llévame a mi pasado. Te perdonaré si te equivocas de año.

Y del mismo modo que la vez anterior, todo comenzó a desvanecerse. Nuestro entorno empezó a dar vueltas y vueltas. Los colores se mezclaban como serpentinas en el aire. Sin embargo, no quería irme. Mi mente solo pensaba en Darach, en Pol, en mi madre… De nuevo, todo volvió a la normalidad y a la calma. No nos habíamos movido del salón, aunque lo que sí se había movido era mi estómago. Una náusea subió por mi esófago y me provocó una arcada vacía…

—Por favor, Aarón, déjame…ya te he dicho que no sé hacerlo.

—No. Lo haremos otra vez y otra. Así hasta que me lleves donde quiero.

No recuerdo las veces que me introdujo en ese remolino sin tiempo ni espacio. Resultaba absurdo, jamás tuve la intención de abandonar aquel piso, por más que se empeñara en convencerme. No encontraba ningún beneficio en ayudarle y ni siquiera era bueno conmigo. Mi padre tenía razón respecto a él, sus intenciones eran perversas y no le importaba dañarme con tal de conseguir sus fines, fuesen cuales fuesen. Fue entonces cuando ocurrió. Un instante antes girábamos sin rumbo, atrapados en un torbellino interminable; al siguiente, me encontraba de nuevo en el salón en una calma aparente, pero con Aarón desplomado en el suelo, inconsciente. Aunque todo había parado, mi mente seguía dando vueltas como un tiovivo. Finalmente, mi cabeza se dio por vencida y me desvanecí. Desperté tumbada en mi cama con un paño frío y mojado en la cabeza. Cuando conseguí abrir los ojos, vi la cara de Pol sobre mí mientras me acariciaba la cabeza con una de sus manos.

—Hola… —sonreí.

—Hola. Nos has tenido en vela ¿Cómo estás?

—Bien, creo.

—Álex, ¿qué ha pasado? estabais hablando en medio del salón y al momento siguiente os vi en el suelo y a este intruso salido de la nada —hizo un gesto hacia Darach que estaba a los pies de mi cama de brazos cruzados y como siempre, con el ceño fruncido.

—Pol, es que… —fue en ese instante en el que me di cuenta de que estaba en la habitación de la casa de mi padre. Me incorporé súbitamente sin comprender. Miré a Darach confusa y antes de que pudiera decir nada, comenzó a hablar.

—Nos hemos marchado. Aprovechamos mientras Aarón estaba inconsciente. Pol nos ha traído hasta aquí en su coche. Ha sido muy amable.

Pol puso los ojos en blanco.

—¿Cuánto llevo así?

—Has estado inconsciente un día entero, ya es por la mañana. Nos tenías muy preocupados. Oye...siento ser pesado, pero ¿podrías explicarme qué es lo que ha pasado?

¡Un día entero! Como acto reflejo me llevé las manos a la cabeza. Era increíble. Comencé a recordar todo lo ocurrido y me di cuenta de que lo que Aarón provocó en mí fue un tremendo agotamiento. Además, ese día me había venido la menstruación y... oh, Dios, ¡no me había cambiado desde el día anterior! Tenía que ir al baño urgentemente.

—En otro momento, ahora tiene que descansar. Dejémosla sola— dijo Darach ¿Me leía la mente?

—Oye... ¿Quién te crees que eres? Llevas todo el tiempo dándome órdenes. Déjame en paz, ¿vale? Yo sé lo que mejor le conviene, la conozco mejor que tú.

Pol marcaba territorio como un perro y yo era ese territorio. Darach mudó la cara, pestañeó un par de veces y decidió retirarse. Levantó las manos dando a entender que se rendía y se dio la vuelta para marcharse, justo cuando iba a salir de la habitación me miró de soslayo y le sonreí. Esperaba que ese gesto le sirviera de ánimo. Ignoraba qué se le cruzaba por la cabeza a ese chico. Tal vez creyó que, en aquel momento, prefería estar con Pol antes que con él. Qué terriblemente equivocado estaba.

—¿Podrías darme unos minutos, Pol? necesito asearme un poco, darme una ducha. Hablaremos más tarde, te lo prometo.

—Está bien, te dejaré sola —antes de salir, se acercó a mí y me dio un delicado beso en la frente. Me removí incómoda, quizás Pol se estaba tomando demasiado en serio su papel sobreprotector. En cuanto salió de la habitación salté disparada hacia el baño. Miré el reloj. Eran las doce y veintitrés del medio día y mis tripas, olvidadas hasta ese momento, me dieron sus buenos días. Menos mal que estaba sola. Por suerte, la menstruación me había venido algo holgazana así que no llegó la sangre al río, como se suele decir. Me hubiera muerto de la vergüenza si hubiera manchado los pantalones o el coche de Pol. Solté un suspiro de alivio. Gracias a Dios que mi bolsa de la compra estaba encima del escritorio de mi habitación. Un calor se extendió por mi cuerpo ruborizando cada centímetro de piel desde la cara hasta los pies, imaginando lo que habría pensado

Darach al ver el contenido de la bolsa. Bueno, al menos no tendría que ir a comprar otra vez. Después de ducharme y cambiarme de ropa bajé las escaleras para dirigirme a la cocina. Darach había mandado a Marisa prepararme algo de comer, estaba a punto de subirme una bandeja que olía a las mil maravillas cuando me topé con ella.

—Híjole, mija, casi lo derramo todito por el suelo. Darki me dijo que tendría hambre y le preparé unas enchiladas de pollo.

—Mmm...huele divino, Marisa. Muchas gracias.

Mientras comía comencé a pensar en todo lo que había ocurrido con Aarón. Tuve la sensación, después de todo, que ese hombre estaría dispuesto a cualquier cosa con tal de conseguir su deseo. Cualquier cosa. Me detuve en esa frase. Sí, estaba convencida de que no le importaría llegar a...a...lo que fuese necesario para lograr su fin. Un escalofrío recorrió mi columna pues la palabra que venía a mi mente, acorde con esa descripción, era demasiado aterradora y quizás me estaba precipitando; al fin y al cabo, no le conocía. Esperaba, sinceramente, que mi padre apareciera, tal vez podría hablarle y hacerle cambiar de opinión. Además, pensándolo bien, no había conseguido nada pues yo no había logrado realizar lo que él tanto añoraba. Pretendía viajar al pasado, tal vez a cuando era pequeño ¿Para qué? Eso solo lo comprendía él. Mientras bebía un último trago de agua, Darach apareció por la puerta. Se acercó y se detuvo a un metro de distancia trayendo consigo una bocanada de fragancia de lavanda que me transportó a un momento muy íntimo entre los dos. Tal vez percibió mi ineludible sonrojo, pues mis mejillas ardieron en ese instante. Maldije en silencio por la traición tan deliberada de mi cuerpo.

—¿Estáis bien?

—Ahora sí —respondí sonriendo mientras le enseñaba el plato vacío.

Asintió lentamente. Luego clavó en mí su mirada felina, tan intensa que pareció atravesarme el alma y hacer que las piernas me temblaran.

—Vuestro padre ha vuelto, quiere veros a todos en el salón. Es importante.

—Oh, claro, ahora voy. Darach, ¿puedo hacerte una pregunta?

—Por supuesto —se cuadró como si fuese un militar abriendo las piernas y colocando las manos unidas detrás de la espalda.

—¿Qué pasó con Aarón? Sé que interviniste. No he podido hablar antes contigo. Con Pol por aquí...ya sabes.

—Sí, lo sé —respondió secamente. Su tono amable había desaparecido al nombrar a Pol—. Le golpeé en la sien. Cayó inconsciente. Creí que lo había matado.

—No hubieras podido, aunque quisieras. Recuerda que el tiempo nos protege, se hubiera parado y... —le miré cavilosa mientras sonreía triunfal—. Un momento...el tiempo ya estaba detenido y tu...

—Sí, podría haberlo matado, estoy seguro. Fuera como fuere, os encontré. Eso es lo importante —dio un paso hacia mí y levantó la mano ligeramente con intención de tocarme, pero se detuvo al instante. Ni me tocó ni se acercó más y mi corazón se entristeció por anhelar su contacto—. Siento no haber podido llegar antes, Alexandra. Si lo hubiera hecho no os habría ocurrido nada.

—Estoy bien, no te preocupes. Me rescataste y es lo que importa —tuve que volverme para que no me viera el rostro. Su rechazo me molestó más de lo que quise mostrar. No era rechazo en sí, estaba claro que quería mantener las distancias. No entendía cómo podía hacerlo si yo ansiaba por estar entre sus brazos. Solo era un empleo para él, un empleo temporal.

—¿Alexandra?

—Sí, enseguida voy. Adelántate por favor, voy a terminar de recoger la cocina—oí el murmullo de sus pasos alejarse de la cocina. Tuve que detenerme a respirar profundamente. La noche en que nos besamos había soñado con él, con su cuerpo, con sus besos, sobre todo con sus abrazos. Sentirme abrazada y rodeada de su calor era lo más maravilloso que había experimentado en la vida y verme privada de ello, después de haberlo probado...Terminé de recoger. Alargué el proceso para tener tiempo de recomponerme, después, me dirigí al salón. Mi padre conocía muy bien a Aarón y si alguien sabía pararle los pies, ese era él. Cuando llegué, las cortinas estaban corridas evitando que entrara el sol hacia el interior. Darach estaba de brazos cruzados mirando, como otras veces, el exterior a través de su fina tela. Pol se encontraba sentado en el sofá y al verme, se puso de pie. Le hice un gesto con la mano para que no viniera a mi encuentro y me dirigí directa a mi padre quien sonrió.

—¿No puedo dejarte sola ni un momento?

—Hola, papá —me abrazó. Me sentí extraña en sus brazos. No me acostumbraba a llamarlo así y menos con ese tipo de muestras de cariño, sobre todo, ante la mirada escrutadora de Pol.

—Por lo que me ha podido explicar Darach, Aarón no se ha portado muy bien contigo, ¿no es así?

—Desconozco su finalidad, pero no pude hacer lo que me pedía.

—Oh, sí pequeña. Sí hubieras podido, ya lo creo…solo que poder y querer no es lo mismo, ¿me equivoco?

Le miré confundida. Su sabia mirada parecía conocerlo todo, incluso el más recóndito secreto de mi ser.

—No comprendo a qué te refieres.

—Veamos —chasqueó los dedos y siguió hablando como si nada. Impulsivamente miré hacia Pol solo para confirmar lo que ya temía. Papá había parado el tiempo. Por una parte, lo agradecí, Pol no debía escuchar nuestra conversación pues no la comprendería. Por otra, no me gustaba ver a las personas en ese estado. La sonrisa de Darach, sin embargo, llegaba de oreja a oreja.

—Esta vez ha ido muy lejos, te ha forzado a moverte en el tiempo con tu propia naturaleza sin practicar, eso es muy difícil, aunque forme parte de vosotros. En cierto modo podéis dejar de ser inmateriales porque parte de vuestra naturaleza es así. Tu condición no es ser humana solamente —hizo una pausa examinando mi expresión intentando averiguar si le comprendía—. Escucha, es tan normal para ti desaparecer como aparecer, desvanecerte y permanecer inmaterial como viajar entre los siglos, milenios, o universos. En cambio, eres humana, te sientes humana, no porque lo seas sino porque no conoces otra cosa. Estoy seguro que en cuanto te enseñe la vía de acceso, tú misma sabrás cómo formar parte de esa naturaleza tuya que ahora parece tan oculta y misteriosa.

—¿Por qué me necesita? Sabe moverse por el tiempo. Me llevó a casa, aunque no fue como cuando tú me trasladaste al campo. Con él me mareé —confesé. Soltó una sonora carcajada.

—Aarón, muy a mi pesar, no lo ha entendido nunca y mucho temo que jamás lo hará. Piensa que es un poder, como el de un super héroe, aunque también es cierto que cada uno de vosotros sois distintos en vuestra condición. La genética humana también influye, por supuesto, al fin y al cabo, no sois hijos de la misma madre.

—Me pidió que lo llevara al pasado, a cuando él era pequeño, ¿es que no puede ir?

—No, no puede. Aarón sabe moverse en el espacio, pero no en el tiempo. No puede volver a la semana pasada o al año pasado y mucho menos a cuando era pequeño. Por eso está obsesionado contigo y por ello mismo traje a Darach, para que te protegiera cuando yo no estuviera —hizo una pausa para tomar aire—. De hecho, he de hablar con vosotros dos. Llegados a este punto, debes aprender a manejar el tiempo, Alexandra. No puedes hacerle frente si no estás, al menos, en igualdad de condiciones. No sería justo para ti ni adecuado para él pues no puedo dejar que consiga lo que pretende. Debéis marcharos de aquí por un tiempo, donde Aarón no os alcance.

Darach se acercó a él con el ceño fruncido. Había bajado los brazos con las manos cerradas en puños a cada costado de su cuerpo.

—¿Qué tiene en mente? Sabe que haré lo que sea…

—¿Marcharnos? ¿A dónde? —pregunté impaciente. Eso sí que no me lo esperaba ¿A dónde iríamos? ¿Qué lugar había más seguro que su propia casa?

Esteban miró a Darach y le puso una mano en el hombro. Sus ojos sonrieron y cuando habló lo hizo lleno de orgullo y… ¿cariño?

—Iréis a mi casa de Escocia, en tu siglo, Darach. Te lo mereces, ya va siendo hora de que veas a tu familia.

Me quedé clavada al suelo ¿A su siglo? De pronto comprendí muchas cosas, entre ellas, su comportamiento. Fui testigo de una camaradería que me dejó sin palabras. Darach le correspondió agarrándole de los hombros y por primera vez le vi feliz, feliz de verdad y esa expresión libre de preocupaciones, me llegó al alma pues vi a un Darach mucho más joven e infantil.

—Gracias, señor, es más de lo que merezco.

16. Traslación

Glenmore, Escocia. 1619

Solo se oía el delicado murmullo sinuoso del cauce del río a mi alrededor, irrumpido de vez en cuando por un eco extraño de algún pequeño pájaro carpintero. Habían comenzado a salir las flores y las abejas saltaban de flor en flor pregonando su zumbido por doquier. Los rayos del sol se colaban entre el ramaje de los pinos infiriendo al bosque un deje mágico de brillos y sombras. La brisa suave y fresca de la mañana impregnaba mi rostro de múltiples olores del campo; pino, musgo…La lluvia de días atrás, junto al tiempo cálido y soleado que nos acompañaba estos días, había adelantado la llegada de la primavera. Me encontraba en un bosque cercano al castillo de mi padre, abrigada bajo la protección del ramaje de los árboles y tumbada sobre un manto mullido de musgo verde, en el año mil seiscientos diecinueve. Increíble, pero cierto.

No es que deseara estar sola, pero no había tenido demasiado tiempo para asimilar todo lo que había ocurrido hasta la fecha. Llevaba tres semanas en el siglo XVII y aún no me hacía a la idea. Esa mañana necesitaba salir del castillo, necesitaba despejarme, correr...y es lo que había hecho. Había cogido unos pantalones de Darach *prestados* y con los sencillos zapatos de piel curtida había intentado correr. No pude conseguir hacer mucha distancia pues ese calzado no estaba preparado, ni de lejos, al trote que ejercía sobre él, pero no podía quedarme quieta ni un minuto más ¡Cómo echaba de menos mis zapatillas de deporte! Cuando llevaba, más o menos, un kilómetro corriendo, tuve que detenerme. Los pies me dolían. Las pequeñas piedras y palos del terreno se clavaban con empeño en la planta de mis pies. Después de descansar un poco continué andando, adentrándome en el bosque. Este comenzaba en lo alto de una pequeña colina por la parte trasera del castillo y parecía tener kilómetros y kilómetros de extenso follaje sin torres de electricidad o carreteras en su cercanía. Era, simplemente, naturaleza salvaje.

El castillo, llamado Glenmore Castel, estaba localizado en el norte de Escocia, más concretamente en Penthworkshire, cerca de una aldea llamada Glenmore, en un valle rodeado de bosques. Papá lo compró como ganga sobre el año mil quinientos ochena a un vizconde endeudado hasta las cejas. Ahora, él era el Vizconde de Penthwokshire; lord Banner Cawley, y yo, su joven y delicada hija. El castillo parecía de cuento, tenía dos torres circulares con una altura de cuatro plantas y tejado puntiagudo de pizarra. La parte central de la fortaleza era rectangular. La planta baja hacía de distribuidor donde surgía una gran escalinata que subía hacia las plantas superiores, lugar en el que se hallaban prácticamente todas las habitaciones, quince para ser exactos. El gran salón tenía una altura de unos diez metros con un techo abovedado; su interior estaba forrado de tapices colgantes de la época y sus suelos enmoquetados amortiguaban los pasos manteniendo el calor del interior. En el fondo del salón, se erguía majestuosa una impresionante chimenea abierta revestida de mármol blanco tallado con filigranas. Prácticamente, todos los ventanales del castillo estaban protegidos por una reja de hierro y sus paredes, de un metro de grosor, eran de piedra arenisca rojiza. Parte de las torres y la fachada principal estaban recubiertas por una compacta y sinuosa enredadera de yedra que le confería una estética de Disney.

Los jardines, rodeados de muro verde natural, eran cuidados por el señor Edward, un jardinero experto que había contratado papá años atrás. Él y su mujer Susane, eran los encargados de su mantenimiento, así como también de la limpieza de las cuadras. El paisaje era precioso y sobrecogedor. Me recordaba a películas como *Robin Hood* y *Braveheart*, en un entorno medieval en el que era yo la protagonista solo que, con menos aventura.

Pensaba en Darach casi todo el tiempo. Estas últimas semanas le había visto muy poco. En realidad, apenas le había visto desde la última vez que estuvimos juntos el día en que llegamos. Pensar en él me aceleraba el corazón. Por otro lado, estaba cumpliendo su palabra pues me esquivaba todo el tiempo, de eso estaba segura. Para ser sincera, desconocía sus verdaderos sentimientos hacia mí, y esa incertidumbre me desgarraba. Presentía que no era un simple capricho, pero tampoco lograba convencerme de que hubiera algo más allá del deseo. Lo que más me hería, lo que me carcomía por dentro, era no entender qué lo retenía lejos de mí, qué barrera invisible le impedía acercarse.

Tal vez si le preguntase a mi padre...Sonreí, y un suspiro digno de poema de Shakespeare se escapó de entre mis labios. Había conectado bastante con él durante estos días, pero de ahí a contarle mis intimidades con Darach... Estuve practicando cada mañana sin descanso el "dominio del tiempo" como él lo llamaba. No se me daba mal, con mucho esfuerzo conseguí parar el tiempo lo equivalente a un par de minutos o eso me dijo. Debía, no solo detenerlo sino dominarlo por completo. Claro está, había reglas y estas eran muy estrictas; una de ellas y la más importante, era no inferir en nada a mi alrededor, pasase lo que pasase, ni siquiera en mi entorno más cercano. Parecía una regla fácil de cumplir, aunque sabía que sería la que me atañería más problemas. A expensas de esos ratos entretenidos, el resto del día se hacía eterno. Sin televisor, sin móvil, sin amigos...Había libros, pero estaban escritos en dialectos antiguos muy difíciles de entender, al menos para mí. Tendría que solucionar eso.

Por otra parte, había conocido gente maravillosa en este lugar y una de ellas era Mary, ni más ni menos que la madre de Darach. Olivia y Jennifer eran sus hermanas. George, el menor de diez años, solía trastear por los jardines con Edward, cazando insectos y ayudándole con las plantas. Mary era una de las cocineras y sus hijas mantenían limpio el pequeño castillo. Había media docena de sirvientes más que conservaban y custodiaban la fortaleza. Eran como una gran familia. Jamás hubiera imaginado que Darach perteneciera a ese siglo, más que nada porque era impensable que alguien pudiera viajar en el tiempo, pero ahora comprendía muchas cosas de él, sobre todo del primer día que le vi en la cafetería con ese pelo largo y suelto, la barba y el abrigo de cuero hasta los tobillos o su manera de ser y de dirigirse a las personas; sobre todo a mí, con el respeto por delante. Ignoraba los detalles de por qué y cómo había terminado trabajando para mi padre, pero no tardaría en descubrirlo. Si algo tenía claro es que, estando ociosa, tenía que buscarme entretenimiento.

Analizándolo fríamente mi vida parecía salida de una novela. El mundo se había vuelto del revés y su existencia daba una lección a mi pura y grandísima ignorancia. A pesar de las circunstancias, estaba agradecida de ser yo misma y de poder aprovechar cada segundo que me regalaran en un mundo nuevo y diferente. Aún no me había acostumbrado a la vida en el siglo XVII. Para todo el mundo, era la hija mimada del señor de la casa, una extranjera española que había vivido mejor acomodada en la ciudad que en el campo y que ahora, mayorcita y en edad casadera, había venido a conocer este lugar y a esta humilde gente. Ciertamente, no se equivocaban, pero existía un dato importante que hacía que esa historia fuera totalmente diferente: la época en la que me había criado, y esa diferencia hacía que mi actitud fuese tan distinta a la que ellos esperaban. Tardé días en pegar ojo. No solamente porque el lugar era extraño en sí mismo. Los ruidos, los crujidos de una casa extraña... Y el simple hecho de dormir en un castillo medieval. Parecía una tontería, pero no lo era. La diferencia radicaba en que estaba acostumbrada a un clima y una temperatura diferente y no porque fuera España y ahora estuviese en Escocia, si no en el hecho de vivir en un castillo pues lo notaba hasta en lo más profundo de mis huesos.

Vivir en él era precioso y muy romántico, pero lo cierto es que la temperatura glacial en su interior distaba mucho de lo que se veía en las películas o se leía en cualquier novela romántica. De romántico tenía poco. Cuando llegamos, papá dispuso para mí la habitación más grande del castillo y muy felizmente se lo agradecí con una sonrisa y una emoción contenida que no cabía en mi rostro. No estuve allí ni veinticuatro horas. Era la habitación más fría, a parte del salón, que había en toda la fortaleza. La gran chimenea que había en su interior no era suficiente para caldear esa estancia, aunque un Edward muy eficiente se preocupaba de mantener encendida todo el tiempo. Decidí que prepararan una más pequeña y finalmente, ocupé otra de menor tamaño y más soleada, aun y así, seguía siendo muy grande. Calculando a ojo, diría que tenía unos veinticinco metros cuadrados y aunque no era un tamaño excesivo costaba mucho calentar la estancia con una simple chimenea.

Cuando pensé que ese sería el peor obstáculo que superar, me introduje en la cama. Una cama con quince kilos de mantas de lana y una colcha de terciopelo azul que pesaba otro quintal. Eso sin contar con que el colchón era de lana, la cual, tendía a acumularse en algunas zonas haciendo parecer que tenía piedras debajo, mientras que, por el centro, se hundía como si de un foso se tratase. La primera noche, después de pelearme con el colchón, la almohada (también de lana, por supuesto) y las veinte capas de mantas, terminé llorando de desesperación y seguidamente riéndome a carcajadas. Una situación tan ridícula como surrealista. Añoraba tanto mi colchón visco elástico y el calentito nórdico que, mi cuerpo reaccionó como el de una niña pequeña. Finalmente, vencida por el agotamiento, el sueño me invadió dejándome cao en una postura poco femenina y relajante. Al día siguiente tuve tortícolis y para seguir con la gracia de la historia, no tenía ni un simple ibuprofeno para tomarme.

Algo importante para una mujer, más que para un hombre, obviamente, era el tema del aseo. Estaba en un siglo en el que los baños no existían, así es que, el orinal era mi fiel amigo. A ese hecho había que añadirle la menstruación, que me llevaba por la calle de la amargura; los paños de lino o franela eran la opción básica que se utilizaba para empapar los fluidos del mes. Era, en verdad, un completo despropósito pues no existía la ropa interior tal como la conocemos, de modo que los paños no descansaban sobre bragas que los sostuvieran, sino que pendían sujetos entre las piernas o a las enaguas mediante cintas, lo que resultaba muy incómodo a la hora de caminar. Otra de las cosas que me dejó atónita, eran los remedios que algunas sirvientas utilizaban para sobrellevar esos días. Empleaban con naturalidad el musgo de turbera, un tipo de planta oscura y esponjosa que colocaban entre los paños y que, según decían, era capaz de absorber un caudal sorprendente de sangre. Desconocía si su eficacia era como decían, pero la desconfianza que me generaba aquella solución húmeda arrancada de la tierra no me parecía lo más higiénico. Así que, mi opción más segura, por decirlo así, era la reclusión; me quedaba en la habitación suspirando frente a la ventana empañada o recostada en la cama con un libro entre las manos, dejando que las horas pasaran con lentitud, hasta que aquella fase femenina terminase. Hablé con mi padre y mandó traer una tina a mi habitación. Una vez por semana me daba el lujo de bañarme con agua tibia y el resto de los días me apañaba lavando el cuerpo por partes. Esa era otra de las excentricidades que la gente de esa época no comprendía. Por suerte para mí, se iban acostumbrando y las miradas y los silencios de los sirvientes ya no eran tan indiscretos. Otra de las cosas que me había sorprendido, en este caso para bien, eran los jabones naturales. Mary, la madre de Darach, los hacía en sus ratos libres y una vez a la semana bajaba al mercado del pueblo a venderlos además de miel y velas; también de elaboración propia gracias al panal de abejas que había en las tierras. Ahora sabía de dónde provenía el olor de Darach, del jabón de lavanda que fabricaba su madre. Yo usaba el mismo, me encantaba. Eran realmente suaves con la piel y limpiaban muy bien. El pelo quedaba sedoso y duraba limpio toda la semana. Los elaboraba de rosas y naranja, pero mi olor favorito era lavanda, no lo cambiaría ni por todo el oro del mundo.

La vida en ese siglo era tranquila o al menos lo que yo había vivido hasta la fecha, que era muy poco. La gente era feliz con muy poco y muy respetuosa. Todos tenían su labor y su sitio en el castillo, todos menos yo. No solo estaba fuera de lugar y de época, sino que no me dejaban hacer nada como una dama que era. Así es que, después de tres semanas comiéndome las uñas hasta los codos y reprimiendo el momento de salir corriendo, no pude más y me escapé. Estar alejada de Aarón era bueno pues me encontraba a salvo y podía centrar mi mente en conocer mis verdaderas posibilidades. Inspiré profundamente y mantuve los ojos cerrados unos segundos más. Había logrado dormitar un rato y desperté con la energía justa para emprender el regreso al castillo. Por la altura del sol, debía de ser ya mediodía, o quizá algo más tarde. Un pequeño remordimiento me invadió por un instante al recordar que me había marchado sin decir nada a nadie e ignoraba si habría algún problema con ello. Me encogí de hombros, en realidad estaba harta de ser siempre el blanco de todas las miradas.

Me puse en pie y comencé a caminar pensando en lo bien que me había sentado ese descanso sobre el mullido musgo. Ciertamente, era más cómodo que mi colchón. Esa tontería hizo que me riera por dentro y evitó que me diera cuenta del presentimiento que me iba invadiendo. Solo pensaba en si Darach se preocuparía por mí, si se habría dado cuenta de mi ausencia en el castillo mientras admiraba el idílico bosque a mi alrededor. Soñaba despierta cuando mi vello, de pronto, se erizó como el de un gato. Detuve mis pasos en seco, pero antes de que pudiera reaccionar, alguien habló a mi espalda.

—Vaya, vaya… Mira Archie, esta muchacha se ha perdido, quizás quiera que la acompañemos a su casa. Jajajaa…

—Mmm…una dama sola por estos lares…no es nada seguro, podría haber bandidos que quisieran aprovecharse de ella. Menos mal que hemos llegado a tiempo, ¿verdad, Angus?

—Cierto, muy cierto. Suerte que estamos aquí y la hemos encontrado…

Mi instinto me gritaba para que saliera corriendo, que huyera de ahí pues ese par no tenían buenas intenciones para conmigo, de eso estaba segura. Si llevara mis zapatillas de deporte no me alcanzarían, pero con esos zapatitos delicados, era imposible huir.

—¡Mierda! —protesté en voz alta.

—¿Qué modales son esos? Tendremos que enseñaros, *milady*. No se blasfema delante de hombres adultos.

—Jajaja…sii, enseñémosle modales, jajaja…

Fueron acercándose a la par. Uno era bajito con una tripa que parecía preñado de ocho meses. Llevaba la ropa sucia y los pantalones tenían algún que otro parche cosido con tela parecida a la original. Los bajos estaban raídos mostrando libremente unos tobillos sucios. Su calzado, igualmente roto, dejaba entrever un dedo gordo a través de un agujero en la punta del pie. El olor ya era nauseabundo a metro y medio así que no me imaginaba cómo sería estando a menos distancia. Su compañero no iba con mejores galas. Los dos tenían la barba larga y sus rostros estaban indescriptiblemente sucios, como si se hubieran revolcado con los cerdos y les hubiera llovido encima. Los chorretones dominaban su físico hasta el punto de no distinguir si eran jóvenes o entrados en años. A los dos les faltaba algún que otro diente y eso hacía que su pronunciación fuese extraña y me costase entenderlos. Con toda la dignidad que pude di un paso atrás y comencé a hablar.

—Disculpen mi mal lenguaje, caballeros. No estoy perdida y ahora mismo me disponía a regresar. No necesito su ayuda, gracias.

Giré sobre mis pies y decidí probar suerte. Rápidamente, uno de ellos me cortó el paso y se quedó a menos de un metro de mí.

—No, *milady*, no podemos permitir que regrese sola. Una belleza como usted, en el bosque… es demasiado peligroso, hay muchos animales que la podrían devorar.

—O personas, jajaja… —dijo el otro.

No me dio tiempo a reaccionar. El más alto, el que tenía frente a mí cortándome el paso, le hizo un gesto a su compañero. Este saltó sobre mí con una agilidad sorprendente para su talla, de tal manera que me agarró los brazos obligándome a mantenerlos muy juntos a mi espalda. El grandullón se me acercó hasta estar a menos de veinte centímetros de mi cara. Una arcada escandalosa emergió de mis entrañas al oler el tufo por el que estaba rodeaba, una mezcla de orín viejo, heces, alcohol y sudor, por no hablar del aliento sumamente fétido que desprendían sus bocas cerca de mi cara. El que tenía frente a mí comenzó a sobarme uno de mis pechos mientras decía obscenidades. Me sentí paralizada con un nudo en el estómago que me impedía respirar y no solo por el mal olor.

—Mira, Archie, tiene la piel más suave que he tocado en mi vida, huele a flores del campo… me está poniendo la verga más tiesa que el rodillo de mi madre.

De un tirón me bajó los pantalones mostrando unas piernas libres y sin braguitas, ni enaguas. Ver unas piernas limpias, sin pelos y sin nada que tapara mi entrepierna brasileña era todo un espectáculo para su visión. Tenía los ojos anegados en lágrimas a punto de desbordarse. De pronto, sentí mucho frío y un temblor involuntario se apoderó de mi cuerpo. Mi respiración se aceleró y lo único que se me ocurrió en ese instante fue gritar con todas mis fuerzas.

—¡Ayuda! ¡Ayuda! ¡Que alguien me ayude, por favor!

—Jajaja…por mucho que chilléis, muchacha, nadie os oirá. Estos lares están vacíos, se lo digo yo que vivo aquí en este bosque y lo conozco muy bien.

Mis ojos no cabían en mis cuencas de lo asustada que estaba. Esos despojos humanos iban a violarme sin miramientos. Primero uno, después el otro. Tenía que hacer algo y debía hacerlo cuanto antes, tenía que… de pronto lo vi todo desde otra perspectiva. Si conseguía parar el tiempo durante al menos dos minutos, podría huir. Debía de intentarlo. El fétido que tenía ante mí comenzó a tocarme las piernas subiendo poco a poco hasta casi alcanzar el límite virginal de mi entrepierna. Mi cuerpo se sacudió en respuesta, la repulsión era desorbitada, así como el temor a lo que pudieran hacer conmigo. A pesar de eso, intenté concentrarme. Cerré los ojos mientras los sollozos reprimidos comenzaban a escaparse y una lágrima resbaló por mi mejilla haciéndome cosquillas. Cerré aún más los ojos hasta sentir dolor en ellos. Controlé mi respiración y deseé, con toda mi alma y mi ser, que pararan, que dejaran de hacer lo que estaban haciendo, que desaparecieran. Me imaginé siendo libre escapando de sus garras mientras ellos se petrificaban para siempre. Y ocurrió. Dejé de sentir el tacto de sus manos y dejé de escuchar sonido alguno. El olor permanecía en el aire como una nube congelada y era insoportable. Los sollozos me impedían abrir los ojos y mi cuerpo temblaba sin cesar. A pesar de mi estado, debía comprobar que lo había conseguido. Primero abrí un ojo y seguidamente el otro hasta constatar que lo había logrado.

El que tenía tras de mí me había soltado las manos y ahora tenía las suyas sujetándome los senos, aunque sus asquerosos brazos me rodeaban, no ejercían un obstáculo del que no pudiera librarme. El grandullón, Angus, estaba agachado frente a mí con cara de incredulidad mirando mis partes íntimas y… ¿babeando? Sí, efectivamente, una gota de baba asomaba de su hedionda boca. Otra arcada surgió de mi interior y esta vez no me cohibí, vomité todo el desayuno que había tomado esa mañana y, por suerte o por desgracia, la diana a la que fue a parar tenía la boca abierta frente a mí a menos de cuarenta centímetros. Si lo hubiera planeado, no lo habría hecho mejor. Después de empapar a Angus con mi vómito, conseguí separarme del agarre de Archie y alejarme de ellos un par de metros. Otro par de arcadas vacías terminaron por surgir de mi cuerpo y mis lágrimas dejaron de salir para dar paso a unas carcajadas incoherentes y fuera de control. Me di cuenta en ese instante de que ya habían pasado más de dos minutos y el tiempo seguía detenido. Fue en ese momento cuando oí un chasquido detrás de mí y vi la cara asustada de Darach viniendo en mi dirección. Llevaba el cabello suelto e iba vestido con una camisa de lino blanca desatada en el cuello y unos pantalones de cuero negro. De su cinturón colgaba una gran espada y junto con sus botas de piel curtida parecía un auténtico pirata. Si su figura, de por si me parecía salvaje, en ese instante lo reafirmaba. Con esos ropajes de época estaba buenísimo.

—¿Estáis bien, *milady*? ¿Qué ha ocurrido? —inquirió mientras observaba el escenario tan rocambolesco.

Le expliqué lo sucedido sin poder mirarle a los ojos. El tiempo seguía detenido y eso hizo que Darach se presentara al instante donde yo me encontraba. Me abrazó tan fuerte que creí que me rompería en mil pedazos y aspiré su olor intensamente. Se separó de mí y me miró seriamente con su ceño fruncido.

—¿Qué os parece si les damos un escarmiento? —el tono de su voz y su mirada asesina me mostraron claramente la idea que se fraguaba en su cabeza. Venganza. Su mandíbula se tensó y sin esperar respuesta se acercó a los maleantes.

—Cuidado, Darach.

—Confíe en mí —sonrió ladinamente y me guiñó un ojo. Me derretí ante ese gesto.

De pronto se dio cuenta de que yo seguía con los pantalones bajados y mis vergüenzas se encontraban al aire, aunque tapadas por la camisa, claro. Su tez comenzó a tornarse carmesí e instantáneamente se giró dándome la espalda para que pudiera vestirme de nuevo. Carraspeó y comenzó a moverse.

—Procure que no se despierten. Continúe con el lapso o tendremos serios problemas.

Sin saber cómo ni de donde procedía esa energía, me di cuenta de que mantener el lapso era mucho más sencillo que provocarlo, aún y así, estaba segura de que a partir de ese día no me costaría volver a provocarlo. Darach estuvo removiendo aquí y allá y en un momento determinado me pidió que le ayudara a empujar a Archie y dejarlo más cerca de la cara de Angus, no comprendí el motivo hasta que me di cuenta de la postura en la que estaban. Visto desde lejos, parecía que Angus estaba agachado mirando fijamente la entrepierna de Archie, la cual, estaba bien tiesa. Muy sutilmente solicitó que me diera la vuelta para que mi "inocencia" no se viera corrompida ante lo que iba a hacer a continuación. Darach le bajó los pantalones y los calzones a Archie hasta los tobillos. Cuando el tiempo se reanudase de nuevo, la imagen que tendrían ante ellos sería muy distinta a la que tenían en un principio. Nos marchamos de allí tan rápido como pudimos pues en cuanto reanudara el tiempo, la cosa, entre esos dos, se pondría bien fea.

—Creo que con la postura que les hemos dejado y el regalo de vuestro vómito se les quitará las ganas de forzar a cualquier muchacha por un tiempo.

—Gracias, gracias de verdad. Sin ti no hubiera tenido valor de reírme de esa situación. Ha sido el peor momento de mi vida. He pasado mucho miedo.

—No puedo decir que tienen lo que se merecen porque no es cierto, si por mí fuera esos dos ya pertenecerían al mundo de los difuntos, pero no estábamos en igualdad de condiciones, no sería justo para ellos. Al menos, pasarán un mal rato.

Nos alejamos un buen trozo y cuando llevábamos el tiempo suficiente como para no ser encontrados, decidí reanudar el tiempo. Tuve que concentrarme un poco, pero lo conseguí.

—Darach, ¿te importa si me quedo un rato en el lago que hay al lado del castillo? Me gustaría lavarme un poco, tengo su hedor en toda mi ropa.

—Os acompañaré. No os dejaré sola hasta que estéis en vuestra alcoba sana y salva.

Al llegar al lago tuvo la decencia de quedarse a un costado sentado en una roca dándome la espalda observando el denso bosque. Me acerqué a la orilla y me quedé mirando el agua calmada bajo mis pies. Tenía la sensación de que todo mi cuerpo apestaba terriblemente, como si parte de su ropa se hubiera adherido a mi cuerpo. Comencé frotándome los brazos de manera automática sin pensar en lo que hacía ni en el lugar donde lo hacía. Mientras iba recordando donde me habían tocado, continué frotando cada vez más fuerte y rápido. Me quité la camisa para poder lavarme mejor los brazos, el vientre, los senos, la nuca, la cara...Debía lavarme las piernas también. Decidida, me bajé los pantalones y comencé a frotarme. El agua estaba helada, pero no me importaba en absoluto. Cuando tu mente cree que es supervivencia, el frio pasa a un segundo lugar y no lo nota o no lo aprecia en absoluto. Me enjuagué la boca, bebí agua y continué con mi arrebato de higiene.

—¡Santo cielo! ¿Qué demonios estáis haciendo? ¡Vestíos, deprisa! Si alguien nos ve...

Me di la vuelta con los talones hundidos en el agua hasta las rodillas ignorando por completo mi desnudez. Se había mojado el pelo y lo llevaba suelto echado para atrás. Parte de su camisa estaba algo mojada dejando entrever sus músculos ligeramente peludos bajo la tela. Se acercaba velozmente hacia mí con una determinación arrolladora portando en su mano derecha mi camisa, la cual, había tirado momentos antes. Me hundí en el agua cruzando los brazos sobre mis senos para cubrir mi desnudez pues en ese momento me sentí la mujer más estúpida del mundo.

—¡No estáis en vuestra época! ¡No podéis desnudaros como tal! Esto no es una playa. Estamos en el siglo XVII ¡Vestíos, por el amor de Dios!

Me lanzó la camisa a la cara y una de sus esquinas se me clavó en el ojo derecho, arrastrando consigo un poco de tierra.

—¡Ahhh! —gemí. Me lo lavé con rapidez, dejando la camisa a la deriva sobre el agua. Ahora sí tendría problemas.

Al contrario de lo que podría pensar, se acercó quedándose a muy poca distancia. Me agarró el brazo con el que me estaba lavando el ojo y lo detuvo. Con la otra mano me elevó el mentón y se agachó levemente para observármelo detenidamente.

—Disculpadme, no quise ser tan brusco. Vestíos, no es adecuado para una dama. Si alguien os viera así...

Su voz grave fue apagándose según descendía su mirada desde mis ojos, pasando por mis labios hasta detenerse en los montículos unidos que asomaban entre mis brazos medio sumergidos en el agua. Pude ver cómo su mandíbula se ponía rígida y se relajaba en varias ocasiones. Era evidente la lucha interna que tenía por evitar una situación muy comprometida para los dos. De pronto, se quitó su camisa y me la ofreció delicadamente.

—Tomad, la mía está seca a diferencia de la vuestra. Nos las cambiaremos, así no sufriréis ningún contratiempo.

La acepté. Me volví para vestirme sin que pudiera ver mi desnudez. En ese instante sentí mucha vergüenza. Mis manos y brazos no abarcaban suficiente parte de mi cuerpo para sentirme segura. Ciertamente, no había pensado en el lugar en el que estábamos y por un momento olvidé que no estaba sola. Fue muy estúpido por mi parte y muy atrevido. Después de esa breve y escueta conversación nos marchamos al castillo sin decir palabra. Me quedé encerrada en mi habitación el resto del día. No quería ver la cara de reproche de Darach por mi estúpido comportamiento, tanto por ir sola al bosque como por quitarme la ropa en el lago. Esa noche, a pesar de todo lo acontecido, dormí como un niño agotado. A la mañana siguiente, me desperté con un ingente dolor de cabeza. Un golpeteo constante y hueco retumbaba en toda la habitación aumentando mi malestar terriblemente. Tardé unos segundos en darme cuenta de que esos golpes no eran producidos por mi jaqueca sino por algo que provenía del exterior. Escalé el interior de mi cama y con gran esfuerzo conseguí destaparme de la pesada y grotesca capa de lanas, era un sacrificio grande para un cuerpo mediano, dormido y hambriento como el mío.

Al llegar a la ventana corrí el cortinaje de terciopelo azul, a juego de la colcha, arrastrándolo a causa de su largura excesiva. La luz me cegó por un momento, pero cuando enfoqué la visión, entendí lo que ocurría. La mañana era brumosa y una fina llovizna cubría el paisaje matinal. Era un día frío y húmedo. El cielo gris y pesaroso parecía ir en consonancia con el estado de ánimo de Darach, el cual, se encontraba delante de las caballerizas cortando leña sin cesar. La camisa le sobresalía por fuera del pantalón con el cuello desatado como si no se hubiese entretenido en colocársela. La fina lluvia la había empapado completamente ciñéndole la tela al torso como una segunda piel. Tragué saliva y la boca se me secó. Me mordí el labio en un acto reflejo. No serían más de las nueve de la mañana y ya estaba cortando leña desde vete a saber cuándo, aunque por la montañita de tronquitos acumulados a su costado parecía que bastante. Como acto reflejo me llevé la mano a la cabeza, esos golpes no me ayudarían en nada y esperaba que la señora Elsie o Mary supieran de algún remedio casero para quitarme el dolor. Con gran pesar me separé del cristal y me preparé para bajar a las cocinas.

Me lavé la cara en el lavamanos y me recogí el cabello en una especie de moño improvisado, como me había enseñado Olivia, la hermana de Darach. Cada vez me quedaban mejor los recogidos, aunque mi pelo lacio seguía mostrándose rebelde, y siempre se escapaba algún mechón que se negaba a someterse. Una vez solucionado el tema del orinal, al que no terminaba de acostumbrarme, comencé a vestirme. Papá se había ocupado de comprarme vestidos de esa época, todos preciosos, pero había uno en particular que me gustaba por encima del resto. Era de un azul grisáceo y el corpiño estaba adornado con un ribete de diminutas margaritas bordadas.

Pensé en mi madre. La echaba tanto de menos... la necesitaba. Por suerte para ella y para todo el mundo que me conocía en mi época, ni siquiera se darían cuenta de mi ausencia ya que regresaríamos en el momento en el que nos fuimos, solo que yo, ya sabría manejar el tiempo y eso sería una ventaja ante Aarón por si decidía hacerme otra visita sorpresa. Cuando entré en la cocina hallé a Mary muy atareada terminando de hacer galletas y comenzando con un guiso de carne. Olivia estaba con ella probando la masa sin hornear y su madre la regañaba por meter las manos donde no debía. No se percataron de mi entrada hasta que no estuve frente a ellas.

—Buenos días. Qué bien huele, Mary, ¿puedo probarlas?

—¡*Milady*! No es lugar para vos. Vaya al salón, aquí manchará ese precioso vestido.

—No, prefiero haceros compañía.

—Está bien, pero aléjese de los fogones ¿Qué quiere desayunar, lo de siempre?

—Sí, pero con unas galletas de esas que huelen tan bien. Y... Mary, ¿tienes algún remedio para el dolor de cabeza? Me duele mucho.

—¡Por supuesto! Enseguida le preparo una tisana.

—Madre, ¿puedo sentarme con ella?

—No, Olivia. Anda, ve a por tus quehaceres.

—Madre, por favor...

—No se preocupe, Mary, estaré encantada de desayunar con Olivia. De hecho, lo haría todos los días.

La sonrisa de Olivia fue un poema, sentí intensamente la alegría en el interior de su corazón. Era tan inocente y transparente, con un alma realmente pura y hacía que cualquiera que intercambiara un par de palabras con ella se diera cuenta de su ingenua y dulce personalidad. Todos eran un encanto. Mary era maravillosa y muy entrañable, pero los años y la vida habían hecho que forjara una coraza que impedía mostrar libremente sus sentimientos. A pesar de eso, se desvivía por hacer bien su trabajo y atender lo mejor posible a todo el personal del castillo, en especial, a los señores del castillo. Sin esperar a que su madre contestara, Olivia me agarró del brazo y me condujo rauda a la mesa de la cocina, junto a la ventana. Desde esa posición se veía a Darach golpear la madera con una fuerza increíble, nada comparable desde mi habitación en lo alto de la torre. No pude evitar quedarme embelesada por un largo minuto. Olivia me vio observarle y puso los ojos en blanco, probablemente malinterpretando mi mirada comenzando a despotricar sobre su hermano.

—Lo sé. Disculpadle, por favor...cuando está preocupado le encanta cortar leña. Creemos que es un modo de desahogar sus penalidades, ya que no puede luchar contra sus problemas imaginarios. ¿Sabe? cuando vivíamos en Inglaterra, se iba de casa y no volvía hasta el alba. Sus ojos enrojecidos delataban la falta de sueño; sus preocupaciones hacían que no pegara ojo en toda la noche y a pesar de todo, hacía sus tareas y cuidaba de todos nosotros. Es un muchacho responsable, pero el honor y la dignidad están siempre por encima de todo. Si a eso le sumamos su orgullo, obtenemos un Darach de lo más aburrido. Desde que murió nuestro padre, se hizo cargo de todos nosotros y… Gracias a Dios, ahora tenemos futuro. Si no hubiese sido por lord Cawley…

—¿Qué hizo?

—Oh, pues verá, todo empezó con el destierro de Darach y por consiguiente el de todos nosotros de nuestro pueblo en Dunster. Cuando teníamos todo perdido apareció el señor, vuestro padre. Nos ofreció trabajar para él en este hermoso lugar y con estas personas tan maravillosas, vos entre ellas por supuesto.

—Cuando hablas de destierro… ¿Te refieres al que te condena a no volver a pisar esas tierras nunca más?

—Claro, *lady* Alexandra, no hay otro.

Levantó los hombros en un gesto de indiferencia y dio un bocado a su trozo de galleta como si tal cosa. Explicaba el relato como si fuese lo más normal del mundo y quizás en esa época así fuese, en cambio a mí me parecía algo terrible y tal vez, solo tal vez, comencé a comprender el estado tan comedido de Darach.

—¡Olivia! Ya está bien de tanto parloteo. Venga, a trabajar se ha dicho. Deja a *milady* almorzar tranquila que con el dolor de cabeza que tiene, no le va a hacer efecto mi tisana.

Olivia se levantó airada mostrando su descontento. Como buena hija, se despidió de mí con una pequeña reverencia y una divertida cara de burla hacia su madre que acabó por hacernos reír a las dos.

—Lo siento, *milady*, esta hija mía no calla ni bajo las aguas y en ocasiones puede ser abrumadora. Le prometo que no le molestará más con nuestras inquietudes.

—Mary… ¿Es cierto eso de que os desterraron de vuestra ciudad?

—Oh, sí, pero de eso hace mucho tiempo y ya ni nos acordamos. Tómese la tisana que le ayudará con el dolor de cabeza, hágame caso.

Salió de la cocina para dejarme completamente sola con mi tisana y mi dolor de cabeza. El remedio de Mary me hizo más efecto del que creí en un principio. Acostumbrada al paracetamol o al Ibuprofeno, esto me parecía una bobada, pero ciertamente funcionó, cosa que me sorprendió en gran medida. Los días siguientes fueron parecidos, aburridos y sin mucho que hacer. Papá trajo unos libros de mi época, aunque les había cambiado las portadas por unas de cuero teñido simulando ser antiguos. Todo un acierto, podía sentarme en el jardín y simular que leía algo de filosofía o arte, mientras que en realidad tenía una novela de vampiros entre mis manos. El día era muy largo y aunque la lectura me gustaba, me complacía solo para un rato. Necesitaba encontrar algo que me mantuviera más ocupada. Sabía que el personal del castillo se sorprendía al ver a una muchacha de buena cuna que no sabía bordar, ni cantar, ni cumplir con todos esos talentos que se daban por supuestos. Era una chica trabajadora y sencilla de ciudad solo que ellos ni se imaginaban lo iguales que éramos siendo de la misma clase social trabajadora, aunque de épocas diferentes. Pensé en pintar algún cuadro, pero ignoraba si conseguir las pinturas sería un problema. Quizás alguien podría acercarme a la aldea, quizás encontrase las pinturas o incluso algún retal. Decidí buscar a Mary y preguntarle, ella sabría decirme si alguien podría llevarme. Estuve buscándola por el castillo sin descanso. No estaba en las cocinas ni en el patio trasero. Busqué en la bodega y en los salones. Nada. Me recorrí el castillo entero sin resultado, tampoco hallé a sus hijas ni a Darach y eso comenzó a preocuparme.

Papá tampoco estaba así que no supe donde más buscar. Cuando me di por vencida y me dirigía a mi habitación, caí en la cuenta ¿Y si Mary estaba en su alcoba? Tan pronto como se me ocurrió esa idea supe que era ahí donde se encontraba y que algo iba mal, podía sentirlo. Corrí apresuradamente por los pasillos esquivando esquinas y muebles intentando no tropezarme con el suelo adoquinado y con la estrecha escalera de caracol que bajaba a los aposentos de la servidumbre. El pasillo era largo y oscuro, frío y húmedo por la falta de luz solar, sobre todo, porque las habitaciones se encontraban bajo tierra, con unas diminutas ventanas enrejadas que producían poca iluminación. De vez en cuando había una antorcha encendida y eso le confería al lugar un ambiente de lo más tétrico y espeluznante. Ya estaba imaginándome a Drácula salir de una estancia y saltar sobre mí para hincarme sus colmillos afilados...Era la consecuencia de leer novelas de vampiros, que en ese lugar y época hacía que las historias se tornaran de lo más reales. No era lo mismo leer ese libro sentada en la playa y tomando una coca cola, por ejemplo. Aquí estaba inmersa en un escenario ideal. Cuando ya pensaba darme la vuelta, vi más luz al final del pasillo y oí voces que hablaban en susurros. Aceleré el paso hasta llegar a ellos. En efecto, Mary estaba enferma y al parecer con una fiebre terrible. La tenían tapada hasta el cuello y la estancia olía a pocilga de un modo insoportable. Allí se encontraban todos sus hijos, incluso Darach. También Elsie, Edward y su esposa Susane. Mary deliraba y tenía el cabello mojado de sudor. Me acerqué hasta ella y pude catar la pesadumbre de sus hijos. Digo catar porque casi podía saborearla, era tan intensa que prácticamente no me dejaba respirar, claro que el mal olor no ayudaba.

—¡*Milady*! ¡Váyase de aquí, puede ser contagioso! Edward, por favor, sáquela de aquí y llévela a sus aposentos. Si se enfermara... ¡Dios santo! pero... ¿qué hace?

Hice oídos sordos a los quejidos de Elsie y del resto del personal. Me agaché junto Darach, que sostenía la mano de su madre y la besaba cada dos por tres. No se percató de mi llegada hasta que le toqué el hombro. Cuando su mirada se encontró con la mía tardó unos segundos en reaccionar. Su mirada reflejó verdadera sorpresa. Edward no tardó en cogerme del brazo y sacarme de la habitación diligentemente, pero cuando ya estaba en el pasillo y pude responder, le detuve en seco.

—Edward, no voy a irme a ningún sitio. Tengo que ayudar a Mary.

—*Milady*, su padre ha ido a avisar al médico, aunque temo que llegará tarde. No hay nada que hacer...

—¡Claro que sí!

No entendía de medicina, pero sí sabía que tener a una persona con fiebre tapada hasta las cejas, envuelta en sábanas y mantas húmedas y, por si fuera poco, en un ambiente tan insalubre, era una condena. Así que volví rauda a la alcoba dispuesta a hacer todo lo posible por Mary. Cuando entré, me dirigí a Darach y a sus hermanas llorosas. Elsie volvió a protestar, pero la ignoré de nuevo.

—Edward, Darach, necesito que entre los dos la llevéis a mi alcoba. Mary necesita una estancia limpia y aireada.

—Dios santo bendito… ¿Qué majadería decís? ¡La mataréis! —criticó Elsie mientras se santiguaba. Era buena mujer y la mejor ama de llaves, pero a veces era como una piedra en el zapato.

—Darach, sabes que tengo razón. Si quieres que tu madre tenga una oportunidad, has de hacerme caso.

Sin más preámbulos le hizo un gesto a Edward, que murmuraba en gaélico palabras apenas comprensibles. Entre ambos la alzaron, uno la sujetó por las axilas, el otro por las piernas, y, envuelta en una manta, la llevaron escaleras arriba. Fue un esfuerzo arduo pues Mary era un peso muerto y no precisamente ligero. Finalmente llegaron a mi habitación y, mientras ellos entraban en la estancia, yo corría las colchas y las sábanas para que la pudieran colocar. A partir de ahí todo fue un pequeño caos, los criados se santiguaban y no entendían mi manera de actuar. No había tiempo para explicaciones, aquella fiebre tan alta había que bajarla, fuera como fuese. Pedí a sus hijas agua tibia para llenar la tina. Mientras preparábamos la bañera me dispuse a abrir el ventanal y a ponerle paños de agua fría en la frente y en las muñecas. Debía de tener unos cuarenta grados, por lo menos. Lástima de paracetamol o ibuprofeno, de tenerlo habría podido ayudar a la humilde mujer. Los paños hicieron efecto y Mary dejó de delirar, al menos parecía más tranquila. En cuanto la tina estuvo lista ordené a Darach y a Edward meterla en ella y una vez dentro, les pedí que esperaran fuera. Mary entreabrió los ojos ante el contacto del agua. Le hablé para que me escuchara y pudiera colaborar todo lo que pudiese.

—Hola, Mary, no te asustes, ¿vale? Soy Alexandra y estás en mi bañera. Vamos a quitarte esa ropa y cuando estés lista te meteremos en mi cama de nuevo, ¿de acuerdo?

Asintió. Apenas tenía fuerzas, pero colaboró como pudo cuando le pedíamos que levantara un brazo. Sus hijas, al verla reaccionar, se sintieron con energía renovada dispuestas a ayudar en todo lo que pudieran.

—Bien, chicas, ahora vamos a ir echando poco a poco el agua fría.

—Pero se va a enfermar…

—Escúchame, Olivia, lo más importante ahora es bajarle la fiebre, el agua enfriará el cuerpo y eso es lo que tu madre necesita. Si coge un catarro, nos ocuparemos de él cuando llegue el momento. Ahora, esto es más importante, ¿comprendes?

Asintió. Mary tiritaba, por un momento pensé que me estaba precipitando y que quizás, si después de todo moría, nadie en ese lugar me lo perdonaría y Darach tampoco. Al cabo de unos minutos sacamos a Mary de la bañera. La mujer estaba completamente desnuda, pero más consciente que media hora antes. Envuelta en una toalla y con ayuda de las tres, pudo ponerse en pie y andar muy despacio hasta mi cama donde le colocamos un camisón limpio y la tumbamos tapada hasta la cintura. Se quedó dormida enseguida y su piel, al tacto, estaba más templada, ya no ardía. De momento, habíamos vencido el pico de fiebre, ahora solo hacía falta esperar a que papá llegara con el doctor y pudiera darle algo para su dolencia. No tardó mucho. Le expliqué con pelos y señales todo el proceso que habíamos realizado. Por suerte, el doctor alabó mi idea e hizo callar a la chirriante y quisquillosa Elsie que se había propuesto humillarme ante él. Una vez hecha su visita, procedió a administrarle unas gotitas moradas en la boca y nos recomendó que siguiéramos suministrando cinco gotas cada dos horas, así como el cambio de paños en agua fría. Esa noche nadie durmió, sobre todo sus hijos que no se separaron de su vera ni un solo minuto. Ya amanecía cuando me quedé dormida a los pies de la cama. De pronto, alguien me despertó suavemente, Darach. Tenía el rostro ojeroso, pero sonreía. Me incorporé en la cama y pude observar mi alrededor con ojos vidriosos y entumecidos. La luz tenue del alba entraba por el gran ventanal confiriendo al entorno un tono azulado y violeta signo del incipiente sol, creando un ambiente inquietante, iluminado de vez en cuando por el resplandor tintineante del fuego de la chimenea. Olivia y Jennifer dormían junto a su madre en el suelo, sobre la mullida alfombra. Darach me miraba de un modo muy distinto, con un rostro calmado y apacible. Parecía…feliz, su tímida sonrisa me lo confirmó.

—Está mucho mejor, al menos no parece tener fiebre.

Al oír aquellas palabras me senté de inmediato al costado de Mary. Dormía plácidamente, con el rostro sereno, como si nada hubiera perturbado su descanso. Al acercarme, comprobé que la fiebre había cedido y que ya no quedaba rastro de su amenaza. Sentí una emoción tan grande en mi pecho, una alegría tan profunda que una lágrima silenciosa se desbordó por mi mejilla. Se recuperaría, y eso era lo más importante.

—Gracias, *lady* Alexandra, no tengo palabras para…

—¡Jennifer, Jennifer! ¡Mamá ya no tiene fiebre! ¡Despierta holgazana!

Al oírnos hablar, Olivia se levantó para tocar la frente de su madre. Después, me miró con ojos anegados en lágrimas.

—Gracias, la habéis salvado —se dirigió hacia mí y me dio un fuerte abrazo, el cual correspondí con mucho gusto.

—Yo no hice nada, vuestra madre ha sido muy fuerte y el doctor hizo su magia con esas gotas.

—No, si no hubiese sido por vos, *milady*, el doctor hubiera llegado tarde. Todos lo sabemos. Le estaremos eternamente agradecidos.

Las palabras de Olivia me llegaron al corazón pues eran sinceras y aunque no quise reconocerlo, tuve claro que el baño y los paños de agua fría ayudaron cuantiosamente a que saliera del estado de peligro. Mary no tardó en despertar, se había generado un buen alboroto alrededor de ella entre los criados que entraban y salían sin cesar comprobando que, por esta vez, habíamos vencido a la muerte pues esta estaba preparada para llevarse a Mary al otro mundo. Sorprendida y abrumada por tantas atenciones deseó volver a su habitación para no generarme más molestias, pero no se lo permití. Teníamos más habitaciones donde podía quedarme y ella no podía recuperarse en ese agujero. Tendría que hablar con mi padre seriamente para solucionar el tema de la ventilación de esa zona. Durante el tiempo que estuvo convaleciente trasladé mis cuatro cosas a la habitación contigua. Era muy parecida en cuanto a tamaño, pero algo más oscura pues el ventanal no era tan grande y además estaba orientada al norte. Con ayuda de los sirvientes decidí mover la cama y colocarla frente a la gran chimenea, era absurdo que estuviera en el otro lado de la estancia y que el calor que desprendía el hogar se perdiera por el camino. En cuanto recuperase mi habitación, haría lo mismo; la diferencia era abismal y había conseguido dormir cálidamente hundida en la profundidad de la cama. A la mañana siguiente, alguien aporreó mi puerta cuando aún no me había levantado. Al abrirla no hallé a nadie, tan solo una bandeja con mi habitual desayuno y unas cuantas cosas más; zumo, huevos revueltos, pan, mantequilla... Además, habían añadido un pequeño jarrón de bronce con un par de rosas blancas del jardín. Todo un detalle por parte de Olivia y Jennifer.

Mary estuvo un total de tres días más en mi alcoba hasta que pudo caminar y retomar sus labores diarias. A sus cincuenta y seis años no era muy mayor, pero en esa época ya era una persona de edad avanzada y las fiebres la habían dejado agotada. Unos días después me levanté como siempre y bajé a la cocina a desayunar. Papá se encontraba en la mesa leyendo un libro y Mary, incorporada por completo en sus labores, hacía y deshacía con sus quehaceres habituales.

—Hola, papá. Hola, Mary, me alegro muchísimo de verte tan recuperada.

—Gracias a usted, *milady*. Nunca lo olvidaré.

Se acercó a mí y me dio un beso en la mejilla mientras traía el desayuno de mi padre a la mesa. Papá estaba muy serio. Depositó el libro que leía sobre la mesa y me ofreció la silla que había en su costado. Iba vestido elegantemente y aunque sus ropajes no podían compararse a los de mi época, seguía siendo un hombre muy elegante. Su sola presencia imponía con apenas observarlo. No era por la ropa cara ni por el reloj de plata... era su porte, sus modales, esa aura invisible que lo envolvía. Desprendía autoridad y dominio sobre cuanto lo rodeaba, sostenidos por una mirada inteligente, profunda, de un origen claramente ancestral. Si algo había aprendido de él al observar a los demás, era que el subconsciente humano reaccionaba por puro instinto, inclinándose ante su figura en un acto casi involuntario de sumisión, como si estuvieran frente a un dios. Sin saber cómo ni porqué las personas le temían y no por el hecho de que fuese el señor de las tierras sino por algo mucho más patente, era inaccesible. Me había pasado horas intentando entender la reacción de muchos ante un simple gesto o mirada suya y no fue hasta que reconocí en el aire la tensión acumulada de los sirvientes en su presencia. Actuaban como si estuviesen bajo estudio y observación constante e intentaban dar lo mejor de ellos mismos para no ser despedidos o expulsados a otras tierras lejanas y desconocidas. Era algo involuntario por su parte, pero respondía al nivel de inferioridad que sentían al estar a su lado.

—Debo hablar contigo, Alexandra.

—Claro, ¿qué ocurre? —dije mientras me sentaba a su lado mirándole a los ojos. Sonrió.

—Es increíble lo mucho que te pareces a tu madre. Ella tenía razón, siempre la ha tenido—dijo en un tono muy bajo, casi susurrante.

—¿Mi madre? Oh… ¿te refieres a mi madre biológica?

—Sí, ha llegado la hora de que la conozcas. Si lo deseas, claro.

—No sé si quiero conocerla, me abandonó. Entiendo tu situación, aunque no me agrade. Ella no tenía escusa —susurré pues Mary rondaba a nuestro alrededor.

—Te comprendo, pero es importante que cierres el círculo y saber quién eres realmente. También es importante para ella, lo perdió todo por tenerte y sufrió mucho al alejarse de ti. Dale una oportunidad. Te prometo que no lo lamentarás.

—Entiendo—dije sin mucha convicción. Me estremecí ante esa confesión. No estaba preparada para hablar de mi madre biológica, aún me dolía la espina clavada en mi corazón por saber que ninguno de mis padres biológicos quiso cuidarme. La angustia de mi padre era tan pesarosa, tal palpable que no pude ni quise, resistirme. En lo más profundo de mi ser comenzó a brillar un diminuto punto de luz. Era una sensación vibrante en mi interior, que al principio apenas se insinuaba y que, a medida que avanzaron los segundos, se transformó en algo intensamente molesto, como los temblores que preceden a la erupción de un volcán. Resultaba evidente que mi naturaleza estaba despertando, manifestándose con urgencia, reclamando su procedencia y su verdadero origen.

—De acuerdo, ¿cuándo partimos?

—En cuanto estés preparada. Será una experiencia inolvidable, te lo aseguro. Coge algo de abrigo, allá donde vamos, te hará falta. Por cierto, Alexandra, tu madre no se encuentra bien, ha elegido un momento especial para conocerte. Lo entenderás cuando llegue el momento.

Después de terminar el desayuno subí a mi habitación para preparar el equipaje. Ignoraba el lugar en el que se encontraba y, además, estaba enferma, así que el escenario que me esperaba era un completo misterio ¿Y si no le gustaba?, ¿y si se arrepentía de verme? eso sí que comenzó a alterar mi estado acelerando mi respiración y mis latidos. Mi mente se llenó de dudas e inseguridades, tantas que impidieron percatarme de que, en el interior de mi alcoba, alguien me estaba esperando. Entré ensimismada, directa a mirar a través de la ventana, el día era oscuro, pero, al menos, no parecía que fuera a llover. El viento arreciaba con fuerza y los árboles del bosque se movían violentamente al unísono con una coreografía perfectamente ensayada. Un silbido agudo se colaba, de vez en cuando, por algún pequeño agujero del ventanal haciendo que el castillo pareciera encantado. De pronto, un carraspeo a mi espalda me hizo girar hacia esa dirección totalmente alarmada.

—Disculpadme, no he querido asustaros.

—¡Darach! —mi corazón dio un vuelco y comenzó a latir de manera escandalosa—. ¿Qué haces aquí?

—He estado hallando la manera de poder hablar con vos y reconozco que no ha sido fácil encontrar el momento adecuado. Mi madre…ya sabéis.

—Sí… claro. Ya está bien y eso es lo que importa, no tienes que agradecerme nada, si es eso lo que has venido a decirme. Lo hice y lo hubiera hecho por cualquiera.

—Os equivocáis. Ha sido un acto muy noble por vuestra parte y muy importante para nosotros. Un acto de amor incondicional a vuestros subordinados y eso ha abierto mis ojos. Jamás podré pagaros lo que habéis hecho por nosotros.

Darach fue acercándose lentamente hasta quedarse a un palmo de mi posición. La grisácea claridad de la ventana iluminaba su rostro nítidamente mientras que el fuego de la chimenea que se encontraba a su espalda le provocaba un destello candente y rojizo en el contorno de su silueta, haciéndole parecer un ángel oscuro surgido de las tinieblas del infierno. Tenía el pelo suelto y la barba le había crecido en estos tres últimos días. El olor de su cuerpo me llegó al instante y respiré profundamente para saborearlo. Olía tan bien…se había bañado, aún tenía el cabello mojado y el olor a jabón de lavanda era, ahora, algo fácilmente reconocible para mí.

—No exageres, de…de verdad que no ha sido nada.

—Sé que he sido un poco rudo con vos, pero tengo mis motivos.

—¿Rudo? es una manera de decirlo… —sonreí. Dio otro paso más y tuve que elevar la vista para poder mantener la mirada unida a la suya. Las mariposas de mi estómago comenzaron a bailar descontroladamente. Comencé a sentir un deseo incontrolable y no podía determinar si esa percepción provenía de mi cuerpo o del suyo. No tuve que esperar mucho, en ese momento, Darach se abalanzó sobre mí cogiéndome por la cintura juntando su frente con la mía. Inspiró enérgicamente y cuando exhaló, su aliento me caldeó el rostro erizando el vello de mi nuca. Un suspiro contenido salió de mi interior en respuesta a su cercanía. Le deseaba con todo mi cuerpo y sentía que a él le ocurría lo mismo.

—Es agotador luchar contra estos sentimientos. Es muy duro teneros tan cerca y no poder tocaros, ni besaros… —dijo esas últimas palabras con sus labios rozando los míos. Elevó su mano derecha y comenzó a acariciarme el rostro para después agarrarme de la nuca y acercarme a su boca. Me besó ferozmente manteniéndome pegada a su cuerpo de piedra. Me derretí en sus brazos y mis manos, traviesas, comenzaron a tocar todo aquello a lo que eran capaces de llegar; su espalda, su trasero, los brazos, etc.

Deseé, con una intensidad casi dolorosa, que aquel momento no terminara jamás. Era todo lo que había soñado durante días, quizá durante toda mi vida, y aun así la realidad se abrió paso con crueldad pues mi padre me estaba esperando. Reuniendo hasta la última brizna de voluntad que me quedaba, tuve que apartarme, arrancándome de ese refugio efímero, y romper la magia del instante.

—Darach…espera, espera…

—Oh… —se separó instantáneamente como si le hubieran abofeteado—. Perdonadme, *milady*, no quise forzaros…lo, lo siento. Me iré y no os molestaré más. Por favor, disculpadme.

—¡Darach, espera! —Corrí para colocarme entre él y la puerta—. No te he rechazado. Mi padre me está esperando para llevarme con mi verdadera madre. Voy a conocerla. He venido a recoger mi equipaje. Nos marchamos ahora mismo.

Inspiró profundamente y una leve sonrisa se dibujó en su precioso rostro. Su mirada, firme y decidida, se fundió con la mía y volví a derretirme, cuando me miraba de ese modo me sentía desnuda, vulnerable, incapaz si quiera de respirar. Alzó su brazo y, al acariciarme la mejilla, volvió a hablar.

—Entonces, marcharé con vos. No pienso dejaros sola.

17. Origen

El carruaje estaba preparado para llevarnos a… no sabía dónde, pero cuando vi a los sirvientes montar el ligero equipaje de mi padre, pensé que tal vez mi verdadera madre perteneciera a este siglo, aunque en otra población. Estaba muy equivocada. Papá no puso objeción alguna a que Darach nos acompañase. Antes de partir, decidí buscar a Mary para despedirme y asegurarme de que estaba bien. La encontré en su alcoba, tejiendo en su mecedora mientras hacía un descanso.

—Oh, *milady*, disculpadme ¿Requiere algo de mí? Enseguida vuelvo a mis quehaceres. Le aseguro que ha sido solo un instante—dijo apresuradamente mientras se levantaba de su mecedora y depositaba el trabajo sobre el asiento. La mecedora siguió balanceándose sin nadie sobre ella.

—Mary, no tiene que darme explicaciones, descanse lo que necesite. He venido a despedirme. Nos marchamos unos días a...visitar a unos familiares cercanos. Quería asegurarme de que se encontraba bien.

Observé con pena el estado deplorable en el que se encontraba esa reliquia de asiento. Era una auténtica preciosidad. Sencilla, aunque de buena madera de fresno. Era antigua y yo, que era una amante de las antigüedades, no pude más que fijarme en ella con deleite. El asiento de junco estaba visiblemente en mal estado, bastante roto y hundido y el respaldo de listones, delicadamente contorneado, tenía uno partido por la mitad, sostenido apenas por una cuerda tosca. El barniz brillaba por su ausencia y lo peor de todo, cómo no, su crujido chirriante y constante del propio balanceo, un sonido digno de película de terror que anunciaba una corta vida.

—Estoy bien, puede marchar tranquila ¿Les han preparado viandas para el viaje?

—Eh... no lo sé.

—Oh, ¿ve? ahora mismo les preparo algo de comida para llevarse al gaznate.

—Mary, no se preocupe, puedo encargar...

En ese momento entró Darach y me abrasó con la mirada. Literalmente me fundió y no pude decir ni una palabra más pues mis pies quedaron clavados al suelo y mis ojos, como un imán, no pudieron separarse de los suyos. Carraspeó y se acercó a su madre para explicarle que también vendría con nosotros. Conseguí reaccionar y procedí a dejarles un poco de intimidad. Aproveché para escapar y subir al *hall*, por nada del mundo quería quedarme a solas con él en un pasillo tan oscuro y lúgubre. No era por miedo, obviamente, sino por deseo pues, en ese momento, no estaba segura de que, si volviéramos a besarnos, tendría la suficiente fuerza de voluntad para apartarme de él. El beso que había tenido lugar momentos antes había hecho tambalear mi existencia haciéndome recordar aquel momento intenso y pasional en mi siglo. Su penetrante mirada poseía una promesa lujuriosa que me hacía delirar abocándome a un abismo de erotismo y deseo totalmente desconocidos. Mis pies comenzaron a deslizarse de puntillas para terminar corriendo escaleras arriba. Respiré aliviada cuando vi la cara sonriente de papá junto al carruaje. Momentos después llegó Darach con un leve fruncimiento de entrecejo que delataba su estado de desconcierto. Se había cambiado de ropa y lucía ataviado con una levita en color azul oscuro; bajo ella, exhibía un chaleco de cuero con tachuelas a un costado y hebillas al otro. Del cinturón que se ceñía a su cuerpo, pendía desafiante una magnífica espada con empuñadura de plata. Su pelo suelto sobre los hombros y su mirada taciturna unida a su gran envergadura, le otorgaban una apariencia pavorosa digna de un guerrero.

Se me erizó el vello al verle de esa guisa. Leer personajes así en novelas o verlos en películas era una cosa. Tenerlo ante mí de ese modo era otra muy distinta. Mi cuerpo entero vibró ante su apariencia arrebatadoramente peligrosa. Rozaba la fantasía y la ensoñación, provocando que una mente imaginativa como la mía, proyectase sus más recónditos deseos en un delirio. En cierto modo comprendí que viajar en esa época y en carruaje implicaba una serie de riesgos a los que era completamente ignorante. Ver a Darach de ese modo vestido, me hizo entender la importancia del riesgo y lo poco que conocía de él y de su auténtica vida ¿Sabría luchar con la espada? ¿Quién le habría enseñado? ¿Habría luchado en alguna revuelta? De pronto recordé su cicatriz medio oculta por la barba que le cruzaba la mejilla, probablemente a consecuencia de alguna pelea. Inspiré intensamente y reinicié el pensamiento, iba a conocer a mi verdadera madre y debía estar preparada.

El carruaje estaba compuesto por una caja semicircular de color negro con una puerta en cada lateral y ventanillas acristaladas; suspendido sobre muelles que amortiguaban el traqueteo con un leve y relajante movimiento. Tenía cuatro grandes ruedas, las dos traseras más grandes que las delanteras y su interior era de terciopelo azul cobalto acolchado en los respaldos. Cuatro preciosos caballos tiraban de él dirigidos por Edward, nuestro cochero. Me sentí como cenicienta al subir a su carroza, claro que esta no era una calabaza ni yo una criada disfrazada dispuesta a ir a un baile. Por instintiva protección decidí sentarme al lado de mi padre y evitar así el acercamiento corporal de Darach. Fue un error, pues su mirada se clavó en la mía, haciéndome sentir la persona más vulnerable y deseada del planeta. Si hubiese podido desaparecer, lo hubiera hecho indudablemente. La incomodidad de sentirme estudiada era insoportable, pensando en los defectos que encontraría en mi físico. Jamás nadie me había observado de ese modo en toda mi vida. Estaba abrumada y en ese instante me sentía incapaz de gestionar mis emociones, mucho menos mis reacciones. Decidí romper el efluvio que ejercía sobre mí.

—¿Cómo es que viajamos en carruaje pudiendo desplazarnos de otro modo?

—Hay que poner un poco de naturalidad en nuestras vidas. Además, pasear en esta belleza es algo idílico, ¿no te parece?

—Sí que lo es… —mi mirada osciló por el interior del carruaje terminando por posarse en Darach, que seguía sin quitarme el ojo de encima, lo cual hizo que un calor sofocante subiera por mi cuerpo hasta depositarse en mis mejillas. Estupendo.

—Por cierto, Alexandra, has de explicarme porqué en algunos momentos detienes el tiempo y lo vuelves a iniciar de manera consecutiva, ¿acaso intentas desplazarte a algún lugar? debes saber que es pronto para eso.

Si antes quería desaparecer ahora solo deseaba que me tragase la tierra. Lo hacía sin darme cuenta en momentos en los que no controlaba mi cuerpo. Mi naturaleza se materializaba involuntariamente en los instantes más inoportunos. Debía ser más cauta y concentrarme más en ese tipo de situaciones…

—No, milord, yo se lo pedí. Quise comprobar que el reloj siguiera funcionando antes de marchar, ya sabe…

—Ah, claro, claro, está bien.

Si la mirada de Darach anteriormente era abrasadora, ahora se había convertido en fuego líquido, literalmente. Sonrió ladinamente y me guiñó un ojo. Tuve que cambiar la vista de dirección y mirar por la ventanilla obligándome a ignorarle hasta llegar a nuestro destino, no podía arriesgarme a delatar mis sentimientos hasta el punto de no poder controlarlos. Al principio me costó, poco a poco fui introduciéndome en el exterior que me rodeaba hasta distraerme realmente. El paisaje era precioso y tranquilo, la velocidad era lenta para mi gusto, pero se trataba de un carruaje de época, no de un coche de gasolina. El día había avanzado y un sol tímido se colaba por entre las nubes grises. El viento violento mecía los árboles y arbustos en despiadadas sacudidas levantando el polvo seco del camino. Una senda libre de matojos, de pendiente moderada, permitía el avance cómodo del carruaje. No podía calcular el tiempo que llevábamos viajando, pero sí habíamos parado un par de veces a estirar las piernas y a que los caballos bebieran agua. El tentempié de Mary nos fue muy bien y pude reflexionar sobre lo que podría encontrarme al llegar al destino. No me atreví a preguntarle a papá sobre el abandono de mi verdadera madre, no quise profundizar pues algo en mi interior me decía que no había sido por falta de amor sino por algo muy diferente. Así que, decidida a ignorar completamente a Darach y sumergida en mis pensamientos, pasé prácticamente el resto del viaje callada y ausente. Había conseguido distraerme lo suficiente como para no percatarme de la dirección que tomaba la carroza, la cual se adentraba en una población importante.

—Ya estamos cerca —dijo mi padre sonriente mientras miraba por la pequeña ventanilla de su costado derecho. Como acto reflejo hice lo mismo. Observé una calle desconocida repleta de gente que andaba de aquí para allá con sus quehaceres cotidianos. Más carruajes se cruzaban en nuestro camino y todo parecía tener un mismo ritmo lento y respetuoso. Inverness. Capital de la región de las tierras altas, famosa por novelas e historias de escoceses, así como la gran famosa leyenda del monstruo del lago Ness, cuya localización estaba muy cerca de la gran ciudad. El carruaje se detuvo y pudimos bajar de él.

—¿Nos quedamos en Inverness? —pregunté maravillada deleitando mi vista con los preciosos edificios.

—No, nuestro camino continúa, aunque cogeremos un atajo —contestó guiñándome un ojo.

—Oh, entonces, ¿a dónde vamos?

—Ya lo verás, mi niña. Aquí dejamos el carruaje.

Papá habló con Edward y este bajó del carruaje y se dispuso a soltar dos de los cuatro hermosos caballos que tenía atados al mismo para después entregárselos a Darach. Se despidió muy cortésmente y se marchó por donde habíamos llegado dejándonos con los hermosos animales y nuestro ligero equipaje de mano, que en esa época no era tan pequeño como una mochila del Decathlon, por ejemplo.

—¿Dos caballos? Pero somos tres…

—Edward no puede volver con uno solo, necesita dos para tirar del carruaje. Todos creen que los familiares que tienes viven aquí, en Inverness, cosa que bien podría ser cierta, así que, para todo el mundo, este es nuestro destino. Dicho esto, ahora sí viajaremos en el tiempo, pero necesitamos estos corceles para movernos por donde vive tu madre. De este modo nadie sospechará nada.

Acto seguido, repartieron el equipaje entre los caballos y Darach subió a uno de ellos con una gracia y ligereza pasmosas. Papá montó en el otro, y yo me quedé en el suelo, mirando como una tonta a ese par de hombres que me dejaban sin caballo y sin saber qué hacer…

—Alexandra, ve con Darach, es más diestro que yo y te sujetará mejor —sonrió de un modo muy extraño y comenzó a avanzar por la calle sin mirar atrás. Darach carraspeó y me ofreció su mano.

<<No, ni hablar, ni en broma viajo con él>> El hecho de imaginar lo juntos que tendríamos los cuerpos con el balanceo del animal hizo que me estremeciera. Tragué saliva y sentí de nuevo el sofoco arder en mis mejillas.

—Vamos, Alexandra, no tenemos todo el día.

—¿Por qué no habéis cogido otro caballo? hubiera podido ir sola…

—Su padre ya le ha explicado la situación, además no sería seguro para vos pues no sabéis montar.

—No creo que sea tan complicado—me crucé de brazos y esperé a que se me ocurriera otra idea mejor pero ya no veía a mi padre por entre la muchedumbre y la ansiedad comenzaba a crisparme el carácter.

—El castillo no puede quedarse con un solo caballo, podrían tener problemas y necesitarlos, ¿lo comprendéis? Alexandra, no hagamos esperar a vuestro padre y subid, prometo sujetaros bien —sonrió abiertamente como nunca lo había visto. Descubrí, en ese momento, un precioso e inocente hoyuelo en su mejilla izquierda y me quedé embobada hasta que volvió a carraspear despertándome de mi delirio. Muy a mi pesar, sujeté con fuerza su enérgica mano y monté colocándome delante de él. Por su parte, me rodeó con los brazos agarrando las riendas mientras yo me cogía a la crin. Debía reconocer que Darach sabía montar estupendamente, el caballo era como una prolongación de su cuerpo pues este hacía todo lo que él quería sin que dijese ni una sola palabra. Era asombroso, los caballos eran unos animales muy sensibles e inteligentes.

La silla de montar era práctica incluso para los dos, o al menos estaba preparada para dos personas, algo que ya tenían previsto. Sin embargo, era incómoda, no paraba de moverme de un lado a otro, estirando las piernas, recolocándome hacia atrás... El caballo tenía un hueso, debía ser parte de su columna que se clavaba en mis partes y me molestaba. Solo cuando me ajustaba lo más atrás posible era soportable, pero duraba poco ya que el cuero resbalaba. Darach comenzó a moverse también y a carraspear de vez en cuando. Supuse que percibía el mismo hueso que yo. Viajar así distaba mucho de ser bonito, como hacen creer las películas. Solo merecía la pena por estar rodeada de su imponente envergadura, su brazo alrededor de mi cintura y su aliento rozando mi oído, me tenían embelesada. A pesar de eso, deseaba llegar al fin del trayecto. Volví a colocarme en mi asiento...debía de haber otro hueso detrás porque ya no sabía cómo ponerme. Se me clavaban cosas por todas partes y...

—Alexandra Blanch, como no deje de moverse le juro que la bajo aquí mismo y no respondo de mis actos. Me está volviendo loco—susurró las últimas palabras tan cerca de mi oído que al instante comprendí que lo que tenía detrás era parte de su anatomía. Un sofoco se apoderó de mí recorriéndome el cuerpo entero. No era solamente el hecho de saber el estado en el que se encontraba, si no, las palabras cargadas de lujuria, verbalizando un hecho que en mi mente había surgido demasiadas veces. No pude más.

—¡Necesito parar! ¡Necesito bajar ahora mismo! Para el caballo, por favor, tengo que bajar un momento.

—Sooooo...—dijo tirando de las riendas. Salté del caballo sin mirar dónde posaba mis pies.

Una persona normal habría sido ágil, hubiera bajado de la montura con una gracia natural y sin problema, pero yo era de naturaleza apresurada. Un pie cayó bien, aunque no sé si se puede decir "bien" al hecho de pisar un zurullo de vaca descomunal. Como acto reflejo, intenté evitar pisarlo con el otro pie y ese movimiento rápido hizo que me desequilibrara y cayera hacia un costado torciéndome un tobillo. Genial. Esta vez, el bochorno fue asfixiante por ser la mujer más ridícula del mundo a ojos de Darach. Era consciente del peso de su mirada que me observaba desde lo alto del animal. Si pudiese retroceder unos segundos en el tiempo, lo habría hecho sin dudarlo. Esquivé sus ojos, ocultando mi rostro entre los mechones sueltos de mi pelo pues lo último que quería era que viera mi vergüenza reflejada en las mejillas. A sus ojos sería una torpe, menuda y patética mujer que no sabía hacer nada, ni siquiera montar a caballo.

—¿Estás bien? Deberías haber avisado a Darach, te hubiera ayudado a bajar como es debido—dijo mi padre después de darse la vuelta y verme en el suelo—. Descansemos un poco.

Darach bajó del jamelgo y me ayudó a ponerme en pie. Contesté con un simple gracias y me alejé cojeando, lo justo para recomponer mi corazón humillado. Me senté junto a un árbol cercano y descansé el tobillo torcido, por suerte, el dolor fue pasando y no parecía ser grave. Lo que sí era grave, era tener mi otro pie embadurnado en mierda hasta el tobillo. Lo restregué como pude por la hierba de alrededor, aunque intuí que ese olor me acompañaría hasta el final del trayecto e ignoraba cuánto podría durar. Me resigné, era imposible limpiarlo sin agua. La gente de aquella época veía este tipo de cosas como algo normal, nosotros, en cambio, las encontrábamos terriblemente desagradables. No se trataba solo del olor, sino de sentir la humedad en el pie y saber exactamente de dónde provenía ¡Qué asco! Suspiré.

El aire se había calmado y el sol, que antes era débil, ahora calentaba mi rostro de un modo apacible y cálido. Inspiré profundamente y cerré los ojos por un instante obligándome a sentir cada presencia, cada esencia a mi alrededor. El sonido de los pájaros, así como el resoplido de los caballos me relajó. El hecho de conocer a mi auténtica madre me tenía alterada y a eso había que sumarle la presencia tan cercana de Darach. Concentrarse en el entorno intentando formar parte de él como algo intangible como el viento, era lo mejor que había podido hacer para relajar la tensión.

—Alexandra. Darach. Debemos marchar— Esas palabras despabilaron la quimera en la que estaba sumergida. Me levanté como pude y me acerqué a su lado cojeando levemente.

—¿Estáis bien? —Darach hizo el amago de sujetarme por la espalda, pero se contuvo.

—Sí, ya casi no me duele. Gracias

—Sujetaos bien, esta vez viajamos con dos animales —papá sonrió y cerró los ojos. Cada una de sus manos estaba posada sobre un caballo mientras nosotros hicimos lo mismo respecto a él. Rápidamente todo comenzó a dar vueltas. Esta vez, el traslado fue sutil y más despacio que en otras ocasiones. Todo daba vueltas, pero de un modo más lento y sinuoso. De pronto, todo a nuestro alrededor dejó de girar. Un silbido fuerte e intenso nos envolvió. Había surgido de la nada un viento recio y gélido que nos sacudía sobremanera removiendo mis cabellos y mis ropas violenta y descontroladamente. El sol, que momentos antes nos seducía con su presencia había desaparecido y en su lugar, unas nubes voluminosas y enojadas nos daban la bienvenida al lugar desconocido. En ese instante, sentí un escalofrío que me erizó el vello de la nuca y no precisamente por el frío que nos rodeaba, que lo hacía. Era un presentimiento, de esos que no gustan pues van acompañados de un suceso poco agradable e inminente. Me agarré fuerte a Darach para intentar sobreponerme de ese momento turbador, a pesar de mi esfuerzo por calmarlo, fue imposible. Por otra parte, la corriente fría y heladora calaba en mis huesos mucho más de lo que creí en un principio. Habíamos llevado ropa de abrigo del siglo XVII y no tenía nada que ver con los plumíferos y polares del siglo XXI a los que estaba acostumbrada, por no hablar del sencillo calzado de piel con el que estábamos provistos que, por lo visto, debía protegernos de un camino pedregoso y nevado. Sin embargo, en cuanto pisamos el terreno blanqueado, este se empapó como si de una esponja se tratase, haciéndonos sentir la gélida humedad que traspasaba cada capa de piel de nuestros pies hasta alcanzar los huesos, agarrotándolos hasta doler. Claro que…había que ver el lado bueno, mi pie ya no tenía caca de vaca.

—¡¿Dónde estamos?! Está claro que Escocia no es, no hacía este frío —grité para que pudieran oírme a través del viento. Me ajusté la capa intentando inútilmente mantener el calor corporal todo lo posible.

Papá sonrió y, por primera vez, me miró intensamente, tanto que desequilibró mis pies y me hizo temblar. Cuando miraba así era como ver el abismo del universo ante uno mismo y esa sensación de vértigo y vacío a lo desconocido hizo que me sintiera diminuta e insignificante.

—Estamos en Noruega, concretamente en la región de Oppland. Tú eres de aquí, Alexandra. Este es tu origen.

Me quedé atónita sin poder articular palabra y un estremecimiento me recorrió el cuerpo. Jamás hubiera imaginado que procedía de ese lugar, ni en mis fantasías más alocadas. Montamos en los caballos y comenzamos el descenso. Papá eligió un lugar un tanto alejado y elevado para aparecer y aunque decía que no estaba lejos, el camino se me hico eterno. Siempre quise visitar Noruega, así como muchos otros lugares del mundo; Escocia, China, Japón, Venecia... De vacaciones, claro. Sin embargo, estaba confusa. No era como me lo había imaginado. En mi mente aparecía una mujer desconocida con facciones parecidas a las mías, comiendo con ella en un restaurante y por supuesto, en mi siglo. Esto era otra cosa muy diferente, ¡si ni siquiera sabía el año en el que estábamos! Y, claramente, no era el siglo XXI pues manteníamos nuestras ropas de época.

—Esto... ¿en qué año estamos? ¿O debo preguntar el siglo? —interrogué.

—Estamos en mil ochocientos sesenta y siete. Tu madre tiene cincuenta y cinco años. Cincuenta y cinco años muy desgastados. Naciste en el cuarenta y tres, Alexandra. Disculpa que no te lo haya referido hasta ahora. No te preocupes, las explicaciones llegarán a su debido momento. Estate tranquila, ella sabe que estamos aquí y te espera con los brazos abiertos.

Una corriente eléctrica recorrió mi interior al escuchar sus palabras. Darach lo percibió y reforzó su abrazo sobre mi cintura. Se lo agradecí ya que mi pensamiento, libre e ignorante, viajó a los únicos referentes que tenía mi mente sobre Noruega y estos se basaban en la serie de Vikingos. Imaginé a una Ladgerda canosa y guerrera como madre, claro que papá nada tenía que ver con Ragnar Lodbrok. Pestañeé varias veces seguidas para borrar aquella imagen de mi cabeza, obligándome a reaccionar y a ser más consciente de lo que nos rodeaba. La belleza salvaje proveniente del paisaje gélido y boscoso emanaba una energía sublime y mística llenando todo mi espíritu de una paz increíblemente extraña, pero a la vez, familiar. Era como volver al lugar de inicio, aunque nunca hubiese estado allí, en esas tierras distantes y frías y a la vez cálidas y tiernas para mí. Tuve la extraña sensación de que los árboles me sonreían. Según me acercaba al destino y descendíamos la cima, el clima se iba calmando, dejando pasar unos tímidos rayos de sol.

<< ¿Le gustaré?, ¿y si no es así? >>dudas y más dudas atestaban mi mente vulnerable. << ¿Y por qué ahora? >> A estas alturas de su larga o corta vida, no tenía muy claro si cincuenta y cinco años, en aquella época, eran muchos. Y tampoco comprendía el porqué de tanto misterio para darse a conocer. Por otra parte, algo en mi interior me decía, más bien me gritaba, que me amaba con todo su corazón.

—¿Podemos ir más deprisa? —mi premura iba en aumento, presentía que debíamos correr, sin saber por qué temía que llegáramos demasiado tarde. Algo absurdo para alguien que se puede desplazar en el tiempo, lo sé, pero por alguna razón desconocida papá había escogido ese momento y deduje que tenía que ser así.

—Tranquila, Alexandra, tenemos margen —dijo mi padre con voz de ultratumba. Su tono me erizó la piel algo más de lo que ya estaba por el frío. Me di cuenta de que, aunque físicamente se encontraba ante nosotros, su mente no lo estaba ¿estaría con ella? Fuera como fuese, lo comprobaría enseguida. Estábamos rodeados de impresionantes montañas nevadas. El bosque que atravesábamos parecía tener vida propia, surgido de un cuento de fantasía. El camino que cruzaba entre los árboles se encontraba húmedo y enfangado. La nieve descendía del cielo y se estrellaba contra el denso follaje de los árboles, formando sobre nuestras cabezas una capa espesa donde quedaba acumulada. De vez en cuando, se colaban copos más finos que, al pesar tan poco, danzaban al capricho del viento, formando remolinos que se elevaban incluso hacia arriba. Estaba maravillada, por un momento me quedé obnubilada hasta que un fuerte estruendo me hizo reaccionar. La capa gruesa de nieve acumulada sobre las ramas de un árbol se desplomaba sin piedad frente a nosotros, fue entonces cuando fuimos conscientes de su peligro. Esas capas de nieve aglomerada nos parapetaban, nos protegían del frío y evitaban que nos empapáramos, pero en su aparente quietud latía una amenaza latente.

—Cuidado con vuestras cabezas —dijo Darach muy sonriente.

—¿Por qué descendemos a caballo? ¿No habría sido más práctico aparecer en el mismo lugar en el que vive? —protesté. Ahora sí tenía prisa por llegar.

—¿Y perdernos todo esto? —papá abrió los brazos mostrando nuestro entorno. Su cara maravillada me hizo sonreír.

—La Tierra es un lugar mágico e increíblemente hermoso. Es importante que la valores, y que la conozcas. Lo digo yo, que domino el universo.

Tenía razón. Aunque apenas le conocía, podía entender su deleite. Yo había viajado muy poco, sin embargo, debía reconocer que ese lugar era increíblemente maravilloso. No tardamos mucho en llegar a un claro donde se oía de manera muy cercana el sonido de un río. Mi reacción fue instantánea pues rápidamente reconocí el lugar. Era el mismo sitio donde me transportó para comunicarme que él era el mismísimo tiempo. Mi vista se dirigió al lugar donde sabía que estaba el río. Ya no nevaba y la hierba, en esta parte del claro, apenas conservaba una fina capa blanquecina que permitía a los caballos avanzar con mayor facilidad. Bajamos de las monturas para continuar a pie. Sentía las palpitaciones en el pecho como si alguien me golpease desde dentro, como si este quisiese abrirse paso rasgándome los huesos para escapar. Mi respiración se volvió inestable. Necesitaba inspirar el aire por la boca llenando los pulmones con aquel viento helado que parecía congelarme por dentro.

—¿Has reconocido el lugar?

—Sí, es como si ya lo conociera y tan solo estuvimos un momento.

—No olvides, Alexandra, que tú naciste aquí. Estas son tus raíces y eso, nunca se olvida.

—¿Por qué no me dijiste nada en aquel momento?

—¿De qué hubiera servido? Además, no podía contarte tantas cosas a la vez, no lo hubieras comprendido.

—Eso es cierto, hubiera sido demasiada información de repente.

Continuamos avanzando hasta alcanzar el río. Este bajaba con mucha fuerza y a lo lejos se vislumbraban dos preciosas cascadas que caían en lo alto de la montaña. Una era grande, rodeada de bruma a su alrededor procedente de la fuerza del salto de agua. La otra, desaparecía antes de llegar a tierra desvaneciéndose en el aire pues el fuerte viento la hacía dispersarse hasta volatilizarla y convertirla en neblina. Sobre el río se alzaba un puente de madera ennegrecida que cruzamos a pie. El crujido de las maderas a nuestro paso arrastraba un matiz amenazador, obligándonos a acelerar el ritmo. No apetecía darse un baño y mucho menos ser arrastrado por las aguas rio abajo. Una vez traspasado, comenzaba de nuevo otro tramo de bosque, pero este parecía espolvoreado con una fina capa de nieve como si fuese azúcar glas. El terreno era más llano, había arbustos por todas partes y los árboles eran de copa muy alta. Me di cuenta de que muchos de ellos estaban marcados con símbolos extraños, paganos tal vez. A los pocos metros, mis pies se clavaron en el suelo pues lo que vi ante mí me partió el corazón en pedazos.

El sol apareció de pronto, formando un claro en el cielo, alumbrando la zona del bosque donde nos encontrábamos como si pudiera suavizar la dureza de la imagen que tenía ante mí. Los rayos se colaban por entre el ramaje de los árboles generando focos artificiales aquí y allá. Un haz de luz muy grande iluminó de manera directa un carromato antiguo, de esos que usaban los feriantes en los circos, pero sin tanto colorido. Su madera estaba vieja y desgatada. Se encontraba aparcado en la ladera de la montaña, junto a la boca de una cueva, frente a la cual, se alzaba una rudimentaria choza formada por cuatro troncos y coronada por un tejado de paja. Una valla de madera delimitaba un diminuto terreno donde se apiñaban un par de cabras y un cerdo. A su lado, en un cercado más reducido, cuatro gallinas picoteaban el suelo tranquilamente. La entrada a la cueva estaba tapada con una especie de lona que la cubría. Era una tela vieja y raída que hacía de parapeto hacia el interior. Supuse que no sería para el frío, pues una simple tela, por gruesa que fuese, no aislaba de las bajas temperaturas. Todo estaba lleno de barro y suciedad por todas partes. El destartalado carromato, ajado y descolorido, daba a conocer la longeva vida que había tenido. Estaba compuesto por cuatro ruedas, las dos traseras más grandes que las delanteras. Tres peldaños daban acceso a la entrada, se trataba de una estrecha puerta pintada con símbolos extraños que parecía hechos con… ¡¿sangre?! Se me cortó la respiración. La puerta estaba cubierta a medias por una lona raída, recogida a un lado y atada por el centro con una cuerda. De un lateral del carro surgía el tubo de hierro de una chimenea procedente del interior por la que salía humo proveniente de la lumbre encendida. Varias cuerdas se extendían desde sus extremos exteriores, sosteniendo ramilletes y flores secas de distintos tipos. Boca abajo colgaban una manta con un parche, junto a lo que parecía una falda y un par de toquillas de lana, seguramente tejidas a mano. La imagen decadente que tenía ante mí hizo que me estremeciera y una inmensa desolación embargó todo mi ser, ¿así vivía mi verdadera madre? Por un breve instante, la sensación me sobrecogió, dejándome sin palabras y paralizada.

—Vamos, Alexandra, te está esperando. Debemos apresurarnos —las palabras de mi padre me sacaron del ensimismamiento y como acto reflejo comencé a caminar con la mente totalmente en blanco. Dejé de sentir el latido de mi corazón, como si mi cuerpo no me perteneciese. Me encontraba ecuánime e imparcial, viviendo una situación que parecía de otra persona. Jamás me había ocurrido algo así y por extraño que pareciera, en ese momento me sentí hueca. Subí los tres escalones que accedían a la entrada y antes de colocar la mano sobre la manija, mi padre habló a mi espalda.

—Si me disculpas, Alexandra, he de marchar. Volveré a recogeros cuando estéis listos —dicho esto, desapareció dejándonos a Darach y a mí totalmente desconcertados.

—Pero, qué… ¿Y ahora qué hago?

—Entrad. Yo os seguiré. Os espera, ¿recordáis? Todo irá bien.

Darach me apretó el hombro y me instó a que entrara. Agarré la manija con la mano trémula y abrí la puerta. Su chirrido oxidado anunció nuestra llegada a la única persona que habitaba en su interior, *mi madre*. Al acceder al interior el calor sofocante me envolvió al instante. La atmósfera estaba muy cargada, no solo por el intenso aroma, sino por el CO2 de la estufa de leña que no eliminaba todo el humo por el tubo de salida, parte de él se colaba al interior de la estancia. El lugar estaba envuelto en penumbra. Los ventanucos se hallaban cubiertos con lonas viejas y rasgadas, apenas dejaban pasar la luz, y un candil de aceite al fondo iluminaba débilmente una pequeña cama alta donde alguien reposaba. Era un espacio muy reducido donde había una cama, un baúl, una cocina y una pequeña tabla que usaba de mesa. A todo ello había que añadir un montón de trastos como jaulas y cosas que no entendía para qué servían, más hierbajos boca abajo e incluso armas, como un hacha y una espada.

Una tos débil y seca se oyó desde el fondo y procedí a acercarme. No entendía mi estado, debería estar alterada, sin embargo, mi cuerpo se encontraba en calma, podría decirse que incluso en paz. Cuando llegué junto al camastro descubrí a una mujer que me miraba con deleite. Su rostro no era tan mayor como me había imaginado, claro que cincuenta y cinco años no son muchos precisamente, pero el saber que estaba desgastada me hizo suponer una cara anciana. Sonrió al verme y al hacerlo se marcaron de manera imperiosa un sinfín de arrugas alrededor de sus ojos. Era una mujer muy bella, tenía el cabello largo y cobrizo, igual que el mío, aunque algo canoso y totalmente desmarañado. Sus ojos, azul claro, eran de los que quitaban el hipo. Se encontraba tapada hasta el pecho a excepción de los brazos que sobresalían sobre la colcha. Llevaba puesto unos guantes sucios de lana de los que asoman la yema de los dedos para poder sujetar cosas. Su colcha de cuadros era vieja con algún agujero y enganchón. Sobre sus hombros llevaba puesta otra toquilla en color gris para mantener el calor corporal, supuse. A decir verdad, no se la veía muy sucia para vivir en esas condiciones.

Cuando me vio a su lado su cara se iluminó y aunque por un momento pensé que mis sentimientos se habían evaporado, vinieron de repente como si una losa cayera sobre mí. Sentí una conexión como jamás había experimentado. Algo en mi interior hizo "clic" haciéndome olvidar todo mi entorno centrándome solo en ella. Me senté a su lado y le sujeté las manos.

—Hola, mamá. Puedo llamarte así, ¿verdad?

Sonrió e intentó incorporarse, pero no lo consiguió. No tenía fuerzas.

—Darach, ayúdame por favor —entre los dos conseguimos incorporarla, lo suficiente para que estuviera más cómoda.

Comenzó a hablar en un idioma extraño para mí. Noruego, del cual no entendía nada en absoluto. Su voz era muy débil y la acompañaba una tos seca y aguda.

—¿Cómo vais a entenderla? no habláis el mismo idioma…

—Lo sé… —ahora la que fruncía el ceño era yo. No había caído en eso, los únicos momentos que iba a tener con ella y no podríamos entendernos. Fue una completa desilusión. Como si me hubiese comprendido, la mujer señaló un estante en la parte superior de la pequeña cocina que tenía tras de mí. En él se hallaban botes de cristal con especias y cosas extrañas que no quise examinar. Algunos libros y más hierbas completaban aquel estante singular. Cogí los cuatro libros y se los acerqué. Parecían muy antiguos con encuadernaciones de cuero y símbolos pintados a mano, como los del bosque. Al acercárselos señaló uno en el que había grabada la palabra "RUNE". El resto los apartó. Cuando se lo di, lo abrazó con fuerza cerrando los ojos por un momento. Tuve claro que era el más importante para ella. Me senté a su lado de nuevo, acercó el libro a mis manos y me lo entregó. Señaló la palabra con su dedo índice y seguido, me señaló a mí. Lo hizo varias veces hasta que comprendí que ese libro hablaba de mí. RUNE. Esa era yo y mi verdadero nombre. Pronunció ese nombre en voz alta mientras me acarició la mano. Después se llevó su mano al pecho y dijo:

—Ermin —repitió ese movimiento acompañado de esas dos palabras, comprendiendo que cada palabra representaba a una de nosotras. Rune y Ermin.

—RUNE… ¿Qué significa? —dijo un Darach muy obtuso.

—Es mi verdadero nombre.

Sentí el deseo de decirle que en realidad me llamaba Alexandra y no Rune, que sonaba a ruina o algo por el estilo, a pesar de las ganas que tuve, no lo hice. Supuse que para ella siempre sería Rune y ningún otro nombre que me hubiesen puesto después, cambiaría eso. Quiso incorporarse un poco más y con un poco de esfuerzo, lo consiguió. Abrió sus endebles y temblorosos brazos y me abrazó. Me sentí desfallecer por un momento, algo se removió en mí y comencé a llorar de manera compulsiva y descontrolada. Su aroma denso a hierbas y lumbre embargó mis fosas nasales. No fue desagradable sino más bien todo lo contario. Me sentí increíblemente protegida. Comenzó a acariciarme el pelo con una mano temblorosa y empezó a canturrear una canción. Era como una nana, una nana un tanto extraña. Fue hipnótico, no entendí nada, pero el tono de voz y la melodía que usó me alejó de donde estaba, me dejó vagando por un vacío en el que mis ojos miraban sin observar nada. Me quedé mirando fijamente el hueco que había dejado el peso de su cabeza sobre la almohada mientras ella cantaba esas palabras sin ningún sentido para mí. De pronto, un escalofrío recorrió mi espalda erizándome el vello de la nuca y el de mi cuero cabelludo. Si hubiese tenido el pelo corto se me hubiese puesto tieso como si tuviese electricidad estática.

En ese instante una imagen se proyectó ante mí con tal nitidez y realismo que parecía estar viviéndola. Era la imagen de una mujer con el pelo cobrizo caminando sonriente por el prado en un día soleado de verano. Tenía la tripa muy grande y redondeada. Iba cantando una canción, muy parecida a la anterior, mientras se acariciaba el vientre. El viento ondeaba sus cabellos y los hacía centellear como si fueran esquirlas de fuego en contraste con su blanca piel y sus ropajes claros. Fue como ver un hada. Era ella, más joven, fuerte y hermosa y en ese vientre redondeado estaba yo. Su rostro brillaba de felicidad y su mirada llena de esperanza se elevó al cielo. De pronto, dejó de cantar, cerró los ojos y suspiró profundamente. Comenzó a susurrar unas palabras casi inaudibles al principio, pero poco a poco fue elevando el tono hasta terminar gritando. Extendió sus brazos hacia los costados y volvió a mirar hacia el cielo, el cual, parecía haber captado su furia pues en un abrir y cerrar de ojos se había cubierto de nubes negras y un viento agresivo amenazaba con llevarse por delante cualquier cosa. Ahora, sus ojos no eran felices, estaban llenos de rabia y desesperación. Sin quitarle el ojo a ese firmamento colosal una lágrima asomó intrépida de uno de sus ojos y cayó precipitándose al vacío. Un relámpago iluminó el monte y comenzó a llover fuertemente empapando sus cabellos y ropajes dejándola triste, sola y vulnerable.

La imagen desapareció y pude centrar mi vista de nuevo en esa almohada raída. Solté un jadeo y noté que mi corazón iba muy deprisa por la experiencia vivida. Parpadeé unas cuantas veces hasta que me separé de ella y la miré vehemente.

—¿Qué ha...ha sido eso? —sabía que no me entendía, pero lo pregunté de todos modos.

—*Deg selv, deg selv, deg selv...*

Repitió esas palabras, una y otra vez mientras se volvía a recostar en la cama. Finalmente, soltó el aire que le quedaba en sus pulmones muy lentamente mientras sus ojos, felices y risueños, me miraron fijamente por última vez. Después, dejó de respirar. Murió y algo de mí murió con ella. No supe el qué, quizás tendría que pasar algo de tiempo para que pudiera comprender lo que había ocurrido en esa estancia y las consecuencias, si es que las había, que pudieran generar en mi vida. Se fue, ocho minutos después de que entráramos por la puerta, murió y me sentí la mujer más inútil de la faz de la tierra. Darach colocó su mano sobre mi hombro y lo apretó suavemente.

—Ha querido despedirse de vos. Debéis de estarle agradecida por eso.

—¿Agradecida? No entiendo nada, no tiene sentido… —dos lágrimas inocentes brotaron de mis ojos cayendo sobre la mano inerte de mi verdadera madre. Unas manos llenas de arrugas y manchas, las de una mujer trabajadora, luchadora y fuerte. Me hubiera gustado pasar más tiempo con ella, conocerla y, sobre todo, entenderla. A pesar del idioma extraño, estaba segura de que nos hubiéramos entendido, lo hubiéramos logrado. Ahora, ya no podía ser, ella ya no existía y yo, no volvería a saber de ella nunca más.

La pena y el desconsuelo me invadieron. Sin saber el verdadero motivo, comprendí que me quería con todo su ser, me amaba más que a su propia vida y que, aunque por alguna razón que aún desconocía me había abandonado, supe que jamás había dejado de quererme. En ese instante se abrió la puerta del carromato acompañado de una corriente fría que hizo revolotear unas hojas y algo de tierra del exterior. Papá había vuelto.

—Llegó su final, Alexandra, el que ella quiso. Sé feliz con eso.

—¿Feliz? ¡¿Feliz?! ¿Cómo quieres que sea feliz ahora que ya no está? Solo la he visto… ¿diez minutos? jamás volveré a verla…ni siquiera entiendo qué ha pasado. Me ha dado un libro con un nombre raro, he tenido visiones y ahora se ha muerto. No lo comprendo, de verdad que no lo entiendo… ¿Por qué no pude venir antes? Si me hubieras traído hace una semana, podría haber hablado con ella o intentarlo al menos, ¡no sé! podría haberla cuidado y tal vez no hubiera… —comencé a desahogarme y soltar todo lo que llevaba contenido. Era tan frustrante y el calor de dentro no ayudaba en absoluto. Sin dilación, decidí salir del carromato y quedarme fuera respirando el aire frío de las montañas dejándolos solos con su cadáver. Necesitaba estar sola, lo necesitaba de verdad.

El aire frío me envolvió de nuevo y los débiles rayos de sol que por un instante nos acompañaron, habían desaparecido por completo. Comencé a dar vueltas de un lado para otro pensando en todo lo que había ocurrido hasta que el balido de una cabra me despistó. De pronto, caí en la cuenta, ¿qué sería de todo aquello? ciertamente nada tenía valor excepto quizás los animales. Me quedé un rato divagando en diferentes posibilidades hasta que papá llamó mi atención.

—No te preocupes por nada de todo esto, yo me encargaré.

—¿La enterraremos?

—Sí, en la cumbre de la montaña, donde me conoció. Así lo quería ella, ya lo entenderás.

—¿Cómo? Ella ya no está para explicármelo —al decir eso otra lágrima se resbaló por mi mejilla y la sequé rápidamente.

—En su libro. Es su diario. Lo escribió para ti. En él te cuenta todo lo que necesitas saber y donde hallarás tus respuestas. De todos modos, Alexandra, recuerda que manejamos el tiempo, podrás volver a verla cuando quieras, cuando estés preparada.

—Entonces...porqué he venido en el momento de su muerte, ¿por qué no antes? No tiene sentido...

—Sí lo tiene, lo comprenderás todo cuando leas el diario. Vamos, debemos enterrarla y terminar este capítulo.

Así lo hicimos, después de trasladar el cuerpo a lo alto de la montaña, la enterramos. Era una de las cumbres más altas que había alrededor y donde se vislumbraba un horizonte repleto de cordilleras nevadas. Todo un espectáculo para la vista. Papá tuvo la gran idea de trasladarnos al verano para poder sepultarla y aunque hacía frío, nada tenía que ver con el tiempo glacial en el que habíamos llegado. Acto seguido, volvimos a Escocia. Todo parecía normal en mí, pero no tardaría en descubrir la increíble trascendencia de la visita, supuestamente, poco reveladora.

18. Viajante

Tenía en mis manos las supuestas respuestas a mis preguntas, no solo de mi procedencia sino de la de ella. El cuero marrón de su portada poseía una suavidad antigua y un brillo sutil a consecuencia de los años. Su olor era muy particular, había adquirido un aroma denso a polvo, hierbas y humedad, igual que el que se respiraba en aquel viejo y andrajoso carromato. El uso y el tiempo hicieron mella en ese diario desgastando las esquinas y ennegreciendo el canto de sus hojas. No era particularmente grande, pero sí bastante grueso. Aunque no contara con muchas hojas, éstas eran de pergamino, un tipo de papel natural y más espeso. Era una preciosidad. Las hojas estaban cosidas al lomo formando un dibujo en forma de X. Una fina cuerda enganchada a la parte alta de su lomo servía para mantenerlo cerrado, de ella pendía una pequeña piedra con la letra "R" tallada, junto a una pluma de pájaro. Cada mañana al despertar lo tocaba y aspiraba ese aroma admirando el trabajo laborioso que había llevado a cabo durante tantos años a lo largo de su vida. Por dentro era aún más especial.

Estaba escrito con una letra caligráfica preciosa, se notaba que la habían enseñado a escribir en algún momento de su vida. El problema era su idioma, noruego, del que no entendía nada en absoluto. En alguna de sus hojas había garabatos y dibujos extraños, parecían símbolos vikingos.

Descubrí un par de hojas secas entre sus páginas manchadas con lo que parecían gotas de sangre, por el color negruzco y reseco de su textura. En realidad, parecía más un libro de brujas y hechizos que un simple diario personal, pero debía conformarme con mirarlo pues, por el momento, era imposible descifrarlo ¡Cuánto echaba de menos mi móvil! Con unas cuantas fotos hubiera bastado para traducirlo. Suspiré decepcionada por volver a pasar otro día más haciéndome preguntas sin obtener respuesta. Me incorporé en la cama, no sin esfuerzo y me quedé sentada un instante mirando hacia la pequeña luz que se filtraba entre los cortinajes de la ventana. Esa rendija de luz era cegadora e indicaba que había un sol resplandeciente y eso me levantó el ánimo. Hacía una semana que habíamos regresado de Noruega y todo seguía igual. Para los demás, habíamos estado fuera durante dos semanas en las que, supuestamente, visité a unos primos cercanos. Era increíble moverse en el tiempo y aparecer en el momento deseado sin que nadie se percatase de nada. Era una ventaja maravillosa, aunque papá no hacía más que repetirme que jamás interfiriera en el destino de nadie. Eso era lo más difícil, sobre todo en mi caso, que estaba tan arraigada a este planeta y a sus personas. Era obvio, pues yo era una de ellas y aunque parte de mi naturaleza no fuese humana, la otra sí lo era y yo quería sentirme así.

Estiré mis extremidades intentando alcanzar el techo con las manos. Mis músculos entumecidos por el exceso de horas durmiendo agradecieron ese estímulo para así poder levantarme con energía. Me acerqué descalza a la ventana sintiendo el frío helador del suelo en mis pies y con toda la fuerza que pude, como cada mañana, corrí los cortinajes de terciopelo. El sol de la mañana me dio los buenos días calentando mi rostro a través de los cristales condensados, llenando el espacio a mi alrededor de multitud de motitas de polvo desprendidas de las cortinas. Revoloteaban en torno a mí hasta ir posándose nuevamente en cualquier superficie plana cercana, mi pelo, mis hombros, el suelo, etc. Extendí una mano y contemplé embobada cómo se posaban poco a poco sobre ella como si tuvieran vida propia. Miré distraídamente al exterior y alguien llamó mi atención. Durante los días que estuvimos fuera, llegó al castillo el hijo mayor de

Elsie, el ama de llaves. Se llamaba Cian, tenía diecinueve años y era muy alto, más que Darach. Ciertamente, Elsie era una mujer muy grande, de cabellos rubios y mejillas siempre coloradas. Una irlandesa de pura cepa como decía ella y su hijo mayor era su viva imagen.

Vivieron tiempos difíciles pues su marido había muerto años atrás en una guerrilla pasada. Elsie tenía cuatro hijos, pero ninguno vivía con ella. Un cuñado se había hecho cargo de sus hijos, los mantenía a cambio de que trabajaran sus tierras allí en Irlanda. Elsie acabó marchándose por el mal trato que ese hombre le proporcionaba. Tuvo suerte al encontrar a mi padre o quizá fue al revés porque a pesar de ser una mujer de trato duro y seco, llevaba el castillo a las mil maravillas y quizá ese carácter rudo era el causante del respeto que generaba a los demás. Esa mañana, Cian se encontraba en el patio del castillo realizando ejercicios con la espada. George, el hermano pequeño de Darach, estaba a su lado, imitándole con una espada de madera. Sonreí, ese niño era todo un terremoto y siempre andaba de aquí para allá trasteando con todo. Esta vez le había tocado el turno a Cian, que era la novedad en el castillo; una novedad muy atractiva para él ya que era distinto a su hermano y otro ejemplo a seguir.

George detuvo sus movimientos y giró el rostro rápidamente hacia la puerta del castillo. Alguien, fuera de mi vista, le había llamado la atención, pero este decidió hacer caso omiso y seguir imitando a su compañero de espada. Segundos después se detuvo de nuevo, volvió a mirar hacia la puerta y esta vez George gritó un ¡No! rotundo. La sonrisa de Cian se podía apreciar desde mi ventana, sin embargo, no dejó de practicar. George, con un ceño fruncido igual que el de su hermano, siguió en su empeño sacudiendo la espada. Duró muy poco porque pronto apareció Darach para arrancársela de las manos y tirársela al suelo. Mi corazón dio un vuelco al verle de nuevo.

—He dicho que te detengas.

—¡No quiero! ¡Tú no eres padre!

—No lo digo yo, lo dice madre. Vamos, detente ahora mismo.

—¡No!

George esquivó a su hermano para recoger la espada del suelo. Comenzó de nuevo a hacer movimientos violentos con ella demostrando que lo que hacía era más importante.

—Venga, déjale, solo está jugando. No seas así.

—Callaos y meteos en vuestros asuntos.

Cian se acercó a él de manera intimidante, le habló tan cerca que no se podía escuchar desde la distancia. No se llevaban bien y cada vez que se cruzaban la tensión se palpaba en el ambiente. Darach elevó el mentón y miró hacia mi ventana, me sentí la mujer más indiscreta del mundo pues me encontró observándoles desde la lejanía, yo y medio castillo, probablemente. Vi el rostro de Darach pasar de taciturno a indignado. Acto seguido, volvió a mirar a Cian y le contestó algo inaudible para los cotillas que observábamos, después agarró a George del cuello de su camisa y lo arrastró castillo adentro. No me gustó cómo trató a su hermano, al fin y al cabo, no había hecho nada malo, en cambio, él no parecía pensar lo mismo. Bostecé y decidí ir a vestirme. Mientras escogía el vestido rememoré el regreso al castillo, el día que volvimos de Noruega. Darach me acompañó a mi habitación y se detuvo en la puerta.

—Habéis sido muy fuerte, sé que debéis estar pasándolo mal, pero recordad, ese era su deseo y no hay nada que podáis hacer contra eso.

—Lo sé, gracias.

—Cuando estéis mejor os llevaré a un lugar que calma el espíritu. Os gustará, ya lo veréis —se acercó a mi rostro y depositó un pequeño beso en mis labios mientras me acariciaba la mejilla—. Que tengáis dulces sueños.

A la mañana siguiente ya no estaba en el castillo, y mi padre tampoco. Ambos habían desaparecido durante días. Se decía que habían partido a comerciar, al menos hipotéticamente, porque en realidad sabía que no era cierto. Ignoraba donde estaban, pero ninguno me lo comunicó, de modo que solo cabían dos posibilidades: que no fuera importante y por ello no hacía falta mencionarlo; o que tuviese una importancia considerable y hubieran decidido ocultármelo para no preocuparme.

En ambos casos no podía hacer nada, así que decidí intentar no inquietarme demasiado y hacer caso al punto uno. La semana había sido muy aburrida, andando de aquí para allá sin tener nada que hacer. Tenía ganas de ver a mamá. No poder hablar con ella y no verla en tanto tiempo, era difícil de gestionar. Cuando estábamos días sin vernos siempre hablábamos por teléfono, en cambio, esto era distinto, llevaba más de un mes sin saber de ella y, el simple hecho de no escuchar su voz se me hacía muy duro. En ocasiones buscaba a las hermanas de Darach, Olivia y Jennifer para distraerme un rato, pero aparte de esos momentos, que por desgracia eran cortos, las horas pasaban muy despacio. Esa mañana, al mirar por la ventana y verlo tras una semana de ausencia, me cogió con la guardia baja. Sentí ganas de abrazarle y besarle hasta la saciedad. Comencé a delirar y el calor se aposentó, de nuevo, en mis mejillas. Ese chico me hacía perder la cabeza.

Me vestí todo lo deprisa que se podía con tanto ropaje y me lavé la cara. Tenía el pelo muy largo para mi gusto, necesitaba un corte. No me entretuve recogiéndomelo así que lo peiné y lo dejé suelto, como a mí me gustaba. El flequillo había crecido tanto que ahora me llegaba por debajo de los ojos, pero sin llegar a las orejas por lo que me pasaba el día soplándolo y apartándolo con las manos. Bajé apresuradamente a la cocina y entré de un modo poco delicado para una dama comprobando que estaba vacía. Mis tripas reclamaron atención y pude observar que alguien, seguramente Mary, muy atenta por su parte, había dejado mi desayuno de siempre preparado sobre la mesa. Sonreí. Me encogí de hombros y me dirigí al asiento como de costumbre. No había terminado de desayunar cuando Cian entró por la puerta del patio. Se dirigió a la despensa y agarró la jarra de leche de cabra recién ordeñada. Comenzó a beber directamente a morro. Cuando terminó la dejó en el estante, se limpió la boca con la manga y eructó fuertemente. Acto seguido, escogió una manzana verde del frutero, la miró, la giró y volvió a dejarla en el mismo sitio. Agarró otra e hizo lo mismo. Levanté las cejas al verle hacer eso unas tres o cuatro veces hasta que por fin halló la ideal y le dio un buen mordisco. Todo un señorito.

Fue entonces cuando carraspeé pues claramente no se había percatado de mi presencia. Era más grande en persona de lo que parecía en la distancia, su altura era impresionante, de metro noventa más o menos; su porte fuerte y erguido indicaba una educación engreída. Giró su cabeza enérgicamente pues se vio sorprendido. Me miró con gesto interrogativo. Su rostro, podría decirse, era del montón. Tenía una incipiente barba y era rubio como su madre. Sus ojos azules eran muy claros con una mirada bastante fría. Descrito de este modo, rubio con ojos azules; alto y fuerte, era el tipo ideal masculino para cualquier mujer occidental. Por ejemplo, hubiera sido el tipo ideal de mi amiga Blanca. Reí inconscientemente al pensar en ello sin darme cuenta de que Cian me observaba seriamente.

—Vaya, ¿no nos han presentado y ya te ríes de mí? Es muy desconsiderado por tu parte.

<<Ups...>> La sonrisa desapareció de mi rostro al instante.

—Lo siento, no pretendía...discúlpame. Es que justamente me acordé de algo que me hizo gracia y... —dije sin convicción. La excusa no podía ser peor.

—Es mucha casualidad, ¿no te parece?

No podía decirle que mi amiga Blanca del siglo XXI, una desesperada sexual, estaría dispuesta a darse un revolcón con él en cualquier momento. Volví a reírme por la imagen en mi cabeza.

—¿Puedes contar la chanza en voz alta para que nos riamos juntos? —su tono, esta vez, fue más intimidante.

—Perdona otra vez, de verdad que no lo hago enserio. No es por ti, créeme. Disculpa mis modales. Soy Alexandra, la hija del señor de esta casa —un sofoco incómodo me recorrió el cuerpo al decir esas palabras. No me gustaba darme a conocer como la dueña y señora, pero no tuve otra opción.

—Vaya, vaya, la princesita de la casa. No la imaginaba así. Disculpe mi descortesía, *milady*, al verla almorzando en las cocinas supuse que era una criada.

—No pasa nada. Me gusta desayunar con Mary o con alguna de sus hijas, pero hoy no he visto a nadie, ni siquiera a mi padre.

—Yo sí, claro que era de madrugada y ahora son las... ¿once y media? —sonrió divertido. Estaba claro que el día comenzaba mucho antes de que yo me levantara. Me estaba convirtiendo en una señorita acomodada—. Salió a montar a caballo. Regresará pronto, no se preocupe —dicho esto, dio otro bocado a su manzana y continuó masticando con la boca abierta sin ningún tipo de modales.

Me levanté y decidí llevar la bandeja con los restos de mi almuerzo a la palangana donde había agua enjabonada.

—¿No irá a lavarlo usted? —su gesto incrédulo me desconcertó por un momento. A Mary no le gustaba que me ensuciara las manos, decía que no era labor para una señorita, pues las criadas estaban para eso. A mí no me importaba y me hacía sentir útil, realmente. Acostumbrada a vivir sola, me hacía la comida, iba a comprar y me ocupaba de las tareas de la casa. Sin embargo, ahora no podía ni hacerme la cama. Resultaba profundamente frustrante. Al principio, no voy a mentir, me gustaba, me hacía sentir como una princesa de cuento. Pero dejó de ser divertido, más bien se volvió incómodo e incluso inútil, por no mencionar que hacían la cama de una forma que no me gustaba en absoluto. Aun así, para bien o para mal, era algo a lo que una acababa acostumbrándose.

—No hay nadie que lo pueda hacer ahora mismo y, además, no me importa.

—Puede avisar a cualquiera para que lo haga. Seguro que no les importará dejar lo que estén haciendo para servirla.

—No es necesario avisar a nadie por algo tan sencillo como lavar un plato y un vaso que, además, puedo hacerlo yo misma. Por no hablar de que si no están aquí será porque lo que están haciendo es más importante que limpiar mis utensilios.

Cian dejó su manzana en la mesa y abrió la boca en un gesto exagerado de asombro. Su mirada mostraba cierta admiración y me sentí, por primera vez en mucho tiempo, un bicho raro.

—Me deja sin palabras, *milady*. No se ven a muchas señoritingas como usted.

—No habrás conocido a muchas, entonces. Además, no soy una señoritinga.

—No claro que no, no pretendía llamarla así. Disculpe mi osadía, le aseguro que he conocido a unas cuantas señoritas y no puedo hacer otra cosa que llamarlas así, señoritingas. De momento, usted no me lo parece.

—Oh, gracias por la aclaración. Si me disculpa, he de encontrar a mi padre.

Me sequé las manos, después de lavar los platos, y me dispuse a marcharme de la cocina. Cuando pasé a su lado me agarró del brazo y me detuvo.

—Ciertamente, me ha dejado sin palabras, *milady*. Es usted algo fuera de lo común, por no hablar de su increíble belleza. Es un ángel caído del cielo.

No me dio tiempo a reaccionar pues en ese momento alguien tosió detrás nuestro y Cian soltó mi brazo como si se hubiese quemado. Nos giramos a la vez y allí estaba Darach, inmóvil y erguido como un dios imponente. Su rostro impertérrito no mostraba ninguna emoción. Mi corazón comenzó a bombear rápidamente y deseé que viniera a saludarme como lo hubiera hecho en circunstancias normales. Sin embargo, hizo caso omiso a mi presencia y atravesó la cocina como si tuviera que hacer algún recado solicitado por su madre.

—Mira quien está aquí. Darach. Precisamente estaba teniendo una conversación con *milady*. Le comentaba lo maravillosa que me ha parecido, es muy distinta a las demás señoritas que conocemos, ¿no os parece?

Darach le fulminó con la mirada. Si hubiera tenido poderes, lo hubiera derretido sin pensar. Acto seguido, cargó esa misma mirada de reproche hacia los míos, y durante un instante nuestras miradas quedaron enganchadas. Cambió la dirección de su vista y la enfocó al exterior, observando a través de la puerta del patio e hizo un gesto de indiferencia con los hombros. Estaba tan guapo…llevaba el pelo recogido en una coleta y se había recortado la barba. Deseaba que me mirase de nuevo y estar a solas con él. Le hubiera dicho lo mucho que le había echado de menos y que ansiaba su compañía como el aire que respiraba. En cambio, tuve que conformarme con un Darach borde y esquivo. Ni siquiera volvió a mirarme.

—Como todas, supongo.

—Darach…temo que no has conocido a muchas mujeres. No te culpo, no todas son capaces de apreciar tus…encantos. Sin embargo, yo sí he estado con muchas damas y te aseguro que ella no tiene igual. Se acercó a él mientras iba soltando esa retahíla de bravuconadas. Le posó una mano en el hombro como si le diera consuelo. Decidí marcharme pues no quería ser el centro de su conversación. Además, en ese momento estaba claro que Darach no hablaría conmigo. La tensión que había en el ambiente era exorbitante y muy incómoda para mí. Si tenía dudas sobre su relación, ahora me quedaba muy claro que no podían ni verse.

—He de marchar. Ha sido un placer Cian.

—El placer ha sido mío, *milady*, se lo aseguro.

Salí de la cocina con un nudo en el estómago, desconcertada por el hecho de que no me hubiese hecho ni el menor caso. Podía aceptar que no se llevara bien con él, pero yo no era parte de ese conflicto. Comencé a pensar que quizás había pasado algo, aunque mi intuición me decía que simplemente era por la presencia de Cian en la misma estancia que él, pues la atmósfera había adquirido una espesura densa y pesada que la hacía irrespirable. Me dirigía a mi habitación, de nuevo, cuando tuve una idea. Volví sobre mis pies y me quedé detrás de la puerta de la cocina, escuchando su conversación. Era consciente de que no era algo honorable, pero quería saber qué le sucedía a Darach y quizá, de ese modo, descubrir algo más. Observé mi alrededor y cuando comprobé que no había nadie pegué la oreja a la puerta.

—No te comprendo ¿Acaso no te has dado cuenta de lo diferente que es? A mí me han bastado unos segundos para verlo.

—No te incumbe.

—No, claro que no, me trae sin cuidado. Aunque, hay una cosa que no me puedes negar, tiene una belleza exquisita, parece un ángel.

—Déjame en paz, ¿quieres? Dale la monserga a otro sobre tus inquietudes.

—No es una inquietud, es un delirio. Estoy deseando verla de nuevo. Escucha, es hija de milord, pero él no es mi dueño y ella ya es mayorcita para saber lo que hace y mucho me temo que sabe tomar sus propias decisiones.

Tras esas palabras, oí un fuerte movimiento de ropajes y resoplidos, ¿un forcejeo?

—Déjala en paz, Cian, o te las verás conmigo. Ella no es como te la imaginas. Si he de enfrentarme a ti para defender su honor, lo haré sin dudarlo.

—Quizás lo haya perdido ya y no tengas nada que defender.

Oí más movimiento de ropajes hasta que sonó un golpe seco, ¿un puñetazo? La sangre bullía en mi interior y hasta mi respiración se había acelerado.

—No vuelvas a hablar de ella en ese tono o la próxima vez, nos veremos en el patio con una espada de por medio. Y no olvides con quién estás hablando.

La voz de Darach sonaba espectral y su amenaza fue como un dardo envenenado. Después de eso no hablaron más, oí la puerta del patio abrirse y cerrarse. Supuse que Darach se había marchado así que procedí a hacer lo mismo y decidí volver a mi habitación antes de que nadie me encontrara espiando detrás de la puerta. Se me erizó el vello al oír que Darach retaba a Cian a una lucha con espada ¿Sería a muerte? No, claro que no, a pesar de eso, me dejó helada. Me costaba entender un rencor tan intenso como para empujarlo hasta ese punto y, aunque Cian se había mostrado fanfarrón, lo que dijo no me pareció tan grave. Iba divagando y al llegar a mi habitación encontré a papá llamando a mi puerta. Pensar en él sabiendo que era el señor del tiempo me hizo gracia pues me di cuenta de que no lo controlaba todo, sobre todo el hecho de que yo no estuviera dentro de la estancia.

—Hola, papá, no estoy ahí dentro si es lo que esperabas.

—Oh, vaya, claro…Qué despiste. No lo he comprobado.

—¿Qué tal ha ido vuestro viaje?

—Bien. En realidad, se solucionó todo en un mismo día, pero no podíamos volver tan pronto, ya me entiendes.

—Sí, sí, claro…

Abrí la puerta de mi habitación y los dos nos adentramos. Cerró la puerta y se quedó callado mirándome.

—¿Qué ocurre? ¿Le ha pasado algo a mi madre? —mi imaginación me jugó una mala pasada y mi corazón dio un vuelco esperando la mala noticia.

—No, tu madre está bien. No te preocupes. Te traje esto, supuse que te agradaría.

Me acerqué a él y miré lo que tenía entre las manos ¡Un diccionario traductor noruego! y además lo traducía al español. Mi sorpresa fue tal que le abracé y le di un beso en su mejilla peluda. Era una edición actual, de mi época, y sus hojas eran finas y suaves. Flipé y él se ruborizó.

—¿De verdad puedo permitirme esto en esta época? Como alguien lo vea…

—Más vale que nadie lo encuentre. Bajo tu cama hallarás una piedra que se mueve, si la levantas, verás un hueco ideal para esconderlo. Nadie lo encontrará si eres cuidadosa.

—Sí, sí, por supuesto…

Se despidió de mí y se marchó con una sonrisa en la cara. Sin perder tiempo, me senté en el escritorio y abrí el diario por su primera página. La prisa por averiguar qué escondían esas páginas se transmitió por mis venas aun sabiendo que su verdad podría generar un agujero en mi alma. Por un instante dudé en si realmente quería descubrirlo. Tal vez su legado solo me aportase dolor y sufrimiento, aún y así, supe que no podría ignorarlo. La primera palabra la entendí sin traducirla, Rune. Traduje toda la mañana y solo pude transcribir una página. Era un trabajo complicado porque se trataba de un idioma difícil y hablábamos de un diccionario muy moderno en el que probablemente muchas de sus palabras hubieran evolucionado por el paso del tiempo. El diario comenzaba así:

Rune, ese es tu nombre. Significa secreto y es lo que representas. Nadie ha de saber de tu existencia excepto quienes te hemos engendrado. Mi vida ha sido un tormento hasta que supe que existirías. He dado gracias a los dioses por escogerme para traerte a este desdichado mundo, pero no te inquietes, tú serás feliz en un lugar desconocido. Serás amada por alguien que pueda cuidar de ti, que te proporcione un futuro feliz y seguro. Conmigo, no lo tendrías, y no porque no te ame sino porque la vida que puedo ofrecerte no la querrían ni mis cabras.

Mi familia me abandonó a mi suerte, si supieran de tu existencia, no dudarían en matarte. Es por eso por lo que debo alejarte de mi lado, para protegerte. Es contradictorio, lo sé, pero así debe ser y seré feliz con ello, aunque eso suponga no volver a tenerte entre mis brazos, ni calmar tu llanto los días de tormenta. Ese es nuestro destino.

Lloré al leer esas palabras. Dejé la pluma sobre el escritorio y me recosté en el respaldo de la silla. Releí ese fragmento unas cinco veces hasta que lo aprendí prácticamente de memoria. Estaba resignada a sufrir por mi bienestar y eso era el acto de amor más puro que podía existir en la faz de la tierra. En ese momento alguien tocó la puerta de mi habitación. Ordené el escritorio cerrando el diccionario de un modo apresurado. Me levanté como alma que lleva el diablo intentando ocultarlo en algún lugar donde no se viera y conseguí, muy velozmente, esconderlo bajo la almohada.

—¿Quién es?

—*Milady*, me mandan avisarla de que la comida está servida. Su padre la espera.

—Oh, claro, enseguida bajo—dije atropelladamente.

—¿Se encuentra bien?

Me acerqué a la puerta y la abrí para no levantar sospechas.

—Sí. Gracias, Elsie. Estaba leyendo y se me fue el santo al cielo. Dígale a mi padre que bajo en dos minutos.

Cuando Elsie se marchó, suspiré aliviada. Me sentía como si estuviera cometiendo un delito y, aunque no era para tanto, pues el diccionario cerrado no llamaba la atención por su tapa encuerada, era mejor no correr riesgos. Decidí guardarlo en su escondite, así que me deslicé bajo la cama palpando el suelo helado y polvoriento. En efecto, una piedra se hallaba suelta como si lo hubieran hecho a propósito. Con un poco de maña conseguí sacarla de su lugar. Alguien había creado ese espacio en el que se hallaba un pequeño baúl antiguo de madera desgastada. Al retirarlo, descubrí en su interior un pañuelo con la palabra Rune bordada en su esquina inferior izquierda. Envolví el diario con el pañuelo y lo guardé junto al diccionario. Tenía el tamaño ideal para los dos libros, como si alguien lo hubiera hecho expresamente para eso, cosa que no me sorprendió demasiado siendo hija de quien era. Sonreí.

Bajé al salón principal donde mi padre me esperaba. La gran mesa de roble blanco se encontraba dispuesta para dos comensales. Los criados habían colocado mi menaje en una punta y papá se encontraba sentado en la otra, sonriendo con las cejas levantadas en un signo de diversión. Reí por tal absurdo protocolo. Agarré mis utensilios y me acerqué para sentarme a su lado pues entre la distancia y los candelabros de bronce era imposible mantener una conversación.

—¿Darach no come con nosotros? —pregunté inocentemente.

—No. Lo hace con su familia. Es lo normal.

—Oh, claro, qué tonta.

Su mirada escrutadora no me pasó desapercibida pero no hizo comentario al respecto y yo se lo agradecí en silencio.

—¿Has descifrado algo del diario?

—Sí, la primera página. Es un idioma complicado.

Papá se llevó una cucharada sopera de estofado a la boca mientras asentía con la cabeza.

—¿Sabías que su familia la abandonó a su suerte cuando era niña? No entiendo por qué…

—Lo irás descubriendo poco a poco. Ella era especial y no todo el mundo, más aún en aquella época, era capaz de comprender su naturaleza. La gente actúa por miedo, Alexandra. El miedo es muy poderoso y traicionero. Jamás lo olvides.

—Pero… ¿Qué le pasó?

—La única cosa que puedo decir es que ella me pidió que fueses tú quien lo descubriera. Podría contarte su historia completa, pero me exigió que ese era su derecho. Como comprenderás, no faltaré a mi palabra. Lo sabrás de su puño y letra, con sus propias palabras. Es cuanto puedo decir.

Hablar con mi padre era como oír las cosas a cuentagotas dejando pistas aquí y allá. Estaba harta de tanto misterio. Por otra parte, descifrar ese diario me hacía ilusión y era algo que me podía mantener ocupada.

Al terminar de comer, volví a mi habitación, ansiosa por seguir traduciendo y averiguar qué más podría revelarme. Iba distraída subiendo la escalera sin percatarme de los pasos de la planta de arriba y que se dirigían en mi dirección. Cuando conseguí llegar a la planta superior, giré abstraída y me choqué con un muro o eso me pareció. No tardé en darme cuenta de que me había topado con Darach y los dos pedimos perdón en voz alta a la vez. Como yo, iba sumido en sus reflexiones. Nuestras miradas se unieron por unos segundos y el espacio quedó suspendido en un silencio incómodo. Su cuerpo emanaba un calor que me sofocaba y mi cuerpo reaccionó de manera automática. Coloqué mi mano sobre su pecho encuerado donde mi vista se perdió deleitándose en el movimiento repetitivo de su respiración apresurada. Sentí su corazón potente y veloz. Posó su mano sobre mi muñeca y la apartó de su cuerpo vibrante. Su piel ardía, me abrasó con su contacto. No pude evitar mirarlo a los ojos, su inexpresividad me sorprendió y me dolió en lo más hondo.

—Creo que, *milady,* tiene cosas más importantes que hacer que distraerse con un criado.

Se apartó de mí y siguió su marcha escaleras abajo. Me quedé clavada al suelo sin pestañear. No podía entenderle, este chico cambiaba de carácter como quien cambiaba de camisa y, de nuevo, le era indiferente. Corrí desolada hacia mi habitación con un nudo en la garganta. Al entrar, cerré la puerta con un fuerte portazo que hizo temblar los cristales del gran ventanal.

—¿Qué le pasa ahora? ¡No hay quien le entienda! —grité indignada. Tenía el pulso y la respiración acelerados. Decidí tumbarme en la cama unos minutos para pensar. Nuestra relación distaba de ser amorosa, pero había existido cierta intimidad, momentos subidos de tono, y si las circunstancias lo hubieran favorecido, habríamos llegado a algo más profundo, estaba segura. Desde que volvió de ese viaje se comportaba de un modo distinto, esquivo ¿Dónde habría estado para que me despreciara de ese modo? O tal vez la pregunta no era el dónde, sino el cuánto.

—Ay, mamá... ¡Cuánto te echo de menos! —dije en voz alta. Ella entendía de estas cosas y echaba en falta explicarle mis problemas. Abracé la almohada fuertemente y comencé a llorar. Me sentía sola, muy sola. La imaginé en su casa, la visualicé de un modo tan real...la vi comer en su cocina viendo la televisión y deseé estar con ella para poder abrazarla de nuevo, mi anhelo era tan intenso, tan potente que comenzó a tomar vida propia.

El entorno de mi estancia comenzó a desdibujarse en formas onduladas y difuminadas. Los colores comenzaron a mezclarse, las luces y sombras formaron un juego distorsionado de ilusión indefinida. Era como estar dentro de una centrifugadora dando vueltas sin poder ver nada claro, pero al ralentí. Mi estómago comenzó a quejarse y unas nauseas inusitadas hicieron acto de presencia. No duró mucho porque poco a poco mi alrededor fue calmándose de nuevo y la velocidad del movimiento se redujo drásticamente hasta detenerse completamente. El sonido de una melodía llegó suavemente a mis oídos antes que la propia imagen nítida. Una luz resplandeciente y cegadora, proveniente de unos fluorescentes, llenó mi entorno desfigurado. Lentamente, fue formándose una silueta conocida frente a mí. La vista tardó unos segundos en enfocar, pero la reconocí al instante, mi madre. Se encontraba barriendo la cocina de su casa de espaldas a mí. Tenía la radio encendida y sonaba una canción conocida y pegadiza que tarareaba muy alegremente y que me evocó al pasado verano. Iba vestida con una bata sin mangas. Llevaba el pelo recogido con una pinza para que no le molestara mientras hacía sus tareas. Me sentí tan dichosa que no pude reprimir mi alegría. Mis lágrimas resbalaron por mi cara y un pequeño sollozo surgió de mi boca. Intenté calmarme pues no quería que me viera en ese estado. No caí, en ese momento, en que el hecho de que me viera llorando no sería lo peor pues iba vestida de otra época. Me sequé las lágrimas con la manga de mi vestido malva y respiré profunda y lentamente. Después, sin pensarlo ni un segundo y con el corazón atronando en mi interior, la llamé.

—Hola, mamá.

Se dio media vuelta y al verme dio un grito que nos asustó a las dos. Acto seguido se llevó una mano al pecho, suspiró y después rio. Volver a ver esa sonrisa llenó mi alma de alegría.

—Hija mía, qué susto me has dado… ¿Cómo es que estás aquí? No me avisaste de que vendrías, además pensé que trabajabas hoy —se acercó a mí, con la escoba en la mano, mientras decía esas palabras y a la vez que sus ojos se paseaban por toda mi figura—. Pero ¡mírate! ¿De qué vas vestida? Pareces salida de una película medieval ¿Y ese pelo tan largo?, ¿es un disfraz o algo así? Es espectacular… —comenzó a tocar aquí y allá donde posaba su vista; el pelo, la falda, el corpiño… No daba crédito y no era para menos. Lo primero que hice fue abrazarla como nunca lo había hecho y respirar su aroma intensamente, ese tan conocido y agradable para mí.

—Cómo te he echado de menos, mamá.

—Alaaaa… qué exagerada. A ver, ¿cuánto quieres?

—No vengo a eso, lo digo de verdad. Te he echado de menos.

—Jajaja…está bien cariño, te creo. Yo también te quiero mucho. Bueno, ahora sí, cuéntamelo todo, por favor; me tienes intrigadísima.

—En el pelo llevo extensiones y el vestido pues…em…o sea, en fin, es un disfraz.

—¿En Junio?

—Sí. Ya sabes cómo es Blanca con estas cosas, está organizando el vestuario para Halloween —mentí. No pareció quedar muy convencida, pero tampoco lo discutió. Al fin y al cabo, Blanca era así de extravagante, hacía que todo fluyera como ella quería y el resto nos dejábamos llevar.

Al poco tiempo de estar allí, algo en mi interior me decía que debía regresar y esa inquietud comenzó a hacerme sentir incómoda, impidiendo que pensara con claridad y, sobre todo, que pudiera entablar cualquier conversación. Ignoraba lo que debía hacer para volver, al fin y al cabo, había aparecido en casa de mi madre sin desearlo realmente ¿o sí? Quizás ese fuese el secreto, desear algo con mucha intensidad.

—Mamá, debo marcharme ya o se hará tarde. Mañana hablaremos de nuevo.

—Oh, claro, no te entretengas. Dile a Blanca que es un vestido espectacular y que te sienta como un guante.

Nos despedimos como de costumbre y fingí marcharme por la puerta, como habría hecho en una situación normal. Cuando por fin la cerró a mi espalda y me aseguré de que no hubiera nadie a mi alrededor, me concentré en la habitación del castillo, en el mismo momento y la misma postura que estaba cuando desaparecí. Me costó menos de lo que había imaginado y de nuevo surgió esa difusión a mi alrededor que alteró mi sistema digestivo, otra vez. Si así iba ser siempre que viajara en el tiempo, tenía claro que no lo haría muy a menudo. Cerré los ojos fuertemente y para cuando me di cuenta, estaba de nuevo en mi cama, abrazada a la almohada. La tenue luz que entraba por la ventana me dio a entender que estaba oscureciendo. Debí estar fuera toda la tarde, aunque a mí me pareció apenas una hora. Me tumbé boca arriba y extendí los brazos a mis costados. Reí y reí hasta desahogarme ¡Había viajado en el tiempo! ¡Yo sola! Y lo más importante... ¡había visto a mi madre! Era insólito e irracional y no pude hacer otra cosa que alucinar ¡Lo había logrado sin querer y apenas sin esfuerzo!

Una voz severa sonó en mi habitación y me alejó de ese ensueño tan idílico en el que estaba divagando.

—Alexandra, ¿qué has hecho? —un grito agudo surgió de mi garganta y me incorporé al instante en mi cama.

—¡Papá! qué susto... podrías llamar a la puerta al menos.

—No he entrado por la puerta. Dime, ¿por qué has viajado en el tiempo? y lo más importante, ¿cómo lo has hecho?

—Oh, no te lo vas a creer…estaba en la cama llorando y pensando en mi madre. O sea, en mi madre del siglo XXI, claro. Cuando de pronto he deseado estar con ella con todo mi corazón y sin darme cuenta, he aparecido ante ella —mis palabras salieron llenas de euforia intentando que él sintiera lo mismo que yo por haber conseguido semejante hazaña, pero su rostro fue impertérrito.

—No quiero que vuelvas a hacerlo. No por el momento, al menos.

—¿Por qué no? No lo entiendo. Es lo que siempre has dicho que debía conseguir.

—Lo sé. Recuerda que tu hermano anda al acecho, ahora mismo ya sabe lo que has conseguido. Eso no me gusta pues es impredecible.

—¿Cómo va a saber que me he desplazado en el tiempo?

—Te olvidas de que es mayor que tú, lleva muchos años practicando y aunque él no pueda desplazarse en el tiempo sí sabe detectar quien lo hace. No percibe que yo puedo trasladarte, pero sí que soy yo quien viaja y te aseguro que ahora mismo ha detectado que quien ha atravesado el umbral del tiempo, has sido tú.

—Pero…aquí no puede venir, ¿verdad?

—No, no puede. No hasta el momento.

—Está bien, lo siento. Ha sido involuntario, de verdad.

—Eso es lo que me preocupa… —suspiró. Se acercó a mí y se sentó a mi lado.

—Escucha…no puedo prohibirte que vuelvas a usarlo. Intenta ser más comedida con tus deseos, al menos, hasta que tu hermano entre en razón y de momento, no parece estar muy amistoso. Si has sido capaz de trasladarte con tan poco esfuerzo, eso confirma lo que ya pensaba de ti. Tu naturaleza es muy fuerte y puede llegar a ser incontrolable. No puedes dejar que te domine, ¿comprendes? Por el momento, espera unos días para probar a desplazarte de nuevo. La próxima vez lo haremos juntos. Pero, ahora, cuéntame, ¿a qué época has viajado?

—Creo que era el mes de junio del año anterior.

—Se requiere más experiencia para llegar a una fecha deseada. Aunque, a decir verdad, temo que lo aprenderás rápido.

—Una cosa que no comprendo, es que he vuelto a mi cama, el mismo día, pero ahora es de noche y desaparecí nada más comer.

—Bueno, irás perfeccionándolo poco a poco. En realidad, regresar al punto de partida es mucho más fácil de lo que crees. Bien, ya basta por hoy. Estarás cansada, mandaré que sirvan la cena para que puedas descansar.

—Oh, papá, no tengo hambre. Para mí solo ha pasado una hora, más o menos, desde que comimos al medio día. No tengo hambre.

—Está bien. Lo dejaremos así. Por lo pronto, sé buena y compórtate.

Cuando se marchó y me quedé sola, me di cuenta de que estaba feliz. Mi felicidad sería completa si lo que me había pasado pudiera contárselo a Darach, pero mucho me temía que él no estaba por la labor de escucharme. El reloj de mi habitación marcaba las ocho y media de la tarde, ya era casi de noche, sin embargo, no tenía hambre. Se me ocurrió un plan mejor para pasar el rato hasta que quisiera comer algo. Traducir el diario de Ermin ¿Qué secretos descubriría ahora?

19. Virginidad

Llevo todo el día llorando sin cesar. Mis ojos están enrojecidos e hinchados por haberte dejado marchar. Él ha venido a buscarte y te ha llevado con tu nueva madre. He podido verte con ella siendo una niña grande y risueña. Serás preciosa y tu fuerza interior brillará como un diamante. Tu padre no lo sabe, pero he hecho un conjuro para protegerte, para que no destaques ante el resto. Me he tomado esa libertad pues ya que mis brazos no podrán abrigarte, al menos que mis actos puedan ampararte hasta que seas mayor y puedas defenderte tú misma. Sé que tu padre no es humano, lo he visto desaparecer y aparecer como si fuera un hechicero. No me ha revelado su secreto. He mirado en tu futuro y serás como él, al menos en esencia. Sé que tienes un destino importante en este mundo pues así me lo han mostrado los dioses. Hasta que este se revele, sé feliz.

Eran las dos de la mañana cuando terminé de transcribir la segunda página. La habitación estaba a oscuras completamente excepto el candil encendido a mi costado. La luz tenue y amarillenta iluminaba sutilmente la estancia haciéndola misteriosa en sus sombras. Esa noche había cambiado el clima y el viento soplaba fuertemente en el exterior haciendo crujir los ventanales y dejando colar algún que otro silbido por el ventanal mal sellado. La lumbre hacía rato que se había apagado y ahora, solo quedaban los rescoldos incinerados de lo que un día fue un árbol. Esos pequeños fragmentos incandescentes, reticentes a apagarse, me hacían compañía, una compañía que, aunque cálida en su cercanía era vacía e insustancial. Se me abrió la boca involuntariamente realizando un bostezo de oso. Mis ojos comenzaban a estar pesados, pero cuando me dispuse a acostarme mis tripas resonaron en toda la habitación. Casi pude oír su eco.

Me daba pereza ir a la cocina, la habitación se había caldeado lo suficiente como para estar a gusto y los pasillos del castillo eran otra cuestión. Mi camisón de lino grueso no abrigaba tanto como para mantener el calor corporal, así que desistí de ir a comer algo. Me acerqué a la cama con intención de dormir, pero al llegar a su lado mi estómago volvió a rugir y esta vez con más ahínco. Pensé que, si una vez metida en la cama me era imposible dormir por hambre, sería un fastidio mayor intentar escalar el colchón para tener que ir a comer, igualmente. Ahora, tal y como estaba, la molestia era menor, aunque eso significara tener que pasar algo de frío. Solté un bufido mientras me ponía la bata, que era tan fina como el camisón. Evitaba las transparencias, sí, pero lo de abrigar era otro asunto. Agarré el candil y asomé la cabeza por el pasillo. No había nadie. El silencio era aterrador a la vez que emocionante. El cambio de temperatura me puso la piel de gallina, a pesar de eso, seguí a delante. Bajé las escaleras de puntillas intentando impedir su crujido bajo mis pisadas y aunque su gruesa alfombra amortiguaba estaba segura de que de haber alguien despierto, se hubiera percatado.

Reí, pues parecía un fantasma. Iba vestida de blanco hasta los pies, con el cabello suelto y enmarañado, y sostenía un candil que, como única fuente de luz, proyectaba a mi alrededor siluetas espectrales que temblaban en las paredes. Yo, al menos, me habría llevado un buen susto ante una aparición semejante. Aunque, al pensarlo dos veces, comprendí que bastaba tropezar con cualquier criada para tener esa imagen repetida frente a mí. Tragué saliva, esperaba no encontrarme con nadie a esas horas tan intempestivas. Cuando terminé de bajar el último escalón aceleré el paso, se podría decir que prácticamente corrí hacia la cocina. Al llegar, me detuve en seco. Bajo la puerta se filtraba una delgada línea de luz, delatando la presencia de otro candil al otro lado. Dudé en entrar, pero fue imposible ignorar mi apetito. La abrí con cautela y al traspasar el umbral, la lamparilla estuvo a punto de escaparse de mis manos. Darach estaba de espaldas con las manos apoyadas sobre la mesa. Se había quitado la camisa y sus calzones largos de algodón le caían ligeramente, haciendo entrever el inicio de la ranura de su trasero. Tenía la cabeza gacha y el pelo suelto le caía por los costados tapándole el rostro, delatando un agotamiento profundo. Sin percatarse de mi presencia, agarró un vaso que contenía un líquido amarillento y le dio un trago bien largo. Acto seguido, lo depositó vacío en el mismo lugar. Como no era el mejor momento para estar allí decidí volver más tarde, pero al girarme golpeé sin querer la puerta con el candil. Fue inevitable, me vio.

<<Mierda>>, pensé. Puse los ojos en blanco y me reproché por ser tan torpe.

—¡¿Quién eres y qué haces aquí?! —preguntó con un deje de su voz que mostraba claramente signos de borrachera. Decidí finalmente que, ya que estaba ahí, le daría el capricho a mi estómago. Me di la vuelta y caminé lentamente hasta colocarme a su altura. Se irguió tambaleante y dio un paso en falso hacia atrás hasta que equilibró su postura. Se apartó el pelo hacia atrás liberando su mirada escrutadora. Tragué saliva al ver su pecho desnudo. Los músculos de su abdomen se marcaban claramente y los pantalones, que amenazaban por caerse al suelo dejaban entrever la línea inguinal que trazaba una frontera sutil entre el abdomen y la entrepierna, insinuando un leve abultamiento en el centro, en el que preferí no detener la mirada más de lo necesario. Tragué saliva de nuevo y mi cuerpo respondió con un instinto salvaje haciendo latir mi corazón violentamente, percibiendo sus latidos en partes del cuerpo que no creí capaz de notar.

—Ho…hola. Soy yo, Alexandra. He bajado a comer algo.

—¿Has bajado tú o te lo ha ordenado eses gil…gil…gilipollas? —agarró la botella de wiski y rellenó el vaso hasta la mitad, otra vez.

—Tengo hambre. No he cenado nada.

—Cierto, ¿sabes? no conozco a nadie que tenga vuestro apetito.

Le miré incrédula mientras me servía leche recién ordeñada en un vaso. Se habla de que los borrachos y los niños dicen la verdad y en ese momento me estaba dando su opinión más sincera. Fue un golpe bajo por su parte, como echarme un cubo de agua fría encima. Me sentí humillada y quise desaparecer. Bebí la leche rápidamente y eso evitó otro concierto bochornoso. Decidí no alargar más la estancia allí y me dispuse a volver a la habitación.

—Eres preciosa. Cian dice que eres como un ángel, pero yo no creo eso. Pienso que eres una diosa, una diosa que me perturba y me quita el sueño. Es un buen partido para ti y… ¿sabes? posee tierras y a tu padre le agrada. ¡Enhorabuena! —levantó el vaso en señal de brindis y volvió a bebérselo de un trago.

Estaba atónita ¿Eran celos lo que mostraba? No podía ser. No había pasado el tiempo suficiente para que pudiera tenerlos ¡Si ni siquiera había estado con Cian como para que Darach se sintiera así! Había algo más detrás de todo aquello, y estaba decidida a averiguarlo.

—Darach, creo que deberías acostarte, ya has bebido suficiente.

—¿Y tú vendrás conmigo?

—No.

—Entonces me quedo.

—No, te irás a dormir o tendré que contárselo a mi padre.

Me acerqué hasta él y le quité la botella en el mismo momento en el que iba a cogerla para llenarse el vaso nuevamente.

—¡Eh! ¡Devuélvemela! —me agarró del brazo y tiró de mí acercándome a él, dejándome a solo unos míseros centímetros.

—¿Me la vas a dar o voy a tener que quitártela? —su aliento olía intensamente a alcohol y sus ojos, enrojecidos y cansados, me miraron seriamente.

—No, voy a guardarla y tú no beberás más.

—Mmm...tenerte así me vuelve loco. Podría arrancarte el camisón y descubrir si bajo esas telas llevas aquel conjunto que vi en tu siglo.

Solté un jadeo ahogado. Se acordaba, y ese detalle me distrajo por un instante. Su aliento me devolvió a la realidad, recordándome que no estaba en sus cabales y que haría lo que fuera por conseguir esa botella.

—Darach, estás borracho.

—Bah, nada fuera de lo común y no me has contestado.

Intenté zafarme de su embrujo, no era el momento ni el lugar y menos con alguien que no podía mantenerse en pie. Cuando por fin me separé de él llevé la botella a su lugar de origen. La coloqué en el estante y volví a mirarle.

—Aunque esa camisola también me agrada, insinúa más de lo que debería.

Me crucé la fina bata a modo de protección y decidí que ya había escuchado suficiente. No iba a aguantar más tonterías de un Darach inconsciente.

—Vamos, a la cama o no respondo.

—Sí, *milady*.

Le obligué a avanzar delante de mí hasta su habitación. Tropezó torpemente en las escaleras, sin llegar a caer, arrastrando los pies mientras se balanceaba de un lado a otro. Cuando al fin alcanzamos su estancia, me regaló una sonrisa maliciosa y se adelantó para quedar inmóvil frente a la cama.

—He pensado en nosotros muchas veces sobre esta cama...—El hipo le brotó de manera abrupta desequilibrando su postura. Agitó la cabeza, echándose el pelo hacia atrás para volver a mirarme con una sonrisa bobalicona mientras señalaba la cama deshecha y fría.

—Mañana me lo cuentas. Ahora, acuéstate.

Suspiró resignado.

—Tienes razón, los ojos me pesan… —Dio media vuelta arrastrando los pies con los brazos caídos a los lados y se dejó vencer sobre ella. Fue automático. Comenzó a roncar profundamente nada más quedar tumbado sobre el edredón. Aluciné. Ojalá tuviera yo ese botón de "OFF" para dormir instantáneamente.

Cubrí su cuerpo todo lo que pude con el volante de la colcha que caía a un costado y me marché dejándolo en su profundo sueño. Decidí acostarme, consciente de que el sueño no llegaría hasta bien entrada la madrugada.

Un aporreo insistente en mi puerta me despertó bruscamente. Una luz brillante entraba por la ventana a causa de unas cortinas descorridas, que me impidió abrir los ojos rápidamente. Me erguí en la cama e intenté desperezar esos ojos pegajosos que se negaban a ser ultrajados y exigían seguir sellados unas cuantas horas más, pero alguien volvió a golpear la puerta con una insistencia insoportable.

—¿*Milady*, está ahí?

—Shhh, a lo mejor está durmiendo.

—No, hay luz bajo su puerta, ¿ves? Estará vistiéndose.

Jennifer y Olivia discutían tras la puerta.

—Ya voy —pronuncié esas palabras con voz ronca, resultado de una noche de loca fiesta, nada más lejos de la realidad. Me froté la cara con las manos para espabilarme y como un robot, torpe y oxidado, caminé hasta la puerta para abrirla. La expresión sorprendida de sus rostros me hizo reír. A mi modo de ver, me parecía normal recibirlas en camisón, medio dormida y despeinada, pero deduje que esa imagen de dama las dejó descolocadas. Jennifer dio un codazo a su hermana y la miró con cara de enfado.

—¿Ves? ¡Estaba durmiendo! Lo sentimos mucho, *milady*, no queríamos despertarla así.

—No pasa nada, no os preocupéis —¿Qué podía decirles? <<Capullas, me habéis despertado>>, pensé. Ganas no me faltaban, pero me comporté —. ¿Qué ocurre?

—Madre pregunta si queréis viajar al pueblo. Vamos a vender jabones. Nos pidió que la avisáramos por si le apetecía venir con nosotros. Así podrá conocerlo.

—Sí, venga con nosotras… ¡por favor! —dijo Jenifer con voz aguda y con las manos cruzadas en un rezo. Parecía una niña pequeña pidiendo un capricho. Sonreí y acepté sin pensar. Por supuesto que me apetecía, en realidad me apetecía mucho.

—Tendréis que esperar, he de vestirme y comer algo primero.

—Oh, nosotras la ayudaremos.

Se colaron en mi habitación y comenzaron a revolotear en su interior haciendo y deshaciendo. Una hizo la cama y la otra me eligió vestido. En un santiamén la estancia estaba ordenada y yo me encontraba vestida, peinada y arreglada para salir.

—¿También irá vuestro hermano, Darach? —pregunté mientras cerrábamos la puerta de mi habitación.

—No, creo que tiene trabajo con los caballos. No sé, aún no le hemos visto.

En cierto modo me sentí decepcionada, deseaba volver a verle y comprobar su estado.

—¡Ah! Pero viene Cian, está abajo preparando los carros.

—Oh, de acuerdo.

Cuando salimos Mary me ofreció un emparedado de carne y nos montamos en los carros ya preparados para marchar. Eran las nueve y media de la mañana y el día estaba un tanto gris. Una nube uniforme y grisácea nos cubría por doquier y un aire tímido y fresco nos acompañó todo el camino hacia el pueblo. Llevábamos dos carros de madera envejecida, cada uno tirado por un caballo. En el primero iban Edward, Mary y Jennifer, junto con la mercancía para vender: jabones y aceites. En el segundo, en el que yo viajaba junto a Cian y Olivia, transportábamos los materiales para montar el tenderete con unas cuantas maderas y un par de lonas.

—Dígame, *milady*, me han contado que es usted un poco dormilona… —dijo Cian. Puse los ojos en blanco. Mi fama de dormilona corrió como la pólvora.

—Sí, bueno, he pasado mala noche.

—¿Usted también? ¡Qué casualidad! Darach también ha dormido mal.

—¿Cómo lo sabes?, ¿le has visto?

—Sí, limpiaba el establo cuando fui a por los caballos. Malhumorado, como siempre. Su cara mostraba una resaca de mil demonios, sin mencionar sus ojeras…

No le contesté, dejó su frase en el aire y acto seguido me miró para ver mi reacción. No hice ningún gesto que pudiera llamar su atención, es más, ni siquiera le correspondí con la mirada. El contoneo irregular del carro sobre el camino arenisco y pedregoso me tenía en un estado de relajación inusitado. El paisaje era precioso. Recorríamos el borde del río y a nuestro alrededor se elevaban pequeñas montañas rodeadas de brezo y trigo verde sembrado meses atrás. Un sinfín de colorido en contraste con el cielo gris encapotado y el azul intenso de las aguas del rio. A lo lejos, en el horizonte, unos finos rayos de sol iluminaban, como si de un foco se tratase, una pequeña población, muy probablemente a la que íbamos a vender nuestros productos, Glenmore. Olivia, muy emocionada me tocó el brazo señalando el pueblo que se mostraba a la lejanía.

—¡Ese es! Es muy bonito y el mercado está muy bien, ya lo verá. Venden comida y telas. Hay un puesto de pan y otro de fruta y si quiere algún adorno para el cabello, también encontrará cintas y flores secas.

—Cierto, Olivia, además venden libros y hay un puesto de utensilios y cachivaches, creo. Por supuesto, hay puja de animales. Si desea un caballo, un cerdo o unas cabras, es el lugar idóneo para comprarlos. También se pueden canjear por productos claro, pero eso se hace muy poco, solo a los que les ha ido mal la cosecha o tienen deudas y no pueden pagar con otra cosa.

Se percibía la emoción de ambos en el ambiente, no solo por el dinero que podrían conseguir sino porque era un día fuera de la rutina diaria. Lo que ellos experimentaban en ese momento era lo más parecido a una excursión de colegio en mi siglo. Con mucho gusto, les seguí el juego.

—¡Wau! tengo ganas de llegar —la sonrisa de los dos me llegó al corazón, se sentían importantes por mostrarme un evento tan interesante y significativo. Les entendí, al fin y al cabo, yo era la extranjera.

—Cian, ¿vienes mucho por aquí?

—Procuro venir la temporada de primavera cada año, además de ayudar puedo serles de protección y más ahora que Darach pasa tanto tiempo alejado de su familia.

—Oh, claro, es por mi culpa, lo sé. Lo siento. Mi padre lo quiso así.

—No culpo a nadie, pero es un hecho.

—¿Por qué os lleváis tan mal? perdona, no quiero ser grosera.

—Siempre ha habido esa tensión entre nosotros. No es algo nuevo y tampoco sabría explicarle el origen. Supongo que tiene algo que ver con nuestra alma.

—¿Alma? ¿A qué te refieres?

—No lo sé, nos repelemos y ya. Somos opuestos y ni él ni yo soportamos la presencia del otro. A diferencia suya, a mí me gusta hacerle rabiar y él se dedica a ignorarme y restregarme su honradez. He de decir que, esta vez, le he notado más irascible, más alterable, y a la vista está —Señaló el moratón de su pómulo por el puñetazo de la noche anterior—. Me pregunto, si tendrá algo que ver con usted.

Carraspeé y decidí cambiar de tema.

—Oh, ¡ya estamos cerca!

Una vez llegamos al pueblo Edward y Cian, con ayuda de Mary, montaron el pequeño tenderete. Colocaron un par de caballetes de madera y sobre ellos una tabla de metro y medio de largura que cubrieron con una lona. Era lo bastante grande como para albergar los jabones y aceites que habían elaborado. Predominaba el aroma de la lavanda, aunque también los había de romero y amapola. Los pequeños frascos de aceite, de cristal, se cerraban con tapones de corcho recubiertos por una tela resistente de arpillera ceñida con una cuerda. Los jabones eran simplemente trozos desiguales y partidos de uno más grande. Estaban amontonados en una esquina en forma de pirámide. Mary tenía una bolsa de tela atada a su cintura donde depositaba las monedas de la venta de sus productos. La custodiaba con recelo. No serían más de las once cuando apareció Darach montado a caballo. El animal resoplaba sin cesar en señal de la larga carrera que había realizado hasta el lugar.

—El que faltaba… —dijo Cian en un tono muy bajo, aunque no lo suficiente como para no oírle.

—¿Qué haces aquí?, ¿ha ocurrido algo? —preguntó Mary alterada corriendo a su encuentro.

—No, madre. He venido a prestaros mi ayuda.

—Ha venido Cian. Tal vez milord te necesite en el castillo.

—Él me dio permiso. No se inquiete madre, todo está bien allí.

Cian resopló. Estaba apoyado en el carro afilando su navaja. En ese momento decidió que ya estaba lo suficientemente afilada, la guardó en su bolsillo, escupió y se alejó de nosotros para no seguir en su presencia ignorando la mirada asesina que le dirigía Darach. El ceño fruncido de Darach mostraba una inquietud palpable. Me echó una ojeada superficial y se dedicó a ignorarme parte de la mañana. Poco a poco fue calmando su apariencia, saludaba aquí y allá a personas conocidas siendo encantador con alguna que otra señorita. De vez en cuando me echaba una mirada de soslayo, sobre todo cuando alguna mujer reclamaba su atención. Me hervía la sangre. Decidí acercarme a él y comprobar si ya no estaba tan esquivo conmigo, al menos no parecía ser tan borde y realmente quería saber si ya se encontraba mejor de la borrachera de la noche anterior.

—Hola, ¿te encuentras mejor? Después de esta noche y con lo poco que has dormido…

—Estoy bien, *milady*. No se preocupe —dijo sin mirarme mientras le devolvía el cambio a un matrimonio que acababa de comprar un aceite.

Me di cuenta de que volvía a tratarme de vos. Observé su perfil impasible detenidamente. Se había recogido el pelo y aparentaba una serenidad imperturbable, como si mi cercanía le resultara indiferente. Sin embargo, durante un segundo fugaz, vi cómo su mandíbula se tensaba. Bastó ese gesto mínimo para darme valor pues comprendí entonces que no le era tan ajena como él se empeñaba en fingir. Miré a mi alrededor para comprobar que estábamos solos. Mary y sus hijas habían aprovechado para hacer unos recados mientras Darach se quedaba al frente del puesto. Edward hablaba con un señor junto al carro y Cian no estaba. Me acerqué a él todo lo que pude hasta que nuestros cuerpos se tocaron. Comencé a hablar como si tal cosa mientras mis manos, juguetonas, rozaban las suyas al pasar por encima para coger un jabón y olerlo lentamente. En ese movimiento rocé su brazo con uno de mis pechos, de forma descarada. Su mandíbula se tensó una y otra vez, y trató de concentrarse en lo que nos rodeaba, como si el mundo exterior pudiera servirle de refugio frente a lo que acababa de sentir.

—Huelen bien, ¿verdad? el que más me gusta es el de lavanda. Ese olor se me ha grabado a fuego en mi memoria y en mi piel. Me baño con él y creo que tú también así que ya sabes a qué me refiero. Ignoró ese comentario y continuó buscando desesperadamente un próximo cliente para así romper esa tensión que me parecía tan exquisita. Como no surgió efecto decidí probar otra cosa. Cambié de lado y me coloqué a su derecha, pero en el transcurso de esos pequeños pasos me arrimé a él todo lo que pude acariciándole su cintura hasta dejar posada mi mano muy cerca de su trasero. Carraspeó. Acto seguido, dio un paso a su izquierda separándose de mí. Volví a mirarle, cuando quise retirarle un mechón de pelo que caía sobre su rostro detuvo mi mano en el aire. Clavó en mis ojos una mirada amenazante y fría que me dejó helada. Exhalaba el aire a trompicones por la nariz, y su mandíbula, tensa como una cuerda de acero, delataba el férreo autocontrol al que se aferraba. Su vista descendió a mis labios y se detuvo en ese lugar un par de segundos, los suficientes para darme cuenta de que no le era tan indiferente como quería mostrar. Sentí entonces la fuerza inexorable de su deseo, tan intensa que me dejó sin aliento. De manera automática, me humedecí los labios con la lengua, aguardando un beso que intuía que nunca llegaría.

—Alexandra, ya basta. Dejadme en paz, os lo ruego, o los dos saldremos maltrechos. Vaya a buscar a Cian, seguro que aceptará de buena gana sus insinuaciones de manceba. Sus palabras fueron como alfileres ardientes que se clavaron en mi corazón rompiéndolo en mil pedazos. Mis ojos se llenaron de lágrimas por una rabia tan grande que mi boca escupió lo primero que acudió a mi mente.

—No te preocupes, no tendrás que soportarme ni un minuto más.

Pude ver arrepentimiento en sus ojos antes de salir corriendo, pero eso no fue suficiente para detenerme. Si quería hacerme daño, lo había conseguido. Atravesé el mercado chocando con una persona tras otra. Palabras como: *qué modales* o *qué mal educada* me acompañaron hasta el final del pueblo donde hallé un pequeño camino que se elevaba hasta un montículo y desde donde podría apreciar el pueblo. Había salido el sol y la temperatura ahora era agradable. Las lágrimas me resbalaron por la cara hasta que pude recomponerme y tomar aliento. Me detuve a respirar pues tenía el pulso acelerado. El resto del camino lo hice andando, pensando en lo que había hecho mal hasta el momento y sin llegar a ninguna conclusión. Cuando alcancé la pequeña cima me senté en el borde de un abrevadero para animales. El agua encauzada manaba cristalina directamente de la roca en la que habían creado una especie de fuente. El pequeño pueblo se apreciaba prácticamente en su totalidad con los tejados de madera desgastada y descolorida. El campanario de su iglesia predominaba en la lejanía. El fondo se perdía en montañas teñidas por el brezo y la hierba húmeda, de un verde intenso que vibraba bajo la luz, cerrando el paisaje como un cuadro cuidadosamente pintado, pleno de encanto y armonía. El sol templó mis huesos y la brisa fresca despejó mi mente hasta calmar mis nervios aflorados en ese momento. El silencio que me rodeaba fue un bálsamo de paz, aunque de vez en cuando el viento traía con él voces y sonidos provenientes del mercado.

No sé cuánto tiempo permanecí allí. De pronto, la canción *"Arcade"* de *Duncan Laurence* acudió a mi memoria, su letra se parecía demasiado a la relación que tenía con Darach. Sin poder evitarlo, comencé a cantarla en voz alta, ajena por completo al público que acababa de llegar. El crujido seco de una ramita a mi espalda me interrumpió. Mi voz se apagó al instante y al girar la cabeza, con el pulso acelerado, descubrí a Darach y Olivia, inmóviles, observándome fijamente.

—¡¿Os dais cuenta la angustia que nos habéis hecho pasar?! ¡Nos hemos vuelto locos buscándoos! —gritó Darach. Su voz sonó enojada y cortante. Sus cejas formaban una sola y tenía los puños apretados a sus lados.

—¡Estáis aquí! Pensábamos que os había ocurrido algo… —Olivia se acercó y me abrazó fuertemente. —Nos ha asustado…

—Lo siento. Estaba mareada y tuve que salir del mercado. Este fue el primer lugar que vi tranquilo y solitario.

—Las cosas no se arreglan huyendo, eso es de niñas malcriadas.

—Ya está bien, Darach, no pagues tu frustración con ella. Está bien y es lo que importa. Volvamos, nos marchamos a casa. Por cierto, *milady*, ¿qué canción es esa? es tan bonita y triste… ¿Dónde ha oído esa melodía? Jamás la he escuchado —interrogó Olivia. Quedó prendada de aquella melodía, y no era para menos. Le mentí, asegurándole que me la había enseñado un criado en mi tierra, y ella lo creyó sin reparos. Regresamos al castillo tras una venta muy favorable, aunque con los ánimos levemente caldeados. Cian, consciente del enojo de Darach, no perdió ocasión por irritarlo aún más. Darach nos flanqueaba a caballo mientras viajábamos en los carros. Estaba rígido, lanzándonos de vez en cuando miradas furtivas. De haber tenido una chimenea en la cabeza, habría brotado un humo espeso y muy negro, estaba segura.

—¿Se encuentra mejor, *milady*? comprendo su malestar, el gentío puede ser agobiante, sobre todo cuando uno vive aislado. Escuche, para cualquier cosa no dude en pedirme consejo, le ayudaré encantado.

Me di cuenta de que mientras Cian hablaba, Darach ralentizó el ritmo de su caballo para poder escucharnos mejor. Pensé en hacer como Cian y hacerle rabiar más aún, al fin y al cabo, se lo merecía pues había huido por su culpa y ni siquiera se había disculpado. Sonreí y posé mi mano sobre la suya la cual sostenía las riendas de los caballos.

—Es muy amable por tu parte, Cian. Te lo agradezco de corazón. Me alegro de que mi padre cuente con muchachos como tú, estoy feliz por ello.

—Gracias, *milady*. No continúe o terminaré por dejar de tutearla.

Reí y mi risa fue sincera. Ese chico me caía realmente bien. Darach pronunció una palabra a medio grito dirigida al caballo y salió disparado al galope hasta que se perdió en el horizonte frente a nuestros ojos. Me sentí mal por mi pequeña traición, pero se lo tenía merecido. Yo también sabía jugar sucio. Llegamos sobre las tres de la tarde. Mary había llevado emparedados para todo el mundo y algunos los comimos por el camino, el resto lo hicieron antes de salir del pueblo así que cada uno volvió a su rutina y sus quehaceres cotidianos. No me apetecía encerrarme en mi habitación y aunque el diario de Ermin se me hacía atractivo, quería dar un paseo por el patio del castillo y sus alrededores. Echaba de menos salir a correr, me servía para despejar la mente, sobre todo la ducha que venía después. Tenía tantas ganas de volver a mi siglo… De pronto, se me ocurrió una tontería y sonreí para mis adentros. Tal vez pensaran que estaba loca, pero… ¿por qué no? Empecé a acelerar el paso hasta que, sin darme cuenta, eché a correr. El terreno que rodeaba el castillo era poco más que gravilla cuidadosamente alisada, así que decidí dar unas cuantas vueltas alrededor de la edificación. El vestido era una gran incomodidad pues su falda se colaba entre las piernas y el peso de los ropajes me hacía sentir pesada y apretada, aún y así, no impidió que hiciera ejercicio. Al completar la segunda vuelta, Cian apareció con gesto alarmado y se unió a mi carrera.

—¿*Milady*, le ocurre algo?

—No —jadeé—. Solo corro.

—¿Y por qué lo hace?

—Porque hace mucho que no lo hago y me encanta.

—¿Le encanta correr? ¿Por qué?

—Por que libera endorfinas y eso hace que después esté de buen humor.

—¿Endor…qué?

—Endorfinas. Es una sustancia que libera nuestro cuerpo y nos hace sentir más felices

—¿Y va a liberarlas delante de mí? No creo que sea educado para una señorita como usted. El simple hecho de que me hable de esas cosas me deja perplejo, *milady*.

Dejé de correr y le miré dubitativa. ¿A qué se refería con lo de que no era educado?

—No te entiendo, Cian, ¿qué quieres decir? —dije con la respiración acelerada por el ejercicio.

—Bueno, esas endorfinas de las que habla…yo las libero en el monte y en soledad, sin nadie a mi alrededor. No siempre puedo evitarlo, claro, pero no hablo abiertamente de esa cuestión.

—Espera, espera…Cían, ¿me estás hablando de gases?

—No quería nombrarlo así, pero…e endorfinas me parece una palabra más limpia, si me permite decirlo.

Comencé a reír a carcajadas. Puso cara de pocos amigos y sus ojos comenzaron a mirar a su alrededor para comprobar que nadie nos observaba.

—Cian, las endorfinas nada tienen que ver con eso. Esa sustancia de la que te he hablado se libera dentro de nuestro cuerpo, nos hace sentir más felices porque actúa dentro de nuestro cerebro. Verás, estoy haciendo ejercicio, es decir, estoy haciendo trabajar mi corazón para así oxigenar la sangre y favorecer la salud de mis órganos, como, por ejemplo, el corazón, ¿lo entiendes?

—Creo que sí, pero no sabía que correr era bueno para nuestro corazón y nuestro cerebro. Siempre he pensado que hacer eso era malo porque se acelera mucho.

—Claro, por eso es bueno.

—¿Puedo acompañarla en su carrera?

—Sí, por supuesto. Sigamos o se me enfriarán los músculos

Dimos un total de diez vueltas al castillo. No es que fuera mucho, pero llevaba tiempo sin ejercitarme y mis ropajes no ayudaban demasiado. Al finalizar el ejercicio con el corazón en la garganta, nos dirigimos a la cocina y bebimos un par de vasos de agua fresca recién cogida del pozo.

—Ahora, lo que deberías hacer es darte un baño y mañana me cuentas qué tal te sentiste después de hacerlo. Entenderás entonces lo que son las endorfinas.

—Eso haré. Ha sido un placer correr a su lado. He de reconocer que es totalmente diferente a como me la imaginaba, *milady*, en el buen sentido.

—Gracias.

Se marchó por la puerta a la vez que Mary entraba en la cocina con una mirada muy extraña dirigida hacia mí.

—¿Se encuentra bien, *milady*? La he visto hacer cosas muy extrañas hoy y me tiene preocupada ¿Por qué daba vueltas corriendo alrededor del castillo?

—No te asustes, Mary. Lo hago a menudo. Es la primera vez que lo hago aquí y lo echaba de menos.

—¿Correr? No lo entiendo… ¿por qué?

—Es ejercicio y a mí me gusta hacer ejercicio.

Mandé preparar la tina de mi habitación y cuando estuvo lista, me di un buen baño. Personalmente me gustaba más la ducha, pero el baño también era relajante. Calentar el agua y subirla en jarras hasta mi alcoba llevaba demasiado tiempo, así que salir a correr y darme luego un baño sería algo muy excepcional. Aun así, al menos, ese día había logrado encontrar la felicidad durante unos breves momentos, después del mal trago que me había hecho pasar Darach. Ya en mi baño, no quise pensar en él y me deleité en el agua hasta que se me arrugaron los dedos y hasta que se enfrió lo suficiente como para obligarme a salir. El fuego de la chimenea crepitaba con violencia y hacía caldear la estancia de mi alcoba de un modo muy agradable y acogedor. Estaba tan relajada que no tuve ganas de volver a vestirme para bajar a cenar así que decidí colocarme el camisón y seguir traduciendo mi diario. Avisé a las criadas para que sirvieran la cena en mi habitación. Hubiera dado cualquier cosa por cenar una buena pizza viendo alguna película de terror, aunque el plan B también me parecía atractivo. Me sequé el pelo con una toalla y lo cepillé sin esfuerzo. El jabón de lavanda que hacía Mary era tan bueno que dejaba la piel y el cabello suaves como los de un bebé.

Me acerqué a la ventana a observar el exterior. El sol se despedía tras el bosque, tiñendo el cielo en tonalidades rosas y naranjas, mientras nubes violáceas y cenicientas se perfilaban con un delicado filo dorado. Había sido un magnífico día de primavera, aunque a esas horas el aire ya se había enfriado lo suficiente como para dejar un leve vaho sobre los cristales del ventanal. Dibujé un emoticono sonriente en el cristal que tenía frente a mí y sonreí. Estiré mis brazos distendidos, encendí el candil y me colé bajo la cama para coger los libros y poder traducir otra página.

Llevamos separadas dos meses y aún percibo tu olor. Hoy he cogido tu toquilla y he visto cómo estabas. Te he visto llorar y ella te ponía un mor-

dedor en la boca que te calmaba. Te mecía y te besaba hasta que volvías a dormirte. Esa visión me ha alegrado el día porque eres amada y sé que estarás bien. Es suficiente para mí.

Intento...

Alguien llamó a mi puerta. Cerré de golpe los libros y los oculté bajo la tela de la bata que tenía sobre la mesa. Al abrir la puerta, me encontré con Olivia, que traía la cena sobre una bandeja de madera. El aroma del guiso inundó la estancia al instante. Estaba famélica y un pequeño rugido traicionero me delató frente a ella. Olivia sonrió, y yo le murmuré un "gracias" algo avergonzado.

—¿Se encuentra mejor, *milady*?

—Oh, sí. Ya lo creo. Gracias, Olivia.

—¿Quiere que le retiremos el agua de la tina?

—No, mejor mañana. estoy muy cansada. Gracias de todos modos, eres muy amable.

—Está bien, *milady*. La dejo descansar.

Cerré la puerta cuando se marchó y me dirigí al escritorio rápidamente a comer el guiso de carne que tenía frente a mí. Quería continuar con la traducción, pues había dejado la página a medias. Una vez recogida la cena, retomé mi tarea sin perder un instante.

...Intento distanciar las visiones pues no es bueno para mí. No puedo olvidarte, pero tampoco debo recordarte a todas horas ya que me entristece y abandono mis quehaceres. Eso no es bueno para mis animales. Las cicatrices cierran despacio, aunque perduren para siempre. Así está mi corazón, en pleno proceso de cicatrización.

¿A qué se referiría con visiones? Tendría que preguntarle a mi padre sobre eso. Miré el reloj y me di cuenta de que eran las doce y cuarto de la noche. Había pasado casi tres horas traduciendo esa página y mis ojos se encontraban muy pesados como para continuar. El fuego aún seguía encendido, aunque solo quedaba un pequeño leño que refulgía con fuerza queriendo continuar alimentando el calor de mi habitación. Dudé en apagarlo, finalmente decidí que así estaba mejor. Ya se apagaría solo. Al llegar junto a la cama, dejé el candil en la mesilla a su costado. Comencé a retirar la colcha para introducirme en su interior cuando me pareció oír un pequeño repiqueteo en la puerta. Me quedé quieta dudando en si había oído bien o no, esperé uno segundos y como no escuché nada más, continué mi cometido. Había apoyado ya mi rodilla en el lecho cuando volví a oír ese repiqueteo, pero esta vez algo más fuerte. Puse los ojos en blanco mientras cogía el candil y me dirigía a la puerta. La abrí con cuidado intentando que sus bisagras no chirriasen ante ese movimiento. Fue inútil. Una corriente de aire frío me envolvió y la luz del candil osciló fuertemente por el mismo motivo. Elevé la lamparilla para iluminar mejor a quien tenía en frente. Darach.

Me quedé pasmada, sin pestañear. Allí estaba, ante mi puerta, pegado a la pared que tenía a su espalda. El pasillo estaba en penumbra, y aunque no distinguí bien su rostro, supe que era él. Los brazos le colgaban a los costados con las manos cerradas en puños como si se preparara para pelear. En un instante los abrió y cerró de nuevo, formando otra vez los puños. La tensión que emanaba era palpable. No llevaba ningún candil, así que deduje que había venido a oscuras desde su habitación. Me humedecí los labios y tragué saliva, intentando hablar sin parecer histérica ante su inesperada visita.

—Darach, ¿qué ocurre? Iba a acostarme en este preciso momento.

Me miró sin contestar. Volvió a hacer de nuevo ese juego de abre y cierra con sus manos. La débil luz de mi candil apenas alcanzaba su figura, y su rostro permanecía sumido en sombras, haciendo que mi corazón latiera más y más deprisa, preguntándose cuál sería el motivo de su visita.

—¿Darach, estás bien? me estás asustando —comenté sincera. Había comenzado a preocuparme de verdad.

—No, no lo estoy. Ni siquiera sé qué hago aquí —susurró apesadumbrado. Acto seguido, dio media vuelta con un movimiento silencioso y se dispuso a marcharse. Cuando llevaba apenas tres pasos, se detuvo. Luego retrocedió y volvió a colocarse en la misma posición de antes, inmóvil ante mi puerta, con las manos cerradas en un puño. Le vi vulnerable, triste y decaído. Sin pensarlo, salí al pasillo y le agarré de la muñeca. Él la relajó al instante y le atraje hasta el interior de mi habitación.

—Ven. Entra. Hablaremos mejor al calor del fuego.

Se dejó arrastrar hacia el interior de mi habitación y procedí a encender un par de velas más que iluminaran la estancia. Me estremecí al verle, mi corazón dio un vuelco al comprobar que su cuerpo entero se sacudía involuntariamente en una coreografía perfecta y rítmica. Temblaba. Me acerqué a él. Tenía el cabello mojado y aún le goteaba. El lino de su ropa parecía seco a simple vista, aunque en ciertos pliegues se adivinaban zonas aún húmedas, eran los vestigios de un baño reciente después del cual se había vestido antes de que hubiera logrado secarse por completo. Le toqué un mechón de su pelo. Su gota resbaló por mi mano hasta perderse en el interior de la manga de mi camisón. Esta dejó una hilera fría y húmeda en mi brazo muy incómoda. Se quedó mirando mi mano fijamente. Se comportaba de un modo extraño evitando el contacto con mis ojos.

—Estás temblando ¿Acaso estás enfermo? ¿Te encuentras mal?

—No, he venido a avisarla. Cian no es como cree, no debería seguirle el juego —dijo con la mirada perdida en algún lugar de la alfombra bajo nuestros pies. Ignoré su comentario.

—Ven, acércate al fuego para que puedas entrar en calor.

—No debería...últimamente no me reconozco.

—¿De qué hablas?

Acerqué el sillón al fuego y arranqué la colcha de terciopelo de mi cama. Era muy pesada y tuve que arrastrarla por el suelo hasta llegar a su lado. Le obligué a sentarse en el sillón y le tapé con ella. Después añadí otro leño al fuego y este ardió vigorosamente al instante. Su mirada seguía ausente y evitaba dirigirla hacia mi persona. Sus ojos seguían posados en el suelo y su mirada perdida estaba sumergida en un cosmos lejano y enigmático.

—Darach, mírame y dime qué es lo que te ocurre para que pueda ayudarte. Me estás preocupando —dije en un tono tan suave que rozaba el susurro, temiendo que mis palabras le ahuyentaran y quisiera marcharse de allí. Me arrodillé frente a él y posé mis manos en sus rodillas. En ese instante, clavó su mirada en mí y lo que vi en sus ojos me desgarró el alma. Del cuerpo de Darach brotaba un halo de tristeza y resignación como si sus sentimientos se evaporasen de su cuerpo en una nube gris y lúgubre. Cerró los ojos y resopló. Ya no temblaba tanto y parecía estar más calmado. Se llevó las manos a su cara cubriéndola por completo y apoyó sus codos en sus rodillas acercándose más a mí sin pretenderlo. Tuve que retirarme un poco hacia atrás para dejarle espacio. Se quedó así un minuto respirando intensamente como si quisiera calmar los latidos de su corazón. Bajó las manos hacia el interior de sus piernas y se quedó así, con los codos apoyados en sus rodillas y con la mirada perdida en las refulgentes llamaradas del fuego.

—Darach, háblame, por favor —insistí. Pasaron un par de minutos hasta que comenzó a hablar.

—No me reconozco, ya no sé quién soy y ni siquiera sé cómo actuar. El mundo se ha vuelto del revés. Es un tormento del que no sé salir.

—¡¿Qué estás diciendo?! ¿Por qué hablas así?, ¿acaso no eres feliz?

—Lo era. Ya no.

—¿Y qué ha hecho que cambies de opinión?

Fijó su mirada afligida en la mía. En su rostro observé un pesar arraigado en lo más profundo de su ser.

—Cian ha hecho que regrese a la realidad —inspiró profundamente y pestañeó un par de veces seguidas cambiando el rumbo de su mirada y desviándola al suelo—. En realidad, siempre he sido consciente de ella, pero mi debilidad hizo que la ignorara por un tiempo. Volver a recordarla, y aceptarla al fin, me está matando. Jamás pensé que sería tan débil. Eso me enerva y me pone de mal humor.

—¿De qué realidad me hablas? No entiendo nada.

Se levantó apartando suavemente la colcha a su espalda. Me sujetó de las manos y me instó a que me levantase a su lado. Habló despacio evitando mirarme a los ojos.

—Siento mi comportamiento, espero sinceramente disculpéis mi carácter brusco. Solo quería que lo supierais. Cian no es bueno para vos, merecéis alguien mejor —soltó mis manos, dio media vuelta y comenzó a caminar lentamente hacia la salida. Pero, si creía que me iba a quedar conforme con esas palabras, estaba muy equivocado. Salté por encima de la colcha y corrí para interponerme entre él y la puerta.

—No vas a salir de aquí hasta que me expliques, con pelos y señales, lo que ocurre.

—Alexandra, no me hagáis esto por favor, dejadme marchar —comenzó a temblar de nuevo, del mismo modo que cuando entró en la habitación.

—No, ya te lo he dicho ¡Pero si sigues temblando! —grité indignada. Me crucé de brazos y me erguí en mi postura ante la puerta.

Empezó a caminar inquieto de un lado a otro en la habitación, sin detenerse ni un instante. Se pasaba las manos por el cabello, apartándolo hacia atrás una y otra vez. Su inquietud era tan palpable que me sobrecogió. Deseé acercarme a él y calmar ese nerviosismo que lo tenía atrapado en un torbellino de emociones del que parecía incapaz de escapar.

—No tendría que haber venido. Ha sido un error. No tendría que estar aquí. He sido un estúpido… —repetía esas palabras una y otra vez en voz baja y para sí mismo.

—Darach…por favor, qué…

—¡¿Qué queréis que os diga?! —gritó clavando su penetrante mirada en la mía desde la otra punta de la habitación. La siguiente frase la dijo en voz baja—. No lo soporto, no soporto veros con él. No os merece y teneros aquí, frente a mí, destruye mi muralla —declaró dándose por vencido. Dejó caer sus brazos a los costados y los hombros, inertes, mostraban signo de derrota.

Me aproximé a él, creyendo comprender el rumbo oculto de la conversación.

—Pues no la construyas.

—Alexandra…no lo entendéis, ¿verdad? Yo no soy nada, no valgo nada, no soy nadie.

—¿Por qué siempre dices eso? Sabes que no es cierto. Te tienes en muy baja estima, ¿lo sabías?

—¡No! No tengo posesiones, ni tierras. No tengo títulos…no tengo nada que ofrecer.

—¿Y qué? Yo tampoco tengo nada de eso…

—No me ofendáis, *milady*. No somos iguales y lo sabéis —afirmó secamente. Dio media vuelta para darme la espalda. Torcí el gesto ante sus palabras. Ciertamente, no tenía ni idea de lo que le pasaba, ¿habría errado en mi conclusión? Obviamente no quise quedarme con la duda.

—¿En qué te he ofendido? ¡No te comprendo!

Se acercó despacio hasta el gran ventanal y apoyó sus manos en los marcos quedándose de espaldas a mí. La envergadura de su dorso en esa postura era admirable. Llevaba una camisa de lino y un pantalón a juego en color marrón oscuro. En esa pose, la ropa se le ceñía al cuerpo marcando su imponente musculatura.

—Estoy profundamente enamorado de vos y no puedo soportarlo. No sabía que el corazón de un hombre podía llegar a doler así y no sé lidiar con eso. Puedo luchar contra un hombre, espada en mano, hasta desfallecer. Puedo trabajar en el campo hasta que mis manos sangren, pero esto…esto se escapa a mi voluntad.

Cuando aquellas palabras llegaron a mis oídos, mi corazón dio un vuelco salvaje y comenzó a golpear mi pecho con la fuerza de un tambor desbocado. Cada latido indomable me desequilibraba, haciéndome flotar en un arcoíris de emociones. Intenté acercarme, sin embargo, cuando llegué a la altura de la cama tuve que detenerme y sujetarme al dosel, las piernas me temblaban.

—Con la llegada de Cian, vuestro padre se reunió conmigo. Dijo que él era un buen partido para vos porque además de ser fuerte y gallardo, heredará las tierras de su tío, y eso le pone en una situación muy benefactora. Aparentemente, es el marido ideal para vos, pero es un lobo con piel de cordero. Y yo solo soy un peón desterrado que aceptó el cargo de niñero para poder proteger a mi familia. Ahora, estoy atado de pies y manos a un destino que no puedo, ni quiero presenciar —rio amargamente—. No puedo estar con vos, y aun así me resulta imposible alejarme de vuestro lado. Tal vez merezca esta condena por amar a alguien que me está prohibido. Sé que he de aceptarla, y hasta que eso ocurra…ruego disculpéis mi mal carácter. He venido a pediros que no os caséis con él. Aceptaré cualquier otro hombre menos él pues seréis desdichada de por vida, os lo puedo asegurar.

Cuando terminó de pronunciar esas palabras, descubrió el emoticono dibujado en el vaho del cristal. Lo recorrió con los dedos, siguiendo cada trazo, para después borrarlo con la palma de la mano. Le miré abstraída, reflexionando cada una de las palabras que había dicho. Al no contestar, Darach bajó un brazo y giró medio cuerpo para encararme. Después bajó el otro y me miró a la cara directamente. Nos separaban unos tres metros, pero era como si lo tuviera a uno solo. Notaba su cercanía de un modo sobrenatural. Él, al ver mi quietud, la confundió con indiferencia y comenzó a caminar dirigiéndose a la salida de la habitación. Al llegar a mi altura se detuvo por un segundo y mirando fijamente hacia la puerta volvió a hablar, pero esta vez en un susurro.

—Siento haberos incomodado, *milady*. Os prometo que jamás volveré a referirle mis sentimientos.

Mi cabeza daba vueltas sin cesar, tratando de asimilar lo que acababa de escuchar, y aunque apenas pasó un instante, me pareció una eternidad. Él asintió cabizbajo ante mi desconcierto y avanzó hacia la puerta, pero antes de que se alejara lo suficiente, mi instinto reaccionó extendiendo un brazo para detenerlo.

—¡Espera! ¿Acabas de decirme que me amas?

—No me haga repetirlo, no tengo ánimo.

Me acerqué a él y por primera vez en ese rato nos miramos a los ojos. Tenía la cara compungida y apretaba fuertemente los labios haciéndolos parecer muy finos y arrugados. Nos quedamos a una distancia de un palmo más o menos y su respiración era inestable y profunda. Le toqué los labios con mis dedos y los relajó ligeramente. Iba a decir algo, pero le tapé la boca con un dedo.

—Shhh… ahora hablaré yo, Darach ¿Por casualidad te has preguntado, acaso, lo que yo quiero?

—N…no…no comprendo la pregunta.

—Es muy simple —mis nervios se habían calmado un poco y podía pensar con más claridad. Tenía que exponerle esa realidad de la que él hablaba desde mi punto de vista y no desde el suyo, tan arcaico.

—Sabes que no soy de este siglo y ya has visto cómo es la gente del mío. Soy una mujer libre e independiente. Que no se te ocurra siquiera pensar, en esa cabezota tuya tan dura que tienes, que voy a aceptar quedarme anclada en este siglo y casarme, nada más y nada menos, con Cian. Y luego, ¿qué? ¿Criar a nuestros hijos mientras él trabaja los campos y yo me dedico a bordar? —reí —. De eso nada.

Vi la incertidumbre reflejada en sus ojos y una pequeña luz apareció, por primera vez, en su rostro. Suspiré y cerré los ojos por un momento. Cuando los abrí él me miraba seriamente y eso me hizo reír. Estaba tan atractivo, con el pelo mojado y revuelto alrededor de su rostro confiriéndole esa figura imponente. Las luces oscilantes de las velas y el fuego del hogar le atribuían un tono ambarino fluctuante. Su mirada felina hizo vibrar hasta la última célula de mi ser. Llené mis pulmones y le sujeté las manos, frías como un témpano, entre las mías.

—Mi padre, sea quien sea, no es mi dueño y yo no quiero esa vida que te has imaginado. Además, le conozco de hace poco, te aseguro que no tiene ningún derecho a decirme lo que puedo o no puedo hacer. En algún momento volveré a mi siglo, con mi madre, con mis amigos, contigo...si tú quieres ¿Acaso el tiempo que hemos estado juntos no ha sido suficiente para conocerme? ¿Aún no te has dado cuenta de que yo también estoy enamorada de ti?

Observaba nuestras manos fijamente, sin verlas realmente. Estaba absorto en sus pensamientos y, al igual que yo, asimilando mis palabras. Su ceño seguía fruncido, pero su respiración se había acompasado ligeramente. Su mandíbula se tensaba sin cesar asumiendo esa realidad como aire fresco en un día caluroso. Su estado de ánimo mejoró evidentemente y cuando por fin comprendió la totalidad de mis palabras, el gesto de su cara cambió de un modo radical. Con el mentón aún bajado fijó su mirada en la mía achicando los ojos, acechándome como un tigre a punto de atacar. Me estremecí.

—*Milady*, ¿acaba de decir que me ama?

—Sí, eso he dicho. El primer día que te vi en aquella cafetería, atravesaste mi corazón aún sin saber quién eras. He soñado contigo cada día desde entonces y eres el único que me hace perder el control y que aflore mi naturaleza incontrolable.

Me sujetó el mentón elevándome el rostro hacia el suyo para poder verme mejor. Sonrió maliciosamente y con su otra mano me agarró de la cintura atrayéndome hacia su cuerpo.

—He estado muy alterado durante días, sobre todo estas últimas jornadas. En estos momentos, mi mente es inestable y mi cuerpo solo anhela el vuestro desesperadamente. No podéis decirme tales cosas y esperar que os dé las buenas noches y que os deje dormir como la princesa que sois.

—No espero que lo hagas. De hecho, no quiero que te vayas.

No hizo falta más invitación. Me sujetó la cabeza con las manos y me besó enérgicamente. Deseaba tanto sus besos que le correspondí violentamente del mismo modo. Sus labios carnosos abrasaban los míos y su lengua resbaladiza danzaba al unísono con la mía como si lo hubieran hecho toda la vida, como si recordaran una vida conjunta anterior y encajaran a la perfección en un baile rítmico. Ya no quedaban prejuicios que pudieran detenernos y nuestra lujuria iba en aumento de manera precipitada y sin control. Darach dejó de besarme para poder mirarme. Estaba maravillado, al igual que yo. Nuestros alientos se mezclaban en un torbellino de respiraciones aceleradas embargándonos e incitándonos a continuar sin freno.

—Sois tan bella, tan increíblemente hermosa... no puedo creer que esto esté ocurriendo de verdad. He soñado tantas veces con este momento que se ha transformado en un tormento, en una obsesión que me devoraba por dentro. Sin embargo, nada se asemejaba a la realidad.

Observé vacilante sus ojos y no pude reprimir volver a besarle de nuevo. Le rocé los labios lentamente con la punta de mi lengua. Estaban tan calientes y suaves que me volvían loca. Sus manos bajaron hasta mi trasero agarrándolo con fuerza y acercando mi cadera a la suya sintiendo su erección en plena totalidad. Levanté las piernas rodeando su cadera, en un acto reflejo, sintiendo su masculinidad de un modo más directo y placentero. Jamás había visto un miembro masculino a esa distancia, pues aún era virgen. Por una parte, mi instinto animal lo ansiaba con premura, por otra, reprimía mis actos y me hacía actuar con relativa prudencia. Darach debió de darse cuenta y suavizó su impulso avasallador. Bajé las piernas y me separé de él un instante para acercarme a la chimenea intentando controlar mi respiración. El corazón me latía tan desbocado que parecía querer huir por mi boca. Necesitaba detenerme, aunque fuera un instante, y apaciguar la mente. Iba a perder la virginidad y, aunque estaba preparada, quería ir despacio saboreando el momento, pero, sobre todo, asimilarlo para no perder el control y detener el tiempo.

—Es nuevo para mí también, aunque no lo creáis —confesó. Elevé una ceja, incrédula—. Escuchad, no tenemos que hacer esto si no estáis segura. Valoro mucho vuestra honradez como para que os deshagáis de ella esta noche. Soy feliz con el hecho de que me améis y sabré esperar si es vuestro deseo.

—No quiero esperar. Te quiero y te deseo ahora...y por favor, tutéame ya, ¿quieres?

Sonrió y su sonrisa fue perversa, mostrando una férrea determinación. Se abalanzó sobre mí devorándome de nuevo. Sus rudas manos comenzaron a desatar el cordón del cuello de mi camisón con una torpeza considerable, algo que nos hizo reír a los dos. Terminé por ayudarle quitándome el camisón por la cabeza mostrándome ante él como Dios me trajo al mundo. Se quedó sin habla por un momento, observando cada parte de mi cuerpo con expresa conmoción deleitándose en partes turgentes que le incitaban a acariciar. Tragó saliva ruidosamente y por un instante le vi incapaz de levantar un dedo para tocarme, estaba paralizado. Me acerqué a él muy despacio e inicié el ascenso de su camisa hasta que, con su ayuda, su torso quedó al descubierto. Observé una pequeña cicatriz por encima del pezón en el lado del corazón. La acaricié con mis dedos para luego bajarlos siguiendo la dirección del vello de su pecho hasta alcanzar la linde de su pantalón donde un prominente abultamiento ansiaba por salir a la luz. Nuestra respiración, jadeante por el deseo, era el único sonido en nuestra estancia, además del crepitante fuego de la chimenea que caldeaba el ambiente hasta hacerlo casi asfixiante. Un sinfín de ideas venían a mi mente, pero mi inexperiencia hacía que mi cobardía evitara llevarlas a cabo. Darach agarró la colcha que había sobre el sillón y la colocó en el suelo frente a la chimenea. Extendió una mano en mi dirección y me incitó a acomodarme sobre ella. No dudé ni un momento en hacerle caso. Terminé arrodillada frente a él esperando a que se reuniera conmigo. Sin ningún pudor, procedió a quitarse los pantalones mostrando su desnudez, completa y erguida. Me pareció el ser más divino de la tierra. Sus músculos brillaban dorados con el resplandor del fuego magnificando su envergadura, efecto causado por las sombras generadas por la falta de luz directa. Se arrodilló ante mí y posó sus manos en mi cintura mirándome intensamente sin perder detalle de cuanto tenía enfrente.

—Si duele, decíd...dímelo y me detendré, ¿de acuerdo?

Asentí tragando saliva. Me recosté sobre la colcha y se tumbó a mi lado. Comenzó a acariciar mi rostro con su dedo índice desde el inicio de mi pelo, pasándolo por el canto de mi nariz, los labios, la barbilla, el cuello...Así hasta alcanzar mi pecho, donde se detuvo. Agarró uno de ellos y lo manoseó de manera muy lenta. Mi corazón latía desbocado, lo sentía en todos los lugares inimaginables de mi cuerpo. No pudo contenerse más y comenzó a besarme apasionadamente. Deslizó su lengua por mi cuello derritiéndolo todo a su paso volviéndome loca y desesperada por sentir todo su cuerpo sobre el mío. Cuando llegó a mis pechos, un torrente de placer invadió mi cuerpo y mi mente, su barba arañaba delicadamente mi piel y en contraste con sus tiernos besos inducía espasmos vertiginosos en mi cuerpo. Era embriagador. Se detuvo ahí, en mis rosados pezones, saboreándolos y deleitándose en ellos hasta la saciedad.

Bajó su otra mano y decidió aventurarla en una zona desconocida, en un espacio sin mácula hasta ese momento virginal y recrearse en un movimiento lento y extremadamente satisfactorio, asediando su interior como su nuevo dueño y señor. Mi cabeza daba vueltas en un frenesí desesperado pues había provocado un deseo inmoral y muy poco recatado para una inexperta como yo. Decidí darme la vuelta y colocarme sobre él lamiendo su cuello y bajando mi mano hasta alcanzar su más preciada y viril extremidad. Su conmovedora sorpresa, seguida de un pequeño rugido instintivo y animal, fue tan erótica que mi explosiva lujuria, hasta ahora desconocida, se desbordó en un torrente de pasión desenfrenada y libertina, ejecutando un movimiento repetitivo que lo cogió desprevenido haciéndolo temblar frenéticamente convirtiéndolo en alguien totalmente indefenso. Me sentí poderosa y colosal. Detuvo mi movimiento para volver a tumbarme boca arriba y colocarse sobre mí. Sujetó mis manos sobre mi cabeza y separó ligeramente mis piernas con las suyas.

—No deberías haberlo hecho. Has liberado la bestia y no sé si podré controlarme.

—No lo hagas.

Después de ese leve inciso, se introdujo en mí lentamente. Su invasión despertó un rechazo automático en mi interior que impedía su conquista y evitaba el avance de la incursión. Mi cuerpo, poco a poco fue relajándose hasta reconocer al intruso para dejarle pasar. Sentía el peso y el calor de su cuerpo sobre el mío, el roce de nuestra piel, el olor de su cuerpo, su aliento, todo; era maravilloso. Lo intentó de nuevo, una y otra vez. Nuestras almas se sellaron hasta formar una sola y nuestros cuerpos se unieron alcanzando un clímax implacable arrastrando nuestros corazones a un nivel supremo de amor incondicional y absoluto. Tardamos en recuperar el aliento, nuestras miradas estaban fijas la una con la otra y nuestros cuerpos temblorosos y desvalidos intentaban alcanzar una estabilidad y armonía que habían olvidado por unos instantes. La huella que aquel acto dejaría en nosotros quedaría grabada para la eternidad de un modo que jamás hubiéramos creído posible, alterando para siempre nuestra conexión y fundiéndola en un vínculo absoluto e inseparable. Su trascendencia rompería las fronteras de lo humano, adentrándose en lo sobrenatural.

20. Intimidad

Desperté de madrugada una mañana lluviosa. El incipiente amanecer quedaba eclipsado por la oscuridad de los nubarrones. Era una lluvia recia e implacable escoltada por truenos y relámpagos relativos a un temporal de primavera. La humedad calaba hasta el interior de las paredes del castillo traspasando los telares que me separaban del exterior de la cama. El lado opuesto de mi lecho estaba vacío, como cada mañana tras una noche de frenesí en la que Darach y yo éramos los protagonistas. Nuestra pasión, completamente desinhibida, había ido *in crescendo* de un modo vertiginoso y fascinante, oculta al resto del personal, que supuestamente permanecía ajeno a nuestras noches de amor desenfrenado. Digo supuestamente porque nadie había osado a preguntar, pero era obvio que algo se fraguaba en el ambiente. Podía sentirlo, sobre todo al ver las risitas y los cuchicheos de la plantilla. Era divertido fingir un papel respetuoso y distante durante el día, que nos hacía desear aún más la promesa de otra noche de lujuria desenfrenada, hasta que Darach se escabullía de puntillas hacia su alcoba antes del amanecer. Se había convertido en una rutina fastidiosa pues separarme de él cada mañana para después fingir ese distanciamiento digno de señorita y lacayo, me fastidiaba. Por otra parte, me sentía feliz y especial por conocer a alguien de un modo tan íntimo, tan profundo. Era tan liberador que me hacía estremecer.

Estiré mi mano y acaricié el espacio vacío en la almohada que anteriormente había ocupado su persona. Giré sobre mí misma y me coloqué sobre ella inspirando su aroma como si quisiera grabarlo en lo más profundo de mi ser. Me quedé así, tumbada boca abajo con la cara sobre su almohada recordando cada beso y caricia dada esa misma noche. Me humedecí el labio inferior y lo mordí de manera instintiva, mi corazón comenzó a acelerarse de un modo muy habitual al que ya estaba acostumbrada y le visualicé, como tantas veces, desnudo y orgulloso. Inspiré profundamente y suspiré en voz alta culpando al día por hacer acto de presencia, arrebatándome esos momentos de ensueño y recordándome que debía levantarme.

El ciclón de nuestro deseo había arrancado la colcha, al igual que las sábanas que estaban descolocadas dejando una cama totalmente deshecha. Parte de esos ropajes arrastraban por el suelo hechos un amasijo. Cuando posé los pies en el suelo, uno de ellos se enganchó en ese batiburrillo de telas e hizo que perdiera el equilibrio y cayera de bruces contra el suelo. A penas me dio tiempo a reaccionar y a poner las manos, así que me golpeé el labio inferior con la piedra dura, clavándome los dientes y provocando un corte considerable en él. Genial.

Mi torpeza era espectacular. Comencé a sangrar de forma escandalosa y me acerqué como pude a la palangana donde tenía agua. Me enjuagué con suavidad, y aquel labio, que hasta entonces era fino y redondeado, empezaba a tornarse grueso e hinchado. Apreté con un pañuelo humedecido el corte para que dejara de sangrar lo antes posible. La pequeña hemorragia cesó de inmediato, aunque sabía que me traería problemas pues no podría reír en unos días o peor aún, no podría besar o ser besada y eso sí terminó de hundirme. Al mirarme al espejo constaté que parecía un cuadro de Picasso con la boca deformada y de distinto color. Resoplé de hastío. El labio me dolía lo suficiente como para notarlo al mínimo contacto. Lo rocé levemente con la lengua confirmando lo que ya temía: no se podía ni tocar. Golpeé el mueble del lavabo con la mano, acompañando el gesto con un 'Joder' un tanto vulgar. Había conseguido enfadarme de verdad. Me resigné. Al fin y al cabo, no se podía hacer nada. Decidí vestirme con un vestido gris perla al que le colgaban unos bonitos volantes por la manga de tres cuartos y que hacían juego con el ribete del escote, hecho en el mismo tono rosado. Era tan temprano que me entretuve a hacerme un recogido alto como Olivia me había enseñado. Cada vez se me daba mejor y había conseguido adquirir una soltura pasmosa en el dominio del cabello. Lo adorné con una cinta blanca y me coloqué cuatro florecitas de lavanda recogidas el día anterior. Si no hubiera sido por ese labio deformado, podría decirse que estaba hermosa.

Bajé las escaleras, directa a la cocina. Eran las ocho y media de la mañana y el ritmo laborioso del personal, ya era evidente. Mary estaba preparando lo que sería la comida de ese día, cortaba carne a machetazos e incluso los huesos no se le resistían.

—Buenos días, Mary.

—Buenos días, mi… ¡Dios bendito!, ¿qué le ha ocurrido?

—No es nada, caí y me golpeé contra el suelo. Me he clavado los dientes.

—¡Válgame el cielo! póngase esto sobre la hinchazón, verá como enseguida estará mejor —dijo mientras me obsequiaba con un filete de carne que coloqué al instante sobre el abultado labio. El dolor parecía haber menguado a diferencia de cuando salí de la habitación, a pesar de eso, le hice caso. Cian apareció por la puerta del jardín, abriéndola de golpe y haciendo que el frío húmedo de la mañana se colase en el interior erizándome el vello. Estaba empapado, con los guantes y los pantalones manchados de estiércol que se deslizaba hacia el suelo formando un charco mezclado con barro, excremento de animal y paja adherida en sus botas.

—Buenos días, *milady*. No sabía que le gustara almorzar lo mismo que a mis perros.

—¡Cian, sal de mi cocina! ¿Cómo te atreves a presentarte de esa guisa? lo estás dejando todo perdido…

—Mary, solo quiero agua. Anda, sé amable y acércame un poco.

—¡No y no! y no se hable más. Límpiate primero, y entonces te dejaré pasar.

—No he terminado. Además, solo será un momento. *Milady*, me muero de sed, ¿podría ser tan amable de acercarme el agua, por favor? —dijo con cara de niño bueno. Sonrió divertido y no pude hacer otra cosa que reír con él. Dejé el trozo de carne sobre la mesa y me levanté a buscar el agua para después acercársela.

—Así nunca aprenderá ¡Siempre hace lo mismo y nunca cambia! ¡Ese muchacho es insufrible! Tenga cuidado o le manchará el vestido tan precioso que lleva, *milady*.

Al llegar a su lado le entregué el vaso con mucho cuidado de no tocar sus guantes. El olor que desprendía era insoportable, y eso que estaba atenuado por el agua y el viento. Lo bebió con desesperación y eso volvió a hacerme reír. La lluvia seguía torrencial formando una cortina densa y provocando en el suelo un sinfín de pequeñas burbujas que hacían salpicar. Cian estaba empapado completamente, hecho que no parecía importarle lo más mínimo. Cuando terminó, depositó el vaso en el suelo del exterior y me indicó que lo dejase ahí para que la lluvia retirara la suciedad que habían dejado sus guantes.

—Explíqueme, ¿acaso come carne cruda? ¿Me va a decir que eso también libera endolinas de esas? —reí.

—No, me lo ha dado Mary para que me lo coloque sobre el labio. Lo tengo hinchado por un golpe que me he dado —elevé el mentón para enseñarle mi boca inflamada. Cian la observó detenidamente forzando su vista sin hallar ninguna evidencia clara.

—Podrá disculparme, pero yo no veo nada. Tiene el labio como de costumbre, terso y hermoso. Discúlpeme, he de volver a mis quehaceres o Mary me matará si sigo un minuto más aquí dentro.

Mary se acercaba con una vara de madera por encima de su cabeza amenazando a Cian para que se marchara por donde había venido. Cian puso cara bromista sacándole la lengua y salió disparado corriendo bajo la lluvia hacia el corral. Me reí a carcajadas, era como un niño travieso y probablemente había venido tan solo para hacerla rabiar un rato. Podía percibir el cariño que se tenían a larga distancia. Fue entonces cuando comprendí que el dolor había desaparecido. Pasé la lengua por el corte sin apreciar dolor ni hinchazón. Luego, casi por reflejo, lo rocé con la yema de los dedos. Nada. Parecía estar completamente normal. Me extrañé. Mary maldecía en mil idiomas mientras frotaba con un paño el charco maloliente que Cian había dejado en la entrada. Al terminar, se acercó para revisar mi contusión y se quedó boquiabierta. Se llevó las manos al pecho quedando paralizada por el asombro.

—Por Dios y todos los santos—dijo santiguándose—, ¡ha desaparecido! Venga, póngase a la luz. Sí, como le digo. Su herida se ha curado. Qué extraño. Pues sí que le ha ido bien ese trozo de carne porque se lo ha curado a las mil maravillas —expresó mientras observaba el filete entre sus dedos. Lo miraba como si fuese mágico.

—¿En serio? —no podía creerlo. Corrí hacia mi habitación para comprobarlo en el espejo. Me quedé de piedra. No es que ya no estuviera hinchado, es que ni siquiera quedaba la marca del corte, como si ese incidente no hubiese tenido lugar. Palpé, toqué y me abrí el labio inferior intentando encontrar la herida producida por mis dientes y nada en absoluto. Era incomprensible.

—Bueno, no hay mal que por bien no venga—dije en voz alta sonriendo. Sacudí los hombros en signo de indiferencia y salí de mi habitación tarareando felizmente pues esa noche podría volver a besar a Darach con absoluta devoción. Mi buen humor había regresado de nuevo. Después de desayunar y atender los caprichos humanos matinales de mi anatomía, decidí dar un paseo por el interior del castillo intentando provocar un encuentro fortuito con él y aunque no pudiéramos tocarnos como nuestros cuerpos anhelaban, el hecho de estar cerca era suficiente terapia para mi corazón. Le busqué por todas partes sin éxito, finalmente me di por vencida. Estaba aburrida, pensé en regresar a mi habitación y seguir con la traducción del diario, pero no me apetecía. Esa semana había avanzado poco, pero todo era más de lo mismo; hablaba de lo mucho que me echaba de menos y de algún que otro problema con sus animales. Además, era incapaz de concentrarme pues pensar en Darach ocupaba mi mente por completo dejando al margen todo lo demás.

Miré el exterior a través de un ventanal del pasillo central y contemplé con pesar que ni siquiera podía salir a pasear. La intensa lluvia seguía anegando todo a su alrededor, como si quisiera fundir la tierra con el cielo y los nubarrones negros que nos envolvían manifestaban su deseo de no dar tregua en todo el día. Me froté los brazos en modo de abrigo y decidí acercarme a la biblioteca, quizás encontrara algo para leer que pudiera distraerme. Al llegar allí, empujé la doble puerta hacia su interior, no sin esfuerzo pues era grande y pesada. Esta me correspondió con un chirrido metálico causado probablemente por unas bisagras oxidadas a falta de engrasar. Su chimenea era gigantesca, así como el fuego que refulgía en su interior que me dio una cálida bienvenida. Papá pasaba muchos ratos ahí, era como su oficina, por así decirlo, y supuse que lo encontraría ahí, pero erré en mi deducción pues la estancia estaba completamente vacía.

La biblioteca se encontraba en la segunda planta y era muy grande, sus elevadas estanterías de madera de olmo se hallaban repletas de libros separados por temáticas diferentes. Las que albergaban libros más antiguos estaban protegidas por puertas acristalada con filigranas de hierro forjado increíblemente bien trabajado. En su interior también se conservaban planos y mapas de las tierras del castillo y sus alrededores. Una gran lámpara de araña acristalada repleta de velas llenaba el espacio central y un par de mesas, una más grande que la otra, con sus respectivas butacas forradas de terciopelo verde, además de cuatro atriles para libros, completaban el espacio. En el lateral derecho se erguía la magnífica chimenea de alabastro, casi igual de imponente que la del salón principal. Su diseño era mucho más sobrio y liso, apenas adornada con pequeñas columnas laterales rematadas por delicados capiteles corintios. Frente a ella, cuatro enormes ventanales con cuadrícula de madera inundaban la estancia de luz, suficiente para leer con comodidad durante todo el día, bañando cada rincón en un resplandor sereno y apacible. Era una estancia impregnada de historia, y sus paredes irradiaban un respeto silencioso que obligaba a callar y a hablar solo en susurros, como si la más mínima palabra dicha en voz alta fuera un ultraje a su memoria.

Recorrí lentamente el frente de las estanterías, deteniéndome frente a libros que llamaban mi atención: *Historia natural de los mamíferos, Ilustraciones de monstruos malignos, El poder de la sabiduría*… No sabía por cuál empezar. Unos estantes más adelante, sonreí por lo absurdo de un título: *La peligrosa influencia de la mujer en los hombres.* Parpadeé un par de veces y lo volví a leer, sin poder evitar una mezcla de asombro y diversión.

<<Dios mío>> pensé incrédula. A saber, qué argumentos expondrían en ese libro, pero no tuve ningunas ganas de comprobarlo. Seguí explorando tontamente hasta que me acerqué a una de las vitrinas cerradas. Sus libros, en efecto, eran muy antiguos y descoloridos, de esos que te daba apuro coger por si se deshacían en las manos. Levanté con cuidado el cierre metálico que unía sus puertas y me quedé maravillada tocando los lomos con mis dedos. En ese instante, la puerta se abrió a mi espalda. Unas voces masculinas llamaron mi atención y miré curiosa en su dirección. Mi corazón dio un salto al verle entrar tan apuesto y hermoso. Iba ataviado con un chaleco azul oscuro acolchado en forma de rombos con un ribete dorado y en su cadera cargaba su preciosa espada. Quise disimular y agarré el primer libro que tenía frente a mí, lo abrí con meticulosidad y comencé a pasar alguna que otra hoja como si lo leyera absorta y con asombroso interés, nada más lejos de la realidad. Papá, acompañado por Darach, fue el primero en pasar ante mí mientras le hablaba de algo referente a las lindes de nuestras tierras.

—Oh, Alexandra, estás aquí. Disculpa, no hablaremos muy alto.

—Oh, cla...claro pa...papá. No te preocupes —contesté echando una mirada furtiva a Darach y, cómo no, los dos pensamos lo mismo. Nuestras miradas se cruzaron en la distancia y el mensaje que transmitió fue tan íntimo e intenso que hizo temblar mi pulso. El libro se escapó de mis manos cayendo cerrado y plano ejerciendo un sonido sordo que retumbó en toda la estancia y creando un eco a nuestro alrededor que llamó la atención de ambos. La química que había entre ambos era descomunal, capaz de ser advertida por cualquiera que nos mostrara un mínimo interés.

—¿Todo bien, Alexandra?

—Eh...sí. Claro, todo bien.

—Ten cuidado, esa sección es una auténtica reliquia.

—Oh, vale. Sí, lo siento.

<<Torpe, torpe y torpe>> me dije a mí misma por ser tan inepta en algunos momentos. Bastaba con no querer llamar la atención para que, inevitablemente, ocurriera todo lo contrario. Recogí el libro con sumo cuidado y decidí ir tranquila y disimuladamente a la mesa más pequeña que había justo a su lado. Me dedicaría a *leer* ese libro tan interesante que había elegido de la vitrina. Lo puse sobre la mesa y fue en ese momento cuando leí el título y no entendí nada en absoluto, pues tenía ante mí, nada más y nada menos, un libro escrito en árabe.

<< ¡No puede ser!, ¿y ahora cómo voy a fingir que lo leo? >> pensé inquieta por mi extremada torpeza. Decidí que tal vez contuviera imágenes capaces de distraerme un poco y así mantenerme entretenida. Al abrirlo, me encontré con un papel suelto en la primera página que claramente no pertenecía al libro. Sobre él, con tinta y caligrafía cuidadosa, estaba escrito el nombre: *El jardín perfumado*. Al menos, el nombre era bonito y pensé que sería, quizás, interesante de verdad, pero al seguir pasando hojas me quedé tan estupefacta y petrificada que no supe dónde meterme. Cada vez se me abrían más los ojos por el asombro, y en ese instante deseé que la tierra me tragara. Lo que tenía entre las manos no era otra cosa que un manual de sexo árabe; una especie de Kama Sutra antiguo que, incluso para la época en la que nos encontrábamos, era un auténtico atrevimiento. Estaba lleno de escritos supuestamente explicativos, pero también tenía alguna que otra ilustración muy clara y definida de posturas indecentes. Un calor sofocante y pegajoso me subió por mi espalda haciendo que sudara de manera instantánea por la situación tan ridícula en la que me había metido.

—Alexandra, ¿te ocurre algo? Te veo muy acalorada… —dijo papá muy oportuno, se preocupó por mí en el momento más indicado. Estupendo.

A su lado, Darach fruncía el ceño, probablemente preguntándose, al igual que mi padre, por qué de repente mi piel había pasado de un tono rosado pálido a un rojo intenso. No supe qué responder.

—No, qué va…estoy bien. En serio, es solo que…bueno, creo que me he equivocado de libro, nada más.

—Ya me extrañaba a mí que estuvieras interesada en un libro erótico y sexual árabe del siglo XV. Ese sí es una auténtica reliquia. Además, no creo que necesites ese tipo de lecciones, si no me equivoco... —sonrió maliciosamente y eso me mortificó aún más. Darach tosió estrepitosamente de manera inesperada desviando la atención de mi padre hacia su persona.

—Muchacho, ¿estás bien? En fin, como iba diciendo... creo que, si acotamos esta zona de aquí y esta otra, nos dará facilidades a la hora de especificar mejor las lindes de estas tierras, de este modo...

Ellos siguieron inmersos en su conversación y yo creí haber muerto de vergüenza. Quería irme, desaparecer, pero respirar el mismo aire que Darach era mi única prioridad, así que de manera muy estoica y orgullosa me acerqué a la vitrina para cambiar de libro. Esta vez intentaría estar más atenta al título. Las miradas disimuladas que nos echábamos de vez en cuando eran auténticos regalos. Papá, por supuesto, también me observaba cavilosamente, pero le ignoré de un modo muy precavido. Cuando llevaba unos minutos escogiendo libro, Darach se acercó sigiloso para susurrarme al oído la palabra "pervertida". Me sobresalté y de nuevo, otro libro antiguo se me resbaló precipitándose como el anterior, al suelo. Miré a mi padre para comprobar si se había percatado de mi reiterada torpeza. En efecto, se encontraba en la otra punta de la estancia, con un libro entre las manos. Me lanzó una mirada reprobadora por encima de los anteojos mientras negaba lentamente con la cabeza. A pesar de todo, no dijo nada. Aproveché ese silencio para agacharme a recoger el libro y, por supuesto, Darach hizo lo mismo. Quedamos frente a frente, ocultos de la vista de papá tras las butacas verdes de terciopelo.

—¿Qué haces? levántate o nos descubrirá.

—Mmm...hoy estás preciosa. Solo pienso en ti, ¿sabes?

Nuestros susurros iban acompañados de pequeñas caricias y algún que otro beso robado.

—Aquí no, por favor... —supliqué. Escuchaba mis propios latidos retumbar en mis oídos y su sonido era ensordecedor. Las manos comenzaron a sudarme y mi respiración se volvió inestable, como si hubiera menos aire en el ambiente y este fuera denso y muy caliente. Me incorporé de golpe, impulsada por un resorte invisible, y olvidé por completo recoger el libro del suelo. Darach, que aún permanecía agachado, me miró desde abajo y rio en silencio, cubriéndose la boca con el puño para evitar que se le escapara el más mínimo sonido. Disimulé hablándole en voz alta.

—¿Puedes cogerme el libro, por favor? —carraspeé. Acto seguido, Darach se levantó y me lo entregó con un rostro controlado y extremadamente serio.

—Por supuesto, *milady*, aquí lo tiene.

—Gracias.

—De nada, *milady*.

Papá carraspeó de manera exagerada y nos separamos un poco, fingiendo buscar un libro para leer. Aun así, no dejábamos de mirarnos, y las sonrisas se nos escapaban sin que pudiéramos evitarlo. De vez en cuando espiábamos a mi padre para asegurarnos de no ser descubiertos y, entre juegos y risitas silenciosas, nos enviábamos en secreto pequeños mensajes de amor, como un *te quiero*. Era un juego peligroso y delicioso a la vez, cargado de miradas cómplices, sonrisas imposibles de disimular y palabras mudas que solo nosotros entendíamos, mientras el mundo seguía girando ajeno a nuestro pequeño secreto. Darach me envió un mordisco en el aire que yo correspondí lamiéndome los labios lentamente. Era tan embriagador, tan excitante que olvidé por un instante el lugar en el que estaba y a la persona que nos acompañaba. Se escuchó otro carraspeo sospechoso seguido de unos sonoros pasos a nuestra espalda. Papá procedía a salir de la biblioteca y llevaba un plano enrollado en la mano mientras que en la otra sujetaba sus lentes.

—Darach, voy a buscar a Edward, enseguida regreso.

—Claro, milord. Aquí le espero.

Cuando salió de la estancia los dos hicimos lo mismo, dejamos los libros que teníamos en nuestras manos de cualquier modo y corrimos a abrazarnos y besarnos. Su calor corporal calmó instantáneamente mi ansia inconsolable. Solo él podía hacerme sentir de ese modo tan sublime e irracional. Nuestro beso apasionado provocó una corriente eléctrica que penetró en nuestros cuerpos haciendo descargar en nuestra mente infinidad de recuerdos de lo más sensuales y privados.

—No soporto estar alejado de ti, no puedo concentrarme. Hasta me falta el aire si no estás a mi lado…

—Lo sé, siento lo mismo. Tan solo ansío tu calor y tu compañía…

En ese instante, oímos unas voces al otro lado de la puerta. Papá y Edward se habían detenido allí y hablaban en voz alta. No supe si fue casualidad o un aviso deliberado antes de entrar, como tampoco tuve claro si sospechaba algo. En cualquier caso, bastó para que nos separáramos con rapidez y continuáramos fingiendo interés por los libros de la estantería, retomando el disimulo como si nada hubiera ocurrido. Entraron por la puerta y se quedaron ahí parados mirándonos.

—Darach, hemos de marchar. Le enseñaremos a Edward lo que hemos estado hablando.

—Por su puesto —Darach colocó el libro en el estante y se acercó a mí. Tomó mi mano y la acercó a sus labios sin apartar la mirada, esbozando una leve sonrisa que le iluminó los ojos. Luego posó un delicado beso sobre ella, me guiñó un ojo y soltó un pequeño bufido que encerraba una promesa muy provocativa.

—*Milady*…

—A…adiós, ¡hasta luego, papá! —se marcharon de la biblioteca no sin antes echarme una última mirada furtiva.

Suspiré y dejé que la soledad volviera a sumergirme en un océano indómito y oscuro. Con los hombros caídos y una postura entristecida volví a mi habitación y a mi diario. Papá se había llevado a Darach y mucho me temía que no volvería a verle en todo el día. Entré en mi habitación y miré directamente al pequeño y artesanal reloj de madera que había sobre mi escritorio. Las agujas marcaban las doce menos cuarto de la mañana y aunque no tenía mucho tiempo hasta la hora de comer, decidí avanzar un poco más. Aún no había llegado a la mitad del diario, pasando por alto los esporádicos símbolos que había dibujados en alguna de sus páginas. Uno de ellos se repetía sin cesar en cada página y tuve claro, desde el primer momento, que en cuanto llegara a mi siglo lo buscaría por internet para intentar encontrar su significado. Como de costumbre, saqué los libros de debajo de la cama y los coloqué delicadamente sobre la mesa. Deshice el atadillo y abrí el diario por donde había dejado la cinta de seda que usaba como marcador. De una de sus páginas cayó una hoja de arbusto. Estaba seca, era muy fina y plana, claramente por el tiempo que llevaba ahí dentro. Tenía forma ovalada y dentada en sus extremos; el color pardusco mostraba su estado desecado. La olí e hizo que automáticamente retirara la cabeza hacia atrás y arrugara la nariz ya que el olor, aunque débil por el tiempo, era relativamente amargo. Sobre las letras había un pequeño restregón de sangre, que con el paso de los años se había vuelto negruzco con un tono carmesí en sus bordes más finos. Algo que llamó mi atención y me incitó rápidamente a coger la pluma y el papel.

Lo he conseguido. Al fin he hallado el modo de detenerlo. Me persigue una visión de tu futuro, se repite una y otra vez en mi mente. En ella, un hombre desconocido, con una naturaleza casi tan grande como la tuya, te hacía daño. El ritual me ha costado años de vida, pero agradezco haber hallado el modo de frenarle. El grimorio de Ingrid ha sido tu salvación y la mía. No puedo matarlo, pero sí he podido frenar su aprendizaje, limitando su condición y evitando un desenlace inaceptable. Mis dioses me han escuchado, lo sé. Ahora estás a salvo y podré volver a conciliar el sueño.

Odiaba ese tipo de manuscritos, siempre en modo de acertijo, como si supiera de lo que me estaba hablando. Entendí lo más evidente, pero no podía saber a quién se refería y tampoco podía tomarme muy enserio los desvaríos de una mujer solitaria, muy probablemente, algo desequilibrada. Nadie en este mundo sería capaz de mantenerse cuerdo en las condiciones en las que esa mujer vivía. Miré el reloj observando que era la una y veinte de la tarde. Me sorprendió sobremanera haber terminado la traducción en un tiempo récord. Me encogí de hombros. Mi estómago comenzó a recordarme que era hora de ocuparse de sus propios asuntos, y no pude ignorar sus exigencias. Guardé todo en su lugar y salí de la habitación para dirigirme al salón comedor. La presencia de Darach junto a una mesa completamente preparada hizo vibrar hasta la última de mis células. Se encontraba vestido, sí, pero a mi mente venían escenas de él completamente desnudo y fue inevitable que mis mejillas volvieran a traicionarme. No fue hasta que llegué a su lado que se percató de mi presencia. Había tres sitios dispuestos a ser ocupados por tres comensales y rápidamente comprendí que el tercero sería él.

—Hola... —dije entrelazando mis manos con las suyas con disimulo—. ¿Comerás con nosotros?

—Parece que sí, tu padre me lo ha solicitado. Dice que ha de hablar con nosotros —dijo evitando mi mirada tensando su mandíbula de vez en cuando. Se separó de mí y comenzó a caminar sin rumbo por la estancia.

—¿Pasa algo? —susurré desde la distancia pues su estado de ánimo me había llamado la atención.

Elevó ligeramente los hombros en un gesto rápido mostrando su desconocimiento, pero la distancia en su mirada revelaba que, de algún modo, intuía el rumbo de esa petición. Un presentimiento recorrió mi cuerpo y sentí cómo se agitaba con una ligera angustia encogiéndome el estómago de un modo muy incómodo. En ese instante papá apareció por la puerta y nos instó a que nos sentáramos. Lo vi de buen humor, y eso calmó mis nervios. Sin embargo, la razón por la que Darach compartía la comida con nosotros en lugar de con su familia, despertó en mí una inquietud extraña.

—Tomad asiento, por favor. Tanta burocracia le vuelve a uno loco de remate.

Los sirvientes comenzaron a servir el primer plato; una sopa bien caliente. Mientras comíamos en silencio, pude apreciar que Darach evitó mirarme en todo momento y solo prestaba atención a mi padre. No quiso alimentar más las presuntas sospechas que papá pudiera albergar sobre nosotros, y no lo culpé por ello. La incertidumbre me estaba matando, odiaba que mi padre actuara como si no ocurriera nada, mientras su secreto flotaba en el aire como una bruma espesa.

—Dime, papá, ¿cómo es que Darach come con nosotros en vez de con su familia?

—¿Te molesta?

—Claro que no, simplemente me parece extraño.

—A mí no —sorbió su cuchara como si tal cosa—. Creo que va siendo hora de que se siente con nosotros, ¿no crees? ¿Tú qué opinas Darach, te parece bien?

Darach y yo nos miramos durante un segundo en el que tanto él como yo mostramos nuestra inquietud.

—Lo que usted mande, milord. Si así lo cree conveniente…

No podía creer lo que oían mis oídos y no porque fuese algo tan extraño de comprender, pero el tono de voz divertido de papá hizo darme cuenta de la sorna con la que hablaba, así como el significado maquiavélico de su comportamiento. Dejé la cuchara sonoramente sobre el plato y me recosté hacia atrás en mi silla. Si quería tomarnos el pelo o humillar a Darach, no iba a permitírselo.

—Ya está bien, ¿vas a decirme a qué viene todo esto?

—¿Por qué? ¿Acaso no disfrutas de su compañía?

—Sí, sí lo hago. Me agrada su compañía.

Darach me miraba con ojos muy abiertos y negaba sutilmente con la cabeza indicándome que me estuviera calladita.

—Perfecto, entonces sigamos comiendo o se nos enfriará el asado de carne que ha preparado Mary.

Resoplé frustrada. Terminé mi sopa, al igual que los demás comensales y nos sirvieron el asado de buey en una bandeja de plata. Un sirviente se entretuvo a cortar la carne para seguidamente repartir nuestra ración en los platos. Cuando se marchó comenzamos a devorarla educadamente. El sabor del horno de leña le confería un toque rústico y ahumado increíblemente delicioso.

—Y dime, Darach, ¿cómo duermes últimamente? He notado que padeces de ojeras y sueles llegar algo tarde a tus obligaciones matinales —expresó esa frase con total normalidad mientras se rellenaba la copa de vino. El criado quiso servirle, pero papá le hizo un gesto con la mano para detenerle. Darach se atragantó con un trozo de pan y comenzó a toser vehemente. Bebió un poco de vino hasta que se calmó.

—Lo siento, milord —carraspeó—. Tal vez esté más cansado que de costumbre.

—Ajá… ¿Puedo saber a qué es debido ese cansancio? Quizás esté en mi mano ayudarte o tal vez esté en las manos de mi hija, ¿qué opinas?

Se miraron seriamente el uno al otro hasta que finalmente Darach, muy avergonzado, agachó la cabeza ocultando su mirada entre sus pantalones. La rabia invadió mi ser al completo pues no tenía ningún derecho a recriminarle nada, mucho menos hacerle sentir culpable de un modo tan mezquino.

—¡Basta! ¿A qué viene eso? Papá, ¿qué estás haciendo?, ¿es que quieres humillarle? Porque si es así, que sepas que yo...

No terminé la frase pues rompió a reír a carcajadas. Nos quedamos totalmente estupefactos por la imagen tan surrealista y humana de su persona. Fue deteniendo su risa hasta poder articular palabra.

—Está bien, está bien…Disculpadme. No he actuado bien, lo siento. Es que no he podido evitarlo.

—¿A qué viene todo este circo, entonces?

—Veréis, ¿de verdad creéis que no soy conocedor de vuestra relación y que ignoro que pasáis todas las noches juntos desde hace ocho días? No puedo creer que penséis que soy tan inocente.

Cruzamos nuestras miradas sorprendidos y avergonzados, sin saber qué contestar. Darach elevó el mentón e inhaló aire hallando valor para poder contestarle.

—La amo y mi amor es sincero, milord. No me avergüenzo de ello y asumiré cualquier represalia que usted ordene.

—¡No! ¡No asumirás nada! Papá, ni se te ocurra…

Papá elevó su mano haciéndome callar y siguió mirando a Darach muy interesado, pero sus ojos sonreían de un modo peculiar y eso llamó mi atención.

—Lo sé, no te culpo por ello. Cualquiera en tu situación se enamoraría de ella. Lo que no termino de comprender es porqué habéis tardado tanto, es decir, os lo ponía en bandeja y sin embargo… —se rascó la barbilla en señal dubitativa mientras elevaba sus cejas con manifiesta incredulidad. Darach tardó en reaccionar dándole vueltas a la última frase de mi padre. Su ceño fruncido, tan característico, me parecía ahora tan tierno e inocente que casi me reí. A diferencia de él, capté el mensaje al instante y la felicidad que sentí fue tan grandiosa que impidió que me moviera de mi asiento. Cuando por fin pareció entenderla, alzó su vista y me miró escéptico, pero al ver mi sonrisa tan abierta desvió su mirada hacia mi padre que también le sonreía.

—Milord, ¿significa que me da permiso para cortejar a su hija?

—Muchacho, no necesitáis mi permiso, no soy quién para negaros lo evidente.

Darach se levantó automáticamente, como impulsado con un resorte, arrastrando la silla hacia atrás generando un sonido estridente en todo el salón. Se posicionó ante él y se quedó mirándolo fijamente.

—No sabe el significado que tienen para mí esas palabras —dijo solemne. Acto seguido, colocó una rodilla en el suelo y llevó su mano derecha cerrada en un puño sobre su corazón. Agachó la cabeza en señal de respeto y habló con una absoluta admiración.

—Así como en su momento prometí con mi palabra, ahora prometo con el corazón y le aseguro que defenderé a su hija con mi vida, si es necesario. El amor que siento por ella es demasiado grande como para permitir que le ocurra nada malo. Se lo juro...

Papá lo miraba con verdadera fascinación y sus ojos risueños enternecieron mi corazón. Inspiró fuertemente asintiendo con la cabeza, seguidamente se incorporó hacia delante en su mismo asiento y le apoyó una mano sobre su hombro.

—Si algo sé, Darach, es que tu padre estaría muy orgulloso de ti. Eres un muchacho digno de admiración y valoro muchísimo la confianza que tengo en ti.

Mi corazón iba a explotar de emoción y el amor que sentí hacia ese hombre me sorprendió. En ese momento, en ese instante, comprendí el cariño tan grande que le había cogido a mi padre. Darach levantó el rostro y le miró fijamente. Sus ojos llorosos y enrojecidos me conmocionaron. Una pequeña lágrima se resbaló por su mejilla cayendo irremediablemente hacia el suelo. Se restregó el reverso de su mano por los ojos evitando así la caída de más lágrimas descarriadas y recompuso su rostro mudando su gesto en uno más feliz y calmado.

—Gracias, milord. Estaré siempre agradecido por sus palabras y por esa confianza que es mutua, si me permite decirlo.

—Está bien, está bien. Vamos, siéntate o se nos enfriará la comida. Creo que esta conversación ha tomado un rumbo demasiado serio, ¿no os parece?

—Papá, ¿cómo sabes que...bueno, que pasamos juntos las noches? Hemos sido muy cuidadosos.

—Hija mía, vuestro cuidado es el mismo que el de una locomotora ardiendo queriendo pasar desapercibida. Has estado parando el tiempo y reanudándolo sin cesar cada noche desde entonces. Uno es viejo y arcaico, pero no tonto, además, ¿acaso se te olvida quién soy?

Me quedé pensando en esas palabras por un momento y me di cuenta que ni siquiera me había percatado de que había parado el tiempo. Un fallo muy grande por mi parte.

—He de pediros una cosa. Vuestra relación ha llegado a un punto demasiado íntimo para los tiempos en los que estamos y aunque yo la vea con buenos ojos, estas gentes no lo harán por lo que debo exigiros que os controléis hasta que volvamos a tu siglo, Alexandra.

—¿Por qué?

—Somos los señores, lo normal sería que te relacionaras con alguien de tu misma clase social en vez de...bueno, ya me entendéis.

—Entonces, según ese argumento, ¿por qué le has mandado comer con nosotros? No tiene sentido que digas una cosa y hagas otra...

—Él es mi mano derecha en estas tierras. Que coma con nosotros un día, nada quiere decir.

—Tiene razón, al fin y al cabo, no soy más que un criado. No se preocupe, milord, haremos lo que diga, le doy mi palabra.

La respuesta de Darach me dejó helada y ni siquiera me miró cuando lo dijo. Me sentí traicionada por defender unos argumentos que creí compartidos. Me quedé callada como una idiota respirando velozmente por la nariz e ignorándole de un modo deliberado pues mi enfado era claramente visible para todos a mi alrededor. No podía soportar estar separada de él durante el día así que no imaginaba lo que sería estar alejada de sus brazos durante…en realidad ignoraba cuánto sería eso por lo que no tardé en preguntar.

—¿Y cuánto tiempo tendremos que esperar para regresar a mi siglo? Espero que no me digas dos meses…

—No, en realidad de eso quería hablaros. Marcharemos la semana próxima, el lunes para ser exactos. Creo que estás preparada. Soy consciente del sacrificio que os pido y si no regresamos mañana mismo es porque aún he de solucionar unos asuntos con tu hermano. Hasta entonces, os pido discreción. Después, seréis libres de hacer cuanto deseéis.

—Milord, ¿puedo hacerle una pregunta?

—Claro, dime.

—Si sabía que esto ocurriría entre nosotros… ¿por qué no nos detuvo con anterioridad? ¿Por qué no habló conmigo?

—Las cosas pasan cuando tienen que pasar. Os he dicho muchas veces que no soy quién para modificar el destino de nadie. Si os pongo freno ahora es por no generarle una mala reputación a mi hija entre estas gentes, no es apropiado ¿Lo comprendes, Alexandra?

Muy a mi pesar, tenía razón. Asentí con la cabeza silenciosamente y la que en ese momento fruncía el ceño era yo. Sentía la mirada de Darach clavada en mí la cual evité intencionadamente. Al terminar la comida me retiré a mi habitación y no salí de ella en toda la tarde. No me apetecía ver a nadie. La explicación de papá, aún con su lógica, y la reacción de Darach aceptando tan fácilmente nuestro estado de separación me había puesto de mal humor, tal vez fuese un comportamiento infantil, pero era mi forma de revelarme. Me estiré en la cama y sin darme cuenta me quedé dormida. Unos golpes en la puerta me sobresaltaron. La habitación estaba en penumbra y la chimenea apagada. Me levanté torpemente y miré el reloj, eran las nueve de la noche. Estaba desorientada intentando comprender por qué me levantaba a esas horas, hasta que logré recordar que mi sueño había sido una siesta un tanto larga. Cuando abrí la puerta, Mary me traía un pequeño emparedado, ya que al parecer me había saltado la cena. Le di las gracias y me disculpé por no avisar a nadie. Lo comí sin ganas y cuando terminé me desvestí para regresar a la cama y seguir durmiendo. No había hablado con Darach después de la conversación del medio día, pero tenía muy claro que esa noche no vendría a mi alcoba así que me acosté y me resigné. Deseé que Darach fuese un mentiroso, un farsante y se presentara en mi habitación como cada noche, aunque en el fondo sabía que su honor estaba por encima de todo, incluso de su propio deseo. Me refugié en mis sueños, en mis recuerdos y soñé con él hasta que perdí el conocimiento.

21. Regreso

El sonido rítmico y sordo de mis zapatillas al topar con el liso y rojizo asfalto del carril bici relajaba mis sentidos haciendo que tuviera la mente en blanco y pudiera concentrarme solamente en mi respiración. Normalmente prefería llevar música de fondo, y aunque había conseguido encontrarle el gusto al silencio y a la tranquilidad después de casi dos meses en el siglo XVII, ahora lo echaba de menos. Olvidarse el móvil era una consecuencia de estar tanto tiempo al margen de la tecnología. Era primera hora de domingo y había escogido correr por una ruta ya conocida. A esas horas apenas había tráfico. Las calles, prácticamente vacías, me recordaban esa paz, tan cercana aún, de ese tiempo en el que lo coches, las prisas y los sonidos de ambulancias no existían. En cierto modo lo echaba en falta y ya no era el ritmo lento y apacible de la época, sino su gente, pues se habían convertido en mi familia.

Me detuve a recobrar el aliento en el mirador del centro de la localidad donde residía mi padre. Las vistas desde ese punto de la población eran, como siempre, espléndidas. Desde ese punto, se divisaba parte de alguna que otra población perteneciente a la ciudad de Barcelona hasta alcanzar el mar en su lejanía. Un mar, en ese momento, dorado y resplandeciente por el destello del sol reflejado en su superficie que deslumbraba a la vista. En ese momento, otro corredor pasó por mi lado siguiendo su ruta sin detenerse. Estábamos en junio y a las nueve y media de la mañana teníamos ya veintidós grados, por lo que se aventuraba un día caluroso. Una suave brisa templada chocó con mi cuerpo sudoroso, refrescándolo ligeramente y animándolo a continuar su ruta. La respiración, al igual que el ritmo cardíaco, se había recompuesto lo suficiente como para iniciar la vuelta. El tiempo que había estado sin hacer deporte me estaba pasando factura pues mis músculos, acomodados y distendidos, se mostraban en rebeldía fatigándose de un modo poco agradable. Mis pies comenzaron a moverse de nuevo. Había echado de menos mi tiempo, sobre todo abandonar esos ropajes que, aunque tenían su encanto, eran incómodos y pesados. Fue la mayor experiencia liberadora experimentada en años, y qué decir del calzado…tan grueso y amortiguador. Un éxtasis de placer absoluto.

Regresamos el día anterior adelantando unos días el viaje previsto, pues los asuntos pendientes de papá, es decir, Aarón, estaban relativamente solucionados. Lo había enviado trescientos años atrás en el tiempo, aislándolo de mí y de mi alcance por una pequeña temporada hasta que aceptara su condición. Para el resto de las personas, en las que se incluía mamá, habíamos estado de viaje durante un mes. Durante ese tiempo, papá, en un gesto sorprendentemente considerado, se aseguró de que le escribiera un par de cartas dirigidas a ella. Las depositó en algún buzón de Escocia, en el siglo oportuno, para que los servicios de correo las sellaran haciéndolo parecer completamente natural. En las cartas describía las maravillas del paisaje escocés y la amabilidad de su gente, omitiendo deliberadamente la diferencia de época. La falta de cobertura en el móvil resultó una excusa más que convincente, y ella se conformó con recibirlas. Esa fue la primera visita obligada que hice en cuanto pisé suelo actual. La abracé con todas mis fuerzas y le di mil besos alrededor de su rostro. También le regalé, por supuesto, jabones y aceites de Mary que apreció de corazón como buena amante de lo natural.

Los días pasados antes de volver a mi tiempo fueron los más largos y tediosos de toda mi vida. Por suerte o por desgracia, al día siguiente de comer con ellos en el gran salón me vino la menstruación. Agradecí tener una excusa mayor que me impidiera las relaciones íntimas, pero odiaba tener esos días en un siglo en el que los tampones y las compresas no existían. Era un auténtico engorro, por no hablar de la falta que me hacía un lavabo en condiciones para mantener la higiene a raya. Para cuando regresamos a mi estilo de vida y al hábito, en cuanto a esos temas se refiere, ya hubo pasado lo peor. No hacía falta más que estar un tiempo alejado de las comodidades, los avances tecnológicos y científicos para valorarlos como realmente se merecían. Incluso Darach, siendo de otra época, se daba cuenta.

Avanzaba por una calle solitaria y apartada cuando me vi obligada a detenerme nuevamente para recuperar el aliento. Mi cuerpo se sentía completamente exhausto. Me quedé pensando un momento mientras observaba distraídamente el movimiento de la cabeza de un par de palomas. Me sujeté la cintura con las manos hasta que mi respiración acelerada volvió a recomponerse. Volver corriendo no era una opción viable en esos momentos pues mi cuerpo estaba demasiado agotado, así que debía plantearme el regreso de otro modo. No llevaba el móvil y tampoco había cogido dinero, así que pedir un taxi estaba descartado. Si regresaba andando, cosa que no me apetecía, tardaría muchísimo. Por otra parte, mis gemelos dolían con una pesadez considerable y el hecho de caminar, aunque fuese despacio, no ayudaría. En ese instante, tuve una revelación. Sonreí de oreja a oreja y agradecí tener una naturaleza tan única y especial como la mía.

—Está bien, Alexandra, tú puedes.

Me oculté tras unos árboles y después de comprobar que no hubiera nadie a mi alrededor, inspiré profundamente intentando encontrar ese punto de concentración adecuado para desplazarme. Debía de acertar en el lugar y momento oportuno que, según papá, no era tan difícil. Tan solo debía buscar en mi interior hasta encontrarlo. Parte de mí estaba tensa pues me daba miedo aparecer en otro año, pero decidí intentarlo de todos modos, pues era el modo de aprender. Comencé a pensar en Darach, imaginando su presencia en la casa de mi padre. Tenía los ojos fuertemente cerrados. Finalmente, hallé una energía en el espacio tiempo y supe que era suya. Cuanto más la observaba más fuerte se hacía así que tomé la decisión. En ese momento abrí los ojos y contemplé absorta la dilatación de los elementos a mi alrededor hasta quedar desfigurados, tornándolos irreconocibles en estructura y color. La transición, esta vez, fue más rápida y suave. El cambio de luz se notó considerablemente y el entorno comenzó, de nuevo, a dibujar siluetas y formas cada vez más definidas. El traslado había casi concluido. Mis sentidos estaban a flor de piel y al igual que la vista, el olfato era uno de los más intensificados en esa situación. Un olor desagradable y penetrante me invadió obligándome a taparme la nariz con las manos. Cuando mis ojos enfocaron y descubrí su origen, quise morirme en ese mismo momento. Me encontraba en uno de los cuartos de baño. En cierto modo, había atinado con el lugar pues había llegado donde quería, y eso me posicionaba en un estado de aprendizaje bastante avanzado. Mi puntería no había sido del todo acertada porque aparte de buscar la casa, mi mente rastreó a Darach y era en su cuarto de baño, precisamente, donde me encontraba; y donde un Darach, muy sorprendido y abochornado, estaba sentado en el retrete leyendo un periódico deportivo mientras hacía sus necesidades humanas.

Ambos abrimos los ojos desmesuradamente y nos miramos incrédulos, tratando de hallar una explicación razonable a aquella situación tan espantosa. Cuando por fin logró articular palabra, sin darle tiempo a concluir la frase, salí despavorida del baño, gritando al aire un "perdón" y cerrando la puerta bruscamente. No me detuve hasta entrar en mi habitación donde, más tranquilamente, asimilé la escena para después reír histéricamente por mi torpeza.

Había atinado con el momento, pero no con el lugar concreto. Sabía que era un fallo minúsculo, una errata sin importancia, aunque la vergüenza ajena que pasé me decía lo contrario. Estaba segura de que a Darach no le había gustado que invadiera su intimidad de un modo tan violento. Esa situación me hizo sudar de nuevo, envolviendo mi cuerpo en un sofoco. Sin entretenerme, fui directa a darme un baño. Me arranqué la ropa deportiva y la tiré por el suelo según iba acercándome a la ducha. Una vez dentro, abrí el grifo y en cuanto el agua estuvo tibia me sumergí en ella y me quedé así unos segundos, rehaciendo mi dignidad y eliminando de mi rostro el calor incómodo producido por el esfuerzo y la vergüenza. Me aclaraba el pelo por segunda vez cuando la puerta de la mampara se abrió tras de mí. Giré sorprendida y admiré desconcertada la figura que entraba con semblante serio y enfadado. Darach, vestido con tan solo sus pantalones de pijama mostraba su magnífico torso al descubierto. Me miraba intensamente con sus ojos de pantera. Se detuvo a un palmo de mi cuerpo desnudo y empapado contemplando mi estampa, totalmente embelesado.

—Sabía que te encontraría aquí. El solo hecho de pensar en tu cuerpo bajo el agua, desnudo… —silbó.

—Darach, te vas a empapar.

—Esa es la idea. Quiero ducharme contigo, me excita hacerlo bajo el agua de la ducha. No he podido pensar en otra cosa desde que volvimos.

El tono susurrante y ronco de su voz provocaba sacudidas eléctricas en mi cuerpo. Me invadió un deseo repentino y sus palabras, cargadas de lujuria, excitaron hasta la última de mis células.

—Perdona por lo de antes, no quise invadir tu privacidad. Lo siento.

—Has sido un poco traviesa. No te apures, en realidad, me ha parecido divertido.

Se arrimó aún más colocando sus manos sobre mi cintura. El agua, que caía en cascada desde el techo le empapó por completo.

—Mmm…me vuelves loco. Llevo cinco días sufriendo una tortura, sumido en un tormento por no haber podido tocarte. No lo soporto más.

Me devoró bajo el torrente de agua apoyándome contra la pared y posando sus manos en todas las partes posibles de mi cuerpo. Le agarré sus cabellos chorreantes y tiré de ellos mientras él besaba mi cuello. Estaba loca de deseo. Reí al darme cuenta de que aún llevaba parte del pijama puesto, el cual, estaba igual de mojado que nosotros y que no tardó en desaparecer. Nos fundimos bajo la incesante cascada. El deseo contenido desató una violencia pasional ahora por fin desinhibida. Sentir de nuevo su cuerpo, sus besos, sus caricias…era un éxtasis. Nuestro deseo culminó muy rápido. Nos quedamos unos minutos bajo la ducha, dejando que el agua intentara ordenar nuestra respiración aún agitada, mientras nos mirábamos a los ojos en un silencio compartido, que decía lo mucho que nos amábamos.

Después de esa intensa ducha, salió del baño en dirección a su habitación, iba completamente desnudo sin ningún pudor y eso me hizo sonreír. Le oí volver minutos después mientras yo aún seguía peinándome e hidratándome el pelo. Cuando terminé, salí envuelta en mi albornoz descalza con el cabello aún mojado y recogido en un turbante. Le encontré de pie dándome la espalda. Se había vestido con unos vaqueros azules y una camiseta blanca de manga corta que le marcaba sutilmente toda su musculatura, su cabello suelto y mojado aun parecía más negro de lo que era. Tragué saliva. Mirarle era un auténtico placer para mi vista. Estaba delante del escritorio leyendo las hojas traducidas del diario de Ermin que tenía sobre la mesa.

—Disculpa, no quería husmear, las he visto ahí encima y…

—Tranquilo, no pasa nada. En realidad, me hace ilusión que las leas.

—Fue ella quien hizo que este reloj me permitiera ser inmune al tiempo.

—¿Cómo dices?

—En aquel entonces no sabía que era tu madre. Lo averigüé cuando fuimos el día que falleció y no me pareció el mejor momento para decírtelo.

—Vaya…y ¿cómo fue?

—Tu padre me llevó con ella hace unos cuantos años. Me pareció una bruja loca y desequilibrada. Oh…Perdón, no quería ofenderte.

—No, no pasa nada, lo comprendo.

Me senté con las piernas cruzadas como los indios a los pies de la cama mientras me explicaba con pelos y señales lo aterrador de su experiencia.

—Ocurrió antes de conocerte. Tu padre dijo que una hechicera podía hacer un conjuro que nos protegiera a ti y a mí a la vez. Era noche cerrada cuando me llevó a ese mismo lugar, tras el carromato. Ermin tenía dibujado un gran símbolo extraño en la tierra. Lo había dibujado con sangre de una de sus cabras pues su cabeza sangrante se encontraba clavada a una vara. Cinco antorchas encendidas estaban clavadas a nuestro alrededor reforzando el círculo. Llevaba la cara pintada con la misma sangre y hablaba en un idioma muy extraño para mí. Tu padre me pidió que me quedase en calzas, sin ropa que me cubriera el torso y me colocase en el centro del símbolo, tumbado boca arriba. Cuando lo hice, observé que la luna llena se encontraba sobre mí iluminándome directamente con su luz. Tuve miedo, aunque tu padre me pidió que confiara en él y es lo que hice. Pensé que, si hubiera querido matarme, ya lo hubiera hecho, así que me dejé hacer —explicaba su experiencia paseándose por mi habitación de un lado a otro gesticulando con las manos. Se me erizó el vello de los brazos y un escalofrío recorrió mi cuerpo al imaginarme esa escena—. Ermin se acercó con un cuchillo mal afilado y me hizo un pequeño corte sobre el pecho, encima del corazón —se levantó la camiseta y me mostró su pequeña cicatriz—. Luego, tu padre le dio un tarro pequeño de cristal que, al parecer, contenía tu sangre. Derramó unas gotas por encima de mi herida y el resto sobre el reloj, que colocó muy despacio sobre mi corte sangrante. Comenzó, entonces, a cantar en su voz extraña mientras arrojaba sobre mí hojas manchadas de sangre de cabra mientras daba vueltas a mi alrededor. De repente se levantó un viento espeluznante que me hizo estremecer de frío. Creo que fue cuando me dormí, o tal vez perdí el conocimiento, no lo sé —elevó sus hombros mostrando indiferencia—. Al despertar, me obligó a beber un brebaje pestilente que me provocó arcadas. Tuve que bebérmelo entero. No recuerdo haber tomado algo tan sumamente repugnante en toda mi vida. No sé ni quise saber de qué estaba hecho. Cuando terminé, regresamos a este siglo y todo transcurrió normal, al menos hasta que te conocí.

—Vaya, me dejas sin palabras—confesé. Era cierto, jamás hubiera imaginado a Ermin en esa situación y que Darach lo aceptase sin condición.

—Lo sé, fue una experiencia de lo más perturbadora.

Todo tenía sentido y ahora comprendía el poder extraordinario de Ermin. Era realmente una hechicera. Salté de la cama y le abracé.

—Valoro mucho lo que estás haciendo por mí. Papá tiene razón, eres admirable —dije mirándole a los ojos. Sonrió nervioso ante mis palabras.

—En realidad soy yo quien le debe la vida.

Nos dimos un beso tierno y mis tripas resonaron estruendosamente rompiendo la magia del momento. Darach comenzó a reír y yo me sentí ridícula, como siempre. Terminé de prepararme y al igual que él, me vestí con unos vaqueros y un top sencillo de tirantes en color negro. Gracias al cielo no tenía que recogerme el cabello como lo había estado haciendo hasta ahora. Con unos sencillos movimientos tenía formada una elevada y coqueta coleta. Cuando llegamos a la cocina encontré una nota escrita de mi padre dirigida a nosotros y unos documentos bajo ella.

Siento no poder estar con vosotros, pero he de marchar un tiempo. Mi causa necesita más dedicación de la que le estoy prestando. No puedo permanecer tanto tiempo como humano, espero que lo entendáis. Mañana tendréis a Marisa con vosotros. Ya está avisada.

Alexandra, he abierto una cuenta a tu nombre donde he depositado un dinero que, espero aceptes sin vacilar. Te he dejado la documentación para que la firmes y la entregues mañana.

Esteban.

PD: Es deber de los padres proteger a sus hijos. Esta es tu casa, pero si lo deseas, entenderé que queráis compartir una propia. Ahora, poseerás dinero para eso y más.

Estudié los documentos por un momento contemplando el lugar donde debía plasmar mi rúbrica. No me gustó que por el simple hecho de ser su hija me regalara dinero, me sentí comprada y sucia, pero debía reconocer que eso me ayudaría a seguir adelante y haría más fácil mi independencia pues de no ser así, hubiera tenido que regresar a casa de mi madre.

Podía quedarme en casa de mi padre, pero estaba acostumbrada a mi independencia y más ahora que tenía novio. Pensar en esa palabra me desconcentró por un instante.

—Debes firmarlos, es importante.

—Lo sé, es que no me gusta que me regalen las cosas. Además, me molesta que haga esas cosas ahora, cuando se podría haber ocupado de mí y de mi madre siendo una niña.

—Tenía sus razones, sabes que ni siquiera quiso que supieras la verdad. Quiere enmendar su error. Piénsalo de este modo, tal vez no vuelvas a verle en años y quiere estar tranquilo.

—¿Años? —le miré alarmada. Se acercó a mí y me colocó sus robustas manos sobre mis hombros.

—Quizá haya extralimitado el término, pero si lo ha hecho, es porque tardará un tiempo considerable en regresar. Acéptalo y firma. Después, podrás hacer lo que quieras. Si no deseas hacer uso de él, será decisión tuya.

Firmé. Su argumento era acertado, siempre podría dejarlo ahí y tocarlo en caso de emergencia.

Había salido a correr en ayunas por evitar la incomodidad de un flato indeseado. En aquel momento me pareció lo correcto pues no tenía hambre, pero ahora necesitaba nutrirme como un león hambriento. No llevábamos ni diez minutos desayunando cuando sonó mi móvil. Me hizo ilusión ver el nombre de Blanca en la pantalla. Contesté al instante.

—Hola, Blanca ¿Cómo estás?

—¡¿Qué cómo estoy?! ¡Perra, asquerosa! Has vuelto y no me has dicho nada, si no es por tu madre no me entero. Ya te vale, tía.

—Perdona, no he tenido tiempo, llegamos ayer. Pensaba llamarte esta mañana. Lo juro —mentí. Miré a Darach y le puse cara de circunstancia. Sonrió mientras le daba un bocado a su tostada.

—¡Llevo un mes sin saber nada de ti! Si hasta llegué a pensar que podrías estar muerta —suspiró ruidosa y exageradamente —. Querrás que nos veamos ¿no? tendrás muchas cosas que contar, ya me entiendes.

—Eh…sí, la verdad es que sí. Tengo una noticia que te va a encantar, ¿Cuándo quieres quedar?

—Estupendo. Esta tarde, en el November, a las ocho. No te arrepentirás.

Resoplé resignada poniendo los ojos en blanco.

—Por cierto, ¿aún sigue por ahí ese morenazo con el que te marchaste la última vez?

—Sí, aquí lo tengo, justo delante de mí —dije dedicándole una mirada seductora. En ese instante, Darach dejó de masticar y me miró extrañado con la boca cerrada y llena. Hizo un gesto de negación con la cabeza sin saber a ciencia cierta de qué se trataba, pero el simple hecho de hablar de él ya fue suficiente para saber que no le gustaría el significado de la conversación.

—Pues tráetelo, me muero de ganas por volver a verlo.

—Claro, ahí estaremos.

El November, un pub que se caracterizaba por ser bar de día donde servía cafés, bocadillos y tapas y que, por la noche, a partir de las once, abría su planta subterránea convirtiéndose en un pub musical. Había estado allí un par de veces y el ambiente era bueno e interesante, con un aire inglés muy particular. No era un lugar al que solíamos ir por el elevado precio de las bebidas. Estaba situado en el centro de la ciudad, muy bien comunicado y con un estatus social que lo hacía selecto y distinguido. En cierto modo, tenía ganas de pasar una noche de fiesta. Estaba aburrida de tanta tranquilidad y monotonía. Necesitaba algo diferente, algo que me hiciera recordar mi vida de siempre, en mi siglo. Sin embargo, no sabía si le gustaría a Darach pues, aunque se había adaptado muy bien a esta época sus pies no habían pisado una sala de fiesta en su vida. Su reacción era toda una incógnita para mí.

—¿A qué lugar he de ir contigo?

—A un bar. En realidad, es una sala de fiesta. Escucha, si no quieres ir no pasa nada, lo comprendo. Al fin y al cabo, no estás acostumbrado a estas cosas.

—¿Quieres que vaya?

—Sí, por supuesto. Pero si va a ser incómodo para ti, comprendería que no quisieras acompañarme.

—Iré, no te preocupes. No creo que sea tan malo.

Con las llaves del coche en la mano y sujetándome la puerta de la calle, Darach me dio otro repaso de arriba abajo resoplando por enésima vez.

—No creo que a eso se le pueda llamar falda. No te agaches o tendré que estar detrás de ti todo el tiempo para ocultar tu trasero. Por no hablar de los indeseables que habré de espantar de tu lado.

—Ya te he dicho que no es una falda, es una minifalda y te aseguro que no es nada provocativa ¡Pero si es de las más recatadas que tengo!

<<Espera ver a Blanca>> Pensé.

—Esto que a ti te escandaliza, es muy normal en esta época.

—Me gustabas con los vestidos de la mía, hacían que la imaginación trabajara y era muy excitante.

—¿Me estás diciendo que no te gusto así vestida? —me había puesto un vestido de algodón ajustado azul marino de tirante grueso y bastante sencillo. Tenía un escote pronunciado pero discreto. Era de esas prendas que se podían llevar a diario pero que con unos tacones y un bonito maquillaje lucía espectacular. La minifalda casi llegaba a las rodillas, no era tan constreñida como él creía ver.

—Claro que me gusta, a mí y a todos los hombres de la ciudad —puse los ojos en blanco por semejante exageración.

—Mira, te has acostumbrado a verme vestida como una monja, pero eso se ha terminado. Recuerda que soy de esta época y vas a tener que habituarte.

—Lo sé, aunque no me agrada.

Se pasó todo el camino de ida con su fruncimiento característico de cejas sin apenas formular palabra. Mucho me temía que la noche no se aventuraba muy atractiva para él. Decidí que su carácter prehistórico no arruinaría mi noche pues tenía unas ganas locas de salir de fiesta. Al llegar al pub, Blanca estaba de espaldas a nosotros hablando con una chica en la entrada. Llevaba un vestido rojo y ese sí era extremadamente corto. Me reí por dentro al ver la cara de susto de Darach. Sus tacones de diez centímetros la hacían parecer una Barbie en toda regla. La llamé y se dio la vuelta rápidamente. Comenzó a saltar y a gritar como una niña pequeña al verme. Vino hacia mí, todo lo deprisa que sus tacones le permitieron, y me abrazó fuertemente. Su perfume era terriblemente dulce robando mi oxígeno de un modo mareante. Le correspondí eufórica en ese abrazo que duró más tiempo del imaginado. Viéndola de frente, ella sí que quitaba el hipo. Estaba guapísima; se había cortado el pelo a media melena y la hacía parecer más joven. El vestido era alto hasta el cuello, sin mangas, con un escote en forma de corazón invertido y que dejaba muy al descubierto su portentosa delantera. Oí un carraspeo a mi espalda y en ese instante me acordé de Darach.

—Oh, Blanca. Este es Darach.

—Mmm…encantada—se presentó ante él con un tono cantarín y seductor, le dio dos besos arrimándose demasiado pues su coquetería y su desparpajo seguía igual que siempre. Decidí pararle los pies pues un torrente celoso invadió mi persona repitiéndose en mi cerebro las palabras "ES MIO".

—Blanca, no te lo dije por teléfono, pero Darach y yo estamos saliendo juntos.

—Oh, vaya. Es una buena noticia, Álex. Me alegro por ti —dijo cohibida. El cambio en su postura fue notorio y aunque su alegría fue sincera, supo comprender los límites impuestos y eso, no le sentó tan bien.

—Está bien, pasemos dentro, los demás nos están esperando. Vamos Laura.

—¿Quiénes son los demás? —susurró Darach en mi oído mientras me sujetaba del codo suavemente. Su barba me rozó la oreja y mi cuerpo se estremeció como acto reflejo.

—No lo sé, aunque viniendo de Blanca, me espero cualquier cosa.

Darach estaba incómodo, podía sentirlo. Era de esperar pues se encontraba ante una situación imposible de comparar con nada que hubiera vivido anteriormente. Para mí también era novedoso, salir de fiesta en pareja era algo que nunca había experimentado, pues jamás tuve una. Pero, por mucho que quisiera que nuestra situación se pareciese, en realidad, la diferencia entre ambos era mayúscula pues yo estaba en mi época, con mis amigos, sin sentirme fuera de lugar. Fue en ese momento cuando fui consciente de mi egoísmo habiendo puesto por delante mi necesidad ante la suya y me sentí la novia más patética del mundo.

—Oye, si por cualquier cosa te sientes incómodo o abrumado, me lo dices y nos marchamos. No quiero que estés a disgusto.

Su orgullo y fanfarronería salieron a la superficie como por arte de magia haciendo que elevara su porte y sacara pecho.

—Estaré bien —carraspeó —. No te apures, a lo mejor incluso me pongo ebrio.

Entramos en el interior del bar y comprobé que esa tal Laura también venía con nosotros. Al parecer, Blanca había juntado a todo el grupo y esa chica era la nueva novia de Sergio. Carlos, también había traído a su nueva pareja, un hecho que no pasó desapercibido y no por haberse separado de Julia, sino por comenzar una relación homosexual sin que nadie supiera sus preferencias. Dani, que así se llamaba el chico, parecía extremadamente tímido e hizo que Darach se sintiera mejor en un principio, puesto que ya no era la única novedad. Fue extraño no ver a Pol entre ellos, pero lo agradecí. La última vez que nos vimos no terminamos muy bien. La tarde transcurrió amena y divertida incluso para Darach, que llegó a bromear con alguno del grupo. Cenamos y cada uno fue contando cómo le iba la vida. Cuando llegó mi turno, hice un breve y muy general resumen explicando a grandes rasgos la aparición repentina de mi padre biológico y la relación amorosa que había surgido entre Darach y yo. Al cabo de un rato, Blanca me arrastró a una esquina del local cuando salía del aseo. Se podría decir que me secuestró. Cuando se comportaba de ese modo era mejor prestarle atención o su impaciencia y sarcasmo irían en aumento hasta un punto insoportable. Estaba tan ansiosa por saber que parecía una paparazzi salida de una revista del corazón.

—Oye, espero que conmigo no seas tan escueta. Quiero pelos y señales de todo, ¿me entiendes? ¡De todo!

—Que sí…Te contaré todo lo que pueda.

—¡Eh! eso no es lo mismo y lo sabes. Bueno, a ver… ¿Desde cuándo estáis juntos? No espera, espera, primero… ¿sigues virgen? Y si es así… ¿Tiene tan grande su aparato como aparenta su físico?

No daba crédito a mis oídos.

—¡Blanca!

—Vale, vale. Perdona, era simple curiosidad…

—A ver, a lo primero…mmm…de manera oficial, casi dos semanas. A lo segundo; no, ya no lo soy. Y, obviamente, no responderé a tu última pregunta.

—Wauuu… ¡Álex ya no es virgen! —gritó esa frase y me abrazó riendo sin parar. Todo el bar nos miró, incluido Darach con gesto azorado. Pude notar la tensión en su semblante desde la distancia y cómo un Sergio sonriente le golpeaba en el hombro en señal de camaradería. A raíz de ahí, comenzó una retahíla de preguntas cada cual más inoportuna y extralimitada. Contesté lo que pude y lo que no, callé. En ningún momento se lo expliqué con pelos y señales, como a ella le hubiera gustado. La intimidad que teníamos él y yo era nuestra, de nadie más. Tampoco es que le dijera nada que no supiera yo de ella así que, en ese aspecto, se quedó conforme.

—Blanca, creo que puede valer por hoy.

—Está bien, ya tengo suficiente para un artículo en la revista Hola. Cambiando de tema, Pol se unirá a la fiesta más tarde. No me mires así, también es amigo nuestro. Además, cuando supo que venías no quiso faltar. Si no ha venido a cenar es porque tenía un compromiso. Verás cuando se entere de que estás con ese portento y que ya no eres virgen.

—Blanca, no se lo digas. No te metas en esto —mis últimas palabras sonaron amenazantes dejando a Blanca totalmente sorprendida.

—Eh, calma. Era broma, de todos modos, es algo que se os nota. Si te he preguntado, ha sido por mi insaciable curiosidad. No te preocupes, cremallera—gesticuló con su mano imitando el acto de cerrar su boca como si tuviese una cremallera. Acto seguido, volvimos a la mesa con los demás. A las once de la noche abrieron el pub y bajamos a la parte más oculta del local, su sótano. Al fondo del recinto se hallaba una barra para pedir bebidas, iluminada con luces led en color azulado. Frente a la barra había mesas altas con taburetes elevados y en el lado opuesto, una especie de pista de baile con luces intermitentes. La música sonaba tan alta que nos obligaba a gritar para poder oírnos. Darach alucinaba; su mirada iba de aquí para allá observándolo todo con gesto azorado. Sujeté su mano y se la apreté. Estaba arrebatadoramente atractivo, con su pelo recogido en una coleta baja y su polo blanco que destacaba sobre los pantalones largos de color negro que se le ajustaban mostrando un trasero duro y redondeado.

Nos dirigimos a la barra y Blanca comenzó a preguntar, a voz en grito, lo que queríamos tomar. Se oían cosas como ron con cola, gin-tonic, margarita, un par de mojitos...Darach se pidió un wiski, cosa que no me sorprendió y yo un Malibú con piña. No llevábamos ni media hora cuando alguien me tocó en el hombro y al darme la vuelta le vi. Era Pol. Me alegré de verle, aunque me abstuve de abrazarlo como hubiera hecho antaño. La reacción de Darach fue inmediata. Posó la mano en mi cintura y atrajo mi cuerpo contra el suyo en un gesto de posesión inconfundible. Entre sus miradas estalló una tensión cortante como un duelo invisible de bravuconería que me dejó sin habla. Tras las presentaciones, apenas cumplidas, se ignoraron deliberadamente. Una bruma densa y opresiva nos envolvió, cargando el aire hasta volverlo irrespirable y muy incómodo.

—¡Pol! ¡Pol! Vamos, ven a pedirte algo, deja a ese par de tortolitos —dijo Blanca que debió de notar nuestra tirantez y se lo llevó de nuestro lado. A pesar del elevado sonido de la música pude escuchar el resoplido de Darach a mi lado.

—No me gusta cómo te mira ese petimetre…

—No le hagas caso, es inofensivo. Por cierto, estás terriblemente seductor, no puedo dejar de mirarte…

—Mmm…aquí no o podríais arrepentiros de vuestras palabras, *milady*.

Nos besamos y aunque el lugar no era el adecuado, nuestros cuerpos soltaron chispas haciendo que el entorno quedara suspendido en una niebla de sonidos y luces intermitentes. Se separó dulcemente y me acarició la barbilla con sus dedos.

—Estás preciosa. Ve y disfruta con tu amiga —sonrió.

Cuando giré mi vista, vi a Blanca haciéndome señas para que me uniese a ella en la pista. Me acerqué sonriendo con el cubata en la mano. Comencé a moverme sutilmente hasta que terminé saltando como tantas veces había hecho. Miré de reojo y le vi muy rígido, con su wiski en la mano intentando mostrar una serenidad y diversión completamente inexistentes. No me quitaba el ojo de encima y aunque al principio fui reticente a dejarle solo, su gesto me incitó a que me divirtiera, y eso hice. La música vibrante nos envolvió entre saltos, risas y cantos. Fue el mejor momento de la noche. Después de mi tercer cubata mi carácter comenzaba a estar desinhibido.

—¿Dónde está Pol? —pregunté inquieta. Se había mantenido al margen casi todo el tiempo, al menos en cuanto a Darach se refería, aunque la mirada asesina que le dedicaba insinuaba una intolerancia a gran escala ante su persona.

—No lo sé, creo que ha ido al baño.

Busqué a Darach y no le vi. El corazón me dio un vuelco al no localizarlo. La música sonaba lejana en mis oídos mientras mi mente tejía un escenario alternativo, temiendo que estuviera ocurriendo alguna escena indeseada en los servicios de caballeros. Mi mirada se posó sobre esa puerta en el mismo instante en que salía de ellos con total normalidad, para después dirigirse a la barra a pedir otro wiski. Suspiré aliviada. Conseguí relajarme y continuar con la fiesta, aunque algo en mí se había removido por dentro como un hecho instintivo y premonitorio. Alguien tras de mí me agarró el brazo con una fuerza desmedida apartándome de la pista de baile y llevándome a una esquina oscura del local. Por supuesto, un Pol muy irritado y bebido.

—¡¿Qué haces con ese!? —gritó a la vez que me sacudió el brazo.

—¡Suéltame, Pol! ¡Déjame en paz! No me fastidies la noche.

—¿Cómo puedes estar con el desgraciado que te raptó?

—¡No sabes lo que dices! además, no te incumbe. Márchate, Pol, no hagas que te odie por esto.

—Ese tío es un agrio, ¿sabes? ¡Pero si ni siquiera es simpático! Y no me gusta cómo te mira. Él no te conoce como yo.

Comenzó a acercarse demasiado, lo suficiente para que su aliento alcoholizado invadiera mi espacio mientras me seguía sujetando el brazo de un modo posesivo. Intenté volver a la pista y zafarme de su fuerza, pero no me lo permitió.

—Oye, sé que me porté mal la última vez y lo siento, ¿vale?, pero es que...llevo un mes sin saber nada de ti, pensando en que ese mal nacido te tenía retenida en algún lugar. De repente, apareces diciendo que estáis juntos ¡Es un chulo prepotente!

—¿Y qué si es así? Nos hemos enamorado, ¡y es lo mejor que me ha pasado en la vida! —enfaticé la palabra "enamorado" pronunciándola lentamente. El resto, se lo escupí a la cara.

—¡No puedes, no debes! ¡Joder! ¡Con ese no! Aarón me lo advirtió, eres una auténtica zorra sin escrúpulos...

—¿Cómo la habéis llamado? —Darach apareció a nuestro lado con el rostro enfurecido y una mirada asesina. Pol soltó mi brazo en ese instante sacudiéndolo en un movimiento rápido y tirante. Intenté sin éxito calmar a Darach pues la simple idea de una pelea entre ellos hizo que mi cuerpo se estremeciera. Pol era fuerte, pero no tenía nada que hacer con un hombre que estaba preparado para la lucha desde el día en que nació.

—La he llamado zorra o puta, como prefieras. Solo puede ser algo así para tener que estar con alguien como tú.

Pol recibió un puñetazo en todos sus morros que lo hizo caer hacia atrás. Ni él ni yo lo vimos venir. Darach había descargado la rabia contenida sobre su adversario que llevaba reprimiendo todo el tiempo desde que vio a Pol. La música seguía sonando y la gente, ignorantes a cuanto ocurría, seguían bebiendo y disfrutando de una fiesta que para mí se había convertido en una auténtica decepción. Pol comenzó a sangrar por la nariz y se llevó las manos a la cara.

—¡Cabrón! ¡Me has roto la nariz! Ni siquiera me has dado tiempo a prepararme. Te vas a enterar, cobarde.

Se levantó como un rayo y arremetió contra él de manera imprudente con la mirada fuera de sí. Darach solo esquivaba movimientos erróneos cuando de pronto le prodigó un puñetazo en el estómago que lo dejó cao doblándolo sobre sí mismo y tosiendo sin parar.

—Salid de aquí o no respondo. Os aseguro que en una lucha contra mí no tenéis nada que hacer.

Las palabras de Darach hicieron que Pol se sintiese humillado como jamás hubiera imaginado. Volvió a levantarse con toda la dignidad que pudo pues el estado de embriaguez que llevaba, unido a los golpes recibidos, hicieron que sus pasos fuesen inestables. Quiso golpear de nuevo a un Darach fuerte e implacable elevando su torpe y flácido puño, queriendo aparentar un orgullo absurdo y sin sentido. Darach esquivó el movimiento lento e inútil de Pol con una sonrisa sarnosa.

—Mira, ahora me estoy divirtiendo —le agarró del cuello y le habló en un tono sumamente amenazador con voz muy grave.

—Merecéis que os aplaste como un mosquito, pero por respeto a Alexandra, dejaré que os marchéis. Si os queda dignidad, usadla para salir corriendo antes de que me arrepienta.

En ese momento aparecieron Blanca, Laura y Sergio asustados y sorprendidos por cómo había terminado la noche. Pol se zafó de su agarre para después desaparecer entre la multitud del recinto.

—¿Qué ha pasado aquí?

—Pregúntaselo a Pol. No soporta verme con otro. Sabía que esto no sería buena idea, Blanca. Agradezco la invitación, pero nos vamos. Lo siento.

Se quedó sin habla mientras Darach y yo salíamos del pub. Mis ganas de fiesta se esfumaron por una larga temporada. Eran las dos y media de la mañana cuando pisaba el suelo de mi habitación. Mis pies me dolían y terminé caminando descalza desde la entrada de la casa hasta mi cuarto. Darach se despidió de mí con un suave beso en la sien y se marchó a su habitación, algo que me dejó estupefacta por creer que dormiría conmigo. Estaba tan agotada que no quise preguntar y dejé que descansara en soledad. Quizás de ese modo encontrase una paz interior que mi cercanía no le dejaría alcanzar.

<<Mañana será otro día>> y con esa reflexión me acosté.

22. Vínculo

Abrí los ojos varias veces hasta que me incorporé en la cama. El persistente y doloroso martilleo en la sien obligó a mi cuerpo a despertarse. Llevé la mano hacia el punto doloroso en un intento inútil de calmarlo. La bebida y yo no hacíamos buenas migas y aunque solo fueron tres cubatas, más las dos cervezas de la cena, fue suficiente para que mi cabeza, extenuada y somnolienta, se revelase. Apreté suavemente el botón de la persiana eléctrica que se deslizó lentamente hasta quedar elevada por completo. Eran las diez y cuarto de la mañana y me sorprendió el silencio tan absoluto. Se suponía que Marisa ya se habría levantado, y aunque la casa fuese grande, el sonido de la radio y su voz cantarina solían alcanzar hasta el último rincón de la vivienda. Elevé los hombros con indiferencia y me encaminé hacia el cuarto de baño para asearme. Cuando llegué me quedé perpleja observando mi desastroso y desaliñado reflejo en el espejo. Al parecer, la noche anterior me había acostado vestida y maquillada. Con el paso de las horas y el roce de las sábanas, el maquillaje se había corrido por todas partes emborronando y ensombreciendo unos ojos hinchados por la falta de descanso. Un vestido arrugado y unas medias rotas terminaban de completar la imagen de la extraña en el espejo. Pestañeé un par de veces sin reconocerme y otro martilleo tenaz y persistente regresó implacable en su más mordaz y punzante dolor. Abrí el grifo y comencé a lavarme la cara. El agua fría resbalaba por mi rostro enfriándolo y espabilándolo al instante, pero fue en ese momento cuando un olor a humanidad me rodeó. No tardé en darme cuenta de que ese aroma poco agradable provenía de mi cuerpo. Me deshice de la ropa y me metí en la ducha injuriando a mi mente por ser tan necia, permitiendo ese estado de absoluta marranería. Ciertamente, no era la primera vez que me acostaba con la ropa puesta después de una noche de fiesta, pero en aquellos momentos no se encontraba Darach durmiendo a escasos metros, y la posibilidad, entonces, de que viniera a mi habitación era nula. Agradecí al destino que no hubiese sucedido, pues no me lo hubiera perdonado.

Observé complacida el resultado final de mi nueva condición en el espejo, devolviéndome la higiene y la dignidad a la que solía estar acostumbrada. El chorro de agua había restablecido mi cabeza despejándola y aliviando su dolor hasta hacerlo desaparecer, algo que me sorprendió pues normalmente solo los ibuprofenos eran capaces de eliminar ese malestar. Salí de la habitación y me quedé quieta en el pasillo agudizando el oído intentando escuchar algún sonido a mi alrededor. Nada, el silencio era absoluto. Miré el reloj de mi muñeca comprobando incrédula la falta de ruidos en la casa a esas horas. Decidí no darle mayor importancia y me acerqué a la habitación de Darach creyendo que lo encontraría durmiendo. Me equivoqué. La estancia estaba vacía y su cama hecha. La cortina ondeaba suavemente por la agradable brisa que entraba a través de la ventana entreabierta. La luz del sol matinal atravesaba su tejido de un modo delicado y sutil reflectando una claridad inmaculada y limpia. Su ausencia me decepcionó y me pregunté dónde estaría y si habría dormido bien teniendo en cuenta lo ocurrido la noche anterior. Al fin y al cabo, se había marchado a su habitación sin apenas dirigirme la palabra. Mi estómago se quejó y comprendí que mi prioridad en ese momento era desayunar. Bajaba las escaleras para dirigirme a la cocina cuando de pronto, llamaron al timbre.

<< ¡Marisa! Ya era hora…>> pensé.

Salté los últimos escalones de dos en dos y corrí hacia la puerta pensando en su imagen y con una sonrisa de bienvenida la abrí. El gesto de mi cara se congeló al ver la figura erguida que tenía ante mí. Pol. Un débil y escueto jadeo salió de mi boca, producido por la sorpresa al ver a la última persona que me imaginaba encontrar. Mi rostro pasó a ser una máscara fría, pues su visita no era bienvenida. Iba bien vestido y su colonia tan familiar invadió el espacio a nuestro alrededor. Su nariz se veía hinchada y enrojecida con una tirita blanca sobre ella. Sus ojos, con evidentes ojeras, rebelaban una noche en vela mostrando un cansancio en su mirada que me sobrecogió.

—¿Qué haces aquí?

—He venido a disculparme. Lo siento, Álex. Siento mucho cómo me comporté ayer. Fui un auténtico imbécil y estropeé la noche.

—Pues sí, no voy a negártelo. Oye...no creo que sea buena idea que hayas venido para esto, podrías haberme llamado por teléfono.

—Lo he hecho. Lo tenías apagado —se rascó la nuca nerviosamente —. Eh... ¿puedo pasar? Me gustaría disculparme con tu amigo ese.

—No es mi amigo Pol, es mi novio —dije cortante. No me gustó que se presentara en casa de mi padre de improviso, pero ya no había más remedio y mi estómago estaba impaciente por comer algo. Decidí que era una buena oportunidad para hacer las paces, aunque no era lo que más me apetecía en ese momento. Muy a mi pesar, tenía que reconocer que odiaba estar enfadada con Pol, así que acabé invitándolo a un café.

—¡Esto es enorme! Tu padre debe tener mucho dinero, ¿me equivoco?

—No lo sé, supongo.

—Estás preciosa.

—Pol, no empieces por favor.

—Vale, vale. Solo evidenciaba una realidad.

Comenzamos a hablar de nuestras cosas y fue como si el tiempo no hubiera pasado. Nuestra relación había cambiado en los últimos meses y en esa cocina, tomando un café con bizcochos, fue como antaño y me sentí feliz. Oímos la puerta de la calle y el eco de unas voces risueñas a su vez. Darach había llegado con Marisa. Los dos se acercaban por el pasillo sin saber de la visita de Pol. Me estremecí ligeramente pues sabía que su presencia no sería del agrado de Darach, pero, había venido a disculparse y nada podía hacer al respecto. Cuando entraron, Marisa sonrió con expresión jubilosa, en cambio, Darach mostró su disgusto de un modo muy elocuente.

—¿Qué cojones hacéis aquí? ¿Es que ayer no tuvisteis suficiente?

Había dejado el par de bolsas que cargaba en el suelo y se precipitaba hacia Pol de un modo amenazante. Me posicioné ante él colocándole las manos sobre su pecho.

—Darach, espera. Ha venido a disculparse con nosotros. Está todo bien, de verdad.

—¿A disculparse? —le observó y después clavó su mirada en la mía —. ¿Estás bien? —dijo levantando mi mentón delicadamente con su mano para ver la expresión de mis ojos. Le sujeté la mano entre las mías y se la besé.

—Sí, estoy bien. Solo ha venido a pedir perdón. Le he invitado a desayunar, me moría de hambre.

Darach inspiró por la nariz rápidamente, como si se sorbiera unos mocos que no tenía y apretó su mandíbula. Aceptó mis palabras y me sonrió, pero la sonrisa no llegó a sus ojos. Aunque transigió ante las disculpas de Pol y se comportó de manera respetuosa, su cuerpo no abandonó la rigidez ni un solo instante. La presencia de Pol le resultaba incómoda, y deduje que se debía al trato tan cercano y a la confianza explícita que existía entre nosotros. Cuando Pol se marchó y nos quedamos solos Darach me agarró de la muñeca y me arrastró escaleras arriba hacia mi habitación. Cerró la puerta tras de sí y se quedó apoyado en ella controlando su respiración con los ojos cerrados dándome la espalda.

—Por un momento he querido matar a ese crío. No sabes el esfuerzo que he hecho esta noche para separarme de ti y dejarte dormir ya que necesitabas descansar. Cuando fui a buscar a Marisa al supermercado solo pensaba en regresar a tu lado para amarte y besarte hasta que me flaquearan las fuerzas y al llegar, lo encuentro aquí, conversando contigo cómo si nada hubiera ocurrido.

—Darach, mírame, estoy bien. Aunque no lo creas es un buen chico. Era mi mejor amigo antes de conocerte.

Giró sobre sus pies y se acercó a mí para acariciarme el rostro.

—Lo sé. Sé que erais amigos, aunque después de lo de ayer...disculpa que ponga en duda sus pretensiones. No negaré que le honra pedir disculpas, es algo que valoro en gran medida, pero no evita el hecho de que me desagrade su presencia y no crea en sus buenas intenciones.

—Yo le creo. Pol es así, en el fondo es un pedazo de pan. Sabes que mi corazón solo vive por ti, por nadie más en este mundo.

—Lo sé, el mío también lo hace por ti. No pienso volver a separarme de ti nunca más. Desde esta noche me traslado a tu habitación —susurró y su tono ronco despertó en mí un deseo carnal descontrolado. Se abalanzó sobre mí devorando mi boca con desesperación. Mi cuerpo reaccionó en un estremecimiento desequilibrado haciendo de mi respiración y mis pulsaciones un huracán devastador, envolviendo nuestra pasión en una lujuria pecaminosa y disfrutando de nuestros cuerpos de un modo prohibido y visceral. Era sorprendente el nivel de enamoramiento que sentía hacia ese chico. Nuestra compenetración iba más allá de lo normalmente establecido en una relación amorosa. Sabía que existía el típico término que hablaba de esas relaciones como "media naranja" o "almas gemelas" pero no era solo eso. Nuestra relación había surgido por un motivo sobrenatural y había alcanzado un punto en que elevaba nuestras almas a un terreno místico e increíblemente sublime.

Mis lágrimas se desbordaron cuando terminamos de hacer el amor. Los sentimientos que sentía por él eran tan fuertes que no era capaz de gestionarlos y mi cuerpo reaccionó de la forma más básica que sabía, llorando. Unos incómodos espasmos me sacudían mientras Darach contemplaba cautivado el estado tan vulnerable de mi corazón. Sus ojos anegados, mostraban un brillo húmedo y centelleante a punto de desbordarse sin remedio. Inmóviles estuvimos los dos durante un tiempo interminable, contemplándonos el uno al otro en silencio, absortos, tan solo el sonido de nuestros corazones y nuestras respiraciones irregulares envolvían nuestros cuerpos en un manto de seguridad en el que sin decirnos nada, nos lo decíamos todo. Después de ese momento mágico de plena epifanía, regresamos a la realidad. Una realidad en la que Marisa se encontraba pululando por la casa recogiendo por allí y limpiando por allá.

—Has de llevar los documentos al banco, ¿no es así? —comentó mientras se abrochaba los botones de los vaqueros bajo su ombligo. Tragué saliva. Jamás me cansaría de admirar ese cuerpo tan maravilloso.

—Eh… ¿qué? —Le había oído, pero no le había escuchado, distraída como estaba, embelesada en la contemplación de su figura. Se arrodilló frente a mí con una sonrisa tierna, se puso a mi altura y alzó mi mentón para obligarme a mirarlo mejor.

—Álex, jamás soñé con encontrar a alguien como tú. Esto que nos ocurre… no es normal, debe ser el embrujo de aquel hechizo.

—No hubo hechizo alguno Darach, al menos amoroso. Es cierto que me cuesta concentrarme si te tengo delante y si no te tengo también, aunque imagino que eso es normal en una pareja enamorada como nosotros.

—Me ocurre lo mismo, me cuesta respirar si no estoy a tu lado. Te has convertido en el oxígeno que necesito para seguir viviendo y si me faltaras… doy fe de que moriría.

—Creo que estamos condenados para siempre...

—Mmm…deliciosa condena —volvimos a besarnos, pero esta vez fue un beso suave y delicado.

—Dime entonces, ¿vamos al banco? Has de llevar esos papeles.

Al entrar en la sucursal nos recibieron, prácticamente, con una alfombra roja. Nos hicieron pasar al despacho del director donde una secretaria muy amable nos ofreció café y galletas. Tanto Darach como yo, estábamos desconcertados al ver el trato tan atento y complaciente con el que nos obsequiaban. El director, joven y elegantemente trajeado, entró por la puerta del despacho con una sonrisa afectuosa, ofreciéndonos su mano mientras se presentaba. Nos sentamos frente a él y con los documentos encima de la mesa, y su ordenador encendido, comenzó a hablar rápidamente.

—Señorita Blanch, estamos muy agradecidos de tenerla como clienta y que deposite su confianza, además de su dinero, por supuesto, en nosotros. Somos una empresa grande y ofrecemos los mejores servicios para nuestros clientes más especiales y créame si le digo que es una clienta muy especial ¿Ha pensado dónde va a invertir su dinero?

—Eh… ¿disculpe? ¿Invertir, dice? Bueno, pues… no sé, creo que no, no quiero invertir en nada.

—Disculpe mi atrevimiento, pero con ese caudal de fondos es una pena que no lo utilice. Podemos sacarle una grandiosa rentabilidad. Mire, disponemos de unos planes que…

Comenzó a hablar de inversiones en acciones, fondos, depósitos…temas de los que no tenía ni idea, por no hablar de que ni siquiera sabía el importe total de mi cuenta. Sabía que papá disponía de mucho dinero y que regalarme tres mil euros no supondría para él mucho sacrificio. Sin embargo, por la forma de hablar del director, supuse que serían más de tres mil, además, dudaba de que por ese importe te ofrecieran tantas posibilidades de invertir. Un sudor frío comenzó a recorrerme la espalda y Darach se percató de mi gesto pues claramente debía de ser visible. Me sujetó la mano y la apretó con fuerza para darme confianza. Jaime, que así se llamaba el director, también se percató de mi estado de nervios y dejó de hablar.

—Disculpe, tal vez voy muy deprisa. No tiene que decidir nada en estos momentos, por supuesto.

—No, estoy bien, lo estoy asimilando. Papá ha sido muy generoso conmigo y creo que me siento algo confundida ¿Podría decirme de cuánto dinero dispongo? —el Sr. Jaime pestañeó sorprendido mientras se recostaba en su asiento de cuero.

—¿Me está diciendo que no sabe la cantidad de dinero que posee?

—Exacto, no tengo ni idea y después de escucharle hablar sobre fondos de inversión, etc. comprenderá que esté algo aturdida.

—Señorita Blanch, me deja de piedra. Le informo que dispone de un total de cinco millones quinientos mil euros en su cuenta. Creo que es una cifra para no olvidar.

A raíz de ahí mi mente desconectó automáticamente. Entré en un estado de shock del que solo supe contestar con monosílabos. No podía creer lo que mis oídos estaban escuchando. El director siguió hablando del tema financiero y de la increíble oferta de recursos que tenía a mi disposición. Podía ver por el rabillo del ojo que Darach no me quitaba el ojo de encima y sentía sus manos agarradas a las mías como una sujeción que evitaba mi evaporación. Cuando pude reaccionar, el director ya se despedía de nosotros haciéndonos levantar de nuestros asientos para dirigirnos hacia la puerta de salida de un modo muy respetuoso y cercano.

—Para cualquier consulta no dude en llamar a mi teléfono personal. Estaré disponible en cualquier momento y por favor, piénselo bien, le aseguro que la última opción que le he mostrado es la más segura y rentable.

—Se lo pensará, no se preocupe. Ha sido muy amable. Gracias.

Se despidió de él y yo lo imité de manera mecánica, sin pestañear. Mi mente seguía obnubilada visualizando ese número de manera constante ¡Pero si ni siquiera era capaz de entender cuánto era eso!

—Álex, ¿estás bien?

—Creo que no. Vamos a casa. No quiero pensar en esto ahora…

Pero no querer pensar y no hacerlo eran cosas muy distintas. Aunque no lo dije en voz alta, me pasé todo el camino de vuelta analizando la barbarie que había cometido mi padre, por no hablar del lugar en el que me dejaba esa situación. Si lo aceptaba me sentía sucia, comprada, sobornada y todos los adjetivos posibles a esa condición. Por otro lado, ese dinero solucionaría mi futuro y el de mi madre. Llegué a casa con dolor de cabeza. Parecía de película, me sentía como la protagonista de una novela irreal y fantasiosa en la que una chica heredaba una fortuna de su tío muerto al que nunca conoció. En mi caso no era un tío, sino un padre y tampoco estaba muerto, pero había convivido con su ausencia prácticamente toda mi vida y ese dinero no suplía su falta.

—Eh, no pienses más en eso, no has de tomar ninguna decisión ahora, ¿de acuerdo?

Asentí y le abracé, su cuerpo me daba la seguridad que necesitaba. Decidí hacer un paréntesis y olvidarme de ese tema por un tiempo, al menos hasta que pudiera hablar con mi padre, si es que volvía pronto. Darach y yo nos presentamos en la cocina donde una Marisa bailarina se encontraba pelando unas patatas.

—Híjole, ya llegaron. Disculpen que hoy les tenga la comidita hecha un pelín más tarde, pero pues ya saben, llegué con retraso.

—No te preocupes, Marisa. Lo entendemos ¿Quieres que te ayude?

—¡No, por Dios santito! ¿Cómo cree? Pa eso está una...enseguidita acabo.

—Si te ayudamos, comeremos antes y tengo un hambre voraz— confesé antes de que me rugiese el estómago.

—Vaya pues, agarre otro cuchillo y comience a pelar papas. Yo las cortaré. Darki, usted ponga la mesa...

Cada uno de nosotros tenía una tarea que realizar y por tonto que fuese, pelar patatas era la mejor terapia que podía tener en esos momentos para olvidarme del descabellado regalo de mi padre. Darach y yo comenzamos con nuestro juego de miradas cautivadoras mientras Marisa tarareaba la música que sonaba en la radio a la vez que preparaba la olla para las patatas. El horno estaba encendido y en su interior se cocinaba a fuego lento un pollo. Estaba tan distraída entre Darach y las patatas que no me di cuenta cuando se me escapó el cuchillo. Un gran corte se había formado entre el pliegue del dedo grueso y la palma de la mano, del que brotaba un reguero de sangre que manchó la patata y la encimera. Como acto reflejo solté el cuchillo abruptamente y este cayó al suelo provocando un sonido metálico a nuestro alrededor y la evidente mirada alarmada de los demás.

Darach se acercó al instante con servilletas de papel para taponar la herida. No sentí dolor, quizás la quemazón del cuchillo en el instante en el que rozó mi piel, pero, mientras la sangre brotaba, el dolor desapareció.

—¡Dios bendito! Menudo corte, mija…venga, ponga la mano bajo el agua. Darki, vaya a por el botiquín. Hay que desinfectarle el corte y tapárselo... ¡Órale, apúrese venga! —gritó. Darach hizo caso y salió disparado de la cocina.

Marisa me condujo a la pica de la cocina y me colocó la mano bajo el grifo. Mi mirada permanecía impasible pues, aunque la mano y la sangre eran mías, contemplaba la herida como si perteneciera a otra persona. El agua resbalaba por mi mano limpiándolo todo a su paso, arrastrando la sangre hasta hacerla desaparecer por el desagüe. Poco a poco, la herida fue cediendo y sangraba cada vez menos. El corte parecía encogerse ante nuestros ojos, hasta borrarse por completo. Marisa y yo permanecimos perplejas al comprobarlo. La herida ya no existía, no había rastro alguno, ni siquiera una cicatriz. Darach llegó en ese mismo momento con el corazón en la boca, trayendo el botiquín apresuradamente para curarme una herida que, por arte de magia, se había desvanecido. Se quedó inmóvil bajo el dintel de la puerta observando cómo volteábamos la mano una y otra vez bajo la luz fluorescente de la cocina.

—Mija… ¿ha visto eso?, ¿cómo se le curó tan rápido? Ay, virgencita…—expresó alarmada. Comenzó a santiguarse de un modo repetitivo.

Darach se acercó y examinó la mano con detenimiento. Después alzó la vista y clavó en mí una mirada interrogante, formulando en silencio la pregunta que sus labios no se atrevieron a pronunciar.

—No lo sé, pero no es la primera vez que me ocurre.

—Sea por el motivo que sea, te ha curado. Eso es lo que importa.

Tras aquel extraño suceso, en el que mi propia biología pareció repararse por sí sola, Marisa comenzó a mirarme de una manera singular. Aquello me hacía gracia pues percibía el temor que surgía en su mente, aunque ella se empeñara en disimularlo con una cercanía forzada. Estaba confundida y seguramente pensaría en ese suceso como algo divino y sobrenatural. En cierto modo la entendía, ver algo así no era muy habitual, por no decir imposible. Un corte de ese calibre tendría una curación lenta por estar situado en un lugar de mucho movimiento. Sin embargo, se me había curado en menos de cinco minutos. Ni siquiera yo, era capaz de comprender el por qué me estaba ocurriendo eso y tampoco estaba papá para poder comentárselo. Cuando me golpeé el labio, también sanó con una rapidez inusual y, aunque intenté restarle importancia, ya no podía atribuirlo a una simple casualidad. Tal vez tuviera que ver con mi genética, pero, y pensándolo bien, debería haberme ocurrido desde niña.

—¿Te encuentras bien? estás muy pensativa.

—Sí, lo siento. Es que…están pasando muchas cosas de golpe ¿Te importa si descanso un poco?

—No, ve tranquila. Me uniré a ti en un rato.

Necesitaba relajarme. Según me dirigía a mi habitación decidí traducir algo más del diario de Ermin. Hacía días que no lo tocaba y quizás, por extraño que pudiera parecer, encontrase el motivo de mi curación repentina. Entré en mi estancia y cerré la puerta tras de mí. El silencio me dio la bienvenida haciendo que cerrara los ojos e inspirara su calma hasta llenar los pulmones. Agradecí ese inciso de tranquilidad. El deseo de estar con Darach a cada instante resultaba devastador, y una parte de mí se sentía cruel por anhelar unos momentos de soledad. Sin embargo, necesitaba poner en orden mis pensamientos, y eso era algo que solo podía lograr a solas. Me acerqué al escritorio y tomé el diario para comenzar a traducirlo, aunque esta vez me ayudaría del móvil, era más práctico y rápido.

Hoy ha venido tu padre a pedirme un favor muy especial. Hacía mucho tiempo que no sabía de él. Ha referido el tema de su otro hijo como alguien peligroso para ti, no sabe nada del ritual que le hice a ese bastardo, pero así debe seguir siendo. Espero algún día, entiendas mi posición y me perdones. En mis visiones, le he visto como un ser sin escrúpulos y sin corazón, lo contrario a ti, y si los dioses me eligieron para traerte a este mundo, haré todo lo que esté en mi poder para protegerte.

Comencé traduciendo las palabras de esa página con el móvil, pero sin darme cuenta terminé leyéndolo directamente en su idioma original comprendiendo cada una de las palabras escritas. Al darme cuenta de ese echo me quedé petrificada sin entender cómo era posible que fuese capaz de conocer su idioma, como si lo hubiera sabido desde siempre. Me levanté del escritorio exaltada por tal descubrimiento. Tenía muy claro que era algo nuevo en mí, pues hasta hacía unos días necesitaba traducirlo todo paso a paso, en cambio, en ese momento, parecía como si me hubieran quitado un velo y pudiera ver con claridad. Decidí probar de nuevo dejando el móvil a un lado y leyendo directamente de sus páginas originales. Probé con el siguiente texto y me quedé helada, en efecto, lo entendía a la perfección.

Ayer volvió tu padre, de nuevo. Trajo a un muchacho que te ayudará en el futuro. He visto su alma pura en esos ojos pantanosos y he completado el ritual sagrado al que le he expuesto. En un principio iba a hacer lo que tu padre me pedía, que fuese inalterable al espacio tiempo (término que no entiendo demasiado) pero he hecho algo más profundo y seguro, algo que perdurará eternamente mientras sigas con vida. He hecho un hechizo de vinculación uniendo vuestra sangre por encima de todas las cosas. Los dioses me han concedido esa labor y debo decir que se ha cumplido exitosamente. Lo sé porque ahora soy más vieja. El ritual me ha robado diez años de vida, pero no importa si así alargo la tuya.

Nada le pasará mientras tú estés bien y nada te ocurrirá mientras él esté a salvo. Funciona para los dos, pero si tú murieras, el hechizo quedaría roto para siempre devolviendo su vulnerabilidad humana y natural.

Es cuanto puedo hacer por ti...

Solté el diario repentinamente como si me quemara. Este cayó al suelo sin rebotar cerrándose sobre sí mismo. Mi corazón se había acelerado de un modo que me obligaba a respirar en jadeos y mis ojos, fijos en el libro, miraban sin ver, pues en la mente solo era capaz de visualizar ese ritual de sangre que me había descrito Darach y el cual nos había vinculado para siempre. No entendía muy bien el concepto de "vincular". Habíamos comprobado que era inmutable en el cambio del espacio tiempo, pero... ¿a qué más se referiría? ¿Acaso nuestro amor tan profundo provenía de ahí, de un hechizo? No, no podía ser cierto. En ese instante, Darach entró en la habitación. Su sonrisa iluminó mi corazón, ensombrecido por la idea de que quizá todo aquello no fuera más que una ilusión, una mentira nacida de la mente de una desequilibrada que había jugado con nuestro amor.

—No me gusta esa mirada. No descansaste, ¿me equivoco? —negué con la cabeza.

—He estado leyendo el diario de Ermin y, ¿sabes? La vez que te hizo aquel ritual, en realidad era un hechizo de vinculación. Estamos vinculados, para siempre.

—¿Qué significa eso?

—No lo sé. Sabemos que el tiempo no te afecta como al resto de personas, pues mi sangre provoca eso en ti, pero...

—¿Pero?

—¿Y si nuestro amor es producido por eso? ¿Y si no es real?

—Si así fuese... bienvenido sea.

—Darach, ¿no lo comprendes? No sería justo para ti ni para mí. No deseo que nada te obligue a quererme. Quiero que me ames porque lo sientas de verdad, porque nazca de forma natural... nada más.

—¿Y crees de verdad que no ha ocurrido así? si nuestro amor hubiese surgido por un conjuro, no hubiera tardado tanto en enamorarme. Reconozco que me quedé prendado de ti el día que te vi en la cafetería, parecías tan delicada... pero te odiaba. En realidad, me odiaba a mí mismo, aunque tardé en darme cuenta, me creía humillado. Pasé de ser un prometedor capitán de la guardia del duque de Somerset, a ser el niñero de una muchacha moderna y malcriada. Eso, no es amor hechizado...

—¿Me odiabas?

Se acercó a mí y apoyó sus manos sobre mi cintura.

—Por un tiempo, sí. Y después me odié por odiarte ¿Qué ironía, cierto? Escucha...no tendría sentido que Ermin hubiese realizado un hechizo amoroso, por muy romántico que suene. Solo serviría para nuestro disfrute y no sería útil para protegerte. Eso es lo que creo...

—Quizás tengas razón.

—Sé que la tengo ¿Por qué no traduces un poco más y salimos de dudas? tal vez lo explique mejor.

—Ya no necesito traducirlo, lo entiendo perfectamente, como si conociese el idioma desde siempre.

—Wau...Entonces, tal vez, el conocimiento y la curación de tus heridas esté relacionado.

—Además, desde que regresamos de Noruega, he experimentado otros cambios como, por ejemplo: ser capaz de trasladarme en el tiempo para ver a mi madre con solo pensar en ella, y ni siquiera de forma deliberada.

—Sí, también es un cambio importante. Sin embargo, no creo que ninguno de ellos tenga que ver conmigo o con el vínculo, sino con tu persona. Sigue leyendo, vamos.

Lo miré a los ojos y me sentí flotando en su ámbar con destellos verdes, como si fueran un portal a un mundo mágico y como si el hechizo de Ermin viviera en ellos. El amor que vi en ellos era tan sincero que me estremeció. Tal vez a eso se refería Ermin cuando dijo que vio su alma pura, era cierto. Su mirada era limpia, transparente, con una nobleza virtuosa fascinante. Dicen que los ojos son el reflejo del alma y los de Darach poseían luz propia, irradiaban una honestidad sencilla que hizo que me enamorara aún más de él.

—Está bien, lo intentaré —recogí el libro del suelo y lo abrí. Quedaban cuatros páginas, así que decidí terminar de leerlo.

Han pasado ya algunos meses desde la visita de tu padre. Me siento cansada y he presentido mi muerte muy cerca, me acecha como un lobo hambriento del que no logro escapar. Cuando naciste, lancé un hechizo para ocultar tu fortaleza, pero creo que ha llegado el momento de deshacerlo. Te he visto de nuevo, y eres tan hermosa, tan parecida a mi madre, que por un instante creí verla regresar a través de ti. Deberás volver a mi lado en el momento exacto, así se lo haré saber a tu padre. Las estrellas se alinearán de un modo único y solo entonces podré romper aquel conjuro. Tu verdadera naturaleza aflorará como si te brotaran alas; serás completamente libre, aunque ello implique mi propia muerte.

Los hechizos formulados no son fáciles de anular, pero es imperioso que lo haga. Necesitarás toda tu energía para lo que se cierne sobre ti. No te apenes por mí pues me reuniré con mis dioses.

He vuelto a buscarte en mis visiones y te he visto con él, con el joven que vino hasta mí. Es un muchacho bueno y especial, y vuestro amor será puro y hermoso. Me alegra contemplarte feliz en esas visiones, riendo y disfrutando de una vida que para mí sigue siendo extraña. Cuando deshaga el hechizo, tu naturaleza se mostrará completa al culminar tu propia esencia, cuando selles tu cuerpo y tu alma con la persona deseada. Esa fase virginal frena tu energía, pero será redimida al completar tu desarrollo como mujer, y será entonces cuando te manifiestes tan mágica como tu padre.

Hoy has venido a verme. Por fin he podido abrazarte y aspirar tu aroma. He soñado tantas veces con este instante que no he podido contener el llanto. Hemos hablado de muchas cosas, aunque nada dejaré escri-

to en este diario, porque sé que cuando lo leas aún será demasiado pronto para que lo comprendas. No te inquietes: todo llegará a su debido momento. Quiero que sepas que me has hecho inmensamente feliz y que no me arrepiento de mis decisiones, pues gracias a ellas eres quién eres y fluyes en este mundo como un ser mágico y excepcional. Y ahora, por mucho que me duela, seré yo quien te pida un favor. Después de ese día, no regreses jamás a mi lado. No quiero que vuelvas a hacerlo… sé que podrías, pero no lo hagas. Podrías poner en peligro el destino que está trazado, y eso no sería bueno ni para ti, ni para mí.

—Ha dicho que fui a verla, pero… ¿cuándo? El día que fuimos murió, no pudo escribir esto, a no ser que…

—A no ser que fuese pasado para ella y futuro para ti. En realidad, esa visita a la que se refiere aún no ha tenido lugar. Aunque está claro que lo harás.

—Sin embargo, me prohíbe volver a hacerlo. No lo entiendo…

—Esa mujer tenía mucha fe en sus dioses y en su destino. No podemos juzgarla por ello. Quién sabe, tal vez tuviera razón.

—Es posible. Mira, solo queda una página —dije mirándole a los ojos mientras sostenía el diario entre mis manos temblorosas. Acaricié su última hoja delicadamente como si fuese a romperse y la pena dominó mi corazón por un segundo muy amargo.

—Eh, vamos... todo irá bien. Venga, termina el diario.

Estas serán las últimas letras que trace para ti. Ha llegado la hora de irme. Todo está dispuesto y tu padre sabe exactamente lo que debe hacer. No permitas que la tristeza anide en tu corazón, he vivido con la esperanza de un porvenir digno para ti y saber que ese anhelo se ha cumplido, ha colmado mi alma de dicha. La vida nos somete a pruebas sin tregua, y es nuestra fortaleza la que nos permite abrazar el destino que nos ha sido otorgado.

Con estas palabras desharé el hechizo y culminarán tu despertar, completando al fin tu esencia infinita.

Eres mi niña bonita
Nada te pasará
Bajo el yugo de los dioses
Él te protegerá

Tu verdad será desvelada
Devuelvo tu condición
Despierta mi Rune hermosa
Que con esta sencilla canción
Rompo el hechizo
Para que vueles libre y sin temor.

Cerré el libro lentamente y lo deposité sobre mi cama con deleite. Había cosas que me habían quedado claras, otras, sin embargo, no. Comprendía que mi naturaleza me defendiera cuando estuvieron a punto de atropellarme, pero mi *poder*, por llamarlo de algún modo, no comenzó a surgir hasta que me cantó en su lecho de muerte. Comencé a andar de un lado para otro pensando en todas las páginas leídas del diario. Ermin contaba que había efectuado un hechizo a Aarón, que papá ignoraba. Desconocía si aún era o no consciente, pero una cosa tenía clara, Aarón no podía viajar en el tiempo y eso se debía al hechizo de Ermin ¿Qué vio en sus visiones? era un misterio pues su diario era muy escueto y misterioso. Lo que sí supe, es que todo lo hizo por amor y eso, jamás lo olvidaría.

—¿En qué piensas?

—Creo que la naturaleza tan limitada de Aarón la provocó Ermin. Hizo un hechizo para frenar su aprendizaje o algo así. Es posible que sea el motivo por el que no pueda desplazarse a otras épocas. Si papá llegara a enterarse…

—Doy fe de que sus conjuros funcionan. Ya sabes cómo afecta este reloj en mi persona

—Sí. Perturbada o no, era una bruja vidente que no erraba en sus conclusiones. Agradezco que me hiciera ese hechizo, pude ser una niña normal, en cierto modo. Nunca enfermé, pero al menos, si me hice alguna herida se curó como la de cualquier otra persona. Imagina que no hubiese sido así, hubiera llamado la atención de cualquiera y no sé qué hubiera pasado entonces.

—El pasado, pasado está y debemos afrontar el futuro. Todo irá bien, ya lo verás.

—Eso espero. Vayamos a comer o Marisa nos matará —dije esas palabras sin creérmelas del todo pues un pequeño e incómodo presagio comenzaba a crecer en mi interior. Algo que más adelante desencadenaría un terrible desenlace.

23. Premonición

Contemplaba abstraída el entorno a mi alrededor. Reconocía el lugar, así como cada mueble y objeto que se encontraba en la habitación. Sin embargo, había algo extraño en la atmósfera, un matiz sublime y sutil que impedía que la realidad se revelara con plena nitidez. Mi vista vagó rápidamente por la estancia de un modo mucho más elevado y veloz al que estaba acostumbrada. Los colores eran diferentes, parecía de noche, aunque la oscuridad y las sombras las apreciaba en tonalidades azules y violetas. No era solamente el color, sino la percepción de algo más etéreo e invisible pero claramente existente. Me sentía tan ingrávida y volátil como un soplido de viento y comprobé, al querer mirarme las manos, que no estaban en su lugar; ni siquiera mi cuerpo, pues parecía ser invisible e inmaterial. Me acerqué a la ventana, ansiaba salir de la habitación y observar otro lugar con detenimiento disfrutando de esa quimera única y singular. Sin saber cómo, de pronto, recorría sin rumbo lugares conocidos a una velocidad de vértigo. No era como volar, pues avanzaba a la misma altura que las personas, pero atravesando paredes y edificios. La sensación era absolutamente liberadora. Los sonidos estaban amortiguados igual que si estuviera en el interior de una burbuja de aire. Las tonalidades violetas distorsionaban ligeramente las siluetas, pero se definían en su totalidad cuando prestaba atención a algo en concreto. Me detuve abruptamente en un parque, pues ante mí, una pareja de jovencitos llamó mi atención. Estaban acaramelados, sentados en un banco. Se besaban apasionadamente en la soledad de la noche, creyendo pasar inadvertidos ante nadie.

<<Qué ilusos>> pensé.

El rostro de un chico alto y moreno, con unos ojos de ensueño y una sonrisa arrebatadoramente seductora vino a mi memoria. Darach. Tan pronto como le imaginé, todo a mi alrededor comenzó a tomar otro rumbo, el de vuelta, hasta atravesar la misma ventana por la que había salido. Parecía tan real… Al llegar a su lado le contemple dormido y relajado acostado en mi cama, una cama que se encontraba vacía a su costado, un hecho del cual no se había percatado. Sonreía en su inconsciencia y el gesto de sus labios evocó un deseo primitivo en mi ánima. En ese instante quise rozar aquellos labios, besarlos; anhelé estar con él y abandonarme a su abrazo, al calor que emanaba de su cuerpo, que tan intensamente codiciable me parecía en ese momento. Sin saber cómo, desperté en mi cama experimentando una apnea repentina. Inspiré aire abruptamente necesitando llenar de oxígeno mis pulmones vacíos, como si hubiese estado bajo el agua durante mucho rato sin poder respirar y habiendo agotado la reserva de aire en mi interior. El corazón me latía alocadamente provocando una respiración frenética y descompensada. Tragué saliva un par de veces y llevé mis manos a mi cabello, retirándolo del cuello y la cara, en un intento de facilitar la obtención de aire. Las manos de Darach envolvieron mi cuerpo frío y tembloroso, reconfortando mi organismo y calmando mi ansiedad.

—¿Un mal sueño? —bostezó exageradamente y eso me hizo sonreír de un modo insustancial. No era momento de explicaciones así que simplemente le contesté con indiferencia

—Sí, eso creo —Darach me besó en la nuca y continuó su viaje por el limbo. Mis ojos estaban tan abiertos que era incapaz de volverme a dormir. Ese sueño había removido mi cuerpo entero inquietándome de una manera tan profunda como desquiciante. Había sido tan real…una visión tan concreta y específica de todo a mi alrededor que jamás imaginé que una mente dormida fuese capaz de recrear. Miré el reloj. Eran las cinco menos cuarto de la mañana. Resoplé hastiada pues se me antojaba una vigilia de lo más larga y tediosa. Cambié de postura para estar cara a cara con Darach. Su gesto relajado y el compás de su tranquila respiración comenzaron a ser un bálsamo para mí. Tenía el pelo suelto y un mechón alborotado se cruzaba sobre su nariz haciendo que se elevase delicadamente cada vez que expiraba. Se lo retiré suavemente para después rozarle los labios con la yema de mis dedos, produciendo una reacción en su boca, lamiéndoselos de un modo reflejo. Decidí que estar desvelada no era tan molesto, sobre todo si le tenía a mi lado y podía deleitarme con su compañía que, aunque durmiente, su amparo era innegable. Me acurruqué entre sus brazos colocando mi cabeza junto a su pecho concentrándome en el rítmico y tímido latido de su corazón, donde conseguí hallar nuevamente una paz olvidada, enviándome de nuevo al mundo de los sueños.

—Darach, ¿puedo preguntarte algo?

—Sí, dime.

—¿Por qué te desterraron? —su rostro se transformó en un semblante triste lleno de decepción. Me di cuenta entonces de que aquel hecho en su pasado aún le producía dolor. Fijó sus ojos en los míos y tomó aire profundamente. Mudó su postura colocando las manos detrás de su cabeza dirigiendo la mirada al techo, viendo más allá de lo físicamente obvio y buscando en unos recuerdos aparentemente lejanos.

—Es largo de contar.

—No tengo prisa, soy muy paciente cuando me lo propongo.

Me miró de soslayo y una sonrisa liviana se le escapó. Había amanecido hacía rato y los dos nos despertamos prácticamente al unísono. Llevábamos apenas una semana durmiendo juntos y, sin embargo, parecía que lo hubiéramos hecho toda la vida; bastaba un gemido o un leve movimiento para que pudiera intuir si estaba despierto, dormido o intentando conciliar el sueño. Me había habituado a su presencia, al calor corporal de su compañía y eso era algo a lo que no estaría dispuesta a renunciar jamás. Esa mañana ambos estábamos sumidos en nuestros pensamientos. En mi caso, la noche había sido extraña, con una fantasía que parecía real y mágica al mismo tiempo. En el suyo, lo desconocía. Quizás su mente viajara a los recuerdos pasados con su familia pues, aunque conmigo era feliz, les echaba de menos. Sin saber por qué recordé lo que me contó Olivia sobre su destierro. Un hecho chocante conociendo su forma de ser. Tuvo que haber cometido algún delito para que le condenasen de ese modo.

—¿Me lo vas a contar o no?

—Verás...todo comenzó con la llegada de Niall Wadlow a Dunster, el supuesto hijo bastardo de un amigo de padre, Sir William...

Comenzó a relatarme toda la historia. Parecía el resumen de una película, su rostro se ensombrecía mientras el relato avanzaba. Las aletas de su nariz se abrían y se cerraban y su voz adquirió un deje de animadversión hacia ese Niall. Sus ojos se anegaron y una pequeña lágrima se derramó por su mejilla que secó rápidamente.

—Me quedé inmóvil sin saber qué hacer. Si huía, sería como reconocer mi culpa; si me quedaba, afrontaría una condena impuesta que destruiría a toda mi familia.

—Y optaste por la segunda opción.

—No tuve más remedio. El nombre de padre había sido mancillado por un hecho que no cometí. Lo único que podía hacer era honrar el apellido Sallow con toda la franqueza que pudiera atesorar. Aunque bien sabía que mi historia no sería creíble pues caí en una trampa muy bien planificada.

—¿Por eso os marchasteis de allí? No es justo. Cualquiera que te conociera sabría que tú no serías capaz de hacer algo así ¿No investigaron?

Rio amargamente por mis absurdas palabras.

—¡Me sorprendieron con una bolsa llena joyas y oro! La evidencia era clara y mucho más creíble que cualquier otra urdida historia —respiró hondo apaciguando la ira repentina que había usurpado su persona—. Perdóname, no quería hablarte en ese tono. Era otra época y las cosas se hacían de un modo más drástico y contundente.

—Aún te duele, ¿verdad?

—Sí, pero no como crees. En su momento prometí vengarme y poner a Niall en su lugar. Con el paso de los años, esa promesa quedó suspendida en el aire convirtiéndose en un juramento que jamás cumpliré. Ahora, es solo la cicatriz de una llaga seca.

—Lo siento mucho. Tuvo que ser duro para ti.

—Sí, lo fue. Me preguntaste porqué te odiaba, esa era la razón principal. La furia que sentía en mi interior por ese agravio me consumía por dentro y evocaba sobre ti el dolor de mi maltrecho corazón. Agradecía a tu padre el hecho de salvar mi situación y la de mi familia, pero cuidar de una muchacha…me costó mucho tiempo hacerme a la idea de que solo serviría para eso. Siento mucho haber sido un estúpido durante ese tiempo, si no hubiese sido por tu padre no sé qué habría sido de nosotros.

—Comprendo… ¿sigues queriendo vengarte?

—No lo sé, él ya no es mi principal pensamiento. Sí me hubiera gustado, al menos, demostrar mi inocencia, limpiar el nombre de mi familia, ya me entiendes... —sonrió avergonzado y se quedó callado durante unos segundos —. A pesar de todo, me siento agradecido con el destino.

—¿Y eso por qué?

—Porque por ese motivo estamos juntos y, en este momento, semidesnudos. Voy a volver a amarte de nuevo para demostrarte mi eterna gratitud—se volteó colocándose sobre mí. Sonreí con su boca ya sobre la mía mientras su cuerpo se acomodaba al mío en una posición familiar y confortable. El haz de luz que entraba por la persiana mal cerrada iluminaba la estancia con la suficiente claridad como para hacer el ambiente íntimo y contemplar nuestros rostros con nitidez. El calor de nuestros cuerpos se magnificó hasta alcanzar una temperatura que derretiría la cera de una simple vela. Comenzamos a besarnos lentamente, saboreando nuestra piel y deleitándonos en nuestras caricias. Nuestro frenesí fue intensificándose hasta arrancarnos la poca ropa que llevábamos puesta. Estábamos sumidos en nuestra pasión cuando de pronto sentí una fuerza sobre mi cabeza que me presionó las sienes de forma desagradable. Dejé de besarle y me senté en la cama llevando las manos a mi cabeza intentando comprender el origen de esa súbita opresión tan insólita y sin sentido. En el momento en el que le presté atención y como si surgiera de la nada, lo supe.

—Álex, ¿qué te ocurre? ¿Te sientes bien?

Le miré a los ojos. Mi intuición y ese sexto sentido inusitado que parecía experimentar desde hacía un tiempo, me decían que lo que había percibido era cierto.

—Papá ha vuelto y Aarón ha venido con él.

—¿Cómo dices?

—Lo he sentido. He apreciado el cambio en el tiempo, como si…no lo sé. Simplemente he notado quién lo atravesaba.

—¿Están aquí? —se levantó de la cama, completamente desnudo y desorientado mirando a todas partes sin saber qué hacer.

—No, aquí no. Han vuelto a este siglo, no a esta casa.

—¿No es demasiado pronto para que Aarón regrese?

—Es posible, aunque desconocemos el tiempo real que ha estado excluido. Que hayan vuelto ahora no quiere decir nada en absoluto, quizás han sido años para él. Anda ven, relájate y vuelve a la cama, ya lo averiguaremos en otro momento. Se quedó pensativo unos segundos con la vista fijada al suelo. Elevó su rostro y cuando nuestras miradas se encontraron mudó su gesto rápidamente y volvió a mi lado exhibiendo una sonrisa pecadora, mostrando su mirada intimidante que tanto me seducía.

Un fulgurante sol era el protagonista del índigo cielo. Era de esos días incólumes en los que el manto celeste no estaba corrompido por ningún vestigio blanquecino. Su vibrante resplandor había llamado mi atención como un imán y al terminar el desayuno, me había colocado un bikini y me encontraba en el jardín tomando el sol en una tumbona. Darach era incapaz de encontrar el atractivo a chamuscarse bajo su radiante influencia, pero tener un jardín como ese y no aprovecharlo era un pecado mortal. Faltaba una piscina, pero papá jamás pensó en disfrutar de ese tipo de comodidades. Darach se encontraba en el gimnasio, papá había ordenado instalarlo para él, ya que pasaba allí algunas horas cada semana. En aquel momento, mientras yo me dejaba dorar por el sol en la superficie, él se encontraba bajo tierra entregándose al ejercicio. Durante ese ratito en el jardín, había tenido tiempo de pensar en muchas cosas, entre ellas y la más importante, el regreso de mi padre junto a Aarón. No tenía ningunas ganas de volver a ver a mi "hermanito". Sin embargo, necesitaba hablar con mi padre, quería enseñarle mis avances y, sobre todo, necesitaba una explicación sobre la desorbitante cantidad de dinero que había depositado a mi nombre.

Mi mente comenzó a divagar hasta terminar desconectando de todo tipo de preocupaciones. El sol relajó mi cuerpo hasta adormecerlo, volviendo mis extremidades pesadas y torpes. El trino de algún gorrión remataba la armonía, la cual se quebraba de vez en cuando con el ruido de una moto o una ambulancia lejana. Mi estado de calma y reposo había ido *in crescendo* paulatinamente, sin percatarme de que mi teléfono móvil había pasado de estar activo entre mis manos a, simplemente, estar apoyado sobre el abdomen. En ese momento tan dulce y delicado, sonó. Me sobresalté en la tumbona de tal manera que envié el móvil a una distancia sorprendentemente alejada. Por suerte, la hierba estaba bien cuidada y había amortiguado el golpe de su caída evitando su rotura. Me quedé perpleja al comprobar que el aparato siguió sonando como si no hubiera ocurrido nada. Cuando por fin recompuse mi respiración y mis palpitaciones, me levanté para recogerlo. Dejó de sonar justo cuando lo agarré y la llamada perdida de mi madre se reflejó en la pantalla iluminada. Suspiré. Acto seguido, marqué su número y le devolví la llamada.

—Hola, mamá. Perdona, no me ha dado tiempo a responder.

—Hola, cariño. No te preocupes, te llamaba por si te apetecía cenar en casa, podemos comprar unas pizzas, ¿te apetece?

—Me parece estupendo. Mamá, ¿puedo invitar a alguien?

—¿A alguien? ¿A quién te refieres cuando dices *alguien*?

—A una persona muy especial. Te gustará.

—Oh, claro, claro. Por supuesto. Hija, me acabas de poner nerviosa, ahora ya no sé si pedir unas simples pizzas.

—Mamá, las pizzas son perfectas ¿A las ocho te va bien?

—Eh…sí, de acuerdo, cariño. A las ocho.

Llevaba días rumiando la idea de presentarle a Darach. Nuestra relación era lo suficientemente consistente como para dar ese paso, y aunque no podía decirse que lleváramos mucho tiempo sabía con certeza que estábamos unidos por la eternidad. La emoción me invadió y decidí que ya había tomado el suficiente sol. Cuando entré en el pequeño gimnasio para comunicárselo a Darach, no lo encontré. El ambiente estaba cargado y denotaba que alguien se había esforzado mucho en sus ejercicios. Lo malo de estar en el sótano era la falta de ventilación y aunque la casa era relativamente nueva esa estancia no había sido preparada para ese fin. Habían utilizado un trastero de unos veinte metros cuadrados para poner un equipamiento completo de máquinas de cardio y musculación, etc. dejando la pared frontal forrada de espejo, percibiéndose un habitáculo más grande de lo que realmente era. Salía del gimnasio cuando sentí una opresión en la nuca que me dejó clavada al suelo. Me froté la cervical extrañada por esa percepción tan singular, pero notablemente familiar. No era la primera vez que sentía algo así, las otras veces fueron el indicio premonitorio de un episodio referido al tiempo y su consecuencia relativa en mí. Mi cuerpo o mi intuición, me avisaba ante un suceso cercano, un presagio. Pestañeé sin comprender en qué podría afectarme ahora cualquier circunstancia acontecida referente al mismo tema, pues mi conocimiento, sin ser completo, sí me atribuía cierta ventaja en cuanto a aquellas veces. La opresión duró muy poco, se desvaneció como una nube de humo difuminándose en un cielo gris. Desapareció.

Sacudí la cabeza sin darle más importancia pues había algo más importante que hacer en ese momento, darme una ducha. Me dirigí a la habitación y al entrar, encontré a Darach semidesnudo envuelto con una toalla de cintura para abajo mostrando su torso, aún mojado, al aire. El pelo atizonado le caía sobre sus hombros, y las gotas que lo recorrían trazaban pequeños regueros cristalinos que se precipitaban verticalmente hasta empapar el contorno doblado del tejido anudado a su cintura. La luz entrante infería en su perfil destacando sus formas y reverberando el trazo de una silueta perfecta y proporcionada. Estaba segura de que, si Miguel Ángel aún existiese, elegiría a Darach como modelo para ser esculpido y no al rey David de la biblia. Tenía un brazo cruzado sobre el abdomen, mientras con el otro jugueteaba distraídamente con el pelo de su barba en una pose pensativa. Su mirada se centraba en un par de pantalones extendidos sobre la cama. Al entrar, los ojos de Darach repasaron cada milímetro de mi cuerpo con el llamativo bikini rojo que llevaba puesto, que elevaba mis pechos ligeramente gracias al relleno de espuma que tenía en su interior proporcionándole una magnitud un tanto seductora. Sonreí en respuesta a su resoplido. Me coloqué detrás de su fornida espalda y le rodeé con mis brazos inspirando su aroma y depositando pequeños besos por todas partes.

—Si continúas así, tendré que ducharme de nuevo y esta vez con agua bien fría —sonreí de nuevo.

—¿Qué hacías?

—Intentaba decidir qué ropa ponerme. No tengo mucha y estos pantalones vaqueros me dan calor, por no hablar de que no dejan espacio para...bueno, son más apretados. Prefiero los de mi época, son más amplios y ligeros.

—Puedes comprarte otros de diferente tela. Los hay de lino, seguro que te gustarán más y son más frescos para esta época.

Dio media vuelta modificando mi abrazo, colocando mis manos sobre su duro trasero para poder mirarme cara a cara y hacer lo mismo con sus respectivas manos.

—Mmm…desde aquí tengo una perspectiva maravillosa. Ese bikini me hace delirar.

Mi cuerpo se había mojado por el contacto del suyo y un montón de pequeñas gotitas brillantes decoraban mi piel candente por el sol. Darach me besó implacable agarrando mis glúteos y elevándome del suelo para que mis piernas rodearan sus caderas. En ese acto, la toalla se resbaló hacia el suelo mostrando su desnudez orgullosa y vibrante, haciéndome enloquecer deliberadamente.

—Darach, estoy sudada, necesito ducharme.

—Después, ahora no vas a ir a ninguna parte.

Un arrebato repentino se apoderó de mi persona. Me separé de él y le indiqué que se sentase en el borde de la cama para después retirarme, sin ningún pudor, la braguita del biquini. Sus ojos evidenciaron un deseo carnal que me hizo enloquecer. Sus labios, húmedos y entreabiertos, encendieron mi fuego interior como una llama embrujada. Me coloqué sobre él con las piernas en jarras. Sin separar mi mirada de la suya comencé a deslizarme lentamente sobre su cuerpo anhelante. Darach se agarró con una mano al poste del dosel mientras que con la otra sujetaba mi trasero. Tenía el ceño sutilmente fruncido y su respiración entrecortada emitía jadeos ahogados intentando mantener una entereza y un control que se escapaban a su voluntad. La oscilación sosegada de nuestros cuerpos arrolló nuestro juicio por completo, dilapidando cualquier intento de aplomo y terminando por acelerar un compás del que éramos esclavos. No hubo besos, tan solo contemplación y demostración mutua del más puro y placentero deseo animal. Nuestros cuerpos desvalidos quedaron desplomados por el suelo, el clímax alcanzado había rebasado nuestras expectativas y sin dejar de mirarnos, nuestras mentes seguían atrapadas en ese reciente y tan indescriptible momento de éxtasis. Un sonido en la planta de abajo nos devolvió a la realidad enfriando nuestras mentes como si nos hubiesen lanzado un cubo de agua helada. No estábamos solos.

La vergüenza me invadió al pensar que quizás Marisa nos hubiera escuchado, pero cuando Darach me miró comenzamos a reír, al fin y al cabo, estábamos enamorados. Se vistió deprisa, sin darle más vueltas a la ropa que se pondría y salió de la estancia mientras yo me dirigía al baño a darme una ducha fría. Bajaba las escaleras con una sonrisa tonta, la cual desapareció al percibir una atmósfera cargada, sumida en un silencio llamativo que no me gustó en absoluto. De pronto, como quien gira una carta y la descubre, lo comprendí. Antes de descender los últimos escalones, lo vi, confirmando con su presencia la certeza de mi sospecha. Aarón se encontraba en medio del salón con las manos en los bolsillos como si tal cosa, sonriéndome tranquilamente. A su lado estaba papá, que giró su postura orientándola hacia mi dirección. Darach, apoyado en una chimenea apagada, me miraba con ojos contrariados mientras su mandíbula se tensaba sin cesar. No me sorprendió pues sabía que habían vuelto y esperaba en cualquier momento su reaparición, pero...no tan pronto, y menos después de un episodio tan exquisitamente placentero con mi novio. Al menos, ahora, me encontraba de buen humor.

—Hola, hermanita, ¿qué tal estás? Espero no haber llegado en mal momento...—dijo con sorna. Le ignoré. Un calor insoportable invadió mi cuerpo aposentándose en mis mejillas. Darach, por su parte, carraspeó confirmando su pregunta.

—Papá, ¿qué hacéis aquí?

—Siento no haberos avisado. Aunque no lo parezca, ha sido una decisión muy meditada. Hemos creído oportuno que regrese al tiempo actual, Aarón está arrepentido.

—¿Arrepentido, dices? —pregunté incrédula levantando las cejas.

—Lo siento, hermanita. Estaba perturbado. Ahora veo las cosas de otro modo y he comprendido que jamás seré como tú o como padre. No te preocupes por mí, ni siquiera te darás cuenta de que existo, y para compensártelo...—lanzó un objeto que tenía en su mano, este voló en una parábola perfecta y como acto reflejo elevé la mía hasta alcanzarlo. Era el mando de un coche. Lo miré contrariada por no entenderlo.

—Es un Audi A3, te encantará.

Pestañeé varias veces. Miré a Darach y este se encogió de hombros. Dirigí la mirada hacia mi padre y éste se acercó a mí colocándome sus manos sobre los hombros.

—Discúlpale, siento que esta noticia no sea de tu agrado. Ahora, todo irá bien.

—¿Me habéis comprado un coche? —pregunté incrédula.

—Ha sido Aarón como muestra de su arrepentimiento.

—No quiero un coche. No tengo carné.

—Hermanita... —Aarón se acercó hacia nosotros hasta colocarse frente a mí. Su fría mano agarró la mía y la apretó sutilmente queriendo darme confianza. No lo consiguió—. Lo del carné está chupado para alguien como tú. Piénsalo de este modo, ya no tendrás que depender de nadie para moverte por la ciudad.

—Hay transporte público, no necesito un coche. Papá, ¿podemos hablar en privado?

Subimos hasta su despacho en la segunda planta. La estancia era de lo más sencilla y minimalista sin apenas decoración. La gran mesa se encontraba en el centro de la habitación y sobre ella cuatro lámparas colgantes en forma de bombilla gigante. Dos de sus cuatro paredes eran completamente blancas sin ningún adorno ni objeto decorativo. La tercera se encontraba forrada de puertas de armario empotradas tan blancas como la pared ocultando una magnífica librería y la cuarta, era simplemente un ventanal acristalado del suelo al techo encarado al jardín trasero de la casa. Un soporte en forma de media columna cuadrada de color negro con una planta colgante sobre ella rompía la frialdad del cuarto.

Cerró la puerta con sumo cuidado y en cuanto estuvo completamente sellada exploté.

—¿Esto es una broma o algo por el estilo?

—No, claro que no. Es tu hermano, al fin y al cabo. Sé que está arrepentido, le conozco y sé que dice la verdad. A mí no puede engañarme.

Suspiré indignada pensando en lo que eso podría significar.

—¿Por qué ahora? ¿Por qué no le convenciste antes? No le creo y algo en mí me dice que es una patraña, papá —era cierto, en el momento en el que Aarón me apretó la mano, una corriente eléctrica atravesó mi brazo depositándose en mi nuca como una sustancia turbia y pegajoso. De nuevo, me repelía. Su presencia estaba envuelta en una bruma sombría, enmascarada de sonrisas y amabilidad.

—Estás equivocada. Ha estado cuatro años recluido en un monasterio y cierto es que su apariencia sigue siendo oscura, pero sinceramente creo que ha cambiado. Además, si intentase cualquier cosa, Darach estaría contigo y no dudes en que yo también. Por otra parte, he podido comprobar que ya lo dominas casi a la perfección ¡Incluso la incorporeidad! Eso sí me ha dejado perplejo pues no creí que lo hicieras tan pronto —Confesó sorprendido. Le miré asombrada por lo que me acababa de decir. Me quedé pensando unos segundos hasta que lo comprendí.

—Lo cierto es que no lo hice, quiero decir, me ocurrió mientras dormía y al despertar…en fin, creí que había sido un sueño. Un sueño en el que volaba.

Rompió a reír…

—No, querida, nada que ver tiene ese estado con volar. Tu cuerpo dejó de ser humano por unos momentos ¿Acaso no notaste la falta de gravedad, los colores, los sonidos?

—Sí, pero creí que había sido un sueño, uno muy real. Cuando desperté tuve la necesidad apremiante de respirar, como si no lo hubiera hecho en mucho tiempo.

—Cuando eres intangible, incorpóreo…nada de lo que hay a tu alrededor es real y sí lo es al mismo tiempo. El sol ya no reflecta la luz sobre los objetos del mismo modo y dejas de percibirlos con tus ojos humanos; lo mismo ocurre con el resto de los sentidos, simplemente, no los tienes. Indudablemente, al no poseer cuerpo físico no tienes la necesidad de respirar y percibes el mundo y el entorno como es exactamente, algo fugaz e inverosímil… ¿comprendes?

—Ajá…

—Hay algo más, ¿verdad? ¿Qué ocurre, Alexandra?

—Verás…me han sucedido cosas desde que volvimos de Escocia, en realidad desde que volvimos de Noruega. Hay una en particular que no comprendo —hice un inciso para aclarar mejor mis ideas—. Me he dado cuenta de que cuando me hago una herida, se cura al momento. Jamás me había ocurrido con anterioridad…es algo muy extraño.

—Forma parte de tu propia naturaleza. No te apures, es normal. Estás experimentando los cambios drásticamente, lo que me extraña es que hayan tardado tanto en surgir y que aparezcan todos de golpe.

—Es por el hechizo de Ermin, me temo.

—¿Cómo dices?

<<Mierda>>, pensar en voz alta era algo típico en mí, se me escapó y ya no pude ocultárselo. Lo único que sí mantuve en secreto fue el de Aarón.

—En el diario explica que generó un hechizo para que yo no destacara ante los demás. Contuvo parte de mi desarrollo místico, o como quieras llamarlo. Cuando fuimos a despedirla en su lecho de muerte, lo deshizo. Por eso he experimentado esos cambios en tan poco tiempo, me temo, y aún no sé lo que me queda por descubrir. Tampoco se controlarlo todo, como, por ejemplo, ser incorpórea.

—Vaya, vaya…así que Ermin te hizo eso, ¿eh? Claro, podía ver el futuro. Un futuro real. Me pregunto si será ella también la causante de que…

—Espera, espera, ¿me estás diciendo que tú no puedes ver el futuro? El mismísimo tiempo, ¿no puede viajar al futuro?

—Oh, claro que puedo ir. Puedo ver el futuro real, pero hay millones de futuros reales y no sabría cuál es el verdadero. Por ejemplo: imagina que se te presenta una situación a escoger entre A o B, solo tú sabrás cuál elegir. Sin embargo, yo ignoro la que tú escogerías por lo que a mí se me presentan dos futuros posibles. Averiguar cuál es el acertado resulta sumamente difícil. Para que lo entiendas de otro modo; por cada decisión tomada, por pequeña que esta sea, cambia el transcurso de la historia, ¿comprendes? De ahí mi insistencia en que no modifiques ni un solo instante de lo que sucede en tu presente. Es muy importante.

—Pero, ¿el hecho de haber estado en el pasado, en Escocia, no podría haber modificado algo sin querer? Al fin y al cabo, conocí a personas de otra época, quizá influencié en ellos de algún modo cambiando su destino, como cuando salvé a Mary de la gripe.

—Sí, en cierto modo así fue. Pero en aquella ocasión, ella se habría recuperado de igual modo, tú solo apresuraste un desenlace favorable. De otro modo, jamás te lo habría permitido. El resto de las alteraciones, no son trascendentes.

—Entonces, no conoces mi futuro, ni siquiera lo que Aarón pueda hacerme algún día...

—Hay diversidad de posibilidades. Unas buenas y otras no tan buenas. Hasta ahora te he protegido todo lo que he podido, ahora ya has desarrollado prácticamente por completo toda tu naturaleza y eso te da ventaja ante él. Estoy seguro de que nada podrá hacerte. Tu naturaleza es más fuerte que la suya y además, tienes a Darach. Créeme si te digo que juegas con ventaja.

—Vale…está bien. Supongo que… perro ladrador, poco mordedor, ¿no?

—Exacto.

—Entendido. Y ahora, cambiando de tema; quiero que me expliques lo del dinero ¿Estás loco?, ¿crees de verdad que voy a aceptar semejante despropósito?

—Alexandra, olvidas que no soy humano. Ese importe es apenas una muestra ínfima de lo que poseo. Soy mucho más antiguo de lo que puedas imaginar. Tengo más años que este planeta y conseguir dinero para proporcionarme una condición humana aceptable, es lo más fácil que existe.

—Ah… ¡es robado!

Papá rompió a reír en carcajadas sonoras y exageradas.

—¡No, claro que no! me ofendes con solo pensarlo. Olvidas que puedo estar en muchos lugares, poseo un excelente conocimiento en economía y me aventajo de ciertas habilidades, nada más. Lo que para vosotros sería suerte, para mí es virtud.

—¡Ja! ¿Juegas a la lotería?

—Lotería, bolsa, inversiones, depósitos, todo lo que puedas imaginar. De un modo legal, por supuesto.

—No sé si es legal saber el resultado de la primitiva.

—Ilegal tampoco.

Resoplé. No podía dar crédito…

—Escucha…mi forma innata no es la que ves en estos momentos. Adopto esta figura para estar más cerca de vosotros y sentirme, en cierto modo, humano. Comprende que jamás podría tener un trabajo estable, he de ausentarme largas temporadas pues todo el universo depende de mí. Por no hablar de mi físico.

—¿Qué le pasa a tu físico?

—No he cambiado ni un ápice en más de doscientos años ¿Comprendes por qué no puedo ser del todo legal, como tú dices?

—No, claro…—comencé a meditar sobre ese tema pues era algo que no había pensado hasta ese momento —. ¿A mí me ocurrirá lo mismo?

—Sí, solo has de ver a Aarón. Tiene doscientos veinte años y no aparenta más de treinta.

Se me cayó el mundo encima ¿Acaso significaba que perdería a mi madre, a mis amigos y lo peor de todo, ¿a Darach? Porque cuando ellos tuvieran sesenta años yo seguiría igual de joven que ahora ¡Qué pregunta! Sí, por supuesto que los perdería. Aún no estaba preparada para afrontar esa situación. Papá debió de descifrar mis pensamientos pues se acercó a mí y me levantó el mentón con una mano.

—Alexandra, mírame. No voy a decirte que será tarea fácil, pero eres mi hija y ese es un precio que deberás pagar. De todos modos, te diré algo que te alegrará. Darach no envejecerá como el resto, tampoco se estancará como tú, pero, al menos, vivirá muchos años. Lleva tu sangre, ¿recuerdas? y del mismo modo que no le afecta el lapso, tampoco la vejez hará mella en su cuerpo. Se traduce sencillamente, en que el tiempo casi no le afecta.

—¿Estás seguro de eso?

—No hay nada seguro en ningún lugar. En este caso…sí, lo estoy.

Vi luz al final del túnel. Me embargó la esperanza y lo que decía papá tenía sentido. El hecho de seguir viviendo sin mi madre sería algo terrible, todos pasamos por ese trance en algún momento de nuestras vidas, es ley de vida. Mis amigos, bueno, me dolería, pero podría soportarlo. Sin embargo, el tema de Darach era otra cosa muy distinta y saber que, al menos, viviría muchos años, me devolvió la alegría.

—Para eso, muchachita, falta mucho, así que dime, ¿en qué vas a usar ese dinero?

Dejamos aparcado el coche de Darach en la calle trasera de donde vivía mamá. Después de dar doscientas vueltas, por fin hallamos un hueco libre. Hubiera preferido el transporte público, pero a él no le gustaba demasiado, decía que había demasiada gente y encerrado bajo un túnel se agobiaba mucho. Supuse que el hecho de viajar bajo tierra a gran velocidad sin ver el entorno era un avance demasiado moderno y funesto para sus arcaicas costumbres. El coche, aunque veloz, iba por el exterior y era él quien lo manejaba. Los autobuses también estaban descartados pues tampoco se fiaba de su conductor.

—Darach, ¿cuánto llevas viviendo en este siglo? Exceptuando en alguna cuestión, nadie diría que no eres de esta época —confesé. Parecía tan seguro, tan adaptado a la vida del siglo XXI y a su tecnología, que mi sorpresa era inevitable. Cerró el coche y se colocó el mando en el bolsillo del vaquero mientras escuchaba la pregunta.

—Viviendo en este siglo… unos tres años. Estudiando vuestras costumbres, el idioma y haciéndome con las modernidades… dos más.

—Pues se te da muy bien. Conocer a mi madre será pan comido.

Habíamos llegado con diez minutos de antelación, a pesar de llevar dos horas buscando aparcamiento. Darach estaba tenso y el ambiente en la casa de mi padre no había sido agradable, pues Aarón se había quedado a comer y estábamos deseando salir de allí. A decir verdad y exceptuando las primeras horas del día, no habíamos tenido un momento en soledad. Aarón nos había ignorado, sí, pero su presencia en esa casa resultaba terriblemente incómoda, en especial a mí, pues seguía sintiendo esa pequeña presión en la nuca cada vez que me miraba. No quise comentárselo, pero mi nuevo hermano no me inspiraba ninguna confianza. Esa sensación extraña, no era inventada. Nos detuvimos frente al portal y me coloqué ante él. Inspiró profundamente y sonrió tímidamente.

—Te caerá bien, ya lo verás.

—Si se parece a ti, seguro.

—Estás guapísimo y esa media coleta te sienta genial. Tranquilo, se va a enamorar de ti en cuanto te vea.

Cuando mamá abrió la puerta tuve que contener la risa, la expresión de su cara al ver a Darach fue todo un poema. Sabía que le gustaría, era un chico que llamaba la atención allí por donde iba y ella no era ajena a esos encantos masculinos.

—Hola, mamá.

—Ho...Hola, cariño. Habéis llegado pronto, eso es muy raro en ti.

—Ja. Ja —dije sarcásticamente—. Mamá, este es Darach. Darach, esta es mi madre, Elena.

—¡Encantada, por supuesto! Madre de Dios bendito... —dejó escapar la frase sin reparo alguno mientras le daba dos besos. Él respondió con una sonrisa tímida.

—Perdona, ¿cómo ha dicho que te llamas?

—Darach, me llamo Darach, señora.

—Uy, uy, uy...como vuelvas a llamarme señora te hecho de aquí a patadas.

—¡Mamá!

Darach mudó la cara. Se irguió en su postura e inspiró profundamente creyendo haber insultado de algún modo a mi madre. Me sentí mal por él pues entender el sarcasmo no era uno de sus puntos fuertes y mucho menos el de mi madre.

—Discúlpeme, seño...Elena, no quería ofenderla.

—Ay, chico. Perdona, era una broma. Ese término me hace sentir vieja, pero no me hagas caso. Vamos, pasad, espero que no tengáis mucha hambre porque aún no he pedido las pizzas.

Una vez hecho el pedido no tardaron en llegar pues entre semana las pizzerías no solían tener mucha faena. Me sorprendió saber que Darach no las había probado y tanto mi madre como yo nos lo quedamos mirando como si tuviera dos cabezas. En su tiempo, eso era impensable, sin embargo, después de estar unos cuantos años en el nuestro me parecía increíble que ni siquiera hubiese tenido la curiosidad de probarlas. No daba crédito.

—Y dime, Darach, ¿de qué trabajas?

—Oh, pues trabaja de...—le miré indecisa sin saber muy bien qué decir. Habíamos tenido la mente tan ocupada por culpa de Aarón que no caí en crear una pequeña historia sobre el origen de Darach que fuese actual y creíble.

—Trabajo para el padre de Álex, seño... digo Elena —carraspeó.

—Oh —dijo. Le dio un bocado a la pizza y siguió con el interrogatorio que determinaría su aprobado o suspenso—. ¿Y de qué trabajas?

—Mamá, déjale. No lo atosigues, por favor

—No te preocupes, no pasa nada. Soy guardia de seguridad en su casa. El señor pasa mucho tiempo viajando y alguien ha de vigilarla, yo me dedico a cuidar de sus posesiones.

Ignoraba si lo pensó con antelación o era una respuesta que se le acababa de ocurrir, fuera como fuese, dio en el clavo porque parte de esa historia era cierta y ya se sabe lo que pasa con las mentiras, que se pilla antes a un mentiroso que a un cojo.

—¿Y eso está bien pagado?

—Ya lo creo seño...digo, Elena. Recibo más de lo que merezco —contestó, después me guiñó un ojo y un sofoco repentino subió por mi abdomen hasta finalizar en mi rostro.

—Ya veo...y dime, ¿de dónde eres? Tienes un acento peculiar.

—Soy inglés, aunque llevo en España unos años...

—Mamá, ¿esta cena va a ir en ese plan? ¿Vas a estar todo el tiempo preguntándole cosas sin parar?

—Ay, hija, tendré que conocer un poco a mi futuro yerno, ¿no? —se defendió sonriente. Resoplé.

El resto de la cena fue algo más fluida y dinámica. Era interesante observar a Darach en un entorno tan sencillo y coloquial, tan diferente a lo que él estaba acostumbrado, pues incluso entre los suyos existía ese nivel de respeto constante en cada gesto, en cada palabra. Eran relaciones sumidas en la cortesía y el deber, cosa que con mamá no ocurría. Ella rompía toda regla con su carácter cariñoso y cercano, cada dos por tres aprovechaba para demostrarlo tocándole un brazo, sonriéndole, guiñándole un ojo, etc. Una serie de gestos y palabras a las que Darach no estaba habituado y menos con personas a las que no conocía.

—Te pido por favor que no me trates de usted, no me gusta nada.

—Lo siento, Elena, pero mi educación y mi costumbre me impide hacer lo contrario. Espero que comprenda mi forma de actuar...

—Mamá, es inglés.

<<Y del siglo XVII>>, pensé en mi fuero interno

—No puedes pedirle tal confianza en tan poco tiempo. Ya se habituará —froté su brazo reconfortándole.

—Álex, ¿qué tal con ese padre tuyo? ¿Es honesto? Ya me entiendes…al fin y al cabo no le conozco y su manera de actuar ha sido nefasta contigo.

—Sí, mamá. Lo es, aunque…verás, quería comentarte una cosa. Ha abierto una cuenta a mi nombre en la que me ha dado mucho dinero. No me siento cómoda, sabes que no me gusta que me lo regalen.

—Ah, ¿sí? Tal vez quiera lavar su conciencia por tantos años de abandono ¿De cuánto dinero estamos hablando?

No quería decirle la verdad porque escuchada desde fuera sonaba a negocio turbio o algo por el estilo, pero necesitaba su consejo y estaba harta de ocultarle las cosas.

—De mucho. Muchísimo.

—Qué exagerada. No será para tanto…

—Cinco millones y medio de euros. Ahora dime si no es para tanto.

Comenzó a toser, la noticia había provocado que se atragantara con un trozo de pizza, haciendo que se levantara de la silla. Cuando por fin se estabilizó se acercó al sofá y tomó asiento con lentitud y la mirada perdida. Tragó saliva un par de veces pestañeando muy deprisa y pude notar un halo de pánico y desconfianza que transformó su gesto risueño en uno totalmente ensombrecido. Me arrodillé ante ella colocándole las manos sobre sus rodillas.

—Mamá, no te asustes. Tiene muchísimo dinero, posee numerosas empresas, así que no pienses que es nada turbulento, que te veo venir.

—Elena, Álex tiene razón. Es uno de los hombres más honorables que he conocido. Puede estar tranquila.

Sopesó nuestras palabras y dirigió sus ojos meditabundos hacia los míos.

—Y si tenía tanto dinero, ¿por qué te dejó a mi cargo, en vez de con una familia acomodada? ¿Por qué te abandonó con alguien sin recursos? ¿Y por qué darte tanto dinero ahora? No entiendo por qué habláis de él como si fuese un dios al que alabar. A mi forma de ver no es más que un ser hipócrita y manipulador, y eso, es totalmente deshonesto.

—No lo es y se equivoca en creer eso. Trabajo para él custodiando su casa, pero también me contrató para cuidar de su hija. Le aseguro que se preocupa mucho por su bienestar.

—Mamá, lo que dice Darach es cierto. Me costó mucho entenderlo, pero ahora que conozco toda la historia puedo asegurarte de que es cierta. Comprendo lo que hizo y porqué lo hizo. Estoy agradecida por ello, pues nos tenemos la una a la otra. Quizás algún día pueda explicártelo todo, pero de una cosa puedes estar segura, es un hombre honorable, y no debe caberte la menor duda.

Esas palabras lograron tranquilizarla, aunque sabía que su mentalidad laberíntica continuaría elucubrando hipótesis tras hipótesis hasta alcanzar una resolución medianamente aceptable. Al fin y al cabo, no le conocía y no podía juzgar lo que desconocía. De repente, una idea se abrió paso en mi pensamiento, pues la única forma de resolver aquel asunto era provocar un encuentro entre ellos.

—Está bien, pero comprende que nadie regala tanto dinero. Suena tan mal…

—Mamá, ya te he dicho que no tienes de qué preocuparte. Suena extraño, lo sé, pero te aseguro que es totalmente honrado. Confía en mí. No estoy equivocada y tengo razones de peso para decirte esto.

—Está bien, supongo que sabes de lo que hablas. Entonces, cuéntame, ¿dónde está el problema?

—Esto me incomoda, como si pretendiera comprarme. Siempre he preferido ganarme lo que tengo con mi esfuerzo, y tú lo sabes.

—¿Me estás diciendo que no sabes si aceptarlo porque preferirías ganarlo por ti misma?

—Sí, más o menos…

—Eres tonta.

—¡Mamá!

—Veamos, dices que tu padre es honrado, honorable, bla, bla, bla…y, sobre todo, rico. Te ha regalado una cuenta con cinco millones y medio de euros y dudas en aceptarlo porque preferirías ganarlo tú con tu esfuerzo y tu trabajo. En definitiva, Eres tonta —dijo en tono normal, pero poco a poco su voz se fue tornando más aguda hasta terminar aguantando una risa que finalmente acabó en carcajadas.

—¿A qué viene eso?

Mamá reía sin parar y unos lagrimones le caían por su divertido rostro. Comenzó a hablar de nuevo mientras con la palma de la mano se secaba la cara.

—Álex, ni con todo el esfuerzo del mundo, trabajando todas las horas posibles, serías capaz de reunir semejante cantidad de dinero ¡Eso lo recibes si te toca el Euromillón! ¿Es que no lo ves? —respiró hondo para controlarse y volvió a hablar de nuevo mientras me acariciaba el pelo con sus manos—. Escucha, comprendo lo que piensas, pero si estás segura de que ese dinero no proviene de algún negocio sucio, de nada que te pueda incriminar y que puedas acabar en la cárcel… —puse los ojos en blanco—. Si sabes a ciencia cierta de que eso es así, no sé por qué no ibas a aceptarlo.

—Pues…jamás pensé que nadie me regalaría nada.

—Siempre has querido tener tu propio negocio, montar un taller de restauración. Con ese dinero podrás hacerlo. Después ganarás un sueldo con el esfuerzo de tu trabajo, pero el primer empujón, que es lo que más cuesta, ya lo tienes. Aprovéchalo, cariño, solo se vive una vez.

Cavilé sus palabras, sopesando en silencio las posibilidades. Tenía razón pues mucho me temía que mi vida podría ser muy, muy larga…

—Creo que ya sé en qué invertiré ese dinero, a parte de mi negocio. Te compraré un piso nuevo que esté al lado del mío. Del nuestro —dije las últimas palabras mirando a Darach, quien me miró asombrado por esa revelación.

La cena fue genial en todos los sentidos, aparte de ese momento tenso del tema económico. Me sentí feliz por hacer partícipe a mi madre de la relación que tenía con Darach y, al mismo tiempo, que él la conociera. Quedaron muchas cosas en el tintero pues no le agradó oír que le compraría un piso, pero si de algo estaba segura, es que ella se lo merecía más que yo. Eran las doce y media de la noche cuando entrábamos en casa. El silencio era absoluto y la oscuridad habitaba cada estancia del hogar tornándonos a un retiro apacible y deseado. Darach me cogió de la mano mientras subíamos las escaleras y comenzó a hablar en susurros para no alertar a Marisa.

—¿Estás segura de lo que vas a hacer?, ¿lo has pensado bien?

—Sí, ella merece ese dinero más que yo pues afrontó en soledad la dura tarea de criarme. Papá debería haberla ayudado económicamente, en cambio, no lo hizo. Es lo menos que puedo hacer.

—Creo que es muy digno por tu parte.

—Gracias.

—¿Abrirás ese negocio?

—Sí. Pero antes que eso quiero marcharme de esta casa, no me siento cómoda, por no hablar de que en cualquier momento Aarón puede volver y no quiero volver a verle la cara.

—Comprendo a qué te refieres, hay algo en él que no me gusta, su mirada no es limpia.

—¿Por qué lo dices?

—Tal vez esté equivocado pues no le conozco, pero no me fío de él, Alexandra. No me gusta su regreso, aunque confíe en tu padre.

Ignoraba si sus sensaciones eran parecidas a las mías, aunque claramente había percibido algo oscuro en su persona. Ya no era su físico, frío e inexpresivo, sino algo que iba más allá de lo visualmente obvio. En mi caso, tenía clara una cosa, mi sexto sentido no era la clarividencia, como poseía Ermin, pero esa intuición tan nítida en mi interior no se equivocaba y evidenciaba un hecho, una situación no grata para mí en un futuro cercano. Decidí dejar de darle vueltas a esa premonición, la noche nos esperaba y el amparo de nuestra propia compañía era suficiente estímulo para devolvernos la sonrisa y la ilusión después de un día mentalmente agotador.

24. Compromiso

El manso y delicado sonido de las olas, unido al calor de un sol vibrante, hechizaba mi mente transportándola a un punto casi de inconsciencia. Existían muchos placeres en la vida, algunos de ellos descubiertos por mi anatomía recientemente, pero dejando a un lado el tema sexual, disfrutaba de uno de mis favoritos, tumbada boca abajo sobre una toalla seca en la arena. El constante susurro del agua me sumía en un delirio inevitable. Era un día apacible, de esos en que el mar estaba en completa calma con una quietud casi asombrosa y donde la armonía y la tranquilidad fluían de un modo etéreo y sensual. El graznido de una gaviota cercana rompió la paz que se había adueñado de mi organismo, devolviéndome a un entorno real en el que no estaba sola. Abrí los ojos y respiré profundamente, el olor de la arena caliente y la crema solar invadió mi nariz evocándome a unos recuerdos infantiles donde habían existido rastrillos y castillos de arena. Unas gotitas frías aterrizaron con violencia sobre mi espalda provocándome un sobresalto por el cambio de temperatura. Me senté en la toalla despotricando palabras mal sonantes a un Darach divertido y juguetón, pero al verle en bañador y tan mojado como estaba, mi boca enmudeció abruptamente perdonándole cualquier acto infantil.

Respiraba agitadamente y las gotas saladas resbalaban por todo su cuerpo. El sol infería en ellas haciéndolas brillar en un sinfín de motitas cristalinas confiriéndole una figura adamantina. Me imaginé deslizando mi lengua por ese torso fornido y compacto lamiendo cada gotita traviesa hasta alcanzar la altura de sus labios. Carraspeé involuntariamente, obligándome a cambiar la dirección de mis pensamientos o sería incapaz de mantener mis manos y mi cuerpo sosegados. Darach sonrió maliciosamente al mirarme y adivinando su pensamiento intenté salir corriendo de la toalla antes de que actuara. Fue más rápido que yo.

—¡No! ¡No lo hagas! ¡Ahhh! —comenzó a sacudir su cabello suelto y chorreante sobre mí, provocando una lluvia infinita de gotas frías que erizó mi piel candente.

—Ven al agua, me estás dejando muy solo.

—Pues mira, no voy a ir porque acabas de quitarme el calor que tenía.

—Te lo puedo devolver si quieres, es fácil, solo tengo que…

Darach se tumbó a mi lado y me agarró de la cintura atrayéndome hacia él para besarme lentamente. Su cuerpo mojado emanaba un calor no solo físico, activando mi cuerpo y haciéndolo reaccionar instantáneamente como si tuviera un botón de ON y OFF.

— ¿Vas a venir conmigo ahora? —sonreí.

—Mmm…está bien, creo que has sido bastante convincente.

—¿Cómo has dicho que se llama esa braguita?

—Tanga.

—Pues me encanta esa braguita tanga. Lo que no me gusta es la mirada de los hombres a nuestro alrededor, babean.

—Hay cientos de chicas y casi todas llevan lo mismo que yo. Otras hacen toples, así que dudo mucho que se fijen en mí.

—Sí lo hacen y me irritan sobremanera. Tendré que demostrarles que eres mía.

Darach me dio un cachete en el trasero, con una sonrisa traviesa prendida en los labios. Luego salió disparado hacia el agua, corriendo como un loco, lanzando gritos de alegría que atrajeron las miradas a nuestro alrededor. Si lo que pretendía era que nadie se fijara en nosotros, había conseguido justo lo contrario. Se quedó inmóvil, sumergido hasta la cintura, esperándome.

—¡Alexandra, bañaos con vuestro amado!

No me lo podía creer. La vergüenza se apoderó de mi persona haciendo que mirara a mi alrededor con un sofoco más que evidente. De pronto el calor fue asfixiante hasta hacerlo insoportable pues las risitas y las miradas divertidas de nuestros vecinos de toalla se clavaban sobre mí como pequeños cuchillos punzantes.

<<Lo mato>>, pensé.

Entré en el agua empujada por el diablo mientras le miraba fijamente a los ojos y jurándole venganza por ponerme en semejante circunstancia. Su risa me traspasó el alma, se lo estaba pasando muy bien a costa de mi vergüenza y eso era algo que no iba a tolerar. Ni siquiera sentí el frío del agua sobre mi piel pues la repentina adrenalina dominó mi voluntad, actuando sobre mi mente obsesionada con una revancha implacable. Le haría tragar su risita desvergonzada. Iba decidida a devolverle el mal trago hasta que llegué a su altura y mis expectativas, tan sanguinarias en un principio, se diluyeron con el agua en ese mismo instante. Darach se había quitado el bañador. Lo tenía atado a su tobillo, mostrándome una desnudez lista y preparada para actuar. Miré a mi alrededor como acto reflejo y, a excepción de una señora mayor con flotador, el resto de los bañistas se encontraban a una distancia considerable.

—¿Estás loco? ¡Pueden verte!

—Dirás que pueden vernos…—me agarró de la cintura hasta colocarme pegada a su piel. Mi pulso comenzó a bombear donde no debía, evocándome un antojo pervertido e indecente.

—No hagas esto, no está bien.

—¿Quién lo dice? Nos alejaremos lo suficiente para que no puedan apreciar nuestro juego.

—Darach, hay niños…

—Bah, lo niños no se adentran tanto.

Me arrastró mar adentro hasta que el agua me cubrió los hombros. Sin quitarme el tanga, lo retiró suavemente hacia un costado y me colocó sobre él haciendo que le rodeara con mis piernas. Era lo más excitante que había hecho en toda mi vida y ese estímulo obsceno y libertino arrebató toda coherencia y sensatez existente en mi persona. Salimos del agua cogidos de la mano sonriendo embobados, memorando una escena que debió subir la temperatura del agua un par de grados. Evité mirar rostros pues preferí no saber si alguien había advertido nuestro juego y aferrarme a una dignidad todavía entera, como si nos hubiéramos dado un simple baño.

—Me encanta la playa del siglo XXI. Debemos venir más veces.

Sonreí poniendo los ojos en blanco. Esas palabras ocultaban un doble sentido lascivo. Estábamos a mitad de Julio y los días eran terriblemente sofocantes, no había llovido desde hacía meses y las escapadas a la playa eran lo que hacía más fácil soportar las altas temperaturas. Me quedé hipnotizada observando el resplandor centelleante del sol reflejado sobre el mar, pensando en lo acontecido durante el último mes. La mayor parte de él lo había dedicado a la búsqueda de un piso para comprar y unos días atrás había encontrado, más o menos, uno que se ajustaba bastante a mis pretensiones. No era gran cosa en cuanto a tamaño, pero tampoco necesitaba un casoplón, como tenía mi padre. El piso en cuestión era de reciente construcción; un ático de tres habitaciones con dos cuartos de baño, pero lo que lo hacía realmente impresionante era la fantástica terraza orientada al mar. Estaba situado en una de las zonas más nuevas de la ciudad, con espaciosas zonas verdes y donde poder hacer deporte junto a la playa. Me había enamorado al instante, y no solo del lugar. Me seducía la idea de salir a correr por su paseo marítimo, disfrutando de un paisaje urbano más natural. Pero, sobre todo, me conquistó la magnífica terraza donde podría pasar las horas pintando cuadros, leyendo o, sencillamente, dejándome absorber por la inmensidad de aquellas vistas. Había escogido un ático para mí y otro para mi madre en el mismo rellano y aunque ella aún no lo había visto, sabía que le encantaría. Era reticente en cuanto a mi regalo, decía que era violento para ella consentirlo y, en cierto modo la comprendía, pues a mí me había ocurrido lo mismo. Se veía obligada a aceptarlo y no estaba cómoda con esa idea, pero el hecho de estar tan cerca la una de la otra fue suficiente argumento para inclinar la balanza a mi favor y terminar cediendo en una lucha que sabía, tenía perdida desde el principio.

Los trámites serían rápidos ya que no habría hipoteca en ninguno de los dos casos y los pisos estaban listos para ser entregados, ya que los elevadísimos precios habían propiciado que ese edificio, al igual que otros, tuviese aún viviendas por vender. Estaba sumida en la emoción de mi futuro inminente cuando una voz conocida interrumpió mis pensamientos. Blanca llegaba con más de una hora de retraso.

—¡Por fin! No sabéis lo que nos ha costado aparcar ¡Está todo petado! Y con este calor…

—Blanca, es que tienes que madrugar. Oye… ¿Has dicho, nos?

Extendió su tapiz gigante con una mandala dibujada en tonalidades azules mientras colocaba su bolsa de ratán sobre él.

—Ah… sí, Pol ha venido conmigo. Sois amigos otra vez, ¿no? al menos es lo que vais diciendo por ahí. Por cierto, te sienta bien ese corte de pelo.

—Gracias. Deberías haberme avisado de que Pol también vendría.

<<No me hubiera puesto el bikini de tanga>>, pensé.

—¿Para qué?

—Para saberlo. Recuerda que Darach está aquí. Por cierto, ¿dónde está?

Se puso de rodillas sobre el tapiz terminando de quitarse el vestido estampado que llevaba. Colocó la mano derecha a modo de visera sobre los ojos y los entornó, escudriñando la multitud en su búsqueda. Comenzó a hacer señas con los brazos como si pidiera auxilio cuando lo vio en la distancia, llamando su atención y mostrándole el lugar en el que estábamos. Darach y yo cruzamos una mirada fugaz y, en esa milésima de segundo, distinguí en sus ojos el hastío de tener que soportar su presencia. Pol llegó a nuestra altura y su mirada se demoró más de lo debido en Darach, quien respondió con un leve gesto de cabeza a modo de saludo. Desde la última vez que nos vimos, apenas había hablado con él un par de veces por WhatsApp, y llevaba tiempo posponiendo el momento de decirle que debía pasar por su piso a recoger mis cosas. Ese día, era el ideal.

—Ven Pol, hay sitio para los dos en mi tapiz. Deja tus cosas ahí mismo.

—De acuerdo, pero creo que primero voy a darme un baño, vengo con los nervios crispados de tanto tráfico.

Pol comenzó a desnudarse ante nosotros lanzando su ropa de cualquier modo sobre la toalla de Blanca. Llevaba puesto un bañador pequeño, ni siquiera parecía de su talla, aunque debía reconocer que tenía un buen cuerpo. Darach carraspeó sonoramente llamando mi atención de un modo posesivo. Le miré divertida pues parecía celoso al ver cómo le observaba.

—¿Qué pasa?

Darach se recostó sobre sus codos mirando hacia el infinito mar resoplando como un caballo.

—¿Ha de hacer semejante espectáculo para quitarse la ropa?

—Solo se ha quitado la ropa, no ha hecho ningún espectáculo.

—Ya, claro…

—¿Por qué estás tan celoso?

—¿Celoso, yo? solo digo lo que observo —se tumbó boca arriba colocándose las gafas de sol aislándose de todos, incluida yo.

—Chicos, me voy al agua con Pol, ¿os animáis?

—Tal vez en un rato, acabamos de salir.

Pol regresó en menos de diez minutos dejando a Blanca sola en el agua. Se sentó a mi lado sin comentar nada, sacudiéndose el pelo con la mano para que dejara de gotearle. Un gesto típico en él.

—Te queda bien ese corte de pelo, pareces más jovencita.

—¿En serio? gracias. Lo necesitaba y es más fresco para el verano.

—No sabía que vendrías con él.

—Y yo no sabía que tú vendrías.

—*Touché.*

—Darach es mi novio. Es obvio que vendría conmigo.

—Ya, ya. Es que… ¿nunca te deja sola? Quiero decir, ¿siempre estáis juntos? ¿No trabaja ni nada?

—Trabaja para mi padre y yo soy parte de su trabajo. Es una especie de guardaespaldas, por así decirlo.

—¿En serio? Qué fuerte…—dijo incrédulo elevando las cejas con una sonrisa mordaz mientras negaba con la cabeza. Le observé con disimulo y pude advertir la tensión generada en su postura. Comenzó a sacudirse el pequeño bañador verde por sus costados para después continuar retirándose el agua de los brazos. Cuando terminó, se quedó sentado con las manos entrelazadas y los codos apoyados sobre sus rodillas flexionadas, mirando hacia un horizonte lejano, pero sin contemplarlo realmente. Le conocía muy bien y sabía que no estaba a gusto en esos momentos.

Respiré hondo y estiré las piernas jugueteando con mis pies hundiéndolos en la arena. Comenzaba a tener calor de nuevo pues, aunque mi biquini aún seguía mojado, la piel ya estaba seca y caldeada. Miré a Darach que seguía tumbado hacia arriba con las gafas de sol puestas ocultando unos ojos cerrados en supuesta calma. Oí mi nombre en la lejanía, al mirar en esa dirección, hallé a Blanca haciéndome señas con los brazos animándome a unirme a su lado. Fue mi salvación; entre un Darach ofuscado y un Pol incómodo, lo último que me apetecía era quedarme en la toalla respirando ese aire tan contaminado. Me tumbé junto a Darach y le toqué suavemente el pecho, este reaccionó al instante cuando sus morenos pezones se endurecieron bajo mi contacto. Sonreí.

—Oye…me voy al agua con Blanca, ¿vale?

—mmmm…

Le di un pequeño beso en el hombro y me levanté diligente hacia la orilla cuando de pronto, sentí una punzada en la nuca. Me giré por instinto hacia las toallas mientras la masajeaba, y al hacerlo me encontré con la mirada de Pol, que se clavó en mí con una intensidad desconcertante. Tuve claro que, entre todas sus miradas posibles, aquella no era nada amistosa. Me uní a Blanca en el agua que comenzaba a cobrar vida con un oleaje suave y cristalino.

—¡Tía, tía! Ven, mira, ¿ves a ese pivonazo de ahí?

Miré en la dirección donde me indicaba y hallé a dos chicos hablando a menos de diez metros de nosotras.

—Sí.

—Conozco a uno de ellos, pero no recuerdo de qué. Mmm…el otro está como un queso ¿Y si nos acercamos como si nada, a ver si alguno dice algo? —preguntó pícara. Reí negando con la cabeza.

—¿Es que tienes que andar ligando allí dónde vamos?

—Yo no tengo novio como tú. Anda, vamos.

Nos acercamos hasta ellos disimuladamente y aproveché para echar un vistazo hacia las toallas. Tanto Pol como Darach estaban tumbados ignorándose mutuamente así que continué siguiéndole el rollo a Blanca. Comenzó a salpicarme agua sin avisar, igual que un niño pequeño, para que yo hiciera lo mismo y así llamar la atención de los chicos. Puse los ojos en blanco e hice lo que pude, aunque claramente no fue del agrado de Blanca. Se acercó a mí pidiéndome más énfasis en mi manera de actuar y recolocándome de un modo en el que ellos quedaban detrás de mí. Aluciné.

—Blanca, se nota mucho. Acércate y háblales. No van a comerte.

—Calla, sígueme el juego.

Me salpicó de una manera exagerada empapando mi cabeza hasta hacerme tragar agua. La salpicadura fue tan grande que les llegó a ellos haciéndoles jurar en arameo pues, aunque estaban metidos en el agua hasta la cintura, su torso estaba seco mientras mantenían una conversación madura y tranquila. Tosí escandalosamente hasta que conseguí recuperar el aliento. Blanca ignoró mi ahogo repentino como si no hubiese ocurrido nada y avanzó hacia ellos.

—Oh, perdón, no me di cuenta de que estabais tan cerca. Lo siento, es que mi amiga es una pesada queriendo que la salpique siempre y demás…

Le lancé mi mirada más asesina. Siempre hacía lo mismo a la hora de ligar, era una interesada. A pesar de eso, reí incrédula pues la jugada le salió bien y comenzó a hablar con ellos. Desvié mi mirada hacia las toallas y advertí que Darach se encontraba sentado observándome mientras hablaba con Pol, quien se encontraba en la misma postura jugueteando con la arena. Sentí una gran curiosidad por saber el tema de su conversación. Miré a Blanca y la vi tan ocupada que aproveché para alejarme sutilmente nadando hacia una zona más profunda. No me gustaba la idea de que esos dos estuviesen *charlando* pues a Darach se le notaba, desde la lejanía, el ceño muy fruncido y eso solo podía decir una cosa, que estaba de mal humor. Quería ir con ellos para calmar la tensión, pero no quería dejar a Blanca sola con esos dos. Si lo hacía, se enfadaría conmigo aun sabiendo que mi compañía era innecesaria. Comencé a cavilar mis opciones. Me moría de ganas por saber de qué hablaban pues mucho me temía que después, ninguno de los dos soltaría prenda. Tal vez podría probar a volverme inmaterial y espiarles, averiguar si podría llegar la sangre al río. En caso de lo contrario, volvería al agua como si tal cosa actuando con absoluta normalidad y ni Blanca ni nadie sospecharían nada.

La idea era buena, pero en la práctica no tenía ni idea de cómo llevarla a cabo. Decidí intentarlo pues no perdía nada. La cuestión era que no podría hacerlo delante de nadie así que decidí sumergirme e intentarlo bajo el agua. Cogí aire y me sumergí. El agua rodeó mi cuerpo entero enfriando mi cabeza favoreciendo la concentración, pues los sonidos burbujeantes y amortiguados me aislaban del exterior y de las distracciones. Cerré los ojos concentrándome en las dos figuras que me interesaban de toda la playa, imaginando un espacio vacío donde solo existieran ellos dos. Sin ninguna pericia para realizar la incorporeidad me di cuenta de que sería más complicado de lo que pensaba en un principio pues, me ahogaba. Tuve que salir a tomar aire cuatro o cinco veces. Finalmente, cuando logré respirar hondo y relajarme, empecé a percibirlo. La oscuridad invadió mi mente y dejé de notar la frescura del agua sobre mi cuerpo para después, sentirme ligera, demasiado. Cuando quise darme cuenta, estaba flotando sobre el agua totalmente incorpórea. El tono denso y violeta del fluido bajo mi vista era extraño, pero inconfundiblemente era la prueba que necesitaba, había conseguido mi propósito. En cuanto mi mente los visualizó, avancé sobre su superficie a una velocidad de vértigo hasta detenerme abruptamente ante sus figuras. Esa forma parecía moverse por voluntad propia; bastaba con proyectar un pensamiento que todo se movía a mi alrededor hasta que lo alcanzaba. Era sorprendente y espeluznantemente maravilloso.

—Oye, tío, solo quiero lo mejor para Álex, y no sé si tú lo eres. Llegaste de pronto junto a su padre, arrasando con toda su vida, ¿entiendes?

—Lo sé, así tuvo que ser. Obedecía órdenes.

—No te enfades, pero no me gustas. No para ella.

—¿Y quién te gustaría? Creo que solo aceptarías una relación en la que ella y tú fueseis pareja, cualquier persona ajena a ti no sería de tu agrado. A eso se le llama egoísmo.

—Te equivocas, desde que está contigo ha cambiado. Ya no es como antes, ya no viene con nosotros y no nos hace partícipe de sus emociones. Se está volviendo una extraña.

—No sé cómo era antes, aunque bien es cierto que su manera de ver el mundo ha evolucionado, no por mí, sino por su circunstancia.

—¿Qué circunstancia?

—Conocer su verdadero origen ya es bastante cambio, sobre todo uno como el de ella.

—¿A qué te refieres?

—No soy yo el que ha de hablar de sus cuitas. Es su vida, su historia y ella decide.

—Claro, y tú lo sabes todo, ¿no?

—Solo en lo que respecta a sus últimos acontecimientos. A parte de trabajar para su padre, vivo con ella.

—No hace falta que me lo restriegues.

—No he hecho tal cosa, piensa lo que quieras…

—Eres un chulo prepotente, ¿lo sabías?

—No más que tú.

Pol bufó negando con la cabeza. Su carácter había comenzado a agriarse de verdad y eso no me gustó en absoluto. Decidí que ya había escuchado suficiente, no me hacía gracia que estuviesen tanto tiempo solos dando pie a una confrontación ya que Darach también estaba incómodo. Su mandíbula se tensaba de vez en cuando y eso solo lo hacía cuando intentaba mantener una entereza y serenidad difícil de conservar. Cuando determiné volver al agua para regresar a mi estado físico habitual, no funcionó. Concentré toda mi voluntad en un punto fijo del agua, justo al lado de Blanca, que me buscaba con ahínco a su alrededor sin encontrarme.

<<Mierda>>

Empecé a impacientarme. No sabía cómo volver y por más que lo intenté no conseguí moverme de mi posición. Blanca salió del agua dirigiéndose velozmente hacia donde estaban advirtiéndoles de mi supuesta desaparición.

—Eh, tíos… ¿habéis visto a Álex?

—No, ¿por?

—No la encuentro por ninguna parte.

Pol se levantó rápidamente y comenzó a rastrear con la mirada todo a su alrededor. Darach, sin embargo, seguía sentado en la toalla con los ojos entornados sin perder de vista el agua.

—Habrá ido al servicio. Tal vez esté en el chiringuito comprando algo ¿Dónde la viste por última vez?

—Pues…a ver, yo hablaba con ese tío tan bueno de allí y…no sé. Estaba nadando detrás de mí y cuando he querido decirle algo, ya no estaba. No me ha avisado de que salía del agua. Pol sujetó a Blanca de los hombros e intentó calmarla.

—Blanca, tranquila. No es una niña pequeña, sabe nadar. Además, hay bandera verde. Si te quedas más tranquila, ve al baño; yo iré al quiosco, ¿vale? después regresamos aquí. Pol miró a Darach y este seguía concentrado oteando el horizonte con una mirada muy perspicaz. Intenté pedirle ayuda, pero no me escuchó pues mi boca inexistente no emitía sonido alguno.

—Oye, tío, estás muy tranquilo, ¿no? no parece que te importe mucho.

Darach seguía sin escucharle concentrado en sus pensamientos. Sabía que de estar en peligro el tiempo se detendría, en cambio, eso no había ocurrido. En ese instante, Pol le dio un fuerte toque en el hombro que le hizo perder el equilibrio. Darach se puso de pie como con un resorte, se encaró a él sacando pecho y elevando el mentón mientras le dedicaba su más temida mirada.

—No me toques.

—¿A caso no te preguntas dónde está?

Darach se calmó un poco, inspiró lentamente y volviendo la mirada al mar, le contestó.

—Estará buceando en el agua, es buena nadadora.

—No, tío, no lo es. Parece mentira que no lo sepas y después alardeas de que eres su novio y protector. Vamos, Blanca, busquémosla. Está claro que a este le da igual dónde esté Álex.

Sin embargo, yo sabía que una idea le rondaba la cabeza, y no iba desencaminado. Darach caminó despacio hacia la orilla y cuando sus pies tocaron el agua se detuvo un momento para después continuar su avance hasta el punto donde me vio por última vez. Se sumergió unos segundos y volvió a salir a la superficie buscándome con la mirada. Yo seguía sobre la arena, sin avanzar, y no podía comprender por qué no me movía. Acto seguido, sentí una voz, y digo sentí porque su sonido físico acarició mi forma incorpórea como el tacto de una pluma.

—Vamos, Alexandra, ¿dónde estás? Ven hacia mí, venga muchacha…

Me había hablado en susurros expresando sus pensamientos en voz baja pero esa voz se proyectó en mi espacio como un altavoz gigante. Ansié estar con él, que me abrazara, notar el calor de sus brazos mientras rodeaba mi cuerpo al completo para sentirme segura y amparada. Entonces ocurrió. Regresé a su lado a una velocidad extrema, atraído por él como si fuera un imán muy potente. Retomé mi forma humana aun sumergida en el agua saliendo a la superficie en un salto casi inhumano, e intentando respirar todo el oxígeno a mi alrededor. Mi aparición fue épica y el estado débil de mi cuerpo también. Me abrazó fuertemente en cuanto me vio. El reconfortante calor que emanaba su piel calmó drásticamente las sacudidas erráticas e inestables que mi cuerpo manifestaba pues, aunque mi apariencia ya era humana, sentía que por dentro aún estaba recomponiéndome. Un cosquilleo extraño y constante recorría cada centímetro de mi organismo, rehaciendo el puzle humano del que me componía.

—¿Te encuentras bien? ¿Qué ha ocurrido?

—Me…me…me he hecho i…in…incorpórea…y después no sabía cómo regresar a mi forma no…normal, hasta que me has hablado.

—Por Dios, Álex, estás temblando. Salgamos del agua, así entrarás en calor.

Me alzó en sus brazos y me llevó en volandas hacia el exterior. Agradecí ese gesto pues sentía las piernas como si fuesen de trapo y no tuviesen la suficiente consistencia como para mantenerme en pie. Cuando llegamos, me depositó suavemente como si fuese a romperme y me tapó con una toalla limpia y seca de la bolsa. Aproveché para hacerme un ovillo de mí misma, necesitaba sentirme entera y tocar cada parte de mi cuerpo comprobando que no me faltaba ningún miembro. Darach se sentó a mi lado rodeándome con sus brazos. Estuvimos unos segundos así hasta que me sentí mejor y pude hablar con más naturalidad.

—¿Cómo sabías dónde estaba?

—No lo sabía…

—Pero… oí tu voz, oí que me llamabas, ¿cómo…?

—Sí, lo hice. Es difícil de explicar. Creo que te sentía. No podía verte, ni oírte, sin embargo, percibía tu esencia— hizo una pausa para respirar profundamente hasta llenar sus pulmones—. Estabas aquí, lo notaba. Cuando Pol dijo que tal vez estuvieses en el bar o en el baño tuve claro que se equivocaba, supe que seguías en el agua. Actué sin pensar, hice caso a mi corazón y te encontré. Me dio un beso en la sien y me sostuvo la cara entre sus manos para forzarme a mirarle a los ojos.

—¿De verdad me escuchaste? Álex, ¿por qué desapareciste?

—Lo siento, es que te vi hablando con Pol. Creí que discutíais y no quería que eso sucediera, otra vez no. Pensé que nadie se daría cuenta, pero aún no sé controlarlo. Si no llega a ser por ti, no sé si hubiera sabido regresar a mi cuerpo.

—Así que nos espiaste...

—Sí, lo siento.

—Álex, no voy a negar que me cuesta mucho mantener la compostura ante ese…ante Pol, pero no iba a pegarle. No hace falta que andes espiándome…no soy un salvaje.

—Lo sé y lo siento, yo…

En ese momento Blanca y Pol regresaron apresuradamente. Cuando me vieron en la toalla, envuelta y abrazada a Darach, temieron lo peor. Blanca se arrodilló frente a mí y Pol la siguió. Los dos me observaban, visiblemente preocupados.

—Cabrona, me has dado un susto de muerte ¿Se puede saber dónde estabas?

—Lo siento, Blanca. Decidí nadar un rato y sin darme cuenta me adentré demasiado. La resaca era muy fuerte al fondo y no lograba salir. De no haber sido por Darach…

—Ya, claro, Darach. Si ni siquiera se inmutó cuando Blanca dijo que no estabas. Qué casualidad…

—Te dije que era buena nadadora, sabía que estaba en el agua así que entré y la encontré.

—Seguro…

—Lo importante es que ella está bien y veo que vosotros no podéis estar en el mismo espacio, ¿qué os pasa? Álex, cariño, ¿tienes hambre?, ¿te traigo algo?

—No. Gracias. Creo que prefiero volver a casa, estoy algo destemplada.

Pol miró a Darach con absoluta repugnancia, como si fuese un mosquito al que aplastar. Su disconformidad y mal humor fueron en aumento hasta que no pudo aguantarlo más. Se irguió de mala gana y pateó la arena; esta salpicó difuminada con el aire a la pareja que se encontraba a nuestro lado.

—¿Por qué estás con él? ¿Es que no ves que no te quiere? Encima tiene suerte el cabrón, se mete en el agua a darse un baño como si nada y se lleva el mérito de encontrarte, cuando todos sabemos que estaba impasible en la toalla.

—Pol, no hables de lo que no sabes.

—No, la que no sabes eres tú. Me duele que estés tan ciega. No puedo ayudarte si no me dejas…

—No necesito ayuda, Pol, no estoy en peligro.

—¡Basta! No sigas diciendo que ella no me importa porque no tienes idea. No voy a discutir contigo, no merece la pena, pero una cosa sí voy a dejarte clara —Darach se acercó intimidante a su adversario y siguió hablándole en un tono bajo y amenazador—. No hay nadie en este mundo, ni en otro, que la ame más que yo. Por ella soy capaz de cualquier cosa. Espero que sea la última vez que insinúas tal cosa, ¿queda claro?

—Venga, Pol, deja que se vayan. No metas más mierda, tío.

Pol agachó la cabeza, pero su respiración agitada indicaba que no estaba conforme. Sopesó las palabras de Darach y terminó asintiendo con la cabeza mientras juraba en su interior, se había enfadado ante unas palabras que para él eran embusteras. Recogimos nuestros enseres en silencio y nos alejábamos de ellos cuando, en un arrebato, di media vuelta y me detuve frente a Pol, cara a cara.

—Escucha, sé que es difícil de creer y ojalá pudiera contártelo todo, pero créeme cuando te digo que nuestro amor es verdadero. No le conoces. Su corazón es noble y sincero y me quiere de verdad. Tienes que aceptarlo.

—Lo intento. Te juro que lo intento, pero me lo pone muy difícil. No quiero perderte. Somos amigos. Siempre lo hemos sido. Aun así, no sé si puedo compartir el mismo espacio con vosotros dos. Lo siento.

—Lo entiendo. Me hubiera gustado que siguiéramos siendo amigos Pol, eres muy importante en mi vida. Siempre lo serás.

Aceptó esas palabras sin mirarme a los ojos. Su mirada resentida se perdía en el horizonte, luchando por contener las lágrimas que asomaban en sus ojos. Sentí pena por él y, al mismo tiempo, una profunda decepción por creer que podría aceptar mi relación. Tuve claro que había errado en mi deducción.

—Pol, voy a pedirte una última cosa. Necesito ir a tu casa a recoger lo que es mío. Sabes que no voy a volver a vivir allí. Supongo que lo entiendes.

—Mientras no vengas con él, haz lo que quieras. Ese no vuelve a pisar mi casa, que quede claro.

Nos marchamos de allí sin mirar atrás. Ninguno de los dos habló y al llegar al coche Darach comenzó a abrir todas las puertas y a conectar el aire acondicionado a toda marcha para que la temperatura del auto descendiera. Había estado expuesto al sol durante toda la mañana y en esos momentos era literalmente un horno.

—¿Estás bien? ven aquí… —envolvió mi cuerpo con el suyo y nos quedamos abrazados ante el coche incandescente. No tardamos en separarnos, el calor había regresado a mi cuerpo y ya funcionaba con normalidad devolviéndome los sentidos humanos y haciendo que la humedad y el bochorno invadieran cada parte de mi piel hasta humedecerla de sudor.

—Perdóname, no he querido ofenderte al espiaros. Cuando estáis juntos vuestras miradas hacen saltar chispas.

—No me gustan sus ojos. Sé reconocer el odio en las personas y su mirada está llena de rabia y de rencor. Eso no es bueno, por eso es que actúo de ese modo. Te prometo que no volverá a ocurrir. Volvamos a casa, quiero darme una ducha.

El camino de regreso lo hicimos en silencio, un silencio incómodo y extraño pues ni siquiera iba acompañado de cómplices miradas ni sonrisas cautivadoras. Era de esos silencios en los que su mente estaba ausente sumida en unas reflexiones en las que yo no era partícipe y en las que claramente quería que no interfiriera. Pensé en Pol y en todo lo sucedido esa mañana. Decidí esperar a tener las llaves de mi nueva vivienda antes de ir a su casa a buscar mis pertenencias que, por suerte, no eran muchas. Probablemente, podría trasladarlo todo en una misma mañana.

Pasaron un par de días en los que Darach se mantuvo distante después del suceso de la playa. El hecho de sentirse observado no fue de su agrado y aunque me hablaba con relativa naturalidad su cuerpo no buscó el mío en ese espacio de tiempo. Me hacía sentir culpable pues percibía que lo había defraudado. Era un hombre regido por el honor y la lealtad y ese acto distaba mucho de ninguna de esas dos cosas. Le dejé su espacio, que librara esa lucha interna en su interior hasta que fuese capaz de, tal vez, comprenderme pues, aunque me consideraba una persona honrada y sincera, no tenía en tal alta estima esas dos palabras, y mis actos no siempre estaban guiados por esos términos de manera tan literal. No quise forzar una conversación entre nosotros, todo era básico y mundano sin relativa importancia. Hasta que él no decidiera retomar el tema, y lo haría, era mejor mantenerme al margen respetando su distanciamiento. Había pasado mes y medio desde nuestro regreso de Escocia y durante todo ese tiempo habíamos mantenido relaciones sexuales todos los días, incluso repetidas veces en una misma jornada y era la primera vez, desde que estábamos juntos, que eso no sucedía. No habíamos estado tanto tiempo sin intimar desde que había tenido la menstruación el mes y medio anterior...

<<Un momento... ¡¿mes y medio?! >>

—No... no puede ser... ¡No puede ser!

Comencé a dar vueltas en mi habitación reflexionando sobre esa cuestión. En toda mi vida jamás había tenido ni un ligero retraso, era, en definitiva, igual que un reloj. Algo obvio conociendo mi verdadera naturaleza, mi cuerpo se regía por las reglas básicas que conformaban el tiempo, no por hormonas solamente. Agarré mi móvil con rudeza y abrí la aplicación para confirmarlo. En efecto, habían pasado cuarenta y cinco días desde mi última regla ¡cuarenta y cinco! Y en esa aplicación, en un rosa ponche sobre otro pastel se leía en grande *"17 días de retraso"* con una frase en pequeñito entre paréntesis que muy sutilmente decía *"posible embarazo"*.

El mundo y su pesado universo cayeron sobre mí golpeándome fuertemente ante una posible realidad en la que mi vida tomaría un giro de ciento ochenta grados. Me arrodillé en el suelo con la mirada perdida, ¿sería posible? Aún no... No estaba preparada, no para ser madre...

—Dios mío...

El móvil se resbaló de entre mis manos y comencé a hiperventilar. De pronto me ahogaba en un espacio que se me hacía pequeño e irrespirable y un escalofrío subió por mi espalda hasta provocarme un sudor frío desconcertante. Necesitaba aire, necesitaba salir de mi habitación y como si fuese un rayo corrí despavorida hacia el jardín. Bajé las escaleras de cuatro en cuatro terminando por atravesar un salón que se me hizo inmenso e infinito. Caminé descalza sobre la hierba caliente, sintiendo su textura amortiguada y su tacto delicado bajo la planta de mis pies. El sol abrasaba mi piel, el calor asfixiante no ayudó demasiado, pero al menos tenía cielo abierto sobre mi cabeza y un sutil y grácil viento que despejaba, en cierto modo, mis pensamientos. Había sido una insensata de los pies a la cabeza. Prácticamente, en casi todos nuestros arrebatos pasionales, no habíamos usado ningún tipo de protección y eso, había sido arriesgado por nuestra parte. Me culpaba a mí misma por ser tan estúpida e inmoral pues Darach, al fin y al cabo, era de otra época en la que no usaban prácticamente nada. En cambio, yo no tenía escusa. Era del siglo XXI, con una gran cantidad de opciones y avances al alcance de mi mano, sin embargo, no había usado ninguna.

—Esta vez te has coronado, Alexandra…

Me senté en la hierba donde la sombra del muro se reflectaba y me parapetaba de los rayos solares. Me quedé ahí, abrazada a mis rodillas pensando que tal vez, tuviera un bebé creciendo en mi vientre. Un pequeño y sano bebé, un hijo de Darach. Pensar en él me trajo una leve melancolía pues nuestra relación, en esos momentos, distaba mucho de ser amorosa y comprensiva. Decidí que hasta no estar segura no podría decirle nada y quizás, estuviese equivocada. Relajé mi respiración y miré el reloj, eran las doce y media del mediodía y si me daba prisa aún podía encontrar la farmacia más cercana abierta. Necesitaba una prueba de embarazo. Subí las escaleras que conducían a mi habitación con la misma velocidad que las había bajado, agarré el móvil y el bolso y salí como alma que lleva el diablo. Cuando abrí la puerta me choqué con el impresionante cuerpo de Darach sudado por haber estado practicando ejercicio. No me detuve a mirarle si quiera, simplemente le solté un perdón y seguí mi carrera hacia la farmacia que no estaba, precisamente, a la vuelta de la esquina.

Regresé a paso sosegado. Había conseguido un par de pruebas de embarazo de diferente marca por si alguna fallaba. La farmacéutica me había dicho que con una bastaba pues no había falsos positivos ya que detectaba una hormona que solo se producía cuando una estaba embarazada. Sí podía, en cambio, dar falsos negativos, sobre todo si lo hacía antes de tiempo. Todo y así preferí comprar dos, por si acaso. Sentía el corazón atronarme en el pecho y un dolor punzante se alojó en mi sien ante el escenario que imaginaba. En caso de dar positivo, ni siquiera sabía cuál sería la reacción de Darach. Al llegar a casa fui directa al baño de mi habitación sin decir ni hola. Entré en él y eché el pestillo. Saqué el paquete del interior de mi bolso y lo desenvolví arrancándole el envoltorio sin cuidado y tirándolo al suelo. Contemplé las dos cajitas inofensivas. Mi corazón iba a explotar y una sensación de vértigo se apoderó de mí haciéndome sentir vulnerable y quebradiza. Respiré hondo y cerré los ojos.

—Vamos, Álex. Tú puedes...—dije en voz alta, como si al oírme pudiera reunir el valor que me faltaba. Pensé en mi madre pues, al igual que yo, había pasado por algo similar y aunque su situación no fue comparable a la mía, debió de pasar mucho miedo. Ella estaba sola, yo no. Abrí una caja con determinación y comencé a leer el prospecto. Me sentí frustrada al comprobar que debía utilizar la primera orina de la mañana para que fuese más fiable, pero...había comprado dos; podría usar una en ese instante y si daba negativo, utilizar la otra al día siguiente. Al fin y al cabo, diecisiete días de retraso serían suficientes... ¿o no?

Realicé paso a paso cada explicación mostrada en el panfleto hasta depositar la prueba en horizontal y esperar el tiempo establecido para poder ver el resultado en la pantalla. Mientras ese tiempo, terriblemente largo, transcurría, me miré a mí misma en el espejo, observando mi rostro desasosegado. Mi piel había adquirido un color tostado que hacía destacar mis ojos azules. Obviamente, las dichosas pecas también estaban más morenas. Hacía un par de semanas me había cortado el pelo por encima de los hombros y eso me hacía sentir más ligera y fresca para el verano. A pesar de eso, bajo esa fachada aniñada y sencilla había un torbellino de emociones contenidas deseosas por salir. El distanciamiento de Darach me estaba haciendo mella y mis sentimientos estaban a punto de desmoronarse ante una probabilidad que se me antojaba aterradora.

Miré el test con pavor y por unos segundos dejé de respirar. La palabra *Embarazada* se leía con total nitidez en la pequeña pantallita gris, y mi vida, mi mundo y mi existencia se volvieron del revés dejándome inmóvil, con la mirada perdida y la mente totalmente en blanco. Unos pequeños toques sonaron en la puerta liberándome del delirio que estaba experimentando y regresándome al presente, donde un Darach preocupado preguntaba por mi estado. Rápidamente recogí todas las partes del envoltorio junto a las pruebas y las guardé en el armario donde no pudiera verlas. No era el momento de comunicarle mi estado así que decidí callármelo y continuar como si tal cosa. Me lavé la cara con agua fría retomando el control de la respiración. Cuando me sentí con fuerzas, abrí la puerta y me quedé quieta sobre su umbral contemplando la espalda del ser más magnífico de todos los tiempos. Estaba de pie, vestido con un pantalón corto de lino beis y un polo en tono marrón clarito. Su media coleta mojada dejaba en entredicho que se había duchado hacía poco y el olor a lavanda que ocupaba toda la habitación me hizo recobrar, un poco, la compostura. Giró sobre sus pies y se quedó plantado al fondo, lejos de mí, mirándome fijamente hasta que pudo articular palabra.

—Te amo, Alexandra. Sé que llevo un par de días un tanto ausente.

—¿Ausente? Darach, no me has tocado ni un ápice.

Agachó la cabeza y asintió meditabundo. Tensó su mandíbula en un acto reflejo.

—Lo sé y lo siento. No te lo mereces. He sido un necio, un egoísta.

—No te castigues así, ¿vale? Sé que lo que hice no estuvo bien. Lo último que quería era que os volvierais a pelear, ni siquiera pensé en si estaba bien o mal. Simplemente actué.

Darach traspasó la distancia que había entre los dos para colocarse frente a mí. Me sujetó las manos entre las suyas y se las llevó a la boca para besarlas suavemente.

—¿Podrás perdonar mi mal carácter? He sido un estúpido. Mi orgullo es más fuerte que yo. Te prometo que no volverá a interponerse entre nosotros...solo pensar en que te he hecho daño me reconcome por dentro. Quizás Pol tenga razón y no sea bueno para ti.

—¿Por qué dices esas tonterías? Solo quiero estar contigo, con nadie más. Somos diferentes, criados en mundos distintos; no siempre estaremos de acuerdo en todo ni pensaremos del mismo modo. No hay nada que perdonar.

Me sujetó la cabeza con fiereza y me besó ferozmente con un hambre y pasión arrolladoras. Le correspondí de igual modo pues el anhelo que sentía de su cuerpo y de su persona me enloquecía haciéndome olvidar el mundo a mi alrededor. Mis sentidos se centraban solo en él. Hicimos el amor delicadamente, recreándonos en cada parte de nuestros cuerpos, fusionándolos en un amasijo ardiente y carnal. Darach besaba mi piel con absoluta adulación, glorificando mi cuerpo de un modo casi espiritual. Sus labios se entretuvieron en uno de mis pezones, lamiéndolo con su lengua ardiente y absorbiéndolo como un helado de fresa. Olvidé el mundo a nuestro alrededor, presa de sus besos y de su ferviente cuerpo. Sus manos dejaban tras de sí un rastro de lava incandescente derritiendo cada poro de mi piel. Solté un grito ahogado cuando su miembro me invadió al completo. Le había echado tanto de menos, que mi cuerpo lo reconoció al instante como si fuese parte de mí. Nuestros extenuados cuerpos terminaron desparramados sobre la alfombra. Por suerte, el aire acondicionado había evitado nuestra deshidratación refrescando la atmósfera de la estancia y haciéndola más soportable. Sus brazos envolvían mi cuerpo y sus dedos se paseaban delicados rozando mi piel allí por donde pasaban. Nuestra respiración se acompasó hasta hacerla inaudible y mansa, logrando un estado de armonía y encantamiento exquisitamente placentero.

—He estado pensando estos días…

—¿Sobre qué?

—En nosotros. Esperaba que perdonaras mi mal carácter. De no ser así, no sé qué hubiera hecho…

—Darach, ¿otra vez con eso? No le des más vueltas, ya te he dicho que…

—No, no es eso. Verás, sabes que soy de otra época, de otro siglo. La relación que tenemos entre tú y yo… es solo que jamás pensé que sentiría algo tan profundo por alguien.

—¿Te refieres a amarnos de este modo?

—Sí, sobrepasa mi entendimiento. Es completamente irracional y posesivo. No me conformo con esto. Quiero más.

—¿Más? No te entiendo...te aseguro que doy todo de mí en esos momentos. No sé qué más puedo darte —confesé. Sonrió y me acarició el rostro mientras me miraba tiernamente a los ojos.

—Tu eternidad.

—¿Cómo dices?

—Quiero casarme contigo, quiero unir nuestras almas ante Dios y para siempre. Quiero que seas mi esposa en esta época, en la mía y en todas las futuras épocas que nos acontezcan. Ese es mi deseo.

Sus palabras me sorprendieron, dejándome completamente desprevenida. Siempre había soñado con encontrar un amor así, eterno e incondicional, pero la actualidad de mi tiempo no hacía más que recordarme que eso solamente existía en películas o sueños de fantasía. La vida moderna era mucho más que la unión entre dos personas, no hacía falta casarse para demostrarse el amor mutuo. Yo no era de ese tipo de personas modernas y actuales, a pesar de la vida independiente que me enseñó mi madre. La fantasía amorosa de cuento de hadas formaba parte de mí y era lo que componía el núcleo de mi corazón, un núcleo que Darach había atravesado para permanecer en él hasta el fin de mis días. Ante una propuesta así solo era posible una única respuesta.

—Y el mío, señor Darach Sallow. Mi respuesta es sí, por supuesto.

Me abrazó fuertemente y me besó en la frente, seguidamente se levantó enérgicamente mostrando su magnífica desnudez y con los brazos abiertos de par en par soltó un grito con todas sus energías.

—¡Siiii! Tengo que contárselo a Marisa.

Agarró sus pantalones, se los colocó deprisa y corriendo y salió disparado de la habitación gritando como un loco "¡me ha dicho que sí!"

Reí contagiada de ese momento mágico de felicidad, hasta que me di cuenta de que en poco tiempo esa dicha se vería invadida por la llegada de un pequeño ser en nuestras vidas. Me estremecí. Me levanté para vestirme colocándome las braguitas y el sujetador que había tirados por el suelo, pero antes de ponerme la camiseta me quedé quieta y en un gesto involuntario mi mano derecha se posó sobre el vientre observando mi tripita plana con incipiente adoración. Había comenzado a amar a ese pequeño ser, era algo inevitable, pues empezaba a ser consciente de que una pequeña parte de Darach, de su sangre, de su persona, de su esencia, estaba formándose en mi interior. Era un precioso tesoro, mío y suyo; lo amaría y lo protegería con mi vida como no podría ser de otra manera. Después de esos momentos íntimos con él, estaba segura de que la paternidad le haría muy feliz. Se merecía recibir la noticia de un modo especial pues él lo era. Le haría conocedor de mis sensaciones, de lo halagada que estaba por ser su elegida, por ser su amada, pues era cierto. Mi corazón se estremecía al recordarle entrar en aquella cafetería, como alguien inalcanzable, en cambio, ahora era mío y llevaba a su hijo en mi interior.

Entró sonriendo felizmente en la habitación y mudé rápidamente mi postura disimulando y haciendo que me vestía. Cuando llegó a mi altura me agarró de la cintura elevándome en sus fuertes brazos volteándome sin parar y haciéndome reír a carcajadas. Se detuvo finalmente depositándome en el suelo con sumo cuidado para después arrodillarse ante mí mostrando un anillo entre sus dedos. Respiró hondo y su cara se tornó seria repentinamente. Con mentón elevado y una dignidad resuelta, desempeñó un papel meramente estudiado.

—Mi corazón es vuestro desde el día en que os vi en esa cafetería. No he dejado de amaros desde entonces. Cada día mi corazón es más grande, pues mi amor por vos crece y crece hasta un punto incontrolable. No puedo, ni deseo, pasar el resto de mis días sin vuestra compañía. Así, arrodillado ante vos, os juro amor eterno. Juro serviros en la dicha y en la adversidad; protegeros con mi vida y con mi alma hasta alcanzar nuestro sino. Juro, y que mi juramento perdure por toda la eternidad.

Mis ojos se llenaron de lágrimas que se desbordaron inevitablemente por mis mejillas. Darach se levantó y me colocó el anillo en el dedo anular de mi mano derecha. Era de oro con un rubí encastado en el centro. Lo contemplé embobada mientras él esperaba oír unas palabras de mi boca que se negaban a salir por el nudo en la garganta.

—¿No vas a decir nada? He sido sincero, te he abierto mi corazón.

—Darach, ha sido lo más bonito que me han dicho en toda mi vida. Mi corazón también es tuyo y prometo quererte y adorarte cada día de mi vida hasta el fin de mi existencia, y eso…puede ser eternamente, me temo.

Me pasé el resto del día soñando despierta observando el anillo en mi dedo y la promesa de nuestra futura unión. Al día siguiente, la agencia me llamó para formalizar la firma y en menos de una semana era propietaria de mi primera vivienda. Tanto mi madre como yo firmamos a la vez y nuestra primera visita la hicimos en compañía de Darach y de una amiga de mi madre. Me sentí feliz de ver su cara emocionada pues viviríamos relativamente juntas, pero con la suficiente independencia que requería nuestra intimidad. A partir de ahora sería libre para vivir mi vida, en mi casa y con mi propia familia en producción. Nada ni nadie podría interponerse en esa felicidad que se me antojaba tan duradera. Mi reflexión no pudo ser más desacertada pues los acontecimientos que transcurrirían en un futuro cercano marcarían mi vida y mi destino.

25. Perspectiva

—¿Estás segura?

—Sí, mamá, es el que me gusta.

—Preferiría uno con más espacio, ahí no cabe nada.

—Tú tienes más cosas que yo.

—Eso es cierto... ¿y qué opinas de este otro? También es bonito.

—Mamá, es demasiado clásico para mí, no me gusta nada.

—Está claro que no vamos a estar de acuerdo. Piensa que con el tiempo necesitarás sitio para guardar trastos. Juguetes, por ejemplo.

<<Antes de lo que crees…>>, pensé.

—En ese caso, cuando llegue el momento, veré qué hago. Por ahora, me quedo con aquel ¿Tú qué opinas? —pregunté a Darach que nos miró indeciso, viendo como esperábamos una tercera opinión interesante. Se retiró el pelo suelto hacia atrás y tanteó una posible decisión que terminó por ser lo más neutral posible. Maravilloso.

—Eh…el que tú decidas estará bien.

Mamá puso los ojos en blanco y resopló de nuevo.

—Cariño… ¿No conoces a otro hombre que sea como él, pero un poquito más mayor? ¡Es un bendito!

Sonreí y Darach me miró confundido elevando los hombros mostrándome las palmas de sus manos en señal de incertidumbre. Le guiñé un ojo y él torció el gesto. No había entendido nada en absoluto. Llevábamos toda la mañana viendo tiendas de muebles y decoración, aprovechando que mamá se había cogido el día libre. Estaba empeñada en regalarnos el mueble del salón pues según ella "era lo menos que podía hacer" y a pesar de todo el dinero que tenía como para poder comprarme lo que quisiera, su determinación fue aplastante y no pude negarme ante su inflexible voluntad. Era comprensible, de ese modo, apaciguaba en cierta medida su intranquila conciencia. Darach y yo teníamos la intención de revelarle a mi madre la noticia de nuestro compromiso. Intuía que pondría el grito en el cielo, ya que, a decir verdad, llevábamos juntos poco tiempo. Por otra parte, había pasado más de una semana desde que supe de mi embarazo y aún no había encontrado la ocasión especial que necesitaba para contárselo a Darach. Obviamente, mamá tampoco lo sabía. Ella era como un libro abierto, en cuanto se lo dijera lo sabría todo el vecindario en menos que canta un gallo, algo que no podía permitir hasta que se lo contase a Darach. El próximo sábado sería nuestra primera noche juntos en nuestro nuevo piso y decidí que ese sería el momento ideal para comunicárselo. El sofá, el colchón y la nevera nos lo traían al día siguiente así que, con cuatro cosas más, ese mismo sábado haríamos el pequeño traslado. La habitación de matrimonio estaba casi lista, a expensas del colchón, y teniendo en cuenta que tenía armarios empotrados, no tuve que comprar gran cosa. La mayor parte de mis pertenencias permanecían en casa de Pol. Tenía pensado recogerlas la mañana del sábado y, aunque aún no se lo había mencionado, esperaba que no opusiera resistencia.

Avanzábamos por la sección de velas cuando me detuve un momento. Unas mariposas recorrieron mi estómago al visualizar el momento mágico que le prepararía. Darach se extrañó cuando insistí en comprar, antes que nada, el mobiliario de la terraza pues no podía imaginarse que le sorprendería con una cena íntima, a la luz de las velas frente al mar. Lástima que no tuviese a un violinista que nos deleitase con su música, pero eso, Alexa, lo solucionaría en un santiamén. Sabía que era el plan más típico de toda la historia de los enamorados, pero no por ello dejaba de ser romántico y, sobre todo, para alguien llegado del siglo XVII. Otra de las cosas que necesitaba para esa noche era algún tipo de prenda sexi, extremadamente sexi, y dejar a Darach rendido ante mis pies. Mi ropa íntima era muy básica y de algodón, exceptuando un par de conjuntos que no siempre usaba en combinación, de modo que la de aquella noche debía ser especial y para ello recurriría a Blanca, siempre al día en ese tipo de prendas. Cogí un par de velas con olor a vainilla y las deposité en la cesta que llevaba Darach.

—¿Velas? —preguntó vacilante—. ¿Acaso no hay luz eléctrica en el nuevo hogar? —las miró confundido y reí de su tan simple razonamiento. Sujeté una de ellas entre mis manos y se la di a oler, su cara de sorpresa me hizo sonreír pues su nuevo descubrimiento demostró una satisfacción insólita e infantil.

—Mmm… ¡Huele a vainilla! ¿Es comestible?

—¡No! claro que no. Sirven para ambientar y dar olor a las estancias…

—¿Ambientar? Dos velas dan poca luz. Coge más, para ese salón necesitarás al menos diez.

—No son para el salón, y con dos basta. Ya lo entenderás.

Le di un beso en la mejilla y volví a sonreír al ver su ceño fruncido. No estaba comprendiendo nada y esa faceta suya me derretía e hizo que me enamorara aún más, si cabe. La mañana fue fructífera pues aparte de encargar el mueble del salón, adquirimos unas lámparas y algo de menaje.

También fue fructífero para mi madre, aunque ella aprovecharía muchas cosas que tenía en su piso actual. Darach se pasó el resto de la mañana con una vela en la mano disfrutando de su aroma, cosa que tanto a mi madre como a mí nos hizo gracia. Dejamos las bolsas en el coche y nos dirigimos a comer a un pequeño restaurante dentro del centro comercial. No habíamos hecho reserva, pero al tratarse de un día entre semana no hubo inconveniente y nos acomodaron en una mesa al fondo del local. Cuando llevábamos avanzado el primer plato, Darach y yo nos miramos y decidimos abordar la noticia sin más miramientos. Un cosquilleo repentino recorrió mi columna, acompañado de un pulso acelerado que impidió que me expresara con naturalidad.

—Mamá...eh...quería decirte algo. Bueno, en realidad queríamos comunicarte una cosa. Darach y yo. Los dos—dije tímidamente con una sonrisa en los labios. Me removí incómoda en mi asiento sin encontrar la postura adecuada para ser lo suficientemente convincente y sin que pareciera una locura. Visto desde fuera, lo era, y eso me despojaba de toda seguridad. Mamá terminó de masticar y tragó sonoramente mientras su mirada oscilaba entre él y yo. Pestañeó un par de veces muy deprisa y después bebió un trago de vino.

—¿No estarás embarazada?

Esa pregunta me cogió con la guardia baja y me quedé inmóvil sin saber qué contestar. Había acertado de pleno y por un instante pensé en decirle que sí. Por suerte, Darach se adelantó haciendo alarde de su magnífica cortesía, resolviendo una situación que se me había atragantado.

—Elena, le he pedido a su hija en matrimonio y ella ha aceptado. Espero apruebe nuestra intención pues está fundada en un profundo y sincero amor, se lo aseguro.

—¿Es porque estás embarazada?

—¡No! claro que no. Nos queremos y deseamos dar ese paso. Nada más—susurré las dos últimas palabras. Temía que, si seguía interrogándome, averiguaría la verdad. Nunca se me dio bien mentir.

Se recostó sobre su asiento con los brazos cruzados y nos miró con cara risueña. Sus ojitos comenzaron a humedecerse hasta que sonrió y ese gesto provocó que una pequeña lágrima se derramara por su rostro emocionado. Mi estómago se encogió a la expectativa de su respuesta. Era una mujer transparente, sus emociones se reflejaban de un modo tan claro como la luz en el agua. La conocía tan bien que supe la respuesta antes de que la pronunciase a través de sus labios.

—Vaya…no me lo esperaba, al menos no tan pronto ¿Estáis seguros? No lleváis juntos mucho tiempo y estas cosas requieren meditación. Tal vez deberíais convivir un año, al menos. Si después lo creéis oportuno, os casáis. Así tan de repente…—negó con la cabeza sin convicción.

—Mamá, nos conocemos desde hace bastante y llevamos conviviendo el tiempo suficiente. Sé que parece precipitado, pero sabemos lo que queremos.

—Vale, pues…si lo tenéis tan claro… confío en tu buen juicio ¿Cuándo sería la boda?

—No lo hemos decidido aún. Pronto, supongo, ¿verdad? —miré a Darach y él me correspondió con una sonrisa. Elevó la mano que llevaba el anillo dejando en ella un beso suave y, sin quitarme los ojos de encima, respondió.

—Un mes, tal vez, dos a lo sumo. Algo sencillo, lo que tardemos en organizarlo, nada más.

Mamá no respondió. Asintió y continuó comiendo en silencio sumida en sus propios pensamientos y, tal vez, no muy conforme con nuestra decisión. A pesar de todo, no puso mayor objeción. Empleamos parte de la tarde en llevar las compras al piso. Al terminar, la acercamos a su casa y nosotros regresamos a la casa de mi padre. Había sido un día ajetreado y estaba cansada. Aún debía de hablar con Pol y Blanca para que el resto del fin de semana fuese como me había propuesto. Cuando llamé a Blanca, aceptó emocionada acompañarme a comprar lencería, pues según ella, disponía de una maravillosa experiencia. Era cierto. Al colgar, miré el teléfono, indecisa, con la respiración agitada por lo que debía hacer. Busqué el contacto de Pol y lo miré en silencio unos segundos antes de marcar. Tomé aire y llamé a Pol cruzando los dedos y esperando un buen trato por su parte. Un tono, dos…descolgó. Hablé antes de que contestase.

—Hola, Pol.

—¡Hola! ¿Cómo va eso?

—Bien, gracias. Oye… ¿Podría ir el sábado por la mañana a recoger mis cosas?

—Claro, sin problema. Aquí estaré.

—Oh, genial ¿Sobre las once?

—Perfecto, ¿va a venir tu novio?

—Pol…

—Es que…son unas cuantas cosas, por eso lo pregunto.

—Tal vez. Nos vemos el sábado.

Colgué. Me invadió una sensación extraña, como si su voz se hubiera vuelto más lejana y no me inspirara confianza. No me apetecía ir a su casa, pero era una asignatura pendiente que debía solventar cuanto antes. Sacudí ligeramente la cabeza para liberar esa huella perturbadora que me había dejado el tono de su voz. Me acerqué a Darach y le abracé por la espalda quien se encontraba de pie, mirando a través de la ventana.

—¿Ya está?

—Sí, ha aceptado. El sábado a las once.

—Iré contigo. No dejaré que vayas sola.

—No quiere que pises su casa y, ¿sabes qué? preferiría ir sola. Puedo coger un taxi para volver…

—¿Y cómo piensas cargar tus enseres? ¿Acaso pretendes regresar una segunda vez? —giró sobre sus pies colocándose frente a mí para envolverme con sus brazos—. Escucha, puedo quedarme abajo esperando, si lo deseas, y si ocurriera cualquier cosa, estaré cerca.

Tenía razón, La ropa que tenía en casa de Pol llenaba, al menos, dos maletas gigantes y a eso había que sumarle algún que otro cuadro, zapatos y productos de neceser. Asentí.

—Está bien, vendrás conmigo, pero te quedarás en el coche.

La mañana del viernes fue toda una locura. A primera hora de la mañana, ya estábamos en nuestro nuevo hogar limpiando y preparándolo para la llegada del mobiliario. Había escogido un sofá con cheslón en tono tierra a juego de unas alfombras de Ikea con lámparas de bambú y ratán. El colchón, compuesto de muelles y visco látex, tenía un grosor de treinta y cinco centímetros que colocado sobre el canapé me recordaba a la altísima cama que tenía en el castillo, aunque, claro está, su consistencia y dureza no tenían nada que ver. Todo olía a madera nueva y a materiales sin estrenar, sin aromas personales adquiridos, aunque sabía que duraría bien poco, pues me encargaría personalmente de perfumar la casa con lavanda.

La luz del sol penetraba sin obstáculos en las estancias, sin cortinas que la suavizaran, otorgando al lugar un aspecto limpio y virginal. El blanco de las paredes relucía deslumbrante en contraste con el azul del mar. Era como contemplar un cuadro en vivo, anegando de paz y armonía no solo mi casa, sino mi corazón. Salí a la terraza paseando mi mano por la superficie marmolada de mi nueva mesa cuadrada, proyectando una futura imagen en mi mente que se me antojaba lejana e inalcanzable. Un impulso impaciente se apoderó de mí, deseando que fuese sábado por la noche para comenzar un nuevo capítulo en mi vida, el más maravilloso y dulce. Me detuve frente a la baranda. Nada ante mí se interponía entre esa terraza y el mar y la suave brisa marítima chocaba contra mi cuerpo haciendo ondular mis cabellos delicadamente. Inspiré su aroma a sal, arena y marisco, suavizado por la humedad cálida del ambiente bajo un sol abrasador.

—Qué vistas más maravillosas…

—Sí, son espléndidas. Me quedaría aquí todo el día contemplando el mar.

—Me refería a ti. Eres pura fantasía…—susurró en mi oído mientras me rodeaba con sus brazos y apoyaba su cabeza sobre la mía. Permanecimos en silencio, fascinados por un horizonte que parecía presagiar promesas y misterios aún por descubrir.

—¿Así será nuestra vida a partir de ahora?

—Será mejor porque empezaremos desde cero, construyendo un futuro nuestro.

—Me gusta… ¿Quién iba a decirme que cuando fuese mayor viviría con la mujer más maravillosa del mundo, cuatrocientos años después de mi época? Es una locura…

—La vida es un completo misterio. Darach, ¿puedo hacerte una pregunta?

—Sabes que sí.

—¿Querrás tener hijos? Quiero decir, nunca hemos hablado de eso y si vamos a casarnos es algo que quizás ocurra con el tiempo, ya me entiendes…

<<Más pronto que tarde>> pensé.

Me giró dentro de su abrazo para mirarme a los ojos intensamente. Los rayos del sol incidieron directos en su iris otorgándole una transparencia sobrecogedora, como si fuese capaz de ver la esencia más íntima y pura de su ser. Su mano acarició delicadamente mi rostro deteniéndose en mis labios entreabiertos y rozándolos con su dedo pulgar. Me estremecí.

—¿Acaso tú no?

—Sí, claro que sí. Solo quería saber tu opinión al respecto.

—Álex, vengo de una época en la que los hijos son una bendición, un regalo de Dios. Un hijo tuyo sería la mejor ofrenda divina que podría concebir. Jamás dudes de eso.

Sus palabras sosegaron un temor absurdo. Era un hombre de honor y me amaba por encima de todo. Mi pregunta había estado fuera de lugar.

Llegamos a casa de mi padre sobre las dos y media, justo para comer. A la tarde, Darach me acercó al centro comercial donde había quedado con Blanca. Bajé del coche cerrando la puerta tras de mí atravesando rápidamente la calle pues, para variar, llegaba con diez minutos de retraso. Blanca, con cara de pocos amigos, me esperaba mirando el reloj mientras resoplaba con impaciencia. Habíamos calculado mal el tiempo y junto al tráfico añadido de un viernes tarde veraniego, el retraso había sido inevitable.

—Lo siento, Blanca. No me mates, por favor —dije suplicante.

—¿Sabes el rato que llevo esperándote? he llegado un cuarto de hora antes y tú has llegado con quince minutos de retraso ¡Ya te vale!

—Es que había mucho tráfico y…

—Siempre tienes alguna escusa. En fin, vayamos dentro que necesito hidratarme, tomemos algo mientras me cuentas que es lo que buscas exactamente.

Entramos en la primera heladería que vimos y nos sentamos a tomar un par de granizados. Además de calmar nuestra sed, me sirvieron para poner a Blanca en contexto sobre la cena romántica que planeaba para Darach.

—Cuéntame… ¿Qué tipo de ropa íntima buscas? ¿algo sexi?

—Sí. Muy provocativa, ya me entiendes.

—Vaya, vaya, Álex, quién te ha visto y quién te ve…

—Va a ser una noche especial, quiero sorprenderle —dije a la vez que le enseñaba el anillo colocado en mi dedo.

—¡No! ¡No me lo creo! ¿Estás de coña? —me agarró la mano para admirar el bonito anillo —. ¿Es lo que creo que es?, ¿o es un anillo sin importancia?

—Es de compromiso. Vamos a casarnos en uno o dos meses. En cuanto esté todo organizado.

—¿Estás loca? Ay, Dios… ¡Estás embarazada! —se llevó las manos al pecho de un modo muy teatral y exagerado. Puse los ojos en blanco y resoplé.

—¿Por qué todos me hacéis la misma pregunta? —inquirí. No podía comprender por qué se empeñaban en repetir el mismo argumento, ¿es que, acaso, lo tenía escrito en la frente? hoy en día no hacía falta estar casados para tener hijos y viceversa. Al menos nuestro compromiso no estaba fundamentado en ese motivo. Aunque, claro está, Darach ignoraba mi estado, de no ser así, ya estaríamos unidos en matrimonio.

—Hombre, a ver, ¿cuánto tiempo lleváis juntos?, ¿un mes?, ¿dos? Es que…es de locos, Álex.

—Sé lo que parece y reconozco que también pensaría lo mismo si fueses tú quien me lo contase, pero…es lo que deseamos y estamos muy seguros de nuestra decisión.

—Vale, vale. No digo nada más, vosotros sabréis. Es que me parece muy precipitado—dijo elevando las cejas. Hizo una breve pausa para dar un par de sorbos a su granizado—. Vamos a ver, quieres sorprenderle mañana por la noche con un conjunto sexi y provocativo. Está bien, ¿qué le gusta?

—No sé…

—¿Cómo que no sabes? ¿no se supone que os lo montáis cada dos por tres? no lo entiendo.

—Pues ahí está el problema, la ropa no nos dura lo suficiente como para saberlo con exactitud.

—Oh, novatos... Los preliminares son casi tan importantes como el acto en sí.

—Por eso estás aquí —sonreí.

—No me lo pones nada fácil. Déjame pensar… ¿le gustan los tangas?

—Sí.

—¿Y los sujetadores con relleno?

—Por supuesto.

—Vamos por buen camino…—se frotó la frente y desvió la mirada en un gesto pensativo.

—También le gustan los camisones muy tapados o los vestidos largos. Dice que la imaginación juega un papel importante en esos momentos y eso le excita mucho.

—Mmm…así que es un poco chapado a la antigua. Qué gracioso, no le pega nada. Es más, parece de esos a los que les encanta el Kama Sutra en los lugares más insospechados, ya me entiendes.

—¡Blanca!

—¿Qué? Es la verdad. Creo que ya sé lo que puedes ponerte para hacer de esa noche algo único y especial. Venga, vamos.

Terminamos antes de lo que había previsto. Visitamos un par de tiendas de lencería y ropa interior sin éxito. Finalmente, encontramos lo que seguramente sería *"la creme de la creme"* para Darach en la más pequeña y cara de las boutiques del centro comercial. El conjunto en cuestión se trataba de un corsé azul Persia decorado con encaje negro. Tenía un ribete de seda negro y un pequeño lacito azul en el centro de los dos pechos. Esa parte hacía forma de corazón. La sujeción estaba levemente rellena, de manera que elevaba mis senos haciéndolos parecer un poco más grandes de lo que eran. El corpiño llegaba hasta la cadera, de donde colgaban dos tiras negras por delante y otras dos por detrás, que sujetaban las medias de encaje. Dejaba al descubierto un trasero ataviado con un precioso tanga azul a juego del corsé. Lo mejor de todo, según Blanca, era que el corsé no tenía cremallera; iba atado minuciosamente a la espalda y eso, hacía que fuera muy sexi porque para quitarlo se necesitaba tiempo, y el tiempo, en esos momentos, era un tesoro. Me hizo gracia esa expresión. Si ella supiera…

Me encontraba en el vestuario terminando de vestirme cuando de pronto lo sentí. La repentina presión en el pecho me dejó casi sin respiración. Era como un dolor punzante, acompañado de mareo y falta de oxígeno. Tuve que sujetarme a la cortina del habitáculo para mantenerme en pie y no caerme. Intenté calmarme cerrando los ojos, pausando una respiración que se había acelerado de repente. No podía comprender el motivo de esa fuerza, de esa energía tan negativa surgida en mi interior. Si de algo estaba segura, era que no tenía nada que ver con algún fallo de mi anatomía. No, eso era distinto y concernía con algo que iba a suceder y de manera inminente pues mi cuerpo se revelaba ante un peligro extremo. Esa premonición fue desapareciendo hasta quedarse como una bruma densa y pegajosa que enturbió el resto de la tarde con Blanca. Intenté distraerme y continuar con el resto de las compras. Después del conjunto, que me costó un ojo de la cara y parte del otro, compré unos tacones negros y una bata de encaje del mismo color. No podía negar que Blanca tenía buen ojo para ese tipo de cosas, su mente calenturienta y su experiencia lo habían hecho fácil. Por supuesto, No desaprovechó la oportunidad de renovar su vestuario seductor, eligiendo con cuidado un par de conjuntos en otra tienda. Si no hubiera sido por ese episodio extraño, la tarde habría sido fantástica, pero mi carácter se enturbió y la preocupación dominó mi pensamiento oscureciendo mi humor hasta hacerlo insoportable incluso para mí.

Me despedí de Blanca en la puerta del centro comercial y cada una tomó un camino distinto para irse a su casa. A diferencia de ella, yo volví sobre mis pies sin que se diera cuenta y me adentré de nuevo en el complejo dirigiéndome directamente a los servicios. Quería regresar con Darach lo antes posible y no estaba dispuesta a esperar la media hora de trayecto, más el rato que estuviese esperando en la parada de autobús. Fui a los primeros servicios que encontré y después de esperar la cola considerable, me adentré en el cuarto pequeñito que representaba el WC cerrando el pestillo que mantenía oculta mi privacidad. Eran las ocho y cinco de la tarde y debía calcular muy bien el momento y el lugar de mi vuelta. Podría haber llamado a Darach para que viniera a buscarme, pero esa era una manera más rápida y cómoda de regresar y de este modo, tampoco importunaba su tranquilidad. Aparecí en el salón en un periquete, asustando a Darach que se encontraba relajado y en pijama leyendo un libro. Solté las bolsas y me lancé sobre él para abrazarle.

—Eh, ¿qué ocurre? ¿Acaso ha ido Pol con vosotras?

—No. Nada de eso. Ha ocurrido algo en el centro comercial que me ha dejado intranquila.

Me senté sobre sus piernas y comenzó a acariciarme la espalda con delicadeza. La opresión que sentía casi había desaparecido, pero su pequeño rastro no me dejaba actuar con normalidad, pues era imposible ignorarlo. El simple hecho de su mera existencia me recordaba constantemente que algo malo iba a suceder.

—Algo va a ocurrir. Siento un presentimiento muy grande y sé que es inevitable. No sé cuándo ni dónde, pero va a suceder. No me gusta, Darach. Esta vez mi percepción es más intensa que las anteriores. Me deja clavada al suelo, siendo incapaz de moverme o incluso de respirar.

Me abrazó fuertemente y me besó en la sien mientras me acariciaba la espalda calmando mi agonía.

—Ahora estoy contigo, no dejaré que te ocurra nada. Además, si tiene que ver con el tiempo, sabes que sus cambios no me afectan. No te inquietes, todo irá bien.

Esa noche apenas dormí. Mi perturbador sueño fue un cúmulo de lugares ajenos y rostros desconocidos, situaciones incoherentes y subversivas en las que nada tenía sentido. En cierto modo así eran los sueños, aunque en este caso se trataba de pesadillas. A las cinco y media de la madrugada mis ojos dijeron basta y mis piernas, inquietas, necesitaban liberarse de la tensión. A las seis y cuarto salía de casa ansiando descargar la adrenalina almacenada desde el día anterior.

La pequeña coleta se balanceaba de arriba abajo en sacudidas producidas por la rápida velocidad de mis zancadas. La temperatura cálida de esas horas indicaba una jornada calurosa y húmeda, provocándome un sudor pegajoso e incómodo en el que la camiseta técnica se me adhería al cuerpo como una lapa. Un precioso arco crepuscular me daba los buenos días con un cielo naranja incandescente; bajo un disperso mosaico de nubes violetas de siluetas doradas y brillantes, todo un regalo para la vista y mi paz interior. La opresión era mucho menor, casi imperceptible y eso me había generado la confianza suficiente para salir a correr. Darach se quedó durmiendo profundamente sin percatarse de mi escapada. Había cogido la ropa en una mano y las zapatillas en la otra, saliendo de la habitación a hurtadillas para después vestirme y prepararme en la estancia de al lado, la habitación que, hasta hacía poco, había sido suya.

Corrí ante a un grupo de adolescentes trasnochadores quienes comenzaron a gritar y pavonearse de mi alocada actividad, pues mientras yo había pasado la noche durmiendo y descansando, por así decirlo, ellos habían estado de fiesta. El simple hecho de verme correr cuando en su caso, estaban agotados y con resaca, les pareció un disparate. No pude más que poner los ojos en blanco y sonreír, pues cada uno veía el mundo desde su punto de vista. La perspectiva del momento y del lugar, confería un significado muy diferente a nuestros actos, otorgándoles coherencia o barbaridad. A esas horas matutinas de fin de semana tan solo se apreciaban tres tipos de personas: los que iban a trabajar o regresaban, los que venían de fiesta y los que como yo, madrugaban para hacer deporte pues el excesivo calor del resto del día lo hacía inviable.

Detuve mi paso para contemplar la salida del sol que repuntaba en el horizonte urbano. Su incipiente esfera rojiza asomaba osada y prepotente anegando de luz y de esperanza un territorio que, hasta ese momento, había estado sumido en sombras y oscuridad. El inicio de un nuevo día, de una nueva vida, el comienzo de un nuevo futuro con ilusiones y objetivos que alcanzar. Con ese pensamiento inicié el camino de regreso, reflexionando sobre la nueva vida que se formaba en mi interior. Era mi esperanza, mi futuro, mi sol, y nada ni nadie empañaría esa dicha tan extraordinaria. Llegué a casa sobre las ocho de la mañana, encontrándome a Darach en la puerta de entrada comiendo una manzana a bocados mientras esperaba mi regreso. Sonrió al verme asintiendo con la cabeza, confirmando un "estás loca". Cuando entré en el pequeño jardín delantero salté sobre él para darle los buenos días.

—Veo que has madrugado hoy, ¿a qué se debe?

—No he pasado muy buena noche, pero ahora estoy bien. Voy a ducharme y desayuno contigo.

—No me gusta despertarme y comprobar que no estás a mi lado. Me siento abandonado.

—¡Qué exagerado!

El deporte matinal y el sucesivo efecto regenerador del agua fría habían devuelto la seguridad en mi persona restableciendo mi buen humor y haciéndome olvidar el negativo presagio. Darach me acompañó en el desayuno, pero no probó bocado pues ya lo había hecho. Eran las diez y cuarto cuando nos montamos en el coche para dirigirnos a casa de Pol a recoger mis enseres personales, además de los que había en casa de mi padre y que ya llevábamos en la maleta para dejarlos en su nuevo y definitivo destino. También Darach había colocado sus pocas pertenencias pues era un chico sencillo sin muchos lujos. El trayecto fue fluido sin demasiado tráfico. La idea era aparcar lo más cerca posible del portal; en caso de no conseguirlo, se quedaría esperándome en doble fila en el chaflán de la manzana. Las casualidades en la vida se daban muy de vez en cuando y ese día habíamos tenido el karma de nuestro lado, pues prácticamente, frente al portal de Pol, se acababa de quedar un hueco vacío en la acera de enfrente. La furgoneta que lo había ocupado se marchaba en ese mismo instante.

—¡Ahí, ahí! —grité señalando el lugar. Estaba eufórica por haber encontrado un aparcamiento tan amplio y cercano. La adrenalina me recorrió las venas y una prisa repentina se apoderó de mí, temerosa de perderlo. Aunque era zona de pago, al menos estaba cerca.

—¡Lo veo! —giró el vehículo de un volantazo marcando con los intermitentes para que nadie le quitara el sitio.

Cuando bajamos del coche, Darach se apoyó en la puerta con las piernas y los brazos cruzados esperando mis instrucciones. Me coloqué ante él y posé mis manos sobre sus brazos cruzados. Inspiró por la nariz en un golpe seco y achicó sus ojos al clavarlos sobre los míos mientras su mandíbula se tensaba en un gesto inquieto. No habló, no hizo falta. Su tensión era palpable.

—No tardaré, ¿vale? —asintió.

No le hacía ninguna gracia que subiera a casa de Pol y me quedara sola con él durante unos instantes, pero Pol era mi amigo y esa también había sido mi casa no hacía mucho. Habíamos llegado con diez minutos de antelación y supuse que no sería ningún problema para Pol. Me reí por dentro, ciertamente era algo insólito en mí. Atravesé la calle en una zona en la que no había paso de cebra. El sonido de la fricción de las ruedas de mi maleta vacía me acompañó hasta el lugar. Me detuve frente al portal y volví la mirada para contemplar la figura de Darach apoyada en su coche. Ese día estaba irresistible, vestía con unos pantalones cortos en tono café que contrastaban con su polo negro entreabierto y que se ajustaba considerablemente en su pecho y en sus impresionantes bíceps. El sol del verano había hecho mella sobre su piel, tostándola de un modo hermoso y cautivador, haciendo destacar la musculatura de sus piernas sobre el blanco y reluciente calzado deportivo. Las gafas de sol y la coleta terminaban por perfilar ese aire duro y chulesco que le caracterizaba y que tanto me seducía. Pude notar el peso de su mirada a través de los opacos cristales de sus gafas, hasta que me adentré en el portal y salió de mi campo de visión. Iba a llamar al timbre cuando una mujer de unos cincuenta y tantos me abrió la puerta y se me quedó mirando muy sonriente.

—¿A qué piso vas?

—Al quinto. Soy amiga de Pol.

—Ah sí, el muchacho guapetón. Pasa, me avisó de que vendrías.

Entré extrañada en el portal hasta que comprendí que esa señora era la portera.

—¿Ya no está el señor Miguel?

—Oh, ¿te refieres al anciano que trabajaba aquí? No, murió hace mes y medio. Ahora soy yo la que se encarga de la portería.

—Oh...—dije. Fue la única palabra que pude articular. La noticia me cogió por sorpresa encogiéndome el estómago en un sobresalto violento. La pena me embargó el corazón al recordar a ese señor tan entrañable y romántico. Quizás se había reencontrado con su mujer en el paraíso, donde ella le esperaba desde hacía tiempo. Con ese pensamiento melancólico subí hasta el piso de Pol. Al salir del ascensor volví a sentir ese presentimiento, como una presión en mi pecho cargada de amenaza perversa que me impedía respirar con naturalidad. El aire me parecía denso, opaco e irrespirable. Mi mirada temerosa escudriñó el rellano apagado, buscando el origen de esa premonición y de paso, el interruptor. La compañía mortecina de las luces de emergencia no era muy reconfortante; apenas lograban arañar la penumbra, dejando intacta la sensación de que algo se ocultaba fuera de mi campo de visión. Encendí las luces con mano temblorosa sin dejar de observar mi entorno pues mi intuición seguía en alerta máxima. Dudé en seguir adelante, en si merecía la pena recoger mis cosas. Sin embargo, parte de mi vida estaba ahí y sabía que, en el fondo, necesitaba recuperarlo. El sonido de un portazo en otra planta me sobresaltó acelerando los latidos de mi corazón más de lo que ya estaban. Sacudí la cabeza intentando eliminar cualquier mal presagio. Darach me esperaba y esa noche sería la mejor de mi vida. Cuanto antes terminara, antes me marcharía y deseaba con todo mi corazón regresar a su lado.

Llamé al timbre. Oí unos pasos lentos y fatigosos que se detuvieron unos segundos al otro lado de la puerta. Cuando esta se abrió, elevé incrédula las cejas al contemplar la figura que tenía ante mí. Pol acababa de ducharse y me recibía envuelto en una toalla con el torso desnudo y empapado mientras se secaba su corta melena con una toallita de tocador. Su saludo fue un simple "eh". Con un gesto de cabeza me indicó que entrara en su morada.

—Llegas pronto. Perdona por mi recibimiento. Enseguida vuelvo y estoy contigo.

Asentí. Pol desapareció por el pasillo hacia su habitación. En ese instante, contemplé mi alrededor con inquietud. Era el mismo lugar de siempre: los mismos muebles, el viejo sofá, las mismas puertas. Todo parecía igual y, sin embargo, no lo era. Algo había cambiado, aunque no sabía qué. Tal vez el cambio se encontraba en mí y en mi modo de verlo, pues los acontecimientos previos habían alterado mi perspectiva. Aun así, la intuición de no ser bienvenida entre esas paredes era palpable, como si mi entorno me gritara a pleno pulmón "vete de aquí".

Me acerqué por instinto a la ventana dirigiendo mi vista hacia el coche negro de Darach donde seguía apoyado e impasible esperando mi regreso. Respiré hondo en un intento de apaciguar mis sentidos pues mi paranoia comenzaba a impacientarme. El calor se apreciaba pesado y bochornoso provocando una sensación de agobio mayor al que ya tenía. Me desabroché un par de botones del cuello de mi blusa sin mangas, esperando, en vano, atemperar mi estado de quemazón y repentino desasosiego. Decidí encaminarme a la que había sido mi habitación y cuando entré, rememoré unos recuerdos que parecía haber olvidado. Tenía algo de ropa mal doblada y limpia sobre el colchón, el cual se encontraba desvestido y sin cubrir pues la colcha y las sábanas estaban bien plegadas metidas en una gran bolsa de Ikea.

—¿Has venido con tu novio? —preguntó Pol desde su habitación. Puse los ojos en blanco y suspiré hastiosamente.

—No va a subir, tranquilo —contesté a voz en grito.

—Pero, ¿está aquí? —terminó de formular esa pregunta apoyado en el marco de mi puerta mientras escribía por el móvil inocentemente. Se detuvo un momento para mirarme esperando una respuesta.

—Eh…sí, está en la acera de enfrente, esperándome en el coche. Estate tranquilo, te he dicho que no va a subir.

Terminó de escribir su mensaje y muy alegremente se guardó el teléfono en el bolsillo trasero de su vaquero.

—¿Quieres un café?

—Pol, tengo prisa, me están esperando.

—Mientras recoges todo me da tiempo a prepararlo. Tomarlo solo te llevará un par de minutos. A tu novio no le importará, ¿no dice que te quiere tanto? —dijo esa última frase con un retintín muy extraño. Le ignoré mientras colocaba la maleta en el centro de la habitación y la abría.

—Anda…no me hagas el feo.

—Está bien, pero uno corto.

Accedí, pues ciertamente un pequeño café no me retrasaría demasiado y quizás calmase la congoja que dominaba mi cuerpo. Abrí el armario y comencé a sacar y a tirar la ropa de cualquier modo sobre la enorme maleta, sin entretenerme a doblarla bien. En la bolsa de Ikea, junto con la colcha y las sábanas, pude colocar algún libro y mi reloj despertador. El poco calzado lo deposité en otra bolsa vacía de Ikea, junto a mi secador de pelo y mi preciado calefactor. Los cuadros se hallaban envueltos en papel de cartón, atados con una cuerda un tanto burda pues al parecer, Pol ya los había preparado para el traslado. En poco más diez minutos tenía todo empaquetado y listo para trasladarlo a mi nueva residencia. El olor del café recién hecho llegó a cada pequeña estancia del inmueble evocándome un sentimiento de familiaridad y placidez que agradecí en ese momento de inquietud. Salí de la habitación empujando la maleta y depositándola junto con el resto de las cosas, en el recibidor. Pol había colocado sobre la pequeña mesa de la cocina un pequeño tentempié de donuts y café mientras me miraba con ojos de cordero degollado. Sonreí y negué con la cabeza.

—Eres insufrible…

—Lo sé.

Se sentó en una silla y me indicó a que hiciera lo mismo, pero la ansiedad que sentía por tener a Darach solo en la calle esperándome, me lo impidió. Agarré un donut y le di un pequeño bocado. No quería acabar mal con Pol y últimamente, cada vez que nos veíamos, terminábamos del mismo modo. Estaba harta de esa situación incómoda. Le di un trago al café mientras mi pie repiqueteaba en el suelo con voluntad propia de un modo muy insistente. Pol me miraba muy serio con un ligero matiz de culpabilidad que no comprendía. Podía sentirlo en el aire, pues este, comenzó a tomar un grado de densidad plúmbea e inquietante que alertó mis alarmas aparatosamente.

—¿Ocurre algo, Pol?

—¿Qué podría ocurrir? Solo somos dos amigos tomándonos un café como lo hacíamos antes. Como hace mucho que no hacemos.

—No. Aquí pasa algo, puedo sentirlo. Te conozco, sé que me ocultas algo ¿Qué es?

—No sé de qué estás hablando…—Bebió su café con un gesto que pretendía ser tranquilo, pero su mirada vacilante y el temblor de su pulso lo delataron sin piedad. Dejé mi taza sobre la mesa de un modo brusco que hizo que derramara parte del café sobrante. Sin más dilación me encaminé hacia el recibidor dispuesta a marcharme. Una mano autoritaria detuvo mi avance haciendo que me volviera violentamente hacia él.

—Espera un poco, no te vayas así…

—¿Así cómo?

—Pues así, como los es… —en ese mismo instante el tiempo se detuvo dejando a Pol en mitad de una palabra que no terminó de pronunciar. Di un paso hacia atrás contemplando con ojos muy abiertos todo mi alrededor. Era muy extraño pues no había nada que supusiera un peligro para mí como las veces anteriores, en cambio, el tiempo no transcurría.

<< ¿Lo he hecho yo?>>, pensé. Tal vez mi novata pericia actuaba por cuenta propia pues deseaba terminar con todo eso y salir de allí lo antes posible. Dominar el control de mi naturaleza era difícil y me llevaría tiempo, así que, sin darle mayor importancia, volví a colocarme frente a Pol, algo recelosa y reanudé el tiempo. Este siguió su curso con total normalidad.

—…tás haciendo ahora. Solo quiero que hablemos un poco.

—Pol, no es el momento. Darach me está esperando abajo, me estoy retrasando demasiado.

—Eso es lo que más odio, ¿sabes? Ahora todo tu mundo gira en torno a ese tío. No dejas espacio para los demás.

—No es verdad y lo sabes. Me dijiste que no querías que él pisara este suelo y es lo que hemos hecho. Si me retraso, lo tendrás aquí de un momento a otro. Te lo aseguro.

—¿Sabes? No creo que eso su…

El lapso volvió a suceder dejando de nuevo a Pol con la palabra en la boca. Una gotita de su saliva quedó suspendida entre nosotros provocándome una repugnancia que me hizo alejarme automáticamente de su trayectoria. No podía comprender lo que estaba sucediendo ¿Acaso era yo quien provocaba esa situación? No, claro que no. Además, de haberlo hecho, Darach habría venido a mi encuentro y eso no había sucedido. Mi mirada recorrió el entorno, tanteando cada rincón en busca de una explicación racional para tan extraña circunstancia. Un estremecimiento premonitorio se apoderó de mi persona imaginando a una persona como posible ejecutor de ese estado. Aarón. Salí disparada hacia la ventana para ver si Darach seguía en su lugar, pero al llegar a ella comprobé horrorizada que no estaba. A pesar de eso, su coche seguía aparcado en el mismo sitio. Retorné el curso del tiempo y me quedé pensando junto a la ventana mientras Pol continuó con su perorata.

—...ceda...oye, ¿cómo has llegado a la ventana?

Que Darach no estuviera junto al coche solo podía significar que se encontraba subiendo al piso de Pol queriendo comprobar mi estado, sobre todo después de los dos lapsos. Pero, era muy extraño que tardase tanto en llegar. A pesar de ese pensamiento, en lo más profundo de mi ser sentía que algo iba mal, que Darach no iba a venir. Corrí hacia la puerta de entrada sin prestar atención a las palabras testarudas de Pol, que se interpuso entre mí y la salida, sonriendo con la insolencia de un niño travieso.

—¿Dónde crees que vas?

—Déjame salir o...

—¿O qué?

A cada intento mío de esquivarlo, él ajustaba su postura, bloqueando mis pasos y evitando que alcanzara la puerta.

—¿Qué estás haciendo? Tengo que irme.

—No lo harás, y menos ahora que Darach ya no está esperándote.

—¿De qué estás hablando?

—Ha llegado a mis oídos una noticia que no comprendo en absoluto. Parece ser que una señorita como tú piensa casarse con un personaje como ese y no puedo consentirlo. Tengo que abrirte los ojos, Álex. No puedo dejar que lo hagas—dijo aproximándose a mí sin conseguirlo.

—Ni te me acerques...

—Álex, ¡No sabes quién es ese tío! Aarón me ha dicho que...

—¿Aarón? Dios mío, Pol, ¿qué has hecho? —la opresión en el pecho comenzó a formar un núcleo compacto y granítico en mi interior revelando el capricho de una profecía a punto de cumplirse. Un pavor desconocido invadió mi organismo temiendo por la seguridad de la persona que más amaba en este mundo. De pronto, como si me quitaran un velo de los ojos, lo supe, Darach estaba en peligro y ese presentimiento que había ido notando desde hacía días no era por mí, sino por él.

—¡¿Dónde está Darach?! ¡Pol, Respóndeme! —Grité encolerizada. Pol dio un paso hacia atrás sorprendido al ver mi estado de desesperación. Acto seguido, intentó calmarme inútilmente.

—Eh, eh…tranquila, ¿vale? Solo quiero que hablemos un rato. A tu Darach no le pasa nada, ¿vale?... ¡¿vale?!

—No, eso no es verdad, puedo sentirlo. Me estás mintiendo… ¿Dónde está Aarón? —dije esa última pregunta con voz grave asesinando con la mirada a un Pol completamente desconocido. Todo era una estrategia de Aarón, ahora lo tenía claro. Antes de que pudiera contestarme, él apareció ante nosotros como por arte de magia dejando a Pol completamente alucinado y asustado.

—O…o…oye…ti…tío… ¿co…cómo has hecho e…eso?, ¿de dónde has salido? —Pol lanzó una mirada fugaz a su alrededor antes de fijar en mí su atención evaluando cada uno de mis movimientos—. ¿Es un truco o algo así?

Aarón esbozó una sonrisa lacónica e ignoró completamente las preguntas de Pol. Se colocó las manos en los bolsillos de su traje de lino gris y comenzó a caminar despacio acercándose a mi posición.

—Hola, hermanita. Cuánto tiempo…

—¿Dónde está Darach?

—Pero bueno, qué recibimiento tan grosero por tu parte. Por cierto, ¿qué tal el coche?

—¿Dónde…está…Darach?

—Dónde está Darach, dónde está Darach… ¿Es que solo sabes decir eso? Mujeres…siempre tan curiosas e impacientes.

—Eh, Aarón, ¿qué pasa, tío? Me dijiste que podría hablar con ella a solas y apenas me has dejado tiempo.

—Has tenido más que suficiente, y ahora, cállate.

—¿Tú sabías esto? Pol, por favor, si sabes dónde está, dímelo. Te prometo que después hablaré contigo de lo que quieras —dije con el corazón encogido y el alma en vilo. El problema de Aarón es que era completamente impredecible. A penas le conocía, pero el odio que emanaba de él dejaba en entredicho sus buenas intenciones y el temor sobre el bienestar de Darach era cada vez mayor.

—Pol, por favor…—supliqué, pero no contestó. Agachó la cabeza y frunció su ceño desviando mi mirada.

—Pol, Pol… —Aarón imitó mi aguda voz con un retintín burlesco y soberbio—. Él no tiene ni la menor idea, el necio de tu amigo pensaba que me dedicaría a entretenerlo un rato, el suficiente como para poder convencerte de que era una mala influencia para ti. Si es que hasta me hace gracia su inocencia…

—Aarón, ¿qué has hecho?

—Nada malo, no te apures. Lo he alejado un poco de aquí. En realidad, un poco bastante.

—Alejarlo de mí no va a servir de nada —dije muy segura de mí misma. Por suerte, Aarón ignoraba que, si producía el lapso, Darach aparecería ante mí al instante, como un imán atraído por una fuerza invisible. Sin pensármelo dos veces, lo hice. Si Mahoma no iba a la montaña… Me concentré levemente y lo detuve, sonriéndole con gesto vanidoso como si hubiese ganado la batalla. Aarón esbozó una sonrisa guasona y se paseó de un lado al otro de la estancia como si tal cosa…

—No va a funcionar, querida hermanita… ¿crees que no sé vuestro truco? Te refrescaré la memoria. La última vez que estuvimos en este cuchitril tú, Pol y yo, alguien ajeno a nosotros tres me golpeó en la cabeza en mitad del lapso. Ese muchacho va contigo a todas partes y cuando no está contigo, está con padre. He tenido cuatro años para deducir muchas cosas y que a él no le afecta el tiempo, es una de ellas. He podido comprobar mi teoría hace un rato, supongo que lo habrás notado. Reconozco que es ingenioso y no sé qué es lo que lo hace posible, pero… da igual, no va a venir.

Mi corazón dio un vuelco. El posible significado de esas palabras me congeló al instante olvidándome, incluso, de respirar. La sangre se evaporó de mi rostro y de mis manos imaginando un escenario demasiado aterrador. Aarón se acercó apresuradamente y me sujetó los brazos con sus manos finas y larguiruchas.

—No te asustes, hermanita, no está muerto; si es eso lo que estás pensando. No soy un asesino, al menos de momento. Sencillamente, está… ocupado.

Le miré confusa sacudiéndome de sus manos constrictoras para alejarme de él un par de pasos.

—¿Ocupado, dices? Eso no es posible. No hay nada que pueda impedir su regreso, ¿qué has hecho? ¡¿Dónde está?!—grité de nuevo. Aarón suspiró pesadamente negando con la cabeza.

—Os ha dado fuerte, ¿eh? Me aburro. Reanudemos el tiempo o papi sospechará… —Hizo un gesto con los hombros y todo volvió a la normalidad incluido un Pol meditabundo y cabizbajo.

—¿No creerías que volvería a ti sin un as bajo mi manga? Por desgracia, necesito tu poder y con ese mequetrefe rondando por ahí no podía conseguir mi deseo.

—Eh… ¿de qué estáis hablando? No entiendo nada, tío…

—Mejor, así no molestas. Estate calladito y todo irá bien.

—No me digas que me calle, esta es mi casa. En todo caso el que tiene que callarse e irse de aquí eres tú. Esto no es lo que acordamos.

—Pol, no te metas, ya has hecho suficiente. Creía que éramos amigos. Jamás pensé que serías tan egoísta —declaré decepcionada. Dio un paso hacia mí con intención de acercarse, pero no se lo permití.

—Lo he hecho por ti, para abrirte los ojos…

—¡Déjame en paz! —grité rabiosa pues mi premura por saber qué había sido de Darach estaba crispándome los nervios de un modo exasperante.

—¡Callaos ya! No he venido a perder el tiempo. Nunca mejor dicho.

—¿De qué as hablas?

—Ese muchacho me ha sorprendido gratamente, es realmente íntegro y caballeroso, pocos hay como él hoy en día. Ese ha sido su punto débil. No ha sido difícil convencerle para que no se presentara aquí bajo ningún concepto.

—No entiendo…

—Chantaje emocional, querida. Funciona siempre.

Se acercó a Pol hasta colocarse a su lado apoyando una de las manos sobre su hombro de un modo fraternal y amistoso.

—¿A que sí?

—Y a mí qué me cuentas, tío, todo esto es muy raro—dijo mirándole de reojo desconfiando de él. Aarón suspiró pesadamente y continuó hablando.

—Está bien. Tu queridísimo Darach está haciendo compañía a tu preciada y amada madre. Ella está bien, aunque un poco asustada, para qué negarlo. Darach se ofreció gustoso a cuidarla mientras yo tenía una charla familiar contigo. Eso sí, si osa dejarla sola para venir aquí, mataré a tu madre. Tengo a alguien muy preparado que acatará mi orden por unos cuantos miles de euros ¿Te das cuenta? Por eso sé que no va a venir.

El mundo dejó de girar para mí. No solo había secuestrado a Darach, sino que tenía a mi madre…

—Dios mío… —el impacto de esas palabras fue peor que un puñetazo en el estómago. Ese hombre tenía muy claro lo que quería y estaba dispuesto a hacer cualquier cosa por conseguirlo. La furia se apoderó de mi persona anulando cualquier acto racional. Me abalancé sobre él, descargando contra su cuerpo una lluvia ciega de golpes y puñetazos. Pero, la energía que me impulsó inicialmente se desvaneció poco a poco convirtiéndose en un peso que me hundió lentamente en la más profunda tristeza. En cada golpe, en cada envite, mi alma se desgarraba sin remedio, transportándome a una oscuridad absoluta donde el dolor era mi única compañía.

—¡Suéltalos!, ¡suéltalos! ¡Cobarde, hijo de puta! —grité con lágrimas en los ojos. Aarón se resistió sujetándome los brazos pues, aunque era muy delgado, su fuerza era mayor que la mía. Cuando no pude más me dejé caer en el suelo llorando de impotencia—. ¿Qué es lo que quieres? Suéltalos y te llevaré donde quieras.

—No funciona así, hermanita. Llévame donde quiero y después los soltaré. Es simple.

—¿Y a dónde quieres ir?

—A mi época. A mil ochocientos nueve.

—¿Por qué?, ¿para qué?

—No te incumbe. Cuando termine allí, me llevarás a otro año más adelante. Así hasta que consiga lo que quiero.

—Papá insistió en que no debemos modificar el pasado, podría tener graves consecuencias en el futuro, ya lo sabes.

—Bah, padre siempre tan aguafiestas ¿Y qué? A mí no me afectaría y sinceramente, me da igual. Desde mi punto de vista, puedo hacer lo que me plazca. Al resto, que le den.

—Una perspectiva muy humana por tu parte. No puedo hacerlo, no me pidas eso, Aarón.

—Imaginaba que dirías que no. Está claro que necesitas más motivación —dijo caminando pausadamente hasta colocarse detrás de Pol. En ese instante y sin que lo viera venir, sacó una navaja de su bolsillo y se la clavó sutilmente en su cuello. Pol me miró asustado sin comprender el giro repentino de la situación.

—¡Eh, eh! ¿qué haces? No he hecho hada. Déjame, Aarón, me haces daño… —intentó escapar, pero Aarón hundió un poco más la navaja, hasta que una línea fina y rojiza brotó y comenzó a deslizarse con delicadeza hacia la parte baja de su cuello.

—¡Basta! Suéltale. Esto es entre tú y yo. No le metas en esto.

—Te equivocas, Alexandra. Todo tiene que ver contigo y si tengo que hacer esto para que me hagas caso, que así sea. Voy a darte un tiempo para que lo reconsideres. Si no, despídete de ellos.

Después de decir esas palabras desaparecieron, dejándome completamente sola, furiosa y terriblemente desesperada.

26. Utopía

Cuando uno imagina su futuro, no lo hace pensando en que va a estar solo, en que ocurrirá un suceso que le arrebatará las personas que más ama. Fantaseamos con una idea, un proyecto compuesto por creencias e ilusiones siempre positivas. Así era el boceto de mi vida, formado por imágenes futuristas de mí misma en infinidad de circunstancias, pero lo más importante de ellas no era yo, sino los que me acompañaban, los que me querían; mi madre, mi padre, mi marido, mis hijos, mis nietos, etc. Esa era la esencia de la vida, un complejo de múltiples conceptos en los que la idea de superación sumada a la ilusión por un mañana mejor hacía de la humanidad una especie única y maravillosa; proyectando su existencia y evolución en la más virtuosa y legítima de las palabras, esperanza. Una palabra que mi mente había olvidado por un breve espacio de tiempo, pues en esos momentos veía un futuro cubierto de tinieblas, ocultando un desenlace que se me exhibía impredecible mientras vivificaba una agonía y un desconcierto que anulaban mi voluntad.

El mayor tesoro que una persona podía alcanzar en la vida no era dinero, ni patrimonio, pues de nada servía si no podías compartirlo con tus seres queridos. Era el amor y la compañía de nuestra familia y amigos, así como su bienestar físico y mental lo que originaba la felicidad en nuestra existencia; una felicidad que me habían arrebatado abruptamente, pues las tres personas que más quería estaban desaparecidas y su destino dependía de mí y de mis actos. Liberé un grito rabioso e histérico. La desesperación se había apoderado de mí. Me hallaba impotente ante una circunstancia difícil de gestionar por el simple hecho de no saber qué hacer.

No sé cuánto lloré. Me desahogué y fue realmente liberador pues gracias a eso mi mente generó un cambio drástico manifestando un pequeño haz de luz al final del túnel. Esperanza, esa era la palabra que regresaba a mi cabeza una y otra vez pues hallaría el modo de salvarlos sin acceder a su condición. No podía predecir la intención de Aarón, ni siquiera sabía cómo iba a actuar pues había desaparecido sin darme más explicación que la obligada aceptación de su chantaje desequilibrado. Mi avanzado aprendizaje suponía una ventaja y debía aprovecharlo. Tenía que intentarlo. Encontrarlos y trasladarlos a otra época donde no pudiera hacerles daño. Mi padre había cometido un gravísimo error, confiar en Aarón había sido el peor gesto de protección que podría haber llevado a cabo y por mucho que me doliera, por mucho que lo culpara, lo comprendía. Al fin y al cabo, también era su hijo.

—Papá… ¿dónde estás cuando te necesito? —dije en voz alta.

Caminé de un lado a otro del salón elucubrando mis posibilidades ¿Dónde podrían estar? Después de calibrar diferentes posibilidades, el piso de mi madre vino a mi mente como una imagen reveladora y sin pensármelo ni un segundo, desaparecí para reaparecer en su casa instantes después. Sentí una pequeña sensación de mareo después del traslado corporal pero no hice caso, el fin era mucho más importante que mi estado físico. El silencio envolvió mi figura como una evidencia pesada y aplastante. Busqué en cada cuarto, en cada pequeña estancia confirmando mi errada conclusión.

—¡Mierda! No están aquí…

Mi corazón galopaba veloz y temeroso junto a una respiración agitada pues la presión de mi pecho seguía presente. Era la certeza de que algo iba a ocurrir. Debía darme prisa. Intenté calmar mi ansiedad acompasando la respiración, pero la impaciencia por encontrarlos era tan grande que mi intento no resultó fructífero. Decidí dejar de perder el tiempo y presentarme en un lugar que, aunque creía ciertamente improbable, debía comprobar. Volví a desaparecer para presentarme en casa de mi padre y donde la obviedad volvió a fustigarme implacablemente. Se me acababan las opciones. Debía pensar más allá, encontrar un lugar en el que no hubiera buscado anteriormente y que fuese relativamente cercano pues, Aarón, no podía moverse por el tiempo como lo hacía mi padre. Sin mucha convicción, volví a evaporarme jugando mi última carta, rezando a un dios inexistente para que me amparara ante una circunstancia aterradora. Aparecí en mi piso nuevo ratificando, otra vez, mi equivocada reflexión. La nostalgia abrumó mis recuerdos arrastrándome a un abismo sobrecogedor donde mis sueños e ilusiones parecían ahora inalcanzables.

Me senté abatida sobre el nuevo sofá. El tacto de su agradable tejido evocó el momento en el que Darach y yo lo compramos. Habíamos proyectado sobre él escenas íntimas subidas de tono en algún momento de nuestra futura vida compartida, y ese recuerdo me llenó de rabia, de rencor, hacia un hombre caprichoso y sin corazón. Una lágrima se desprendió del resto cayendo precipitadamente sobre la piel de mis piernas descubiertas. Me sequé los ojos con el dorso de la mano y sorbí mis descarados mocos. No podía perder el control, debía encontrarlos antes de que Aarón regresara. Esa reflexión me hizo pensar que, si Aarón volvía a casa de Pol, no me encontraría y el único modo de encontrarme era…

—¡Eres tonta, Alexandra! ¿Cómo no lo has pensado antes?

Me levanté enérgicamente del sofá para salir al balcón mientras fraguaba una idea en mi mente. La inmensidad del mar se extendía ante mí simulando un lienzo azulado en el que trazar mi esbozo. Llevé las manos a mi llano vientre en un intento de abrazar a ese pequeño ser que me acompañaba a todas partes. Su mera existencia me colmó de valor barriendo toda tensión y miedo existente. Había un modo de encontrarlos, simple y sencillo. Mi ansiedad, y la falta de costumbre, habían traicionado mi raciocinio bloqueándolo totalmente. Ahora lo tenía claro, tan fácil como hacerme incorpórea. Con un simple deseo, llegaría hasta su ubicación en un abrir y cerrar de ojos. Qué tonta había sido, me había dejado llevar por unas emociones que me hacían vulnerable y eso, Aarón lo sabía. Debía ser precavida pues, aunque mi naturaleza me aventajaba, él era más mayor que yo y había pasado mucho tiempo preparando su hazaña. Respiré hondo y relajé mi organismo prometiendo al viento que volvería con ellos y me desharía de la corrompida figura de mi hermano. Con esa convicción y en ese instante, me sentí poderosa, bizarra e invencible y como si fuese lo más normal del mundo, concentrada como estaba y sin ningún esfuerzo, me difuminé con la brisa enfocando en mi mente invisible la imagen de aquellos a los que amaba.

Fue instantáneo. Mi ente avanzó por cuenta propia, como si algo me impulsara hacia un lugar desconocido y muy lejano, sin el conocimiento real del destino al que me enviaba. Les percibía de un modo ínfimo, pero absolutamente certero. Mi esencia incorpórea vagó a una velocidad de vértigo sobre el territorio, atravesando ciudades y paisajes montañosos hasta alcanzar un mar inmenso. A medida que me acercaba a ellos, traspasando ese espacio inexorable, la emoción por localizarlos era cada vez mayor pues cada vez notaba su presencia más y más cercana. El océano finalizó abruptamente sobre un paisaje escarpado donde el fuerte oleaje colisionaba violentamente sobre muros de roca granítica, mostrando la imagen de un panorama cruel y salvaje. Era el inicio de una tierra firme y húmeda, Inglaterra. No comprendí cómo lo supe, simplemente lo hice.

Mi vista siguió adelante, rodeando la costa. La velocidad supersónica de mi avance hubiera revuelto mi estómago si lo hubiera recorrido en estado físico. De pronto, como en una sacudida, me detuve, había llegado al destino. Mi ente se quedó suspendido sobre un castillo totalmente destruido, construido en un promontorio sobre el mar, exhibiendo una de las imágenes más estremecedoras de mi vida. Observé el entorno con recelo pues, aunque mi forma era invisible, estaba segura de que Aarón podría percibirme. No comprendía el lugar al que había llegado pues no había nada más a mi alrededor. Todo eran prados de húmeda hierva e inmenso mar, acompañados por los desolados restos de un castillo que un día, mucho tiempo atrás, fue magnífico e imponente. A pesar de eso, percibía intensamente la presencia de Darach, Pol y mi madre. Estaban muy cerca, pero… ¿dónde? Concentré mi ente de nuevo, el cual, actuó como un imán traspasando muros de piedra destruidos y terreno fangoso, hundiéndose en la superficie adoquinada y descendiendo hasta alcanzar las antiguas mazmorras de la fortaleza.

La imagen que hallé ante mí hubiera dejado paralizado a mi cuerpo físico. En este caso, agradecí ser volátil e invisible pues mi mente y mis sentimientos se encontraban ligeramente amortiguados por el efecto burbuja de mi condición. Era como presenciarlo todo a través de un sueño y aunque sabía que era real, al menos me dejaba pensar con claridad. Me hallaba en una gran sala de piedra iluminada con cuatro antorchas fluctuantes, una en cada esquina. Las paredes estaban mojadas por la humedad que desprendía el lugar, con rincones ennegrecidos con moho y pequeñas manchas de salitre dispersas por el suelo. En una de las paredes había unos grilletes de hierro forjado, probablemente tan antiguos como ese castillo, y en los que Darach se encontraba encadenado de pies y manos. Frente a él con las muñecas y los pies atados con una basta cuerda, estaba Pol, acurrucado y terriblemente asustado. Mamá, por el contrario, estaba tumbada en forma fetal junto a Darach, con los ojos cerrados como si estuviese dormida o…no pude terminar la frase. Mi esencia se posicionó ante ella observándola detenidamente comprobando que, de manera muy sutil y delicada, su pecho oscilaba de arriba abajo, mostrando una respiración tímida pero vital, al fin y al cabo. En ese momento, Darach elevó el rostro y sus ojos tantearon la estancia observando aquí y allá como si buscase algo en concreto.

—Alexandra, ¿estás aquí? Álex…

Pol miró a Darach extrañado. Acto seguido, sus ojos me buscaron por todas partes intentando encontrarme en algún lugar de la mazmorra.

—¿Qué haces? ¿Por qué la llamas? no está aquí…

Darach le ignoró y continuó hablándome. Me sentía cerca y tenía la más absoluta certeza de que mi presencia se encontraba entre ellos, aunque no pudiera verme.

—Aarón se ha ido, ha dicho que iría a por ti. Álex, busca algo para soltarlos. No te preocupes por tu madre, está bien, tan solo se ha desvanecido ¡Date prisa!

Sus palabras me alertaron haciendo que saliera de ese lugar rápidamente, para buscar algo con que cortar las cuerdas que los maniataban. Era un castillo ruinoso y abandonado, y aunque estaba segura de que había turistas que lo visitaban de vez en cuando, el interior más profundo de su armazón, la entrada al espacio más secreto e impenetrable estaba completamente derrumbada. Era imposible entrar con lo que, obviamente, tampoco se podía salir. Rastreé su alrededor con un matiz de desesperación buscando por todas partes algo con lo que cortar unas cuerdas que parecían, a simple vista, gruesas y resistentes. No encontré nada. Se trataba de un espacio vacío y antiguo donde no había vivido nadie en siglos y donde sería imposible hallar cualquier tipo de herramienta cortante. Salí al patio exterior, que en otro tiempo había sido el gran salón, como último recurso, aun así, no logré encontrar absolutamente nada. Cuando creí darme por vencida la mágica luminiscencia del espacio astral en el que me encontraba hizo centellear fugazmente un pequeño rincón. Mi ente se posicionó sobre el objeto en cuestión, que era lo suficientemente grande para poder cortar sus ataduras. Me materialicé sin dilación y lo cogí observando orgullosa los restos de la botella de cerveza partida. Le faltaba su base, como si la hubieran golpeado contra la pared; sus esquinas eran afiladas y gruesas y aunque se encontraba sucia y llena de tierra se notaba que no llevaba mucho tiempo en ese lugar. Sin perder más tiempo desaparecí para reaparecer, instantáneamente, en la celda donde me esperaban.

La fría humedad de la celda caló en mis huesos en el mismo instante en el que me hice corpórea, erizando la piel de mi cuerpo aún hormigueante por la transición. Me abalancé sobre Darach abrazándolo y besándolo efusivamente. Había temido por su estado y comprobar que estaba en perfectas condiciones me colmó de una felicidad circunstancial, pues el lugar en el que nos hallábamos no daba para más alegría.

—¿Cómo sabías que estaba aquí?

—Te sentía, como la otra vez en la playa, solo que ahora he sabido reconocerlo. Y dime, ¿hallaste algo para cortar? —preguntó apresuradamente. Le enseñé la botella rota que tenía en mi mano.

—Es lo único que he visto, no hay nada más alrededor.

—Servirá. Date prisa, suéltalos antes de que regrese.

—¿Álex? ¿Có...cco...cómo ha...has...hecho e...eso? ¿Que...qué eres?

Pol se había puesto de pie en el mismo instante en el que aparecí. El sobresalto que experimentó al verme surgir de la nada tuvo que ser muy frustrante para él pues así lo demostraba el temblor exagerado que manifestaba su cuerpo. Conocía perfectamente esa sensación aterradora e inexplicable que no encajaba con el mundo en el que vivíamos, pues la fantasía solo existía en películas y en libros.

—No te preocupes, ya te lo explicaré ¿Estás bien?

—No...creo que no. Esto es una puta pesadilla...

—Álex, libera primero a tu madre, se está despertando.

La miré y vi cómo se removía dentro de su inconsciencia. Me acerqué a ella y comencé a cortar las cuerdas con el canto de la botella de cristal. Funcionaba.

—¿Por qué se ha desmayado?

—Ha sido hace un momento, cuando Aarón ha aparecido con Pol frente a nosotros. Estaba muy asustada por todo lo ocurrido pero esa imagen la ha turbado demasiado y no ha podido resistirlo.

—La comprendo, yo también me desmayé la primera vez.

Mamá abrió los ojos en el momento justo en el que le terminé de cortar la última vuelta de la cuerda. Se llevó la mano a la cabeza y muy confundida comenzó a pestañear hasta que enfocó su mirada en mí. Me abrazó y comenzó a llorar desconsolada. Estaba en un estado de vulnerabilidad extremo, jamás la había visto así y la rabia que sentí en mi interior creció desmesuradamente hasta ser inaguantable. Aarón me lo pagaría.

—Sshhh...no te preocupes, mamá. Todo irá bien—dije acariciando su cabello despeinado. No contestó. La fuerza que ejercía para abrazarme fue suficiente para comprender el estado emocional en el que se encontraba.

—Álex, no te entretengas, ya habrá tiempo para que se restablezca. Suelta a Pol y llévatelos de aquí ¡Vamos!

Asentí y me aproximé a Pol rápidamente. Cuando acerqué la botella para cortar sus cuerdas se alejó como si me tuviese miedo. Ciertamente lo tenía.

—Pol, solo quiero soltarte. No voy a hacerte daño.

—Eres como él. Has aparecido a… así de…de repente y…

—Pol, es muy difícil de explicar y ahora no tenemos tiempo. Déjame cortarte las cuerdas para que os saque de aquí o Aarón regresará y no podré hacerlo ¿de acuerdo?

Dudó por unos instantes. Finalmente accedió y se dejó hacer. Se sentó en la esquina más alejada y se quedó ahí encogido mirándome desconfiado. Volví al lado de Darach con intención de cortarle las cuerdas cuando caí, al verle, que él no estaba atado sino encadenado con unas cadenas pesadas y oxidadas. Las sujeté con fuerza y comencé a tirar de ellas con toda la energía de la que fui capaz, pero apenas se sacudieron. Debían pesar, al menos, unos quince quilos cada una.

—¡No puedo soltarte! Dios mío… ¿qué hacemos?

—No te preocupes por mí, llévatelos a otro lugar donde no pueda encontrarlos, después regresa con una cizalla. Si lo haces bien podrás volver en este mismo instante y él no será capaz de hacernos nada.

—Nunca he trasladado a nadie, no sé si podré hacerlo. Menos, aún, si lo hago con los dos a la vez…

—Está bien, pensemos… Aarón no puede moverse por el tiempo, solo por el espacio, ¿cierto? puedes llevarlos a tu misma época, pero a un mes anterior; podrán estar en su casa como si no ocurriese nada. Para ellos será normal.

—Darach, no puedo hacer eso porque en ese momento también estarían ellos mismos, los de hace un mes, ¿comprendes? es una locura…

Se frotó la cara con la mano, intentando hallar una solución rápida, cuando de pronto se detuvo, inmóvil, escuchando.

—Ese sonido es el del viento y del mar, y estos muros…son de un castillo medieval ¿Dónde estamos?

—En Inglaterra. Es un castillo destruido, pero no sé cuál.

—Escucha, hay una cueva en Dunster, de donde soy. Tal vez siga ahí. Estaba en un acantilado, si la encuentras podrías llevarlos y…

—No puedo hacerme incorpórea con nadie más. Trasladarlos es una cosa, pero esto otro…podría tardar mucho tiempo en encontrarla y no es seguro.

—Ca…cariño… ¿De qué estáis ha…hablando? ¡¿Estamos en Inglaterra?!—dijo removiéndose en su sitio incorporándose inquieta observando su alrededor con los ojos abiertos y atemorizados.

—No te preocupes, mamá. Te lo explicaré todo en otro momento, ¿vale?

Mamá nos miraba boquiabierta por la conversación tan surrealista que mantenía con Darach. Su temor sumado al que sentía Pol hacía que la atmósfera del calabozo fuese terriblemente densa e irritante. Le sujeté las manos con las mías y la miré a los ojos mientras le sonreía débilmente.

—Todo irá bien. Voy a sacaros de aquí.

—¿Cómo hemos llegado hasta aquí?, y ¿qué es lo que quiere ese hombre? Me dijo que era tu hermano, ¿es eso verdad?

—En cierto modo sí. Es hijo de mi padre. Quiere que le ayude a conseguir…la verdad es que no sé muy bien lo que quiere, mamá. Al negarme, os ha secuestrado.

—Alexandra. Llévatelos al castillo de tu padre, a mi época. Allí estarán seguros. Para ellos, solo serán unos pocos segundos, algún minuto a lo sumo, si no salen de la alcoba no habrá problema alguno hasta que solucionemos lo de Aarón. Hay que darse prisa, llegará en cualquier momento.

—¡Tienes razón! pero he de trasladar de uno en uno. Después regresaré a por ti. Espérame aquí…

Darach me miró con guasa enseñándome sus muñecas encadenadas.

—Tranquila, creo que no iré a ninguna parte…

Me coloqué delante de mi madre y le hice ponerse de pie para después colocarle mis manos sobre sus hombros.

—Mamá, voy a sacarte de aquí. Quiero que cierres los ojos y confíes en mí. No tengas miedo, ¿de acuerdo? Voy a llevarte a un lugar seguro. No puedo explicarte nada más por ahora. Solo cierra los ojos, todo irá bien ¿Estás preparada?

—Cariño, no podemos salir de aquí, estamos atrapados y…

—Mamá, confía en mí, cierra los ojos, por favor. Estarás a salvo en un santiamén.

—Eh, eh, eh… ¿qué vas a hacer?

—Pol, confía en mí...todo irá bien —Pol hizo el amago de acercarse a nosotros, pero se quedó en eso, en un intento, y aunque su mirada era desconfiada, asintió con la cabeza sin rechistar.

Mamá hizo lo que le pedí. La traslación con ella no me costó en sí, la peor parte fue hallar el castillo y acertar exactamente con la época. Finalmente, lo hice pues conocía bien el lugar después de haber vivido allí durante dos meses como una más de los suyos. Cuando localicé el año y el punto exacto en el que la quería dejar, concentré toda mi energía en esa posición, condensando mi voluntad y mi naturaleza en un mismo fin; después, todo fluyó por sí solo. Desaparecimos de la celda para aparecer en la habitación que había sido mía poco tiempo atrás. La llevé a unos días después de que nos hubiéramos marchado. Sabía que ya habrían limpiado la habitación esperando a que la ocupara en otra ocasión en la que volviéramos. Mamá podría pasar horas en esa estancia, pues nadie entraría. El traslado tuvo que ser movido para ella, su tez estaba blanca con un matiz azulado. Se había mareado y no era de extrañar, a mí me había ocurrido lo mismo la primera vez que me trasladaron y con mi experiencia actual, que era muy poca, había sido un viaje turbulento. A diferencia de ella, yo ya no lo percibía y supuse que mi propia naturaleza me protegía ante ese efecto. Se tambaleó ligeramente cuando nuestros pies tocaron suelo firme. Su equilibrio estaba afectado y terminó por arrodillarse apoyando las manos en el piso quedándose a cuatro patas, intentando recuperar la estabilidad que había perdido momentáneamente. Cuando por fin recobró la normalidad observó su alrededor con los ojos muy abiertos, asustada de cuanto veía sin comprender el motivo por el que momentos antes era una celda oscura, húmeda y tenebrosa; y ahora una alcoba decorada en un estilo medieval muy realista. Se puso de pie de manera lenta pero alarmada, su mirada incrédula se dirigía a todas partes intentando encontrarle un sentido a cuanto veía hasta que se posaron sobre los míos buscando una respuesta racional.

—¿Co...cómo he...hemos llegado a... a...?

No terminó la pregunta pues su mente volvió a anularse haciendo que perdiera la consciencia de manera automática. Mi rápido reflejo evitó que cayera al suelo de piedra y con todo el esfuerzo del que fui capaz, la llevé hasta la cama donde la deposité suavemente hasta que pudiera volver a buscarla. La tapé con parte de la colcha que arrastraba casi hasta el suelo y le di un pequeño beso sobre su mejilla.

—Regresaré a por ti, mamá. Te lo prometo.

Aparecí de nuevo en la celda, prácticamente en el mismo instante en el que me fui y todo seguía igual.

—¿Lo lograste? ¿La dejaste allí?

—Sí, ha vuelto a desmayarse. La he colocado sobre mi cama y la he tapado.

—Muy bien. Ahora llévate a Pol. Vamos, no pierdas tiempo...

Me acerqué a Darach y le abracé. El nudo en mi pecho seguía ahí, era muy pesado y molesto, presentía que estaba cerca. Fuera lo que fuese, sucedería en breves momentos y eso no dejaba que actuara con objetividad. Tal vez llevar a mi madre y a Pol a otro tiempo no era lo mejor que podía hacer, tal vez estuviera errando en el modo de actuar. No sabía a qué atenerme... avanzar el tiempo era un arte que aún desconocía, y siendo mi propio futuro, temía que resultara imposible.

<<Si tuviese una bola de cristal...o mejor aún, si tuviera el don de Ermin, todo sería más fácil...>>

Me agarró de la cintura y una parte de su grillete se clavó en mi cadera, a pesar de eso, no dije nada, me encantaba estar entre sus brazos. Su mano acarició mi rostro y cerré los ojos sintiendo su calidez sobre mi piel.

—Todo irá bien, ¿de acuerdo? No te apures...

—No me gusta dejarte para el final...

—No me ocurrirá nada malo, soy más duro de lo que crees. Anda, idos ya.

Le di un beso tierno, cargado de promesas. Durante unos segundos nos quedamos mirándonos, con las frentes unidas y los alientos mezclándose al ritmo de nuestras respiraciones aceleradas. Me separé de él con la extraña sensación de que esa sería la última vez en que le abrazaría, pues un vacío frío y tenebroso irrumpió abruptamente para colarse, como una ráfaga de viento helado, entre los dos. Pestañeé un par de veces confusa. Según me acercaba a Pol volví a girarme para mirarle de nuevo intentando hallar en su mirada algún atisbo de duda, pero en su rostro solo vi determinación y orgullo incitándome a afrontar mi cometido. Cuando me coloqué frente a Pol, le miré a los ojos y le cogí de las manos. Estaba asustado, no comprendía nada de lo que ocurría, y, aun así, reconocí un indicio de culpa en su esquiva mirada.

—Pol, voy a trasladarte, ¿de acuerdo?

—¿Cómo eres capaz de hacer eso? ¿Qué eres?

—Es muy largo de contar y este no es el mejor momento, pero digamos que puedo manipular el tiempo.

—¡Es de locos!

—Puedo viajar a través del tiempo y eso es lo que vamos a hacer.

—Lo que dices es absurdo e irracional.

—Lo sé, pero es la verdad. Cierra los ojos, Pol y confía en mí.

Asintió. Acto seguido, dirigió su sospechosa mirada hacia Darach, que nos observaba seriamente.

—¿Él lo sabía?

—Sí, desde siempre. De hecho, lo supo antes que yo…

—Álex, no tardéis tanto, ya habrá tiempo de explicaciones… ¡marchaos! —gritó. Estaba de pie gesticulando con sus manos incitándonos a marchar. En ese momento, sujeté con fuerza las manos de Pol y comencé a concentrarme del mismo modo como lo había hecho con mi madre. Esta vez tardé menos en encontrar el punto focal al que me quería dirigir, pues ella ya estaba allí. Nuestro entorno empezó a desdibujarse de un modo rápido y sensual y cuando por fin parecía que íbamos a desvanecernos algo tiró de mí violentamente devolviéndonos al lugar de origen. Tanto Pol como yo salimos disparados cada uno hacia un lugar distinto de la mazmorra golpeándonos fuertemente contra el suelo, como si una granada de aire hubiera explotado entre nosotros impulsándonos impetuosamente por la fuerza de la onda expansiva. No comprendí qué había ocurrido hasta que abrí los ojos aturdida y contemplé ante mí la figura del culpable. Aarón.

—¡Tú! ¿Cómo los has encontrado?

Me levanté con la cabeza dolorida. Pol estaba en el suelo intentando ponerse en pie mientras se frotaba uno de sus brazos, pues había caído sobre él con todo su peso. Aarón no vino solo. Una mole de hombre, sudoroso y mal vestido, le acompañaba. No parecía español pues sus rasgos eran más bien del este de Europa. Lo peor de todo era la impresionante pistola que llevaba y que ya enfocaba la figura de Darach.

—¿Quién es ese? —pregunté.

—No has contestado a mi pregunta, ¿cómo nos has encontrado? Es imposible que lo hayas logrado tú sola.

—Pues lo he hecho y no creas que me ha costado mucho. Son muy importantes para mí. Da igual donde los lleves, los encontraría de todos modos. No puedes chantajearme, Aarón. No con ellos.

—Entonces, he hecho bien en traer a Velkan. Está muy bien entrenado y no dudará en apretar ese gatillo si no haces lo que te pido. Iba a ir a buscarte, pero te has adelantado. Por cierto, ¿dónde está tu madre?

—Donde jamás la encontrarás…

Aarón comenzó a pasearse por la celda observándome mientras chasqueaba la lengua y negaba con la cabeza.

—Te has portado muy mal, hermanita. Ellos son el billete de cambio para mis viajes, no me gusta comprobar que me has quitado uno, no es justo.

—No voy a llevarte a ningún lugar. Papá nos encontrará en seguida, estoy segura, sobre todo viendo donde nos has traído.

—Lo dudo mucho, está muy ocupado. Además, no he sido yo el que te ha trasladado, has venido tú solita por tu propia voluntad, y eso no llama la atención de nuestro padre. En cierto modo, debo estarte agradecido, me has dado más margen de actuación. No vendrá a buscarte.

—Eso ya lo veremos…

Aarón se posicionó delante de mí y me miró con una sonrisa muy mordaz. Su blanquecina cabellera relucía incandescente por el reflejo ambarino de la luz de las antorchas. Las sombras que se proyectaban en su rostro le conferían una expresión siniestra e inhumana. En ese instante, sentí un vacío en mi interior que sobrecogió hasta la más recóndita de mis células aumentando el temor de ese presentimiento que me seguía desde hacía días.

—Con un solo gesto puedo hacer que tu querido amante, se vaya al más allá y disfrute de una eternidad sin ti, ¿no te parece extraordinario? —declaró fríamente. Acto seguido, hizo una seña con la cabeza a Velkan y éste guardó su pistola para sacar un gran cuchillo que tenía guardado en su cintura. En un movimiento rápido se colocó tras él mientras le clavaba, sutilmente, el arma blanca en el cuello.

—¿Ves? es muy eficaz…

—¡Suéltalo! —el pánico de mi voz delató mi estado. Intentaba mostrar un rostro impasible a cuanto decía, pero mis propios miedos me delataron haciendo que Aarón se creciera más en ese momento.

—Oye, tío…déjale, ¿vale? No te ha hecho nada. Déjale en paz.

—Pol, no lo comprendes. Ese de ahí… —señaló a Darach con el dedo índice mientras miraba a Pol de soslayo—, es su protector. Su presencia me incomoda y es un estorbo que prefiero tener controlado, nada más. Además, entre estos dos hay algo muy profundo, es el único modo de que Álex me haga caso.

—Entonces, deja que Álex se lleve a Pol. Me tienes a mí y estoy atado. Sabes que no puedo escapar —Velkan clavó un poco más el puñal en el cuello de Darach y un pequeño trazo de sangre descendió lentamente por su garganta hasta desaparecer en la abertura de su polo negro.

—Prefiero tener un plan B, si no te importa. Si contigo no funciona tendré que pensar en otra alternativa. Pol es ese plan B. Que se llevase a su madre ha sido un contratiempo y un error por su parte porque me ha cabreado mucho y eso hace que tenga menos paciencia.

—Eres un energúmeno y un cobarde.

—Ten cuidado con lo que dices o serán tus últimas palabras.

Darach se removía inquieto, cautivo de una mole que no cedía. Velkan lo tenía sujeto por detrás inmovilizándole con sus brazos mientras le clavaba el puñal. Los grilletes tampoco ayudaban, aunque no impedían su agitado movimiento.

—Vamos, hermanita, llévame a donde quiero.

—No pienso dejar que hagas daño a nadie. Tienes que superarlo, Aarón, ha pasado mucho tiempo. Si alguien te hizo daño, es cosa del pasado y ya está. Olvídalo y punto.

—Ya, claro, para ti es muy fácil decirlo. No has vivido lo que yo viví y no sabes de lo que hablas. De todos modos, tienes razón. He cambiado de opinión, llévame a mil novecientos noventa y nueve, concretamente al mes de noviembre.

Sus palabras me dejaron perpleja. Era extraño que quisiera viajar a ese momento pues era una época más actual y ya no era un niño. No podía comprender su interés en viajar allí. Si no hacía mal a nadie tal vez...de pronto, algo se removió en mí. En mil novecientos noventa y nueve yo era un bebé, un recién nacido y en el mes de noviembre papá acababa de entregarme a la que sería mi madre en esa época. La sangre se me congeló y mis ojos se abrieron desmesuradamente al creer comprender el motivo de su viaje.

—Mmm...veo que has averiguado porqué quiero viajar allí.

—Estás loco.

—Tal vez. Tengo claro que no vas a dejar que me vengue de los que me hicieron daño en su día y, ¿sabes qué? En parte tienes razón, es pasado y puedo soportarlo. Sin embargo, hay algo que me aflige mucho más en esta vida y es tu propia existencia. Si me deshago de ti, seré yo el único hijo de nuestro padre y seré yo el que herede todo su poder. Si tú no estás, todo será más fácil.

—¿No lo comprendes? No es una herencia. Papá no morirá jamás, es imposible. Además, no es algo material, no es un patrimonio, es pura genética. Nuestra herencia está en los genes, en nuestra naturaleza mística. Si no puedes moverte por el tiempo, tampoco lo harás, aunque yo muera. ¿Es que no lo ves?

—Eso lo dices porque temes morir, pero te prometo que no notarás nada. Será algo suave y delicado. Simplemente desaparecerás y ni tus amigos ni tu madre sufrirán por ti —pronunció esa frase mientras acariciaba mi rostro. Su voz fue suave pero fría.

—¡Eh! ¡¿Qué estás diciendo?! ¡Álex, no le escuches!

—¿Morir? ¿De qué habla, Álex?

Tanto Darach como Pol se tensaron al escuchar las palabras tan surrealistas de Aarón, palabras que decían que quería matarme.

—Llegados a este punto, te lo voy a poner fácil. Tú o ellos. No puedo demorarlo más o finalmente, padre vendrá.

—¿Y crees que él perdonará lo que hagas?, ¿crees que no te castigará por ello? Por no hablar de que seguramente retroceda el tiempo para salvarme. No tienes nada que hacer ante eso Aarón.

—En eso estás equivocada, hermana ¿Sabías que nuestro padre tuvo un hijo hace seiscientos años? Sí, me lo contó una vez; hace mucho, claro. El hijo en cuestión resultó ser un buen guerrero, un hombre noble y resuelto, pero todo un enamorado de la vida. Cuando se enteró de que el tiempo le protegía y no podía morir en la batalla como el resto de los guerreros, no pudo soportarlo y se suicidó.

—Eso no es cierto, no es posible.

—Oh, claro que lo es, el tiempo nos protege, sí, aunque no de nosotros mismos. Y, después de ese episodio tan desgraciado para nuestro padre, ¿qué crees que hizo? ¿Crees que retrocedió el tiempo para salvarlo de sí mismo? no, no lo hizo. Dijo que así debía ser y que él no era nadie para modificar el destino. ¿De verdad crees que, si te mato, redimirá la situación? No, hermana, su índole se lo impedirá. Créeme, le conozco mejor que tú.

Mi cabeza daba vueltas y mi estómago comenzó a revolverse de manera muy incómoda, pues unas nauseas repentinas afloraron en mi interior. Las piernas me temblaban y el pulso acelerado hacía que mi mente no pensara con claridad convirtiéndome en un amasijo de nervios.

—Alexandra…no le escuches, no le hagas caso. Está loco, habrá otro modo de… ¡ah! —Velkan le clavó el cuchillo con saña aún más hondo, aumentando el tamaño de su corte que ahora comenzaba a ser peligroso. Darach lo aguantó con admirable resistencia.

—Déjalo, no le hagas más daño, por favor.

—No se lo hará si aceptas lo que te pido.

—No puedo aceptar que me mates, es absurdo. Haré todo lo que me pidas, menos eso…

—Entonces, lo mataré a él —hizo otra señal a Velkan, que aceptó con suma arrogancia y con una mirada asesina modificó la posición del cuchillo que tenía clavado a su cuello para intentar rebanárselo. Darach comenzó a forcejear sujetándole los brazos tratando de detener el avance implacable del arma. No podía quedarme quieta y cuando quise parar el tiempo para salvarle, Aarón cambió de posición. Sin darme cuenta, se había puesto detrás de Pol haciendo lo mismo que hacía Velkan con Darach, clavándole una daga bajo el cuello de Pol.

—Ni se te ocurra. Si paras el tiempo, mato a Pol.

Mi desesperación era absoluta porque si salvaba a Pol, mataría a Darach, y si salvaba a Darach, mataría a Pol. Estaba atada de pies y manos. Unos cuantos segundos pueden ser terriblemente aterradores, instantes de estrés, miedo o angustia que pasan de un modo lento e interminable, oprimiendo el pensamiento y asfixiándolo hasta anular cualquier tipo de idea. El temor por perderles era tan grande que no pude pensar con claridad terminando por aceptar una petición que en ese momento me parecía la más adecuada y sensata.

—¡Para, para! Está bien, te llevaré donde dices. Suéltalos, por favor. No les hagas daño —dije abatida. Una lágrima resbaló por mi mejilla pues el simple hecho de imaginar una vida sin ellos, sobre todo sin Darach, era insoportable. Si mi vida servía para salvarlos, que así fuese.

Al escuchar mis palabras, Darach gritó de un modo agresivo con una furia desmedida y desconocida para mí. Agarró con una fuerza sobrenatural la mano de su oponente consiguiendo separarla de su cuello. Le retorció el brazo rápidamente invirtiendo las posiciones, colocándose tras él. Con un golpe seco en su muñeca consiguió que a Velkan le cayera el gran cuchillo al suelo. Sin perder un segundo, Darach aferró la cadena de uno de sus grilletes y la ciñó al cuello de su adversario, apretando sin tregua hasta dejarlo inerte sobre el suelo frío y húmedo de la mazmorra. Seguidamente, se apoyó en la pared respirando agitadamente por el esfuerzo que había tenido que ejercer para abatir a esa mole. Sin pensármelo ni un segundo corrí a sus brazos para abrazarle y besarle por todas partes. Mis lágrimas brotaban sin cesar. Sentía su corazón galopante sobre mi rostro asustado. Darach me acariciaba el cabello mientras me besaba la cabeza y me calmaba con sus dulces palabras.

—Eh...ya está. Estoy bien, no te preocupes.

—¿Está muerto?

—No lo creo. Aunque no despertará en un largo tiempo, no te apures.

—Vaya. Eso sí que no me lo esperaba, Darach. Quizá no sea un mito eso de que el amor mueve montañas. Has fastidiado mi precioso plan —Aarón seguía amenazando a Pol con su navaja clavándosela en el mismo lugar. El gesto constreñido de Pol mostraba dolor y ya no era simplemente el dolor físico sino el moral ante una situación que creía, había provocado él mismo.

—Tranquilo, Pol. Voy a liberarte, ¿vale? No te muevas.

—Lo siento, Álex, creía que Darach no era bueno para ti, pero estaba equivocado. Todo ha sido por mi culpa. Espero que me perdones, yo no quería... ¡ah! —Aarón clavó el cuchillo ahondando más en la herida.

—Como no te calles, te rebano el cuello aquí mismo.

—Vale, tío. Ya me callo.

—Aarón, por favor, suéltalo. Él no tiene nada que ver con esto. Podemos hablar, quizás encontremos una solución, ¿de acuerdo?

Pol comenzó a respirar de un modo muy acelerado, las aletas de su nariz se abrían y se cerraban rápidamente. Se estaba enfadando y eso no era bueno.

—Aarón, suelta al muchacho. Es a mí a quien quieres muerto. Ven a por mí ¡Cobarde!

Pol miró a Darach sorprendido por esas palabras que le defendían. Vi con claridad cómo el rostro de Pol iba transformándose del miedo a la rabia, de la sorpresa a la comprensión, y de la duda a la resolución. En ese momento tuvo claro lo que iba a hacer y con una determinación aplastante jugó a ser un héroe, como había hecho Darach.

Pol propinó un codazo rápido al estómago de su captor. Con ese golpe, Aarón aflojó la tensión que tenía sobre su cuello, lo suficiente como para, igual que Darach, intentar retorcerle el brazo y arrancarle la navaja. Pero Pol no era un experto en la lucha, ni poseía la fuerza ni el coraje de Darach; no solo habían nacido en siglos distintos, sino que sus mundos también lo eran. Pol era soñador, nacido en un siglo de comodidades, donde luchar era un *hobby*. Sin embargo, Darach, había crecido con muchas carencias, pero en un mundo en el que saber luchar y defenderse era lo que salvaba a una persona de la muerte. Era, sencillamente, supervivencia. Pol intentaba retorcerle la mano que empuñaba la navaja, pero no lo conseguía. Aarón se movió entonces como una serpiente, escurriéndose de su sujeción, y propinándole un codazo en pleno rostro. Acto seguido, Pol lo soltó para cubrirse la nariz, que había comenzado a sangrar de forma aparatosa.

—¡Me has roto la nariz, cabrón!

—Me tienes harto. Siempre lloriqueas por ella y ahora que debes estarte quieto, ni siquiera eres capaz de hacerlo. Eres un inútil.

—¡Hijo de puta! —gritó. Sin pensárselo ni un segundo y con toda la rabia en su interior, se abalanzó sobre Aarón dándole un puñetazo en la cara. Comenzó en ese momento una lucha absurda y desigual. Pol se dejaba el pellejo combatiendo a la desesperada; Aarón, ágil y sonriente, esquivaba cada ataque y respondía con golpes breves que lo descolocaban o lo dejaban aturdido. La presión en mi pecho era asfixiante, incluso dolorosa. Me costaba respirar pues sentía los pulmones como si estuviesen aplastados. El miedo de antes palidecía frente a la certeza que ahora me atravesaba; algo terrible estaba a punto de suceder. Lo vi claro como el agua.

—¡Pol, Pol! ¡Para, por favor! ¡Aléjate de él! —mis gritos no sirvieron de nada. Pol siguió golpeando el aire hasta que Aarón sonrió maliciosamente mirándole a los ojos y decidió que ya estaba cansado de ese juego. Vi el plan reflejado en sus perversos ojos. Corrí en un intento de apartar a Pol de su alcance, pero todo ocurrió muy deprisa. Aarón produjo el lapso dejando a Pol en desventaja, inmóvil como un maniquí, momento en el que aprovechó para clavarle la navaja en el estómago y no una vez, sino dos. Me quedé clavada al suelo sin poder avanzar sin saber, siquiera, respirar; ese acto me arrebató toda coherencia, trasladándome a un estado de pánico extremo. Mi mente acorralada era presa del silencio denso y mortecino que nos envolvía en ese instante. Su crueldad se filtraba lentamente, queriendo poseer hasta la última de mis células y transportándome a una realidad dantesca e inesperada. Comprendí, en ese instante sobrecogedor, que en cuanto el tiempo continuase, Pol comenzaría a sangrar deliberadamente. Un sollozo silencioso salió de mi boca mientras escuchaba los gritos de Darach. No podía reaccionar, no podía creerme lo que acababa de ver. Aarón reanudó el tiempo y Pol, que ya podía moverse, mantuvo el brazo levantado un instante, hasta que un dolor agudo en el abdomen lo hizo llevarse las manos al vientre. Giró el rostro buscando mi mirada y en sus ojos vi el miedo de la incomprensión, demandando una explicación razonable a tan irreal y espantosa situación. Mis ojos se anegaron y seguí inmóvil, con una impotencia tan aplastante que impidió que reaccionara con rapidez.

—Álex, ¿qué…? —cayó arrodillado al suelo mirándose las heridas. Sus manos le temblaban mientras intentaba detener la hemorragia que muy ágilmente manchaba de carmesí su camisa La Coste amarilla.

—¡Hijo de mil padres! ¡Eres un cobarde, Aarón! Un patán que no ha tenido arrestos para luchar limpiamente—Darach luchaba con sus herrajes mientras le soltaba palabras mal sonantes y vejatorias. Nada que no se mereciese. Corrí torpemente hasta el costado de Pol y me arrodillé a su lado intentando calmarlo con unas manos temblorosas y sin fuerza.

—¡Pol, Pol! Tranquilo, ¿vale? no voy a dejar que te pase nada. Te voy a llevar al hospital ahora mismo, ¿de acuerdo?

—De eso nada. Como desaparezcas con él, mato a Darach, y te aseguro que no me temblará el puño.

—¡¿Por qué haces esto?! Déjame llevarle a un hospital o…

—Sí, o morirá. Lo sé, sé dónde le he clavado la daga y créeme, no tiene solución.

—¡Maldito! ¡Ven a por mí! ¡Lucha como un hombre de verdad y veremos quién gana! —Darach gruñía de rabia sacudiendo sus cadenas como un oso hambriento dispuesto a descuartizar a su presa. Se sentía impotente ante semejante acto de cobardía pues sus ataduras no le permitían moverse para poder darle su merecido. Mis manos taponaban las heridas de Pol, pero estas sangraban vigorosamente pues había que actuar rápido. Su tez comenzó a tomar una tonalidad blanquecina y le insté a que se tumbara. El tiempo corría en nuestra contra, así que decidí pararlo; si no podía llevarlo al hospital, al menos evitaría que perdiera más sangre. Aarón volvió a reanudarlo invalidando el lapso que yo había provocado. Lo intenté un par de veces más, pero volvía a reanudarlo con saña.

—¡Para de una vez! Así morirá…

—De eso se trata, hermana…

Mis lágrimas caían sin cesar emborronando la visión de mis ojos. Los sollozos eran cada vez más seguidos. Quería mantener la entereza, la serenidad, para no atemorizarlo más de la cuenta, pero era imposible, mi corazón estaba tan encogido que no podía controlar mis emociones.

—Pol, aguanta, ¿vale? Te sacaremos de aquí…te lo prometo —dije con voz temblorosa. Me sorbí los mocos y me sequé las lágrimas que caían sin cesar. No se merecía esto, era un buen amigo, el mejor; siempre lo había sido y si los últimos meses se había comportado de un modo egoísta, sabía que, en el fondo, lo había hecho porque me quería.

—Lo…lo…siento…Á…Álex…yo no sabía…que… que…

—Shhh, no hables Pol, no gastes energía. Descansa, enseguida te pondremos a salvo, ya lo verás.

—Te…te…quiero… —susurró sin fuerzas. Después de esas palabras perdió el conocimiento quedándose tumbado e inmóvil sobre el suelo.

—¡Pol! ¡Pol! ¡Despierta! ¡Vamos, abre los ojos! —no lo hizo.

Me sentía tan impotente, tan inútil…la rabia y el resentimiento penetraron en mis venas dominando cada célula de mi cuerpo. Grité y grité con todas mis fuerzas mirando su rostro sereno. Era inocente y el saber que había sido utilizado simplemente para chantajearme con su vida, hacía de esa escena algo indescriptible, inimaginable. Era un escenario propio de una película de terror, con la diferencia atroz de que esta vez no había ficción, todo era real. Cuando terminé de desahogarme, las lágrimas y los sollozos cesaron dando paso a un estado ficticio de serenidad en el que mi mente fraguaba muy apresuradamente una venganza. Mi respiración era intensa, rápida y profunda. Tenía que sacarlo de allí lo antes posible o sería demasiado tarde para él y eso era algo que mi mente no estaba preparada para asimilar. Mis ojos recorrieron la estancia con desesperación, buscando algo… una idea, un resquicio al que aferrarme para salir de allí, hasta que, inevitablemente, se cruzaron con la mirada de Darach. Estaba de pie, con los brazos caídos a sus costados y con los puños apretados en un estado aparentemente derrotado. Podía sentir su ira dentro de ese cuerpo visualmente aplacado. Tenía la mirada concentrada en la mía cuando me hizo un gesto muy sutil en el que me mostraba el cuchillo de Velkan a sus pies. Teníamos tanta conexión que nuestras miradas hablaban solas sin la necesidad de pronunciar palabra. Y en ese momento, lo tuve claro.

El silencio que nos rodeaba era contaminado con el eco del oleaje que chocaba con la pared del acantilado a nuestro alrededor como si, al igual que nosotros, quisiera castigar al ejecutor de tan repugnante hazaña, mostrando su furia indolente y despiadada. Deposité un beso suave y delicado sobre la frente de Pol y me levanté lentamente para después colocarme frente a Aarón, que me observaba muy atento evaluando mi estado físico y mental e intentando averiguar mi próximo movimiento. Otra lágrima descarriada cayó por mi mejilla precipitándose al vacío, mostrándole una falsa apariencia apenada y entristecida; aunque la realidad era muy distinta, pues me sentía como una olla exprés a punto de estallar. Era un cúmulo de sentimientos; cólera, tristeza, rabia, miedo, ira, dolor, y todos rugían dentro de mí, chocando y mezclándose, empujándome sin control hacia una determinación, un mismo fin. Venganza.

—Supongo que, después de esto, comprenderás mejor de lo que soy capaz. El siguiente será Darach y si he de esperar a que Velkan despierte, que lo hará, esperaré. Mientras tanto, Pol morirá. Tú decides ¿Serán ellos o tú?

—Si acepto tu condición… ¿prometes salvar a Pol? ¿Prometes no hacer daño a Darach?

—Hermanita, si tú mueres siendo un bebé, no hará falta salvarles de ninguna situación pues esta no tendrá lugar. Pol no te conocerá y Darach, obviamente, tampoco. Es lo que me gusta de esto, ¿sabes? Tocas algo del pasado y repercute en el futuro de muchas vidas…es maravilloso.

A pesar del odio y del ansia que tenía por deshacerme de él, por primera vez sentí calma, una tranquilidad desconocida que me hacía interpretar el mejor papel de mi vida. Era una auténtica actriz representando una función muy convincente. En cierto momento, su idea descabellada había pasado por mi cabeza, aunque de manera muy fugaz. Si me eliminaba, quedarían libres de su alcance pues ya no serían una molestia para él, pero nadie me aseguraba que no hiciera daño a otras personas con tal de conseguir su fin. Temía, con toda certeza, que a lo largo de su existencia más de uno había sido humillado, condenado o incluso ejecutado por culpa de su insaciable capricho. Mientras hablábamos, percibí, por el rabillo del ojo cómo Darach se agazapaba con sigilo, alcanzando el cuchillo que yacía a sus pies. Por suerte, Aarón estaba de espaldas y no pudo ver su movimiento. Bajé la mirada al suelo, pensativa, y con una pena real asentí lentamente con la cabeza. Miré a Pol con lástima y otra lágrima se resbaló por mi rostro. A pesar de ese temor palpable, seguía concentrada en la venganza, pues el miedo a perderlo me desgarraba el alma.

—Está bien, tú ganas. Te llevaré donde dices.

—No me la juegues o te arrepentirás.

—No te preocupes, no lo haré. Sabes que quedarás atrapado en ese año, ¿verdad? Y no estaré para traerte de nuevo.

—Veinticuatro años no son nada, hermanita. Lo soportaré.

Le miré a los ojos y asentí de nuevo. Me acerqué a él con el corazón latiéndome a mil por hora rezando para que en el último momento no adivinase mi verdadera intención. Me sentía extraña, mi sexto sentido seguía intranquilo y el mal presentimiento no se había desvanecido ni un ápice. Darach, por su parte, sacudía las cadenas sin cesar. Sus gritos de "no lo hagas" y "déjala en paz" resonaban en la mazmorra con un eco ensordecedor haciendo que Aarón se creciese como un ser divino y poderoso. Qué equivocado estaba. Miré a Darach a los ojos y le hablé con toda la sinceridad de mi corazón, con las palabras más reales y certeras que podía expresar en esos momentos.

—No te preocupes por mí, pronto terminará todo y será como si nada hubiera ocurrido. Te lo prometo, haré que estéis a salvo. No dejaré que muráis por mi culpa.

—¡Aarón, algún día me vengaré de ti! ¡Lo juro!

Coloqué mis manos sobre los brazos de Aarón fingiendo concentrarme en la fecha que había pedido. Cerré mis ojos y fruncí fuertemente el ceño. No me había visto desplazándome en el tiempo, por lo que ignoraba cuánto me costaba encontrar la época y el lugar exactos. Por el contrario, yo sí le había visto y constaté, en aquel momento, que le suponía un esfuerzo desmedido, no solo hallar el lugar sino trasladar su figura física de un punto a otro. Para mi sorpresa, Aarón cerró los ojos y no era solamente por el hecho de esperar a ser trasladado, sino que él también centraba su mente, su esencia, en ese viaje de espacio tiempo. Desconocía si él sería capaz de percibir que mi mente se desviaba del rumbo que deseaba, pero aun así debía intentarlo. Por otra parte, no había previsto esa complicación y trasladarlo al punto que yo deseaba resultaría mucho más difícil de lo imaginado, pues su fuerza y su pensamiento estaban dirigidos a un lugar completamente distinto. Sería como estirar una goma en direcciones opuestas e ignoraba cuál vencería. El entorno empezó a desdibujarse y Aarón sonrió satisfecho. Sus ojos seguían cerrados pero su semblante estaba tenso e impaciente esperando con ansia el destino que tanto ambicionaba. Todo comenzó a dar vueltas alrededor nuestro difuminándose en líneas de luces ambarinas y sombras oscuras. Una fuerza descomunal que me atraía hacia un espacio lejano donde un punto de luz brillaba en el horizonte, sin embargo, quería quedarme en esa oscuridad, donde las luces no eran tan brillantes y donde estaba Darach. Trataba de ignorar esa luz que me absorbía como un imán, reclamando mi cuerpo en un hechizo hipnótico dentro de un túnel estrecho y oscuro. Un fuerte viento me empujaba a través de él hacia su final, donde el final resplandecía deslumbrante. El suelo era resbaladizo y cada vez parecía estar más pendiente haciendo que cayera directa a su garganta. No podía luchar más, era más fuerte que yo y la luz cada vez estaba más y más cerca. Si llegaba a ese destino, estaba perdida.

—Tú puedes, Álex...piensa en Pol, piensa en nuestro futuro, te amo... —el eco de una voz débil y lejana llegó a mis oídos. En ese instante, recordé a Pol, inerte y desvalido. Pensé en mi futuro, en el bebé que se gestaba en mi interior; era nuestro hijo y Darach ni siquiera lo sabía. Debía salir de ahí, arrastrarlo a donde yo quería, no al contrario. Su fuerza era muy grande pero la mía era mayor pues, aunque no estaba entrenada, no tenía un conjuro sobre ella que pudiera frenarla y eso me daba ventaja.

Entonces visualicé a Darach con toda la potencia de mi mente, su cabello recogido, su figura atada a esos grilletes oxidados y esa celda fría y húmeda donde debíamos estar. La luz del túnel comenzó a empequeñecerse alejándose de nosotros de un modo muy veloz y a su vez, el suelo que parecía inclinado era ahora llano y liso. Notaba la fuerza del imán que intentaba alcanzarme de nuevo pero la gravedad del destino al que quería ir era superior a esa energía magnética y negativa. De pronto, las formas comenzaron a ser nítidas de nuevo y las tonalidades ambarinas de las antorchas relucieron a nuestro alrededor danzando y crepitando alegres por nuestro regreso. Aparecimos junto a Darach, que no tardó ni un segundo en sujetar a Arón por el cuello con sus imponentes brazos. Aarón no pudo reaccionar y su cara de sorpresa reflejó un temor inesperado.

—¿Cómo lo has hecho? Soy más fuerte que tú. No es posible…

—No voy a ir a ningún sitio, Aarón, y no eres más fuerte que yo.

—Está bien, está bien…tú ganas. Suéltame y me marcharé. Te prometo que no volverás a verme. Está claro que no puedo ganarte.

Aarón se removía entre los brazos de Darach, pero este constriñó aún más su cuello obstaculizando su respiración. Inspiró ahogadamente y en ese instante, el tiempo se detuvo intentando proteger la vida de Aarón que, sin duda, estaba en peligro. Pero, justo cuando todo parecía estar a nuestro favor, Aarón extrajo la navaja con la que había atacado a Pol, y en un instante imperceptible, la hundió en el costado de Darach. El golpe hizo que sus ataduras cedieran lo suficiente para que intentara zafarse igual que una serpiente. Darach soportó el dolor sin soltarle. Mi corazón, que latía desbocado, dio un vuelco ante la situación tan complicada que tenía ante mí. Darach estaba herido, igual que Pol y temía que Aarón volviera a clavársela sin dilación. Aarón no contó con la ira de Darach que había ido acumulando desde el primer momento en que le vio y que ahora, después de clavarle el pequeño puñal, estalló. Darach apretó aún más el cuello de su adversario y con un grito guerrero sacó velozmente el cuchillo escondido y le rebanó el cuello mientras le regalaba unas palabras de despedida.

—Perdiste y este es tu destino.

Aarón escupía sangre mientras se aferraba con desesperación a la vida. Alzó la mirada hasta encontrar la mía y, con una sonrisa débil y quebrada, se despidió en silencio antes de desplomarse desfallecido sobre la húmeda piedra. Tanto Darach como yo permanecimos inmóviles, contemplando el cuerpo inerte de Aarón. Nuestras respiraciones agitadas quebraban un silencio aterrador, rodeados como estábamos de cuerpos desvanecidos. Salté a los brazos de Darach desesperada por sentir su calor, necesitaba su amparo más que el aire en mis pulmones. Su corazón latía velozmente al mismo ritmo que el mío, acompasados en una simetría perfecta

—¡Ah! —exclamó. Mi abrazo había oprimido la herida de su costado que sangraba densa e imparable.

—Lo siento. He de llevarte al hospital o será peligroso. Han de curarte.

—Estaré bien, primero llévate a Pol. Él te necesita más que yo. Mientras tanto, buscaré la llave de estos condenados grilletes. Probablemente estén entre la ropa de Aarón.

—De acuerdo. He de decirte tantas cosas...

—Tendremos tiempo para eso. Anda, ve.

Nos dimos un beso lento y profundo, cargado de una ternura desesperada, y aun así un frío inexplicable me atravesó la espalda, erizando mi piel como si la oscuridad no se hubiera saciado y nos estuviera observando en silencio. El nudo en mi pecho seguía ahí, intacto, hasta que comprendí que era por Pol. Corrí hasta él arrodillándome a su lado para después colocarle mis dedos, índice y corazón, en su cuello. Respiré tranquila cuando noté los latidos de su corazón pues, aunque débiles, seguían ahí. Pol estaba vivo.

—Te vas a curar, Pol, todo irá bien.

Coloqué mis manos sobre él y me concentré para trasladarlo al hospital. Dirigí mi mirada a Darach una última vez antes de desaparecer. Le observé agachado cacheando el cuerpo de Aarón intentando hallar la llave de su libertad. Se detuvo un momento para hacer lo mismo que yo y nuestras miradas se quedaron enlazadas por un segundo, un segundo en el que nuestro amor colmó la estancia de futuros sueños y promesas. Sonreímos al unísono, pero la mía se desvaneció al instante cuando un Velkan recuperado se irguió con una rapidez antinatural y, en un movimiento fulminante, hundió en la espalda de Darach el maldito cuchillo con el que él mismo había dado muerte a Aarón. No pude avisarle. El tiempo se detuvo para proteger a Aarón, pero una vez muerto, este había reanudado su ritmo por sí solo, devolviendo la naturalidad al mundo y su evidente avance. Darach había dejado inconsciente a Velkan, pero ese hombre era una mole, poseía una corpulencia desmedida. Nadie imaginó que volvería a alzarse tan pronto... y mucho menos con sed de sangre. El sufrimiento de Darach me atravesó el alma y me dejó anclada al suelo, incapaz de reaccionar, como si el dolor me hubiera arrebatado incluso el movimiento. La sonrisa de Velkan estaba cargada de locura, una locura siniestra y perturbadora. Clavó en mí una mirada asesina al tiempo que le susurraba unas palabras al oído.

—Ella ser la siguiente...

Darach abrió los ojos como una fiera salvaje y profirió un grito rabioso que acalló al instante al sentir una segunda puñalada en su espalda. Velkan estaba cumpliendo su palabra y yo, no estaba haciendo nada, ¡Nada!

Mis ojos se llenaron de lágrimas y el nudo en mi pecho desapareció en ese instante, liberando la tensión que habitaba en mi cuerpo durante tanto tiempo y fue en ese momento cuando comprendí, finalmente, que mi presentimiento, mi temor, no era por otro motivo que la muerte de Darach. Mi cuerpo, mi naturaleza me había avisado. No era vidente y saberlo con anterioridad había sido imposible. El grito desgarrador que salió de mi garganta produjo el lapso dejando a Velkan en un estado inmóvil e indefendible. Salté sobre Pol con toda la rapidez de la que fui capaz, le arranqué el cuchillo de sus manos estáticas y se lo clavé una y otra vez sobre su voluminoso cuerpo. No sé cuántas veces lo hice. La rabia, el pánico y el dolor afloraron por mis manos de un modo violento y vengativo descargando toda esa ira acumulada sobre él. Darach cayó de rodillas al suelo. El dorso de su cuerpo estaba empapado de sangre y de nada servía detener el tiempo pues a él no le afectaba, sus heridas continuarían sangrando sin cesar.

—¡Dios mío...! ¡Oh, Darach! Aguanta...por favor...a....a...aguanta.

Intentó incorporarse con torpeza, pero fue en vano. Su cuerpo cedió y se desplomó sin fuerzas. Con sumo cuidado le ayudé a voltearse apoyándole su cabeza sobre mis piernas. Le aparté un mechón rebelde de su rostro con deleite y en ese momento me miró sonriendo dulcemente para después cerrar sus ojos y quedarse exánime y sin vida. La figura de mi padre apareció en ese preciso instante ante mí, con el rostro serio y taciturno, lamentando una situación de la que se había desentendido. Me temblaba el pulso. Por primera vez en mi vida el terror tenía tacto, tenía olor y era visible. Se encontraba sobre mí, inerte, sin vida, pues ni siquiera había podido decirle que iba a ser padre. Todos mis sueños y mis aspiraciones se habían evaporado en unos míseros segundos y mi vida, tan preciada e ideal en un principio, se había convertido en un océano opaco y turbulento donde no había esperanza, ilusión ni felicidad. Su abandono embargó mi alma hasta hacerla insensible. Las lágrimas dejaron de caer para observar detenidamente el rostro apacible de Darach. Quería memorizar cada poro de su piel, cada pequeño lunar, cada pelo de su barba y el sabor de sus labios…aún calientes. Me sentía extraña, ajena a ese cuerpo que observaba minuciosamente los detalles tan insignificantes de su amado. Por un lado, la pena, el vacío y la soledad se desplegaban ante mí con una crudeza tan brutal que mi mente no alcanzaba a comprender su verdadero peso. Por otro, todo parecía una película que yo miraba desde fuera como si no me sucediera a mí, sino a un extraño cuya vida se consumía ante mis ojos. Papá se agachó junto a Aarón para acariciarle el rostro. Se quedó pensativo unos segundos hasta que alzó la mirada y me observó con una tristeza sobrecogedora.

—¿Te encuentras bien? —preguntó con voz grabe. Negué con la cabeza incapaz de pronunciar palabra.

—Debemos marcharnos, tu amigo Pol sigue vivo. Es imperativo llevarlo a un hospital.

—Darach…no puedo dejarlo aquí…

—Volveré a por él. Se merece un entierro digno.

—No…no... Por favor, déjame sola con él. No estoy preparada para irme, no sin él…

—Está bien, me llevaré a Arón y a Pol, después regresaré a por vosotros. Así podrás despedirte como es debido.

Papá se incorporó y me dio un beso en la frente. Agarró el cuerpo de Aarón y lo arrastró junto a Pol para después desaparecer con ellos. Me quedé sola, y el vacío que me rodeaba se desplegó como un océano oscuro que me engullía. Cada recuerdo, cada suspiro de nostalgia, golpeaba mi mente con la fuerza de una marea implacable, arrastrándome hacia una melancolía brutal y despiadada, donde el desamparo se podía palpar en la garganta y la soledad pesaba sobre mis hombros como una losa fría. Mis lágrimas comenzaron a brotar de nuevo entorpeciendo mi mente. Le abracé con todas mis fuerzas aspirando su aroma intensamente. Nunca volvería a sentir sus caricias, el calor de su abrazo, ni la dulzura y la calidez de sus besos. Pero lo que más me desgarraba el alma era saber que jamás podríamos criar juntos a nuestro hijo, y esa idea me partía el corazón en mil pedazos.

—Despierta, vamos, despierta... no puedes dejarme. Ahora no... Vamos a ser padres...te necesito... ¡Darach! —nada.

Las moderadas lágrimas se transformaron en un llanto desenfrenado liberando toda la energía contenida en mi interior. Lo besé, lo abracé, lo sacudí, pero todo fue inútil. Su cuerpo yacía inerte, desfallecido y totalmente ausente. Había muerto. Entonces la realidad me abofeteó como nunca lo había hecho hasta ahora, porque todos los planes de futuro que había creado en mi mente; toda idea, sueños y proyectos se acababan de esfumar ante mis ojos. Desde el primer momento en que sentí esa presión, esa premonición en mi interior era la prueba de que nada de lo que había imaginado se haría realidad y ser consciente de ello no lo hizo más fácil sino todo lo contrario. Todos mis pensamientos forjados hasta ahora no habían sido más que pura fantasía, un espejismo irreal, una auténtica utopía y ya nada volvería a ser igual. Levanté la mano de Darach y la deposité sobre mi vientre y con todo el dolor de mi alma desgarrada y de mi destrozado corazón me despedí de él, de la esencia de su persona y de su alma.

—Amor mío...aquí crece nuestro hijo. Prometo quererlo con todo mi ser y le contaré quien fue su padre, lo maravilloso y lo noble que fue. Te querrá y te amará como si estuvieses vivo y prometo llevarle contigo algún día, cuando crezca. Le conocerás, que no te quepa duda.

Me tumbé a su lado esperando a que mi padre volviera y nos llevara a casa. Podría haberlo hecho yo, pero no quise, no pude. De ese modo decidí pasar mis últimos minutos junto a él, tumbados sobre un charco de sangre en el húmedo y frío suelo de la mazmorra de un castillo inglés, aislados del mundo y de la humanidad y donde mi vida entera, tal y como la conocía, acababa de terminar.

Dos meses después…

La brisa otoñal de un domingo por la mañana bañaba mi rostro sosegado. Apreciaba cada pizca de aire que refrescaba mi tez. Venía impregnado de una mezcla de olores, algunos reconocibles, otros no. El sol refulgía en todo su esplendor en un cielo azul inmaculado protagonizando un maravilloso día de otoño, destacando los colores del paisaje salvaje. En el horizonte, las montañas más altas se coronaban de nieve, custodiando un mundo lejano. A mis pies, el prado estaba repleto de pequeñas hojas marrones, desprendidas de los árboles cercanos, que danzaban y se dispersaban al compás de la suave brisa. Era una época preciosa donde la variedad de tonalidades podía resultar sobrecogedora y en un día de cielo azul intenso como ese, la magnitud de sus pigmentos era aún más apreciable. Todo un regalo para la vista y el alma, pues resultaba de lo más reconfortante.

Me ceñí el chal de lana que llevaba sobre el vestido de felpa. El viento, aunque no era extremadamente frío, se colaba por entre los tejidos de mis ropajes enfriando mi temperatura corporal, que unido al nerviosismo que me acompañaba, hacía que mi inseguridad creciera considerablemente. Después de darle muchas vueltas había decidido arriesgar y presentarme ante Ermin para agradecerle todo cuanto había hecho por mí, se lo debía. Decidí caminar hacia el río, como una vez me mostró mi padre, dirigiéndome hacia el viejo puente de madera. Mis pies avanzaban sobre una alfombra natural de hojas y hierba, donde su sonido crujiente acompañaba cada paso que daba hacia la casa de mi verdadera madre. El faldón de mi vestido se me colaba entre las piernas pues el aire embravecido parecía querer detener mis pasos, que muy diligentes avanzaban sin cesar y aunque las dudas me embargaban, debía continuar hacia delante. Al llegar a aquel puente destartalado, me detuve a observar el río que fluía bajo él. Sus aguas cristalinas eran tal y como las recordaba, pero en este caso la afluencia de su caudal era relativamente más baja que la última vez que estuve. Me pareció percibir un leve movimiento entre los árboles, y al observar con detenimiento, la vi. Ermin estaba de pie, donde comenzaba el bosque que cercaba su cabaña. Abrió los brazos con una sonrisa entusiasta y acogedora instándome a ir a su encuentro. Mis pies avanzaron decididos y al llegar a su altura nos quedamos frente a frente contemplándonos en un silencio cargado de significado. No hizo falta ninguna explicación pues ella era conocedora, no solo de lo que había ocurrido, sino incluso de lo que estaba por venir. Esa sensación enigmática, colmada de un halo de magia pagana, me llenó de paz hasta un punto indescriptible.

Llevaba el pelo recogido en un moño mal hecho, donde un sinfín de mechones plateados ondeaban a voluntad del viento. La sonrisa de su rostro marcó infinidad de pequeñas arrugas alrededor de sus ojos y en la comisura de su boca. Independientemente de esa vejez visible, su mirada era jovial y fuerte expresando una felicidad infinita que me llegó al corazón. Me eché a sus brazos sin pensar, un acto involuntario y automático donde mi instinto buscaba su reconfortante abrazo, calmando la ansiedad acumulada hasta el momento.

—Te estaba esperando.

—Lo imaginaba. Vacilé en venir. Ahora, me alegro de haberlo hecho.

—Yo también. Ven, vayamos dentro de mi carro. Entrarás en calor cuando tomes un vaso de caldo recién hecho.

Recordaba el carromato más sucio y polvoriento. Ahora se encontraba limpio y reluciente, con un aroma particular a hierbas y pelo de animal, pero limpio, al fin y al cabo. Me senté en una silla al lado del calor de su cocina donde me sirvió caldo en un cuenco de madera. Iba a darle un trago cuando me detuvo con un gesto de su mano para después espolvorearle una pizca de polvo extraño en color marrón parduzco.

—Es un tipo de seta que crece por estos lares. Endulza su sabor. Te agradará.

—Oh, gracias—respondí. Bebí un sorbo, y el amargor inicial se fue disolviendo hasta tornarse en un dulzor tibio y almizclado, dejando un resto sabroso en el paladar que me incitaba a beber más—. Vaya...está muy bueno. Gracias, Ermin.

Se sirvió un cuenco más pequeño que el mío y se sentó frente a mí en una especie de baúl cubierto de pelo de cabra. Permaneció absorta, con la mirada perdida en el exterior a través del ventanuco. Cuando quise agradecerle su ayuda, me interrumpió hablando ella primero.

—No hace falta que me agradezcas nada. Supongo que leíste mi diario.

—Sí, lo hice. Ahora comprendo muchas cosas y, de hecho, aprendí el idioma gracias a él.

—Tu padre y tú sois especiales. Me alegro, así podemos conversar sin problemas —rio sutilmente con la boca cerrada.

—Ermin, sin tu ayuda no lo hubiera conseguido. Has sido mi ángel de la guarda y siempre te estaré eternamente agradecida.

—Era cuanto podía hacer y ojalá hubiera hecho más. Sé que tu corazón sangra, pero debes esperar paciente, las heridas se transforman en cicatrices. Ahora parece imposible, lo sé, pero no debes inquietarte, a pesar de todo, tu vida será dichosa. Me siento orgullosa de ti. Aunque no haya estado en tu vida hasta ahora, no hay pesar en mí, solo una calma dulce y sincera. Verte, saberte así, me hace feliz, y eso me basta.

—Me habría gustado conocerte antes para regalarnos más tiempo juntas. Cuando me marche, ya no podré volver, ¿verdad??

—No, tu vida no está aquí, conmigo. Está con los tuyos, en ese futuro incognoscible y enigmático para mí, rodeada de quienes te aman. No te pido que me olvides, solo que sigas adelante, consciente de tus orígenes y fiel a tus convicciones.

—Imagino que sabes que estoy embarazada, llevo un bebé en mi vientre. Desconozco lo que es pues es pronto para eso, pero haré que sea feliz, lo juro.

—¿Puedo? —preguntó vacilante pidiendo permiso para tocar mi tripita incipiente. Acepté de buen grado. Cuando colocó sus pequeñas manos sobre mí, el aroma de su cuerpo me envolvió por completo evocándome a una era y unos recuerdos escondidos en mi memoria, pero ineludiblemente existentes. Cerró los ojos y se concentró mientras recitaba palabras extrañas, en un idioma antiguo y desconocido. Al terminar, sonrió y respiró pausadamente como si la imagen reflectada en su mente le hiciera feliz. Abrió los ojos y se alejó de mí para después sentarse de nuevo sobre el baúl y sorber otro trago de su delicioso caldo.

—¿Qué viste?

—Será fuerte como su padre, y sí, será feliz. Lo he visto.

—¿Lo? Entonces… ¿es un niño?

—Sí, lo es.

Imaginar que ese hombrecito se parecería a su padre, por mínimo que fuera, devolvió a mi alma una felicidad hasta ahora olvidada. Una lágrima se resbaló por mi mejilla cayendo sobre mi mano apoyada en mi vientre. Sonreí y miré a Ermin, que comprendía mi emoción como si fuese la suya propia.

—Debes marchar, nuestro tiempo se agota. Toma, hice esto para tu hijo pues, aunque no vaya a conocerlo, espero que le cuentes sobre mí, sobre quien fue su abuela y que fue feliz ayudando a que viniera a este mundo —dijo entregándome un paquete envuelto en lona gruesa y atada con una cuerda. Al abrirlo, hallé un sonajero de viento fabricado con raíces huecas, huesos y plumas; junto a él, un pequeño arrullo de lana. Era el regalo más bonito y salvaje que había visto jamás y al contemplarlo comprendí que su amor iba más allá de lo inimaginable.

—¿Sabías que estaría embarazada?

—Sí, tiempo atrás, en cuanto vi a ese muchacho. Por eso hice lo que hice. Anda, márchate y sé feliz y no olvides que mi corazón estará contigo.

Nos abrazamos fuertemente. Sus manos acariciaron mi cabello suelto mientras su boca recitaba unas últimas palabras dirigidas al viento, a los espíritus o tal vez, a sus dioses, y una paz antigua sembró en mi espíritu una confianza que alcanzó hasta la última de mis células.

—Que las estrellas guíen sus pasos e iluminen el sendero de su vida, hoy y siempre…

Cuando me separé de ella la miré por última vez y le pedí un último favor.

—Ermin, ¿me dejas hacerte una foto? Tengo un aparato que refleja tu imagen y la guarda para siempre, así podré enseñarle a mi hijo quién eras, y cada vez que la vea recordaré este momento contigo.

—Supongo que sí—vaciló.

Al ver el móvil, se quedó sorprendida ante aquel artilugio extraño que desprendía luz propia. No quiso preguntar y se dejó hacer. Le hice un par de fotos sonriendo tímidamente y otro par fueron selfis, donde aparecíamos juntas. Después de aquello, marché de allí para no volver jamás, dejando una parte de mi corazón en ese remoto y alejado lugar. Mi corazón oscilaba entre el anhelo de volver a mi tiempo y la certeza melancólica de que extrañaría las palabras compartidas con Ermin tan llenas de certeza y sabiduría. Había pasado muy poco tiempo con ella, pero su compañía era tan tranquilizadora; llenaba de paz mi interior y lo tenía tan alterado… Aún no me había rehecho de aquel día horrible. Aprendía día a día a seguir adelante, a mirar hacia el futuro, y con mi bebé en camino, todo se me hacía un poco más fácil. Al regresar al punto exacto del claro donde había aparecido, mis ojos abrazaron por última vez el paisaje, despidiéndose de la tierra que me vio nacer. Elevé mi mirada al cielo y con todas mis fuerzas grité un "gracias" al viento. No sé por qué lo hice, pero tuve la necesidad de agradecer a esos dioses, de los que tanto hablaba Ermin, el protegerme de ese modo tan peculiar y mágico. En cierto modo, yo también creía en ellos y después de conocer el origen de mi padre, estaba segura de que su existencia era verdadera. Cuando mi corazón se tranquilizó y estuvo en armonía desaparecí de esa tierra mística para no volver a pisarla jamás. Tal vez, algún día regresase, pero sería en otra época, en otro tiempo, donde la existencia de Ermin no fuese más que un recuerdo en mi memoria

27. VIDA

Las luces de la ciudad iluminaban el cielo supuestamente estrellado. La bruma del mar esparcía la luz en el cielo difuminándola como un halo protector que nos envolvía, formando un arco infinito y luminiscente. Un punto blanquecino destacaba en la inmensidad, evidenciando la presencia de una luna camuflada, que nos observaba disimulada en una noche embrujada. Después de casi dos meses viviendo en mi nuevo piso, aún me sorprendían, cada día, las preciosas vistas apreciables desde mi terraza. Envolví el chal de Ermin alrededor de mi cuerpo protegiéndolo de la humedad nocturna y recordando cada palabra salida de su boca el día anterior. Miraba el horizonte, abstraída en mis pensamientos, cuando una voz llamó mi atención.

—Te vas a enfriar. Entra, no conviene que enfermes.

—No puedo resfriarme, ya lo sabes.

—Eso es cierto, pero en tu estado, es mejor no arriesgar.

—Enseguida entro. Déjame un par de minutos, por favor…

—¿Aún piensas en él?

—Sí, su recuerdo me persigue y pensaré en él por el resto de mis días, lo que dure mi existencia. Me hubiera gustado que conociera a nuestro hijo…—dije con un nudo en la garganta.

—Lo sé. Te esperaré dentro. No tardes.

Inspiré profundamente la brisa marina que flotaba densa y delicada en el ambiente. Acaricié mi tímida tripita que ya empezaba a redondear. Aún no había elegido nombre, pero era algo que no me preocupaba, ya habría momento para ello. Mi mente pensó en él, recordándolo de nuevo y mis ojos se llenaron de un líquido acuoso que quería derramarse por enésima vez en esos días. Estaba tan cansada de llorar…pero era inevitable, había perdido a una de las personas más importantes de mi vida y esa herida tardaría en cicatrizar. Le di las buenas noches de nuevo, como cada noche desde hacía dos meses, mirando al firmamento infinito. Le deseé descanso y paz en ese nuevo mundo en el que se hallaba, esperando que pudiera verme desde ese lugar remoto y desconocido. Mi corazón se encogió de un modo muy habitual y ansié que la noche hiciera olvidar, por fin, el dolor que siempre me acompañaba, una angustia imposible de ignorar pero que día a día parecía ser más soportable.

Me dirigí hacia el interior y me detuve en el umbral de la puerta corredera observando la estancia con absoluta fascinación. La luz del televisor iluminaba sutilmente el salón con un juego de colores vibrantes y cambiantes creando destellos de luces cálidas; mi hogar. Mi mirada fue directa al hombre que estaba sentado en el sofá completamente relajado, y que me contemplaba con una sonrisa comprensiva. Elevó un brazo instándome a sentarme a su lado recolocándose de un modo en el que mi cuerpo encajara con el suyo. Accedí sin dilación descansando mi cabeza sobre su pecho, necesitaba su apoyo como el aire que respiraba.

—¿Estás mejor?

—Más o menos. Lo siento, sé que a veces parezco un alma en pena. Es duro saber que nunca más volveré a verle.

—Sé lo que es perder a alguien querido y lo que cuesta seguir adelante. Con el tiempo te darás cuenta de que cada vez dedicarás menos momentos a pensar en él. No pretendo decir que vayas a olvidarle, solo que surgirán otras distracciones, otras obligaciones que ocuparán tu pensamiento. Llegará el día en que su recuerdo no sea doloroso, sino todo lo contrario —dijo con voz grave, que retumbó en su pecho como un eco en mi oído, y cuyo sonido profundo apaciguó mi ansiedad como un refugio cálido.

—Eso espero—respondí sin convicción.

—Eh, mírame… —me levantó el mentón con su mano obligándome a mirarle directamente a los ojos. Su mirada me transmitió tanto amor que me estremeció—. Sé de lo que hablo, créeme. Siempre estaré a tu lado, ahora ya lo sabes y haré cuanto esté en mi mano para que seas feliz, para que seáis felices —colocó su ancha mano sobre mi vientre y continuó hablando—. Tú y mi hijo sois lo más valioso que tengo y siempre os protegeré de todas las maneras posibles, ¿de acuerdo?

—Lo sé y no sabes lo feliz que eso me hace, Darach —me senté sobre su regazo y le abracé aspirando intensamente su aroma con ese perfume que tanto nos representaba, la lavanda. Nos quedamos en silencio durante unos minutos. Me parecía increíble el sacrificio tan grande que había hecho Ermin por ver a su hija, no solo sana y salva, sino feliz. Mi mirada se perdió en algún punto del suelo y, a pesar de los dos meses que hacía de aquel día, mi mente regresó a ese momento como si quisiera castigarme. Los recuerdos me invadieron con su pesada realidad y mi cuerpo se estremeció al rememorar cada segundo de ese final tan trágico. Aún podía percibir el frio húmedo de aquella celda medieval, volví a revivir en mi mente el terror que sentí aquel día por la pérdida de Darach, como si estuviera ocurriendo de nuevo en ese mismo instante. Aquel inmenso vacío que había dejado en mí al ver su figura inerte sobre mi regazo; su corazón no latía y su respiración se había detenido. Me resultaba inaceptable creer que lo había perdido y, sin embargo, así era. Instantes después de que Darach muriera, papá apareció ante mí, arrodillándose ante nosotros con un rostro terriblemente apenado, incapaz de mirarme a los ojos ante semejante situación. Sus palabras, lejos de aliviar, se hundieron más en mi herida.

—Siento mucho lo ocurrido, Alexandra. Sé que es duro para ti, pero ya ha terminado. Aarón no volverá a hacerte daño—dijo como si ese hecho pudiera consolarme.

—¡¿Por qué no viniste antes?!—grité—. Podrías haberle detenido y nada de esto hubiese ocurrido. Darach seguiría...seguiría... —el nudo en mi garganta impedía que mis palabras surgieran con facilidad y estimulaba unos sollozos ahogados que muy insaciablemente se repetían.

—Lo sé y lo siento, no espero que me comprendas. Sé que es difícil de entender. Tenía que ser así.

—¡No! ¡No quiero saber nada! ¡Eres un cobarde como Aarón! Por tu culpa ha pasado todo esto y... ahora, Darach, ya no está conmigo. Jamás podré decirle que iba a ser padre...—respondí con los ojos anegados.

—Sé que me ves como un monstruo, pero ya te expliqué que no puedo inmiscuirme en el destino de nadie, así debe ser. Alexandra, si actuara cada vez que veo una injusticia, el mundo no sería como es y probablemente muchas de las cosas que hoy en día conoces, no existirían.

—Me da igual... además, ya te inmiscuiste, ¿no? en el momento en que fuiste a buscarle para que me protegiera. ¿Acaso eso no cambiaba el futuro? ¡Voy a ser madre! Y el hijo es suyo ¡No puedes dejarlo así!

—Tienes razón, fui a buscarle. Es por ello que no puedo hacer nada más, sería demasiado cambio. Sé que no lo comprendes y no te culpo. Algún día lo harás y deberás explicárselo a tu hijo.

—¿No se puede hacer una excepción? Es Darach...—dije con un temblor en la barbilla. Las lágrimas caían silenciosas e imparables.

—No, Alexandra, no soy nadie para alterar así la vida o la muerte, ni siquiera por el bienestar de mis hijos, lo siento. Esa ley está prohibida y no puedo incumplirla, si no...todo el cosmos se desestabilizaría. Si te sirve de consuelo, mi dolor personal es real, ya he perdido a dos hijos, solo espero no perderte a ti también.

En aquel momento no pude contestarle, ni siquiera podía mirarle a los ojos. Solo podía observar el rostro distendido de Darach pues era incapaz de separar mi vista de él. Papá agachó la cabeza mientras resoplaba pensativo.

—No me contestes, si no quieres. No me perdones, si no puedes, pero hazme caso, debemos marcharnos. He llevado a tu amigo Pol al hospital. No voy a mentirte, Alexandra, está muy grave.

Asentí en silencio con amargura pues las palabras sobre Pol me alertaron de un modo que no me gustó en absoluto. A pesar de su destino incierto, su vida ya estaba en manos de los médicos, algo que Darach no podría recibir, pues ya había muerto.

—¿Qué haremos con él? —pregunté. Mis manos acariciaban delicadamente su cabello recogido. El peso de su cabeza sobre mis piernas interfería en la circulación de mi sangre, provocando un cosquilleo incómodo; se me estaban durmiendo. A pesar de eso, no me importó, si por mí fuera, hubiese preferido perderlas antes que separarme de su lado.

—Le llevaremos a su época, con su familia, para que puedan darle sepultura y llorarle como es debido. ¿Estás preparada?

—Nooo...—volví a llorar entre hipidos y sollozos interminables. Me aferré a él y besé su rostro con toda mi desesperación, hasta que la mano de papá descansó sobre mi hombro y me detuvo.

—Cuanto más te aferres a él, más te costará separarte —expresó solemne. Me alejó de su cuerpo y me miró a los ojos con firmeza, su mirada intensa estaba colmada de autoridad, transmitiendo un mensaje irrebatible. Me sorbí los mocos como una niña pequeña y volví a asentir con la cabeza incapaz de pronunciar una palabra más. Papá se colocó en una posición más cómoda al costado de Darach y apoyó sus manos sobre él para poder llevarnos a donde fuese. Estaba tan abrumada que no recordé si nos iba a llevar a mi siglo o al suyo directamente. Me dio igual, ya nada me parecía importante. Justo cuando estábamos a punto de desvanecernos, Darach despertó por arte de magia, inhalando con una fuerza profunda y sonora, como si sus pulmones hubieran estado sellados durante demasiado tiempo. Se incorporó sobre sí mismo quedándose sentado encima del charco de su propia sangre. Estaba confundido mirando a su alrededor como si no comprendiera lo que acababa de ocurrir.

Tardé varios segundos en reaccionar, mi estado de shock me lo impedía hasta que finalmente me lancé sobre él y el llanto se apoderó de mí de nuevo, solo que esta vez por una alegría infinita. Mis manos tocaron su rostro, su cuerpo, su cabello, sus piernas… todo, y en cada roce confirmaba la verdad que mis ojos no podían creer, ¡estaba vivo!

—Darach…mi amor…estás vivo… ¡Vivo!

—¿Acaso no lo estaba?

—No…—susurré en medio del llanto. Sonreí en un sollozo y volví a abrazarle y, esta vez, fue correspondido. El calor de su cuerpo me arropó de nuevo. No podía creérmelo…era maravilloso. Pasé de no albergar ilusión alguna por la vida a reencontrarme con los sueños y fantasías de una vida ideal. Sería feliz, los tres lo seríamos, y esa imagen de mi familia completa regresó a mí con un aplomo brutal.

—Vaya…eso sí que no me lo esperaba. Has regresado de entre los muertos, muchacho, y yo no he tenido nada que ver. No comprendo qué es lo que ha ocurrido, pero me alegro, desde luego.

En ese momento de confusión, tuve un instante de lucidez en la que vino a mi memoria unas palabras del diario de Ermin, tan nítidas como si las acabara de leer. Palabras a las que no presté demasiada atención en su momento.

"Nada le sucederá, mientras tú estés bien y nada te ocurrirá, mientras él esté a salvo"

Y todo encajó a la perfección como la última pieza de un puzle. El poder del hechizo de Ermin era incalculable y mi agradecimiento, infinito, pues ese había sido el resultado de nuestro vínculo.

—Ha sido por el hechizo de Ermin —confesé—. Mi sangre le ha salvado, papá, ¡le ha devuelto a la vida! No solo le deja viajar por el tiempo si no que…que…bueno, creo que el tiempo le protege como a mí, más o menos.

—Jamás hubiera imaginado que eso fuese posible. No debería ser así, pero lo hecho, hecho está. Me alegro por ti, muchacho. Por los dos.

Los tres nos miramos a los ojos y sonreímos con una alegría fugaz pues, aunque mi felicidad era desorbitante, sentí, de pronto, una punzada en el corazón, un picotazo que indicaba que algo iba mal. La preocupación me mudó el rostro. Intentaba hallar el motivo de tan extraña sensación y en ese momento, como si una voz silenciosa me lo hubiese revelado, la certeza de saber su origen se presentó ante mí como un hecho irrefutable. Pol. Los días siguientes a nuestro regreso fueron un tormento, una montaña rusa de emociones dispares. El regreso a la vida de Darach fue, no solo épico, sino inmensamente ensoñador. La ilusión, los sueños y la felicidad volvían a formar parte de mi vida y de mi espíritu. Sin embargo, ese espejismo se vio ensombrecido por la muerte de Pol. Papá lo llevó al hospital en estado crítico donde le operaron de urgencia. A pesar de la rapidez con que le trataron, no pudieron hacer nada por él, había perdido mucha sangre y la gravedad de sus lesiones fue determinante para su final fatídico. Una de sus heridas había perforado el hígado y la otra el pulmón derecho, produciéndole una hemorragia interna irreparable. Tal vez si le hubieran atendido al momento...pero Aarón sabía dónde ocasionar el mayor daño posible en poco tiempo. La pena me embargó profundamente y no solo por el hecho de perderle, sino porque no merecía morir de ese modo tan ruin, sin comprender nada de mi naturaleza. Además, me sentía culpable, quizá si le hubiese explicado quién era yo y cuáles eran mis orígenes, así como los de Aarón, tal vez hubiese evitado ese desenlace. Pol había sido mi mejor amigo en la vida y ni siquiera había podido despedirme de él. Su muerte generó una grieta en mi corazón que tardaría mucho tiempo en cerrarse.

Ahora, después de revivir en mi mente esa escena cruel y despiadada, un estremecimiento angustioso me recorrió el cuerpo hasta depositarse en mi estómago, arrebatándome la poca hambre que tenía. La voz de Darach me devolvió al presente, a ese sofá tranquilo y apacible como si nada hubiera ocurrido. Sus palabras me despabilaron devolviéndome a la realidad...y a su compañía. Me di cuenta en ese momento, de que aquel terrible episodio parecía ahora fruto de mi imaginación o de una pesadilla, pero no lo era.

—¿Estás bien? te has quedado pensativa… —preguntó. Pestañeé varias veces seguidas para evadirme de esos recuerdos tan dolorosos que comenzaban a influir en mi estado de ánimo. Agradecí que no se fijara en mis ojos, empañados y a punto de desbordarse en lágrimas.

—Sí, perdona. Solo divagaba…—contesté mientras me frotaba los ojos con disimulo y forzaba un bostezo falso y poco creíble.

—Vayámonos a dormir, mañana nos espera un día largo.

—Es cierto, por un momento lo había olvidado.

—¿Lo dices en serio? mmm… ¿he de preocuparme, *milady*? Tal vez haya cambiado de opinión respecto a lo que nos concierne —dijo con una falsa seriedad. sonreí dulcemente.

—No, nada de eso. Tengo muy claro lo que quiero y nada ni nadie va a impedirlo. Es solo que me hubiera gustado que él estuviera allí.

—A decir verdad, el resto de tus amigos tampoco serán testigos, así que no te angusties por ello.

—Lo sé, pero de haberse salvado y después de lo que experimentó, se lo hubiera explicado todo y, tal vez, hubiese querido acompañarme en ese día.

—Eso no lo sabes. Quizás no hubiese querido ver cómo te casabas con otro hombre, recuerda que estaba enamorado de ti. No hubiera sido de su agrado.

—Habría venido, Estoy segura. Al menos, mamá sí vendrá y eso me reconforta.

—Me alegro mucho por ti, por las dos. Vayámonos a dormir. Mañana es un día muy importante para nosotros.

Otro escalofrío recorrió mi cuerpo solo que esta vez provocado por pensar en el significado de mañana. Un día con el que siempre había soñado. Era la cuenta atrás para que mi vida comenzase de nuevo. Después de que regresáramos a por mi madre en el siglo XVII, tuve que explicarle todo con pelos y señales; no solo la evidencia de lo que había presenciado, sino mi verdadero origen. No me di cuenta, hasta que comencé a hablar, de la necesidad que tenía de explicárselo todo y del desahogo que me causó liberarme de ese secreto. La hallamos del mismo modo en el que la había dejado apenas unos segundos antes, desmayada sobre la cama. Cuando abrió los ojos y me vio ante ella, sonrió como si hubiese tenido un sueño extraño, hasta que observó su alrededor, confusa ante el decorado y deteniendo su mirada en la figura de mi padre. Fue en ese instante y al contemplar mi ropa manchada de sangre, que se dio cuenta de que su supuesto sueño había sido real. No pude articular palabra, mis emociones estaban a flor de piel y me derrumbé ante ella llorando desesperada mientras, en balbuceos, le contaba lo sucedido con Pol. Las dos lloramos sin desconsuelo hasta que papá nos advirtió que no era el lugar adecuado para ello. Nos trasladó a su casa, donde más pausadamente pude explicarle mi vida desde el día en que el tiempo se detuvo para mí en aquel semáforo.

Ahora, no solo sabía mis auténticas raíces, sino que compartía conmigo la ilusión por mi próximo estado de casada y mi futura maternidad. Iba a ser abuela y aunque mi vida parecía haber salido de una novela fantasiosa, era completamente real y ella formaba parte de eso. Ese "mañana" significaba ir a buscarla para que viajara con nosotros al siglo XVII donde, en un par de semanas, tendría lugar el acontecimiento del año, nuestra boda. Papá había dado la noticia en el castillo. El personal había comenzado a prepararlo todo para nuestra llegada. Era obvio que Darach quisiera celebrarla con su familia y en su siglo. En cierto modo, era emocionante vivir de primera mano un enlace de época, tan romántico, idílico y diferente a lo que hoy en día estábamos acostumbrados. Echaría de menos a mis amigos, sobre todo a uno, pero al menos tendría a mi madre y eso me llenaba de felicidad. Esa noche, mi mente agitada evitó que visitara a Morfeo, la vigilia se me hizo lenta y tediosa donde fui capaz de degustar cada minuto, cada segundo amargo en la que imágenes oscuras y sangrientas me sumergieron en un mar lleno de recuerdos lacerantes. El dolor de cabeza, a la mañana siguiente, era muy agudo y molesto. Unos reiterados golpes repiqueteaban sobre mi ceja castigándome vilmente por no haber descansado en condiciones.

—Vaya ojeras tienes, ¿has dormido mal? —Darach me colocó suavemente su mano bajo el mentón para elevarme el rostro recién lavado y poder contemplarlo bajo la luz fluorescente del baño. Con su dedo pulgar acarició delicadamente el valle de mis lágrimas para después descender por mi mejilla lentamente.

—Dormir, lo que se dice dormir…

—¿Estás inquieta?

—Si.

Por supuesto que estaba inquieta, turbada más bien. Mi malestar no era producido por la inminente boda sino por mis oscuros recuerdos. No quise sacar el tema de nuevo y preocuparle más de lo que ya estaba, así que seguí con el cuento de sentirme ansiosa por la boda. En circunstancias normales, estaría nerviosa, histérica, excitada, etc. Todos los adjetivos posibles serían pocos para describir esa circunstancia si solo se tratase de casarme con él, pero lo cierto era que, después de lo que había vivido, hubiera retrasado la celebración todo lo posible, un año tal vez. Si no fuese por el bebé que crecía en mi interior, esa boda no tendría lugar, al menos no tan pronto. Todo se me hacía cuesta arriba y pensar en Pol, en su sufrimiento, hacía que mi garganta se encogiera empañando mi dicha y transformándola en una desazón incontrolada. Siempre lo imaginé acompañándome al altar, como si fuese mi hermano, para entregarme a la persona con la que compartiría el resto de mi vida. Sin embargo, eso jamás sucedería y esa tristeza oscurecía mi corazón.

La boda debía celebrarse lo antes posible. Mi tripita, en breve, comenzaría a ser sospechosa y debíamos aprovechar la circunstancia ya que aún podía disimularla pues en el siglo XVII, los vestidos eran buenos para eso. Casarnos en esa época no era discutible y con una tripa más voluminosa o con un bebé en brazos sería imposible y estaría mal visto, sobre todo para mí. Obviamente podríamos mentir explicándoles a todos, una vez hubiera nacido nuestro hijo, que nos casamos en mis tierras y que ese bebé había nacido de nuestro amor conyugal, pero Darach era demasiado noble y quería mucho a su familia como para convertirlos en unos cualquiera a los que explicarles una simple calumnia, por no hablar de que su ilusión era compartir con ellos el día más feliz de su vida.

—Si te soy sincero, yo también —su mirada entusiasmada y risueña me llegó al alma y era esa imagen la que me animaba a llevar a cabo ese día tan especial. No era mi felicidad la que quería alcanzar, sino la suya.

—Lo sé, supongo que es normal en unos novios que están a punto de casarse.

—Será un enlace maravilloso, algo diferente a lo que estáis acostumbrados en esta época.

—Diferente… ¿en qué sentido?

—Soy inglés y aunque nuestro enlace se realizará en tierras escocesas supongo que no distará mucho de las bodas inglesas, aunque he de añadir que los escoceses son más supersticiosos. No tengo muy claro cuáles son sus tradiciones o qué rituales nos harán hacer en este caso, pero…

—¡¿Rituales?! ¿No bailaremos desnudos alrededor de una hoguera bajo la luz de la luna llena, ¿verdad? —Darach rio sonoramente.

—No, al menos no desnudos…

—Dios mío… estoy a punto de meterme en la boca del lobo.

—Te gustará y será inolvidable.

Después de esa conversación supuestamente tranquilizadora, me entraron los nervios de verdad. Por unos momentos olvidé mi tristeza. El dolor de cabeza y la excitación por el enlace ocuparon mi mente por completo. Estábamos a principios de octubre y hacía un tiempo espectacular en Barcelona. Me hubiera encantado preparar una maleta con mi ropa actual, pero ni siquiera podía llevar mis cremas ni mis enseres personales. Sin embargo, papá me había regalado una pequeña arqueta antigua donde llevaba cuatro vestidos de época y algún detalle más personal simulando mi propio equipaje de época. A mamá le tomamos medidas y papá le encargó unos vestidos que traería de ese tiempo. La idea principal era que se fabricasen en ese siglo, pues los del nuestro no tendrían la misma calidad, ni el mismo tipo de confección y debían ser auténticos.

Ignoraba el tiempo que estaríamos en Escocia, y antes de marchar, debía de hacer algo muy importante para mi subsistencia; darme un buen baño con agua tibia y sales minerales. Llené la bañera hasta los topes y me sumergí en su interior relajando mis extremidades hasta la extenuación. El olor a limón de las sales de baño impregnó rápidamente la estancia y su aroma se extendió hacia el exterior del aseo. Al terminar, envuelta en el albornoz y con el pelo recogido en un turbante de toalla, me realicé un cuidadoso *lifting* facial y, acto seguido, probé la última mascarilla de arcilla volcánica que me había comprado. Con la cara embadurnada de un mejunje negro preparé el delicado vestido que iba a ponerme. Estaba hecho en fina muselina de color amarillo plátano, con un bonito cinturón de la misma tela en tono beige ribeteado con un bordado amarillo miel. Era precioso. Íbamos a trasladarnos a una época veraniega. Papá había insistido en que era el mejor momento para celebrar la boda ya que en Escocia llovía mucho y así aseguraríamos el clima. Esa libertad de movernos por el tiempo a nuestro libre albedrío era increíblemente mágica.

—¿Quién sois y qué habéis hecho con mi prometida? —inquirió Darach.

Mi sobresalto hizo que soltara un chillido agudo y ensordecedor, devolviéndome unos martillazos olvidados en la sien. Bajo el dintel de la puerta, sus ojos se le salían de las órbitas, presos de una extrañeza tan absoluta que resultaba cómica. Maldije en voz alta ante la sorpresa y reí divertida por su expresión exagerada. Tenía razón, incluso para muchas personas de hoy en día, en especial los hombres, era insólito ver a alguien de semejante guisa, así que, para él, un hombre del siglo XVII y nada habituado a los tratamientos de belleza femeninos, mucho menos a los actuales, debía ser algo totalmente terrorífico.

—No te asustes, sigo aquí —aseguré.

—¡¿Qué diantres es eso?! —se acercó a mí con pasmosa curiosidad arrugando su nariz mientras me olfateaba el rostro como si fuese un perro.

—Es una mascarilla de arcilla volcánica, sirve para hidratar la piel y reafirmarla, además de otras cosas…

—Masca… ¿qué?

—Mascarilla… he de tenerla unos minutos en la cara. Cuando me la quite tendré la piel más suave y tersa. No me mires así, es un tratamiento de belleza.

—¿De belleza, dices? Pues parece que te hayas restregado heces de puerco por toda la cara, si no fuese por su olor a jabón diría que lo es —manifestó cruzándose de brazos. Puse los ojos en blanco.

—La simpleza de tus palabras demuestra lo poco que conoces del mundo femenino, en especial, del actual.

—Ni del actual, ni del de antaño, lo reconozco. Jamás tales temas fueron objeto de mi preocupación. Quisiera añadir, que a una dama como vos no os hace falta tal potingue, vuestra belleza eclipsa a la mismísima Afrodita —se acercó hacia mí lentamente como una pantera y con un movimiento delicado desató el cinturón de mi albornoz para después abrirlo hacia los costados y observar mi cuerpo desnudo frente a él.

—Incluso con la cara tintada en sombra te poseería aquí mismo. Tu embrujo me nubla la razón.

A pesar del deseo repentino por volver a hacerlo con él y del anhelo que eso causaba en mi lujuriosa alma, no teníamos tiempo. Aún debíamos buscar a mi madre y prepararla para el viaje. La tarde anterior, después de haberlo hecho sobre el sofá, sobre la mesa del salón y en la ducha, me juré no volver a rozar su piel hasta la noche de bodas. Esperaba esa noche con ilusión como si fuese única. Debía ser la más especial de todas hasta la fecha y eso comenzaba por hacer un pequeño voto de castidad. Por otra parte, el corsé sin estrenar seguía guardado en la bolsa, sin embargo, con todo lo sucedido y en especial lo de Pol, esa noche se fue al garete y la noticia se la di como si tal cosa, sin ilusión, como si hubiese comprado la mahonesa que hacía falta para la comida del día. Para él fue mágico, aún recordaba su postura petrificada al escuchar las palabras "vamos a ser padres". Desde ese día se había convertido en mi sombra, aún más si cabe. Me cuidaba y me mimaba como jamás lo hubiera imaginado.

El día que fuimos al obstetra y escuchamos su corazón por primera vez, la emoción fue indescriptible. Darach Intentaba aparentar la entereza y la hombría que le caracterizaban, pero el temblor del pulso de su mano al colocarla sobre mi vientre y su mirada concentrada en mi vientre intentando ver a través de mi piel, manifestaba lo increíblemente vulnerable que se sentía ante semejante demostración de vida. Desde aquel momento comenzó a hablarle todos los días, se acercaba a mi tripa y mantenía conversaciones con su futuro hijo como si él le comprendiera desde su burbuja, dentro de mi cuerpo.

—Darach, no tenemos tiempo…y tú sigues en pijama —me aparté de él, muy a mi pesar, y volví a cubrirme con el albornoz. Resopló con hastío.

—Sabes, por descontado, que incluso duchándome primero me preparo antes que tú, así que no es excusa.

—Ya, pero estos ropajes son más complicados que los modernos, y lo sabes. Además, prefiero que nos reservemos para la noche de bodas.

—Estoy más acostumbrado a esos ropajes, como tú los llamas, que a los pantalones estrechos y con botones en la entrepierna ¿Qué mente maquiavélica inventó botones en esa zona?

—También los hay con cremallera… en serio, Darach, quiero que nos reservemos. Es importante.

—Comprendo lo que pides y tienes razón. En mis tiempos te hubiese respetado hasta ese día, aunque el deseo por ti me hubiese consumido por dentro. Este siglo me perturba, el libertinaje del que soy esclavo hace que no me reconozca y rezo a Dios todos los días por su perdón. Si he de ser sincero, mi consciencia está tranquila y no me arrepiento de mis actos. Creo que eso me hace más pecador, si cabe.

—¿Rezas? Jamás te he visto hacerlo.

—No delante de ti, es algo entre él y yo.

—No hay pecado en el amor, Darach, Dios no puede castigar eso. Mis motivos, en este caso, no son religiosos como los tuyos, es algo más particular y caprichoso por mi parte, como… un proyecto.

—¿Proyecto? No lo comprendo.

—Lo harás…ya lo verás.

Asintió lentamente. Se acercó a mí de nuevo y volvió a abrirme el albornoz delicadamente. Paseó su mirada desde mi oscuro rostro hasta mi bajo vientre donde se detuvo a contemplar la tímida e incipiente redondez. Se arrodilló y colocó sus dos grandes y calientes manos sobre mi tripita estremeciendo mi piel bajo su tentador contacto.

—Tu madre quiere que seamos castos hasta la fecha prevista. Juro que así será, pero también juro, ante ti pequeño, que cuando ese día llegue no la dejaré escapar de mi cama en días, espero que lo comprendas y perdones mis envites —depositó un suave beso bajo mi ombligo y ese acto tierno y a la vez, sumamente erótico, originó una descarga eléctrica que recorrió mi cuerpo entero hasta llegar al rincón más recóndito entre mis piernas. El recuerdo de sus labios perdiéndose entre mis pliegues íntimos me llevó a un deseo primitivo del que era adicta. Inspiré profundamente ante su juramento. Era una amenaza en todas sus formas y el anhelo por sentirlo de nuevo dentro de mí creció abruptamente provocando un arrepentimiento instantáneo de mis propias palabras. A pesar de mi apetito repentino, me quedé quieta observándole desde mi postura erguida anhelando que sus ardientes manos se deslizaran por mi piel y recorrieran caprichosas cada centímetro de mi cuerpo; deseé que se perdieran pervertidas en la zona más erótica y caliente de mi feminidad, como tantas veces hacían. Al contrario de mis pensamientos y actuando conforme a su juramento, y mi petición, se levantó y volvió a taparme con el albornoz para después rehacer el nudo del cinturón. Cuando me miró, sus ojos mostraron una tristeza como hacía tiempo que no veía.

—Termina de vestirte, estaré listo en breves minutos.

Y con esa vacua frase se alejó de mí y salió de la habitación dejando un vacío en mi persona tan desazonado como no creí que sentiría. En cierto modo me lo tenía merecido, era mi castigo por tan absurda proposición. En el fondo, y eso era lo peor, había creído que le costaría más mantener la honradez y respetar mis palabras, sobre todo al verme desnuda. En realidad, me hubiera encantado que mandara todo al cuerno y me poseyera como siempre. Para mi desconcierto, y aunque sus palabras estaban rebosantes de lujuria, su rostro impasible se me clavó como una daga en el corazón. El dolor de cabeza volvió traicionero y cruel provocándome un estado de mal humor que desahogaría sobre él aun sabiendo que no se lo merecía.

Aparecimos súbitamente ante mamá, que se encontraba sentada en el sofá de su casa mordiéndose las uñas hasta casi llegar a los codos. Nos esperaba vestida simplemente con una bata de estar por casa, con el pelo suelto y húmedo sobre los hombros. Al igual que yo, se había dado un baño para relajarse, aunque no le había surgido efecto porque la tensión que había en el ambiente era electrizante. Reaccionó dando un brinco silencioso en respuesta a nuestra desacertada entrada.

—Cariño, jamás me acostumbraré a esto… ¡Qué susto me has dado! —replicó con una mano en su pecho.

—Lo siento, mamá. Perdona —respondí mientras Darach y yo depositamos la arqueta en el suelo donde llevaba mi equipaje.

—Oh, ¡estás preciosa! Ese vestido es un primor. Se ve tan delicado… ¿estás segura de que para ese lugar has de llevar algo tan fino? ¿No sería más acertado un tejido más fuerte, más robusto?

—No se preocupe, Elena. Las damas como ella visten finos vestidos con encaje; si se estropeara, le compraría otro —papá hizo acto de presencia ante nosotros en ese mismo instante recalcando su elevada posición social como dueño y señor del castillo. Puse los ojos en blanco y volví a mirarla de nuevo.

—Mamá, no te preocupes, ya verás que los terrenos no son tan malos. Además, tú también llevarás uno de estos, si no me equivoco papá te ha traído tus vestidos, ¿no es así?

Dejó ante nosotros otra arqueta parecida a la mía, pero esta se veía realmente antigua, con agujeros claros de carcoma. Cuando la abrió lentamente las bisagras rechinaron por la falta de lubricación y tanto mamá como yo nos miramos sorprendidas.

—¿Por qué le has traído una arqueta tan antigua? es fea y vieja.

—Fue nueva en su día, la tuya rechinará igual dentro de treinta años.

Mamá ignoró el estado del pequeño baúl y miró tímidamente en su interior. Sus manos indecisas agarraron el primer vestido que había perfectamente doblado, lo sujetó y lo levantó extendiéndolo ante ella, admirándolo con deleite deteniendo su mirada en cada pequeño detalle.

—Álex, prepara a tu madre, mientras tanto Darach y yo haremos un primer viaje para transportar el equipaje. Volveremos a por vosotras en una hora.

Mamá disponía de cuatro bonitos vestidos que habían sido cuidadosamente confeccionados. El que eligió para ese día estaba compuesto por fina seda en tonos tostados. Yo ya estaba habituada, si es que tal cosa era posible, a las sucesivas capas de tela que debíamos vestir; en especial, el corsé. Cuando mamá fue examinando las piezas, una tras otra, alzó la vista hacia mí con un gesto cargado de desaprobación y sin ninguna tolerancia.

—Lo sé, no digas nada. Te acostumbrarás, ya lo verás. Además, solo serán unos días.

—¿Y las bragas?

—Eh…no hay. Bajo el vestido, lo primero que has de ponerte es esto —dije mientras le mostraba una camisa de lino larga hasta las rodillas—. Esto serán tus bragas.

—¡¿Cómo dices?! ¿Me estás diciendo que iré con mis vergüenzas al aire, sin nada que las tape?

—¿Te parece poco los metros de tela que llevarás encima? No te preocupes, mamá, ya verás como no es para tanto.

—No me lo puedo creer…en fin, supongo que es lo que hay —suspiró —. Veamos, primero he de ponerme esa especie de camisón, después la falda esa tan fea…

—Es una enagua, tu ropa interior. En invierno se usan de lana y es común ponerse incluso dos. Estas, al menos, son de lino; más frescas y no pesan tanto.

—Bueno, pues eso. Después he de colocarme esa especie de corsé pequeño, y finalmente el vestido que va atado a la espalda… ¿y dices que vamos a ir en verano? Hubiera preferido el invierno ¡Santo cielo, nos vamos a asar!

—En invierno llevan más capas, además llueve mucho, recuerda que es Escocia. De todos modos, no hace el calor de aquí.

—Estoy nerviosa. No sabré cómo expresarme ni cómo hablarles…

—Lo sé, a mí me pasó igual, pero son gentes sencillas y maravillosas, ya lo verás. Anda, siéntate para que pueda peinarte, cuando termine con el pelo podremos vestirte. No tardarán en llegar.

Regresaron en menos de cincuenta minutos. Por suerte, el peinado fue lo que menos me entretuvo y pude recogérselo relativamente bien en un moño sencillo y sin florituras. La ropa fue otro tema, y no porque colocarla fuese complicado sino porque la que lo hacía difícil era ella pues se quejaba por todo. Cuando estuvo preparada, salimos de la habitación. Darach y papá se encontraban sentados en el sofá del salón y al verla, sonrieron. Después del visto bueno nos colocamos en círculo dándonos las manos, había llegado el momento de marchar.

—¿Estáis listos?

—¡Un…un momento! —mamá soltó mi mano y corrió disparada hacia la habitación. La seguí.

—Mamá, ¿qué haces?

—¿Acaso crees que voy a asistir a la boda de mi hija y no voy a tener ni una sola foto? el móvil se viene conmigo, llevo media mañana cargándolo para tener batería a tope.

—Mamá…

—No. Me da igual lo que digáis, te prometo que tendré mucho cuidado y nadie lo verá, pero esto se viene conmigo o yo no voy.

Resoplé. Cuando se ponía en actitud dominante era imposible convencerla. Al regresar al salón observé la incertidumbre en los ojos que nos esperaban, sin embargo, la alegría que reflejaban los de mi madre me hizo reír y recordarme que, en ocasiones, era como una niña pequeña con zapatos nuevos. El traslado fue como la primera vez que papá me llevó a ese siglo, suave y sin consecuencias. El solitario carruaje nos esperaba en medio del camino del bosque cercano al castillo de Glenmore, cargado con nuestro equipaje y atado en la parte trasera de la cabina. Papá era un experto en planificar los traslados y hacer que todos creyeran que llevábamos viajando mucho tiempo, cuando en realidad era todo lo contrario. Mamá sonrió al ver el impetuoso carruaje dirigido por dos caballos y que nos esperaba para llevarnos al castillo. Me miró incrédula y sonreí llena de felicidad. Verla ante mí en ese siglo me parecía maravilloso.

—¿Viajaremos ahí dentro? —su voz emocionada y sus ojos impacientes nos hicieron reír a todos. Papá se puso al lado de la pequeña puerta del vehículo y la abrió haciéndole un gesto con la mano e incitándola a entrar.

—Suba, Elena. El carruaje la espera —sonrió divertido mirándola a los ojos. Mamá le correspondió con la sonrisa y en ese instante en el que se miraron fijamente algo surgió entre ellos, o eso me pareció, pues la atmósfera cambió por unos segundos convirtiéndose en algo denso y empalagoso. Sin dudarlo, se acercó a su lado y levantándose las faldas con una mano se sujetó a él con la otra para subir los peldaños. Se adentró en el carro exclamando un "waaauuuu" exagerado que volvió a hacernos reír. Seguidamente, papá subió al asiento del conductor esperando a que Darach y yo montáramos. Darach me miró con una sonrisa y, copiando el gesto caballeroso de papá, se situó junto a la portezuela y me tendió la mano.

—*Milady*, su turno... —su mirada felina me estremeció, aunque mi orgullo hizo que no correspondiera a sus encantos.

—No necesito ayuda, gracias —mi voz seca le dejó atónito.

Subí los escalones ignorando su mano y su mirada. Mi mal humor había llegado a un extremo desconocido. Sabía que no se lo merecía, pero no podía evitarlo. Me dejé caer sobre la tapicería acolchada con malos modales llamando la atención de mi madre que, muy inteligente por su parte, no se atrevió a preguntar. Por el rabillo del ojo y disimuladamente, observé a Darach a través de la ventanilla mientras nos cerraba la portezuela y recogía los escalones hasta que desapareció para montar junto a mi padre. Tenía el gesto contrariado y el ceño fruncido muy marcado. La luz anaranjada del crepúsculo doraba el contorno de los árboles confiriéndoles un esplendor irreal y hechicero donde las sombras se alargaban gigantescas, queriendo alcanzar el otro extremo del valle. Ese paisaje apaciguó mi mal humor, aunque no por mucho tiempo. Al llegar al castillo, se produjo prácticamente la misma escena, pero a la inversa. Papá nos abrió la portezuela y ayudó a bajar a mamá acompañándola hasta la entrada principal donde Edward y Elsie nos esperaban. Darach hizo lo mismo que él, pero esta vez sin mirarme a los ojos. Se mantenía erguido y rígido, como un lacayo, midiendo cada gesto con exactitud. Su mirada se hallaba perdida en el horizonte y tenía una mano a la espalda y la otra en el aire con la palma hacia arriba, ofreciéndomela.

—*Milady*… —dijo con indiferencia. Su frialdad me molestó más aún y con todo el descaro del que fui capaz, elevé el mentón ignorándole de nuevo para bajar los peldaños sin su ayuda.

Cian apareció de pronto y se quedó apoyado con los brazos cruzados bajo el dintel de la puerta de entada mientras nos observaba. El viaje apenas duró media hora, pero ellos actuaban como si hubiéramos cruzado medio continente, exactamente lo que habríamos hecho en aquellos tiempos.

—Milord, les esperábamos desde hace días.

—Lo sé, Elsie. Tuvimos un ligero contratiempo —mintió —. Os presento a la señorita Blanch, hermana de mi difunta esposa y tía de Alexandra. En realidad, es como su madre, pues ha cuidado de ella desde que la suya falleció. Espero la traten como se merece.

—Por supuesto, milord, qué duda cabe…—Elsie hizo una pequeña reverencia y se giró para dirigirse a mi madre—. Señorita Blanch, si me acompaña le haré una visita guiada por el castillo y le enseñaré sus aposentos. Cian, Edward, llevad el equipaje de los señores a sus alcobas.

Cian se acercó al carruaje y al pasar por mi lado, susurró:

—Ya me contará qué tiene ése que no tenga yo… —sonreí tontamente. No supe si esas palabras eran una broma o, por el contrario, escondían un significado más profundo. Darach saludó a los criados y se adentró en el castillo sin mirar atrás, desapareciendo de mi vista.

El inminente enlace tenía alterado a todo el personal. Desde que papá adquirió el castillo años atrás, nada se había celebrado en él, excepto la Navidad. En realidad, permanecía casi siempre vacío, salvo por el personal de servicio, que eran los verdaderos habitantes del lugar y quienes mantenían todo en perfecto orden por si el señor decidía regresar sin avisar. Una boda significaba un trabajo extra para todo el mundo pues no estaban acostumbrados a tanto trajín. Llevaban más de un mes limpiando alfombras, descolgando tapices para sacudirlos y dejarlos al sol durante horas con el fin de desodorizarlos. Elsie se había asegurado de que todo reluciera. La cubertería de plata, las vajillas y las cristalerías que rara vez se usaban, habían sido cuidadosamente limpiadas. Las cortinas de las habitaciones se habían aireado, cada lámpara de araña resplandecía, y los candelabros brillaban como recién pulidos. Las hijas de Mary se habían ocupado de secar flores y, durante los últimos días, habían confeccionado coronas para las damas invitadas. La mía, la de la novia, debía permanecer oculta hasta el día de la boda, y escuchar sus risitas emocionadas por el secreto de los colores me resultó de lo más adorable.

Elsie y yo guiamos a mamá por todo el castillo, mientras Edward y Cian se encargaban de repartir el equipaje entre nuestras estancias. Por orden de papá, la habitación verde fue preparada para Darach, una de las más grandes y distinguidas; se encontraba en el otro extremo del pasillo, muy alejada de mi habitación, cosa que agradecí. Tenerlo cerca y no poder estar con él hubiera sido una tortura. En realidad, ya lo era, pero lo había decidido así por mucho que me pesara. Después de la ruta turística del interior del castillo, bajamos a cenar. La gran mesa del salón había sido preparada para que también se sentaran la madre y las hermanas de Darach como invitadas excepcionales. Papá había sido muy amable con ellas y, pese a su inicial reticencia, acabaron por aceptar. Comprendía su postura pues no estaban habituadas a que se las tratara como damas, y ellas mismas afirmaban no serlo. Ser servidas por sus compañeros les resultaba sumamente embarazoso. Sin embargo, la ocasión lo exigía, y era lo mejor que podían hacer por Darach.

La servidumbre, por su parte, se comportaba de un modo extraño con él. De pronto, aquel joven había dejado de ser un simple criado para convertirse en el futuro señor del castillo. Lo que para algunos era motivo de alegría, para otros resultaba un auténtico despropósito. Jamás habían presenciado que una dama de "alcurnia" se uniera en matrimonio con un vasallo. Normalmente, el matrimonio era un pacto entre familias adineradas para mantener el patrimonio, o agrandarlo, y asegurar a su descendencia un estatus igual o mayor, cosa que en este caso no sucedería. El hecho de mezclar dos clases sociales tan distintas no era correcto, aunque se amasen profundamente. Por suerte, lo que realmente importaba para nosotros era la opinión y el "permiso" del Vizconde de Penthworkshire, dueño y señor de Glenmore Castle. Lord Banner Cawley: mi padre.

La cena fue tensa. Los únicos que estuvieron relajados fueron mis padres con su charla banal sobre los paisajes escoceses y el propio castillo. Tanto Darach como yo, sentados uno frente al otro, nos evitamos deliberadamente. Percibí, de vez en cuando, su mirada intensa intentando averiguar el estado tan extraño de mi comportamiento, pero no me apetecía entrar en un dialecto de miradas indiscretas que para nada podrían explicar mi conducta, pues ni siquiera yo la entendía. A pesar de querer ignorarlo, mi cuerpo le reclamaba con ansia anhelando el momento en el que volviéramos a amarnos. Anhelaba su cercanía, su contacto… y, sin embargo, mi mente volvía a recordar una y otra vez el pacto que nos obligaba a estar separados casi dos semanas. Esa realidad me enfurecía, sobre todo al ver lo fácil que le había resultado a él aceptarlo. Era en ese momento, cuando el corazón me dolía y mi enfado volvía de nuevo fortaleciendo mi decisión de ser cruel e intransigente. Era consciente de que me comportaba como una niña egoísta y malcriada, y aun así, no podía evitarlo.

—¿Qué ocurre, cariño? Te he notado muy ausente en la cena, ¿ha ocurrido algo entre tú y Darach? —preguntó a la vez que se agarraba a mi brazo y me dirigía hacia el exterior del salón.

—No es nada, mamá, son cosas mías. Todo está bien, no te preocupes.

—Lo cierto es que no tengo sueño, para mí es como si fuesen las cuatro de la tarde.

—Lo sé, a mí me ocurre lo mismo. Vamos, te acompañaré a tu alcoba —pronuncié la última palabra con más énfasis pues también era preciosa. Al poco de estar juntas comencé a bostezar deliberadamente. La noche anterior apenas había dormido, y en esos momentos comenzaba a sentir la pesadez de los párpados. Me acurruqué junto a ella y me quedé dormida como tantas veces había hecho cuando era pequeña. A la mañana siguiente me despertaron unas palabras mal sonantes acompañadas de quejidos y resoplidos malhumorados. Había dormido como un bebé y ni siquiera recordaba haberme quitado el vestido.

—¡Me cago en la leche! Vaya mierda de corsé. Esto no hay quien se lo ponga… ¡mmfft!

Mi risa espontánea interrumpió el bostezo que se asomaba. Me estiré como un gato, y en ese gesto la zona lumbar me dio un tirón, probablemente culpa del colchón y de mi mala postura al dormir.

—Ay, hija. Menos mal que te has despertado, parecías inconsciente.

—Qué exagerada eres…

—Venga, espabila y ayúdame a vestirme. Llevo rato despierta y tengo mucha hambre ¡Esta ropa es odiosa! No consigo enganchar esto…

—Ya voy…

Me levanté despacio, aturdida y somnolienta y me acerqué a ella para colocarle el cuerpo.

—Mamá, lo estás poniendo al revés, no me extraña que no puedas atarlo. Mira, eso va hacia fuera y de este modo, ¿ves? Prueba ahora.

—Oh…así es más fácil. Gracias. Si hasta me he roto una uña intentando forzar este botón. Son ropas demoníacas, te lo aseguro.

Cuando estuvo lista, se marchó a desayunar. Si no la conociera, diría que estaba inquieta por el cambio, no solo de ropa si no de siglo, pero mi instinto me decía otra cosa, que estaba deseosa de reencontrarse con alguien muy atento con ella, papá, y eso me hizo sonreír. Bostecé de nuevo y caminé descalza por la piedra hacia el ventanal de la estancia. Los cortinajes de brocado gris eran tan pesados como los míos, si no más, y permanecían entreabiertos, dejando filtrarse apenas un hilo de luz hacia el interior. Los corrí con riguroso esfuerzo y me quedé pasmada viendo el exterior. La bruma bañaba la campiña a nuestro alrededor, abrazando fríamente las paredes de piedra rojiza del castillo, otorgándole una imagen fantasmagórica y espeluznante. La fortaleza tenebrosa que se apreciaba desde esa ventana me incitaba a ocultarme de nuevo entre las sábanas hasta que el sol decidiera hacer acto de presencia. Un escalofrío recorrió mi cuerpo y cuando decidí volver a la cama, un movimiento en el exterior llamó mi atención. Darach montado a caballo y dispuesto a salir de las tierras frenó abruptamente su inicial trote ante la presencia de mi padre, quien tenía una mano en alto deteniendo su marcha. Después de un intercambio escueto de palabras Darach atizó al caballo y salió al galope como alma que lleva el diablo desapareciendo entre la niebla.

Decidí regresar a mi alcoba y prepararme para bajar a desayunar. Debía de hablar con Darach. El día anterior había sido muy extraño y no había tenido ocasión de explicarle nada. En lo que al trato se refiere, debía disculparme, había pagado con él mi dolor de cabeza, mi cansancio y mi resentimiento por sentirme rechazada. Un rechazo inexistente e imaginario. Aún faltaban casi dos semanas completas para la celebración y en ese tiempo irían apareciendo invitados que se quedarían a dormir en las dependencias del castillo, entre los cuales se encontraban miembros de los clanes vecinos Mackintosh, Graham y Campbell, todos muy amigos de papá. Iba a ser una boda bastante numerosa, llena de extraños y desconocidos. Hubiera preferido algo íntimo y sencillo, pero la hija de un vizconde no podía casarse con una docena de invitados y que la mitad fuesen de la servidumbre. Me pasé la mañana sola y aburrida viendo el ajetreo del castillo sin poder ayudar en nada. Papá, decidió raptar a mamá para mostrarle las tierras y los alrededores; desaparecieron dejándome sin compañía, al igual que Darach. La tarde se predecía del mismo modo. Darach no regresó para comer y cuando pregunté a su madre sobre su paradero, no supo contestarme. Que se marchase durante horas sin explicación era muy extraño, aunque bien era cierto que no habíamos tenido ocasión de hablar desde que habíamos llegado.

Tras pasar un rato con mi madre escuchando el relato de todo lo que había visto junto a mi padre, la dejé reposar. Decía que tenía los pies molidos de tanto caminar, y era fácil entenderlo, aquel calzado refinado no estaba hecho para el terreno del campo. Paseé por los jardines perfectamente cuidados y llenos de flores pendiente del horizonte mientras esperaba con impaciencia el regreso de Darach. Había contado un total de trescientas cincuenta y dos rosas y ciento veinticuatro capullos por despuntar, por no hablar del resto de flores como margaritas, hortensias y peonias que no quise contar. El aburrimiento me consumía, y sin darme cuenta mis pies me llevaron a la biblioteca, en busca de algún libro que lograra captar realmente mi interés. Tras un tiempo que me pareció interminable, finalmente desistí, pues esas paredes evocaron aquellos juegos indiscretos con miradas significativas que ahora me parecían tan lejanas. Sonreía inconsciente ante aquellos recuerdos y al ser consciente de mi realidad actual, mi sonrisa se esfumó. Salí malhumorada resoplando. El nivel de estrés que había acumulado a lo largo del día me estaba pasando factura. En circunstancias normales hubiera ido a correr, pero no era el momento ni el lugar. Darach, la boda, Pol, mis padres, la época...todo era un completo alboroto en mi cabeza y necesitaba evadirme de algún modo. Pensé que tal vez una tila me sentase bien así que me dirigí a la cocina buscando a alguien que me la pudiera preparar pues hasta eso tenía prohibido.

La cocina estaba vacía. Estupendo. No advertí la presencia de Cian hasta al cabo de unos segundos; se encontraba apoyado en el marco de la puerta abierta que daba al exterior. Estaba de brazos cruzados observando el ajetreo que había en el patio principal y no oyó mis pasos al acercarme. Por primera vez en ese día, sentía un atisbo de alegría ya que al menos, podría conversar un rato con alguien interesante.

—¡Hola, Cian! —dije en tono animado. Mi voz cercana y aguda le asustó. Reí.

—Señorita Blanch...si vuelve a hacer eso, juro por Dios que no sobreviviré para contarlo.

—Qué exagerado eres... ¿Qué miras?

—A los Graham, acaban de llegar. Su padre ha ido a recibirles.

—Oh, ¿crees que debería ir?

—De ser así, la hubiera mandado llamar.

—Genial. Al fin y al cabo, no los conozco.

—¿Puedo hacerle una pregunta, si no es indiscreción? llevo preguntándomelo desde el primer día en que supe que se casaba con ese —carraspeó —. Con Darach, quiero decir.

No quise darle importancia al tono desagradable que usó al referirse a él.

—Claro, ¿de qué se trata?

—¿Por qué razón alguien como usted se atrevería a casarse con alguien como él? No me malinterprete, pero no tiene donde caerse muerto. Por no hablar de su mala reputación; es un desterrado. Disculpe mi atrevimiento, *milady*, es solo que no comprendo cómo su padre puede aceptar semejante enlace, incluso yo, soy mejor partido que él.

Sus sinceras palabras se me clavaron en el corazón como una daga ardiendo pues era el único que se había atrevido a expresar en alto un pensamiento compartido por más de uno.

—Porque, aunque parezca imposible, le quiero. Sé que es difícil de entender. Darach es el hombre más noble, leal y caballeroso que he conocido en toda mi vida. Es cierto que no posee título, cosa que no me importa, y respecto a su destierro, bueno, digamos que fue objeto de un engaño. No se lo merecía.

—¿Eso le dijo?

—Sí.

—¿Y le creyó?

—Sí, y mi padre también. Escucha…no pido que lo comprendáis, pero sí, al menos, que le respetéis. Ha sufrido mucho y de verdad te digo que no se lo merece. Nuestro amor es sincero y mi padre respeta nuestro amor ante todas las cosas.

—De acuerdo, la creo. Pero he de advertirla, no sé cómo se lo tomarán algunos. Para muchos escoceses no es más que un inglés desterrado y sin honor, que se convertirá en el quinto Vizconde de Penthworkshire; en el dueño de Glenmore Castle. Tal vez haya problemas en un futuro cercano y habrá que estar preparados. De ser así, estaré a su lado y al de su padre por el respeto que usted y él me profesan—hizo una pausa y los dos permanecimos en silencio. Inspiré profundamente ante esa revelación pues no me gustó el rumbo de la conversación. Jamás pensé en que la desaprobación de la gente, de los clanes, hacia él o hacia lo que encarnaba, pudiera pesar tanto. Algo se agitó en mi interior temiendo un futuro incierto para Glenmore Castle. Por aquel entonces, los títulos, las tierras y el linaje tenían un valor incuestionable y Darach no poseía ninguna de esas tres cosas—. No me haga caso, seguramente no sean más que habladurías. Veamos, ahora que el patio está vacío, ¿qué le parece si corremos un poco? A los dos nos hace falta liberar encinas de esas... —dijo frotándose las manos con una sonrisa maliciosa. Sonreí.

—¿Te refieres a las endorfinas? Lo cierto es que me vendría muy bien, estoy muy tensa y nuestra conversación no me ha tranquilizado en absoluto.

—Pues no se hable más.

Cian tiró de mi mano y me arrastró por el patio donde comenzamos a correr tontamente sin rumbo dando círculos absurdos alrededor del castillo. Era capaz de percibir las miradas indiscretas y desaprobadoras de unos cuantos, mientras hacíamos el ganso, pero poco a poco fui soltándome y comenzando a disfrutar de verdad, no solo de la compañía, sino del instante de liberación que tanto necesitaba. Cian me explicó los avances en sus carreras, la distancia que recorría y lo bien que se sentía después. Se había convertido en algo que le gustaba de verdad y desde que se lo mostré no había dejado de correr ni un solo día. La conversación fue fluida e incluso divertida y por un rato pude olvidarme del estrés acumulado hasta el momento. Reía con ganas ante una broma de Cian cuando el sonido del galope de un par de caballos resonó detrás de nosotros. Su cercanía, cada vez mayor, hizo que detuviéramos la marcha en ese instante. Darach, acompañado de otro hombre, regresaba velozmente al castillo. Se detuvo brevemente ante mí mientras su caballo excitado resoplaba incesante por una carrera fatigosa. La mirada furiosa que regaló a Cian se disipó ligeramente cuando sus ojos pantanosos se mezclaron con los míos. Su imagen era salvaje y agresiva y eso le confería un aire perverso que me hizo enloquecer y desearle de un modo desesperado. Llevaba el pelo suelto y encrespado por el viaje, bajo el escote desatado de su camisa negra de lino, se distinguían parte de los rizos del vello de su pecho con el que tantas veces había jugueteado y los culpables de que, en ese instante, los recuerdos de sus besos y sus caricias regresaran a mi mente como un delirio quimérico.

Nuestras miradas se quedaron enganchadas durante unos segundos que parecieron eternos y supe que el significado de ese imán invisible estaba lleno de promesas. A pesar de la magnitud de nuestra atracción, Darach volvió la mirada de nuevo hacia Cian y su rostro se ensombreció. Después de un pequeño saludo con la cabeza y de azuzar a su caballo, siguió su camino hacia las caballerizas donde los dos hombres desaparecieron de nuestra vista. Instintivamente mi cuerpo comenzó a caminar hacia ese mismo lugar, pero un brazo enérgico me detuvo.

—Déjeles, es mejor así.

—¿Por qué? ¿Sabes quién es el hombre que viene con él?

—Creí que ya lo sabría. El señor Cromwell ha venido a ayudar a Alma, que está de parto. Es la yegua que compró su padre hace unos meses. Al parecer la cría no está bien colocada y si no nace pronto habrá que sacrificarla. Cromwell vive a unos treinta kilómetros de aquí, Darach salió a buscarlo de madrugada pues es un experto en la materia.

—Oh…no lo sabía. Pobre Alma, tal vez necesiten ayuda y…

—Usted no podría ayudarles, se necesita fuerza y destreza, créame cuando le digo que lo único que haría sería molestar y estropearse ese vestido tan delicado que lleva.

El sonido de otros caballos acercándose volvió a llamar nuestra atención. Un elegante carruaje negro y dorado, conducido por dos lacayos, se adentraba en el área del castillo, para finalmente, detener su marcha ante la puerta principal. Papá, junto a Elsie, salió a recibir a los nuevos invitados que acababan de llegar. Me hubiera gustado escabullirme, pero estaba demasiado cerca como para poder hacerlo, así que no pude hacer otra cosa que acercarme. Uno de los lacayos saltó del carro y se colocó ante la portezuela para abrirla. Con una postura muy tiesa e indiferente ayudó a bajar a una dama entrada en años muy bien vestida. Seguidamente, apareció una segunda dama mucho más joven que parecía ser la sombra de la primera.

—Señora Scott, bienvenida a Glenmore Castle. Espero que el viaje haya sido agradable—papá hizo los honores de bienvenida con un gesto medido y una sonrisa que llenaba de solemnidad y cordialidad la entrada.

—Gracias, milord. Pero ha sido largo y tedioso, como siempre. Dígame, ¿dónde está la joven dama? ¡Debemos ponernos a trabajar enseguida!

—Aquí la tiene, señora Scott, le presento a mi hija: *lady* Alexandra Cawley —me sentí extraña al oír mi nombre y apellido completo pues hasta la fecha había sido Álex, o Alexandra Blanch, pero claro, ese era el apellido de mi madre. La señorita Scott me dio un repaso de arriba abajo y me sentí desnuda ante su mirada escrutadora.

—Mmm...eres realmente bella, muchacha ¡Maravilloso! Vayamos, entonces, no hay tiempo que perder. Tendré que medir la altura, el talle, la...

—Señora Scott, tómeselo con calma.

—Señorita. Si no le importa—corrigió.

—Oh, disculpe mi torpeza, *señorita* Scott. Elsie le mostrará su alcoba donde podrá descansar y mañana podrá comenzar con el vestido, aún faltan casi dos semanas.

—Llevo ocho horas montada en ese horrible carruaje, necesito moverme. Además, cuanto antes comencemos, antes terminaremos. Vamos, querida, seréis la novia más bella que haya pisado estos valles.

Me pasé el resto de la tarde envuelta en muselinas, sedas y algodones. La señora Scott había traído varios vestidos medio confeccionados para la ocasión. Después de repasar cada uno de ellos y el cómo podrían quedar una vez finalizados, me decidí por uno en color azul grisáceo. Eché de menos el blanco, acostumbrada a que las novias se vistiesen así en mi época, pero nada más lejos de la realidad, ese color no se pondría de moda hasta el siglo XIX gracias a la reina Victoria de Inglaterra. La cena fue también extraña. Si no hubiese sido por mamá que se sentaba a mi lado hubiera preferido marcharme a mi habitación y cenar en soledad. Todos cuanto tenía a mi alrededor no eran más que extraños, personas ajenas a mí y, sin embargo, venían en mi honor y en el de mi padre. Darach tampoco estuvo presente pues las labores con la yegua se habían complicado y no pude verle ni hablar con él en todo el día. Por primera vez en mucho tiempo sentí que nos alejábamos y ese distanciamiento entre los dos, por estúpido que pareciera, se convirtió en un abismo indescriptible.

—Te he visto muy callada en la cena, ¿estás bien, cariño?

—Sí, lo que pasa es que he echado de menos a Darach, nada más.

—Seguro que él también a ti. Anda, descansa que mañana te espera un día largo…

Me despedí de mi madre ante la puerta de mi habitación, estaba realmente cansada. Deseaba acostarme y no despertar hasta el día de la boda, de no ser por la confección del vestido lo hubiera hecho con ganas. Al entrar, la estancia estaba en penumbra, la luz del crepúsculo se colaba sutilmente por entre las cortinas y la soledad de las paredes dieron paz a mi mente extenuada. Solo la compañía de Darach hubiera sido el bálsamo que necesitaba, pero a falta de su persona, la imagen de la cama se me antojó lo suficientemente atractiva como para olvidarme del mundo y de su complejidad. Cuando por fin me hundí en su mullido colchón me dejé llevar por los sueños, visualizando la noche de bodas en la que pudiéramos estar juntos con libertad y amarnos hasta desfallecer.

La oscuridad se cernió de pronto a mi alrededor, incapaz de ver nada, sin embargo, detectaba una presencia, no estaba sola. Un escalofrío recorrió mi espalda al oír unos pasos que silenciosamente se acercaban hacia mí, la respiración agitada que los acompañaba alertó mis sentidos de un modo aterrador. Una antorcha se encendió como por arte de magia y su tenue luz oscilante iluminó el rostro que tenía ante mí. Sus ojos, negros como el tizón, me miraban fijamente sin pestañear, y su sonrisa siniestra se torció hacia un lado mostrando unos dientes blancos y bien cuidados.

—He vuelto, hermanita, y esta vez ni tú ni Darach os libraréis de mí…

Como un espectro pálido y lúgubre, desapareció de mi vista y reapareció de nuevo a tan solo un paso de distancia donde, sin dilación, se abalanzó sobre mí sujetándome la nuca y tapándome la boca al mismo tiempo. No tuve tiempo de reaccionar, el miedo se apoderó de mí dejándome paralizada sin poder pensar con claridad.

—Shhhh…no grites, Alexandra.

A pesar del pavor que sentía en ese instante, mi instinto de supervivencia hizo que intentara zafarme de su sujeción. Mis gritos, ahogados por su mano, insistían inútilmente en ser escuchados por alguien cercano.

<<Darach ¡Darach! Tal vez él...>> pensé desesperada. En ese instante quise desvanecerme e ir en su búsqueda siendo incorpórea, necesitaba contarle que Aarón había regresado, pero por más que intentaba desaparecer me era imposible, estaba paralizada y mi cuerpo no respondía a mi voluntad ¡¿Por qué?!

—Shhh...shhh...Álex, soy yo...no grites, todo irá bien...

De pronto, Aarón hablaba con la voz de Darach y su rostro frío e indiferente comenzó a desdibujarse transformándose en otro mucho más hermoso y familiar, Darach. Su gran mano se separó de mi boca y me zarandeó suavemente.

—Vamos, Álex. Despierta, amor. Soy Darach. ¡Despierta!

Abrí los ojos e inspiré profundamente. Estaba frente a mí observándome circunspecto por mi extraño despertar. Tardé unos segundos en comprender que todo había sido un mal sueño y producto de mi imaginación.

—¿Darach?

—Shhh...sí soy yo. Lo siento, creo que no he acertado en el modo de despertarte, ¿te he asustado?

—Por un momento creí que eras Aarón. Qué... ¿qué haces aquí? —dije con los ojos entreabiertos e hinchados por el sueño, sin apartar la mirada de la noche cerrada. Solo la luz danzarina del candil iluminaba, débil y vacilante, nuestro alrededor. Me incorporé apoyando un codo mientras me frotaba la cara con mi otra mano en un intento de despabilarme.

—He venido a buscarte. Vendrás conmigo sin rechistar.

—¿Ahora? Pe...pero ¿qué hora es? ¿No puedes venir a buscarme más tarde? —dije recostándome de nuevo.

—No, ha de ser ahora. Vamos levántate, te he traído ropa cómoda. Regresaremos pronto, no te preocupes.

Accedí. Me vestí lo más rápido que pude por mi estado somnoliento con lo que me había traído; unos pantalones viejos y una camisa. Todo el castillo estaba en penumbra y en el más absoluto silencio. Salimos a hurtadillas atravesando los oscuros pasillos hasta el exterior donde Bravo, el caballo de Darach, nos esperaba.

—¡Alma! ¿Cómo está? —me acordé de la yegua al ver a Bravo.

—Bien, el señor Cromwell es todo un profesional, tuvo que desencajarle una pata al potro antes de nacer porque estaba mal colocado, pero finalmente lo trajo al mundo y tanto la madre como el pequeño están bien. Tardará unos días en ponerse de pie, pero lo hará. Será un buen caballo.

—Vaya, si no llega a ser por ti…

—Yo no hice nada excepcional, todo lo hizo el señor Cromwell.

—Tú fuiste a buscarlo y eso es lo importante.

Elevó los hombros en señal de poca importancia sin reconocer ciertamente su heroicidad. De no haber sido por su rapidez de actuación, los dos caballos hubieran muerto. Salimos del área del castillo y nos adentramos en el bosque que nos rodeaba. Era una noche de luna creciente, casi llena. Su resplandor alumbraba tímidamente el camino entre los árboles tornando tenebroso y lúgubre las siluetas de la espesura en su interior. Sonidos inquietantes y misteriosos se escuchaban sin cesar; pezuñas que correteaban entre la maleza, el roce de las ramas producido por el viento, algún que otro búho, grillos, el aleteo extraño de algún animal volador, etc. Lo peor de todo y lo que me ponía la piel de gallina, era el aullido de los lobos en la lejanía y el temor a ser devorados irremediablemente. No fui consciente de lo asustada que estaba hasta que llegamos al lugar. Me había agarrado tan fuerte a su cintura que, al soltarle, tenía los brazos entumecidos.

Dejamos a Bravo atado a un árbol en la linde de la arboleda y continuamos a pie subiendo la pendiente pelada y escarpada hasta llegar a lo más alto de la colina desde donde se distinguía el impresionante valle escocés que nos rodeaba. El cielo comenzaba a clarear y su tonalidad azulada parecía transformarse en un sutil y degradado arcoíris.

—Waauuu… ¿me has traído a ver el amanecer? —pronuncié esas palabras mientras Darach me colocaba una manta vieja sobre los hombros, pues el frío de la mañana era húmedo y calaba en los huesos.

—Sí, no es como el de Dunster, pero también es precioso. Supuse que te gustaría.

Su mirada encontró la mía, y en ese cruce silencioso la complicidad que nos unía se alzó ante nosotros como algo insondable. Me estremecí ante la revelación de sus ojos por decirme un te quiero sin palabras. Se acercó lentamente y plantó sus labios sobre los míos. El beso fue lento y resbaladizo, sus labios abrasaban derritiendo los míos, haciendo que se fundieran como si fuesen uno solo. Mi cuerpo reaccionó acelerándose de un modo pecaminoso deseando terminar un juego que no tendría que haber empezado, pero Darach se separó de mí suavemente y sonrió.

—Aunque muero en deseos por poseerte, no te he traído aquí para eso. No quiero que te lo pierdas —dijo acariciándome la mejilla. Sin darme cuenta, me había olvidado del lugar en el que estábamos concentrándome en sus besos y en mis necesidades. Sentí arder mis mejillas en ese instante. La luz cambió caprichosa, su rostro se volvió anaranjado y al mirar al horizonte descubrí un cielo rojizo que extinguía la noche y la hacía desaparecer. Darach me envolvió entre sus brazos y los dos nos quedamos fascinados por el hechizo que ejercía el nacimiento de un nuevo día, un nuevo sol; donde su luz, dorada e incandescente, acariciaba el paisaje hasta los confines más alejados de nuestra vista.

—Te pido perdón, Darach. Sé que mi comportamiento ha sido extraño estos días. Es que…son tantas cosas…me siento abrumada. Espero que no lo tengas en cuenta.

—No pensaba hacerlo. Comprendo que tus emociones están muy revueltas. Las mías también, aunque en menor medida. He de confesar que tu imagen de ayer con Cían, me puso de mal humor. Si no hubiera sido por la premura de salvar a la yegua, te aseguro que la sonrisa de vuestras bocas se hubiera desvanecido, sobre todo la suya.

—¿Estabas celoso?

—Ni siquiera me miraste el día anterior. Como he dicho, no tengo en cuenta tu estado emocional, ergo no significa que no me afecte. Llegué a pensar que, tal vez, ya no querrías casarte conmigo, aunque lo descarté por el niño que llevas dentro.

Me di la vuelta dentro de nuestro abrazo para mirarle de nuevo a los ojos.

—Darach, si me caso contigo no es por el niño que llevo dentro, sino porque te quiero. Te quiero como jamás querré a nadie. No solo estoy enamorada de ti, mi cuerpo, mi mente y mi corazón te buscan incluso cuando duermo. Con cada respiración, con cada latido, siento que mi alma ya no me pertenece y soy incapaz de sentirme completa si no estás a mi lado. Espero que no lo olvides, Darach Sallow.

Inspiró orgulloso al oír mis palabras. El brillo acuoso que asomó en sus ojos reveló una felicidad tan pura que me envolvió el corazón.

—No lo haré. Tú también te has convertido en una necesidad, eres la luz que me guía en mi oscura batalla. Las sombras que me acompañan desaparecen a tu lado. Soy egoísta, pues tal vez te arrastre a una vida en la que nos desprecien, pero la alternativa de no estar a tu lado no existe. Me estremezco con solo mirarte, saber que esos labios son míos, que esa piel tan suave me pertenece y que mi amor es correspondido. Prometo cuidar de vosotros hasta mi último aliento—besó mi frente y me abrazó aún más fuerte, si eso es posible. Sentí el calor de su abrazo y su fuerza ciñéndose sobre mí como una dosis de seguridad aplastante.

Frente a nosotros, se extendía imponente el lago Morlich, el sol reptaba sobre su superficie en reflejos ondulantes y brillos escamosos que atrapaban la vista. Y allí, en lo alto y en el olvido de una colina escocesa, permanecimos en silencio rodeados de amor, vida e inmensidad.

28. Alianzas

El sonido de los cascos del caballo quedaba amortiguado por la densa vegetación que nos rodeaba. El paso lento y sosegado del animal hacía balancear nuestros cuerpos a su mismo compás mientras unos brazos fuertes y candentes rodeaban mi cintura en un abrazo seguro. La salida del sol había provocado la orquesta natural de un bosque silvestre en el que los pájaros cantaban alegres y los insectos comenzaban una rutina diaria danzando de aquí para allá. A medida que descendíamos la colina, una ligera bruma comenzó a rodearnos pues, aunque había amanecido hacía un rato, el cambio de presión había provocado esa alteración atmosférica, envolviéndonos en una humedad fría y desapacible. Por suerte no duró mucho, el sol del mes de Julio era potente y abrasador. Al llegar a un promontorio, en la linde de Glenmore Castle, desde donde se divisaba parte del valle a nuestro alrededor, Darach detuvo el caballo para disfrutar del maravilloso paisaje que se mostraba ante nosotros.

—Es precioso. Se respira paz en este lugar, casi de manera espiritual —dije contemplando el horizonte. Se quedó callado asintiendo con la cabeza, observando absorto el escenario ante nosotros. De pronto, su mirada se fijó en un punto en la lejanía.

—¿Qué diablos…? —preguntó inquieto. Abrió los ojos de manera desorbitada y su respiración se agitó alarmantemente —. No puede ser…

—¿Qué ocurre? —inquirí. Mi vista se dirigió de manera instintiva al mismo punto. Una pequeña nube de arena se apreciaba en la distancia.

—Tenemos visita, y por el tamaño de esa nube de polvo, deduzco que vienen muchos y muy deprisa.

—¿Más invitados? No creo que quepan en el castillo, después de dar las habitaciones de…

—No son invitados. No creo que vengan con intenciones amistosas. Vamos, debemos avisar a tu padre. Si es quien creo… —escupió hacia un costado con hastío —. Tendremos problemas.

Azuzó al caballo en un grito enérgico y este comenzó a trotar para después galopar todo lo rápido que podía saltando arbustos y esquivando árboles. Tuve que cerrar los ojos en más de una ocasión ya que el temor a terminar estampados contra algo era inaguantable. Al llegar al castillo, me dejó ante la puerta y se internó en las caballerizas, no sin antes pedirme que me vistiera como era debido mientras él iba a avisar a papá. Por su semblante resultaba evidente que sabía perfectamente de quién se trataba, y que aquella visita no era, en absoluto, bienvenida. Me apresuré escaleras arriba y me encerré en la habitación. El corazón me latía a cien por hora. Aunque había entrado todo lo rápida y sigilosamente posible, estaba segura de que algún ojo indiscreto me había visto. No me importó, ese momento con Darach había sido maravilloso. Fui directa hacia el arcón donde guardaba mis vestidos. Escogí el mismo del día anterior pues ni siquiera me entretuve en buscar otro; no tenía tiempo que perder, se acercaban jinetes desconocidos con intenciones poco previsibles.

Comencé a quitarme los ropajes de hombre que llevaba puestos y a tirarlos por todas partes, no había recuperado aún el aliento cuando llamaron a la puerta y mi intento por vestirme deprisa quedó suspendido en ese instante. Me quedé inmóvil como una estatua esperando pasar inadvertida, como si estuviera dormida. Al no oír ninguna voz tras la puerta, retomé en silencio la tarea de vestirme. Sin embargo, otro suave repiqueteo, más persistente, volvió a interrumpirme por segunda vez.

—Alex…soy mamá, te he visto entrar. Ábreme… —el sonido susurrante de sus palabras atravesó el grosor del enorme portón de madera de pino macizo. Puse los ojos en blanco.

Con el vestido a medio colocar por la cabeza me dirigí hacia la puerta. La abrí lentamente intentando amortiguar el chirrido de sus antiguas bisagras y faltas de aceite, fue inútil, su estridencia resonó en el pasillo vacío y su eco lo acompañó para más inri. Cuanto más intentaba ser cuidadosa, menos lo lograba. Mamá, vestida y peinada exquisitamente, me sonreía pícaramente como tantas veces hacía cuando quería transmitir su pensamiento sin pronunciarlo.

—¿De dónde vienes tan sigilosa? —el retintín con el que pronunció esa frase fue suficiente para confirmar lo que ya me temía. La agarré del brazo y tiré de ella haciéndola entrar bruscamente provocando que trastabillara con el montón de ropajes de hombre que había esparcidos por el suelo.

—Mamá, no es lo que piensas.

—¿Seguro? —contestó irónica sujetando los pantalones de Darach entre sus manos mientras sonreía descaradamente.

—Sí, te lo explicaré todo más tarde. Vamos, ayúdame a vestirme, debemos darnos prisa.

Antes de que me colocase la última horquilla en el recogido, el sonido bullicioso perteneciente a un sinfín de caballos llegó hasta lo más alto de la torre, haciendo temblar los grandiosos cristales de los ventanales. Nos miramos momentáneamente y obviamos esa última horquilla para salir disparadas escaleras abajo. Al llegar al exterior, tanto papá como Darach se encontraban de pie expectantes junto a Cian y Edward, y por supuesto, la media docena de hombres pertenecientes al clan Graham. Todos y cada uno de ellos, armados con espadas, observaban a los intrusos con gesto hosco y amenazador, preparados y dispuestos como si de una guerra se tratase. Una veintena de jinetes se detuvo ante nosotros de manera correlativa. Los caballos resoplaban y relinchaban en respuesta al sacrificio ejercido por una carrera agotadora. La polvareda que levantaron rodeó sus figuras en un abrazo sucio y volátil hasta que lentamente se fue disolviendo en el aire. Un par de hombres, colocados en la parte central de la hilera, se adelantaron del resto de jinetes mientras miraban a Darach con extremada repugnancia. Uno de ellos escupió prácticamente a sus pies. El rostro de Darach estaba ensombrecido, las aletas de su nariz se movían rítmicamente y un aire de ira comenzó a vislumbrarse en su mirada.

—¡Augustus Murray! Estáis muy lejos de vuestras tierras… y traéis a vuestro séquito entero —vociferó papá. Su tono de voz elevado hizo eco entre los muros del castillo.

—Así es, lord Cawley. Hemos venido a aclarar ciertos asuntos que nos atañen —Augustus Murray se tocó la barba amarillenta mientras respondía con el mismo tono autoritario.

—¿Y qué asuntos son esos, si puede saberse?

—Ha llegado a nuestros oídos que pensáis casar a vuestra única hija con un sucio inglés —pronunció esas últimas palabras con excesivo desprecio, prácticamente las vomitó.

—¿Y qué, si fuese cierto? Estoy en mi derecho de desposar a mi hija con quien me plazca.

—¡Es un ultraje para nosotros! No solo es un sucio inglés, sino que además está desterrado. Un hombre sin título, sin honor, sin linaje y sin tierras…decidme entonces, ¿cómo podéis, conociendo tales hechos, querer casar a vuestra hija con semejante infame? ¿Acaso su rostro es tan horrible que no hay opción mejor? ¡Mostrádmela!

Esas palabras incoherentes, empapadas de odio y aprensión hacia Darach, encendieron en mí una indignación que rugía en cada fibra de mi ser. La cólera burbujeaba bajo mi piel y amenazaba con estallar de un momento a otro. Verle controlándose, concentrado en ellos con el ceño fruncido, apretando los puños intentando no saltar a su cuello para matarlos, terminó de enfurecerme. No le conocían en absoluto y su verdadera historia no era así de simple, sin embargo, a ojos de cualquier extraño, esa era la historia verdadera y la única que importaba. Mi rabia me hizo reaccionar envalentonándome de un modo desconocido y desafiante. Sacudí el brazo de mi madre y me acerqué a ellos hasta quedar a tan solo unos pasos de distancia.

—¡Yo soy su hija y la futura esposa de Darach! Si no venís a consentir nuestro enlace, marchaos por donde habéis venido ¡No sois bienvenidos!

Los dos hombres envueltos en su tartán azul y verde se quedaron perplejos al verme. Sus miradas escrutadoras me repasaron de arriba abajo, pero mientras la del hombre mayor era de sorprendente extrañeza, la del joven era lasciva y obscena.

—¡Vaya! si sois una preciosidad...deslenguada, pero preciosa igualmente. Creo que ya lo comprendo. Ese malnacido os ha robado la virtud y por eso os desposáis. Creedme si os digo que es preferible un hijo bastardo —elevó su dedo índice señalando a su hijo John—. Mi hijo, aquí presente, sería mucho mejor partido sin duda, os lo aseguro.

Darach se colocó ante mí, protegiéndome con su inmenso cuerpo. Su musculatura se mostraba tensa a través de su fina camisa de lino. Su cabello, suelto y enredado, le hacía parecer despótico y amenazador. Desenvainó su espada y la elevó hacia Augustus Murray retándole ante los demás.

—¡¿Cómo osáis mancillar el honor de esta dama con palabras tan indignas?! No merecéis ni siquiera una mirada suya... ¡Disculpaos ahora mismo o ateneos a las consecuencias!

—Lord Cawley, ¿habéis oído? Pero si parece que ya quiere quitaros el título de Vizconde. Yo de vos me desharía de él, antes de que sea demasiado tarde.

Papá se acercó a Darach y le colocó la mano sobre su hombro, este le miró a los ojos y asintió envainando su espada.

—No os atreváis a mezclar a mi hija en esto, August. Es una dama inocente, aconsejada y protegida por su padre. Si habéis venido con ánimo de ofender, regresad por el mismo camino por el que llegasteis. No sois bien recibidos en esta casa.

—Está bien, os pido perdón, *milady*, no quise faltaros al respeto. Respecto a ese enlace…no vamos a permitir que se celebre, no mientras yo viva.

—¡Marchaos de aquí, lord Murray! No queráis empezar una guerra que no podáis ganar. Somos muchos clanes los que apoyamos a lord Cawley, sería absurdo por vuestra parte —Arthur Graham habló en voz alta mientras se colocaba al lado de papá mostrando su apoyo—. Los Mackintosh están a punto de llegar; no creo que os guste volver a verlos, y más aún después de lo ocurrido la vez anterior. Sabéis que no se quedarán al margen.

—¡Soy el duque de Atholl y estas tierras siempre han pertenecido a mi familia!

—Ahora ya no, ¿o no recordáis que vuestro hermano las malvendió para saldar sus deudas? Deudas que, si mal no recuerdo, terminé pagando yo, salvando así a vuestra familia de la humillación. Deberíais agradecérmelo —contestó papá con voz fría y tan serena que esas simples palabras, especialmente las últimas, me erizaron la piel, y supe que a ellos les había ocurrido lo mismo.

Augustus Murray resopló y se removió incómodo sobre su caballo. Su hijo se mantuvo callado pero su mirada de hastío mostró claramente su desconformidad ante esos hechos.

—Si hubiese recurrido a nos, hubiera pagado sus deudas con gusto, y Glenmore seguiría siendo nuestro, junto al título de vizconde, que hubiera pasado a mi hijo John. Pero era demasiado orgulloso para arrastrarse y suplicar ayuda; con sus actos y su muerte despreció su propio linaje y a su familia. Le odiamos por ello. A pesar de todo, estas tierras fueron nuestras y en nuestros corazones así sigue siendo. Como podéis comprender, no vamos a quedarnos de manos cruzadas viendo cómo nuestro patrimonio pasa a manos de alguien tan despreciable y vergonzoso ¡No, no lo permitiremos!

—Estas tierras ahora son mías. Yo soy el Vizconde de Penthwork y yo decido quien se casa y quien no con mi hija. Además, él es el hombre que ella ha escogido y nada ni nadie impedirá que se unan en santo matrimonio. Si, aun así, queréis intentar impedirlo, creedme cuando os digo que saldréis maltrechos.

—¿Me estáis retando, milord? Porque si es así, aceptaré con gusto.

—Nada más lejos, lord Murray. Nos hallamos inmersos en los preparativos y tengo demasiadas cuestiones de verdadera importancia como para prestar atención a vuestro enojo infantil. Solicito que os marchéis por donde habéis venido, aquí nada bueno os aguarda.

—No pienso marcharme. Antes muerto— Augustus Murray se bajó del caballo. Tan pronto como pisó el suelo desenvainó su espada amenazante hacia papá. Sus ojos estaban inyectados en sangre y su ira rebosaba por cada poro de su piel. En ese instante su hijo hizo exactamente lo mismo posicionándose al lado de su padre en muestra de apoyo.

En otra circunstancia menos real hubiera reído a carcajadas porque toda la imponencia que mostraban sobre el caballo la perdieron al pisar tierra. Tanto el padre como el hijo no medirían más de metro sesenta, y vestidos de esa guisa, parecían monigotes disfrazados representando un papel muy sobreactuado. Sentí un tirón de manga y al darme la vuelta contemplé a mi madre muy asustada. Su rostro confuso destacaba ante el resto y no era para menos.

—¿Es que quieren matar a Darach?

—No lo creo, mamá. Papá no dejará que ocurra nada, estoy segura —dije sin creer realmente mis propias palabras, pues él no provocaba situaciones, pero tampoco las evitaba. Como decía siempre, el destino jugaba sus cartas.

—¿Estás segura? Todos están en guardia con cara de mala leche, sobre todo el viejo pequeñajo de la espada —a pesar de la tensión del momento, esa expresión de mi madre me hizo sonreír.

—Lo sé. Papá sabrá arreglarlo—respondí. Al menos, eso esperaba. Siempre podríamos parar el tiempo y aventajarnos de la situación, pero eso no solucionaría la idea que tenían formada sobre Darach.

—Lord Cawley, o nos juráis, aquí y ahora, que vuestra hija no tomará como esposo a ese patán o ese muchacho no verá la luz de un nuevo día.

Si no puedo reclamar estas tierras como mías, velaré porque pasen a alguien de sangre más digna, aun cuando mi muerte sea el tributo exigido.

—¿Deseáis mi muerte, milord? ¡Pues aquí estoy! Ni cinco como vos podrían conmigo ¡¿A qué esperáis?! —Darach comenzó a manipular su espada ante el público presente. Le dio un par de giros al aire con una sola mano y después se posicionó con las piernas entreabiertas y algo flexionadas. Tenía el pie izquierdo más adelantado que el derecho y sus manos sujetaban la espada fuertemente por la empuñadura, lista para atacar.

Un clamor de asombro sonó a nuestro alrededor. Todos los criados e invitados que habían ido llegando hasta ese momento se habían reunido alrededor nuestro, pendientes y temerosos de lo que pudiera ocurrir. Mi estómago dio un vuelco al ver a Darach tan dispuesto para la lucha y unas nauseas repentinas hicieron acto de presencia. Papá estaba muy serio sin articular palabra, parecía querer dejar a Darach solucionar esa situación tan inverosímil y absurda ¿De verdad iba a consentir que aquellos dos combatieran, sabiendo que en esa época las luchas se saldaban con la muerte? Tenía que hacer algo, y rápido.

—Papá… no puedes dejar que luchen.

—Tienen razón, Alexandra. Darach será el futuro *laird* de este lugar y debe poder defenderlo como es debido. En su mano está demostrarlo.

La desesperación se apoderó de mí. Mi respiración se aceleró al igual que mi corazón. Mis ojos iban de Darach a papá y a la inversa. No podía permitir que eso sucediese ¡no podía! si detenía el tiempo, tal vez Darach pudiera…pero antes de terminar mi pensamiento, él me miró a los ojos momentáneamente mostrando el odio visceral que surgía de su interior, adivinando y adelantándose a mi voluntad.

—Ni se os ocurra, *milady*. Este momento es mío. Yo decido y he decidido luchar.

—Si no podéis, hermano, yo os secundaré —George, el hermano pequeño de Darach, se había colocado junto a mí elevando su pequeña espada en alto, mostrando un coraje desmesurado para su corta edad.

—Vete ahora mismo y cuida de tus hermanas porque si les ocurre algo, te aseguro que serás el siguiente en probar el filo de mi espada.

George bajó su espada, pero no se movió del lugar. En vez de eso, elevó el mentón dirigiéndole una mirada retadora a su hermano, que me dejó petrificada. Augustus Murray sonrió diabólicamente.

—Muchacho, estás muerto. Despídete de tus seres queridos porque serán tus últimos instantes.

El resto de los jinetes del clan Murray comenzó a formar un círculo alrededor de ellos. Los Graham, así como papá y el resto de los hombres del castillo, hicieron lo mismo. La servidumbre y algunas mujeres decidieron entrar y seguir con sus quehaceres. Ignoraba cómo afrontar esa situación, jamás me había visto inmersa en una tesitura similar y desconocía quién de los dos podría estar en desventaja. Cierto era que la gran envergadura de Darach podría proporcionarle más fuerza y contundencia en el ataque, pero tal vez menos rapidez. Lo ignoraba y esa incertidumbre me estaba matando. Por el contrario, papá permanecía tranquilo, casi sonriente, y esa serenidad logró calmarme en parte, pues si Darach hubiera estado en verdadero peligro, su rostro lo habría delatado. Los dos hombres comenzaron a hacer movimientos con la espada al aire calentando músculos y preparándose para luchar. Mi corazón latía alocadamente viendo cómo mi amor se lanzaba a la boca de un lobo hambriento y sin escrúpulos. Lo más inquietante era que, al parecer, aquel hombre no temía a la muerte, y eso lo convertía en el adversario más peligroso pues estaba dispuesto a entregarlo todo con tal de vencer y mantener el respeto de los suyos. Como algo ajeno a mi voluntad paré el tiempo en ese instante. Mis pies, con decisión propia, corrieron hacia el centro del círculo deteniéndose ante Darach. Este, detuvo su actividad al instante. Apoyó la punta de la espada en el suelo y echó la cabeza hacia atrás, en un gesto de impaciencia. Dio un suspiro largo y concentrado mientras me miraba a través de los mechones revueltos de su cabello.

—Alexandra…no hagas esto. Lucharé de todos modos.

—No lo hagas, por favor. Busquemos otra opción por el bien de nuestro futuro, de nuestro hijo—dije esas últimas palabras mientras me tocaba el vientre sutilmente. Se acercó a mí y colocó sus manos sobre las mías en mi tripa.

—No lo comprendes, ¿verdad? Necesito que me respeten, que me teman. Me han tachado de cobarde y traidor. Debo limpiar mi nombre. Además, ahora tienen la excusa perfecta para atacar, podrían regresar en cualquier momento haciendo daño a mi familia y al resto de personas que aquí viven. No puedo quedarme de manos cruzadas.

—Así es, Alexandra. Por mucho que nos pese, Darach tiene razón. No comprendes el alcance de su amenaza, no solo os afecta a vosotros sino a toda la gente que vive en Glenmore Castle, sobre todo a su familia directa. Sabe de qué habla; el odio de los Murray hacia los ingleses es muy conocido por aquí. Si no se enfrenta a él, Augustus lo tomará como otro gesto de cobardía por su parte y eso podría poner a más clanes en contra nuestra. Ni siquiera yo puedo detenerlo.

Darach soltó la espada al suelo dejándola caer sin preocupación y me abrazó fuertemente por la cintura. Sentí su corazón pausado en mi pecho a través del tejido de nuestra ropa. Inspiré profundamente el aroma almizclado de su pelo intentando alargar ese instante todo lo posible. A pesar del intenso abrazo que me dio, percibí el distanciamiento de su mente pues se hallaba concentrada en la lucha y en la promesa de salir victorioso ganándose poco a poco el respeto de aquellos que no le aceptaban.

—No quiero pasar por eso otra vez, si te pasara algo…

—Todo saldrá bien, te lo prometo. Además, llevo tu sangre, recuérdalo.

—Un cuchillo no es una espada, recuérdalo también.

Esas fueron nuestras últimas palabras antes de luchar. Me dio un beso escueto en la frente y se separó para recoger el arma del suelo. Se quedó quieto mirándome seriamente esperando a que volviera a reanudar el tiempo y devolverle ese momento de dignidad que tanto ansiaba. Asentí en silencio encaminándome lentamente a mi posición inicial, junto a mi madre, y entre el gentío estático que nos rodeaba. Papá me colocó su brazo sobre mis hombros animándome ante un hecho que era inevitable.

—Todo irá bien, sabe lo que hace. Además, es muy buen luchador. Confía en él.

Reanudé el tiempo y todo continuó con normalidad, nadie se percató del paréntesis temporal que había tenido lugar.

—¡Una última cosa, lord Murray! Si vence Darach y morís, vuestros hombres se marcharán de mis tierras para no regresar jamás, ¿está claro?

—Si yo muero, lord Cawley, me sustituirá mi hijo en esta lucha. Si el también falleciera, Dios no lo quiera, lo sustituirá nuestro mejor guerrero y así hasta terminar con ese miserable.

—¡Eso no es una lucha justa! No admitiremos tal condición. Si vos morís y no se marchan de aquí, vuestros hombres recibirán el mismo destino que vos ¡os lo aseguro! —Arthur Graham impuso su criterio ante semejante exposición de estupidez y su clan vitoreó sus palabras con evidente júbilo.

—Luchemos entonces y que Dios decida nuestro sino.

La lucha comenzó sin cuartel. Augustus se abalanzó sobre Darach como un tigre a su presa, su grito de furia retumbó entre las paredes del castillo pues el silencio de los presentes hacía destacar su ímpetu avasallador. Darach detuvo la primera estocada con facilidad. El combate comenzó con una coreografía perfecta envistiendo y esquivando, igual que una representación medieval en vivo y en directo, pero sin armaduras ni yelmos que les protegiera. Los sonidos de las espadas al chocar y sus bramidos de esfuerzo resonaban a nuestro alrededor erizándome el vello de un modo espeluznante. Sentí que una mano sujetaba fuertemente la mía y al girarme vi a mamá intentando proveerme de una entereza, que por lo visto había perdido. Mi mirada vagó a mi alrededor, tratando de hallar un rostro femenino que reflejara una angustia semejante a la mía, pero no lo encontré. Mary, la madre de Darach, se había ocultado en el interior del castillo, seguramente rezando a Dios para que su hijo saliera victorioso.

Pese a su avanzada edad, lord Murray demostraba ser un guerrero ágil y curtido por la experiencia, aun así, Darach lo superaba en todo. Podía decirse que incluso se estaba divirtiendo, que ni siquiera intentaba aparentar un esfuerzo digno de una lucha como aquella. Mientras la respiración de lord Murray era agitada e inestable, la de Darach se mantenía serena. Sus movimientos eran gráciles y acertados, aunque faltos de fuerza pues supuse, que, en el fondo, no quería matarlo porque de ser así, estaba segura de que ese combate hubiera terminado en los primeros treinta segundos. En efecto, Darach se recreaba, disfrutaba como un niño mostrando al resto de los presentes de lo que era capaz. Se le veía orgulloso, soberbio, diría que incluso feliz, nadando en un océano al que estaba habituado y eso hizo que le admirara más de lo que ya lo hacía. Murray comenzaba a manifestar su agotamiento separándose de vez en cuando a recuperar el aliento, mientras un Darach bondadoso se lo permitía.

—¿Un descanso, Murray? —la falta del título delante del apellido llamó la atención de todos enfureciendo a Augustus, ya que le estaba tratando como a un igual.

—¡No necesito ningún descanso! —gritó. Acto seguido y escupiendo su rabia apenas contenida, se lanzó con la claymore en alto decidido a dar la estocada final, pero sus pies trastabillaron y lo hicieron caer de bruces contra el suelo. La espada voló al otro lado del círculo y, en un solo movimiento, Darach se acercó y le plantó el pie en la espalda, dejándolo completamente inmovilizado. Augustus giró sobre sí mismo como una croqueta quedando expuesto boca arriba bajo el pie de Darach, quien aprovechó para colocarle la punta de su acero en el gaznate.

—Esta lucha acaba de terminar. Os perdonaré la vida si os marcháis para no regresar.

La mirada del lord era rabiosa y llena de odio. Tenía el rostro enrojecido por la humillación y una vena del cuello le sobresalía en 3D de manera asquerosa. Estaba agotado, jadeante y sudoroso, y esas palabras hirieron su orgullo. Abrió los ojos de manera desorbitada y dirigió una leve ojeada a su alrededor observando las reacciones de aquellos que le seguían comprobando, muy a su pesar, que daban por perdido ese enfrentamiento. Fue en ese instante cuando el sonido de más caballos irrumpió el silencio que sitiaba el castillo, llamando la atención de todos cuantos estábamos allí. Un par de carruajes y otra docena de jinetes accedían a la parte frontal de la fortaleza, el mismo lugar donde nos encontrábamos.

—¡Vaya, los Mackintosh! —dijo papá muy entusiasmado —¡Esto sí que es una gratificante sorpresa!

Su mirada resolutiva fue dirigida al amasijo de músculos agotados que había en el suelo. Después, se separó del círculo dando la bienvenida a los recién llegados. Era un grupo numeroso encabezado por un enorme hombre pelirrojo, muy velludo y fuerte como un oso. En comparación con los Murray, estos parecían gigantes. John Murray le dio una patada a la espada enviándola hacia su padre, que aprovechando la distracción de Darach por la llegada de los nuevos invitados, se apoyó sobre su codo izquierdo y dirigió la punta hacia el estómago de su oponente en un intento de clavársela. Nadie pudo reaccionar, sin embargo, y gracias a sus reflejos, esquivó el ataque directo sufriendo tan solo un corte en el costado. Al instante, su camisa de lino comenzó a teñirse de escarlata. Darach se llevó la mano sobre la reciente herida y al presionarla su rostro se transformó en una mueca de dolor.

—¡Cobarde! Os he perdonado la vida y así me lo pagáis...no sois más que un traidor que ataca por la espalda.

—No quiero vuestra redención, mucho menos vuestra compasión. Dije que iba a mataros y es lo que haré—respondió mientras se incorporaba trabajosamente, escupiendo al suelo y resoplando con aspereza. Un par de jinetes irrumpieron ante nosotros desmoronando el círculo humano que rodeaba a los dos guerreros.

—Lord Cawley, ¿qué ocurre aquí? Creía que veníamos a un enlace, no a una contienda.

—*Laird* Mackintosh, os esperábamos mañana, pero he de decir que no habéis podido llegar en mejor momento pues como podréis observar, hemos recibido una visita poco afortunada.

—Ya veo... Pero si es lord Augustus Murray. Lord Murray, creí dejaros bien claro, la última vez que nos vimos, que si nos volvíamos a encontrar os rebanaría el cuello.

—Tengo mis motivos para estar aquí, de hecho, tengo más motivos que ninguno de vosotros.

—Eso no lo pongo en duda. Todos tenemos nuestras razones, pero, por lo visto, las vuestras no son las mismas que las nuestras ¿Por qué estáis luchando contra ese muchacho? ¿Qué ocurre aquí, lord Cawley? —inquirió mientras descendía de su caballo y le daba las riendas a un lacayo.

—Ese joven es Darach, el futuro esposo de mi hija.

—Sí, un sucio y apestoso inglés al que estaba a punto de matar, pero nos habéis interrumpido, *laird* Mackintosh. Si nos disculpáis hemos de terminar esta disputa.

—¡Basta! Esto ha llegado demasiado lejos. Ha quedado manifiesto que el vencedor ha sido Darach, vuestra cobardía, así como la de vuestro hijo, os deshonra. Marchaos de mis tierras o lo pagaréis muy caro.

—No, lord Cawley, a no ser que caséis a vuestra hija con otro, nos quedaremos. Estas tierras volverán a ser nuestras, lo juro.

—No comprendo muy bien vuestro fundamento, lord Murray, pero tampoco me importa. Nosotros somos amigos de lord Cawley y estas son sus tierras. Con quien case a su hija es problema suyo y no sois nadie para contravenir eso. Os recomiendo marcharos por donde habéis venido u os juro que en este mismo instante haré realidad las palabras que os dije aquel día —Archivald Mackintosh se colocó al lado de papá y un reguero de guerreros, entre los Graham y los Mackintosh le apoyaron sin dudar. El ímpetu de Murray había menguado pues tenía claro que no podría ganar contra tantos guerreros.

—Nos marcharemos, pero estaremos cerca. Pensad qué es lo que más valoráis, lord Cawley, vuestras tierras o vuestra vida. Regresaremos a comprobar que el enlace no se ha llevado a cabo, de lo contrario, ningún clan amigo será capaz de detener mi ira, pues yo también tengo amigos fieles. Estas tierras son demasiado valiosas para ser regidas por un inglés infame y jamás lo permitiré —con esas palabras lord Murray giró sobre sus pies y se dirigió hacia sus hombres. Con un gesto de cabeza montaron en sus caballos y se marcharon por donde habían venido. Me lancé en auxilio de Darach con el corazón en un puño. Percibía su inquietud de un modo extraño y, aunque ante todos aparentaba firmeza, sabía que era solo una máscara. Aquel ataque lo había sorprendido y, de no haber reaccionado a tiempo, quizá esta vez no habría sobrevivido.

—¿Te duele mucho? Hemos de ir a curarte esa herida, déjame ver...—dije intentando levantarle la camisa manchada de carmín. Se apartó de mí evitando que le tocara.

—No es nada, no te preocupes, estoy bien. Por favor, dile a mi madre que todo ha terminado, después iré a verla—el frío tono de su voz me dejó perpleja. Con la mano sujetándose la herida y cabizbajo giró sobre sí mismo y se adentró en el castillo para desaparecer entre sus puertas. La derrota lo envolvía por completo, era tan evidente que casi podía saborearla. Me quedé inmóvil, mirando hacia el interior de las puertas, incapaz de reaccionar, con el corazón encogido y la certeza de que algo irreparable acababa de romperse en su corazón. Poco a poco, todo el personal fue disipándose y los invitados fueron dirigidos a sus respectivas habitaciones. Los alrededores del castillo se habían convertido en una especie de camping natural pues, exceptuando a los *laird*s, esposas e hijos, el resto de los acompañantes habían montado tiendas de campaña, hechas con palos y sucias lonas donde pernoctaban y se mantenían reunidos al margen de nosotros. Aquella tarde, papá convocó a los clanes en el gran salón. A pesar de la inmensidad de la estancia, de su interior emanaba una pestilencia humana que nadie parecía notar, nadie salvo yo. A estas alturas del embarazo, una de las cosas que había desarrollado con extrema agudeza era el olfato. Se había convertido en un sentido increíblemente molesto para esa época en la que nos hallábamos, pues la higiene de aquellos hombres distaba mucho de ser adecuada. En ese momento, había una treintena de hombres, sudorosos y sin darse un baño en meses, durmiendo a la intemperie sobre tierra, hierba o fango. Mi intento por quedarme y escuchar aquello que tenía que decir papá no duró más de diez minutos, los cuales, me entretuve abriendo, disimuladamente, algunos de los ventanales que había en el gran salón.

—Sé que lo que voy a pediros no será de vuestro agrado. Os he invitado a uno de los momentos más felices de mi vida pues el enlace de mi hija, con este muchacho, es lo mejor que nos ha ocurrido en mucho tiempo —hizo una pausa para inspirar hondo. En ese instante vi a Darach, serio y ausente al lado de papá. Confirmé al verle el rostro, que algo le ocurría—. Todos conocéis la historia de Darach, probablemente el rumor se haya agrandado con los años, pero os aseguro que no conozco hombre más noble, íntegro y leal que él. De no ser así, no permitiría que se desposara con el tesoro más grande que tengo, mi hija —papá me señaló con su dedo índice y todo el salón se giró al unísono para observarme. Un alboroto general surgió de repente de sus bocas, el murmullo rompió el silencio y la atención, que hasta ahora habían dedicado a mi padre, la destinaban a mi figura como si fuese un precioso trofeo. Estupendo. Un calor sofocante subió por mi espalda depositándose en mis mejillas al ver a tanto varón medieval pendiente de mí. Ese calor, unido al mal olor del ambiente, me provocó una arcada involuntaria de la que todos fueron testigos. No vomité, por suerte, pero pedí disculpas y salí de allí pausadamente, aunque la necesidad de salir corriendo era mayúscula. Papá siguió con la charla, pero solo pude escuchar lo suficiente como para comprobar que la boda seguía adelante.

—Hoy os digo, ese enlace se celebrará. Como muchos de vosotros habéis presenciado, habrá consecuencias. Todo aquel que no quiera enfrentarse a los Murray y a toda su calaña, está en pleno derecho de marcharse. No quiero retener a nadie en contra de su voluntad, aunque toda ayuda será agradecida, por supuesto.

—¡Estamos con vos, lord Cawley! ¡No os dejaremos solo! —alguien gritó esa frase y el resto vitorearon a la vez esas mismas palabras. Después, el sonido de sus voces cantando una canción desconocida en un idioma extraño, probablemente gaélico, fue disipándose a medida que me alejaba de ese lugar. Salí a la cálida tarde, sintiendo cómo el aire limpio y templado del campo devolvía la normalidad a mi delicado estómago. Los grillos se escuchaban alrededor y la frescura del bosque llegaba en olores de musgo y corteza de pino. Estaba sentada en los escalones de la entrada principal deleitándome en esa armonía silvestre cuando alguien se sentó a mi lado. No le escuché llegar, tan solo sentí su calor cuando su ropa rozó la mía. Se quedó callado, igual que yo, contemplando el atardecer que comenzaba a exponerse ante nosotros mientras nos decía con su infinidad de matices que pasara lo que pasase, siempre estaría ahí para nosotros, regalándonos instantes únicos e irrepetibles.

—¿Está bien, *milady*?

—Oh, sí. Gracias Cian.

—No me gusta Darach, pero he de reconocer que sabe combatir. Aunque tengamos nuestras diferencias, siempre le apoyaré ante los demás y si los Murray regresan, lucharé a su lado sin dudarlo. Solo quería que lo supierais —no esperó, ni siquiera, a que le diera las gracias. Después de esas palabras, se levantó y se marchó. Me quedé pensando en esas palabras y agradecí en silencio su muestra de apoyo. Sonreí.

Cuando los hombres reunidos en el salón comenzaron a dispersarse, decidí ir en busca de Darach. Tenía que hablar con él pues su actitud esquiva durante toda la tarde comenzaba a alarmarme. Revisé prácticamente todas las estancias, incluidas la biblioteca y las caballerizas. Nada. No había rastro de él por ningún sitio. Finalmente, decidí acercarme a las habitaciones de la servidumbre, pero de nuevo, no tuve suerte. Era como si se lo hubiera tragado la tierra. Estaba muy cansada y no me apetecía compartir la cena con caras extrañas sin haber hablado con él primero. Avisé a Elsye para que me subiera la cena a la habitación y me disculpé con mi madre por dejarla sola, pero entre tanto hombre y la ausencia de Darach, me era imposible mantener la apariencia de una dama feliz mientras todo parecía desmoronarse a mi alrededor. El embarazo empezaba a pasarme factura. El sueño, que en semanas anteriores era un susurro apenas perceptible, se había convertido en un peso que me acompañaba sin tregua. Cada jornada terminaba con un anhelo voraz de mi cama, un refugio donde dejarme caer y hundirme en el océano silencioso de los sueños.

Cuando llegué a la habitación la estancia estaba en penumbra. El sol se había ocultado hacía rato, pero aún se colaba un resquicio de claridad procedente de un terco crepúsculo que se negaba a desaparecer, dejándome ver lo suficiente como para moverme en el interior de la alcoba sin chocar con nada. Me encaminé hacia la mesita de noche y encendí el candil de aceite, su tonalidad ambarina iluminó el entorno de un modo sutil y cálido muy reconfortante. Era como sentir el calor del hogar, como un abrazo seguro en el que abstraerse y olvidar los malos recuerdos. Un carraspeo sonó tras de mí en la otra punta de la estancia. Giré sobresaltada y mi mirada asustadiza se dirigió hacia el punto donde provenía. En el sillón contiguo a la chimenea apagada él estaba sentado, observándome apenado con sus codos apoyados sobre sus rodillas. Su cabello estaba cuidadosamente recogido en una coleta, aunque mostraba signos de estar mojado. Llevaba una camisa de lino limpia y desatada en el cuello donde se mostraba el inicio del vello oscuro de su pecho. Tragué saliva y me acerqué a él lentamente hasta quedar arrodillada ante su persona.

—Te he estado buscando por todas partes.

—Lo siento, he estado en el lago, necesitaba estar solo.

—¿Qué tal tienes el corte?, ¿te duele?

—En realidad, ya no hay corte; ha desaparecido, del mismo modo que las cuchilladas de Velkan. Nuestro vínculo sigue intacto y ni siquiera queda cicatriz —el deje de su voz era triste y apagado, así como su mirada. Me quitó el candil de las manos y lo depositó en el suelo junto a nosotros, para después sujetar mis manos entre las suyas y llevárselas ante su rostro, inspirando profundamente con los ojos cerrados. Después de unos segundos los abrió y clavó su mirada penetrante en los míos. No hicieron falta palabras, su estado de ánimo era patente, aunque no lo era el motivo, al menos para mí.

—¿Qué te ocurre? Estás triste y no veo porqué. Has luchado increíblemente bien y a pesar de la cobardía de Murray, has ganado. Todos te apoyan.

—Apoyan a tu padre, no a mí. Yo soy una vergüenza y allí donde vaya me perseguirá mi leyenda. Soy el hazmerreír de cualquier guerrero, un vulgar traidor, además de ladrón. No soy digno de las palabras de tu padre y me avergüenzo al escucharle hablar tan bien de mí.

—No digas eso, sabes que lo que dice él es cierto, solo intenta hacérselo ver a los demás. Deberías agradecérselo.

—¿A caso crees que el resto de los clanes que ahora apoyan a tu padre también lo harán conmigo? Penthworkshire se encuentra en un enclave geográfico ideal, divide los clanes en dos mitades y el que controle esta región se une a los más poderosos. Los Graham y los Mackintosh solo siguen a tu padre por interés, pero cuando él muera y estas tierras sean mías, me matarían para conseguirlas.

—También podrían matarle ahora, en cambio, no lo han hecho ¿Por qué habrían de hacerlo contigo?

—Porque yo no tengo el apoyo del rey como lo tiene tu padre, y mi mal nombre me precede. Deberíamos suspender la boda, al menos en este siglo, no quiero provocar una guerra por mi causa, no es justo.

—Pero ¿qué estás diciendo? hallaremos otra solución. Además, eso significaría que no podríamos regresar jamás como matrimonio y tu madre no podría conocer a nuestro hijo ¿Es eso lo que quieres? —pregunté incrédula. Darach se levantó de repente completamente enojado, su enérgico movimiento hizo desplazar la butaca hacia atrás hasta casi tirarla al suelo—. ¡No! claro que no —se acercó al ventanal y apoyó sus manos a cada costado del marco, dejando su mirada perdida en el horizonte oscuro y enigmático. Su respiración agitada tardó un par de minutos en volver a tomar el ritmo pausado de antes. Cuando se sintió con fuerzas, habló de nuevo—. Nada me gustaría más que traer a mi hijo a este lugar; que conociera mi época y mi familia, su familia. Enseñarle a manejar una espada, a montar a caballo, mostrarle las estrellas…Pero debemos ser realistas, Álex, no podemos anteponer nuestra voluntad a la seguridad de estas gentes. Por mucho que me pese, sabré vivir sin ello —bajó los brazos y los dejó inertes a sus costados, dio media vuelta y me miró taciturno. Me acerqué a él para abrazarle fuertemente y ese abrazo fue correspondido. El calor de su cuerpo me envolvió en un manto de seguridad que llenó de paz mi corazón.

Podía comprenderle, cómo no hacerlo, yo tampoco quería una revuelta entre clanes donde podían morir personas inocentes y, ciertamente, en la época en la que nos encontrábamos, cualquier excusa era buena para generar una guerrilla. Pero no casarnos, por un hecho del que él no era culpable, me parecía absurdo y terriblemente injusto ¿Cuándo se libraría de esa lacra? Tal vez jamás. Habían pasado cinco años desde que le desterraran y su historia había llegado hasta la parte más alta de las highlands. Los rumores corrían rápido y se agrandaban con el tiempo. O se cortaba de cuajo o sus delitos, cada vez, serían mayores.

—Escucha, papá ha decidido continuar con la boda ¿Crees que si fuese tan peligroso nos dejaría seguir adelante? sabe de lo que habla. Además, vete olvidándote de heredar este castillo, así como sus tierras, papá es inmortal, por si no lo recuerdas.

—Lo sé, pero también sé que me ha prometido entregarnos este castillo como regalo de bodas y es ahí donde radica el problema.

—¿Que te ha dicho qué? —pregunté confusa. Esa conversación solo la había mantenido con él, yo la desconocía por completo.

—Iba a ser su regalo para nosotros, me pidió mantenerlo en secreto para que fuese una sorpresa para ti ¿Comprendes ahora la presión a la que me enfrento? Álex, no necesito esto, no necesito un castillo, ni tierras, ni siquiera un título. Solo quiero ser yo mismo sin que nadie me tache de traidor o de ladrón. Nada de lo que haga borrará esa imagen de mí, pero, al menos, si no dispongo de un cargo importante, pronto lo olvidarán y se centrarán en cuitas que les genere mayor interés.

—¿Y si hablamos con lord Robert? Tal vez después de estos años te haya perdonado, quizás…

—No sabes lo que dices. No puedo ir a Dunster, todos allí me conocen y si pusiera un pie en ese lugar me colgarían.

—¿Y si no te viera nadie? Tan solo el Duque. Yo podría llevarte sin que nadie te viera y podrías hablar con él, a solas, para que te perdonara.

—No es tan fácil, Alexandra. Mi palabra no vale nada, no soy más que un indeseado. Créeme, no hay nada que hacer.

—¿Y si convenzo a papá para que hable con el rey Jacobo? me has dicho que eran conocidos, tal vez el rey de Escocia pueda interferir en esto y haga que te absuelvan.

Darach se alejó de mí, su mal humor estaba manifestándose de nuevo. El vacío que dejó al alejarse de mi lado me provocó un escalofrío que hizo que me frotara los brazos. Un bostezo largo y cansado surgió de mi boca involuntariamente y mis ojos se desviaron por un segundo al incómodo pero deseoso lecho que me esperaba desde hacía rato. Darach me observó en ese instante y se acercó de nuevo para abrazarme intensamente.

—Discúlpame, estás agotada y te estoy entreteniendo con mis preocupaciones. Dejaré que descanses, mañana será otro día. Pero, has de prometerme que no hablarás con tu padre sobre esto, él no puede hacer nada, el rey no está para estas simplezas, sobre todo si no le aportan beneficio alguno.

—Pero…

—Shhh… —me colocó su dedo índice en los labios y su mirada apasionada se detuvo en ellos durante unos segundos en los que el deseo surgió como un animal enjaulado y muerto de hambre.

Acercó su boca a la mía y me besó muy despacio. Sentí su lengua resbaladiza acariciar con ternura mis labios y al contacto con la mía un gruñido erótico y salvaje surgió de su interior. De pronto, el beso se tornó cruel y autoritario, sus brazos me elevaron del suelo y me llevaron al lecho que tanto ansiaba alcanzar, aunque llegados a este punto, la idea de dormir se había desvanecido por completo de mi mente. Le había echado tanto de menos… esos días separados se estaban convirtiendo en una tortura. Necesitaba su contacto, el calor de su piel, sus besos, sus abrazos, su…todo. Darach se quitó la camisa por la cabeza y ese movimiento hizo mostrar sus músculos duros y solemnes en todo su esplendor. Me incorporé ante él y comencé a acariciar el vello de su torso hasta alcanzar el límite de sus pantalones donde su deseo se exhibía dominante y riguroso esperando ser calmado por mí. Me estremecí. Sonrió ladinamente y se acercó de nuevo obligándome a recostarme boca arriba. Sujetó mis muñecas y las colocó por encima de mi cabeza mientras, con expresa lentitud, besaba mi cuello.

—Juré no tocarte hasta el día de nuestra boda, pero ¡que Dios me perdone! me robas la cordura… —susurró mientras con una de sus manos elevaba las faldas del vestido y se recreaba sosteniendo mi trasero, agarrándolo con fuerza. El anhelo por sentirlo en mi interior me nublaba la mente pues comenzó a rozar nuestras zonas erógenas a través de los tejidos en un vaivén enloquecedor, y ese juego impúdico hizo que no oyera la puerta que acababan de golpear. Darach paró de repente y se desplomó sobre mí como si estuviera agotado.

—No puede ser.

—¿Qué ocurre?, ¿por qué paras? —exigí saber. Pero antes de que él pudiera contestar, una voz femenina se oyó tras la puerta.

—¿*Milady*?, le traigo su cena —resoplé fastidiada pues había olvidado que tenía que cenar.

—Eh…sí, claro. Un momento, enseguida abro.

Darach saltó de la cama y después de recoger su camisa del suelo, se escondió tras las cortinas de tupido terciopelo azul. Volví a resoplar pues esa interrupción había sido como un cubo de agua fría devolviéndonos a un mundo en el que recibir visitas varoniles en la alcoba de una dama estaba muy mal viso. Me recoloqué el vestido como pude y con el cabello medio suelto y despeinado, abrí la puerta.

—Buenas noches, *milady*, espero no haberla molestado. Me dijeron que deseaba cenar en su alcoba.

—Buenas noches, Olivia. Te lo agradezco, estaba tan cansada que me he quedado medio dormida en la cama con el vestido puesto.

—¿Quiere que le ayude a desvestirse? —preguntó con inocencia.

<<Lo que me faltaba>>pensé.

—¡Oh, no! no, no...no hace falta, yo lo haré. Ahora ya estoy despierta, además no quiero entretenerte, seguro que tienes muchas cosas que hacer.

Olivia entró sin preguntar. Fue directa hacia el escritorio que se encontraba al lado del gran ventanal, donde un enorme Darach estaba oculto tras las cortinas. Mi mirada oscilaba entre su figura camuflada y la de Olivia, esperando que no fuera descubierto.

—No se preocupe, *milady*, para mí es un placer servirla—depositó la bandeja sobre el escritorio y se giró sonriente para mirarme, dio un paso hacia mí cuando de pronto, un enérgico estornudo sonó detrás de los enormes cortinones. Las dos nos quedamos quietas mirándonos con los ojos abiertos de par en par y sin saber reaccionar. Olivia achicó los ojos y dirigió su mirada interrogativa hacia la ventana.

—¿Quién hay ahí? —comenzó a caminar en esa dirección y sin pensármelo dos veces detuve el tiempo. Justo en ese instante, Darach estornudó de nuevo, pero esta vez Olivia no le escuchó pues el lapso la mantenía privada de cuanto ocurría a su alrededor. Avancé hacia él y corrí la cortina.

—Ya puedes salir.

—El polvo de esas cortinas es cuantioso. Lo siento, no he podido evitarlo.

—No te preocupes. Venga, márchate. Aprovecha ahora que no puede verte.

—Mañana volveré.

—No, no lo harás hasta el día de la boda, ¿recuerdas?

—Álex, respecto a ese tema, ya te he dicho que…

—Ahora no, mañana verás las cosas de otro modo—le di un beso rápido en los labios y le empujé hacia la puerta de salida, pero antes de desaparecer tras ella, me guiñó un ojo y sonrió. Cuando el portón se cerró de nuevo, y con el corazón acelerado, regresé a mi lugar para reanudar el tiempo. Olivia siguió caminando como si nada dirigiéndose hacia la ventana.

—Habrán sido los cristales, a veces hacen ruidos extraños, sobre todo cuando hay viento —comenté sin importancia.

—Shhh…ese sonido lo reconozco, se parece a… —corrió las cortinas rápidamente y miró tras ellas intentando encontrar a algo, o a alguien conocido. Al no hallar nada se quedó extrañada y sus ojos oscilaron por toda la estancia de manera sospechosa. Caminó de aquí para allá buscando y removiendo todo, husmeando bajo la cama, en el interior del gran arcón, tras la butaca, etc. Finalmente se dio por vencida y con un encogimiento de hombros se acercó hacia mí, y sin preguntar nada, comenzó a retirarme las horquillas medio sueltas del cabello. Después de que se marchara comí lo poco que pude y me acosté en la cama para, esta vez, dormir plácidamente. Al día siguiente hablaría con mi padre, debía de haber alguna solución, no solo para impedir esa revuelta sino para que pudiéramos casarnos sin miedo a represalias. Cuando abrí los ojos, aún no había amanecido. Después de asearme y vestirme salí de mi alcoba en busca de mi padre sin ni siquiera entretenerme a recogerme el cabello. Por suerte y para mi sorpresa lo hallé en el primer lugar donde miré, la biblioteca, y por su gesto inexpresivo deduje que no le sorprendió verme allí yendo en su búsqueda.

—Buenos días, Alexandra. Qué madrugadora… ¿a qué se debe? —dijo sin levantar la vista de los documentos que tenía sobre la mesa.

—Necesito hablar contigo, es sobre la boda.

—Creo que ya está todo dicho. Sigue su curso.

—Tal vez eso lo deberíamos decidir nosotros, ¿no crees? Y más sabiendo el riesgo que existe.

—No te preocupes por eso, aunque traigan refuerzos, no podrán con nosotros.

—Entonces… ¿no vas a hacer nada? ¿Vas a dejar que vengan a atacarnos?

—Bueno, no sé qué otra cosa podemos hacer. Es la ley del más fuerte.

—Tal y como yo lo veo, ellos no lo quieren como futuro *laird.* Darach me contó que quieres regalarnos este castillo. No lo hagas papá, no lo necesitamos y eso tranquilizará a los clanes, no nos atacarán. Es la mejor solución.

—Querida, se supone que soy mortal. Algún día, tarde o temprano, heredaréis estas tierras, ¿qué crees que harán en ese momento? La idea que tienen trascenderá de padres a hijos. Ya viste a John Murray. No hay escapatoria, el enfrentamiento está asegurado.

El vello de mi cuerpo se erizó al oírle hablar así en un tono tan tranquilo, como si no tuviera importancia. Mi mente comenzó a recordar la conversación de la noche anterior con Darach y de pronto tuve una idea.

—Está bien, sé que eres amigo del rey Jacobo, ¿no podrías hacer que absolviera a Darach de sus *pecados*? así al menos no sería visto como un traidor, tan solo sería un hombre humilde capaz de enfrentarse a todos por su amada y eso no sería tan mal visto, ¿verdad? —comenté. Su mirada perspicaz se detuvo en la mía por unos instantes. Después, dejó sus anteojos sobre los papeles del escritorio y rodeó la mesa para colocarse ante mí, sujetándome los hombros con sus manos.

—Podría hablar con el rey, pero no me haría caso. Ese tipo de penas son muy comunes en esta época y el rey no perderá el tiempo en problemas que solo le atañerían quebraderos de cabeza. Necesita el apoyo de todos los clanes, si se decantara por unos más que por otros podrían surgirle enemistades indeseadas y eso no lo permitirá jamás. Lo siento, pero no puedo hacer nada.

—¿Y qué otra alternativa nos queda para que le levanten el destierro? Si al menos pudiéramos conseguir eso…

—No me pidas hablar con lord Robert, no me escuchará. Lo intenté una vez y ni siquiera permitió que le explicase la conspiración que hubo contra Darach. Ese hombre quedó muy ofendido ante la evidencia del robo, pues confiaba mucho en él y en su familia. Vi dolor en sus ojos. Darach no sabe que quise reparar su condena y así debe seguir siendo. Deberá continuar su vida y labrarse el buen nombre que sabemos posee.

—¿Fuiste a hablar con lord Robert y no te escuchó?

—Exacto. Y si yo no pude convencerle de su inocencia, nadie lo hará.

—No es justo. Me ha planteado suspender la boda, no quiere que nadie luche por su culpa, se considera un miserable. Debemos hacer algo, no podemos dejar que su pasado siga haciéndole daño, no se lo merece.

—Tenemos la alianza de muchos clanes, no ocurrirá nada malo. No te preocupes.

Me separé de él y comencé a caminar por la biblioteca hasta terminar frente a uno de los enormes ventanales. El sol había salido y bañaba el monte con su candorosa y débil luz. Mi corazón se entristeció por él y la pena me embargó por un momento. Todo había sido por culpa de ese tal Niall, un cobarde y embustero que se aprovechó de la honestidad de Darach. No me caracterizaba por ser una persona vengativa, pero tenía que reconocer que en esos instantes odiaba a ese Niall con toda mi alma.

<<Si pudiera hacerle pagar por su trampa… ¡Cabrón!>> Casi dije ese pensamiento en voz alta, pero gracias a él tuve una revelación. Me entretuve observando el paisaje, pero sin verlo realmente porque mi mente había comenzado a fraguar un plan que tal vez, solo tal vez, pudiera funcionar.

—Papá, si la persona que incriminó a Darach confesase, ¿lord Robert le indultaría? —pregunté. Se quedó pensativo un momento mirándome sin pestañear. Esa pregunta lo sorprendió. Caminó hacia mí pensativo tocándose la corta barba hasta que se colocó a mi lado y como yo, observó el horizonte sin contemplarlo.

—Eso no ocurrirá. Niall Wadlow jamás confesará.

—¿Pero, si lo hiciera?

—En ese caso… supongo que sí, quedaría absuelto. Hija, eso no ocurrirá, Niall jamás confesará pues sería su perdición —insistió.

De pronto, una fuerza enigmática y poderosa apareció en mi interior. Tenía una idea, una idea que tal vez no funcionase, pero que si lo hacía…quizás obtuviera el resultado que tanto deseaba. Era toda una conjetura, un plan imperfecto lleno de esperanza, que podría poner fin a tan miserable e indeseada situación. Sonreí.

29. Preparativos

Eran las ocho y diez de la mañana del miércoles quince de julio del año mil seiscientos veinte. Después de hablar con mi padre me dirigí a mi alcoba, sin perder ni un solo minuto. Después de cerrar la puerta con demasiado entusiasmo, me dirigí a la silla del escritorio para a elaborar el plan que se me había ocurrido. Aún faltaban diez días para la celebración, puesto que el enlace tendría lugar el propio día veinticinco, así que debería tener tiempo suficiente. La idea era simple: convencer a Niall para que confesase su crimen. Sin embargo, la ejecución se me antojaba algo más difícil porque aun suponiendo que pudiera encontrarlo, persuadirle para que admitiera su falta sería prácticamente imposible. Ningún hombre, en su sano juicio, se delataría a sí mismo años después ante su lord, confesando ser el autor verdadero del agravio cometido con el que se había condenado a otro; mucho menos en el siglo XVII donde en el mejor de los casos, penaban con el destierro y en el peor, con la muerte.

Resoplé afligida. Cuanto más lo meditaba más absurdo e inalcanzable me parecía. Me estaba engañando, jamás conseguiría su confesión. Además, ¿qué podía hacer? ¿Presentarme ante él de repente y hablarle como si nada? No solo me tacharía de bruja, sino que ni siquiera escucharía mis palabras. Por no hablar de que yo también me expondría al peligro mostrando mi rostro a un hombre que jamás descansaría hasta verme colgada de una soga. Toda ilusión que había sentido al principio por haber tenido un pensamiento productivo se iba al garete ante la cruel y desdichada realidad.

—¡Mierda! —bramé irritada mientras le daba una patada a la pata del escritorio. Había conseguido enfadarme y no era para menos. Me levanté ofuscada y empecé a caminar de un lado a otro, buscando cualquier alternativa a aquella idea descabellada. En ese instante, alguien llamó a mi puerta. Con tanto alboroto mental se me había olvidado ir a desayunar y justo en el momento en el que caí en la cuenta, mis tripas resonaron impacientes en mi interior. Cómo no. Olivia había venido a avisarme de que la mesa estaba servida y que se requería mi presencia ante los invitados. Me sorprendió tal aviso, pero accedí sin demora pues la necesidad de alimentar mi cuerpo era mayor cada día y tal vez, con el estómago lleno, pudiera pensar con más claridad.

La mesa del gran salón estaba a rebosar. Huevos fritos, tostadas, salchichas, judías estofadas, tomates fritos, fruta, leche recién ordeñada... El repertorio del menú era desmedido y la boca se me hizo agua al ver tal festín expuesto. Un rugido salvaje resonó en mi interior, por suerte, el salón estaba repleto de personas ajenas y su alboroto amortiguó el ansia de comida que mi cuerpo exigía deliberadamente. Una risa conocida llamó mi atención a la entrada del salón, mamá iba acompañada de Darach y los dos parecían reírse de algún chiste divertido. Sonreí al verlos y me dirigí directa hacia su presencia.

—Buenos días, cariño.

—Buenos días para ti también, mamá.

—*Milady*...—Darach elevó mi mano y depositó sobre ella un beso delicado clavando sus ojos en los míos. Su mirada penetrante hizo que me sintiera desnuda y deseada—. He de decir que hoy estáis preciosa, tenéis un rubor exquisito que hace destacar el color de vuestros ojos —dijo en tono grave. Me quedé pasmada. Si tenía un "rubor exquisito" como había dicho Darach, en ese mismo instante había pasado a un carmín intenso, estaba segura. No era normal, el calor que sentía en mi cuerpo cada vez que él me expresaba cualquier palabra bonita, hacía que se derritiera hasta la última de mis células y el deseo que tenía por él se disparaba exponencialmente.

—¡Cariño, contrólate! Te has puesto más colorada que los tomates fritos de esa mesa. Por cierto, qué pinta tiene todo, y qué hambre, mmm...

—A mí también me ha entrado hambre. *Milady*... —Darach me ofreció su brazo mientras decía esa frase con doble sentido. Se había propuesto subirme el tono, y lo estaba consiguiendo.

Papá entró por la puerta saludando a los invitados con una cortesía risueña y amigable. Me parecía sorprendente la confianza que tenía con algunos miembros de los clanes, en especial con Archivald Mackintosh, del clan Mackintosh. Al vernos, se acercó hacia nosotros con los brazos abiertos y sonrió.

—Sentaos a mi lado, por favor. Pocas veces estoy rodeado de gente tan maravillosa y quiero disfrutarlo.

—Milord, ¿ha pensado en lo que hablamos ayer? Tal vez sea el momento idóneo para comunicarlo. Deberían saberlo.

—Claro, Darach, no te preocupes —le guiñó un ojo para después dirigirse a su asiento presidiendo la mesa como dueño y señor del castillo.

—¿A qué te refieres con "lo que hablamos ayer"? —pregunté curiosa.

—Discúlpame. Después de marcharme de tu alcoba, fui a ver a tu padre y le pedí que anulara el enlace. Sin boda, no hay peligro.

—¿Cómo dices? ¿Y cuándo ibas a decírmelo? Esa es una decisión que deberíamos tomarla los dos, ¿no te parece?

—No. Tú no entiendes de estos asuntos, Alexandra.

—¿Que no entiendo?, ¡¿me tomas por tonta?! —grité incrédula. No podía creérmelo. Había decidido por los dos y sin consultarme. Bueno, en realidad sí me había expresado su opinión, pero jamás accedí a la idea de suspender el enlace. Ni siquiera había tenido tiempo para desarrollar mi plan. Me aparté de él con un brusco gesto de ira. El rubor que apenas empezaba a desvanecerse volvió a incendiarme el rostro, aunque esta vez no por la turbación, sino por el súbito enojo que despertaron sus palabras. Darach echó un vistazo a nuestro alrededor y, al comprobar que nadie nos observaba, salvo la mirada atónita de mi madre, me sujetó del brazo y me sacó del salón, arrastrándome con firmeza hacia el hueco bajo la escalera. Me arrimó de espaldas a la pared, creando un muro con su cuerpo, cercándome y evitando cualquier posibilidad de escape. Inclinó la cabeza hasta dejarla a la altura de la mía, tratando de atrapar mi mirada esquiva. Me sujetó el mentón obligándome a mirarle directamente y sus palabras susurrantes estremecieron el vello de mi cuerpo con una atracción ineludible. Tenerlo tan cerca derribaba cualquier muralla defensiva que pudiera construir.

—No eres tonta, pero eres una dama del siglo XXI que no sabe lo que es una guerra encarnizada y cruel. No deseo otra cosa que desposarme contigo entre mis seres queridos, pero sabré vivir con un enlace en tu siglo. Si he de renunciar a mi deseo por proteger a mi gente, que así sea.

—Lo entiendo, pero no es justo que trates estos temas sin mi presencia. También era decisión mía.

—Tienes razón, te pido disculpas —respondió. Arrimó su cuerpo al mío y aspiró profundamente el aroma de mi cuello. Mi corazón comenzó a galopar a gran velocidad. Su ronroneo me seducía de un modo perturbador y hacía que mi respiración se volviera inestable y lujuriosa. Me molestaba ser tan vulnerable a sus encantos.

—Mmm… ¿le he dicho que anula mi cordura, *milady*? —sus inquisitivas manos comenzaron a bajar por mi cintura con una intención poco recatada.

—Darach, podrían vernos.

—Todo el mundo está en el gran salón. Nadie nos encontrará. Si lo prefieres, detén el tiempo, así podremos recrearnos lo que queramos.

—¿Y qué mi padre se entere? No, gracias.

—Entonces, démonos prisa o se preguntará dónde estamos —susurró detrás de mi oreja. Un escalofrío placentero recorrió mi cuerpo entero erizando el vello de mi cuerpo. Su lengua abrasaba la piel de mi cuello dejando un reguero ígneo que me impedía concentrarme en mis pensamientos.

—Darach, no...la promesa... re... ¿recuerdas? —mi excitación impedía que me expresara con claridad pues mis palabras iban acompañadas de un frenesí y un deseo carnal demasiado evidente y nada convincente. A pesar de eso, seguí intentándolo—. A...aquí no...pu...pueden vernos.

—Vuestra boca dice no, pero vuestro cuerpo sugiere lo contrario.

—E...eso no es cierto —rebatí vacilante.

—Sí lo es. Puedo hacer que viajéis a las estrellas, *milady* —susurró en mi escote en el que se esmeraba por adorar con sus labios y su lengua candente. Su mano se introdujo bajo mis faldas en busca de ese lugar recóndito entre mis piernas. Se detuvo en la cumbre, allí donde la fantasía empezaba a desbordarse y a confundirse con el delirio—. Pedidme que me detenga y veré si os hago caso. Ahora mismo rompo el juramento de castidad —comenzó a mover sus dedos trazando círculos que me llevaron a un placer extremo. Me aferré a sus hombros pues las fuerzas parecían abandonarme, la fricción en ese punto era extraordinaria, demasiado embriagadora. Mi respiración se aceleró al compás de mis latidos. Darach bajó parte de mi escote dejando al aire uno de mis pechos; lo agarró con desespero para después lamerlo y besarlo como solo él sabía hacer. Ahogué un gemido en su pecho cuando sus dedos comenzaron a deslizarse hacia mi interior. Mi autocontrol desapareció por completo provocando que mi razón se concentrase en esa oscilación tan satisfactoria. Le sostuve la mirada, suplicándole en silencio que no se detuviera, en sus ojos ardía un fuego líquido que me consumió por dentro.

—No...no pares —supliqué.

Emitió un rugido como si fuese un león y acercó aún más su cuerpo al mío. Su masculinidad se mostraba imponente y preparada para efectuar aquello en lo que estaba especializada.

—Sus deseos son órdenes, *milady* —me elevó en el aire colocando mis piernas alrededor de su cuerpo. Se había bajado ligeramente los pantalones y sin previo aviso, me envistió con desespero.

—¡Ah! —exclamé. Esa parte de mi anatomía estaba hambrienta y sentir su miembro invadiendo mi cuerpo fue un regalo exquisito. En ese instante, su mano tapó mi boca en un intento de acallar mis jadeos. Era tan difícil mantener el silencio cuando todo mi cuerpo se deshacía en placer. Nuestras miradas se quedaron enganchadas mientras nuestros cuerpos eran cautivos del más cruel y fiero arrebato pasional. El sonido de unos pies bajando las escaleras detuvo su movimiento, nos quedamos inmóviles y en silencio a la expectativa de la dirección de esa persona que se atrevía a interrumpirnos. Mi mirada osciló a nuestro alrededor temerosa de encontrar a ese individuo que pudiera delatarnos y pendiente de, si se diera el caso, detener el tiempo. El sonido del bullicio proveniente del salón llegaba de un modo débil por la distancia, la tensión por ser descubiertos fue el mayor estímulo que podríamos haber tenido. Los pasos se alejaron y Darach siguió con su juego deslizándose de nuevo dentro de mí, pero con un movimiento más lento y despiadado. Me aferré a él aún más fuerte, acallando mis jadeos en su pecho y respirando su aroma que tanto me enamoraba. Ese avance delicado y suave era aún más exquisito que el anterior. Llegamos al clímax en una rapidez asombrosa. Nuestra escena pasional duró muy poco, aunque fue devastadora, devolviéndome una felicidad y un éxtasis casi olvidado. Minutos después, regresábamos al salón como si nada hubiera ocurrido, donde los comensales nos esperaban impacientes y hambrientos.

—¿Todo bien, hija? Pareces acalorada...—comentó papá inocentemente, cuando nos sentábamos a su lado.

—Eh...sí, todo bien. No es nada—contesté cohibida. Ese hombre tenía el don de hacerme sentir el centro de atención justo cuando más deseaba desaparecer, y nunca supe si era un gesto calculado o pura casualidad. El calor que invadía mi rostro se convirtió en un sofoco incómodo.

—¡Estupendo! —se puso de pie mientras que con un tenedor golpeaba ligeramente su copa llamando la atención de todos los presentes—. Ahora que estamos todos, quería aprovechar este momento para anunciar algo. Todos sabéis que la circunstancia que nos ha reunido aquí es, nada más y nada menos, que el enlace de mi hija con este muchacho —nos señaló—. A pesar de lo que pueda parecer, se aman con sinceridad, sin embargo, y después de lo acontecido ayer con los Murray, el joven Darach vino ayer noche a mi alcoba para hacerme una petición. Solicitó que anulase el compromiso, no porque ya no amase a mi hija sino porque no estaba dispuesto a provocar una guerra por su circunstancia y lo último que quería era hacer sufrir a personas inocentes, como todos vosotros. Como veréis, está en juego su felicidad y, por consiguiente, la de mi hija. Soy un hombre muy cabal y reflexiono mucho cualquier cuestión antes de actuar. Cada paso que doy en este mundo está perfectamente hilvanado considerando los pros y contras que pudiera ocasionar, no solo a mí, sino a quienes me rodean. Es por eso, que he cambiado de opinión en cuanto al enlace se refiere.

—Entonces, ¿hemos hecho este largo viaje en balde? —Arthur Graham manifestó su pensamiento en voz alta y todos le miraron. Darach, que estaba sentado junto a mí, me agarró la mano con fuerza esperando impaciente la decisión de mi padre.

—¡Oh, no! ¡Eso sí que no! ahora que tenía el vestido de novia tan avanzado…que sepa que, aunque su hija no se case, me lo pagará con creces. Me ha hecho perder un tiempo preciado.

—*Laird* Graham… señorita Scott, no me han dejado terminar. Yo no he dicho que no vaya a celebrarse. Les he querido exponer la nobleza de este muchacho, que prefiere sufrir el resto de su vida antes que hacer pasar a nadie por una tesitura como la que se cierne sobre nosotros. Como ven, la generosidad y honradez que le preceden son extraordinarias y no puedo, ni quiero, que tenga menos de lo que se merece —hizo una pausa y dio un trago a su vino. El salón quedó sumido en un silencio reverencial, casi palpable, mientras todas las miradas se clavaban en Darach. Aquella declaración lo desarmó, y por un instante pareció frágil ante la magnitud del afecto recibido. Entrelacé mis dedos con los suyos, reclamándolo para mí, y el orgullo que me atravesó el pecho me hizo sentir, sin duda alguna, la mujer más dichosa del mundo—. Por ello, he tomado una decisión. Con tal de apaciguar a nuestros enemigos y de satisfacer, en cierto modo, la petición de Darach, este castillo, así como las tierras que se extienden bajo su amparo, no pasarán a ser suyos. Por el contrario, nombraré heredero de Penthworkshire a mi primer nieto varón. De este modo, Darach no será el *laird* de Glenmore ni ostentará el título de vizconde. Sin embargo, ese derecho recaerá en su descendencia. Hasta entonces, yo seguiré siendo el vizconde y el *laird*, dueño y guardián de estas tierras, hasta que mi hora llegue —nos guiñó un ojo al observarnos, y tanto Darach como yo quedamos estupefactos, pues, si de su muerte dependía, aquello no sucedería jamás. Un alboroto general llenó la estancia, pero para nuestra sorpresa, todos coincidieron en que era la mejor decisión—. Con esto confirmo que el enlace sigue adelante. Vuestro mayor deseo es estar juntos y desposados. Ya no hay motivo para no celebrar vuestra unión.

Darach se quedó callado y pensativo unos segundos hasta que se levantó y se colocó al lado de mi padre.

—Os agradezco la intención, milord, pero los Murray no se conformarán. No aceptarán que mi descendencia gobierne este lugar pues será sangre de mi sangre.

—Entonces, lucharemos. Estamos dispuestos a defenderos, Darach Sallow. Es una solución acertada y si no la aceptan, nos enfrentaremos a ellos sin dudarlo —Archivald Mackintosh se levantó mientras golpeaba la mesa con su puño y exponía su pensamiento con impetuosa decisión.

—Me siento alagado por vuestra muestra de respeto, *laird* Mackintosh, pero no puedo aceptarla. No quiero cargar con la muerte de hombres y mujeres inocentes, no sería honroso.

—Tampoco lo es faltar a tu palabra en matrimonio. Darach, dejemos que los días pasen y llegado el momento, cuando debamos enfrentarnos a los Murray, veremos qué sucede. Mientras tanto, disfrutemos de estas deliciosas viandas o se enfriarán demasiado.

Papá supo cambiar de tema y todo el mundo comenzó a comer entre gestos y palabras llenas de camaradería. Darach apenas probó bocado y cuando estuvo saciado, antes que nadie, pidió disculpas y se marchó del salón. Reprimí el impulso de salir corriendo tras él, consciente de que necesitaba estar solo. Había permanecido en silencio todo el tiempo que estuvo a mi lado, y en su cuerpo se adivinaba la indecisión, como un velo turbio empañando su alma. Sentía cómo sopesaba cada palabra pronunciada en aquella mesa, cada posible solución a una situación tan detestable. Habíamos acudido a celebrar el día más feliz de nuestras vidas, y, sin embargo, todo parecía transformarse en una pesadilla de la que no sabíamos cómo escapar. Tras el espléndido almuerzo, la señorita Scott prácticamente me raptó y pasé el resto del día rodeada de cintas, encajes y volantes. Según ella, habíamos perdido ya demasiado tiempo, de modo que era imperativo aprovechar cada instante. Por suerte, aquella sería la última ocasión en que requeriría mi presencia pues solo quedaría la prueba definitiva del vestido, prevista para la víspera de la celebración.

Me dolían los brazos de tanto mantenerlos en alto y los bostezos se me escapaban, lentos y profundos. En ese momento mi madre cruzó el umbral de la habitación. Le dediqué una mirada suplicante, y ella respondió con una risa al verme convertida en un regalo envuelto en muselina y alfileres.

—Estás preciosa, mi niña…

—No te burles, por favor. Señorita Scott, ¿podría darme un descanso de diez minutos? Necesito hablar con mi ma…tía.

Ella me regaló una mirada asesina que no me gustó en absoluto, pero finalmente salió de la alcoba sin rechistar, dejándome a solas con mi madre. Suspiré. Bajé del pedestal en el que estaba elevada y me encaminé directa a la cama donde me dejé caer de espaldas. Estaba aburrida y cansada. Había intentado evadir mi pensamiento de la entretenida charla que tenía con la señorita Scott, pero había sido imposible. Toda su palabrería iba dirigida a las maravillosas telas que había visto en uno de sus viajes a Italia y lo encantada que había quedado con la moda atrevida y colorida de ese lugar. Su conversación era un puro y literal monólogo del que no podía evadirme pues de vez en cuando me hacía una pregunta a la que solo podía contestar con monosílabos para, después, poder seguir hablando y hablando hasta la saciedad. Esa noche tendría pesadillas con ella, estaba segura.

—¡Es insoportable! Gracias, mamá. Me has salvado la vida —confesé. Sonrió y me acarició el cabello suelto.

—Has de explicarme la conversación de esta mañana en la mesa, algo le ocurre a Darach, lo he notado ¿Es por la pelea de ayer con aquel hombre? —preguntó sentándose a mi lado. Me incorporé y la miré con tristeza.

—Sí. Perdóname, siento no habértelo contado antes. Darach fue desterrado injustamente de sus tierras hace unos años y ahora, los Murray, no quieren que sea el señor de Glenmor Castle ya que este castillo, así como su territorio, perteneció a ellos. Consideran un insulto que un inglés como él sea el próximo vizconde. Si nos casamos, han amenazado con emprender una guerra para recuperar Penthworkshire y Darach no está dispuesto a eso, prefiere suspender el enlace para no poner en peligro a las gentes de este lugar.

—¡Pero eso es terrible! ¿No hay otro modo?

—Creo que la idea de papá, la de nombrar a nuestro hijo heredero de todo esto, es buena.

—Si, parece una solución inteligente.

—Sin embargo, creo que Darach no está de acuerdo. Su destierro le perseguirá por el resto de su vida y eso le consume, mamá. Si al menos pudiéramos solucionar eso…

—¿Por qué le desterraron? Tuvo que ser algo muy grave.

—Fue objeto de una trampa que organizó su mejor amigo. Ese hombre quería el puesto de Darach, como capitán de la guardia del Duque de Somerset. Lo engañó y quedó ante todos como un vulgar ladrón y ahora, su rumor ha llegado hasta aquí. Es por eso que no le quieren. Lo menosprecian y se avergüenzan de él.

—Oh, pobre Darach. Pero… vosotros sois los que manejáis el tiempo, podéis arreglarlo, ¿verdad?

—No es tan fácil, mamá. Está prohibido cambiar nada del pasado. Pero, si al menos pudiera cambiar el presente, si pudiera hacer que ese tal Niall firmara una confesión, tal vez el Duque le absolvería, ¿comprendes? —me levanté de la cama y me acerqué a la ventana observando cómo el viento mecía los árboles sutilmente. El silencio nos rodeó por unos segundos, roto solamente por el tic tac del reloj de la pared. Inspiré profundamente en un intento de calmar la ansiedad que parecía querer apoderarse de mi respiración. El sufrimiento de Darach me dolía en el alma y me sentía inútil por no poder ayudarlo—. No sé cómo hacerlo…no puedo presentarme ante él y obligarle, me tacharía de bruja o algo peor, y tampoco me escucharía. Quiero ayudarle sin empeorar las cosas y sin saltarme leyes universales.

—Lo siento, cariño, si pudiera ayudaros en algo…

—Lo sé. No te preocupes, mamá. Tal vez no se pueda hacer nada —dije sin dejar de contemplar el bosque en la lejanía. El silencio se interpuso de nuevo entre las dos, nuestras mentes se evadieron un instante, hasta que me di la vuelta resignada y observé su rostro iluminado y sonriente con una picardía especial. Cuando alzó la mirada y la clavó en la mía, advertí la solución reflejada en sus ojos.

—¿Y si te hicieras pasar por un fantasma?

—Mamá, te estoy hablando en serio.

—Y yo a ti. Escucha, está claro que nunca te has visto a ti misma aparecer en un lugar. Te aseguro que es extremadamente espeluznante. Durante un instante, tu imagen es…cómo decirlo…difusa; eres volátil y semitransparente. Si pudieras mantener ese estado y hablar a través de él, te aseguro, cariño, que convencerías hasta al más escéptico de los hombres y en esta época, son muy temerosos de Dios.

Mi cabeza comenzó a dar vueltas ante esa posibilidad ¿Cómo no se me había ocurrido? ¡Era una idea brillante! Solté una carcajada al imaginar la escena terrorífica que podría proyectar. Mamá tenía razón, si lo preparaba bien, tal vez pudiera conseguirlo.

—Probémoslo —dije impaciente. Subí al pedestal de nuevo y concentré mi mente. Comencé a desaparecer ante mi madre, lentamente. Se trataba de volverme casi incorpórea, desvanecerme en el aire como un suspiro. Era parte de mi esencia, y una vez aprendido el modo, fluía sin esfuerzo. Su expresión de asombro confirmó que había logrado el punto idóneo de inmaterialidad para amilanar a cualquiera. Ahora llegaba el asunto de la voz, efecto que debía dominar para que todo lo demás cobrara sentido. Jamás había hablado en ese estado y no tenía muy claro que pudiera conseguirlo, pero no me entretuve a hacer conjeturas.

—Mamá, ¿puedes oírme? Si es así, contéstame por favor.

—Eh...sí, sí, te oigo...cariño, vuelve a la normalidad, por favor. Aunque la idea ha sido mía, no soporto verte así.

Reí y aparecí de nuevo ante ella para abrazarla.

—¿Qué opinas, crees que funcionaría?

—Mírame, aún tengo los pelos de punta. Además, tu voz suena como si tuviera eco. Te aseguro que ese hombre hará lo que le pidas. Eras como un espectro.

—Gracias, mamá. Jamás se me hubiera ocurrido algo así. Esta noche haré una visita a ese tal Niall. No descansaré hasta que confiese su farsa.

La señorita Scott regresó al cabo de unos minutos. Ese leve momento que estuve a solas con mi madre, me había devuelto la ilusión por ese plan que ahora veía prometedor. Mamá se despidió de nosotras, pero antes de marchar me guiñó un ojo lleno de complicidad. Me hacía tan feliz tenerla conmigo...El resto de la tarde pasó realmente más rápido de lo que creí. Parecía que la señorita Scott nunca se cansaba, a pesar de sus sesenta y dos años seguía trabajando con una devoción pasmosa por aquello que le apasionaba, la moda, y fue casi a la hora de la cena cuando dio por concluidos nuestros ensayos. Se había pasado todo el tiempo hablando y hablando sin parar, pero ahora mi mente sí estaba ocupada, ignorando su persistente charlatanería y concentrada en el propósito que más me interesaba.

La cena fue algo más pesada que de costumbre o al menos eso me pareció. Las ganas por llevar a cabo el plan me llenaban de impaciencia, pero tenía demasiada hambre como para cenar un tentempié en mi habitación. El estado hambriento de mi cuerpo me dejaba atónita, ese bebé consumía mi energía de un modo sorprendente pues no solo había aumentado la cantidad, sino la asiduidad. A ese paso, me pondría como una vaca. Darach decidió cenar en la cocina con su familia, algo que generó un ligero murmullo a nuestro alrededor y que no me gustó en absoluto, sobre todo las miradas de soslayo que algunos me regalaron como si les diese pena.

Les ignoré y elevé el mentón sin darle mayor importancia, aunque mi interior se revelaba queriendo salir corriendo. Una vez saciado mi apetito, mamá y yo nos disculpamos ante todos, dejando ver lo terriblemente cansadas que estábamos, para retirarnos a mi habitación. Siempre habíamos compartido la soledad, y ahora la presencia de extraños nos resultaba ajena y casi incómoda.

Mi mente continuaba tejiendo el plan. Para lograr que un hombre ambicioso y egoísta sintiera arrepentimiento tras haber obtenido, mediante artimañas, aquello que siempre había codiciado, debía actuar con firmeza y seguridad, sin dejar resquicio a la duda. Claramente, la puesta en escena me favorecía, pero si quería que mis palabras hicieran efecto, debía ser certera, no solo en el mensaje sino en la apariencia y qué mejor para un cristiano que ver en vivo y en directo, a la mismísima Virgen María.

<<Voy a ir al infierno>> pensé. En casi todas las escenas e imágenes representadas de la Virgen María a lo largo de los siglos, llevaba un velo azul sobre su cabeza. Intentamos por todos los medios hacerme parecer a esa imagen tan espiritual. Me quité la ropa y me quedé con la camisa de lino en tono hueso que llevaba bajo mi vestido. Mamá me había traído una toquilla de lana azul celeste, la cual me puse sobre la cabeza tapándome ligeramente el cabello suelto. A simple vista, el disfraz era muy cutre, pero con la difusión de la imagen esperaba que fuera lo suficientemente persuasivo. Probé a desvanecerme levemente y que ella pudiera comprobar si era creíble, pero su mirada no pareció muy convincente.

—¿Qué ocurre, mamá?

—No sé… te falta algo. Se te ve tan oscura…te falta luz.

—Es de noche, ¿y si pruebo con el candil? —me materialicé por completo ante ella de nuevo con intención de cogerlo.

—No, debería ser una luz más brillante. Una luz que le deslumbre y asuste a la vez… ¡espera un momento! —salió apresuradamente de la habitación para regresar unos minutos más tarde con algo oculto entre sus manos. Su móvil. Abrí los ojos desmesuradamente.

—¿Estás loca? ¡No puedo usar eso!

—Bah, tonterías, no se apreciará. Solo enfócate con la linterna desde abajo. Vamos, prueba ahora.

Puse los ojos en blanco, pero le hice caso. Encendí la linterna de su móvil y procedí a hacer lo mismo que momentos antes solo que esta vez con la luz orientada directamente hacia mi rostro. Solo esperaba que no me diera la risa. El efecto debió de ser estremecedor porque el rostro de mi madre cambió drásticamente evidenciando el resultado que buscábamos.

—Ahora sí. Estás lista.

El cielo se había cubierto por completo y la noche, de supuestamente luna llena, tenía un telón negro que ocultaba su precioso resplandor. La cálida brisa del día había pasado a ser un viento huracanado que mecía la densa arboleda de los bosques ejerciendo un sonido seseante y amenazador. A medida que me acercaba a mi destino, la tormenta se embravecía. La incorporeidad me hacía viajar a una velocidad de vértigo, aun así, la presencia tan cercana de los rayos hacía que me plantease seriamente si merecía la pena morir electrocutada por un plan que, en ese instante, no parecía tan acertado. Tenía la vana esperanza de que, en el estado etéreo en el que me hallaba, los rayos no pudieran alcanzarme, pero yo también era una forma de energía atravesando un espacio cargado y electrizante y quizá tentaba al azar, arriesgando la vida por algo que, muy probablemente, no valdría la pena. Otra de las cuestiones que acudían a mi mente era que ni siquiera sabía cómo era físicamente ese tal Niall. A pesar de eso, confiaba en mi naturaleza, pues ese estado inmaterial se regía, o más bien era dirigido y canalizado por el propio tiempo. Esa era mi esperanza para hallarlo, concentrando mi mente en su persona y que el propio tiempo me llevase hasta él. Así de fácil. Tal vez demasiado.

Todo avanzaba a mi alrededor aceleradamente. Apenas podía distinguir las poblaciones a través de la recia lluvia, pero sentía que aún no había llegado. Mi percepción me decía que estaba cerca, aunque no lo suficiente. Después de un tiempo que me pareció eterno, mi ente se detuvo de repente. Percibí su energía con una intensidad abrumadora, como una presión en la cabeza que insistía implacable, "es aquí". Bajo mi vista, se hallaba una población pequeña y sombría, Dunster. Apenas una docena de antorchas iluminaban débilmente un corto itinerario, repartidas por el centro de sus calles, mostrándola misteriosa y vacía. La tormenta había menguado, pero aún caía una débil llovizna que hacía cabriolear las llamas incandescentes de las antorchas. Era tarde, pasadas las doce de la noche y la población se hallaba en un auténtico silencio mortuorio, típico de una época sin electricidad ni hábitos trasnochadores.

Estaba centrada en distinguir la providencia de esa energía cuando un movimiento de luces en la lejanía llamó mi atención. Frente a mí, coronando la colina que vigilaba el pueblo se alzaba un castillo imponente. En el patio contiguo, el vaivén de dos antorchas, sostenidas por dos hombres, trazaba sombras inquietas contra la piedra. Mi interés se intensificó pues Niall se había convertido en el capitán de la guardia y si en el transcurso de esos años su situación no había cambiado, era muy probable que estuviese en ese lugar. Avancé hacia su posición y encontré a dos hombres entrados en años hablando y riendo en el patio inferior con voz extremadamente elevada. El castillo se dividía en dos partes bien definidas. La más exterior se alzaba como un cinturón de piedra en un muro robusto, salpicado de torretas y rematado por pequeñas almenas, que abrazaba y defendía el edificio principal, donde el Duque había fijado su residencia. Los dos hombres reían a carcajadas cuando una ventana del castillo se abrió para mostrar el busto enfadado de un hombre mucho más joven que ellos.

—¡Callaos, escoria, o me veré obligado a poneros en vereda!

—Sí, mi señor. Disculpadnos —los dos hombres se cuadraron y sin volver a pronunciar palabra cada uno fue a ocupar su puesto de vigilancia en la fortaleza. El hombre de la ventana miró al cielo comprobando que aún llovía y volvió a cerrarla fuertemente. Al contemplarle, supe que era él. Niall Wadlow se hallaba tras ese pequeño tragaluz y el fulgor del débil candil que iluminaba su estancia, se acababa de apagar. Había llegado el momento de hacerle una visita. Me detuve ante su ventana. Si hubiera tenido cuerpo hubiera sentido mi corazón latir desbocadamente y hubiera inspirado un par de veces para tranquilizarme, pero en esos momentos no sentía nada, solo la fuerte presencia de ese hombre y la determinación que me había llevado hasta allí. Un trueno resonó a mis espaldas anunciando que la tormenta no daba tregua, eso me gustó pues el temporal era en un aliado perfecto para la puesta en escena.

Atravesé el fino cristal como si no existiera. Todo estaba en completa oscuridad, aunque mi visión ultravioleta no se veía afectada por ella, pues podía distinguir claramente las figuras y formas. La estancia era de lo más simple, tenía un gran arcón a un costado y sobre él, la indumentaria de soldado junto a una cota de malla, que seguramente había llevado durante el día. Un pequeño camastro y una chimenea apagada al fondo terminaban de llenar la reducida alcoba. A los pies de su lecho, y tiradas en el suelo, había un par de jarras de cerveza vacías y junto a ellas una enorme espada con las letras NW grabadas en su empuñadura. El cuerpo de Niall yacía al descubierto sobre el sucio jergón; parecía inconsciente, aunque el leve vaivén de su pecho delataba un sueño profundo. En ese instante y para constatar lo que veía, la luz de un relámpago iluminó momentáneamente la estancia y Niall, como si estuviese en concordancia con la tormenta, produjo un ronquido ensordecedor a la misma vez que el trueno en el exterior. En efecto, ese hombre estaba frito y para llamar su atención no me quedaba más remedio que provocar algún ruido capaz de despertarlo.

Me materialicé, y en el momento exacto en el que el último átomo de la materia que componía mi cuerpo se completó, un hedor nauseabundo atestó mis fosas nasales hasta provocarme una arcada automática. Era un olor mezcla de suciedad, polvo, excrementos y sudor rancio que hacía el ambiente irrespirable. Sin pensármelo dos veces abrí la ventana de par en par; sus bisagras oxidadas chirriaron ante el movimiento demostrando el poco uso que ese hombre le daba. El viento, que de nuevo se había levantado, entró con fuerza en la estancia aliviando mis pulmones y evitando que vomitara en la propia habitación. Niall se removió en su lecho al sentir el fresco y húmedo aire tormentoso sobre su pecho desnudo, pero para mi sorpresa, volvió a roncar. La lluvia, era ahora un aguacero y los truenos restallaban sin tregua en una noche que parecía maldita. Cuando el aire del interior fue relativamente respirable me acerqué hacia la cama y agarré el par de jarras de barro que había a sus pies. Fue entonces cuando mi atención cayó en lo que se escondía bajo el andrajoso lecho, un "precioso" orinal, colmado hasta el borde, no solo de orines, sino de una materia mucho más espesa y comprometida. Esta vez, no pude evitarlo, vomité. Intenté apartarme, pero lo único que conseguí fue extenderlo más.

—Oh, mierda, ahora también huele a vómito —susurré contemplando el desastre a mi alrededor. A pesar de lo incómodo de la situación, no tenía tiempo ni ganas de limpiarlo. Me encogí de hombros, supuse que para un guarro no habría mucha diferencia. En ese instante, Niall se incorporó somnoliento con los ojos aún cerrados. Sin pensarlo dos veces, arrojé las jarras con violencia junto a él y me evaporé antes de que pudiera reaccionar. Estas se estrellaron en la pared detrás de su cabeza rompiéndose en mil pedazos esparciéndose por todas partes. Un pequeño fragmento le dio en la nuca haciéndole saltar de su cama como con un resorte. Miró a su alrededor con extrañeza, con los ojos achicados inspeccionando todo cuanto le rodeaba y forzando la vista en una negrura estricta que le impedía distinguir su entorno. Un rayo alumbró el cielo con luz cegadora y esa claridad fue suficiente para que pudiera comprobar que estaba solo.

—¿Pero, qué demonios…? Maldita tormenta —al ver que la ventana estaba abierta de par en par, se acercó a ella y la cerró. Después, y con una desenvoltura asombrosa, se paseó por la habitación en completa oscuridad sin toparse con nada. Tenía memorizado cada centímetro de ese lugar hasta que se detuvo abruptamente pues sus pies pisaron una sustancia resbaladiza y caliente, mi vómito.

—¡¿Qué es esto?! —se apresuró hacia la mesilla de noche que tenía junto a la cama y encendió el candil. Este lo dirigió hacia el suelo donde se percató, muy a su pesar, que lo que había pisado no era otra cosa que un vómito —. ¡Demonios! No recuerdo haber bebido tanto… —se encogió de hombros como si tal cosa y restregó los pies sobre la piedra limpia. Ya se dirigía hacia su cama para acostarse de nuevo cuando descubrió los trozos de loza esparcidos por todas partes incluido su lecho. Agarró uno bastante grande que había caído sobre su almohada y se rascó la cabeza, extrañado. Reí en mi interior invisible. Otro rayo alumbró el exterior y esta vez el trueno sonó más potente. Niall sintió un escalofrío y volvió a mirar desconfiado a su alrededor. Ese hombre me percibía, estaba segura.

—…Niall… —susurré su nombre mientras le rodeaba en un estado mínimamente físico, lo suficiente para que mi voz se escuchara. Se giró bruscamente hacia donde había escuchado mi voz sacudiendo el candil de izquierda a derecha y alumbrando su entorno intentando encontrar sin éxito al intruso que había hablado.

—¿Quién anda ahí? Sal de tu escondite, maldito bastardo... —exigió. Caminó lentamente hacia los pies de su cama pisando de nuevo el charco candente sin importarle lo más mínimo, se agachó para coger la espada del suelo sin perder de vista la estancia. Finalmente, dejó el candil sobre el gran arcón y con una postura defensiva agarró la espada con las dos manos preparado para atacar.

—...Niall... —volví a nombrarle.

—¡Qui...quién sois? ¡Mostraos! —repitió desconfiado. Lo cierto era que me estaba divirtiendo. Tenía el rostro desencajado, pues la voz que le hablaba y su extraño eco no parecía proceder de ningún lugar en particular, y su habitación, minúscula y sin un solo rincón libre, no ofrecía escondrijo alguno. Me entretuve contemplándolo. Era un hombre que en mi época hubiera llamado la atención, casi tan alto como Darach, pero con cabello rubio. Su barba, larga hasta la clavícula, le confería un aire desaliñado, a pesar de eso parecía tener un rostro bello. Tal vez los ojos un poco juntos, pero bello, al fin y al cabo. Llevaba calzones largos, ligeramente sucios, y el torso descubierto revelaba diminutas cicatrices, huellas de antiguos enfrentamientos, algo muy común en aquella época. Volví a rodearle y esta vez hablé un poco más cerca de su oído erizándole el vello rubio de su piel.

—Niall Wadlow, sois un farsante...

Sacudió su espada a diestro y siniestro sin saber si acertaría o no. Su mirada se dirigía a todas partes y a ninguna en concreto al mismo tiempo. La respiración se le agitaba con rapidez, presa del pánico ante la sospecha de que aquella voz tuviera un origen más allá de lo terrenal. No podía estar más equivocado. Cuando por fin se detuvo, jadeante y desconfiado, decidí que había llegado el momento que tanto había esperado. Tenía que materializarme lo suficiente como para poder maniobrar el teléfono móvil y acceder a su linterna. Era el peor plan de la historia, pero era el único que tenía. Tal vez fue suerte o quizás casualidad, en ese preciso instante otro relámpago iluminó el interior de la estancia y su trueno estalló de un modo tan escandaloso que Niall se sobresaltó involuntariamente. Aproveché su distracción, colocándome tras él y me hice lo suficientemente corpórea como para encender la linterna.

<<Si de verdad existes, espero que me perdones>>, mi pensamiento fue dirigido a la Virgen María pues me sentía terriblemente pecadora. Sin embargo, la adrenalina que recorría mi ente me hacía ser poderosa. Niall caminó un par de pasos hacia delante esperando ver u oír algo más; al no advertir nada extraño, su cuerpo se aflojó ligeramente hasta que, con un movimiento lento, bajó la espada y apoyó su punta en el frío suelo. La lluvia había mermado bastante, pero los truenos seguían sonando en concordancia a la luz destellante de los rayos, los cuales alumbraban intermitentemente el pequeño cuarto. Soltó la espada abruptamente y esta se estampó estrepitosamente contra el suelo. Cuando por fin se giró para dirigirse hacia su cama, me vio. Se quedó petrificado en el suelo, su mirada reflejaba un terror absoluto; sus ojos se salían de sus órbitas y su mandíbula se desencajó de un modo alarmante. Por un instante, creí que le daría un infarto y apunto estuve de evaporarme. A punto. Decidí hablar y terminar con ese teatro de una vez por todas.

—...Niall...creo que no sois buen cristiano —dije solemne. Se frotó los ojos fuertemente creyendo que la imagen ante sí era producto de su imaginación. Cuando volvió a mirar y se percató de que era real, se santiguó tres veces seguidas. Reí.

—¿Qui...quién so...sois? —musitó. Su voz temblorosa era el reflejo del asombro, la incredulidad y el desconcierto que sentía en ese instante, sin embargo, también era la muestra de una auténtica creencia religiosa. Me di cuenta de que hasta el más ateo de los ateos caería rendido ante una evidencia de ese calibre.

—¿A caso no es evidente? ¿Es que no me reconocéis? —respondí. Se dejó caer de rodillas ante mí con los brazos desmadejados a sus costados con absoluta devoción. Mi ente, medio difuminado, flotaba ante él iluminado con esa luz resplandeciente y blanquecina, tan irreal en esa época como podía ser la de una simple linterna. Esa efigie que se representaba ante él debía ser el instante religioso más auténtico que había experimentado en su vida.

—¡Oh, Dios mío! no…no es posible, yo… —se frotó los ojos de nuevo y cuando su mirada volvió a fijarse en mí, una pequeña lágrima asomó por la comisura de su ojo izquierdo. Se levantó entonces, dando un paso hacia delante estirando una mano en un gesto involuntario para intentar tocarme. Desaparecí. Niall comenzó a buscarme por todas partes hasta que reaparecí en la otra punta de la estancia mostrándole una mirada hostil.

—Di…disculpadme, mi señora, no pretendía…lo, lo siento… —volvió a santiguarse, pero esta vez se quedó quieto observándome con asombro.

—He venido a corregir vuestra conducta indecente y deshonesta —repliqué disgustada. Las lágrimas de Niall resbalaban por su rostro sin cesar. Al menos, de momento, el plan parecía funcionar; eso me envalentonó—. Si seguís por este camino pecaminoso, gozaréis de una condena eterna en el averno y os aseguro que no será agradable. En cambio, si os redimís y actuáis desde hoy de buena fe, es muy probable que obtengáis el perdón de Dios.

Abrió los ojos de manera desorbitada, incrédulo por la advertencia.

—¿Qué…qué decís? —preguntó cauto. Cambié de posición rodeándolo y él me siguió con la mirada.

—Debéis de hacer una labor de redención, Niall Wadlow. Si queréis ganaros un sitio en el paraíso, no dudaréis en realizar la orden que voy a daros.

—¿Redención, decís?, ¿es que ha llegado mi hora?

—Aún no, por eso he venido. Estáis muy lejos de ser buen cristiano y queremos daros una segunda oportunidad. ¿Lo haréis?

Pestañeó dudoso. Finalmente asintió repetidamente con la cabeza.

—Sí, sí, si…po…por…por supuesto ¡Lo juro! ¡Lo juro!

—¡No blasfeméis! —Grité y mi eco retumbó entre las paredes de piedra —. No es de buen cristiano, aunque me alegra escuchar que estáis dispuesto. Estoy al tanto de todas vuestras fechorías, Niall, pero hay una en particular que aún podéis enmendar.

—Cla...claro, lo que sea.

Me detuve un instante contemplándolo en silencio, dejando que mi presencia adquiriera más importancia con el misterio. Estaba disfrutando como una niña que se regodea en su travesura. Después, me puse en movimiento nuevamente por la estancia.

—Hay un hombre condenado injustamente por vuestra culpa, por vuestra ambición y envidia. Un hombre bueno y noble que no merece lo que le hicisteis. ¿Sabéis de quién hablo? —pregunté. Inspiró abruptamente agrandando su pecho. Su rostro se ensombreció comprendiendo de quien hablaba hasta que finalmente agachó la mirada y la dejó perdida, rememorando un pasado que parecía reflejarse en el suelo a sus pies.

—Sí, claro que lo sé, pero eso que me pedís...no es posible. No puedo hacer nada para subsanarlo.

—¿No podéis o no queréis?

—No lo comprendéis ¡Eso supondría mi muerte! si confesara mi culpabilidad...me colgarían —declaró. Caminó desesperado de un lugar a otro de la habitación con las manos sobre la cabeza negando sin parar. El enfado que sentí en ese estado de incorporeidad relativo recorrió mis evaporadas venas y la rabia se apoderó de mí.

—Por vuestra codicia, ese hombre, al que si no me equivoco llamabais amigo, podría haber sufrido ese destino que tanto os atemoriza. Sin embargo, fue desterrado y sigue pagando su condena a día de hoy. Es su vida por la vuestra. Darach afrontó su castigo con honor y vos debéis hacer lo mismo. Os prometo que recibiréis el perdón de Dios y el mío después de ese acto de generosidad y redención.

—Lo que pedís será mi sentencia y la vergüenza para mi familia ¿De qué me servirá el perdón divino si ya no podré disfrutar de cuanto ahora poseo?

—Lo que ahora poseéis no es más que un espejismo. Arderéis en el infierno una y otra vez por todas las muertes, violaciones e injusticias que habéis cometido hasta la fecha, y el día de vuestra muerte, dentro de unos años, os arrepentiréis de cada momento excedido cuando vuestra alma condenada pague por cada acto deshonroso consumado —reproché elevando el tono de voz paulatinamente. Me estaba inventando todo, pero algo me decía que no andaba muy desencaminada—. ¿Estáis dispuesto a sufrir ese destino? Os aseguro que la soga en esta vida será un deseo inalcanzable cuando el fuego de Mammon, dios de la avaricia, os envuelva por la eternidad.

Se quedó inmóvil ante mi amenaza con los ojos muy abiertos imaginando esas palabras que parecían causar efecto. Decidí exagerar al máximo mi relato pues debía atemorizarlo en la mayor medida posible para que hiciera caso.

—Si lo hiciera… ¿perdonaríais todas las fechorías que he hecho? El destierro de Darach no es el peor de mis pecados.

—Lo sé, pero por algo se empieza. Las muertes y violaciones ya no tienen solución, Niall. Prometo mediar por vos para que no seáis ejecutado, a cambio, he de pediros otro favor. Desde hoy y hasta el día en que Dios os reclame, seréis un buen cristiano. Prometeréis respetar a las mujeres y a los hombres por igual y no os aprovecharéis de vuestra condición, sea la que sea, ante nadie. Esa es mi petición y por ello vuestra alma será eximida —dije sin vacilar. Había inflado un tanto mi argumento, pero era necesario. Solo esperaba que, si aquel hombre cumplía con lo que yo le pedía, encontrara el perdón el día de su muerte. Se quedó pensativo un rato con ojos enrojecidos y llorosos. Su mandíbula se tensaba sin cesar, muestra de la indecisión que existía en su interior. Dio un par de pasos hacia la cama y se sentó apoyando las manos en las rodillas. Permaneció inmóvil, perdido en sus pensamientos, sopesando cada posibilidad. El miedo se reflejaba en su cara como una certeza de futuro.

—¿Qué…qué me ocurrirá? Si, si confieso lo ocurrido. No quiero morir, no como un cobarde.

—Si tenéis fe, no debéis temer. Ir al cielo es una recompensa y Dios os está dando una segunda oportunidad. Aprovechadla.

Finalmente, después de unos minutos en silencio, se levantó de su mugriento asiento con mirada decidida, se arrodilló ante mi ente flotante y con la mano derecha sobre su pecho contestó.

—Lo...lo haré. Prometo ser mejor persona y enmendar el daño causado a Darach.

—Vuestras palabras me complacen, Niall Wadlow. Descansad pues, mañana será un día largo para vos pues deberéis enfrentaros a la voluntad de vuestro Duque cuando oiga vuestra confesión.

—¿Ma...mañana? Pero mañana...

—¡Mañana! Ni un día más. No juguéis con mi benevolencia. Os estoy regalando un futuro que no merecéis. Recordadlo.

Agachó la cabeza y asintió apesadumbrado. Desaparecí sin despedirme y confié en sus palabras.

Cuando por fin regresé al castillo, lo hice prácticamente en el mismo instante en el que me marché. Aunque parecía haber pasado tan solo unos minutos, en realidad llevaba vagando por el castillo de Dunster varias horas porque después de salir de la estancia de Niall acudí a los aposentos del Duque, en ese mismo castillo, pues no solo había prometido a Niall que evitaría su ejecución, sino que además no estaba en mi mano cambiar tanto el rumbo de las cosas y mucho menos decidir quién moría y quién no. Lord Robert, que también se encontraba en su lecho durmiendo plácidamente, fue más asustadizo de lo que creí en un principio. No solo accedió a mis órdenes de no ejecutar a Niall Wadlow bajo ningún concepto, sino que, además, el pobre hombre, se orinó encima sobre sus calzones de fino lino. Esta vez no disfruté advirtiendo a lord Robert, pues temblaba como un flan, con los ojos muy abiertos como si fuese un besugo sin poder articular palabra. Tuve claro que mi imagen de "Virgen María" fue tan real para ellos como el aire que respiraban y esa escena tan religiosa les marcaría de por vida. Ahora solo hacía falta esperar a que diera resultado. No tenía muy claro si Niall, ciertamente, se confesaría al Duque al día siguiente, pero sentía una corazonada en mi interior, una que me decía que sí lo haría y que el tiempo de destierro de Darach estaba llegando a su fin.

Cuando regresé a mi habitación la luz del candil aún seguía encendida, aunque mamá ya se había marchado. Lo agradecí, tendría tiempo de sobra para contarle la experiencia tan surrealista y disparatada que había protagonizado. Estaba muy cansada, aunque ya dominaba los lapsos y las transiciones, esa situación había tensado mis nervios y el hecho de mantenerme en un estado entre corpóreo e invisible durante tanto tiempo había dejado mi cuerpo extenuado así que en cuanto aparecí en mi estancia, caí rendida al foso de mi colchón y me sumí en el más profundo y lejano de los sueños.

A partir de esa noche, los días pasaron con una rapidez asombrosa. Al día siguiente de mi escapada, llegaron los últimos invitados que faltaban, los Campbell. Otra veintena de personas, entre hombres, mujeres y algún niño, formaban su séquito. El castillo estaba lleno hasta los topes con sus quince habitaciones ocupadas. Cada vez que recorría sus pasillos había gente por todas partes; criadas corriendo de aquí para allá abrumadas por tanto trajín, niños espiando por los rincones o jugando al escondite, damas de paseo y, sobre todo, hombres, risas y voces varoniles elevadas de tono, las cuales eran las últimas en apagarse al finalizar el día y las primeras en oírse a la mañana siguiente. Perdí de vista a papá durante esos días, tan solo la compañía de mi madre me evadía de esa incesante carga de personal.

Ni ella ni yo estábamos acostumbradas a semejante cúmulo de atenciones, aunque yo lo vivía con mayor extrañeza, consciente de que pronto sería la novia. Siempre habíamos estado solas y en mi futuro hipotético, me había imaginado una boda íntima con pocos invitados, nuestros amigos más allegados. Si comparábamos ese sueño de mi vida a lo que tenía ante mí en esos momentos...hacía que me planteara muchas cosas y una de ellas era salir corriendo. Por otra parte, y no menos importante, no debíamos olvidar que nos encontrábamos en otra época y en otro país, con un sistema de vida tan distinto al nuestro que, aunque tenía su encanto, no dejaba de ser extraño. Esos últimos días antes de la celebración, apenas vi a Darach. Deambulaba de un lado a otro con todo el regimiento de hombres que había llegado de otras tierras y se podía decir que él sí estaba en su salsa. Cada mañana, al despuntar el alba, partían en expediciones de caza y no volvían hasta que el sol se rendía al horizonte, cargados de "trofeos" que eran el sustento de tantos durante aquellos días. Las mujeres, sin embargo, se dedicaban a otras labores menos toscas pues las reuniones de bordados, los paseos matutinos por los jardines y las siestas eran lo más emocionante a lo que yo podía aspirar. Correr estaba completamente descartado, con tantas miradas clavadas en mí, no lograría otra cosa que convencerlos de que estaba irremediablemente loca. Al menos se mostraban amables, y el interés que demostraban por mí y por mis gustos parecía sincero.

Gracias a Olivia y Jennifer, lo que al principio me pareció tedioso, se convirtió en un pasatiempo entretenido. Cada mañana salía con las chicas y un par de mujeres más del clan Campbell a buscar flores y hierbas para elaborar los ramilletes silvestres. El objetivo era hallar brezo blanco para el ramo de novia, el más apropiado pues, según decían, atraía la buena fortuna al futuro matrimonio. Las hijas de Mary llevaban tiempo secando flores para confeccionar coronas destinadas a las mujeres y ramilletes, combinando lavanda, caléndula, brezo, entre otras muchas, destinados a engalanar el evento. El terreno para la ocasión se había acotado al costado de la pequeña ermita que tenía el castillo. Aunque la celebración religiosa se realizaría en su interior, los festejos de después se harían en los alrededores. En los tres días finales, varias mujeres del clan Mackintosh dedicaron su tiempo a adornar los árboles del recinto; envolvían sus troncos con lana blanca simulando un pasillo por el que imaginé, debíamos pasar los recién casados. Cada clan tenía sus propias costumbres y supersticiones, todas ellas, por suerte, encaminadas a bendecir el futuro matrimonio. En cualquier caso, estaba agradecida, todos y cada uno de ellos mostraban sus mejores intenciones para con nosotros y vi la aceptación de Darach ante los hombres como a uno más.

No había vuelto a probarme el vestido y tampoco coincidí con la señora Scott en ningún momento, así que, era deducible que esa mujer pasaba el día en compañía de sus telas, retocando aquí y allá. Resultaba admirable la voluntad de todos ellos por convertir aquel día en algo verdaderamente especial. La señorita Scott, en este caso, recibía una remuneración por su trabajo; sin embargo, dedicaba a él más horas de las debidas, pues su pasión por la moda y la costura la absorbía hasta hacerle olvidar el resto del mundo. Aquel era, al fin y al cabo, su propio universo, su vida entera.

Días atrás, las campanadas de la iglesia del pueblo habían proclamado la inminencia de la celebración, dejando su eco suspendido en el aire como un presagio festivo. La víspera del enlace, algunas personas cercanas a mi padre acudieron con sus humildes ofrendas: un bizcocho recién horneado, una manta de lana tejida con esmero, un par de gallinas, una cazuela de barro… Eran regalos sencillos, pero cargados de cariño, destinados a honrar a la futura pareja y a transmitirles su más sincera felicitación. Fue una auténtica locura, Darach y yo estuvimos media mañana recibiendo a personas desconocidas para transmitirnos sus más sinceros deseos en nuestra futura unión. Una mujer llegó incluso a tocarme el vientre mientras pronunciaba en gaélico algunas palabras en voz alta y supuse que, con ellas, también bendecía mi fertilidad. Después de eso, y, por si fuera poco, la tradición exigía que la novia mostrase los regalos a todas las damas invitadas, así que pasé media tarde exhibiendo, con cierta diversión, todos los cachivaches y animales que nos habían sido entregados en nuestro honor. Al finalizar la exposición y antes de la cena, una silla aguardaba frente a la puerta principal del castillo donde tuve que sentarme. Frente a mí, todos los invitados se habían congregado en el exterior, formando un pasillo humano que me separaba de Darach, por el que él debía avanzar. Yo me encontraba en un extremo, y él en el otro, mientras los murmullos de nuestro alrededor conferían a aquel instante un aire de ceremonia inevitable. Darach se acercaba como si le costara caminar, pues sus pasos eran lentos y algo erráticos. Mi extrañeza sorprendía a los invitados que aplaudían eufóricos y reían al mismo tiempo mientras me animaban con un "¿a qué esperas?" que todavía me dejaba más atónita. No comprendí nada hasta que finalmente papá, al que creía desaparecido, lo explicó.

—Es la tradición del *"Creeling the bridegroom"*, has de ir en busca de tu futuro esposo y darle un beso. Está cargando una cesta de piedras por ti —susurró en mi oído. Le miré sorprendida y él me guiñó un ojo lleno de complicidad. Fue entonces cuando me percaté de la enorme cesta de mimbre que llevaba a su espalda, lo que provocaba su torpeza. Darach me miraba con cara de pocos amigos y sin demorarlo más, bajé de la silla y corrí hacia él rodeada de vítores y silbidos. Me planté ante él y le besé en sus carnosos labios. Era un cortejo típico de la época en el que el novio debía atravesar el pueblo, pero en nuestro caso, y al estar tan alejados de él, los invitados habían preparado un recorrido por el que Darach había pasado hasta llegar, prácticamente, a la entrada de mi casa. Debía reconocer que tenía su encanto.

Esa tarde las mujeres prepararon un baño tibio con pétalos de rosa y lavanda. Me llevaron entre risas y bromas indecentes y "subiditas de tono" para la época en la que vivían, sin embargo, y bajo mi parecer, eran de lo más inocentes y adorables, nada comparable a las bromas del siglo XXI. La tina estaba colocada en una habitación grande y espaciosa, en una parte poco frecuentada del castillo, prácticamente inhabitable por lo alejada que se encontraba del salón principal. A diferencia del resto de las habitaciones, esta sección del ala este estaba prácticamente abandonada, en parte porque para acceder a ella había que atravesar varios pasillos y tramos de escalera. Su difícil acceso y aparente inutilidad habían motivado que permaneciera cerrada la mayor parte del tiempo. En esta ocasión, y para nuestra propia libertad conyugal, o eso deduje conociendo a mi padre, mandó preparar la estancia para los novios proporcionándonos la mayor intimidad posible, alejados del resto de invitados y del personal del propio castillo. Una corriente eléctrica recorrió mi estómago al pensar que, por fin, podríamos estar juntos en ese siglo con total libertad sin escondernos por un simple beso, por cogernos de la mano, por darnos una caricia o por una sonrisa cargada de significado. Seríamos, sencillamente, libres.

—Es tradición que la futura esposa se bañe con las flores que le regale su futuro marido —dijo Sophie Campbell. La miré extrañada mientras removía delicadamente los pétalos de la tina de madera.

—Darach no me ha regalado flores —respondí confusa. La mirada de complicidad de Sophie hacia Olivia me llamó la atención. Justo en ese instante alguien llamó a la puerta. Todas las mujeres rieron en silencio y me miraron risueñas.

—Alexandra, querida, creo que debe abrir la puerta —comentó Florence Graham. Sonreí tímidamente mientras me acercaba a la puerta de roble. Al abrirla lentamente, chirrió y su sonido retumbó con eco en el amplio pasillo vacío. Cuando descubrí quien había tras ella mi corazón dio un vuelco. Darach. Permanecía de pie, algo tenso, sosteniendo entre las manos un delicado ramillete silvestre. Nuestras miradas se cruzaron y quedaron entrelazadas durante unos segundos, hasta que él carraspeó, rompiendo esa conexión tan intensa. Me ofreció el ramo como ofrenda y lo acepté con un simple gracias. Parecíamos dos adolescentes en su primera cita, tímidos y nerviosos solo por la promesa de lo que nos esperaba y el intento inútil de disimularlo. El roce de nuestra piel, al recoger el ramo, generó una sacudida eléctrica tan demoledora que el tiempo se detuvo para nosotros dos, literalmente. Ni si quiera me di cuenta hasta que Darach me agarró por la cintura y me pegó a su cuerpo para besarme apasionadamente. Fue un beso ansioso y desesperado en el que surgió todo el amor y la pasión que reprimíamos durante días.

—Muero en deseos por yacer con vos, *milady*. Tal vez mañana no sobreviváis a mis actos —las palabras de Darach prendieron la mecha de mi cuerpo, avivando un fuego hasta ese momento sofocado.

—Anhelo ese momento, futuro esposo —confesé. A mí me ocurría lo mismo. A pesar del apetito carnal y emocional que sentíamos en ese instante, Darach me alejó de él deteniendo el beso y poniendo punto final a nuestro arrebato desenfrenado. Suspiré.

—Aunque codicio vuestra compañía y vuestro cuerpo con una necesidad que me abruma, No consigo apartar de mi mente la imagen de Sophie Campbell, tal y como se encuentra en este preciso instante. Vamos, reanuda el tiempo.

La miré con el rabillo del ojo y comprendí lo que quería decir. La mujer había quedado petrificada en una mueca espantosa. No era alguien a quien pudiera llamarse hermosa pues la ausencia de un par de dientes quebraba su sonrisa y sus ojos, ligeramente bizcos, desdibujaban la armonía de su rostro. Con esa mueca parecía una caricatura siniestra, salida de una película de Tim Burton. Reímos a la vez y reanudé el tiempo.

—He de marchar. Tendremos tiempo para esto y mucho más —aseguró. Me guiñó un ojo y esbozó una sonrisa ladina. Aunque aquella manera tan suya de sonreír me enloquecía, advertí que la sonrisa no le alcanzó los ojos. Sus palabras parecían estar cargadas de pesar y supe, que su mente se hallaba en la incertidumbre que se avecinaba—. No dejes que el agua se enfríe demasiado, princesa, me agrada caliente.

—¿Es que tú también vas a bañarte?

—¿A caso lo dudabas? Después de ti, y con el mismo agua. Es la tradición.

En ese instante, y como si no hubiese ocurrido nada, Jennifer se acercó saltarina a echar a su hermano del lugar.

—Ya has hecho tu gran labor, hermano. Ahora márchate. Te avisaremos cuando sea tu momento —dijo sonriente. Darach asintió en silencio, me agarró la mano y se la llevó delicadamente a los labios para depositarle un suave beso.

—*Milady*... —su penetrante mirada estaba cargada de lujuria. En mi estómago volaron millones de mariposas y no pude hacer otra cosa que sonreír como una tonta. Volví a suspirar. Acto seguido, dio media vuelta y se marchó por el pasillo hasta desaparecer por la esquina. No volví a verle hasta el momento de la ceremonia.

Las mujeres hicieron los honores de lavarme. Una situación tan absurda como inverosímil pues mi "baño" por así decirlo, consistía en introducirme en la tina vestida con la camisola que llevaba bajo mis ropajes, rodeada de damas que me lavaban los pies, las manos, el cabello, la espalda...cada una tenía una parte del cuerpo asignada. Me hizo especialmente gracia cuando echaron de la estancia a las jóvenes, Jennifer y Olivia, para aconsejarme sobre la labor de la mujer en el matrimonio, en especial en la alcoba; todo en un lenguaje muy sutil y encriptado bajo un tinte de pudor pecaminoso a la hora de explicarme los detalles de la noche de bodas.

—Alexandra, querida, no sé si sabéis muy bien lo que se espera de la esposa en el matrimonio —*lady* Florence Graham, la mujer de Arthur Graham, comenzó lanzando esa cuestión al aire de un modo muy inocente mientras me frotaba el tobillo. Miré a mi madre y esta abrió los ojos desmesuradamente en tono guasón. Cuando vieron mi reacción y que obviamente buscaba la mirada cómplice de mi *tía,* la miraron a ella.

—Tal vez su tía le haya hablado del deber como esposa cuando llegue el momento oportuno.

Comprendí, en ese instante, a qué se referían y pensé que sería divertido seguirles el juego. No podía imaginar la explicación de una clase de educación sexual en el siglo XVII. Con toda seguridad, poco tendría que ver con la que nos impartió mi profesor de instituto, don Pérez, un hombre de cincuenta y ocho años sin pelos en la lengua ni rastro de vergüenza. Mamá apartó la mirada hacia el suelo con una sonrisa tímida, y negó con la cabeza, fingiendo vergüenza. Si hablaba, se le escaparía una carcajada, igual que a mí. En ese momento, Sophie y Florence se miraron seriamente e inspiraron una fuerte bocanada de aire.

—Creo que ha llegado el momento de hablarle de eso a su sobrina, ¿no le parece?

—Sí..., claro. Por...por supuesto —Mamá respondió con vacilación mientras aireaba mi vestido, pues era la única que no intervenía en mi baño. Sus palabras surgían a trompicones, como si no supiera qué decir. Era complicado, nuestro lenguaje moderno y liberal no estaba vetado por el pecado de la palabra ni el decoro, así que su tarea resultaba bastante difícil. Me dejé llevar por la malicia y se lo compliqué un poquito más.

—¿A qué se refieren, tata? —pregunté con una inocencia falsa y forzada. La mirada asesina de mi madre hizo que se me escapara un sonido extraño de la garganta intentando contener la carcajada que amenazaba por salir.

—Digamos que...bueno, cómo explicarlo...eh...sí, eso es, simplemente haz lo que te dicte el corazón; hazle caso a tu querido esposo, sé paciente y todo irá bien —sonrió orgullosa por su respuesta ante las mujeres que la observaban.

—Oh...vaya, eso ha sido muy bonito, señorita Elena. Tal vez un poco escueto, ¿no le parece?

—En realidad, es lo más importante. No sé qué más podría decirle.

—Entonces, como invitada de honor de su enlace, y si me lo permite, le haré a su ahijada un breve resumen de lo que puede esperar de la noche más importante de su vida.

—Por supuesto, *milady*, ilústrela. Es muy probable que lo haga mejor que yo, al fin y al cabo, jamás he estado casada—confesó. Tenía razón, solo que no era virgen. A pesar de eso, reí en mi interior, mamá podría darles una clase teórica más reveladora de lo que ellas habían experimentado hasta la fecha.

—Alexandra... no te importa que te tutee, ¿verdad, querida? —preguntó *lady* Graham. Negué con la cabeza—. Veamos... ¿Sabes cómo nacen las flores?, ¿cómo se propagan?

—Eh… ¿por semillas? —contesté de un modo inocente.

—¡En efecto! Por semillas, sí —hizo un breve aplauso silencioso—. En este caso y gracias a nuestras amigas las abejas que pasean el polen de una flor a otra, digamos que… ese polen sirve de semilla para otra flor, gracias a eso surgen flores nuevas.

—Ah… ¿y qué tienen que ver las flores con mi noche conyugal?, ¿acaso tendré que lanzar polen a las flores como hacen las abejas? —pregunté. Mamá soltó una sonora carcajada que nos dejó a todas sorprendidas.

—¡Florence, está confundiendo a la pobre muchacha! Querida, lo que *milady* quiere decir es que en el matrimonio existe un acto en el que el hombre y la mujer han de unirse de un modo especial, como lo hacen las abejas con las flores, ¿comprende? —Explicó *lady* Campbell. La miré con extrañeza mientras negaba con la cabeza intentando no reír pues me resultaba realmente divertido.

—¿Y el polen para qué sirve? —volví a preguntar. Mamá reprimió otra carcajada que hizo que Sophie se volviera hacia ella con una mirada reprobadora. Acto seguido, se volvió hacia mí y me aclaró el cabello por última vez.

—Creo que ya está lista. Elena, ¿puede acercarle esa toalla? —*lady* Campbell se quedó callada unos segundos organizando su mente para después abordar de nuevo el tema—. *Lady* Alexandra, el polen no tiene nada que ver con ese acto, ha sido un ejemplo para que viera a qué nos referíamos.

—Pues sigo sin comprenderlo —contesté. De haber sido una muchacha de esa época, inocente y virginal, hubiera tenido verdaderos problemas para comprender lo que esas buenas mujeres querían explicarme.

—El hombre tiene unas necesidades para con la mujer. Exigencias físicas que mejoran su humor y hacen que se interese más por vos. Es importante que cumpláis esos deseos hasta el final, es decir, que le complazcáis en todo lo que os solicite, aunque conlleve descubrir vuestros encantos. Ahora sí entendéis, ¿cierto? —Preguntó con esperanza y yo volví a negar con la cabeza.

Mamá me acercó una toalla y la colocó sobre mi espalda incitándome a salir de la bañera. La mirada que me dirigió estaba cargada de un significado que solo yo podía comprender.

—¡Válgame el cielo! Esto va a ser más difícil de lo que yo pensaba —gritó *lady* Graham. Su mirada se dirigió hacia un lado, mientras su mente elucubraba otra manera de explicarme esa parte tan difícil de las relaciones. Cuando halló la solución, la alegría invadió su rostro—. ¡Ya lo tengo! ¿Has visto alguna vez un gusano en una manzana? Imagina a una larva introduciéndose en una manzana y…

—*¡Milady!* ¡No le diga tal cosa! Va a asustarla. Lo que quiere decir es que los hombres quieren saborear esa manzana y…no, no quería decir eso. Supongamos que sois la manzana y Darach, el gusano —Explicaba a la vez que me enseñaba la manzana con el puño y, con el dedo índice de la otra mano, dibujaba en el aire el recorrido de un gusanito que se acercaba a ella. Era la peor y más entretenida explicación de sexo que jamás había tenido en mi vida. En el fondo sentí una profunda gratitud pues a pesar de su recato y del escaso trato que teníamos, solo deseaban que aquella noche fuera lo más llevadera posible para mí.

—Está bien, que Dios me perdone por lo que voy a decir —Expresó *lady* Graham con resolución después de santiguarse tres veces seguidas—. Mañana por la noche deberás mostrarle tus encantos a tu esposo. Me refiero a que deberás exhibirte como Dios te trajo al mundo; los dos estaréis desnudos por lo que tendrás que dejar que él te toque y haga contigo lo que desee. Por supuesto, siempre con una sonrisa dibujada en el rostro haciéndole ver que os agrada, aunque no sea cierto. Con estas palabras, preciosa, se termina esta conversación. Si lo has comprendido, me alegro; de lo contrario, lo descubrirás sola, como hicimos las demás —manifestó. Se secó las manos sobre su falda y, dándose la vuelta, se marchó de la habitación despotricando en voz baja sobre el bochorno tan grande que había sentido y el padre nuestro que tendría que rezar esa noche para enmendar su pecado.

Sophie Campbell se quedó callada, con la boca cerrada como si estuviera cosida, y sus ojos perdidos delataban que no quería hablar más del tema. Después de eso se produjo un silencio incómodo que duró hasta que me devolvieron a mi alcoba habitual, vestida y peinada, preparada para una cena en soledad. Esa noche no pude pegar ojo; demasiadas ideas y recuerdos se agolpaban en mi mente haciendo imposible que cerrara los ojos ¿Qué novia no estaba excitada antes del enlace? Además, existía el problema de los Murray. Ese precisamente era el peor de todos mis pensamientos. Desconocía si tomarían represalias, pero, lo cierto era que los invitados estaban de lo más tranquilos y mi sexto sentido, por así decirlo, también, así que debía confiar. Darach también venía a mi mente, cómo no, pero no del modo íntimo en el que me gustaba fantasear sino de una manera más preocupante. Sabía, por el ligero matiz inquieto de su sonrisa, que estaba receloso ante una situación que se le escapaba de las manos. Los Murray y su amenaza. Estaba segura de que, al igual que yo, compartía la misma vigilia recelosa entre sombras y pensamientos negativos.

El reloj marcó las tres de la madrugada. Salté de la cama de manera brusca y caminé descalza sobre el suelo empedrado de la estancia. El frío de su superficie traspasó la fina piel de mis pies aliviando la tensión de mis piernas por unos cortos segundos. Me acerqué al ventanal y me colé por entre las cortinas hasta detenerme junto al cristal. La noche era calurosa, de esas en las que cantan los grillos hasta el amanecer. Abrí el ventanal girando la manija de hierro y una suave brisa nocturna acarició mi rostro al instante. Su intenso aroma a pino y brezo me embriagó e inspiré una profunda bocanada de aire para llenar mis pulmones de esa armonía olorosa tan reconfortante. La negrura del paisaje me estremeció y como si el cielo hubiese percibido mi recelo ante semejante oscuridad, una fugaz estrella pasó súbitamente ante mis ojos devolviéndome la calma y haciéndome sonreír. En ese instante vino a mi memoria mi amigo Pol, un enamorado del espacio, las constelaciones y las estrellas fugaces. Su pasión era tal que una noche de agosto me tuvo observando el firmamento hasta las cinco de la mañana; con un telescopio comprado de segunda mano, unas cervezas y a Bruce Springsteen sonando de fondo en la radio de su coche como acompañamiento. En realidad, él observaba y yo bostezaba y aunque solo logré ver muy de cerca media luna y el planeta Júpiter como un garbancito de colores rojizos, su alegría y emoción me mantuvieron despierta hasta casi el amanecer.

La pena me embargó el corazón pues momentos como ese no se repetirían jamás. Miré al cielo extraordinariamente estrellado y suspiré. A pesar de la tristeza repentina que sentí no quise que su falta enturbiara el día que, en teoría, debía ser el más feliz de mi vida.

—Yo también te echo de menos, Pol.

Tal vez la aparición de esa estrella fugaz no fuera más que pura casualidad, o quizá fuese Pol observándome desde ese lugar lejano y desconocido quien me enviaba ese regalo nocturno lleno de recuerdos y buenos deseos. Con ese pensamiento dulce y reconfortante me despedí de él, cerré el ventanal y me acosté de nuevo.

30. Boda

Sonreí maravillada al ver mi reflejo en el espejo. Era como contemplar un regalo delicadamente envuelto, solo que esta vez el regalo era yo. No podía decir que entendía de vestidos de novia del siglo XVII, aunque muy probablemente no serían muy distintos a un vestido caro y bien confeccionado por una modista de renombre. No había un estilo único, por así decirlo, que destacara ante los demás donde se mostrase claramente que eras una novia. En este caso, e inspirándome en un estilo más actual de mi época; y por supuesto con ayuda de mamá para convencer a la señorita Scott, llegamos a un acuerdo conjunto y el resultado fue espectacular. Mi vestido era sencillo, en color azul hielo. El escote tenía forma cuadrada y no era demasiado atrevido. El corpiño estaba repleto de florecillas bordadas en tono marfil, otorgándole un delicado toque nupcial campestre muy adecuado. El faldón era liso, con unos pliegues en los costados de la cintura que hacían algo más pomposo su volumen en la cadera. Me hubiera gustado que tuviese cola, pero en un lugar en el que el terreno era de tierra, musgo o en muchas ocasiones barro, era una confección absurda e inútil por no hablar de que tampoco se estilaba en la escocia de ese tiempo.

Introduje el dedo meñique por un pequeño tirabuzón suelto junto a la oreja, ese gesto me hizo reír como a una niña pequeña. Mi pelo lacio era reacio a ser moldeado de ninguna forma y por alguna extraña razón ese día, y gracias a las talentosas manos de Olivia, consiguió hacerme un par de pequeños bucles (uno a cada lado) con un rizador de pelo antiguo. Se trataba de un simple cilindro de hierro con mango de madera que se colocaba sobre las brasas hasta que alcanzara la temperatura idónea como para moldear el cabello. Había que tener especial cuidado para no quemarlo pues si estaba más tiempo de la cuenta sobre ellas podía fundir el cabello en unos simples segundos. Era un aparato casi primitivo, pero Olivia lo manejaba con una destreza y habilidad admirable. En mis manos, ese artilugio del demonio hubiera chamuscado mi pelo al completo.

Aquel día, Elsie y Olivia vinieron a despertarme, como hacían casi todas las mañanas. Sin embargo, cuando cruzaron el umbral, yo ya estaba en pie y aseada, a falta de vestirme y ordenar mi cabello. Mientras Olivia había comenzado con el peinado, Elsie andaba de aquí para allá por la estancia, retirando las sábanas de la cama, abriendo la ventana, sacudiendo la alfombra, hasta que cogió el orinal del suelo, como tantas veces, y se quedó quieta mirando hacia su interior. Sentí arder mis mejillas pues odiaba esa parte de la vida en ese siglo. El desperdicio biológico era muy íntimo y no estaba acostumbrada a que nadie estudiara el color, el olor o la densidad de mis fluidos corporales. No solo era incómodo sino también vergonzoso, y a pesar del tiempo que llevaba conviviendo con ellos, no podía terminar de acostumbrarme.

—Disculpe, *milady*, ¿puedo hacerle una pregunta? —dijo Elsie con extrañeza. Sostenía el orinal entre sus manos muy cerca de su rostro.

—Claro, Elsie —contesté con toda la dignidad que pude reunir en ese instante de vergüenza inconmensurable. Mi voz sonó más aguda de lo que quise mostrar.

—No me malinterprete, pero he podido comprobar que desde que llegó al castillo, aún no ha tenido la visita del mes y me preguntaba si aún faltaban días para eso.

<< ¡Tierra trágame!>> pensé al instante. Le di una respuesta rápida y medianamente convincente.

—Eh… sí, Elsie, aún faltan unos días.

—Claro, *milady*, disculpe mi atrevimiento. Es que me preocupaba un tanto que no pudiera estar lista para la noche conyugal —confesó. Acto seguido, y como si tal cosa, salió de la habitación para dejarnos solas. Suspiré. Tuve claro que no podíamos permanecer muchos días más en ese lugar o habría sospechas sobre mi virtud.

—No se preocupe, Elsie es una metomentodo con todo el mundo. Tiene controlado a todo el personal, no solo en sus quehaceres sino en su vida personal. A veces creo que es medio bruja.

Reí. Decidí cambiar de tema y dirigir la conversación hacia otra dirección.

—Olivia… ¿no crees que ha llegado el momento de que me tutees? Vamos a ser cuñadas, me encantaría pensar que podríamos ser como hermanas, ya que yo soy hija única —admití. Lo dije de todo corazón pues, aunque no fuésemos a vivir en esa época, sentía que nuestra confianza podía ser mayor y más íntima. Me hacía verdadera ilusión.

—Oh, por supuesto, *milady*, aunque confieso que no sé si podré acostumbrarme.

—¿Cómo me has llamado? —pregunté. Le sonreí a través del espejo de mi tocador. Ella me devolvió la sonrisa y se sonrojó ligeramente mientras me colocaba una horquilla en el recogido.

—Ah, sí claro, señorita Alexandra.

—No. Álex, a secas. A partir de ahora seré Álex. Ni *milady*, ni señorita, ni nada. Solo Álex. Así me llama mi familia y mis verdaderos amigos. Así me llama Darach y así quiero que me llaméis tú, tus hermanos y tu madre, ¿está claro?

—Nos pide demasiado seño…—la miré incrédula y se corrigió al instante—. Digo, Alexandra. Lo intentaré, lo prometo, pero no puedo decir lo mismo de madre; de hecho, me extrañaría que lo hiciera.

—Estoy segura de que, con el tiempo, terminará haciéndolo.

Tras un rato de admirable dedicación, mi peinado estaba ya impecablemente dispuesto. Aunque me había cortado el pelo, Olivia pudo realizarme un pequeño recogido y cuando colocó la corona que ellas mismas habían hecho quedó un tocado precioso. Después me ayudó a vestirme, capa por capa. Casi cuando estuve lista mamá aprovechó para hacer su entrada triunfal con su vestido color púrpura. Estaba preciosa.

—¡Cariño! Santo cielo, estás…estás…waauu, en realidad no tengo palabras para expresarlo. Pareces un hada del bosque. La señora Scott ha hecho un trabajo exquisito. Jamás lo hubiera imaginado.

—Tú también estás preciosa. Ese color te sienta muy bien, ma… tata—afirmé. Debía tener especial cuidado en no llamarla mamá, pero con la confianza, era muy difícil mantenerlo oculto. Hizo un gesto con la mano quitándole importancia a su atuendo y sus mejillas se sonrosaron.

—Olivia, márchate, tú también has de prepararte. Además, mi tía está aquí y podrá atenderme en lo que sea necesario.

—Está bien, seño…Álex. Os veré abajo —tan pronto como dijo esas palabras, y con una sonrisa tímida, se marchó de la habitación.

Hablamos de los nervios, de los preparativos, de la comida, de la tensión ante la respuesta de los Murray, etc. Al cabo de un rato, le pedí que me dejara sola durante unos minutos, necesitaba relajarme y eso solo era posible si no había nadie más a mi alrededor. Inspiré profundamente intentando acallar los fuertes y vigorosos latidos de mi corazón. Había caminado sin rumbo y descalza por la alcoba, pasando de la fría piedra a la mullida alfombra dando vueltas sin parar, hasta que finalmente me detuve frente al gran espejo y me quedé quieta observándome. Alisé la falda por enésima vez y me recoloqué el corpiño como si este se hubiera movido de su sitio en los últimos dos minutos. Era uno de esos momentos de la vida con los que había soñado desde pequeña y cuando ese momento llegó, una parte de mí deseaba que pasara lo más deprisa posible pues odiaba ser el centro de atención y mucho me temía que durante ese día, iba a serlo para todo el mundo. Resoplé.

Mi pensamiento derivó en Darach ¿Se encontraría tan inquieto como yo? Lo dudaba. Su atuendo, aunque elegante, no acapararía las habladurías, y en ello llevaba ventaja. O quizá sí, aunque no por lo que vestía, sino por quien era. De ahí mi mente saltó a los Murray y a su amenaza latente, y luego a Niall y a la promesa que me había hecho. Había pasado tiempo suficiente como para esperar noticias de su absolución; sin embargo, no podía descartar que mi plan se viniera abajo y todo acabara en un rotundo fracaso. Un suave golpeteo en la puerta me sacó de mi ensimismamiento. Caminé descalza hacia la puerta y el crujido de las faldas al andar me acompañó en el silencio de la habitación. La puerta chirrió como de costumbre y la sonrisa de mi madre me esperaba impaciente tras ella.

—Sé que necesitabas estar un rato más en soledad, pero ya no queda tiempo. Tu padre vendrá a buscarte en cualquier momento y, antes de eso, he de inmortalizar este momento —dijo entrando decidida casi empujándome hacia el interior—. Si es que no me canso de mirarte, estás tan bonita. Darach se va a quedar patidifuso cuando te vea, en serio. A ver, ven a la luz. Creo que te has movido la corona de flores.

—Es que pica un poco —me rasqué. Era preciosa, hecha de brezo blanco intrincado sobre sí mismo y entrelazado en mi recogido, pero todo lo que tenía de bonita y delicada lo tenía de incómoda.

—¡No te la toques más o te desharás el tocado! —gritó. Suspiré con hastío—. Venga quejica, déjame que te lo recoloque...así está mejor. Bueeeeno y aprovechando que estamos solas... —extrajo el móvil de algún recoveco oculto de su falda, imposible precisar de cuál y, al dedicarme aquella sonrisa descarada y cómplice, supe que la sesión de fotos sería intensa. Puse los ojos en blanco, pero reí finalmente. De ser ella la novia, yo hubiera hecho lo mismo.

Me hizo fotos en distintas posiciones, junto a la ventana, junto a la cama, tumbada sobre ella, sentada, de espaldas, etc. Se lo tomó enserio, como una profesional y yo la dejé hacer; al fin y al cabo, una no se casaba todos los días y menos en el siglo XVII. Cuando papá llegó a la alcoba, también se dejó llevar por la emoción de las fotos, y pronto nos pidió que posáramos juntas para él. Estaba tan contenta, tan entusiasmada...desprendía una energía tan vibrante que me desmoronaba. En cierto instante me acordé de Ermin, si ella hubiera estado, también lo hubiera disfrutado, aunque después de un momento me di cuenta de que seguramente ya me había visto. Su don era tal que muy probablemente nos vio a Darach y a mí casándonos en este siglo y eso me hizo sonreír pues, aunque físicamente no estaba conmigo supe que lo estaba de un modo místico y singular. Finalmente, papá me ofreció el brazo para acompañarme y escoltados por mamá, salimos de la habitación. Eran casi las doce y media del mediodía y Darach me esperaba en la capilla junto al resto de invitados. Las mariposas de mi estómago revolotearon incansables y tragué saliva pues ahora sí, había llegado la hora.

Al salir descubrí un pasillo formado por los invitados por el que debíamos pasar hasta llegar a la ermita donde me esperaba mi futuro marido. No me sorprendió descubrir a los hombres de los clanes ataviados con su tartán, casi parecía su uniforme. Lo que realmente me llamó la atención fue que cargaran su espada a la espalda, y que algunos portaran además armas más pesadas y peligrosas. Crucé la mirada con papá cargada de incertidumbre y él me comprendió sin que hiciera falta una palabra.

—Son gentes precavidas, Alexandra. Los Murray no se han marchado, siguen acampados tras la colina e ignoramos sus reales intenciones. Pero, todo irá bien, te lo aseguro —me dio un par de palmaditas pequeñas sobre mi mano y su sonrisa me tranquilizó.

Inspiré hondo y sonreí. En mi defensa, y dejando a un lado mi excitación por la ceremonia, no sentía ningún presentimiento y eso debía significar algo. Después de todas las veces que lo había experimentado, tenía cierta experiencia en advertir situaciones peligrosas o significativamente importantes para mí o los míos. Así que, seguí caminando por el jardín sujeta al brazo de mi padre, a través del pasillo humano, devolviendo la sonrisa a todos aquellos que estudiaban y dedicaban sus mejores deseos a la futura esposa. Algunas mujeres esparcían flores sobre el suelo justo antes de que yo pasara, y los pétalos caían flotando como un delicado río de color y aroma, formando a mis pies una alfombra que parecía surgir de un sueño. Tuve la sensación de que ese pasillo no terminaría nunca.

El corazón me latía desbocado y el sol, libre de nubes, parecía querer calcinar mi piel bajo su dominio. El aire denso y candente hacía difícil la respiración que, junto a un corsé ceñido y unos latidos acelerados, la sensación de ahogo era mayúscula. Finalmente, después de girar una leve curva, distinguí su figura al final de este. Darach se encontraba en la puerta de la ermita, de espaldas a mí y con la mirada dirigida hacia el interior; a su lado izquierdo estaba su madre, y al otro, su hermano pequeño. Lucía una chaqueta de corte simple, similar a una levita larga en color gris, abrochada hasta el cuello; los pantalones, cortos y ajustados, descendían hasta debajo de la rodilla, y el atuendo se completaba con unas botas altas de cuero negro que reforzaban su porte imponente. Era un día tórrido y debía de estar pasando un calor de mil demonios, por suerte, la ermita estaba construida con piedra y su muro era lo suficientemente grueso como para que en su interior se estuviera fresco, al igual que en el castillo.

Mary le frotó suavemente un brazo, un gesto que le advertía de mi llegada. Darach dio media vuelta y nuestras miradas se encontraron. A partir de ahí no fui capaz de ver ni oír nada más. El mundo dejó de existir y todo mi ser se centró en él. Al contemplarme, sus ojos se abrieron con asombro, aspiró el aire con fuerza ensanchando el pecho y su mandíbula se endureció en un gesto de autocontrol. Cuando llegué a su lado no dijimos nada. Nuestra química y complicidad era tan extraordinaria que nos decíamos todo con una simple mirada y la suya era tan penetrante que me sentí desnuda, vulnerable, pero, sobre todo, amada. Sonreí tímidamente y volvió a tensar su mandíbula. Se había recortado la barba y ahora parecía más joven. Me sorprendí pensando en que jamás le había visto sin ella y me di cuenta de lo mucho que me quedaba por saber de él.

Las manos me sudaban, y las piernas se negaban a sostenerme, temblando con cada paso como si fueran de gelatina. Darach saludó a papá con una cortesía impecable para después, ofrecerme su brazo. Lo aferré con fuerza, por miedo a caerme, a tropezarme y no avanzar, sintiendo cada latido y cada temblor recorrerme de pies a cabeza. Entramos hacia el interior de la ermita en silencio, dejando atrás el gentío que nos acompañaba bajo el sol ardiente. La atmósfera a santidad, así como el frío húmedo de su ambiente nos rodeó, había un ligero aroma a incienso en el aire que se mezclaba con el olor a musgo y a cera derretida muy típico de las iglesias. El silencio era abrumador, tan solo el sonido de nuestros pasos resonaba entre sus paredes con un eco sonoro y protagonista. Había colocados una docena de bancos de madera de roble, seis a cada lado aún vacíos, dejando un pasadizo central por el que Darach y yo avanzamos hasta la cabecera, donde se encontraba una mesa forrada con un mantel blanco que hacía de altar. La capilla era muy sencilla. En el ábside se erguía una única vidriera de medio punto, donde San Andrés parecía contemplarnos desde el cristal. Los rayos del sol del mediodía la atravesaban y se desbordaban en un torrente de colores, que se derramaban sobre la mesa del altar y el suelo como una alfombra viva, hecha de luz y armonía. Parecía una señal divina que nos recibía y nos daba la bienvenida.

Sobre la mesa descansaban dos candelabros de bronce, ya verdosos por el paso del tiempo, uno en cada extremo, cada uno con tres velas. Sus pies estaban cubiertos por la cera derretida de velas anteriores, que se había acumulado formando pequeñas montañas que parecían soldarse al mantel. La luz de sus velas fluctuaba sinuosa sobre el rostro del sacerdote que nos esperaba, cuya sonrisa afable nos dio la bienvenida. En ese instante, y no antes, nuestros familiares más allegados comenzaron a entrar en el pequeño templo para sentarse y situarse en el lugar correspondiente. El resto de los invitados se quedaron fuera, cosa que me sorprendió porque aún quedaban bancos vacíos. La ceremonia no duró mucho, lo agradecí ya que fue en latín. Apenas lograba entender cuatro palabras de aquel idioma, recuerdos dispersos de nociones básicas aprendidas en el instituto a los quince años; nada comparable a una conversación, y mucho menos si se trataba de un monólogo religioso. A pesar de ese pormenor, fue bonita y muy romántica. Para mi sorpresa, papá detuvo el tiempo en un par de ocasiones obsequiando a mi madre con más fotos sin que ella se diese cuenta. Detalle que no me pasó desapercibido. En un momento determinado, el sacerdote sacó una cinta de lino marrón oscuro con la que ató nuestras manos. Según Darach, era una tradición escocesa en la que no solo se unían nuestras vidas sino también nuestras almas. Creía estar viviendo una película, una función en primera persona llena de fantasía, tan distinta a lo que había visto a lo largo de mi vida que parecía un teatro.

Fuimos los primeros en entrar a la ermita y los primeros en salir. En el momento en el que atravesamos la puerta exterior, tres gaitas comenzaron a sonar interpretando una melodía alegre con la que la gente comenzó a danzar sonrientes y felices por el nuevo enlace.

Ya éramos marido y mujer, al menos ante Dios. En realidad, no podía considerarme creyente, no del modo religioso en el que se cree en él. Para mí, lo esencial no era hacerlo real ante Dios, sino dar vida a una idea, a un sueño, y poder compartirlo con los demás. Por el contrario, Darach sí era devoto, su emoción era tan grande que no podía esconderla, la sonrisa y el pecho hinchado de orgullo lo demostraban. Pero nuestra dicha momentánea no duró mucho. No habían transcurrido ni diez minutos desde que salimos cuando la tierra empezó a temblar bajo nuestros pies, y, de pronto, todos lo supieron. Los Murray estaban de vuelta. La música dejó de sonar, las mujeres y los niños se aglutinaron en un costado mientras que todos los hombres, con espada en mano, se colocaron delante con el fin de protegernos. Esta vez, el ejército era mayor. Traían refuerzos, aun así, estaba segura de que, si había revuelta, saldrían mal parados pues los que nos protegían eran verdaderos guerreros, verdaderos *highlanders*.

La mano de Darach se tensó alrededor de la mía, sentí su fuerza aplastándomela como si fuera de plastilina. La nuez de Darach subió y bajó por un momento, y su mandíbula rígida mostraba la tensión que experimentaba en ese instante. El aire que nos rodeaba comenzó a cambiar convirtiéndose en una especie de niebla gris, invisible para los demás, pero tan evidente para mí. Su energía era sombría y tuve clara la idea que se fraguaba en su cabeza, defender su integridad y honradez hasta la muerte.

—Darach, cálmate. Estoy segura de que todo irá bien, no he sentido mi… —no pude terminar la frase pues ni siquiera me miró. Se colocó delante de mí dándome la espalda y protegiéndome con su cuerpo. Elevó su voz en un grito para ser escuchada por encima del estruendoso sonido de los cascos de los caballos que se acercaban.

—¡George, trae mi espada! ¡Deprisa!

—Darach…

—Ahora no, Álex —dijo secamente. Dio media vuelta para mirarme a los ojos. Me sujetó las manos y acercó su rostro al mío hasta que nuestras frentes se tocaron. Inspiró profundamente y sus ojos me atravesaron—. Sabíamos que vendrían. He estado vigilándolos durante estos días, junto a un grupo de hombres. Estamos preparados, les daremos su merecido y seguiremos con la celebración. No tienes de qué preocuparte, te lo prometo —sus labios se aplastaron contra mi frente en un beso corto y violento, después se separó de mí y salió corriendo hacia su hermano George que le traía la espada con bastante esfuerzo por el peso, mientras se arrancaba de cuajo la levita y la tiraba al suelo. Darach se unió a los hombres encabezándolos junto a mi padre.

Mamá corrió hacia mí, me abrazó con fuerza y no pude distinguir si ese abrazo fue para tranquilizarme a mí o calmarse a sí misma. Mis ojos estaban puestos en el camino pues la comitiva había llegado. El corazón me dio un vuelco al imaginar el final dramático que podría existir. El mugriento ejército nos rodeó, eran al menos cincuenta hombres a caballo, cada cual más sucio. Tantos días a la intemperie, sin agua ni higiene, les había pasado factura. No podía imaginarme el olor nauseabundo que desprenderían así que agarré la mano de mi madre y nos alejamos lo suficiente de la escena pues estábamos demasiado expuestas. Eché una rápida ojeada sobre los rostros desconocidos que acababan de llegar. Pude reconocer a Augustus Murray y a su hijo John. Encabezaban, cómo no, la tropa cochambrosa. Ciertamente, parecían vagabundos medievales montados a caballo. Probablemente, los animales olían mejor que ellos mismos.

Repasé cada rostro evaluando su porte, su cuerpo, su envergadura, intentando adivinar si podrían tener posibilidades contra los nuestros, hasta que un par de rostros llamó mi atención. No los reconocí en primer lugar, pero la sonrisa ladina de uno de ellos me hizo darme cuenta de quienes eran. Se trataba, nada más y nada menos, que de los dos maleantes que me acecharon en el bosque. Hombres, por llamarlos de alguna manera, que quisieron abusar de mí. Si no hubiese sido por que pude parar el tiempo, lo hubieran hecho. En cierto modo no me sorprendió que los Murray aceptasen semejante calaña para aparentar alianzas, cuantos más fuesen, mejor, aunque eso solo daba una imagen más numerosa, no más guerrera. Augustus se bajó del caballo y golpeó al animal en el trasero para que este se alejase. Su hijo y media docena de hombres más hicieron lo mismo. El resto permanecieron sobre sus caballos esperando órdenes. Papá, acompañado de Darach y Archivald Mackintosh, se acercó a Murray con paso firme y decidido, cada uno de ellos irradiando autoridad, conscientes de que aquel encuentro no sería una conversación cualquiera. El silencio a nuestro alrededor se hacía notar como el sol abrasador, un mutismo prudente del que cada espectador era esclavo.

—¡Veo que habéis decidido venir al enlace de mi hija, lord Murray! Siento decirle que no hemos contado con tantos invitados. Apreciamos el detalle, aunque no hay comida para tantos. Lo siento, creo que debéis marcharos por donde habéis vendido

—No os moféis de mí, lord Cawley. Ya conocéis las consecuencias de vuestros actos. Fuisteis avisados —carraspeó y escupió a un lado con desgana. Su proyectil salió disparado como una bala hacia el suelo con una maestría admirable digna de un guarro rematado—. Además, por si no os habéis fijado, los Grant han venido conmigo.

—¿Por qué no me sorprende? son igual de ruines que vosotros.

—No permito que digáis tal cosa, milord, no nos diferenciamos tanto unos de otros. Al fin y al cabo, todos tenemos nuestros ideales —un hombre joven, delgaducho y con la cara marcada por haber sufrido mucho acné, fue quien habló con voz irritada por el comentario de mi padre. Deduje que sería un Grant. Su *laird* sin ir más lejos.

—Os doy la razón, *laird* Broderick, pero a diferencia de vosotros, los que tenemos dos dedos de frente, evitamos las trifulcas —respondió. El señor Broderick Grant arrugó la nariz y enseñó los dientes amarillentos al oír las palabras de mi padre. Parecía otro hombre cortado por el mismo patrón soberbio que los Murray.

—A eso se le llama cobardía, milord, igual que hace vuestro yerno. Pura escoria —Broderick también escupió. Levanté una ceja incrédula, era como presenciar una demostración de gallardía bárbara y grosera, dando a entender que su superioridad era irrebatible y donde el poder del esputo magnificaba su imagen. Darach se tensó, a pesar de los metros que ahora nos separaban podía apreciar sus músculos rígidos bajo su fina camisa de lino. Al menos estaba callado y eso, pensé, era algo bueno.

—No me ofenden vuestras palabras, *laird* Broderick —contestó—. Es como oír el ladrido de un perro.

Francamente estaba sorprendida, para no querer provocar una pelea, papá no hacía más que echar leña al fuego, algo muy temerario por su parte. Augustus Murray se adelantó colocándose frente a él. Desenvainó su espada, aunque la dejó apoyada con la punta en el suelo arenoso.

—¡No hemos venido a dialogar sino a cumplir nuestra promesa! —gritó. En ese instante, todos los hombres que le acompañaban bajaron de sus caballos excepto los que ya se encontraban a su lado, y se colocaron tras él con espada en mano. No hizo falta que nadie dijese nada, todos los que nos apoyaban lo tomaron como una invitación e hicieron lo mismo colocándose tras mi padre y Darach. La rivalidad y la tensión se saboreaban en la atmósfera como algo amargo.

—¡Lord Murray! Pido que os calméis, por el bien de estas gentes. No es lugar para una confrontación y lo sabéis. Además, no habéis oído todo lo que tengo que decir, tal vez cambiéis de opinión cuando oigáis mis planes para Penthworkshire y Glenmore Castle.

—Nada de lo que digáis nos hará cambiar de parecer. Como ya he dicho, no hemos venido a negociar.

—¿Ni siquiera cuando diga que ni Darach ni mi hija serán los dueños de este lugar?

El rostro de Augustus se tornó escéptico. Achicó los ojos mientras su mente, claramente desconfiada, buscaba un sentido a esas palabras.

—¿A qué os referís? ¡Estáis celebrando el enlace de vuestra hija!, ¿es que me tomáis por necio?

—No, por descontado. Lo que os digo ya es un hecho. Darach no será el sucesor de Penthwork ni de todo lo que conlleva. Está escrito y en manos de mi abogado para vuestra tranquilidad, ergo ya no hay motivos para tal indignación por vuestra parte.

Lord Murray se quedó callado unos minutos, pensativo. Tras él, el murmullo de los suyos interrumpía el silencioso lugar. Un hombre canoso y algo giboso se acercó a su lado para susurrarle al oído, en ese instante Murray pareció comprender y con un gesto de cabeza lo despidió para que se alejara. Si papá pensaba que Murray se quedaría conforme, no fue así.

—¿Podéis explicarme, entonces, a quién pasará todo esto cuando muráis? —hizo un arco con su espada refiriéndose a todo el entorno a su alrededor.

Papá inspiró profundamente hinchando su pecho, mostrando una determinación resolutiva y clara como si el hecho de que Darach no fuese a ser vizconde se convirtiera en la solución definitiva.

—A mi primer nieto varón, por supuesto.

No sabría describir exactamente el cambio que hubo en el rostro de Murray. Pasó de una calma recelosa a una irritación exagerada. Su rostro se enrojeció mientras enseñaba los dientes en un gesto de cólera incontrolable. Podría haber contado los músculos y tendones, así como las venas que se marcaban en su cuello y brazos, pero obviamente no lo hice, tan solo se quedaría grabada en mi memoria la imagen de un hombre muy enfadado y a punto de explotar, como si toda su sangre hirviera en su interior.

—Miserable...si creíais que nos conformaríamos con ese acto, estáis muy equivocado. Tan solo habéis camuflado la verdad. No soy tan necio, hasta un zopenco se daría cuenta de vuestra treta. Decidme, lord Cawley, si vos murierais hoy y ese niño no naciera hasta dentro de tres años... ¿quién gobernaría este lugar? No contestéis, lo haré por vos. Darach, por supuesto, y si os atrevéis a negarlo, es que sois un embustero.

—No, no lo negaré, pero sabed que tampoco moriré. Os aseguro que antes lo haréis vos, eso también es un hecho —declaró. Aquella última frase brotó de sus labios con su particular voz de ultratumba, fría y profunda, que parecía resonar con un eco extraño. Conocía muy bien esa voz, era como si hablara el ser que habitaba ese cuerpo y al oírla, el vello de la piel se erizaba involuntariamente. Pude observar el miedo en la mirada de Murray, su cuerpo se estremeció por un instante y aunque fue solo un momento, bastó para que papá retomara la conversación—. Comprended que es lo mejor para todos. Ese futuro bebé será inocente de toda acusación. Tendrá título, tierras y un buen apellido. Será un lienzo en blanco. No podéis decir que es mala idea —Murray retornó en sí mismo recomponiendo el mismo estado de rabia que tenía momentos antes.

—No...ese crío crecerá con los ideales de un vulgar cobarde, llevará su sangre y aunque nazca aquí, para nosotros no será más que el engendro de un sucio inglés. Jamás aceptaremos tal término.

Darach alzó su espada y soltó un grito de furia. Iba a saltar sobre Murray, pero papá le detuvo. Le colocó la mano sobre su hombro y le dijo algo que no pude percibir. El pecho de Darach subía y bajaba sin cesar, tenía la respiración entrecortada y podía distinguir los nudillos blancos de su mano en la distancia, sujetando la espada.

—¿Por qué detenéis a ese cobarde? Vamos, dejadle y le daré su merecido, así solucionaremos esto en un periquete.

—¿Igual que hicisteis la semana pasada? —dijo *laird* Mackintosh y unas risotadas se oyeron a nuestro alrededor. Augustus se sintió humillado y su furia alcanzó un nivel aún mayor.

—Como deseéis, lord Murray. Os aseguro que Darach fue… ¿cómo decirlo? Bondadoso con vos. La última vez no usó su fuerza al completo, ni puso verdadero entusiasmo en luchar contra vos. Como podéis observar, en estos instantes está fuera de sí. No duraréis ni un par de minutos bajo su espada. Os estoy salvando la vida, a pesar de todo.

Lord Murray se sintió no solo insultado, sino burlado. Indiscutiblemente él sí luchó con toda su fuerza, pero la edad y el peso, así como su inferioridad en estatura le dejaban en desventaja. Por mucho que se entrenase no podría hacer frente a alguien como Darach. Estaba segura de que en su fuero interno lo sabía, pero una cosa era saberlo y otra muy distinta aceptarlo, por no hablar de que era el gran lord Murray. No podía permitir que los demás percibieran su debilidad y su miedo, así que, sin pensarlo dos veces, lanzó un grito de rabia y salió disparado con la espada en alto, dispuesto a matar a ese hombre que le hacía sentirse minusvalorado. Darach.

Ni siquiera me dio tiempo a entender los verdaderos movimientos de la lucha, por llamarlo de algún modo. Todo sucedió muy rápido. Murray corrió hacia Darach, dio una especie de giro sobre sí mismo para rebanarle el estómago, pero Darach rodó por el suelo rápidamente efectuando una voltereta perfecta esquivándole. Se levantó detrás de Murray sin que él tuviera tiempo de girarse y con una fuerza y velocidad perfecta efectuó un movimiento con la espada seccionando el cuello de Augustus de un modo limpio y silencioso. La cabeza de Augustus cayó a su lado mientras que su cuerpo se mantuvo de pie durante unos segundos que parecieron una eternidad. Darach se quedó de pie, tras lo que quedaba de Murray, acto seguido y con gesto frío, empujó con un pie el trasero de este hasta que su cuerpo cayó desmadejado y sangrante junto a su cabeza. Jamás había visto un cuerpo sin cabeza, solo en películas, claro está y en ese momento de revelación, ante esa escena estremecedora, solo pude hacer lo que mi cuerpo necesitó en ese momento; vomitar. Por suerte, no manché mi vestido ¡ni el de mamá! aunque no fui la única en hacerlo, la Sra. Scott también vomitó o eso deduje al verla salir muy dispuesta de unos matorrales y encaminarse hacia el interior del castillo mientras se abanicaba con su propia mano.

A partir de ahí todo fue a peor. Los Murray, en especial su hijo John, saltaron sobre el resto de los adversarios. Ya no era un tema de honor u orgullo, se había convertido en una venganza personal, pues se reflejaba en los ojos de John cuando este se dirigió raudo hacia la figura, ahora sonriente, de Darach.

El vello de mi cuerpo se erizó, no solo por el cuerpo sin cabeza de Augustus yacido en el terreno sino, más bien, por la imagen asesina y fuera de lugar de Darach. Su mirada diabólica me estremeció, estaba fuera de sí, sin embargo, sonreía sin importarle nada ni nadie. Su pelo, ahora suelto, se movía en sacudidas por los movimientos rápidos al luchar contra su oponente quien, no era ni de lejos como su padre. Todo lo contrario, este se asemejaba más a Darach, el combate estaba más igualado. Miré a mí alrededor y descubrí que mamá y yo nos habíamos quedado solas en el exterior. Todas las mujeres habían desaparecido en el mismo instante en el que los hombres de Murray comenzaron a luchar sin cuartel contra los hombres de mi padre. Debía reconocer que papá luchaba muy bien, aunque claro estaba, lo hacía contra un anciano. Mis emociones estaban confrontadas, por una parte, quería salir huyendo de ese lugar; por otra, no podía despegar mis ojos de la figura que ahora era mi marido. Sentí un escalofrío al verle en esa situación, parecía un desconocido y se me erizaba el vello de todo mi cuerpo. Era una sensación extraña, no solo provocada por el temor a que le hicieran daño sino por contemplarle como un auténtico guerrero, luchando sin piedad, con un ansia y un odio reflejado en su rostro.

—Cariño, va…vámonos, no quiero estar aquí. Te…tengo miedo —confesó mi madre. Fue en ese instante cuando sentí el temblor de miedo que desprendía su cuerpo. No es que no sintiera miedo, en realidad y a pesar de lo que había visto, miedo no era la palabra exacta para describir lo que sentía, al menos no en mi caso. El temor de mi madre fue como una revelación ¿Y si a algún Murray se le ocurría escapar de la contienda y vengarse de un modo más cobarde, más inmoral? Ese pensamiento me hizo reaccionar y salir corriendo hacia el castillo. No sabía luchar, pero sí podía detener el tiempo si llegaba el caso. Los hombres sabían combatir y el tiempo protegía a los dos que más me importaban, así que mi labor ahora era salvaguardar a todas las mujeres que el tiempo no amparaba.

Una vez en el interior de la fortaleza y junto a Elsie, que parecía hecha de otra pasta, dura e impasible, colocamos el travesaño de madera de la puerta, impidiendo que pudiera abrirse desde fuera. La puerta también tenía cerradura, que era el método habitual para asegurarla. Para evitar riesgos en situaciones complicadas, existía el travesaño; una tabla larga y gruesa colocada transversalmente que funcionaba como un cerrojo adicional. Mary, la madre de Darach, apareció por el pasillo portando media docena de cuchillos de cocina entre sus manos. Me contempló un instante antes de acercarse a nosotros y ofrecernos uno para mí y otro para mi madre.

—Solo por si acaso —dijo sonriendo débilmente. La abracé sin pensar y pude sentir su corazón cabalgando desbocado pues, aunque su semblante parecía calmado, su interior no lo estaba.

—Todo irá bien, Mary. Darach sabe luchar. Estará bien, te lo prometo —dije intentando consolarla, aunque sabía que esas palabras me consolaban a mí también. Me apretó una mano, pero no dijo nada. Asintió y se dio media vuelta para seguir repartiendo cuchillos entre las mujeres más valientes que pudiera encontrar. Percibí el terror en su mirada, el temor de perder a un hijo; imaginé que ningún dolor podía compararse con eso, sin embargo, esa mujer no se amilanaba por ese pensamiento, sabía que debía defender a sus otros hijos y lo único que podía hacer era prepararse de la mejor manera posible.

Un castillo como ese, no estaba preparado para la lucha. Estaba construido como vivienda, pues su finalidad no era defensiva. Las ventanas inferiores eran grandes, pensadas para aprovechar la luz del sol, pero carecían de rejas. Solo los ventanales de la biblioteca y los de la torre estaban protegidos; entre ellos se encontraba mi habitación. El resto, al igual que la puerta de la cocina, resultaba de fácil acceso, al menos para alguien que supiera exactamente lo que buscaba. Apenas veinte minutos después de que entráramos en el vestíbulo oímos el sonido de unos cristales romperse. La cocina. Elsie y Mary se miraron a la vez. Salieron corriendo hacia la cocina y tanto mamá como yo, fuimos tras ellas. Cuando llegamos, uno de los hombres que me había atacado en el bosque estaba en el centro de la cocina sangrando por el estómago y despotricando porque había perdido su espada. No se había percatado aún de nuestra presencia pues el sonido de espadas y gritos del exterior era mayor que cualquier otro. Mary, que no era muy ágil, se acercó lentamente hasta él e intentó, en vano, clavarle el cuchillo por la espalda. Él, aun casi sin fuerzas, se percató de su presencia y trató de esquivarla, pero lo hizo torpemente. Sus pies tropezaron en un movimiento errático perdiendo el equilibrio y cayendo de culo con un golpe seco que resonó a su alrededor. Al comprobar que se trataba de una mujer, comenzó a reírse de sí mismo mientras con sus manos intentaba mantener a raya la gran hemorragia que escapaba de su cuerpo.

Elsie agarró un trapo y caminó con cautela hasta llegar a él. Distinguí el mango del cuchillo asomar por la abertura del bolsillo de su falda y eso llamó mi atención. Supuse que, al verle tan malherido, el puñal ya no era necesario, al fin y al cabo, ese hombre ya estaba muerto; tenía los minutos contados. Cuando la vio, vaciló por un instante, pero comprendió que si no le auxiliaban moriría irremediablemente. No recordaba su nombre, tampoco me importó lo más mínimo pues no era más que la persona más sucia e indeseable que había visto jamás. Mary se acercó a una de las sillas de la cocina y agarró un cojín, que muy delicadamente colocó bajo la cabeza del intruso mientras que Elsie le apretaba el estómago con el trozo de tela. El hombre gemía de dolor, comenzó a temblar mientras de uno de sus ojos asomaba tímidamente lo que parecía ser una lágrima.

—Noo…noo quie…quiero morir…—sus palabras entrecortadas y sin aliento indicaban que no le quedaba mucho tiempo. No comprendía cómo esas mujeres eran capaces de apaciguar a un hombre que en ningún momento tuvo buenas intenciones.

—Shhhhh…ya está. Volveréis al infierno de donde jamás deberíais haber escapado —dijo Elsie con voz fría. El hombre abrió los ojos desmesuradamente y antes de que pudiera hablar, Elsie extrajo el cuchillo de su bolsillo y en un movimiento rápido le segó el pescuezo. Me quedé helada bajo el dintel de la puerta. La sorpresa me paralizó por un instante, y un frío perverso recorrió cada fibra de mi cuerpo. Aquella imagen del ama de llaves me impactó con una fuerza brutal, aun suponiendo que tenía motivos. El aire se volvió denso, cada latido de mi corazón retumbaba en mis oídos, y un escalofrío implacable me recorrió de la cabeza a los pies, dejándome aterrada y sin aliento. Del cuello de ese hombre comenzó a salir sangre a borbotones tiñendo de carmesí el suelo como una alfombra líquida—. Ahora sí estáis muerto—manifestó estoica. Se levantó y escupió sobre él. Acto seguido, y como si tal cosa, se llevó el arma cortante al cubo donde había agua limpia y eliminó cualquier resto de sangre que pudiera tener—. Ese mal nacido no hará más daño. Ojalá hubiera sufrido más—comentó.

—¿A...acaso lo...lo conocíais? —pregunté aun sin recomponerme de esa escena.

—¿A Archie Allan? ¡Todo el mundo lo conocía! Era un perro sarnoso que vivía en el monte. Un engendro de hombre que abusaba de las muchachas. Sin ir más lejos, el invierno pasado le arrebató la virginidad a una doncella de los Gunn, vecinos cercanos. Pero claro, no era un delito grave así que nadie hizo nada. Ahora he vengado a la pobre Gracie.

—Oh... yo también estuve a punto de sufrir lo mismo que esa doncella —confesé. Las dos mujeres me miraron asustadas cuando pronuncié esas palabras—. No pasó nada, por suerte —me apresuré a decir—. Darach me salvó a tiempo.

—Oh, válgame el cielo... ¿dices que Darach os salvó? ¿Cuándo ocurrió?

—El pasado año. Darach le dio su merecido, aunque no surgió efecto ya que, por lo visto, atacó a Gracie pocos meses después.

—Le tendría que haber rebanado las pelotas cuando aún respiraba. Ahora me arrepiento de no haberlo hecho.

—¡Elsie! Por Dios y por la virgen —Mary se santiguó rápidamente al oírla hablar de ese modo.

—Ellos me darían la razón, Mary, lo sabes tan bien como yo. Anda, limpiemos este estropicio y echemos a este individuo fuera de aquí, está dejando los azulejos perdidos.

A pesar de querer ayudarlas fue imposible, ni siquiera nos dejaron ir a por agua al pozo, pues para ello había que salir del castillo. Volvimos sobre nuestros pies hacia el *hall,* pero al llegar no había nadie. Las mujeres se habían ocultado o tal vez habían vuelto a sus aposentos, el único lugar donde, en ese momento, podían sentirse a salvo. Decidimos hacer lo mismo y tanto mamá como yo nos encaminamos escaleras arriba aguardando el final. Me sentía demasiado tranquila, una sensación verdaderamente extraña en mí si tomábamos en cuenta la situación en la que nos encontrábamos. Ni siquiera mi corazón estaba alterado, como si la lucha no fuese más que una farsa. Estaba sumida en una calma y despreocupación irreconocible.

—Qué raro…

—¿Qué raro qué? —preguntó mamá mirando a nuestro alrededor, intentando encontrar la rareza que había en el pasillo central que llevaba a las habitaciones.

—No es nada, mamá. Solo pensaba en voz alta.

—¿Y qué pensabas para que te parezca raro? —detuvo su paso a mitad del pasillo y vocalizó esas palabras en un susurro. Tenía los ojos muy abiertos y miraba en derredor buscando, supuse, algún intruso indeseable. Ella sí estaba asustada y muy nerviosa. Lo que iba a ser el mejor día de nuestras vidas se había convertido en una auténtica pesadilla.

—Mamá, no te asustes, todo saldrá bien, te lo prometo. Me encuentro demasiado tranquila y relajada, y eso no es normal en mí en una tesitura como esta. Simplemente no me reconozco.

—¿Y qué crees que significa?

—Creo que es porque todo va a salir bien. Es difícil de explicar, es como si presintiera lo que va a ocurrir y ahora no percibo nada. Nada en absoluto y eso, como he dicho, es muy raro. Cuando Aarón os raptó y ocurrió lo de Pol, días antes me sentí mal, con un nudo en el pecho, como si algo muy malo fuese a ocurrir, y así fue.

—Oh, cariño…—mamá me sujetó los brazos con sus manos mientras su mirada se clavaba en la mía intensamente.

—Lo sé, no te lo había contado. Sin embargo, hoy me siento como si no me importase lo que está ocurriendo ahí fuera. No lo comprendo.

—Tal vez tengas razón y sea porque nada va a ocurrir. Es un alivio que me digas eso, me tranquiliza enormemente. Vamos, vayamos a comprobarlo —tiró de mi brazo arrastrándome por el pasillo con una fuerza poco habitual en ella que me dejó sorprendida.

—¿Qué haces? ¿Dónde me llevas?

—Conozco el lugar idóneo desde donde se ve la campa que rodea la ermita. Desde ahí podremos ver cómo se desarrolla la situación.

Mamá conocía ya cada rincón de ese castillo como si fuese su propia casa. Me llevó hasta la biblioteca, cómo no, lugar en el que papá pasaba tantas horas y lugar en el que mi madre, desde hacía días, también. No supe cómo gestionar esa idea evocada en mi mente sobre ellos dos así que decidí dejarla a un lado pues no era el momento de hacer conjeturas que podían ser erróneas, aunque algo me decía que…

—¡Oh, Dios mío! ¿de verdad crees que no va a pasar nada malo? Creo que tu sexto sentido está oxidado.

Al llegar a la biblioteca y observar a través del ventanal, la escena del exterior nos erizó el vello, como si el infierno mismo se hubiera abierto ante nuestros ojos. La reyerta seguía, cruel y encarnizada, con heridos que luchaban sin cuartel dejándose la piel por un honor que creían más importante que su propia vida. A pesar de lo terrible de la escena, comprobé que apenas había bajas; un par de hombres yacían en el suelo, muertos o tal vez inconscientes. Al cabo de unos minutos, un pequeño grupo de los Murray se alejaba colina arriba; corrían mirando hacia atrás como si temieran ser perseguidos. Ahora, nuestros hombres eran más numerosos, sin embargo, no luchaban a muerte o eso me pareció. Mamá se sujetaba con fuerza a los cortinajes de la biblioteca con una tensión extrema, dejando blanquecinos los nudillos de sus manos; sus ojos, abiertos como platos, ni siquiera pestañeaban. Estaba paralizada.

—Tranquila, mamá. Estamos ganando —la abracé. Su cuerpo temblaba como el de un niño asustado. Sabía lo que sentía, ese miedo a lo desconocido, a lo incontrolable, a lo impredecible, era una tortura. La separé del cristal y la obligué a sentarse en una silla.

—Mamá, quiero que te vayas a tu habitación, estarás más tranquila. Yo me quedaré vigilando. No pasará nada, te lo prometo.

—No quiero separarme de ti, me da miedo estar sola.

—Escucha, no va a ocurrir nada, si así fuera, te llevaría ahora mismo de vuelta a nuestro siglo. Confía en mí —aseguré con total serenidad. Agarré su mano derecha y la coloqué sobre mi pecho para que pudiera notar el latido sosegado de mi corazón.

—¿Ves? Va despacio. Eso es buena señal.

A regañadientes, obedeció. Salió de la biblioteca como un alma en pena para encerrarse en su habitación. Aunque sabía que no conseguiría apaciguar su ansiedad, al menos no presenciaría la lucha. Cuando me quedé sola, me acerqué de nuevo al ventanal intentando hallar la figura de Darach. Sin saber por qué, me llevé las manos al vientre. Fue un gesto espontáneo, casi instintivo, pero también vivificante, porque sabía que, aunque aún no podía sentir a mi bebé, estaba ahí dentro, escondido y a salvo, mientras el mundo rugía. Mi estómago protestó, ajeno a lo que ocurría a su alrededor, reclamando su dosis de alimento como de costumbre. En circunstancias normales, estaríamos en medio del convite disfrutando de un día que debía haber sido maravilloso.

Por fin le encontré luchando como un león. Tenía el pelo revuelto y su ropa estaba llena de jirones. Tenía una manga medio arrancada y parte de su brazo chorreaba sangre de alguna herida reciente. A pesar de eso, no parecía dolerle porque manejaba la espada con una soltura impresionante. Su contrincante seguía siendo John Murray. Los dos combatían con fiereza, pero la cara de John mostraba odio, sus ojos parecían inyectados en sangre pues solo buscaba una cosa, venganza. Darach dio un mandoble enérgico a John que, muy ágilmente, detuvo. Este, giró sobre sí mismo y repitió el movimiento de Darach, pero a la inversa, intentando rebanarle el cuello sin éxito pues Darach también lo detuvo. Era un juego de ataques y defensas que no daba respiro, como una coreografía perfectamente ensayada. Mientras uno embestía con furia, el otro bloqueaba con precisión, y cada golpe resonaba en el aire, marcando el pulso tenso de la lucha. En un despiste, Darach chocó con otro adversario que le hizo perder el equilibrio. Sus pies se elevaron del suelo mientras su espalda se estrellaba contra el suelo en un golpe seco, momento en que John aprovechó la vulnerabilidad de su adversario. Se lanzó con rapidez sobre él alzando su espada en un intento de clavársela en el pecho. Darach rodó sobre sí mismo y John hincó la punta de su arma en el suelo. Suspiré. A pesar de estar tranquila, la tensión iba acumulándose en mi interior de un modo incómodo. Sin darme cuenta, sujetaba la cortina del mismo modo que mi madre momentos antes.

John le tendió la mano para levantarlo, y Darach la aceptó. Aquello me resultó curioso e incongruente. Se encontraban en medio de una lucha a muerte, y ese gesto tan humano de John se filtró entre la violencia de su lucha, algo extraño viniendo de John, cuyo ímpetu no dejaba espacio para la piedad. Después de unos segundos en los que los dos, sin quitarse el ojo de encima cogieron aliento, retomaron la lucha. El despliegue de energía era impresionante, más aún, considerando el peso de aquellas espadas que movían con asombrosa destreza. John ejecutó un movimiento de ataque rápido que Darach bloqueó fácilmente al instante. Las hojas de sus aceros chocaban en constante ritmo mientras sus músculos se sacudían enérgicamente a su compás. La fortaleza de ambos era fascinante, pues no se trataba solo de fuerza física, sino también de una concentración e inteligencia absolutas, como en una partida de ajedrez, anticipándose a cada posible movimiento del adversario para esquivar y contraatacar con precisión. En este caso, no era la dignidad o el orgullo lo que estaba en juego, sino la vida. En un desplazamiento errático del joven Murray, en el que su paso hacia atrás fue más corto de lo debido, su contrincante supo aprovechar la ocasión contraatacando de un modo muy veloz. Darach bajó su espada cortando el viento, dirigida al torso de John. Este giró de mala manera evitando así que la punta de la espada besara su pecho. Calculó mal el giro, con tan mala suerte que las espada de Darach se hundió en su brazo atacante, lo suficiente como para debilitarle significativamente en esa lucha. Su espada cayó al suelo y el rostro de Darach exhibió una sonrisa triunfal. John, emitió un grito gutural lleno de rabia, recogió la espada con su mano izquierda y comenzó a realizar movimientos ofensivos hacia Darach con energía sobrehumana.

Por un instante temí por él, en su rostro se borró toda sonrisa que segundos antes mostraba para dar paso a una pasmosa perplejidad ante semejante demostración de ira y resentimiento. Sin embargo, ahora John actuaba de un modo precipitado e impulsivo cegado por una venganza que jamás alcanzaría, y eso aceleró su final. John, dominado por su cólera envió un mandoble dirigido al cuello de Darach, pero este lo detuvo con su espada. Estaba obcecado en atacar de frente y con constantes acometidas hacia su oponente dirigidas a su cuello y corazón.

A diferencia de ellos, yo no era experta en el manejo de la espada, pero podía intuir que aquel frenesí de ataque no era la estrategia correcta. John se centraba únicamente en el asalto, descuidando por completo la defensa. Darach parecía retroceder poco a poco mientras un John obstinado embestía una y otra vez con el odio como coraza. Darach detenía cada movimiento con presteza hasta que John, finalmente, harto de tanto juego, decidió terminar con el combate. Avanzó su pie derecho y efectuó un movimiento de apuñalamiento dirigido al corazón de su oponente, este, que estaba en perfectas condiciones físicas, esquivó esa acometida; se ladeó rápidamente y en un ágil giro sobre sus propios pies, dirigió la punta de su espada hacia el costado del cuerpo de John. El filo de su punta cortó la piel lateral del torso de su oponente produciéndole un tajo transversal que iba desde la parte baja de su pecho hasta casi el ombligo. John se desestabilizó y su espada volvió a caer al suelo. Tenía el brazo chorreante de sangre y ahora ese mismo líquido carmesí manchaba el centro de su camisa marrón. Se llevó las manos al corte comprobando el estado de este. Darach permaneció un instante inmóvil frente a él contemplándole con soberbia. Su porte era poderoso, altivo. Había ganado.

Desde el interior de la biblioteca era imposible oír con claridad la conversación, tan solo los gemidos y alaridos del resto de hombres llegaban amortiguados por el muro de cristal que me separaba de ellos. El gesto furibundo de John, así como la muestra de sus dientes, daba a entender desde la distancia, que no estaba conforme con las palabras de Darach. En ese instante, Darach le tendió la mano para ayudarlo a levantarse, pero él la rechazó. Con gran esfuerzo se alzó sobre sus pies y tambaleándose como un flan recogió la espada del suelo para ponerse en posición de ataque. No podía comprender el orgullo de ese hombre. Estaba casi segura de que las palabras de Darach significaban perdonarle la vida, pero él, humillado y desafiante, decidió continuar la lucha, aunque supiera que podría ser lo último que hiciera.

Los pasos vacilantes de John eran erráticos, iba a morir. Detecté un movimiento de negación incrédula en la cabeza de Darach, no quería matarlo, sin embargo, no tenía opción. John Murray no le permitiría otra alternativa. Comenzó de nuevo el ataque de Darach sobre este, aunque no con la misma intensidad y fuerza que anteriormente. Al cabo de unos segundos de absurda pelea, los cristales de la lámpara de araña de la biblioteca comenzaron a temblar. No supe reconocer de dónde provenía esa vibración, poco a poco fue incrementándose hasta que los propios ventanales se agitaron en una oscilación como si de un terremoto se tratase. Coloqué mi mano sobre el cristal que se hallaba ante mí corroborando su temblor. Mi vista, que en un instante se centró en el vidrio transparente, se enfocó en la lejanía del prado que se mostraba ante el castillo. Una nube de polvo se elevaba por encima de la arboleda proveniente de un grupo grande de jinetes montados a caballo. Sobre sus cabezas, y asida a una asta, asomaba impertérrita una bandera, la inglesa.

Mi corazón dio un vuelco. Solté un suspiro ahogado que empañó el cristal que tenía ante mí. No me había percatado de que me había pegado al vidrio como una lapa, tratando de espiar con ansia lo que el paisaje se empeñaba en ocultar. Mi instinto me decía que lo había conseguido, el plan había dado resultado. Todo guerrero que luchaba bajó sus espadas al sentir el mismo temblor bajo sus pies. Mis piernas, con voluntad propia, decidieron salir corriendo hacia el exterior. El peligro del asalto había terminado. Ahora se avecinaba una incertidumbre para todos los presentes tan ilógica e inverosímil que dejó boquiabiertos a todos, incluido a mi padre, pues un ejército inglés se les echaba encima.

Mientras recorría los pasillos y bajaba las escaleras no me crucé con nadie, todas las mujeres seguían escondidas. Mi corazón retumbaba en mi pecho como un martilleo constante y nervioso. Al llegar frente a la puerta del *hall* observé con rabia el travesaño macizo de la puerta, me resultaría imposible levantarlo sin ayuda. Recordé la cocina en ese instante, aquel hombre llamado Archie Allan había roto el cristal de la puerta y aunque esta estaba cerrada, podía salir por ella. La adrenalina recorría mis venas con desesperación transmitiendo la prisa por cada célula de mi cuerpo. Al llegar al exterior, mis pulmones se habían quedado secos. El aire que había en su interior fue saliendo lentamente de ellos hasta vaciarse por completo y mi mente no envió la orden de respirar de nuevo pues la imagen que tenía ante mí me dejó atónita. Una tropa de unos veinte hombres colocados en línea, uno al lado del otro, escoltaba al que parecía ser el jefe y que se encontraba justo en el centro de la formación. Iban vestidos con un atuendo militar en color rojo y sus yelmos brillaban bajo el sol abrasador del medio día. Callados y expectantes, los luchadores de a pie los miraban con extrañeza y hostilidad.

—Malditos ingleses… —alguien formuló esas palabras en voz alta para ser oídas por los nuevos visitantes.

Papá apareció entre el tumulto que se aglomeraba adelantándose unos pasos. Darach, envainó su espada y se colocó junto a él, así como Cian y un Edward visiblemente herido. Un hombre del séquito se adelantó unos pasos sin bajar de su caballo que, a diferencia del resto, no llevaba el mismo traje, sino uno más elegante y señorial. No hizo falta que se presentase, sabía quién era. Lord Robert, duque de Somerset. Una sensación de vértigo se apoderó de mí al pensar o más bien creer, que ese hombre me reconocería. Vería mi rostro y tal vez todo mi esfuerzo no habría servido para nada.

—¡¿Dónde está el señor de estas tierras?! —Lord Robert alzó su voz sobre el murmullo poco adulador.

—¡Soy yo! ¿A qué debemos vuestra presencia, lord Robert? —papá adelantó un paso e irguió su porte. Estaba impoluto, sin una mancha ni rastro de sangre como si acabara de vestirse; ni siquiera el sudor hacía acto de presencia en su enigmático rostro, algo realmente increíble después de verle luchar como un mortal cualquiera.

—¡¿Qué está ocurriendo aquí?! No esperaba ser recibido de un modo tan hostil. No buscamos disputa alguna.

—Nos os preocupéis, lord Robert, no es por vos. Es una trifulca sin importancia entre clanes.

—¡Eso lo diréis vos! —John Murray interrumpió gritando desde el otro lado de la explanada mostrando su disconformidad mientras se sujetaba el costado con su maltrecho brazo.

—¿Sin importancia, decís? Yo diría que el hombre sin cabeza no opinaba igual.

—Os aseguro que no la tiene, milord, aunque su opinión no fuese la misma. Decidnos pues, ¿a qué debemos vuestra visita?

El duque soltó una sonora carcajada.

—Escoceses…en fin. Vengo buscando a un hombre, Darach Sallow. Me dijeron que residía aquí. ¿Dónde…? —dejó su pregunta en el aire cuando sus ojos inquisidores, lo encontraron—. Vaya, veo que seguís igual de gallardo, ¿qué tal os ha ido la vida?

Darach avanzó un par de pasos hasta colocarse al lado de papá. Tenía los puños apretados a los costados en un gesto tirante y defensivo. Inspiró aire profundamente antes de contestar. Tenía la sensación de que si me colocaba a su lado frenaría sus impulsos violentos y se controlaría, pero me asustaba ser reconocida. Mi corazón galopaba a una velocidad de vértigo. En cierto modo, mi inteligencia me decía que sería imposible que ese hombre me relacionara con un espejismo de la mismísima virgen maría, pero… ¿y si sí lo hacía? De pronto vi a Darach vacilar sobre sus pies. Se echó el cabello hacia atrás en un movimiento nervioso. Supuse que la idea que tenía sobre la visita del duque era muy distinta a la que yo imaginaba, así que, sin pensarlo, y corriendo el riesgo, salí disparada atravesando el improvisado campo de batalla con las faldas arremangadas para no tropezar. Cuando llegué a su lado, le extendí la mano y él me miró con los ojos abiertos de sorpresa, como si no esperara aquel gesto. Por un instante, todo lo demás desapareció, solo estábamos él y yo, y la incertidumbre suspendida entre nuestras miradas. Dirigió su mirada sobre la gente que tenía alrededor para después volver a fijarla en mis ojos. Frunció el ceño y le apreté la mano mientras asentía en un gesto de apoyo. Lord Robert elevó sus cejas al verme y, por suerte, no me reconoció. Papá, que estaba a su otro lado, le colocó la mano sobre su hombro y le instó a hablar. Su figura se destensó ligeramente, lo suficiente para que hablara su cerebro y no su corazón.

—No puedo quejarme, aunque, claro está, no gracias a vos —dijo con el mentón elevado. El duque lo miró por unos segundos sin decir nada. Después de lo que pareció ser un instante eterno, bajó de su caballo y caminó unos pasos hasta colocarse ante él.

—Lo sé —contestó. Le contempló unos segundos más mientras observaba al detalle el rostro confuso de Darach. Hubo una lucha de miradas, con una tensión extrema. El pecho de Darach se elevaba en una respiración agitada, temiendo una represalia por su parte. El silencio nos envolvía como un mal presagio; nadie se atrevía a pronunciar palabra. Solo el resoplo de algún caballo o el trino lejano de un pájaro interrumpía la quietud a nuestro alrededor. Lord Robert rompió la lucha visual dirigiendo su mirada hacia el cuerpo fornido de Darach en lo que parecía un gesto de aprobación. Asintió y suspiró como si hubiese aceptado una decisión en su mente. Dio media vuelta sobre sus pies y realizó un gesto con su mano a los soldados que tenía tras él. Montados sobre sus imponentes caballos, se abrieron ligeramente, formando un pasillo por el que apareció otro jinete. Entre sus manos sostenía el estribo de una cuerda atada a las muñecas de un hombre polvoriento y desaliñado, que avanzaba tras él arrastrando los pies con desgana. Mis ojos se abrieron de par en par al descubrir el rostro demacrado de Niall Wadlow. Mi corazón comenzó a palpitar violentamente y un calor sofocante subió por mi espalda hasta la nuca. Mis ojos, que hasta ese momento veían con claridad, se nublaron en una bruma negruzca sumiéndome en una oscuridad desconocida. Sin darme cuenta, perdí el conocimiento. Desperté segundos después sobre el regazo de Darach, papá se encontraba a mi lado con un vaso de agua. Como siempre, mis intentos de pasar desapercibida resultaban inútiles. Tenía un talento infalible para atraer miradas justo en los momentos más inoportunos, como si el universo se divirtiera con mi torpeza.

—¿Se encuentra bien, *milady*? No creo que sea el lugar idóneo para vos, deberíais entrar en el castillo.

Lord Robert se acercó a mí con asombrosa educación ofreciéndome su mano para que pudiera levantarme.

—Gracias, creo que estoy bien. Habrá sido el calor, supongo —la acepté. Si ese hombre pensaba que iba a irme, se equivocaba por completo. A pesar del temor a ser descubierta, la voluntad de permanecer junto a Darach era mayor. Mis ojos, de manera inconsciente, se dirigieron temerosos hacia la figura de Niall. No pude evitar sentirme desenmascarada.

—No tema, es inofensivo —dijo solemne. Asentí en silencio. Entonces Niall elevó su mirada por un segundo y la dirigió hacia mí. Mi respiración volvió a desaparecer y mi mente volvió a traicionarme.

<<Hasta aquí has llegado, muchacha>> pensé sin remedio. Sin embargo, Niall bajó la mirada para observar con detenimiento las piedrecitas que

se hallaban a sus pies. Suspiré aliviada pues supuse que jamás se le ocurriría asociar a una dama con un espectro sobrenatural. Darach estaba callado pero su mirada despedía un odio visceral hacia la sombra de lo que había sido su amigo. Ahora, y sin decir palabra, se encontraba muy tenso, sus músculos se habían convertido en dura piedra. Su brazo me sujetaba la cintura con fuerza, aunque en realidad no supe si aquel agarre pretendía evitar que volviera a caer o para asegurarse un ancla que le impidiera saltar sobre su cuello. Por el contrario, Niall Wadlow, se tambaleaba ante nosotros, con las manos atadas por delante y con la mirada pegada al suelo. Iba vestido con una simple camisola larga, sucia y roída; sus pantalones, rotos por las rodillas, estaban manchados de algo turbio desprendiendo un olor que se percibía a tres metros de distancia. Tenía la melena suelta y revuelta y su barba larga tapaba, en cierto modo, el rostro ojeroso claramente demacrado.

—¿A qué habéis venido?, ¿qué significa todo esto? —Darach pronunció esas palabras casi en un susurro. Su mirada asesina se posó sobre el rostro de lord Robert intentando hallar una respuesta coherente.

—Vengo a pediros vuestro perdón, Darach. Como podéis observar, eh aquí al verdadero traidor. Después de estos años ha confesado su calumnia y no puedo hacer otra cosa que traéroslo para que vos decidáis su sino.

—¿Yo? ¿Por qué yo?

—Vos sufristeis la deshonra y la humillación por un hecho que no cometisteis. Por culpa de ese hombre se os ha injuriado en demasía y me consta que, aun así, habéis actuado con honor y honestidad. Es solo un detalle por mi falta de estimación hacia vuestra persona.

—Vos sois el lord. No me pidáis tal cosa, el odio que siento por él impediría que fuese justo.

Miré su perfecto perfil. Le acaricié el brazo suavemente y le di la mano de nuevo. Su mandíbula se tensaba sin cesar pues el dominio y autocontrol que mostraba eran dignos de admiración.

—Os lo debo. Es lo menos que puedo hacer.

—No, no me debéis nada pues nada de lo que suceda a partir de ahora borrará estos años de vergüenza. Deberíais haberlo colgado como ibais hacer conmigo. Estoy seguro de que mi agravio no fue el único que cometió.

—No, en efecto. Digamos que... por una cuestión religiosa, he decidido no ahorcarlo —carraspeó—. Al menos, no bajo mi juicio. Por ello deseo que seáis vos quien dispongáis su condena. Sois libre de decidir su suerte, lo que vos y como vos digáis será resuelto como si fuese mi palabra.

Darach abrió los ojos, sorprendido por las palabras del duque. Se quedó pensativo un momento para después mirar a mi padre. Los ojos de papá le sonrieron con una confianza y complicidad que me sobrecogieron. No comprendí el significado de su conversación imaginaria, sin embargo, Darach asintió en silencio como si hubiese entendido lo que debía hacer. Levanté incrédula las cejas, jamás comprendería la conexión tan profunda de esos dos hombres a los que tanto quería. Se separó de mí y caminó hasta colocarse a cincuenta centímetros de Niall. Lo miró fijamente a los ojos y este apartó la mirada.

—He deseado tu muerte cada día desde entonces. He soñado con matarte de mil formas distintas, Dios es testigo. Pero, después de tanto soñar e imaginar, me he dado cuenta de que eso no sería suficiente para calmar el rencor que siento por ti. A pesar de todo lo ocurrido, estos años he aprendido mucho, he visto un mundo que jamás imaginarías, y todo gracias a aquel día. En cierto modo te estoy agradecido porque si no hubiese ocurrido todo aquello, hoy no sería quien soy —hizo una pausa. Clavó su mirada en la mía e inspiró profundamente, como si necesitara llenar sus pulmones de la certeza de aquello que valoraba por encima de todo. Cada fibra de su ser parecía reconocer la magnitud de esa verdad, y en sus ojos se reflejó una determinación que nada podría quebrantar. Volvió la mirada hacia el hombre que un día fue su amigo y continuó hablando—. Creo que la muerte no sería suficiente para alguien como tú. Es mejor pagarte con la misma moneda así que, el destierro será lo peor para ti. Sin familia, sin amigos, sin dinero, sin ayuda…no quiero volver a verte en la vida. Si vuelvo a escuchar tu nombre asociado a actos cometidos en estas tierras o en Somerset, no dudes de que iré en tu busca y te aseguro que te rebanaré el cuello como te mereces —dijo sus últimas palabras tan cerca de su cara que casi llegaron a tocarse. Niall no reaccionó, ni siquiera le miró a los ojos, simplemente ladeó su rostro hacia un costado sin levantar la mirada del suelo.

—¡Dicho queda! Desde este momento, Niall Wadlow, sois desterrado de Somerset, y de cualquier territorio que tenga que ver con Darach. Espero que vuestro sino sea tan desdichado como lo han sido vuestros últimos días con nos —a un gesto de lord Robert, el jinete que portaba la soga de Niall bajó de su montura y con una daga la segó de sus muñecas para después propinarle una patada en el trasero empujándolo a caminar hacia el frente. Todos los allí presentes, y en absoluto silencio, contemplaron cómo el sujeto se alejaba tambaleante de Glenmore Castle por el camino hacia las montañas. Darach se quedó pensativo con el ceño fuertemente fruncido y la mirada perdida en algún lugar de su pasado. Papá se acercó a él y le dio un par de palmadas a la espalda.

—Todo aquello es agua pasada, muchacho, ya eres libre y tu buen nombre se te ha devuelto.

—¡Y no solo eso! Darach Sallow, vengo a nombraros capitán. Mi familia está en deuda con la vuestra desde tiempos remotos, me consta que vuestro apellido es ciertamente noble, y por la injusticia realizada quiero compensaros.

—Milord, no necesito que me compenséis de ningún modo. El hecho de que hayáis venido hasta aquí reconociendo el error, es más que suficiente. Soy yo el que se postra ante vos y os da las gracias —Darach se arrodilló ante él.

Lord Robert sonrió, se acercó a Darach y le colocó una mano sobre su hombro.

—Vuestra humildad es lo que os hace grande. Eso es lo que valoro de vos —dijo con orgullo. Darach dirigió su mirada ojiplática hacia la de su lord inglés—. Por vuestro honor, por vuestra destreza militar; que por lo que veo sigue siendo admirable. Por la lealtad, la generosidad y, sobre todo, por el espíritu de sacrificio que habéis mostrado, quiero que seáis el nuevo líder de La Guardia. Era vuestro derecho y quiero que sigáis el legado de vuestro padre. Me honra ser yo el que os devuelva el cargo que nunca se os debió retirar, pues estoy seguro de que sois la persona idónea para tal fin. Además, seréis compensado con tierras, y una muy conveniente asignación —el duque de Somerset le ofreció un pergamino enrollado y lacrado con el sello del Rey Jacobo. Su nombramiento.

Darach se levantó y se quedó mirando ese pequeño rollo de papel sin poder reaccionar. Mis ojos se llenaron de lágrimas y sin poder evitarlo salté sobre él y le abracé. Un alborozo de alegría nos rodeó, de repente todo eran gritos de hurra, risas y abrazos.

—¿Podrías parar el tiempo? Solo un momento, por...por favor —las palabras susurrantes de Darach en mi oído me dejaron perpleja. Me separé de él unos centímetros, los suficientes para verle los ojos. Sonreí y pestañeé un par de veces produciendo el lapso, como él me había pedido. Cuando miró a nuestro alrededor y comprendió que todo estaba en pausa, se alejó de mí, se arrodilló en el suelo y apoyó sus manos sobre el terreno arenisco. En ese instante, emitió un grito surgido de lo más profundo de su alma, después otro y después otro. Cuando quise acercarme a él para abrazarle de nuevo papá me lo impidió.

—Este momento es suyo, déjale que se desahogue, lo necesita. Es lo más bonito que has podido hacer por él.

—¿Yo? No sé de qué hablas…

—¿Acaso creíste que no me daría cuenta de tu excursión? —preguntó. Con el corazón retumbándome en los oídos comprendí que, desde el principio, papá estaba al tanto de todo. Sonreí y encogí los hombros.

—No estaba muy segura de que funcionase —confesé. Papá me abrazó fuertemente.

—Estoy orgulloso de ti, no solo le has liberado de su condena, sino que has evitado la muerte de Niall y eso, mi querida Alexandra, es lo que cuenta. Venga, parece que su desahogo ha concluido, ve con él.

Darach me miró desde el suelo y me senté sobre su regazo. Me colocó un mechón de cabello suelto por detrás de la oreja y sin quitarme el ojo de encima me besó intensamente. El calor del medio día unido a la tensión del momento, y cómo no, los labios apasionados de Darach comenzaron a hacer efecto sobre mi cuerpo provocando un sofoco no solo en mi persona, sino en mi entrepierna. Un carraspeo cercano nos sacó de nuestro ensueño evitando así un mayor bochorno. Volvimos de la mano al mismo lugar frente al duque. Cuando retomé el tiempo, Darach estaba calmado centrado en la situación que nos rodeaba. Habíamos comenzado el día con una boda, después vino la lucha, y ahora lo habían nombrado capitán de la Guardia, dejando atrás, por fin, la sombra del destierro. El sol aún recorría el cielo, todavía quedaban promesas y festejos que celebrar. Con el pergamino en la mano, miró al duque a los ojos y con una altivez nueva y desconocida le contestó:

—No tengo palabras para agradecerle esto, milord, pero muy a mi pesar, declino su oferta. Como habéis podido comprobar, ahora tengo esposa y mi deber hacia ella está por encima de cualquier lealtad anterior, incluso más de la que os debo a vos. Durante estos años hallé un mundo lejos de Inglaterra y Escocia del que quiero formar parte. Mi familia ha encontrado un lugar aquí donde es feliz y sé que estarán a salvo cuando yo no esté. El tiempo lo cambia todo, milord —tomó mi mano y la estrechó con firmeza, sus ojos se clavaron en los míos y una sonrisa significativa bañó su rostro en un gesto alegre, libre y despreocupado. Después volvió a mirar al duque y su rostro volvió a ser serio—. Confío en que lo comprendáis y tengáis a bien disculpar mi negativa.

—Vaya, no esperaba tal respuesta. Me dejáis sin palabras, Sallow. Aunque no comparto vuestros intereses no puedo obligaros, y menos después de lo ocurrido —el duque suspiró y se quedó pensativo por un momento mientras uno de sus pies repiqueteaba suavemente la arena del suelo. Finalmente asintió para sus adentros y efectuó un gesto con la mano a uno de sus lacayos.

—¡Landon! —bociferó. El tal Landon se acercó corriendo con una pequeña bolsa de cuero entre sus manos la cual le entregó al duque.

—Tomad, aceptad al menos esto. No es un salario de por vida, pero sí es una suma cuantiosa que contribuirá en gran medida en vuestro nuevo futuro. Compraos tierras, un castillo, caballos o lo que buenamente gustéis.

—Gracias, milord —Darach hizo una reverencia con su cabeza y yo me quedé a su lado como un pasmarote sin saber si debía corresponder del mismo modo. Opté por no hacer nada quedándome quieta y en silencio. La mirada del duque se posó sobre mí de un modo más observador, el calor de un nuevo sofoco subió a mis mejillas en una actitud que parecía ser vergonzosa, nada más lejos de la realidad pues mi temor a ser descubierta seguía latente.

—Vaya… ¿debo deducir que esta delicada señorita es ya su esposa? Tengo la impresión de haberla visto en algún lugar. Permítame decirle que su belleza es inusual.

<<Tierra trágame>>

Lord Robert tomó mi mano y la besó con corrección. Tragué saliva, sintiendo la tensión recorrerme el cuerpo entero.

—En efecto, ella es mi esposa, milord. *Laidy* Alexandra Sallow, hija del vizconde de Penthworkshire. Nos hemos desposado esta misma mañana.

—¿Y lo habéis celebrado luchando? Curioso modo de festejar.

—Es una historia muy larga, milord.

—Si nos lo permitís, lord Robert, ahora que se ha terminado nuestra trifulca y ya que habéis traído tan buenas nuevas, os convidamos a festejar el enlace de mi hija con Darach, mi yerno y futuro *laird* de este lugar, así podremos contaros todo lo sucedido.

—¡Estupendo, aceptamos encantados! Además, venimos hambrientos —papá le colocó un brazo sobre los hombros como si tal cosa incitándole a entrar al interior del castillo. Cuando los jinetes ingleses desmontaron de sus caballos, todos los clanes enemigos se fueron poco a poco y sin hacer ruido, incluso John Murray se marchó con el rabo entre las piernas. Estaba segura de que aquel hombre desearía vengar el honor mancillado de su apellido, pero eso quedaba relegado a un futuro incierto, pues sin un motivo de peso nadie estaría dispuesto a apoyarlo. Ya no había nada que pudiera impedir que Darach fuese el futuro Vizconde de Penthworkshire.

Las mujeres salieron de nuevo al exterior y las gaitas comenzaron a sonar de nuevo. No hubo bajas por nuestra parte y el día terminó como debía haber sido desde un principio, feliz y completo.

La espuma del champú resbalaba por mi piel como una cascada sedosa y delicada. La temperatura tibia del agua caía sobre mi cabeza en un masaje balsámico y relajante. Había soñado con ese momento durante tantos y tantos días que ahora me parecía mentira, sin embargo, y a pesar del éxtasis que sentía bajo la ducha de mi casa del siglo XXI, las mariposas aleteaban agitadas por mi estómago cada vez que pensaba en lo que me esperaba, y no podía entretenerme demasiado, bueno, en realidad sí podía pues tenía todo el tiempo del mundo, la cuestión era que no quería.

Bien pensado, desde el punto de vista práctico, había sido una tonta por no haber hecho eso mismo en más ocasiones, trasladarme a mi época para darme una ducha y regresar como si nada segundos después, nadie se hubiera percatado y mi necesidad higiénica habría sido complacida. Estaba encantada por haber tenido la genial idea, aunque sabía que a mi nueva vida nómada le hacía falta un poco de pericia, algo que se conseguiría con los años y la experiencia.

Antes de que la fiesta terminase, Darach y yo nos retiramos a descansar. Había pasado parte de la tarde observando sus gestos distendidos y alegres con los invitados, sobre todo con sus antiguos camaradas ingleses. Sus labios carnosos, cómo se estiraban hasta menguar a la mitad en una risa jovial y sincera. Sus ojos pardos achicados en un gesto risueño constante; y sus manos, unas manos rudas capaces de sostener con dureza una espada y a la vez tan delicadas como para acariciar mis senos. No podía despegar mi vista de su figura y en más de una ocasión nuestras miradas se cruzaron en la distancia quedándose enlazadas como si no pudieran despegarse, como si un imán transparente las uniera en una caricia efímera y libidinosa llena de significado.

—Adelántate tú —dijo en un susurro cuando llegamos a la puerta del castillo—. No quiero acostarme contigo de esta guisa —le miré de arriba abajo y aunque su apariencia indómita era terriblemente arrebatadora, había que reconocer que el sudor, el polvo y la sangre no era lo mejor para una noche de bodas. Sonreí y le acaricié el rostro.

—No tardes, esposo mío —dije enfatizando las últimas palabras. Sonrió de orea a oreja, me guiñó un ojo y salió corriendo hacia el bosque, supuse que a darse un baño en el lago.

Cuando llegué a la habitación, tanto mamá como Olivia, me ayudaron a desvestirme y a prepararme para recibir a mi esposo. Olivia tenía un ligero rubor en su rostro y su comportamiento introvertido en ese instante me pareció de lo más dulce y entrañable. En su mente rondaba la noche de bodas, asunto que muy probablemente la amedrentaba. Tal vez se sintiera culpable pues iba a ser su hermano el que me robase la parte más pura de mi cuerpo, mi virginidad. Miré a mamá y le hice un gesto referente a Olivia, evidenciando su callada presencia, algo muy extraño en una muchacha risueña y alegre como ella.

—¿Estás bien, querida? —Olivia la miró despabilándose de su ensimismamiento.

—Sí, sí, claro…no es nada —pestañeó efusivamente.

—Olivia, estaré bien, todo irá bien. Tu hermano es más dulce de lo que crees y aunque estoy nerviosa, sé qué hará que me sienta cómoda.

—Oh, claro seño…digo, Alexandra. Estoy segura —de pronto, le entró una prisa repentina y pidiendo disculpas salió apurada de la habitación. Mamá y yo reímos.

Más tarde, cuando decidió que había llegado el momento de dejarme a solas se despidió de mí y antes de cerrar la puerta dijo:

—No bamboleéis demasiado a mi nieto, está muy tranquilito ahí dentro —y la cerró. Mi "¡Mamá!" Quedó amortiguado por el chirrido de la puerta maciza de madera de roble, aunque pude escuchar su carcajada tras ella.

Y ahí estaba yo, sola en una estancia enorme y desangelada esperando impaciente la llegada de un marido limpio y aseado sin saber muy bien qué hacer. Era una situación un tanto extraña, tan fría como inusual. Caminé descalza por la fría piedra hasta llegar a el vasto espejo que protagonizaba parte de la pared lateral, como si de un portal a otra dimensión se tratara. Era inmenso, debía medir al menos dos metros y medio de altura por otros dos de anchura. Su marco rococó bañado en oro se elevaba hasta una moldura superior cargada de flores esculpidas, donde un ángel inmóvil y vigilante, lo coronaba como si custodiara el portal hacia otro mundo. Observé decepcionada mi reflejo.

—¿Esa es la imagen que vas a mostrar en tu noche de bodas?, ¿en serio?

Estaba horrible. El camisón no hacía justicia con mi figura, parecía una monja con esa camisola que, aunque era cómoda no era nada atractiva. Mi cabello, después del recogido que había llevado durante todo el día estaba revuelto, ni siquiera el cepillo lo arreglaba y mi cara, brillaba demasiado por el exceso de calor que había sufrido a lo largo del día. Elevé mi brazo y olisqueé la axila. Genial, olía a zorruno. Solté un bufido fastidioso. Necesitaba una ducha urgente, pero eso sería imposible pues el día anterior ya me había dado un baño y claro estaba, lo de ir al lago tampoco estaría bien visto.

—Mierda, si al menos tuviese aquel corpiño azul Persia… —me mordí el labio interior y, en ese preciso instante, tuve una revelación. Tan rápido como se presentó en mi mente la llevé a cabo. Sonreí con malicia desapareciendo del siglo XVII. Solo momentáneamente, por supuesto.

Cerré el grifo de la ducha y salí de ella envuelta en mi albornoz. Con el cabello aún mojado envuelto en una toalla a modo de turbante, me realicé un lifting concienzudo. Después me apliqué una mascarilla y crema hidratante. Cuando el cabello estuvo seco, me coloqué el corsé, dejando algunos corchetes sin abrochar, pues la tripita empezaba a hacerse notar; enganché las medias de encaje y me puse mis tacones negros. Volví a observar mi reflejo en el espejo y esta vez sí que estuve conforme o, mejor dicho, muy satisfecha. Una sonrisa perversa surgió de mi rostro al imaginar la cara de Darach cuando me viese con ese conjunto. Sin alargar más la ocasión volví a desaparecer.

Regresé segundos después de haberme marchado y Darach aún no había vuelto. Perfecto. Tan solo dejé un candil encendido y un par de velas al fondo. La habitación era fría pues era muy grande y a pesar del calor del mes de julio no era suficiente para alcanzar una temperatura adecuada para estar casi desnuda, pero sabía que en cuanto estuviéramos juntos agradecería ese frescor en el ambiente.

De pronto, unos pequeños toques en la puerta llamaron mi atención. Mi corazón dio un vuelco cuando el pomo comenzó a girar despacio como si la persona que hubiera tras ella tuviese miedo de entrar. La puerta chirrió indignada y cuando estuvo abierta del todo la figura extraordinaria de mi nuevo marido se exhibía bajo su dintel. El pasillo estaba en la más estricta penumbra y la luz zigzagueante del candil que llevaba en su mano irradiaba un reflejo ambarino sobre su pecho descubierto. Se había cambiado de pantalones y con solo esa prenda se presentaba ante mí con el cabello suelto y mojado. Tenía el rostro cabizbajo y los mechones de su cabello ocultaban sus ojos, aunque pude distinguir sus labios formando una sonrisa triunfadora. Caminó un par de pasos hacia el interior sin mirar a su alrededor, dio media vuelta y cerró la puerta con demasiada parsimonia. Acto seguido, colocó el candil en el suelo y se quedó así, de espaldas a mí durante unos largos segundos. Le observé con detenimiento y sin decir nada, oía su respiración sosegada y tranquila desde mi posición. Aunque parecía sereno, comprendí que era solo autocontrol; sus puños apretados a los costados traicionaban su ansiedad, y no pude evitar sonreír con malicia.

Su dorso desnudo parecía haber sido esculpido por Miguel Ángel, solo que con unas pocas cicatrices en pinceladas. Imaginé ese cuerpo rozando el mío y sus manos calientes acariciando cada centímetro de mi piel. Las mariposas de mi estómago revolotearon violentas enviando órdenes precisas a mi entrepierna ya húmeda, que se preparaba para lo que iba a ocurrir.

—Te estaba esperando —dije mientras caminaba un par de pasos hacia él.

—Lo sé. Siento la espera —afirmó. Inspiró hondo y se dio la vuelta. Cuando me vio, se quedó aturdido, incapaz de apartar la vista o siquiera pestañear. Soltó un suspiro ahogado y su mirada deambuló maravillada de arriba abajo en toda mi figura. Reí al ver su cara descompuesta por la fascinación. Mi pecho botó dentro del corsé. Cuando la sorpresa dio paso a la comprensión, su sonrisa sesgada iluminó su rostro y sus ojos se encendieron como lava líquida, abrasando todo a su alrededor. Atravesó los tres metros que nos separaban y se detuvo tan cerca que podía sentir su aliento. Nuestros cuerpos no se tocaban, pero la cercanía hacía que el calor de ambos se volviera casi tangible.

—¿Es que quieres matarme? Me da miedo tocarte. Ni en mis sueños más eróticos te habría imaginado así —acarició los montículos de mi escote con la yema de sus dedos. Tenía los labios entreabiertos y su respiración comenzó a acelerarse. En un gesto involuntario me lamí los míos, hecho que no pasó desapercibido pues su mirada subió hasta ellos con un hambre voraz.

Teníamos tantas ganas el uno del otro que el hecho de retrasar el momento era puro delirio. Dio un paso atrás y caminó rodeándome. Sentí su mirada abrasadora por todo mi cuerpo. Formó un trazo con sus dedos girando alrededor mío acariciando mi cuerpo desde la rendija de mi escote, bajando por mi vientre, siguiendo por mi cadera hasta llegar a mi trasero, observando la reacción eléctrica de mi piel. Su contacto era turbador. Se quedó ahí, tras de mí, posó sus manos en mis glúteos y los masajeó con un ronroneo sensual. Acercó su cuerpo al mío y pude sentir su arrogante masculinidad anhelante y codiciosa.

—Mmm…no sé si podré aguantar un asalto. No poder estar contigo ha sido una tortura, Dios lo sabe —su ronca voz atravesó todas las barreras que había intentado mantener, cada palabra recorría mi cuerpo en una caricia imaginaria, erizando la piel y haciendo que el corazón me latiera con fuerza. No había defensa posible, su deseo llegaba hasta lo más profundo de mi ser. Un escalofrío recorrió mi cuerpo entero, sentía mi corazón palpitar sin control en mi más íntimo recodo, contrayendo su estructura y ansiando ser invadido. Giré sobre mis pies y salté sobre él rodeándole con mis piernas, plasmando mi boca sobre la suya y devorando cada parte que la componía. Me elevó en volandas mientras sus labios me recibían con pasión. Su lengua resbaladiza saboreaba la mía y sus pequeños gemidos mandaban descargas eléctricas hacia mi cuerpo loco de deseo. Darach caminó despacio y me dejó suavemente sobre la cama y sin esperar a que le ayudara, se arrancó los pantalones de un tirón muy profesional. Se quedó de pie, sonriendo orgulloso, mostrando su anatomía perfecta. La tenue luz de la alcoba transformaba su silueta en un misterio sombrío y atractivo. Su sombra se proyectaba hasta el techo, danzando con suavidad bajo la luz parpadeante de las velas. Deseaba tocarlo, acariciar esa piel marmolea dorada por el sol; besar cada músculo tenso y sentir su calor en cada parte de mi ser. Me mojé los labios de nuevo y él resopló. Su miembro hizo un pequeño movimiento, como una ligera sacudida casi inapreciable que no me pasó desapercibida. Él sonrió arrogante.

Saltó a la cama como un gato en celo y se colocó sobre mí. Sus labios tantearon mi cuello y fueron bajando lentamente hasta mi escote donde se entretuvo lamiendo y saboreando los dos montículos que sobresalían. Con una mano, tiró fuertemente hacia abajo para liberar un pecho, que masajeó con su mano mientras sus labios y su lengua hacían círculos sobre el pezón. Mis manos agarraban su cabello desesperadamente, estaba tan excitada que mi cadera se movía de un modo involuntario buscando algo a lo que aferrarse.

—Shhh...aún no. No sea impaciente, *milady* —saltó de la cama y se acercó a su pantalón que había tirado en el suelo, de uno de sus bolsillos sacó un cordel con el que ató mis muñecas sobre mi cabeza.

—Esto es para que estéis quietecita, un rato al menos —sonreí pues ese hecho me parecía algo muy erótico, me estaba volviendo loca—. *Milady*, creo que le sobran prendas... —comentó. Con un movimiento poco delicado, soltó los enganches de mis medias y su sonido rasgado me confirmó que se habían roto. Se arrodilló a los pies de la cama iniciando un reguero de besos que comenzó en el tobillo. Fue ascendiendo muy despacio por mi pierna, hasta llegar a la rodilla y el muslo. Cuando alcanzó el lugar prohibido, se colocó entre mis piernas e inspiró profundamente. Gemí.

Retiró el tanga muy despacio y fue bajándolo por mis piernas hasta tirarlo al suelo. Sus ojos se posaron en los míos, fue entonces cuando comprendí su intención. Sonrió perverso y su vista bajó hasta mi entrepierna. Flexionó mis piernas hacia arriba y las separó de manera que me quedé totalmente descubierta y vulnerable a sus deseos. Sin más demora se acercó a mi zona erógena y comenzó a besarla, a lamerla con un arrebato y destreza que me dejó inmóvil. Mi placer fue en aumento, sentía su lengua hurgar por la cueva de mi feminidad de un modo embriagador. Mis gemidos eran erráticos, inconstantes, pues mi respiración se detenía por segundos para después inspirar y expirar según el ritmo de su intensidad.

—Oh…Dar…

Por un instante presagié mi muerte, era una tortura tan extremadamente deliciosa que creí que mi corazón no lo soportaría. Cuando estuve a punto de alcanzar el clímax, se detuvo, se alejó lo suficiente para baja mis piernas y en un movimiento rápido desató mis muñecas. Su tortura me había dejado sin aliento y sin respiración. Se colocó sobre mí queriendo poseerme, sus ojos estaban tintados de oscuridad, con un apetito indecoroso y siniestro, pero no se lo permití. Me escabullí entre sus brazos y como pude, salté de la cama. Necesitaba un minuto de autocontrol. Vi su rostro extrañado por mi escapatoria y reí para mis adentros. Darach se sentó en la cama con el ceño fruncido sin saber qué hacer ni qué decir.

Cuando recuperé el aliento me acerqué de nuevo al lecho. Con mi dedo índice le indiqué que se sentara en el borde del colchón y sin rechistar hizo caso a mi orden. Me coloqué frente a él y comencé a besarle desde los labios, bajando por el cuello, su torso, su ombligo…antes de llegar al destino que me proponía soltó un jadeo ahogado adivinando mi intención. Cuando llegué hasta el punto clave, hice lo mismo que me había hecho él, besar, lamer, acariciar con la lengua esa piel tan delicada, pero, sobre todo, succionar. Sus manos se aferraron a mi cabello y sus gemidos eran pura fantasía. Sentía su musculatura dura como una piedra, tensa por el despliegue de placer que tenía bajo mi dominio. Me sentía poderosa. Antes de que pudiera ir más allá, Darach me sujetó y en un impulso me tumbó sobre la cama, se colocó sobre mí y sin darme tiempo a asimilar el cambio de posturas me embistió. Comenzó un ritmo frenético y sin parangón, su boca buscó desesperadamente la mía, nuestro deseo estaba tan en la cima que llegamos al orgasmo en un abrir y cerrar de ojos.

Quedamos desmadejados sobre la cama. El ritmo rápido de nuestras respiraciones iba al compás de nuestros latidos que poco a poco fueron recomponiéndose y adquiriendo un estado más pausado. Darach me agarró la mano entrelazando sus dedos entre los míos, nos miramos y sonreímos.

—Te amo. Te he echado tanto de menos…—dijo mientras se colocaba de lado junto a mí.

—Yo también te amo. Ya no tendremos que escondernos más.

—Cierto, porque ya eres mía. Para siempre —colocó su mano en mi cintura y me atrajo hasta él. Permanecimos tumbados cara a cara, sintiendo el calor de nuestros cuerpos al mínimo contacto—. Dime una cosa, tengo curiosidad. ¿Cómo lograste que Niall confesara? Sé que fue cosa tuya.

—La Virgen María me ayudó bastante.

—¿La Virgen María? ¿Qué demonios hiciste? —Inquirió perplejo. Solté una pequeña carcajada al ver su cara de estupefacción.

—Es una larga historia….

—Creo que no quiero saberlo, al menos no en este momento.

—Bueno, tenemos toda la vida por delante. Ya habrá ocasión para que escuches la historia completa.

—En efecto, *milady*. Ahora, se me ocurre otra cosa mejor que podemos hacer…como ha dicho, tenemos todo el tiempo del mundo.

Darach se colocó sobre mí y comenzó a besarme de un modo más lento y deleitoso, sus manos insaciables acariciaban de nuevo cada parte de mi cuerpo. Sentí su aliento cálido sobre mi cuello y su corta barba arañaba deliciosamente mi piel cubriéndome en una bruma libidinosa. Me dejé llevar por el deseo, sumergiéndome en sus profundidades en un viaje infinito; olvidando que el mundo y la vida, existían a nuestro alrededor. Ese era nuestro verdadero comienzo, el principio de una vida larga, única y atemporal.

Epílogo

Corría sin aliento por la calle. Me había levantado tarde de la cama por trasnochar demasiado, una costumbre muy habitual en mí, pero ahora tenía un culpable, Darach. Me dirigía hacia la parada de autobús con la esperanza de que me diera tiempo a cogerlo. Por desgracia, el autobús se marchaba sin mí.

—¡Mierda! Tendré que ir en metro —dije con hastío. Resoplé.

Había dejado a Noah en la guardería, como cada día, pues la tenía de camino. La guardería se encontraba a dos manzanas de casa donde Noah pasaba las primeras cuatro horas de la mañana. Después, era mi madre quien lo recogía y se lo llevaba a casa para darle de comer. Justo a una manzana de la guardería se encontraba la parada de autobús que me dejaba delante de la galería de restauración de arte donde trabajaba, bueno, en realidad la galería era mía. Había logrado mi sueño de tener un local para exposiciones y clases de restauración y, precisamente ese día, había quedado a las nueve en punto de la mañana, con un cliente potencial de gran importancia para la galería. No podía llegar tarde o lo perdería, pues no sería el mejor ejemplo de seriedad y profesionalidad.

Miré el reloj. Aún faltaban veinticinco minutos para las nueve y aunque me gustaba llegar con al menos diez minutos de antelación, me di cuenta de que, si me daba prisa, llegaría puntual. Caminé rauda por la calle hasta llegar a la boca de metro. Tenía que recorrer el trayecto de ocho paradas en la línea cuatro y bajar en la parada de Girona, donde recorrería a pie otros tres minutos hasta llegar a la galería. En realidad, y si todo fluía como debía, aún me sobrarían cinco minutos, los suficientes para encender las luces y prepararlo todo. Por supuesto, siempre podía parar el tiempo y avanzar en mi tarea, pero eso era algo que no me gustaba hacer, sobre todo porque influía en Darach, quien podía estar conduciendo y sería un peligro para él. En realidad, no me gustaba usar demasiado mi naturaleza inhumana. Era una ventaja sí, pero hacía que me sintiera diferente, insustancial, y el contacto con lo cotidiano me gustaba; era una normalidad que necesitaba y que quería transmitir a Noah. Si detenía el tiempo, también le afectaba a él pues todos se convertían en estatuas a su alrededor, todos menos él.

A sus dos años era increíblemente listo, con un carácter marcado como el de su padre, sobre todo cuando algo no le gustaba y fruncía su pequeño ceño de un modo muy enternecedor. Mamá había dejado de trabajar, su historia con papá había ido creciendo poco a poco hasta que, el año anterior, se habían convertido en marido y mujer. No se podía decir que fuera una sorpresa, pues se veía venir. En realidad, estaba feliz por ella, porque por fin había encontrado la estabilidad emocional que tanto necesitaba. Darach, también había encontrado su lugar en este siglo, una tarea que le llenaba y para lo que estaba preparado. Había abierto una academia que se dedicaba a la lucha de armas, una escuela referente a la enseñanza en el combate medieval y lucha histórica, algo que tenía mucho éxito como *hobby* en el siglo actual en el que vivíamos. Una alternativa a las artes marciales, pero con el atractivo de la indumentaria original medieval, así como sus espadas, sin filo y con punta roma, escudos y yelmos. Era, en realidad, una manera enmascarada de instruir y adiestrar a su hijo en la lucha.

Y ahí estaba yo, esperando de pie en el andén del metro, rodeada de personas ajenas, las cuales llevaban tanta prisa como yo para llegar a su destino. La diferencia, ahora, era que no podrían despedirme si llegaba tarde y eso me hacía feliz. De pronto, tuve un *déjà vu*, como si ese momento ya lo hubiera vivido. Me sentía extraña, pesada, y entendí que en realidad estaba siendo observada. La gravedad invisible de una mirada posada sobre mí alertó mis sentidos. Miré a mi alrededor, la poca distancia que había entre las personas a esa hora hacía casi imposible la visión clara del andén completo. De pronto, las luces del tren se visualizaron al final del túnel provocando que la gente se acercara al borde del andén dejando un pasillo libre y visual pegado a la pared y desde donde se veía claramente el banco contiguo. En él, sentada sobre un periódico, una mujer muy anciana me contemplaba fijamente. Solté un suspiro ahogado cuando la reconocí, pues era la misma anciana que había visto años atrás en el mismo lugar, el metro, aunque en paradas distintas de Barcelona. Una vidente de verdad, igual que Ermin.

Me acerqué a ella con el corazón latiéndome velozmente y sin sentido. Le sonreí y ella me correspondió del mismo modo. El olor dulzón de su perfume me embriagó transportándome a otra época en la que ignoraba por completo mi naturaleza. Sin pensarlo, le ofrecí mi mano para que la pudiera leer y ella negó con la cabeza. Se levantó, recogió su periódico, lo dobló bajo su axila y me miró fijamente.

—Chica, no necesito tocarte, está claro que ahora sabes más que yo, al menos referente a tu circunstancia. Ahora comprendes el tiempo, aunque no sus dominios. Tal vez algún día, Alexandra.

Sonrió misteriosamente y diciendo esas palabras, me dio la espalda y comenzó a andar con ayuda de un bastón hacia el exterior, sin intención de viajar ni de subir al tren, justo cuando este entraba en la estación.

—FIN—

www.ingramcontent.com/pod-product-compliance
Lightning Source LLC
LaVergne TN
LVHW050908080826
845145LV00001B/9

* 9 7 8 8 4 0 9 8 3 5 4 5 4 *